Randy Singer

DER

DOKTOR

Thriller

Aus dem amerikanischen Englisch
von Nicola Peck und Lea Schirra

SCM

Stiftung Christliche Medien

Der SCM-Verlag ist eine Gesellschaft der Stiftung Christliche Medien, einer gemeinnützigen Stiftung, die sich für die Förderung und Verbreitung christlicher Bücher, Zeitschriften, Filme und Musik einsetzt.

Dieses Werk einschließlich aller seiner Teile ist urheberrechtlich geschützt. Jede Verwendung außerhalb der engen Grenzen des Urheberrechtsgesetzes ist ohne vorherige schriftliche Einwilligung des Verlages unzulässig und strafbar. Das gilt insbesondere für Vervielfältigungen, Übersetzungen und die Einspeicherung und Verarbeitung in elektronischen Systemen.

© der deutschen Ausgabe 2015
SCM-Verlag GmbH & Co. KG · Max-Eyth-Straße 41 · 71088 Holzgerlingen
Internet: www.scmedien.de · E-Mail: info@scm-verlag.de

Originally published in the U.S.A. under the title: *Dying Declaration*
Copyright © 2009 by Randy Singer
German edition © 2015 by SCM-Verlag GmbH & Co. KG with permission
of Tyndale House Publishers, Inc. All rights reserved.

Die Bibelverse sind, wenn nicht anders angegeben, folgender Ausgabe entnommen:
Neues Leben. Die Bibel, © der deutschen Ausgabe 2002 und 2006
SCM-Verlag GmbH & Co. KG.

Übersetzung: p.s. words (Nicola Peck und Lea Schirra)
Umschlaggestaltung: OHA Werbeagentur GmbH, Grabs, Schweiz; www.oha-werbeagentur.ch
Titelbild: istockphoto.com, shutterstock.com
Autorenfoto: Eric Lusher
Satz: Satz & Medien Wieser, Stolberg
Druck und Bindung: CPI books GmbH, Leck
Gedruckt in Deutschland
ISBN 978-3-7751-5612-7
Bestell-Nr. 395.612

Stimmen zu *Der Doktor*

»Singer verfolgt mit diesem Justizthriller einen völlig neuen Ansatz; dabei präsentiert er tiefgründige Figuren und ethische Fragen auf anspruchsvolle Weise, gekrönt von einer packenden Handlung.«
Booklist

»Mit diesem spannenden, intelligenten Thriller trifft Singer erneut ins Schwarze.«
Publishers Weekly

»Mit jedem Roman wird Singer besser, doch mit *Der Doktor* legt er eine wahre Glanzleistung hin ...«
Faithfulreader.com

»Und wieder hat es Randy Singer geschafft. Von der ersten Seite an zieht *Der Doktor* den Leser in seinen Bann und lässt ihn nicht mehr los ... Singer liefert eine Handlung, die den Vergleich mit Grisham nicht zu scheuen braucht. Singer schafft es, Konflikte in den Mittelpunkt zu stellen, denen wir täglich gegenüberstehen. Dieses Buch sollten Sie auf keinen Fall verpassen.«
Hugh Hewitt, Autor, Kolumnist und Moderator der amerikaweit ausgestrahlten Radiosendung *Hugh Hewitt Show*

»Eine explosive Mischung aus juristischen Taktiken, Leidenschaft und Macht. Mit *Der Doktor* macht Singer seinem wohlverdienten Ruf für meisterhaft konstruierte Geschichten und fesselnde Figuren alle Ehre.«
Brandilyn Collins, Autorin von *Violet Dawn*

Stimmen zu Randy Singers weiteren Büchern

»Singer ... liefert einen weiteren Spitzentitel ab ... Seine zahlreichen Fans werden die Buchläden stürmen.«
Booklist über *Die Rache*

»Die Figuren sind sympathisch und wie aus dem Leben gegriffen; die Handlung ist vielschichtig und rasant; das Thema regt zum Nachdenken an und geht unter die Haut – ich würde *Die Rache* eigentlich als Singers besten Roman bezeichnen, wenn ich damit nicht seinen anderen Büchern unrecht täte.«
lifeisstory.com

»*Der Klon* ist ein absolut gelungener Roman. Randy Singer verbindet eine spannende Handlung mit einer eindringlichen Botschaft. Sehr zu empfehlen.«
T. Davis Bunn, Autor von *My Soul To Keep*

»Das Thema Klonen, Stammzellforschung, raffgierige Geschäftsführer und Anwälte mit schillerndem Charakter lassen eine fesselnde Geschichte entstehen, welche die Schlagzeilen von morgen vorwegnimmt.«
Mark Early, ehemaliger Generalstaatsanwalt von Virginia über *Der Klon*

»Die Figuren sind so gut ausgearbeitet und die Dialoge so interessant, dass man diesen Thriller kaum aus der Hand legen kann.«
Bookreporter.com über *Der Code des Richters*

»Eine Geschichte, die unterhält, überrascht und den Leser dazu bringt, sein Verständnis von Recht und Gnade zu überdenken ... Singer beschert uns einen weiteren großartigen Justizthriller, der auch diesmal den Vergleich mit Grisham nicht scheuen muss.«
Publishers Weekly über *Die Staatsanwältin*

»Singers juristische Kenntnisse sind genauso überzeugend wie seine beeindruckende Erzählkunst. Erneut drängt er uns bis über den Abgrund hinaus und lässt uns dort zappeln, bevor er uns souverän zurückzieht.«
Romantic Times über *Der Imam*

»Gerade als ich dachte, Singers Geschichten könnten nicht mehr besser werden, erschien dieses Buch, das noch besser ist als sein letztes. Das dürfen Sie nicht verpassen!«
Aaron Norris, Fernseh- und Filmproduzent und Regisseur, über *Das Spiel*

Für Keith und Jody.
*Diesem Buch liegt eine ganz besondere Beziehung
zwischen einem Bruder und seiner Schwester zugrunde.*

*Diese Geschichte zu schreiben,
hat mich unsere umso mehr wertschätzen lassen.*

1

Ihr Anblick war mitleiderregend.

Sie war eine unscheinbare Frau mit großer Nase und durchschnittlichem Gesicht, das dank ihrer Abneigung gegen Make-up umso mehr von ihren Mitmenschen übersehen wurde. Ihr schwarzes Haar hing in Strähnen herab, ihre Augen waren verquollen, und am Hals konnte man überall rote Striemen sehen, da sie sich vor Nervosität die Haut zerkratzt hatte. Sie ließ den Tränen, die über ihre Wangen strömten und auf Joshies Kopf tropften, freien Lauf. Fest an ihre Brust gedrückt, schaukelte sie ihn sanft in ihrem Lehnstuhl vor und zurück, summte leise vor sich und hielt nur inne, um die Stirn des Kindes mit einem kühlen, feuchten Waschlappen abzutupfen.

Dann legte sie den Waschlappen auf die Armlehne des abgenutzten Sessels zurück und küsste Joshies Wange. Sein kleiner Körper zuckte hin und her, so als ahme er die Bewegung des Sessels nach. Als sie wieder anfing, sich vor und zurück zu wiegen, hörte das Zucken auf.

Der kleine Kerl glühte förmlich. Regungslos, fast leblos bis auf das leise Stöhnen, lag er in ihren Armen. Sie fühlte seinen Schmerz, als wäre es ihr eigener. Und was diesen Schmerz noch verschlimmerte, war das Gefühl von Machtlosigkeit, ihre Unfähigkeit, sowohl den unaufhaltsamen Anstieg des Fiebers zu bekämpfen als auch seine verheerenden Auswirkungen.

Mittlerweile brachte sie es nicht mehr über sich, die Temperatur ihres jüngsten Kindes, das erst in vier Monaten zwei Jahre alt werden würde, zu messen. Vor zwei Stunden hatte das Thermometer noch 39,5 °C angezeigt, doch das Fieber war seitdem mit Sicherheit gestiegen. Aber das machte keinen Unterschied, denn es gab nichts, das sie dagegen hätte tun können. Also weinte sie, wiegte ihr Kind und betete.

* * *

Thomas Hammond kniete bereits seit einer halben Stunde auf dem Boden. Er gab ein seltsames Bild ab, dieser untersetzte Mann mit dem runden, schmuddeligen Gesicht, den kräftigen Unterarmen und schwieligen Händen, die kraftlos auf seinen Knien ruhten – eine Haltung, die Demut ausdrückte. Er befand sich auf einem spirituellen Kriegspfad und war fest entschlossen, diesen Kampf zu gewinnen.

Er betete neben seinem Bett im Elternschlafzimmer, das sich am anderen Ende des extra-breiten Wohnwagens befand, und hatte das Gesicht in seinen riesigen Händen vergraben.

»Nimm dieses Fieber von uns. Verschone meinen Sohn, Jesus.« Er sprach die Worte kaum hörbar, doch mit tiefer Inbrunst aus. Wieder und wieder formulierte er dieselben einfachen Bitten. Ihm ging das Gleichnis von der hartnäckigen Witwe durch den Kopf. *Wenn ich nur oft genug bete. Innig genug bete.* »Stärke meinen Glauben. Rette meinen Sohn. Bestrafe ihn nicht für meine Fehler.« Er versuchte mit Gott zu verhandeln – *alles* hätte er ihm versprochen. »Ich werde hingehen, wohin immer Du willst, Jesus. Tun, was immer Du verlangst. Dir mit meinem ganzen Herzen dienen. Erhöre nur diese eine Bitte. Bestrafe nicht Josh ...«

»Dad!«, ertönte die Stimme des fünfjährigen John Paul, Thomas' ältestem Sohn, dem er den Spitznamen »Tiger« verpasst hatte. Der Junge rief ihn aus seinem Kinderzimmer, das den Flur hinunter lag.

»Die Bibel lehrt uns, dass Du schwer zu erzürnen und voller Liebe, Gnade und Barmherzigkeit bist.« Thomas hielt inne, die geflüsterten Worte blieben ihm im Hals stecken. In diesem Moment hatte er nicht das Gefühl, einem barmherzigen Gott zu dienen. Er spürte Wut über all die unbeantworteten Gebete in sich aufsteigen, dann folgten Schuldgefühle. Sollte es etwa sein Ärger sein, der Gott davon abhielt, Seine heilenden Hände wirken zu lassen? »Zeig Josh Deine Barmherzigkeit ...«

»Hey, Dad!« Der Ruf wurde lauter, fordernder.

»Einen Moment, Tiger.« Thomas fuhr sich mit der Hand durch sein lichter werdendes Haar, stand zögernd auf und stapfte durch den Flur zum Zimmer der Jungs, während er sich mit dem Handrücken über die Augen wischte. Er musste jetzt stark sein.

Vorsichtig schob er die Tür auf, wodurch das Licht aus dem Flur auf die beengten Verhältnisse im Zimmer fiel, das Tiger stolz als sein eigenes bezeichnete, obwohl er es sich mit Josh teilte. Tiger saß aufrecht im Bett, seine abgewetzte Schmusedecke fest umklammert, die strahlend blauen Augen weit aufgerissen.

»Nicht so laut, mein Junge. Du weckst sonst noch Stinky auf.«

»Stinky« war Tigers sieben Jahre alte Schwester. Sie hatte sich ihren Spitznamen verdient, als sie noch Windeln trug. Damals redete Thomas immer mit ihr, wenn er sie wickelte, und stellte dann naserümpfend fest, dass sie eine richtige »Stinky« sei. Der Ausdruck blieb haften, und so wurde Stinky zum Kosenamen, der allerdings nur von der Familie und nie vor anderen Leuten benutzt wurde. Alle anderen nannten sie Hannah.

»Ich kann nicht schlafen, Daddy. Ich hab wieder slimm geträumt.«

Thomas ließ sich auf das Bett fallen und fuhr Tiger durch das zerzauste blonde Haar. »Nun, damit ist jetzt Schluss, weil ich jetzt bei dir bin.« Er wusste, was Tiger jetzt hören wollte, und an diesem Tag fand Thomas Trost in der gleichen Leier, die an anderen Abenden so nervenaufreibend sein konnte. »Dem alten Monster unter dem Bett verpass ich rechts und links eine«, grollte er und bemerkte, wie sich der Ansatz eines Grinsens auf dem Gesicht des kleinen Jungen abzeichnete. Er kitzelte Tiger an den Seiten und sah zu, wie das Grinsen immer breiter wurde. »Jetzt leg dich einfach hin und denk an was Schönes.«

»Hab ich ja«, erklärte Tiger. »Aber dann bin ich eingeschlaft. Daaaaddy?« Tiger zog das Wort für den maximalen Effekt lang und schenkte seinem Vater dann seinen berühmt-berüchtigten Hundeblick.

»Ja, Kumpel?«

»Legst du dich zu mir?« Tiger rutschte in seinem kleinen Bett zur Seite, um seinem Vater Platz zu machen. Das hatten sie schon viele Male gemacht. Dabei passte Thomas' großer Körper nie ganz in den kleinen Teil des Bettes, der nicht von Tiger in Beschlag genommen wurde. Aber Thomas gab stets sein Bestes. Er versuchte dann immer eine halbwegs bequeme Position zu finden, wobei er zur Hälfte aus dem Bett raushing und sich mit einer Hand am Boden abstützen musste, während er Geschichten aus der Bibel erzählte, bis er das gleichmäßige Atmen des schlafenden kleinen Jungen hören konnte.

»Heute Nacht geht es leider nicht, mein Junge.«

»Bitte, Dad, nur eine Geschichte!«, jammerte Tiger. »Erzähl mir von Abeham und seinem Sohn und wie Gott ihnen eine Ziege geschickt hat.«

Thomas lächelte. Selbst an normalen Abenden fiel es ihm schwer, dem kleinen Kerl etwas abzuschlagen, und heute Nacht sehnte er sich besonders nach der tröstlichen Routine der Gute-Nacht-Geschichten – er wollte dabei zusehen können, wie Tigers Augen immer schwerer wurden. Aber er wusste auch, wie sehr Theresa ihn heute Abend brauchte. Und er hatte seine Gebete für Josh noch nicht beendet. Gott hatte ihm noch keine Antwort gegeben.

»Ich kann gerade nicht, mein Sohn. Ich muss noch nach Mom und Josh sehen. Wenn du immer noch wach bist, wenn ich wiederkomme, erzähle ich dir die Geschichte von Abraham.«

»Okay«, gab sich Tiger fröhlich zufrieden. Der Kleine hatte offensichtlich keinerlei Absicht einzuschlafen.

Thomas küsste ihn auf die Stirn, zog ihm die Decke bis zum Hals hoch und wandte sich dann zur Tür.

»Daddy?«

»*Was denn?*«, fragte Thomas schärfer als beabsichtigt. Ein wenig beschämt darüber, seinen Frust an dem Jungen ausgelassen zu haben, blieb er stehen.

»Is hab Durst.«

* * *

Wenige Minuten später gesellte sich Thomas zu seiner Frau in das kleine Wohnzimmer. Aufgewühlt lief er auf dem fleckigen Teppich auf und ab und sah ihr hilflos dabei zu, wie sie über ihren Sohn wachte – ihn wiegte, über seine Stirn wischte, ihm etwas vorsummte und dabei die ganze Zeit betete. Thomas' Anwesenheit ignorierte sie.

»Geht das Fieber langsam runter?«, fragte er schließlich.

Theresa schüttelte den Kopf.

»Hast du in letzter Zeit noch einmal gemessen?«

»Warum sollte ich?« Ihre Stimme war kalt, das Gesicht von Sorge gezeichnet. Der Druck, an Dinge zu glauben, die man nicht sehen konnte, forderte seinen Tribut.

Thomas stellte sich hinter den Fernsehsessel und begann, Theresas Schultern zu massieren. Er spürte die verspannten und knotigen Muskeln in ihrem schlanken Rücken und bearbeitete sie mit seinen kräftigen Fingern. Ein Versuch, die Anspannung herauszustreichen. Ohne Erfolg.

»Wann hast du das letzte Mal seine Temperatur gemessen?«, bohrte er hartnäckig nach.

»Vor zwei Stunden.«

»Meinst du nicht, wir sollten sie noch mal messen?«

»Nur wenn wir vorhaben, ihn ins Krankenhaus zu bringen, wenn es nicht besser geworden ist.« Sie drehte den Kopf, sah Thomas über die

Schulter mit ihren großen braunen Augen flehend an und stoppte ihre Wiegebewegung. Joshie regte sich nicht.

Thomas wich dem Blick seiner Frau aus, sah zu Boden und schüttelte langsam den Kopf. Er ging um den Sessel herum, bis er vor ihr stand. Dann sank er auf die Knie und legte seine großen Hände auf Theresas Beine.

»Hab Vertrauen«, sagte er sanft. »Gott wird ihn wieder gesund machen.«

Theresa schnaubte angesichts dieses Vorschlags. »Ich habe Vertrauen, Thomas. Ich hatte immer Vertrauen. Aber es geht ihm immer schlechter ... Wag es nicht, mich über meinen Glauben zu belehren.« In ihrer Stimme schwang ein scharfer Unterton mit, den Thomas nie zuvor gehört hatte.

Joshie stöhnte auf. Er zuckte kurz; dann rollte er sich noch enger zusammen und schmiegte sich an die Brust seiner Mutter.

»Willst du, dass ich Pastor Beckham und die Ältesten herbestelle? Sie könnten kommen und ihn wieder mit Öl salben, für ihn beten ...«

»Ich will, dass du einen Krankenwagen rufst«, verlangte sie mit zitternder Stimme. »Manchmal wirkt Gott durch die Hand eines Arztes. Wie kannst du einfach nur da knien und tatenlos dabei zusehen, wie dein Sohn leidet?«

»Theres...«

»Da!«, schluchzte sie, als sie den kleinen Joshie ihrem Mann entgegenschob. Wie eine Opfergabe hielt sie den kleinen Körper in ihren ausgestreckten Armen. »Halt du ihn. Sieh deinem Sohn ins Gesicht und erklär ihm, warum er sterben muss, nur damit du der Welt beweisen kannst, wie stark dein Glaube ist.« Einen Moment lang hielt sie ihn so hin – ihren Jüngsten, ihr *Baby* –, dann wandte sie das Gesicht ab.

Thomas fehlten die Worte. Er streckte die Hände aus, nahm seinen Sohn und drückte ihn an seine Brust. Das Fieber war selbst durch Joshies Pyjama spürbar.

Seinen Sohn vorsichtig im Arm haltend, kam Thomas auf die Füße. Erst jetzt bemerkte er aus dem Augenwinkel, dass Stinky und Tiger in ihren Schlafanzügen Händchen haltend im Türrahmen des Wohnzimmers standen. Tiger klammerte sich noch immer an seine Schmusedecke, Stinky hatte ihre Lieblingspuppe im Arm.

Während er sich zu seinen Kindern umdrehte, fragte er sich, wie viel sie wohl von der Unterhaltung mitbekommen haben mochten. Tigers Unterlippe zitterte, und seine großen Augen waren tränenerfüllt. Stinky, die gegen ihre schweren Augenlider ankämpfte und deren blonde Locken in alle Richtungen abstanden, sah verwirrt aus.

»Wird Joshie sterben?«, fragte sie.

2

Er lehnte sich vor und sammelte all seine Kraft, um die große grüne Mülltonne den Atlantic Boulevard hinunterzuzerren. Unten an der Tonne waren zwar zwei Räder angebracht, dennoch musste er sich mächtig ins Zeug legen, sodass seine Drahtseilmuskeln vor Schweiß glänzten. Es war eine typische Juninacht in Virginia Beach – glühend heiß mit einer erstickend hohen Luftfeuchtigkeit.

Er bot einen interessanten Anblick, dieser junge schwarze Mann mit dem kantigen Kiefer, den durchdringenden braunen Augen und dem beeindruckend weißen Lächeln. Selbst auf einem Gehweg, auf dem der Wahnsinn in all seinen Facetten vertreten war, zog er die Blicke auf sich. Aber er war es gewohnt und betrachtete sich als Teil dieser bunten Schar von Persönlichkeiten, die die Atlantic Avenue zum Leben erweckten. Hier gab es Skateboarder, Punker, Südstaaten-Proleten, Strandpenner, Surfer und sonnenverbrannte Touristen. Sie trugen weite Shorts, Bikinis, obszöne T-Shirts, Tank-Tops und Schirmmützen. Es gab keine Haarfarbe und keinen Haarschnitt, die nicht vertreten waren. Sein eigener kurz geschorener Bürstenhaarschnitt, der seine kantigen Gesichtszüge noch stärker betonte, stellte bei dieser Vielfalt nichts Besonderes dar.

Vom Parkplatz aus hatte er bereits einen knappen Kilometer hinter sich gebracht, aber immer noch ein paar Blocks vor sich. Seine Fracht hinter sich herziehend, kam er an einer Hip-Hop-Band vorbei, die mit weiten Hosen, einer Stereoanlage, Lautsprechern und Verstärkern ausgestattet war.

Das hier war ihre Straßenecke, und sie hatten bereits eine kleine Menschenmenge angezogen, die klatschend und tanzend im Halbkreis um sie herumwirbelte. Mit fliegenden Dreadlocks rappten und tanzten die Jungs; machten einfach nur Party.

»Yo, Prediger«, rief der Kerl am Mikrofon.

Der Mann mit der Mülltonne blieb stehen, zeigte mit dem Finger auf seinen Hip-Hop-Kumpel und lächelte. »Was geht, Bruder.«

»Wir legen jetzt mal 'n kleinen Freestyle für unseren Prediger hin«, verkündete der Typ am Mikro. Ohne aus dem Rhythmus zu kommen, ging er zu einem neuen Text über. »B-boys in the front, back, side, and middle. Check out my b-boy rhyme and riddle.« B-Boys vorne, hinten, links und rechts, zieht euch meinen Reim rein, hieß das in etwa übersetzt. Dann legten die B-Boys, also die Breakdancer, unter dem Beifall der Menge einen Zahn zu. »Rev teach the black book smooth as butt-ah, but po-lece and white folk dis the broth-ah.« Was so viel bedeutete wie: Der Reverend predigt aus dem schwarzen Buch geschmeidig wie But-taa, aber die Bullen und Weißen dissen den Bru-daa.

Der Mann mit der Mülltonne lächelte und nickte, während er die Energie der Performance in sich aufsaugte. Angefacht vom eigenen wütenden Elan, steigerte sich der Rapper in seinen improvisierten Sprechgesang hinein, wobei der Text von Zeile zu Zeile immer derber wurde. Nach ein paar erhebenden Zeilen über den Prediger kehrte der Song wieder zurück zu althergebrachten Themen wie Sex, Drogen und dem nächsten Kerl, der eine verpasst kriegt. Als der Prediger genug gehört hatte, schlug er sich mit der Faust auf die Brust und richtete den Finger auf den Rapper. »Man sieht sich«, rief er.

Der Rapper nickte ihm zum Abschied zu, ohne seinen Text zu unterbrechen, der nun, da der Prediger im Begriff war zu gehen, immer vulgärer wurde. Und der Mann mit der Mülltonne zog weiter die Straße hinunter.

Als er seine Lieblingsstraßenkreuzung erreichte, hatten sich auf seinem T-Shirt unter den Armen und seinen Rücken hinunter bereits Schweißflecken gebildet. Er zog ein Taschentuch aus der Hosentasche und wischte sich über die Stirn. Auf beiden Seiten liefen die Leute an ihm vorbei. Während er seine Anlage auspackte, grüßte er die Touristen und lächelte ihnen zu.

»Lobe den Herrn, Bruder. Wie geht's?«
Keine Antwort.
»Gottes Segen sei mit Ihnen, Sir.«
Er erntete einen befremdeten Blick.
»Was geht?«
»Hi.« Endlich eine Reaktion, ein erwidertes Lächeln.

Der Prediger hielt dem Mann ein Traktat hin. »Bleib noch ein bisschen«, sagte der Prediger. »Der Gottesdienst geht gleich los.«

Der Tourist lief weiter.

Charles Arnold griff in die Mülltonne und lud seine Geräte aus. Eine Karaoke-Anlage. Zwei große Lautsprecher. Eine abgenutzte Bibel. Ein verknotetes Knäuel aus Kabeln. Ein Mikrofon und eine Zwölf-Volt-Autobatterie von Wal Mart. Er schloss die Anlage an, legte eine CD ein und verwandelte seine Mülltonne in eine Kanzel, seine Straßenecke in eine Kirche.

»Es ist Zeit, unseren Lobgesang anzustimmen!«, rief er halb schreiend, halb singend in sein Mikrofon. Die Gospelklänge dröhnten wegen der billigen Lautsprecher verzerrt aus der Stereoanlage. Charles begann zu singen und sich im Takt der Musik zu wiegen. Die Touristen machten einen weiten Bogen um ihn.

»He's an on-time God – oh yes He is ... He's an on-time God – oh yes He is ... Well, He may not come when you want Him, but He'll be there right on time ... He's an on-time God – oh yes He is ...« Er ist ein pünktlicher Gott, o ja, das ist er. Vielleicht kommt er nicht, wenn du ihn rufst, aber zur rechten Zeit wird er da sein.

Langsam, aber sicher bildete sich eine Menschentraube um ihn. Charles drehte die Musik auf und passte die Lautstärke seiner Stimme entsprechend an. Vor seiner zur Kanzel umfunktionierten Mülltonne stellte er eine leere Kaffeedose mit der Aufschrift *Kirchenbeiträge und Spenden* auf, in der noch keine einzige Münze lag.

Einige Menschen blieben stehen und sangen mit, andere gaben sich nur ihrer Schaulust hin. Aus vorbeifahrenden Autos schallten anfeuernde Rufe oder Beleidigungen.

Er reckte seine Hände den Touristen entgegen und forderte sie auf abzuklatschen; wurde er ignoriert, unterbrach er seinen Gesang für ein schnelles »Gott segne Sie«. Jedem Passanten schenkte er ein Lächeln, die Beleidigungen der Teenager in ihren aufgemotzten Autos tat er mit einem Schulterzucken ab.

Ein paar Nachzügler fanden ihren Weg zu ihm, sein Publikum wuchs stetig. Etwas abseits begann eine Gruppe junger Mädchen mitzusingen und zu tanzen. Eine von ihnen nahm er bei der Hand und führte sie nach vorne ans Mikrofon. Ihre Freundinnen folgten ihr, sodass er nun einen Chor hatte. Die Autofahrer auf der Straße hupten. Einige drehten ihre Radios lauter, doch gegen Charles' Lautsprecher kamen sie nicht an. Langsam füllte sich die kleine Blechdose für *Kirchenbeiträge und Spenden*.

Dann stimmte plötzlich eine kräftige ältere Dame mit viel zu engen Shorts und einem bösen Sonnenbrand ein stimmgewaltiges Solo an. »Amazing Grace«, die Hymne der Straße. Charles bemerkte, wie die Menschen in den ersten Reihen zu lächeln begannen und zustimmend mit den Köpfen nickten. Der Ehemann der Solistin hatte Tränen in den Augen. Zeit für eine Predigt. Charles dankte der Dame, die vom Publikum tosenden Applaus erntete.

»Ihr fragt euch vielleicht, warum ich dieses Treffen einberufen habe«, setzte Charles an, was die Menge mit einem Lachen quittierte. »Heute Abend will ich mit euch über die Sündhaftigkeit der Menschen sprechen, über die ewige Treue Gottes und die Vergebung Christi. Nicht *meinem* Aufruf ist es zu verdanken, dass ihr euch heute hier versammelt habt, sondern *göttlichem* Geheiß. Dies könnte die bedeutendste Nacht eures Lebens werden.«

Während er sprach, lief er ständig auf und ab, schüttelte Hände und passte seine Stimme dem Rhythmus der Musik an. Langsam kam er auf Touren und seine Leidenschaft in Wallung.

»Du bist verrückt, Mann«, riefen zwei vorbeilaufende Jugendliche von hinten.

»Das nennt sich die Torheit des Kreuzes«, antwortete er ins Mikrofon. »Ist es verrückt, hier an dieser Straßenecke zu stehen und zu predigen, anstatt an der nächsten zu feiern?« Einige Zuschauer schüttelten verneinend die Köpfe. Die zwei Jugendlichen blieben stehen und schauten zu.

»Ist es etwa verrückt, mich an Christus zu berauschen, anstatt an Crack?«

»Nein, Bruder«, sagte jemand in der Menge.

»Ist es dann vielleicht verrückt, die himmlischen Belohnungen des Paradieses den vergänglichen Reichtümern dieses irdischen Daseins vorzuziehen?«

»Das ist alles andere als verrückt!«, rief eine andere Stimme.

»Menschen, die das geben, was sie nicht behalten können, um etwas zu gewinnen, das sie nicht wieder verlieren können, sind wohl kaum töricht.«

»Amen, Bruder.«

Charles hatte ein paar Leute in der Menge für sich gewinnen können, doch die skeptischen Jugendlichen zeigten sich wenig beeindruckt. Er konnte sehen, wie sich auf ihren Gesichtern ein zynisches Grinsen ausbreitete. Sie winkten ab und gingen kichernd weiter. »Der Typ hat echt 'ne Schraube locker«, murmelte einer von ihnen.

Charles zuckte mit den Schultern und widmete sich wieder den Gläubigen. Er fand seinen Rhythmus wieder, und sein Publikum wuchs um ein weiteres Dutzend Menschen. Die meisten der Neulinge bedachten ihn aus sicherer Entfernung irritiert mit neugierigen Blicken. Doch ein paar – ein paar gab es immer – drängten sich weiter zu ihm vor. Sie feuerten ihn an mit gut platzierten Rufen wie *Amen* und *Ja, genau* und *Erzähl es uns*.

Charles war so sehr in seinem Element, dass er das Polizeiauto hinter sich nicht bemerkte. Als es anhielt, brach die Verbindung zu seinem Publikum ab, die Blicke der Leute wanderten an ihm vorbei über seine Schulter. Die Gläubigen zogen sich zurück.

Er drehte sich um und sah, wie zwei Polizisten aus dem Wagen stiegen, sich mit verschränkten Armen gegen die Motorhaube lehnten und den Prediger mit grimmigen Blicken in Augenschein nahmen. Der ältere der beiden war ein Mann mittleren Alters mit schroffem Gesicht, bei dem die weiße, pockennarbige Haut auffiel, die schon länger keine Sonne mehr gesehen hatte. Über seine schlaffen Wangen zog sich auf der linken Seite eine Narbe. Er schien mindestens ein Meter neunzig groß zu sein und erinnerte Charles an eine mächtige Eiche, die jedes Jahr einen weiteren Ring an Umfang zulegt.

Der jüngere Polizist versuchte den strengen Blick seines Partners zu imitieren, nur wirkte er bei ihm nicht annähernd so einschüchternd. Dieser Beamte hatte offensichtlich einige Zeit auf der Hantelbank verbracht. Die blaue Uniform spannte über seinem massiven Bizeps und der breiten Brust. Er sah aus wie jemand, der schon sein ganzes Leben zur Polizei wollte – der Schlag Gesetzeshüter, der nur darauf wartete, dass sich ein schwarzer Mann der Verhaftung widersetzte.

Charles musste sich sehr zusammennehmen, um gegen die in ihm aufkeimenden Gefühle anzukämpfen. Bullen ... Weißbrote ... Cops ... die auf dieses schwarze Gesindel von der Straße herabblickten. Überdeutlich wurde ihm der Graben bewusst, der zwischen den Rassen in diesem Land herrschte. Er spürte das dringende Verlangen, diese beiden Männer, die ihn mit ihren selbstgefälligen und arroganten Blicken niedermachten, verbal anzugreifen, doch er wusste, dass sie genau darauf warteten.

Charles Arnold erlebte das nicht zum ersten Mal.

»Nehmen wir nur als Beispiel unsere uniformierten Freunde dort hinten«, sagte er stattdessen in freundlichem Tonfall, während er auf die Beamten zuging. »Wird man von ihnen bei einer Geschwindigkeitsüberschreitung erwischt, verpassen sie einem einen Strafzettel. Da hilft es auch nichts, zu sagen, dass die anderen noch schneller gefahren sind, stimmt es nicht, Officers?«

Keine Reaktion, nur versteinerte Mienen.

Charles wandte sich wieder seinem Publikum zu. »Genauso verhält es sich mit Gott. Es ist keine Entschuldigung zu sagen, dass die anderen schlimmer sind. Das ist kein Wettstreit. ›Denn *alle* haben gesündigt und die Herrlichkeit Gottes verloren.‹ Und *alle* heißt wirklich *alle* ...«

Plötzlich war der Ton weg. Charles drehte sich um und sah die Hand des Muskelprotzes am Lautstärkeregler, das hämische Grinsen noch immer im Gesicht. Der ältere Mann, der am Auto lehnte, winkte Charles mit seinem Zeigefinger zu sich heran.

»Entschuldigt mich einen Augenblick«, sagte der Prediger zu dem sich langsam zurückziehenden Publikum. »Ich glaube, ich werde gerade ausgerufen.«

3

Thomas Hammond legte Joshie sanft in den Schoß seiner Mutter zurück, durchquerte das Wohnzimmer und ging vor seinen beiden anderen Kindern auf die Knie. Er legte seine kräftigen Arme um Tiger und Stinky und drückte sie fest an sich. Dann setzte er sich auf seine Fersen, um mit ihnen zu sprechen.

»Joshie wird nicht sterben«, erklärte er ihnen. »Er war die letzten Tage ziemlich krank, aber in der Bibel gab es viele Leute, die auch krank waren, doch Jesus hat sie wieder gesund gemacht. Wir müssen einfach nur weiter für ihn beten. Versteht ihr das?«

Die beiden kleinen Köpfe nickten so eifrig, dass Stinkys Locken auf und ab sprangen.

»Werden wir ihn zu einem Doktor bringen?«, fragte Stinky.

»Liebling, du weißt doch, was wir von Ärzten halten«, erwiderte Thomas streng. »Wir werden uns lieber an Jesus wenden.«

»War Jesus ein Arzt?«, fragte Tiger.

»Nein, Tiger«, antwortete Thomas mit einem Stirnrunzeln. »Von wem hast du das denn?«

»Jesus hat Leute geheilt«, versuchte Stinky ihrem Bruder zu helfen. Mit großen leuchtenden Augen sah sie ihren Vater an.

Er öffnete den Mund, um ihr die gleichen stur einstudierten Antworten zu geben, die man ihm in der Kirche eingetrichtert hatte, doch die Worte blieben ihm im Hals stecken.

Er war stark gewesen, ja sogar stur. Drei lange Tage war er in seinem Glauben standhaft geblieben und hatte fast rund um die Uhr gebetet. Zweiundsiebzig quälende Stunden lang. Ihm kam die Geschichte von Abraham in den Sinn, der von Gott dazu aufgefordert worden war, seinen eigenen Sohn zu opfern – wobei Gott dies natürlich nie zugelassen hätte. Im allerletzten Moment, als Abraham das Messer hob, um seinen Sohn zu töten, griff Gott ein und stellte ein anderes Opfer zur Verfügung.

Rief Gott Thomas nun etwa ins Krankenhaus? Das ginge gegen alles, was er in der Kirche gelernt hatte, und schien Gott keineswegs ähnlich zu sehen, aber dasselbe konnte man auch von seiner Forderung Abraham gegenüber behaupten.

Wenn Thomas nun gehorchte, würde Gott dann in letzter Sekunde auf wundersame Weise einschreiten und Joshie heilen? Vielleicht sogar auf dem Weg ins Krankenhaus oder kurz bevor ein Arzt sich das Kind ansehen konnte? Vielleicht war es so. Vielleicht stellte Gott ihn in diesem Moment auf die Probe.

Vielleicht rief Gott ihn ins Tidewater General Hospital.

Während Thomas mit diesem Gedanken rang, wurden Tiger und Stinky immer unruhiger. Thomas konnte ihnen ihre Angst deutlich ansehen, die Sorge um ihren kleinen Bruder, der so reglos wie eine Stoffpuppe in den Armen seiner Mutter lag.

»Zieh deine Cowboystiefel an, Tiger. Stinky, hol deine Turnschuhe. Wir werden nicht einfach nur zu einem Arzt gehen. Wir fahren in ein Krankenhaus, wo es von Ärzten nur so wimmelt.« Thomas sah ihre Augen aufleuchten und lächelte. »Joshie wird wieder gesund werden.«

Stinky schlang die Arme um den Hals ihres Vaters. Tiger rannte den Flur hinunter, um nach seinen Cowboystiefeln zu suchen.

»Superduper!«, rief er. »Wir fahren ins Trantenhaus.«

* * *

Hinter Thomas und Stinkys Rücken drückte Theresa im Wohnzimmer Joshie noch fester an ihre Brust. Sie legte ihre Wange an seine Stirn und spürte die glühende Hitze seines Fiebers. Ihr Blick ging zur Decke, während sich ihre Augen erneut mit Tränen füllten.

»Ich danke Dir, Jesus«, flüsterte sie.

4

Der ältere Cop lehnte am Wagen, während Charles folgsam mit dem in seiner rechten Hand baumelnden Mikrofon vor ihm stand und geduldig die Belehrung zum Thema Genehmigungen und Lärmschutzverordnungen über sich ergehen ließ. Charles warf einen Blick auf das Namensschild des Mannes – der Kerl hieß Thrasher, also Drescher. *Passt wahrscheinlich*, dachte er.

Aus dem Augenwinkel bemerkte Charles, wie sich seine kleine Gemeinde langsam auflöste. Die wirklich Überzeugten würden bleiben, doch die Schaulustigen waren schon lange weitergezogen. Thrasher schien das auch zu bemerken und ließ sich Zeit. Er zog jedes Wort in die Länge und hielt immer wieder inne, um auf den Gehweg zu spucken, wo sich bereits eine schaumig-weiße Pfütze gebildet hatte.

»Du kennst die Vorschriften, Prediger-Knabe. Das hörst du nicht zum ersten Mal.« Thrasher legte eine Pause ein und spuckte erneut genau in den sich auftürmenden Haufen zu seinen Füßen. »Du hast keine Genehmigung für diese Anlage, und du störst die Händler hier. Warum will das einfach nicht in deinen kleinen kraushaarigen Kopf gehen?«

In meinen kleinen kraushaarigen Kopf?! Charles spürte, wie die Adern an seinem Hals anschwollen. Er versuchte, sich auf den kleinen Spucke-See zu konzentrieren, doch er konnte nur noch an die Strandfest-Aufstände denken, bei denen sich Tausende von afroamerikanischen Studenten während des Springbreak in Virginia Beach Straßenschlachten mit der Strandpolizei geliefert hatten. Noch Jahre später war man damit beschäftigt gewesen, die brutalen Übergriffe, die seitens der Polizei verübt worden waren, aufzuklären. Dieser Typ war damals wahrscheinlich auch mit von der Partie gewesen.

Bleib ruhig. Lass dich nicht provozieren.

»Officer, ich versuche lediglich, den Strand zu einem besseren Ort zu machen.« Er hielt inne, löste seinen Blick vom Boden, sah zu dem Polizisten auf und wartete darauf, dass der Mann blinzelte. »Sind Sie gläubig, Sir?«

Der Muskelprotz trat nun unangenehm dicht an Charles heran, um ihn einzuschüchtern. Charles ging einen Schritt zur Seite und wies den Muskelprotz mit einem eisigen Blick in die Schranken.

»Freundchen, so brauchst du uns gar nicht erst zu kommen«, schnappte Thrasher. »Du kannst predigen, bis du blau anläufst, aber wenn du noch einmal deine Stereoanlage so weit aufdrehst, werden wir das Ding als Beweismittel beschlagnahmen und dich einbuchten. Und so schnell kommst du nicht wieder auf freien Fuß, das verspreche ich dir, Prediger-Knabe.«

Charles seufzte. Warum mussten diese Typen auch immer so dämlich sein. »Drohen Sie mir nicht mit dem Gefängnis, Officer. Glauben Sie, nur weil ich ein schwarzer Straßenprediger bin, bin ich dumm? Ich habe das Recht auf freie Meinungsäußerung ...«

Mit einem Satz schnellte Thrasher vor – sehr behände für so einen beleibten Kerl. Er drückte Charles seine Nase ins Gesicht, und auch der Muskelprotz rückte näher und positionierte sich dicht hinter Charles' Schulter.

Thrashers Stimme war nur noch ein bedrohliches Knurren, er betonte jede Silbe. »Komm mir nicht mit diesem Scheiß ... Deine Rechte interessieren mich einen feuchten Kehricht.« Der Mann stieß einen übel riechenden heißen Atem aus, der Charles zurückweichen ließ. »Du packst jetzt zusammen und verschwindest, oder du handelst dir eine Menge Ärger ein, habe ich mich klar ausgedrückt?«

»Hey, lassen Sie den Mann in Ruhe«, schallte es aus der kleinen Gruppe, die noch von der Versammlung übrig geblieben war.

»Ja genau, der hat niemandem etwas getan«, rief ein anderer Zuschauer.

»Wollen Sie sagen, dass ich hier jetzt gar nicht mehr predigen darf, selbst ohne meine Stereoanlage nicht?«, fragte Charles in bewusst ruhigem Tonfall nach.

»Ich will sagen: Wenn du weißt, was gut für dich ist, dann packst du jetzt einfach deine Sachen und gehst nach Hause.« Thrasher sprach noch immer langsam und in einfachen Sätzen, als würde er mit einem Kind reden. Doch Charles bemerkte, dass der Mann langsam die Kontrolle verlor. Ihm gefiel es ganz und gar nicht, dass die Menge sich gegen ihn wandte. »Und außerdem rate ich dir, dass du dieses Ding nie wieder ohne Genehmigung hierher bringst, wenn du keinen Ärger willst.« Der Polizist zog die Augenbrauen hoch und nickte zum Zeichen, dass die Belehrung zu Ende war und Charles jetzt verschwinden durfte.

»Das habe ich so weit verstanden«, sagte Charles gleichmütig. Er machte auf dem Absatz kehrt, ging um den Muskelprotz herum und beugte sich dann zu seiner Karaoke-Anlage herunter.

Dann warf er den Polizisten einen Blick über die Schultern zu, schob den Lautstärkeregler hoch, erhob sich wieder und fing an mitzusingen. »He's an on-time God, oh yes He is ...«

Das war anscheinend der Moment, auf den der Muskelprotz gewartet hatte. Er kam auf Charles zu, riss ihm das Mikrofon aus der Hand und warf es zu Boden. Dann drehte er Charles mit weit mehr Gewalt als nötig beide Arme auf den Rücken und legte ihm Handschellen an. Unter den Buhrufen der wenigen verbleibenden Zuschauer zog er die Handschellen so fest, dass sie Charles das Blut abschnürten, und begann dann, ihm seine Rechte vorzulesen.

»Sie haben das Recht zu schweigen. Sie haben das Recht auf einen Anwalt. Alles, was Sie sagen, kann und wird vor Gericht gegen Sie verwendet werden ...« Während er sprach, schob er Charles auf den Rücksitz des Polizeiwagens, nicht ohne ihn vorher noch mit dem Kopf gegen den Türrahmen zu rammen. In der Zwischenzeit hatte der Beamte namens Thrasher die Musikanlage auseinandergenommen und in den Kofferraum geworfen. Bis auf die Mülltonne würden sie alles als Beweisstücke für ihren Fall beschlagnahmen.

»Ihr Typen seid Schweine. Lasst ihn in Ruhe«, rief ein Mann mit Ziegenbart, als er sah, wie die Polizisten mit Charles umsprangen.

Der muskelbepackte Officer zeigte auf ihn, wie ein Wrestler, der seinen nächsten Gegner herausfordert. »Halt's Maul oder du bist als Nächster dran«, warnte er ihn.

»Jetzt habe ich aber Angst«, erwiderte der Mann, drehte sich um und ging davon.

* * *

Während der Fahrt im Polizeiauto musste Charles sich sehr zusammennehmen, um nicht die Fassung zu verlieren. Thrasher saß am Steuer und meldete den Vorfall über Funk, wobei er Charles in der dritten Person beschrieb – der »Täter« dies und der »Täter« das, als wäre Charles ein großer Drogendealer. Von dem Schubser des muskulösen Beamten gegen den Türrahmen hatte Charles jetzt auch noch Kopfschmerzen.

»Ähm, Jungs, ihr habt mir die Handschellen etwas zu fest angelegt«, rief Charles durch das kugelsichere Glas, das ihn von den Beamten trennte. »Ich meine, es ist ja nicht so, als müsstet ihr Angst haben, dass ich mich gleich aus dem Staub mache oder so ...«

»Halt's Maul!«, bellte der Muskelprotz ihn an, der sich auf dem Beifahrersitz herumgedreht hatte und Charles nun böse anstarrte. »Für heute Abend haben wir genug von dir gehört.«

»Also greift das Recht auf freie Meinungsäußerung jetzt auch nicht mehr in diesem Polizeiwagen? Ist das so? Sollte Virginia Beach etwa mittlerweile eine verfassungsfreie Zone geworden sein?«

»Der Reverend da hinten hält sich wohl für besonders goldig«, sagte Thrasher zu seinem jüngeren Kollegen. »Ich finde ihn auch sehr goldig. Diese Art Typen sehen besonders goldig aus, wenn sie Ketten, Handschellen oder Dobermänner am Körper haben.«

Die Polizisten brachen in schallendes Gelächter aus. Charles unterdrückte das Verlangen, gegen die Scheibe zu spucken. Er wollte diesen Typen keine Entschuldigung liefern, ihn aufzumischen.

»Hey, Fettie, wie lautet die Anklage?«, rief Charles Thrasher entgegen. »Ist euch schon mal in den Sinn gekommen, den Leuten mitzuteilen, wofür ihr sie einbuchten wollt?«

»Hässlich sein in der Öffentlichkeit«, erwiderte Thrasher, woraufhin die Polizisten erneut in Gelächter ausbrachen, bevor der ältere Beamte wieder ernst wurde. »Hör zu, Reverend, du hast offensichtlich ganz unverhohlen gegen die Lärmverordnung verstoßen. Wir waren bereit, ein Auge zuzudrücken und es bei einer Verwarnung zu belassen, aber du wolltest ja nicht hören. Also ... haben wir dich jetzt auch noch für Widerstand bei der Festnahme am Haken.«

»Das soll wohl ein Witz sein«, protestierte Charles. »Nie im Leben hält diese Anklage vor Gericht stand.«

Thrasher hob die Hand und blickte in den Rückspiegel. »Sag uns nicht, wie wir unseren Job zu machen haben«, brüllte er über seine Schulter. »Geh du deinem Job dort draußen auf der Straße nach – nur lass nächstes Mal die Anlage zu Hause – und wir machen unseren.«

»Das ist nicht mein Job«, erwiderte Charles. »Sondern mein geistliches Amt.«

»Willst du damit etwa andeuten, dass der Reverend einen richtigen Job hat, der ihm sogar Geld einbringt?«, spottete der Muskelprotz. »Sollte er etwa ein steuerzahlender Bürger sein – das ändert natürlich alles.«

»Wo arbeitest du, Bursche? Bei Kentucky Fried Chicken?«, schnaubte Thrasher verächtlich.

»Ich lehre«, sagte Charles schlicht.

»Ein Lehrer.« Der Muskelprotz grinste. »Stell dir vor, tagsüber Lehrer, nachts Prediger. Vielleicht sollten wir ihn ab jetzt Professor nennen. Wo lehrst du denn, Prof?«

»An der Rechtsfakultät der Regent University«, erwiderte Charles.

5

Das war einer der Gründe, warum Thomas Hammond Krankenhäuser wie der Teufel das Weihwasser mied. Er besaß keine Krankenversicherung, nur den felsenfesten Glauben an Wunder. Und jetzt würde man ihn wie einen Kriminellen behandeln.

»Beruf?«, fragte die Dame hinter der gewaltigen Resopaltheke in der Aufnahme. Thomas jonglierte Tiger auf seinem Knie, während Stinky im Wartezimmer geblieben war, um fernzusehen.

»Selbstständig.«

»Versicherung?«

»Keine.«

»Wie bitte?« Sie hörte auf zu schreiben und sah zum ersten Mal von ihren Unterlagen hoch, eine Augenbraue hochgezogen. »Sie sind nicht krankenversichert?«

»Nein, wir werden selbst für die Behandlung aufkommen.«

Missbilligend schüttelte sie kaum merklich den Kopf und spitzte den Mund. »Wer ist der behandelnde Kinderarzt?«

»Wir haben keinen«, erklärte Thomas trotzig. Wieder sah er diesen Blick über das Gesicht der Dame huschen. Sie machte keinerlei Anstalten, ihn zu verbergen. Sie hätte die Worte auch laut aussprechen können. *Weißer Abschaum.*

»Vielleicht war es doch keine so gute Idee, ihn hierhin zu bringen«, murmelte Thomas.

»Wie ist das denn gemeint?«, fragte die Bürokraft, während sie in die obere rechte Schublade ihres Schreibtisches griff und einen Stapel Formulare vom Gesundheitsdienst für Bedürftige hervorzog.

* * *

Dr. Sean Armistead blieb vor Behandlungsraum 4 der Notaufnahme stehen, um die Einschätzung der Triage-Schwester durchzulesen. Er sah sich immer erst das Behandlungsblatt an, bevor er persönlich mit einem Patienten sprach, selbst in einer Nacht wie dieser, wo sie in Arbeit förmlich ertranken. Armistead wollte wissen, womit er es zu tun bekam. Ein Arzt sollte stets selbstsicher wirken; Patienten ging es sehr viel besser, wenn der Arzt von Anfang an wusste, wovon er sprach.

Er war schon seit drei Uhr nachmittags im Dienst und hatte zusätzlich zu der üblichen Parade von Verletzungen, die man in der Notaufnahme zu Gesicht bekam, bereits zwei Not-OPs hinter sich. Eine Messerstecherei und eine Schussverletzung. In Virginia Beach herrschten zusehends amerikanische Großstadtverhältnisse.

Die Operationen hatten seinen bereits sehr gedrängten Terminplan vollends überlastet. Jetzt mussten er und sein Partner, so gut es ging, den Rückstand abarbeiten, da das Wartezimmer mittlerweile hoffnungslos überfüllt war. Das hier sollte daher besser schnell gehen und das Behandlungsblatt akkurat sein, für alles andere hatte er keine Zeit.

Zeitpunkt der Aufnahme: 9.04 Uhr. Jetzt war es 9.30 Uhr. Der Patient hatte etwas warten müssen, aber das ließ sich nicht vermeiden. *Name des Patienten: Joshua Hammond. Alter: 20 Monate.* Sein Blick wanderte zu dem Abschnitt, in dem die Beschwerden des Patienten aufgelistet wurden. *Patient m Fieber 41°, ↓ Aktivität, lustlos, allgemeines Unwohlsein, n, v, seit 3 Tagen, empfindlicher und aufgeblähter Abdomen.*
Diesem Kind ging es wirklich schlecht.

Das Fieber wurde wahrscheinlich rektal gemessen, dann fiel das Ergebnis immer ein Grad höher aus. Trotzdem war selbst eine Temperatur von 40 Grad mehr als besorgniserregend. Das Kind war energielos, schlapp. Dem Aufnahmeprotokoll zufolge zeigte es verminderte Aktivität und hatte keinerlei Interesse zu spielen. Ihm tat alles weh – daher der Vermerk über das allgemeine Unwohlsein –, sein Bauch besonders empfindlich und geschwollen. Der arme Kerl litt schon seit drei Tagen unter Übelkeit und Erbrechen. Drei Tage! *Was für Eltern legten bei solchen Symptomen drei Tage lang die Hände in den Schoß, bevor sie einen Arzt aufsuchten?*

Allein anhand des Krankenblatts konnte Armistead eine erste Diagnose formulieren. Es handelte sich wahrscheinlich um eine Bauchfellentzündung. Gift im Organismus. Kein Gift im wortwörtlichen Sinne, aber ebenso tödlich. Die schwere bakterielle Infektion konnte den Zusammenbruch des Nervensystems und lebenswichtiger Organe herbeiführen. In diesem Fall war die Wurzel allen Übels wahrscheinlich im Blinddarm zu finden, der wahrscheinlich geplatzt war und nun den Darminhalt in Joshuas Bauchraum und somit auch in seinen Blutkreislauf entleerte.

Am ersten Tag wäre sein Zustand noch nicht lebensbedrohlich gewesen. Selbst am zweiten noch nicht.

Doch jetzt, wo Joshua lethargisch geworden war, hohes Fieber hatte und einen erhöhten Puls von 118, dazu noch einen gefährlich niedrigen Blutdruck und eine Atemfrequenz von 28, konnte man für nichts mehr garantieren.

Armistead wusste, was zu erwarten war. Wenn sie das Kind operierten und den Blinddarm entfernten, würden sie auf unzählige Infektionsherde stoßen, die durch Eiter und Fäkalspuren im Inneren des Bauches hervorgerufen worden waren. Er hatte schon einige schwere Fälle von Bauchfellentzündung in die Notaufnahme wanken sehen, doch keinen so ernst zu nehmenden wie diesen. Das Kind war hypotonisch und in extrem schlechter Verfassung. Die drei Tage des vergeblichen Kampfes gegen die Bakterien hatten ihren Tribut gefordert.

Mit dem Krankenblatt unter dem rechten Arm machte Armistead sich kopfschüttelnd bereit, das Behandlungszimmer Nummer 4 zu betreten. Er drückte die Tür auf und reichte einer Mutter die Hand, die drei lange Tage gewartet hatte, bevor sie ihr sterbendes Baby zu ihm brachte, damit er helfen konnte.

Er zwang sich zu lächeln.

* * *

Theresa schaute auf, als die Tür sich öffnete.

»Ich bin Dr. Armistead. Wie geht es unserem kleinen Patienten?«, fragte der Arzt bemüht freundlich.

Theresa saß mit Joshie auf dem Schoß vor dem Untersuchungstisch. Ihr Sohn lag apathisch auf seiner linken Seite in ihren Armen und hatte die Knie angezogen. Theresa schüttelte Dr. Armistead die Hand und versuchte, sein dünnes Lächeln zu erwidern.

Er war jünger, als Theresa erwartet hatte. Und auch kleiner. Er hatte bereits licht werdendes hellblondes Haar, scharfe Wangenknochen, durchdringende Augen und einen kantigen Kiefer. Wenn er lächelte, kamen seine perfekt weißen Zähne zum Vorschein, die im extremen Kontrast zu seinen schmalen grauen Augen und dem intensiven Blick hinter der kleinen Drahtgestellbrille standen.

Sein perfektes Auftreten, die kerzengerade Haltung und der akkurat gebügelte Arztkittel führten Theresa vor Augen, wie schlampig sie aussah. Bis jetzt, wo sie diesem vor Selbstsicherheit und Haltung strotzenden Arzt gegenüberstand, hatte sie sich keine Gedanken darüber gemacht, welch erbärmlichen Anblick sie selbst bot.

»Nicht so gut«, gestand Theresa. »Er hat seit ein paar Tagen Fieber, und jetzt ist er ziemlich … leblos, denke ich.« Die eigene Wortwahl ließ sie das Gesicht verziehen. Irgendetwas an Dr. Armistead wirkte einschüchternd auf sie, rief in ihr ein Gefühl von Unzulänglichkeit hervor.

Er beugte sich zu ihr herunter und begann an Josh herumzudoktern. Er untersuchte Ohren, Nase und Hals. Dann überprüfte er Joshs Puls noch einmal persönlich und bestätigte den Wert von 118. Mit einem kalten Stethoskop horchte er über seine blanke Haut die Lungen ab.

»Beschleunigte und schwerfällige Atmung«, bestätigte der Arzt. Als er mit der Hand Druck auf die rechte Seite des Unterbauchs ausübte, reagierte Josh mit einem Stöhnen.

»Hey, Kumpel«, sagte Armistead, während er an dem kleinen Körper herumhantierte. »Kannst du mir sagen, wo es wehtut? Tut das weh? ... Und das? ...« Bei einigen Berührungen zuckte Josh zusammen, bei anderen blieb er stoisch. »O Mann, du bist echt ein tapferer kleiner Kerl.« Er strubbelte Joshie über den Kopf, wobei er die bereits zerzausten Haare noch mehr durcheinanderbrachte, und sah dann über den Kopf des kleinen Jungen Theresa direkt ins Gesicht.

»Wann ist Ihnen das Fieber zum ersten Mal aufgefallen?«

»Ähm ... das war vielleicht vor etwa drei Tagen.«

»Sie wissen, dass wir es hier mit einer ziemlich hohen Temperatur zu tun haben, oder? Einundvierzig Grad rektal gemessen. Wann immer das Fieber über neununddreißig Grad steigt, sollten Sie einen Arzt aufsuchen, okay?«

»Ja, Sir. Heute Morgen war das Fieber erst bei 39,5 Grad. Ich habe alles versucht, damit es nicht höher steigt.«

Armistead war gerade dabei, ein paar Anmerkungen auf das Krankenblatt zu kritzeln. Jetzt hielt er inne, warf Theresa wortlos einen Blick zu und schrieb dann weiter.

»Wie lange ist er schon so lustlos und lethargisch wie jetzt?«

»Erst seit heute, höchstens seit gestern ... Ich meine, Sie müssen wissen, dass er immer ganz schlapp ist, wenn er Fieber hat, aber heute Morgen erst habe ich bemerkt, dass er auf gar nichts mehr reagiert.«

Theresa starrte auf Joshies Kopf herunter, nicht willens, den vorwurfsvollen Augen des Arztes zu begegnen.

»Ich denke, dass wir es hier mit einer Bauchfellentzündung zu tun haben«, fuhr Armistead fort, während er weiter das Krankenblatt studierte. »Er zeigt alle entsprechenden Symptome. Wir sollten ein komplettes Blutbild und eine Urinuntersuchung machen, um die Leukozytenzahl zu bestimmen und andere Ursachen auszuschließen.« Er machte sich weitere Notizen und murmelte etwas, das mehr an sich selbst als an Theresa adressiert war. »Ich verstehe nicht, warum sie nicht schon längst Proben ins

Labor gegeben hat, mir wäre es lieb gewesen, wenn die entsprechenden Schritte bereits in die Wege geleitet worden wären.«

Dann wandte er sich wieder Theresa zu; sein gekünsteltes Lächeln war einem Stirnrunzeln gewichen. Er zog sich einen Stuhl zu ihr heran, sodass sie sich nun Auge in Auge gegenübersaßen. »Normalerweise ist eine Blinddarmentzündung in Joshuas Alter nichts Lebensbedrohliches, vorausgesetzt, sie wird rechtzeitig behandelt«, belehrte er Theresa. Der emotionslose Tonfall ließ seine Worte noch vorwurfsvoller wirken.

»Doch wenn der Blinddarm eines Kindes platzt, wird sein gesamter Organismus vergiftet. Zögert man die Behandlung zu lange hinaus, kann das zu einer Bauchfellentzündung führen und letztendlich zu einem septischen Schock. Der gesamte Blutkreislauf und das zentrale Nervensystem können schwere Schäden davontragen, wenn die Ursache für die Bauchfellentzündung nicht bekämpft wird. Joshua zeigt die klassischen Anzeichen für einen septischen Schock. Wir werden ihn wahrscheinlich schnellstmöglich operieren müssen, doch zuerst wollen wir ihn mit einer Infusion aufpäppeln, ihm ein paar Antibiotika geben und seinen Zustand für die Operation stabilisieren. Sobald wir ihm die Flüssigkeit und die Medikamente verabreicht haben, werde ich Sie über die Risiken der Operation aufklären. Aber glauben Sie mir: Die Risiken sind unendlich viel höher, wenn wir die OP nicht durchführen und das Problem nicht behandeln.«

Armistead hielt inne und ließ die Stille wirken. Die unausgesprochene Kritik hing zwischen ihnen in der Luft und schrie förmlich nach einer Antwort. Es war offensichtlich, dass der Arzt nichts mehr sagen würde, bis Theresa seinen Vorwurf beantwortet hatte.

Warum? Warum hatte sie so lange gewartet?

»Unsere Kirche lehrt uns, dass Heilung nur durch die Hand Gottes und nicht durch die Hand des Menschen gewährt wird.« Sie sprach leise, während sie die Last der eigenen Schuld spürte und Joshuas Rücken streichelte. »Mein Mann und ich wussten, dass wir früher hätten kommen sollen, aber wir wussten auch, dass unsere Kirche es verbieten würde. Diese letzten Tage waren unfassbar schwer ...« Ihre Stimme brach ab. Sie hatte genug gesagt.

Armistead ließ die strafende Stille noch ein wenig länger andauern, bis er schließlich sprach. »Die letzten Tage waren nicht nur für Sie und Ihren Mann schwer, sondern auch für Joshua. Ein geplatzter Blinddarm ist eine extrem schmerzhafte Angelegenheit. Beim heutigen Stand der Medizin sollte kein Kind wegen eines geplatzten Blinddarms drei Tage lang Schmerzen erdulden müssen. Aber jetzt sind Sie ja hier, und es war die richtige Entscheidung von Ihnen, dass Sie gekommen sind. Lassen Sie uns jetzt versuchen, Joshuas Schmerzen zu lindern und ihn wieder auf den Weg der Genesung zu bringen.«

Wieder zerzauste er Joshua das Haar, dann stand er auf, um zu gehen.

»Wird er wieder gesund werden?«, fragte Theresa ängstlich. Es war mehr ein Flehen als eine Bitte.

»Wir werden unser Bestes geben«, versprach Armistead. »Schwester Pearsall wird gleich bei Ihnen sein.«

Mit diesen Worten griff er sich das Krankenblatt und verließ den Raum.

* * *

Im Gang schrieb Armistead schnell die Diagnose und seine Anordnungen nieder. *Dx: Appendizitis, mit einsetzender Peritonitis und Sepsis. Harnwegsinfektion ausschließen. Für OP vorbereiten. Anweisung: Blutbild, Urinuntersuchung, Antibiotika und Hyperalimentation.*

Er musste Joshua auf die OP vorbereiten, die Antikörper des Jungen aufbauen und alle anderen Ursachen für seine Schmerzen im rechten unteren Bereich seines Bauches ausschließen, wie z. B. eine Harnwegsinfektion. Eine ganz normale Standardprozedur. Das Einmaleins der Notfallmedizin.

Doch es war die eine Anweisung, die er nicht ins Krankenblatt schrieb, die ihn zögern ließ, bevor er zum nächsten Patienten überging. Sollte er das Kind hier am Tidewater General behalten oder es an das Kinderkrankenhaus in Norfolk überweisen?

Normalerweise wurden solche Fälle an das Norfolk Children's Hospital weitergeleitet, das auf Kinderkrankenpflege und Kinderchirurgie spezialisiert war. Dort verfügte man über die neuste Technologie und entsprechende Spezialisten, die selbst Kinder mit den kritischsten Erkrankungen zu retten vermochten. Und so wie Armistead den Fall einschätzte, würde Joshuas Behandlung eine echte Herausforderung darstellen, da die Sepsis wahrscheinlich schon alle wichtigen Organe in Mitleidenschaft gezogen hatte.

Allein schon aus Gründen der Haftung, die keinen geringen Stellenwert bei dieser Überlegung einnahmen, wäre es ratsam, das Kind an eine Einrichtung wie das Norfolk Children's zu überweisen, die als beste Kinderklinik im Südosten Virginias galt. Armistead selbst hingegen hielt diesen Ruf für nicht gerechtfertigt. Auch am Tidewater General gab es sehr gute Chirurgen, die seiner Meinung nach besser waren als die meisten des Kinderkrankenhauses von Norfolk. Außerdem sträubte er sich, das Kind diesen Großstadtkrankenhaus-Primadonnen zu überlassen, die später die Lorbeeren für die Heilung eines Kindes einheimsen würden, mit dem die Ärzte des Tidewater General überfordert gewesen waren.

Und was, wenn die Spezialisten am Kinderkrankenhaus von Norfolk den Jungen nicht retten konnten? Dann würden sie die Schuld mit Sicherheit auf die halbe Stunde Wartezeit schieben, die Joshua in der Notaufnahme des Tidewater General verbringen musste, bevor er endlich untersucht worden war. Trotz der dreitägigen gefährlichen Vernachlässigung seitens der Eltern würden diese großspurigen Angeber in Norfolk behaupten, dass diese zusätzliche halbe Stunde ausschlaggebend gewesen sei. Oder sie würden etwas anderes finden, an dem sie etwas auszusetzen hatten, wie z. B. Armisteads Anordnungen oder irgendetwas, das bei der Überstellung des Patienten schiefgelaufen war.

Nein, es machte keinen Sinn, Joshua an das andere Krankenhaus zu überweisen. Armistead würde den Jungen hierbehalten, wo er praktisch auf gleichem Niveau behandelt werden würde, ohne dass jeder von Armisteads Schritten hinterfragt wurde.

Ein Krankenhauswechsel war eine zeitintensive Angelegenheit – und diesem Patienten blieb keine Zeit. Selbst wenn er seine persönliche Abneigung gegen die Klinik außer Acht ließ und sich nur auf die beste Option für seinen Patienten konzentrierte, war seine Entscheidung noch immer sinnvoll.

Sie würden Joshua hier operieren. Auf keinen Fall würde Armistead eine Überweisung an ein Krankenhaus anordnen, das vor fünf Jahren seine Bewerbung zur Ausbildung als Facharzt abgelehnt hatte. Und das gleich zweimal.

6

Wer auch immer das Wartezimmer der Notaufnahme entworfen hatte, wusste offensichtlich nichts über Kinder. Tiger war bereits zum dritten Mal von seinem Vater ermahnt worden, still zu sitzen, jedes Mal lauter. Er hatte es auch wirklich versucht, aber die Zeitschriften für Kinder waren einfach nicht interessant genug, sodass er herumgerannt war und nun zur Strafe sehr lange Zeit auf seinem Stuhl ausharren musste. Obwohl Tiger sich immer wieder lautstark räusperte, schien sein Vater inzwischen vergessen zu haben, dass sein Sohn noch immer auf diesem Stuhl festsaß. Es hatte nicht den Anschein, als würde er in nächster Zeit aufstehen können.

Gerade als Tiger alle Hoffnung aufgeben wollte, bot sich ihm die Gelegenheit zur Flucht: Sein Vater suchte die Toiletten auf. Tiger blickte nach rechts und nach links, wobei er die vorwurfsvollen Blicke seiner Schwester ignorierte, und stand dann auf, um fehlende väterliche Präsenz zu nutzen und die automatischen Türen am Eingang der Notaufnahme zu testen.

Ein Schritt auf die Matte, und die Tür öffnete sich. Ein Sprung von der Matte, und sie schloss sich wieder. Schien alles ordnungsgemäß zu funktionieren.

»Daddy hat gesagt, du sollst sitzen bleiben«, warnte Stinky, mit nervösem Blick zur Herrentoilette.

Aber Tiger hatte noch nicht alle Möglichkeiten durch. Wenn man schnell auf die Matte sprang und dann noch schneller wieder herunter, konnte man es schaffen, dass die Türen nur halb auf und zu gingen. Tatsächlich war ein leichtes Antippen mit dem Absatz eines Cowboystiefels ausreichend, um die Türen aufspringen zu lassen. Was für eine Macht! Was für ein Vergnügen!

Auf ... zu ... auf ... zu ...

»Tiger!« Daddy war von der Toilette zurück und schien nicht sonderlich erfreut zu sein.

Den Blick seines Vaters meidend, eilte der kleine Kerl schnell zu seinem Platz zurück und kletterte wieder auf den Stuhl. Stinky vertiefte sich demonstrativ in ihre Zeitschrift, sodass Tiger wie immer auf sich allein gestellt war.

Einen Moment lang saß Tiger nur stumm da und starrte auf seine Füße herunter, als er merkte, dass sich ein Schatten über ihn legte.

»Verflixt noch mal«, sagte der Schatten wütend. »Hatte ich dir nicht gesagt, du sollst sitzen bleiben?«

Obwohl er die Augen immer noch zu Boden gesenkt hatte, konnte er die Blicke der anderen beiden Familien spüren, die ebenfalls in der Notaufnahme warteten. Sie dachten wahrscheinlich gerade, dass der kleine Störenfried endlich bekam, was er verdiente. Sie hatten ja keine Ahnung, dass nur ihre Anwesenheit ihn vor dem Vollzug seiner Strafe rettete.

»Ja, Sir«, kam die piepsige Antwort. Immer wenn er in Schwierigkeiten steckte, versagte seine Stimme. Tiger hatte Angst, ging aber davon aus, dass er diesmal der Tracht Prügel entgehen würde. Schließlich war dies ein öffentlicher Ort, und normalerweise verhaute Dad ihn nicht in aller Öffentlichkeit, wenn Leute zusahen. Und manchmal, wenn Tiger besonders viel Glück hatte, war die ausstehende Züchtigung bis zu Hause wieder vergessen.

»Warum hast du dann nicht gehorcht und bist trotzdem aufgestanden?« Offensichtlich hatte der Schatten den wunden Punkt entdeckt.

»Weiß nicht«, erwiderte Tiger. Zu dem Zeitpunkt schien es eine gute Idee zu sein. Nun aber beschlichen ihn erste Zweifel. »Tut mir leid, Dad.«

»Damit hast dir jetzt erst mal 'ne Auszeit eingehandelt, junger Mann.«

Ohne ein weiteres Wort zu verlieren, rutschte Tiger von seinem Platz in der Mitte des Raumes herunter, zog einen Stuhl in eine Ecke des Zimmers und drehte ihn zur Wand hin. Dann kletterte er hinauf und setzte sich so weit zurück, dass seine Füße in den Cowboystiefeln frei baumelten. Innerlich atmete er auf; es hätte sehr viel schlimmer für ihn ausgehen können.

Dann hörte er, wie die anderen Leute im Raum ihn leise bemitleideten, sodass er fast gegrinst hätte. »Ohhh ...«, flüsterte eine Mutter. »Er ist sooo süß.«

Aber süß sein würde seine Auszeit auch nicht verkürzen, das wusste Tiger ganz genau. Also starrte er einfach die Wand an und fing an, seine Zeit abzusitzen. Er war ein Wiederholungstäter und schon sehr viel schlimmer bestraft worden. Diese Strafe hier hätte er auch auf dem Kopf stehend hinter sich bringen können.

Eigentlich gar keine schlechte Idee, dachte er bei sich. *Wenn ich nur weit genug nach vorne rutsche, mich runterbeuge und meine Hände auf den Boden bekomme ...*

* * *

Am anderen Ende der Stadt fragte sich ein Ersttäter, ob er die Nacht überstehen würde.

Man hatte Charles Arnolds' Fingerabdrücke genommen und ihn eingebuchtet. Sie schossen zwei Fotos fürs Polizeiarchiv, eines von vorne und eines von der Seite. Die Beamten nahmen ihm Cargo-Shorts, T-Shirt, Socken und Turnschuhe ab und händigten ihm dafür einen grellorangenen Overall und ein paar Slipper aus. Er fühlte sich ... nun, er fühlte sich wie ein Krimineller, was wahrscheinlich auch der Sinn der Übung war.

Ein Beamter packte Charles am Arm und zog ihn einen schmalen, dreckigen Flur hinunter, wobei er das Pfeifkonzert aus den Zellen, an denen sie vorbeikamen, ignorierte. Am Ende des Ganges schloss der Beamte die Tür zur großen Untersuchungshaftzelle auf, schob Charles hinein, trat dann einen Schritt zurück und schlug die schwere Gittertür mit einem Knall zu.

»Viel Spaß, Professor«, rief der Beamte, während er sich den Gang hinunter entfernte.

Charles machte eine schnelle Bestandsaufnahme der verwegen aussehenden Gruppe, die aus etwa einem Dutzend Männer bestand. Die meisten waren jünger als er. Eine Handvoll Schwarze, eine Handvoll Weiße, ein paar Latinos. Tattoos, Dreadlocks und finstere Mienen schienen hier groß in Mode zu sein. In der Zelle herrschte Rassentrennung; auf der einen Seite hatten sich die Schwarzen gruppiert, auf der anderen die Weißen. Die zwei Latinos richteten sich in der Nähe der Weißen ein.

Als Erstes schlug ihm der Gestank entgegen. Sofort musste er daran denken, dass nun auch sein eigener ölig glänzender Schweiß, der durch die drückende Feuchtigkeit im Raum hervorgerufen wurde, seinen Beitrag dazu leisten würde. In der Zelle roch es nach ungewaschenen, ungepflegten Männern – der Gestank von Niederlage, Frust und Wut.

Die Insassen betrachteten den Neuzugang mit desinteressierter Geringschätzung. Keiner sagte ein Wort, als Charles zu der afroamerikanischen Fraktion hinüberschlich. In solchen Momenten wünschte Charles sich, er wäre ein etwas dunklerer Vertreter seiner Ethnie. Bei diesen Männern würde seine hellbraune Haut vielleicht für keine volle Mitgliedschaft ausreichen, womit er für beide Seiten der Zelle ein Außenseiter war.

»Wofür haben sie dich eingebuchtet?«, fragte einer der schwarzen Jungs. Er war ein drahtiger junger Mann, der Charles Einschätzung nach nicht älter als achtzehn oder neunzehn Jahre alt sein konnte und dessen Unterarme von einem grotesken Netzwerk aus dicken Adern und Tattoos übersät wurde.

»Polizistenmord.« Charles war entschlossen, einen guten ersten Eindruck zu machen.

»Willst du mich verarschen? Nie im Leben hast du 'n Cop kaltgemacht.«

»Hab's in Erwägung gezogen«, erwiderte Charles, während er sich der schwarzen Seite der Zelle ein paar weitere Schritte näherte. In einer Geste der Anerkennung berührte er mit seiner Faust die ausgestreckte eines anderen Bruders. »Also haben sie mit mir die Rodney-King-Nummer abgezogen, weil ich mich der Verhaftung widersetzt habe.«

»Laber nicht, Weib. Komiker sind hier nicht gefragt.«

»Weib?«

Die tiefe Stimme gehörte einem riesigen Bruder, der ganz hinten in der Zelle saß, sich nun aber langsam erhob und auf Charles zuging. Charles selbst war 1,85 m groß, aber trotzdem fast acht Zentimeter kleiner und 45 Kilo leichter als dieser Kerl. Selbst in seinem Overall wirkte der Mann muskulös. Er hatte breite, schräg abfallende Schultern, riesige Hände und eine fleischige Stirn, die wie eine Felsklippe über seine Augen ragte. Sein Haar war kurz geschoren, und er trug einen struppigen Schnurrbart, der in einen getrimmten Ziegenbart überging. Trotz der dämmrigen Lichtverhältnisse in der Zelle funkelte sein Goldzahn auf, wenn er sprach.

Die Rolle, die zu solch einem Spitznamen gehörte, gefiel Charles ganz und gar nicht. Und niemand musste ihm sagen, dass dieser Mann sozusagen der Rädelsführer der U-Haft-Zelle war. Mittlerweile stand er nur noch einen halben Meter entfernt, wobei sich seine riesigen Pranken ständig zusammenballten und wieder entspannten.

»Also noch mal ... warum bist du hier ... Weib?«

»Weib.« Der Prediger wurde von Angst erfasst. Er war noch nie im Gefängnis gewesen, wusste aber genau, wie es hier ablief. *»Weib.«*

Gott, steh mir bei, betete er still vor sich hin. Ein schnelles, einfaches und inständiges Stoßgebet.

»Ich hab's dir doch gesagt, Bruder. Hab mich gewehrt, als sie mich einkassieren wollten, und gegen die Lärmverordnung verstoßen.« Noch während er die Worte aussprach, fiel Charles auf, wie armselig sich diese Anklagepunkte anhörten. »Ich bin Straßenprediger«, fügte er hinzu, in der Hoffnung, dass dieser Verbrecher vielleicht etwas Respekt vor einem Gottesmann hatte.

Aus der weißen Ecke der Zelle schallten Gejohle und Pfiffe, gefolgt von ein paar vulgären Bemerkungen. Die Jungs waren offensichtlich nicht beeindruckt.

»Verpass ihm eine, Buster«, schlug einer der Schwarzen vor. Charles war erstaunt, wie schnell sich die Fronten hier verschoben. Ein paar Brüder standen auf, und andere begannen sich im Kreis um die beiden aufzustellen, als Arena für den bevorstehenden Kampf. »Pass auf deine Zähne auf, Bruder«, kam ein Ratschlag aus dem Pulk.

Charles hatte nicht vor, seine Zähne zu schützen. Das Letzte, was er jetzt gebrauchen konnte, war eine Schlägerei mit diesem Granitblock, der sich vor ihm aufgebaut hatte. Was hatte er bloß getan, was diesen Kerl dermaßen auf die Palme brachte?

»Maul halten«, grollte der Mann, den sie Buster nannten. Er sprach zu den anderen Männern in der Zelle, doch sein Blick war starr auf Charles gerichtet. Sofort verstummte die Menge. Buster kam ein paar Schritte näher, sodass Charles nun in Reichweite war. Der Prediger spannte seinen Körper an, bereit, sich zu ducken und auszuweichen, sollte es zum Schlag kommen.

»Wenn du 'n Straßenprediger bis', warum ham' die dich dann Professor genannt?«

Gute Frage, dachte Charles. *Vielleicht ist dieser Typ schlauer, als er aussieht.*

»Ich lehre Verfassungsrecht an der Juristischen Fakultät der Regent University«, erklärte Charles mit der bestmöglichen Autorität eines Professors, die er trotz seiner Nervosität zustande brachte. »Ich bringe Jurastudenten bei, wie man Verstöße gegen die Grundrechte aufdeckt und dagegen angeht. Du weißt schon, wie Johnnie Cochran.«

Die Erwähnung von Cochrans Namen rief bei einigen Insassen die gewünschte ehrfurchtsvolle Reaktion hervor, doch Buster zog lediglich seine massige Stirn in Falten und betrachtete den Prediger weiterhin mit skeptischem Blick.

»Und ich bin Richter Ito.«

Charles bekämpfte die aufsteigende Panik und nahm seine richtige Professorhaltung an. Ruhig sah er dem Verbrecher direkt in die Augen, wobei er sicherheitshalber sein Gewicht auf die Fußballen verlagerte, um sich, wenn nötig, wegzuducken. Wenigstens hatte der riesige Gorilla ihn diesmal nicht Weib genannt.

»Der erste Zusatz zur Verfassung der Vereinigten Staaten gewährt jedem Angeklagten das Recht auf Schutz vor ungerechtfertigter Durchsuchung und Selbstbelastung. Dieses Recht findet in jedem Bundesstaat Anwendung aufgrund des 14. Zusatzes, der jedem Beschuldigten das Recht auf ein faires Gerichtsverfahren gewährt.« Charles spulte die Worte schnell und selbstsicher wie ein Computer ab, ohne dabei seinen neuen Widersacher aus den Augen zu lassen. »Tatsächlich beruhen Rechte wie das Aussageverweigerungsrecht auf Urteilen des Obersten Gerichtshof. In diesem Zusammenhang besonders zu erwähnen wäre der Fall *Miranda vs. Arizona*, der 1966 vom Obersten Gerichtshof entschieden wurde, dessen Mehrheitsmeinung von einem meiner Lieblingsrichter verfasst wurde, dem ehrenwerten William Brennan, möge er in Frieden ruhen.« Charles hielt inne, um nach Luft zu schnappen, und bemerkte Busters verwirrten Blick.

»Hast du was drauf vor Gericht?«, fragte Buster, während er weiterhin seine Fäuste ballte und entspannte.

»Nur die Besten lehren. Alle anderen tun nur, was sie von uns beigebracht bekommen haben.«

»Wenn du auch die Pflichtverteidiger ausgebildet hast, würde ich an deiner Stelle nicht so große Töne spucken«, rief einer der langhaarigen weißen Jungs von der anderen Zellenseite.

Buster warf dem Jungen einen Blick zu, und Charles spürte die Gelegenheit nahen, die Freundschaftsverhältnisse neu zu bestimmen. Schließlich war dieser Buster ein Mitglied der *dunkleren* Nation.

»Die sind auch nur so gut wie die Fälle, die sie bekommen«, sagte Charles zu dem weißen Jungen.

Buster entspannte seine Fäuste. »Die Cops haben meine Rechte verletzt.«

»So isses«, rief ein Bruder aus dem äußeren Kreis. »Meine auch.« Buster warf ihm einen grimmigen Blick zu, und der Mann hob abwehrend die Hände – *ich hab nix gesagt.*

»Hört zu«, belehrte Charles die Anwesenden, der mittlerweile die volle

Aufmerksamkeit aller Insassen genoss. »Ich werde es kaum schaffen, jeden Verstoß gegen die verfassungsmäßigen Rechte zu vertreten, der jemals passiert ist. Ich wette, dass die Hälfte aller Brüder in diesem Raum von den Bullen fertiggemacht worden ist.« Diese Aussage erntete allgemeines Kopfnicken und zustimmendes Gemurmel. »Aber wenn ihr mir etwas Zeit und Platz zum Arbeiten gebt, werde ich mich mit jedem von euch zusammensetzen, der glaubt, Opfer eines verfassungsmäßigen Verstoßes geworden zu sein. Ich kann nichts versprechen, aber wenn ihr einen stichhaltigen Fall habt, werde ich eure Pflichtverteidiger unterstützen und vielleicht sogar selbst einen Antrag auf Einstellung des Verfahrens stellen.«

Mehrere Köpfe nickten, doch der von Buster gehörte immer noch nicht dazu.

»Fangen wir doch mit dir an«, schlug Charles vor.

Buster schob den Kiefer vor und nickte dann langsam. »Damit kann ich leben.« Er warf einen Blick durch die Zelle.

»Macht mal Platz für den Prof«, befahl Buster, und die Männer, die bis dahin einen Kreis um die beiden gebildet hatten, kehrten an ihre alten Plätze zurück. Buster und Charles zogen sich in eine Ecke der Zelle zurück und wurden von den anderen belauscht, die alle vorgaben, keinerlei Interesse an dem Gespräch zu haben.

Nachdem Charles jeden Einzelnen von ihnen angehört hatte, war er zu dem Schluss gekommen, dass es in dieser Zelle nur einen Fall gab, der Charles' Aufmerksamkeit und seine verfassungsrechtliche Expertise verdiente. Dabei handelte es sich natürlich um Buster, der laut Charles' eigenen Worten das Opfer einer schweren Missachtung seiner verfassungsmäßigen Rechte seitens der V-Town-Polizei war.

Charles wusste, dass er am nächsten Morgen nicht in den Spiegel gucken können würde, sollte er sich tatsächlich aktiv an Busters Verteidigung beteiligen. Während seiner sechsjährigen Laufbahn als Uniprofessor hatte er bereits ein paar Mal an der Verteidigung von Kriminellen mitgewirkt, von denen jeder überzeugende Beweise für seine Unschuld vorweisen konnte. Die Vorstellung, dabei zu helfen, Buster wieder auf freien Fuß zu setzen, war ihm zuwider, aber nicht annähernd so sehr wie der Gedanke, die kommende Nacht ohne Busters Beistand überstehen zu müssen. Außerdem beruhigte Charles sein Gewissen mit der Tatsache, dass die Chancen mehr als gering waren, tatsächlich einen Straferlass für Buster zu erwirken.

Buster zufolge war er ganz allein und friedlich in seinem Cadillac Escalade mit getönten Scheiben die Hauptstraße von V-Town heruntergekutschiert, wie Virginia Beach von den Häftlingen genannt wurde. Er hatte ein paar Runden um den Block gedreht und dann am Straßenrand angehalten, wo sich ein paar junge afroamerikanische Männer zu ihm gesellten und in den Wagen stiegen. Nach einer weiteren Runde um den Block ließ er sie an derselben Stelle wieder raus, wo er sie eingesammelt hatte.

Für dieses vollkommen harmlose Verhalten wurde er von der Polizei angehalten, die sofort damit begannen, ihn zu schikanieren. Sie beschuldigten Buster des Drogenhandels und überprüften die Seriennummer seines Fahrzeugs. Sie befahlen Buster auszusteigen und behaupteten dann, ein paar Tütchen mit weißem Pulver deutlich erkennbar unter seinem Sitz gesehen zu haben.

Das war gelogen, meinte Buster. Er versicherte Charles, dass die Drogen sicher im Handschuhfach und im Kofferraum des Wagens deponiert gewesen waren. Er war schließlich kein Idiot, erklärte Buster, und nicht so dumm, die Drogen offen herumliegen zu lassen.

Es handelte sich um Busters drittes Vergehen, und diesmal hatte er dank Virginias »Drei-Verstöße-und-du-bist-raus«-Richtlinie bei strafrechtlichen Sanktionen mit einer langen Haftstrafe zu rechnen. Wegen eines anderen Drogendelikts hatte er bereits drei Jahre im Gefängnis verbracht und war nicht erpicht darauf, die nächsten zehn Jahre seines Lebens hinter Gittern zu verbringen. »Ich bin ein anderer Mensch geworden«, erklärte er Charles. »Diesmal habe ich meine Lektion gelernt. Wenn du mich hier raushaust, werd ich die nächste Mutter Teresa.«

Charles hörte Busters Geschichte aufmerksam zu, nickte häufig mit dem Kopf und machte mitfühlende Geräusche, während Buster ihm von seinem Leidensweg berichtete. Als Buster fertig war, fragte Charles sich laut, ob die Polizisten einen berechtigten Grund nennen konnten, warum sie ihn überhaupt angehalten hatten.

»Klingt für mich nach einer Fahndung aufgrund ethnischer Zugehörigkeit«, murmelte Charles. »Womit sonst wollen die Cops rechtfertigen, dass sie dich überhaupt angehalten haben? Es ist doch so: Die sehen einen schwarzen Mann in einem schicken Auto, der einfach nur mit ein paar schwarzen Freunden abhängt, und schon gehen sie davon aus, dass du ein Drogendealer bist.«

»Aber was is' mit dem Stoff, den sie gefunden haben?«, wollte Buster wissen.

»Wenn sie keinen begründeten Verdacht vorweisen können, wegen dem sie dich rausgewunken haben, dann wird der Richter die Klage abweisen. Ich sage nicht, dass das wirklich passieren wird, das ist reine Spekulation, aber es wäre möglich.«

Buster grinste, sein Goldzahn funkelte auf, während er zustimmend mit dem Kopf nickte.

Nachdem Charles sich die weniger verheißungsvollen Fälle der anderen Häftlinge angehört hatte, zogen Buster und er sich wieder in die Ecke der Zelle zurück, wo sie leise ein Abkommen trafen. Charles würde Buster hinsichtlich der Verfassungsmäßigkeit dieser Verkehrskontrolle vertreten, mehr nicht. Alle anderen Aspekte seines Falls würde weiterhin sein Pflichtverteidiger verhandeln. Im Gegenzug erklärte Buster sich bereit, Charles für die kurze Dauer seines Aufenthalts hinter Gittern unter seine Fittiche zu nehmen. Da er spürte, dass Buster unbedingt seine Hilfe wollte, entschied sich Charles, eine weitere Forderung zu stellen.

»Meinst du, du könntest ein paar der Brüder Samstagabend zu einem Bibelkreis bestellen?«, flüsterte Charles. »Ich würde kommen, um ihn zu leiten.«

Buster zog seine massive Stirn in Falten, sein Blick wurde hart.

»Denk drüber nach«, wisperte Charles schnell. Er spürte, dass das in diesem Moment das Beste war, was er tun konnte. »So hätten wir vielleicht etwas mehr Zeit, um deinen Fall zu besprechen.«

Sie besiegelten den Deal mit einem Soul-Handshake und teilten den anderen Häftlingen mit, dass Buster jetzt einen neuen Anwalt hatte. Als die anderen realisierten, dass der Deal gelaufen war, gab es ein paar gemurmelte Verwünschungen, doch keiner wagte es, sich laut zu beschweren.

In dieser Nacht schlief Charles auf einer der wenigen Matten der Untersuchungszelle. Kurz bevor er einschlief, blinzelte er durch ein Auge und warf einen letzten Blick auf seinen Beschützer. Buster saß ganz in seiner Nähe mit offenen Augen, verschränkten Armen und einem grimmigen Ausdruck auf seinem rauen Gesicht. Sollte bloß einer wagen, den wohlverdienten Schlaf seines hochgeschätzten neuen Anwalts für Verfassungsrecht zu stören.

7

Sie warteten nun schon seit fast zwei Stunden. Langsam machte Thomas sich Sorgen. Er hatte das sterile Wartezimmer der Intensivstation satt, die gelben Plastikmöbel und auch die zwei Monate alten Zeitschriften. Seit Mitternacht hatte er mindestens zwei Familien kommen und gehen sehen, doch er saß immer noch hier, ohne Informationen und das Schlimmste befürchtend.

Man hatte mit der Operation um 23 Uhr begonnen, allerdings gab es Komplikationen. Dr. Armistead war um 00:30 Uhr ganz geschäftsmäßig erschienen und hatte sie darüber informiert, dass der Blinddarm entfernt wurde, Joshua aber trotzdem noch nicht über den Berg sei. Er erzählte etwas von multiplem Organversagen oder so etwas in der Art. Man hatte Thomas nicht gestattet, Josh zu sehen. Armistead erklärte, dass man nun irgendeinen Leber- oder Nierenspezialisten hinzuziehen wollte. Thomas hatte keine Ahnung, warum diese Organe betroffen waren, aber es klang ernst.

Strafte Gott ihn etwa, weil er Josh ins Krankenhaus gebracht hatte? Hatte Thomas in dieser ultimativen Prüfung seines Glaubens versagt? Sollte Josh es nicht schaffen – wer sollte dann die Schuld an seinem Tod tragen, wenn nicht sein Vater, der seine festen Überzeugungen über Bord geworfen hatte, als es darauf ankam? Wie sollte Gott einen solch flatterhaften Glauben wertschätzen?

In der letzten Stunde hatte Thomas sich mit schwersten Vorwürfen herumgeplagt, während er betend mit diesen Fragen rang. Er hatte noch immer keine Antwort erhalten und auch keine Versicherung, dass Josh wieder in Ordnung kommen würde. Er wollte jetzt einfach nur bei Josh sein. Daher nahm er es den Ärzten übel, dass sie ihn von seinem eigenen Sohn fernhielten.

Wenigstens war Tiger endlich die Puste ausgegangen. Tief und fest schlief er mit offenem Mund auf der Couch, sein Schmusetuch fest an sich gedrückt.

Stinky lag zusammengerollt auf Thomas' Schoß und schlief ebenfalls den Schlaf der Gerechten. Von Minute zu Minute schien sie immer schwerer zu werden, doch Thomas wollte sie nicht ablegen, denn die Wärme ihrer Berührung gab ihm Halt.

Theresa schlief nicht. Ständig stand sie auf und wanderte durch die Gänge oder lief im Wartezimmer auf und ab. Ihre Stimmung wechselte zwischen unbegründetem Optimismus und ungerechtfertigtem Pessimismus. In diesem Moment saß sie gerade einfach nur da und starrte vor sich hin. Es waren mindestens fünf Minuten vergangen, seitdem sie irgendwelche Vermutungen angestellt hatte, warum sie noch immer nichts gehört hatten, und schon eine ganze Viertelstunde her, dass sie eine Schwester der Notaufnahme im Gang bedrängt hatte, um an Informationen zu kommen, die einfach nicht herausgegeben wurden.

Was blieb ihnen anderes übrig, als zu warten?

Obwohl Thomas und Theresa fast die ganze Nacht auf die Tür gestarrt hatten, schaffte es Dr. Armistead irgendwie, unbemerkt ins Wartezimmer einzutreten. Als Thomas den Arzt in seinem weißen Kittel aus dem Augenwinkel wahrnahm, hatte dieser bereits ein paar Schritte ins Zimmer getan. Der Ausdruck auf seinem Gesicht war düster, und Thomas wusste sofort Bescheid. Bevor Armistead überhaupt ein Wort sagen konnte, wusste Thomas es.

Theresa sprang von ihrem Stuhl auf und eilte auf den Doktor zu.

»Wie geht es ihm?«, fragte sie.

Thomas' ganzer Körper verspannte sich, doch er rührte sich nicht, damit Stinky nicht von seinem Schoß fiel.

»Ich bringe keine guten Nachrichten«, teilte ihnen Armistead sachlich und professionell mit. »Wir haben alles getan, was wir konnten, aber er hat es nicht geschafft; er ist einfach ...«

»Nein!«, kreischte Theresa, »Nein! Nicht mein Joshie ...« Sie fiel auf die Knie und schlug die Hände vors Gesicht, ihre Worte wurden von ihrem eigenen Schluchzen übertönt.

Thomas stand auf und legte Stinky sanft auf dem Stuhl ab. Stinky wachte auf, sah verwirrt um sich und blinzelte den Schlaf aus ihren Augen. »Was ist denn los?«, wollte sie wissen.

»Es wird alles gut«, murmelte Thomas, während er versuchte, das Undenkbare zu verarbeiten. Eine Welle der Taubheit ging durch seinen Körper. Er setzte sich neben Theresa auf den Boden und legte seine Arme um sie, woraufhin sie ihren Kopf in seiner Schulter vergrub.

Tiger, der durch den Schrei seiner Mutter aus dem Schlaf gerissen worden war, rieb sich die Augen und hüpfte von der Couch herunter. Schnell lief er zu seinen Eltern, wobei er Dr. Armistead einen bösen Blick zuwarf. Dann nahm er seine Schmusedecke, die ihm immer Trost spendete, und legte sie seiner Mutter um die Schultern. Thomas drückte die beiden an sich. In Windeseile war auch Stinky bei ihnen.

»Geht es Joshie gut?«, flüsterte Stinky ihrem Vater ins Ohr.

Thomas fand weder die passenden Worte noch den Mut, ihr die Wahrheit zu sagen.

8

Das Gesetz schrieb vor, dass er den Verdacht auf Kindesmisshandlung melden musste. Ihm blieb in dieser Sache keine andere Wahl. Also griff Dr. Armistead nach seiner Doppelschicht auf dem Weg nach Hause zu seinem Handy und ließ sich von der Auskunft die Nummer des Jugendamts in Virginia Beach geben. Er blieb am Apparat, während der Computer der Vermittlung ihn durchstellte.

Es wunderte ihn nicht, dass sich nur der Anrufbeantworter meldete. An einem Samstagmorgen um 7.00 Uhr hatte er nicht wirklich damit gerechnet, dass jemand ans Telefon ging. Er hinterließ eine Nachricht und drückte eine Kurzwahltaste auf seinem Handy. Es klingelte dreimal, bevor jemand abhob.

»Hallo«, meldete sich eine weibliche Stimme unwirsch. Die Stimme gehörte der stellvertretenden Oberstaatsanwältin Rebecca Crawford.

»Du lässt nach, ich dachte, du wärst schon längst im Büro.«

»Sean?«

»Hier ist Ihr freundlicher Doktor aus der Nachbarschaft mit dem Wochenend-Weckruf.«

»Träum weiter. Ich bin schon mit meinem Workout durch. Für mich ist es schon fast Zeit zum Mittagessen, Doc.«

»Du solltest dir echt mal ein Leben anschaffen.«

»Ich hab doch eins – schon vergessen? Ich bringe die Jungs hinter Gitter, die du zusammenflickst und wieder raus auf die Straße schickst.«

Während er ihr zuhörte, sah er sie vor seinem geistigen Auge. Diese achtunddreißigjährige Frau, die jedes Anzeichen des Alterns mit allen Mitteln bekämpfte. Die kurzen, stufig geschnittenen blonden Haare mit den braunen Ansätzen. Gebräunte Haut, die von zu vielen Sonnenbädern am Strand in Mitleidenschaft gezogen worden war. Die ersten Fältchen waren mit einem Facelift im Alter von fünfunddreißig Jahren aus ihrem Gesicht gebügelt worden, was Rebecca Sean gegenüber nie zugegeben hatte, er aber aus vertraulicher Quelle wusste. Sie war nicht sonderlich sportlich, arbeitete aber wie besessen daran, ihren Körper in Form zu halten, was ihr auch durchaus gelang. Sie war gerade einmal 1,65 m groß und stämmig gebaut, mit einem trägen Stoffwechsel. Es erforderte viel Disziplin, damit sie nicht ständig zunahm.

Ihr Gesicht war bestenfalls attraktiv, aber nicht umwerfend schön. Es war ein klein wenig zu scharf geschnitten, die Augen ein wenig zu schmal, die Wangen ein wenig zu eingefallen. Nichtsdestotrotz fand Sean es ansprechend. Sie trug ihr Make-up stets mit größter Sorgfalt auf, ließ jeden Makel verschwinden und betonte all ihre optischen Stärken. Und ihr Mund war wirklich wunderschön – volle Lippen, die immer mit dunklem Lippenstift geschminkt waren, und gerade weiße Zähne. Wenn man mit ihr sprach, starrte man ihr automatisch auf den Mund, das gleiche Phänomen wie bei Julia Roberts. Armistead hatte sich schon mehr als einmal von diesem Mund verzaubern lassen, ein Schicksal, das er mit vielen Geschworenen teilte, da war er sich sicher.

»Also, was gibt's? Du rufst mich doch nicht um sieben Uhr morgens an, nur um ein Schwätzchen zu halten.«

Armistead schmunzelte. Die Frau dachte immer nur an die Arbeit. Er fand's klasse.

»Ich glaube, ich habe einen interessanten Fall für dich. Sehr anspruchsvoll, wird mit Sicherheit für viel Aufsehen sorgen, und das Opfer ist ein echter Sympathieträger.«

»Ich höre.«

»Gestern Nacht ist ein zwanzig Monate altes Kind in der Notaufnahme gestorben, weil die Eltern sich drei Tage lang weigerten, seinen geplatzten Blinddarm behandeln zu lassen. Wir haben alles getan, um ihn zu retten, aber es war zu spät. Außerdem gibt es Anzeichen dafür, auch wenn ich es noch nicht beweisen kann, dass das Kind wie auch seine beiden Geschwister – ein fünfjähriger Junge und ein siebenjähriges Mädchen – von ihren Eltern misshandelt wurden.«

Armistead hielt einen Augenblick inne, um seine Worte nachwirken zu lassen. »Ich dachte mir einfach, du hättest vielleicht Interesse an dieser Angelegenheit.«

»Ob ich *Interesse* habe?«, fragte Rebecca. »Das kannst du aber laut sagen.« Ihre Stimme klang auf einmal energiegeladen. »Komm in einer Stunde in mein Büro. Ich werde eine eidesstattliche Erklärung von dir brauchen.«

»Ich werde da sein«, versprach er ihr.

Einen kurzen Moment wurde es still in der Leitung. »Wie heißt das Kind?«, wollte Rebecca wissen.

»Joshua Hammond.«

»Wie sah er aus?«

Auf diese seltsame Frage war Armistead nicht gefasst gewesen. Er konnte sich ehrlich gesagt nicht mehr wirklich erinnern. »Der typische Zweijährige. Blond, glaube ich, pummelig ... Warum ist das wichtig?«

»Nicht wirklich. Ich habe nur gern ein Gesicht zu der Akte. Bei Mordfällen klebe ich immer ein Bild des Opfers auf die Innenseite des Notizbuchs, das ich während des Prozesses benutze. Das erinnert mich daran, worum es bei dem Fall geht.«

Diese Seite von Rebecca überraschte und beschämte ihn zugleich ein wenig. Selbst wenn sein Leben auf dem Spiel gestanden hätte, hätte er das Gesicht des Jungen nicht beschreiben können. Der Gedanke, dass eine knallharte Staatsanwältin mehr Mitgefühl aufbrachte als er, war verstörend.

»Vielleicht solltest du diesmal dein eigenes Bild aufkleben«, schlug Armistead vor. »Schließlich geht es bei diesem Fall darum, eine Beförderung für dich rauszuschlagen.«

»Manchmal bist du ein richtiges Ekel«, grollte sie.

Schon besser. *Das* war die Rebecca, die er kannte. Streitlustig, bissig ... unwiderstehlich. »Ich mach's später wieder gut«, versprach er ihr.

* * *

Nach einer kurzen Dusche sprang Rebecca in ein paar enge Jeans und ein weites Tank-Top und zog ihre Birkenstocks ohne Socken an. In Rekordzeit trug sie großzügig Rouge, Lidschatten, Lippenstift und Wimperntusche auf. Schnell noch etwas Deo und Parfüm, und nicht einmal eine halbe Stunde später war sie zur Tür hinaus.

Auf der zwanzigminütigen Fahrt von ihrer Eigentumswohnung ins Büro legte sie sich eine Strategie zurecht. Am Montag würde sie das Jugendamt kontaktieren. Bis Dienstag sollte es ihr gelingen, eine Anklageschrift vom großen Geschworenengericht zu bekommen. Den Haftbefehl gegen die Eltern würde sie bis Dienstagabend erwirkt haben und die Anklageerhebung wie auch den Haftprüfungstermin für Mittwochmorgen beantragen. Sie würde die beiden wegen fahrlässiger Tötung anklagen und eine enorm hohe Kaution fordern. Dann würde sie eine Pflegestelle für die Kinder suchen, bei der sie unterkommen konnten, während ihre Eltern die Haftstrafe absaßen. Selbst wenn die Eltern in der Lage sein sollten, die Kaution zu stellen, würde sie darauf bestehen, dass die Kinder für den Verlauf des Verfahrens in einer Pflegefamilie untergebracht wurden – mit der Begründung, dass die Kinder von Menschen beaufsichtigt werden sollten, die bereit waren, ihnen eine angemessene medizinische Versorgung zukommen zu lassen.

Sie würde die Kinder in ihr Büro zitieren und ihnen ein paar schockierende Aussagen entlocken, die sie auf Video aufnehmen konnte, bevor sie den Jungen und das Mädchen an die Pflegestelle weiterreichte. Am Anfang ihrer Karriere hatte sie hauptsächlich Fälle von häuslicher Gewalt verhandelt und wusste daher, wie sie die Kinder bearbeiten musste, um zu bekommen, was sie hören wollte.

Sie würde die Medien verständigen und exklusive Interviews versprechen. Und sie würde sich um alles selbst kümmern.

Als ihr Seans Kommentar in den Kopf kam, spürte sie Ärger in sich aufsteigen. In diesem Fall ging es nicht um sie. Wie bei jedem anderen Fall auch ging es nur um Gerechtigkeit. Sie würde zur Stimme des unschuldigen Zweijährigen werden, der nie eine Chance hatte. Sein Tod ging allein auf das Konto seiner gleichgültigen Eltern, so als hätten sie ihm mit eigenen Händen die kleine Kehle durchgeschnitten. Natürlich würden sie sich vor Gericht die Augen ausheulen und beteuern, wie sehr sie ihr Baby geliebt hatten, aber Joshua war tot. Und selbst eine Sintflut von Tränen würde daran nichts ändern. Rebecca glaubte fest daran, dass seine Seele erst in Frieden ruhen würde, wenn jene Personen, die seinen Tod zu verantworten hatten, ihrer gerechten Strafe zugeführt waren.

Wenn die Ausübung ihrer Pflicht dazu führen sollte, dass sie befördert wurde, umso besser. Es war höchste Zeit, dass Virginia Beach einen Oberstaatsanwalt bekam, dem die Opfer tatsächlich am Herzen lagen. Lang genug war das Amt von karriereorientierten Politikern besetzt worden.

Zwölf lange Jahre mühte sie sich bereits in ihrem deprimierenden Job ab. Schon seit fünf Jahren wartete sie geduldig darauf, dass der amtierende Oberstaatsanwalt Harlan Fowler in den Ruhestand ging oder zum Richter ernannt wurde. Es wollte einfach nicht passieren. Also musste sie die Dinge jetzt selbst in die Hand nehmen.

Bei den kommenden Wahlen im November würde sie ebenfalls um das Amt ihres Chefs kandidieren, was sie in zwei Monaten, also im August bekannt geben wollte. Sean war gerade zur rechten Zeit gekommen. So konnte sie die Eltern anklagen und vor den Medien verteufeln, ohne sich noch vor den Wahlen Gedanken um das Verfahren selbst machen zu müssen.

Dies war endlich der Durchbruch, auf den sie so lange gewartet hatte. Den sie verdient hatte.

Mit einem Blick auf die Uhr machte sie an einem Tankstellenshop halt, denn sie war früh dran und in Feierlaune. Sie kaufte sich einen Kaffee mit extra Sahne und einen Donut mit Glasur. Der Joghurt würde heute in der Kühltheke bleiben.

* * *

Am Samstagmorgen wurde Charles Arnold vor den Richter gezerrt. Er trug noch immer seinen orangefarbenen Overall. Der Staatsanwalt war bei Haftprüfungsterminen wegen kleiner Vergehen nie anwesend. In solchen Fällen wurden die Interessen des Staates durch die Polizeibeamten vertreten, die die Festnahme durchgeführt hatten.

»Fall Nummer 04-3417«, verkündete der Gerichtsdiener. »Der Staat gegen Charles Arnold.«

Charles trat vor die Bank des Amtsrichters. Officer Thrasher, der schwergewichtige Polizist mit dem pockennarbigen Gesicht, stellte sich links von ihm auf. Hinter ihnen lungerten die Beamten herum, die die Gefangenen aus der Untersuchungshaftzelle in den Gerichtssaal eskortierten. Alle Anwesenden sahen gelangweilt aus.

»Ihnen wird vorgeworfen, gegen eine Lärmverordnung verstoßen und Widerstand bei der Verhaftung geleistet zu haben«, erklärte der Amtsrichter, ohne aufzusehen. »Was die Anklage wegen des Widerstandes bei der Verhaftung angeht, haben Sie das Recht auf einen Anwalt. Können Sie sich einen Anwalt leisten, oder wollen Sie prüfen lassen, ob Ihnen ein Pflichtverteidiger zusteht?«

»Entschuldigen Sie, Euer Ehren«, schaltete Thrasher sich ein. »Wir werden die Klage wegen Widerstand bei der Verhaftung fallen lassen und was die Kaution angeht, würden wir uns damit zufrieden geben, ihn mit der Zusage freizulassen, dass er zu den kommenden Terminen vor Gericht erscheint.«

Charles hatte nichts anderes erwartet, da die Polizisten keinerlei Grundlage für die Klage vorzuweisen hatten. Sie wollten ihn einfach nur eine Nacht ins Kittchen stecken. Ihm eine Lektion erteilen. Ihm zeigen, dass mit den Jungs in Blau nicht zu spaßen war. Schon gar nicht als Mensch mit dunklerer Hautfarbe.

»Ich nehme an, dass der Angeklagte keine Einwände hat?« Der Richter blickte zu Charles auf.

»Ich denke nicht«, erwiderte Charles. »Jedoch ist es so, Euer Ehren, dass sie mich aufgrund eines haltlosen Vorwurfs die ganze Nacht lang eingesperrt und wie einen Schwerverbrecher behandelt haben und jetzt einfach in dieses Gericht spazieren und ...«

Der Richter unterbrach ihn mit einer Handgeste. »Hören Sie, mein Freund, selbst wenn das stimmen sollte, kann ich daran nichts ändern. Ich sitze nur hier, um die Höhe der Kaution zu bestimmen, und der Officer hat Ihnen großzügig gestattet, mit nur einer Unterschrift freizukommen. Sie müssen dann nur noch zum vereinbarten Gerichtstermin erscheinen. Einen besseren Deal werden Sie nicht bekommen, Kumpel, und ich habe hier noch ein paar andere Leute zu bearbeiten.«

»In Ordnung«, gab Charles sich geschlagen. »Aber wann ist mein Gerichtstermin?«

»Ich würde ihn gern für den ersten Dienstag im nächsten Monat festsetzen lassen«, sagte Thrasher. »An dem Tag werde ich sowieso wegen einer Reihe anderer Fälle im Gericht sein.«

»Das ist ja erst in einem Monat«, beschwerte sich Charles. Er wäre einen ganzen Monat lag der Häme seiner Sommerkursstudenten ausgesetzt.

Müsste all seinen Bekannten gegenüber einen Monat lang seine Unschuld beteuern.

Und was, wenn seine Exfrau davon Wind bekäme? Er konnte förmlich hören, wie sie missbilligend die Zunge schnalzte. Sie würde es irgendwie schaffen, ihm und den Cops gleichzeitig die Schuld zuzuweisen, und ihm raten, die *Nationale Organisation zur Förderung farbiger Menschen* einzuschalten, eine Gegenklage wegen der Verletzung seiner Bürgerrechte anzustrengen und etwas Rückgrat zu zeigen. Nein, einen ganzen Monat lang eine solche Klage mit sich herumzuschleppen, war das Letzte, was er gebrauchen konnte. Je schneller er die Angelegenheit hinter sich brachte, umso besser.

»Ich will den nächstmöglichen Verhandlungstermin.«

Der Richter gab einen grummelnden Laut von sich. Wahrscheinlich war es schon einige Zeit her, dass er von einem Angeklagten um die Vergabe eines kurzfristigen Verhandlungstermins gebeten worden war. »Können Sie auch irgendwann früher?«, fragte er Thrasher.

Der Polizist warf einen Blick in sein schwarzes Notizbuch. »Nun, Euer Ehren, diesen Mittwochmorgen werde ich auch im Gericht sein. Ich bin es wohl einfach nicht gewohnt, dass ein Beschuldigter, der nur eine Unterschrift leisten muss, um vorläufig freizukommen, dermaßen heiß darauf ist, so schnell wieder vor Gericht zu erscheinen.«

Der Richter lachte auf. »Ich auch nicht.« Dann wandte er sich an Charles. »Ist Ihnen Mittwoch um 9.00 Uhr genehm, Mr Arnold?«

»Ja, Sir.«

»Sehr gut, Gentlemen, dann wird die Anhörung für diesen Fall für Mittwochmorgen festgelegt. Mr Arnold, sollten Sie es, aus was für einem Grund auch immer, versäumen zu erscheinen, werde ich einen Haftbefehl gegen Sie erlassen. Habe ich mich klar ausgedrückt?«

»Glasklar, Euer Ehren.«

»Rufen Sie den nächsten Fall auf«, ordnete der Richter an.

Als er an der U-Haft-Zelle vorbeilief, sah Charles, wie Buster vorne am Gitter stand und sein Gesicht gegen die Stahlstäbe drückte. Er blieb stehen und ging näher heran.

»Haust du ab?«, fragte Buster.

»Ich bin raus«, sagte Charles. »Die Klage wegen Widerstand bei der Festnahme haben sie schon fallen gelassen.«

»Hab euch doch gesagt, dass der Kerl was draufhat«, rief Buster den anderen Häftlingen über die Schulter zu. »Der bringt die Kohle rein.« Er drehte sich wieder zu Charles und sprach leise weiter. »Vergiss mich nicht, Mann.«

»Werd ich nicht«, versprach Charles. »Könnt ich gar nicht.«

Sie tauschten zum Abschied einen weiteren Soul-Handshake durch das Gitter aus. Charles bemerkte die stille Verzweiflung des Mannes und entschloss sich, noch einmal auf den Bibelkreis zu sprechen zu kommen.

»Wir sehen uns dann nächsten Samstagabend?«, fragte Charles.

Buster zögerte nur einen kurzen Moment mit seiner Antwort. »Warum nicht?«, murmelte er. »Ist ja nicht so, als hätte ich was anderes vor.«

»19.00 Uhr«, sagte Charles. Dann drehte er sich schnell um und verschwand, bevor Buster es sich anders überlegen konnte.

9

»Was sollen wir mit all dem Essen anfangen?«, wollte Theresa Hammond wissen, während sie in der Küche herumfuhrwerkte. »Alle in der Gemeinde waren einfach furchtbar fürsorglich.«

Thomas hatte sich auf seinem Lieblingssessel im Wohnzimmer niedergelassen. Die Kinder waren im Bett. Es war Dienstagabend, der Abend nach Joshs Beerdigung.

Es war so, als hätten sie eine unausgesprochene Abmachung getroffen, nicht über Joshies Tod zu sprechen. Jedes Mal, wenn Thomas darüber reden wollte, fing Theresa an zu weinen. Also ließ er es sein. Die Gefühle mussten erst noch verarbeitet werden. Tu so, als wäre es nicht passiert. Versteck dich hinter dem Schock, den sein Tod ausgelöst hat. Setz dich später damit auseinander.

»Keine Ahnung«, erwiderte der große Mann, während er auf die Stelle am Boden starrte, auf der er immer mit Tiger rang, während sie darauf warteten, dass Joshie sich auf sie schmiss.

»Glaubst du, die Kinder schlafen heute durch?«, fragte Theresa zwischen dem Klappern des Geschirrs.

»Wahrscheinlich nicht. Spätestens um Mitternacht klettert Stinky zu uns ins Bett, und 'n paar Stunden später schreit Tiger dann wegen seiner Albträume los.«

»Hast du Hunger?« Sie schien verzweifelt das Gespräch in Gang halten zu wollten – über alles reden, nur nicht über Joshie.

»Nee. Hab den ganzen Tag nix andres gemacht, als mich vollzustopfen und mit den Gästen zu reden. Warum glauben die von der Gemeinde eigentlich alle, dass sie uns Essen bringen müssen? Als könnten wir unsere Mahlzeiten nicht mehr selbst kochen.«

»Ich nehme an, sie wissen einfach nicht, was sie sonst tun sollen.« Während sie sprach, wurde ihre Stimme brüchig. Thomas bemerkte, dass sie wieder kurz davor war, in Tränen auszubrechen. Er stand auf und ging in die Küche, wo er sich gegen den Türrahmen lehnte und sie einen Moment lang betrachtete. Er sah den ausdruckslosen Blick in ihren verquollenen Augen und teilte ihren alles durchdringenden Schmerz. Obwohl sie es nie gesagt hatte, wusste er, dass Theresa ihn für Joshies Tod verantwortlich machte. Warum auch nicht? Es war sicherlich auf seinen mangelnden Glauben zurückzuführen, dass das passiert war. Diese Schuld würde ein Leben lang auf ihm lasten.

Vielleicht sollte er zu ihr gehen und ihr die Schultern massieren. Vielleicht sollte er sie einfach in den Arm nehmen und sie anlügen – ihr sagen, dass alles wieder gut werden würde. Wenn er ehrlich war, wusste er nicht, was er tun sollte. Gefühle waren nicht seine Stärke.

»Geht's dir gut?«

»Ja, schon gut.«

Er nickte, drehte sich um und ging den schmalen Flur zum Schlafzimmer hinunter. Ein kräftiges, aber höfliches Klopfen an der Tür ließ ihn innehalten.

»Kannst du mal sehen, wer das ist?«, rief Theresa aus der Küche.

»Denk schon«, murmelte er vor sich hin. »Wahrscheinlich noch ein Auflauf.«

Als Thomas die Tür öffnete, war auf den Gesichtern der beiden Männer, die auf der kleinen Holzterrasse des Wohnwagens standen, kein Lächeln zu sehen. Sie trugen die braunen Uniformen des Virginia Beach Sheriff's Department. Ihre Dienstmarken funkelten im Licht der verbleibenden Glühbirne, die noch nicht erloschen war.

»Kann ich Ihnen helfen?«, fragte Thomas, der im Türrahmen stand.

»Sind Sie Mr Hammond?«
Er zögerte. »Das bin ich.«
»Nun, Mr Hammond, es bereitet uns keinerlei Freude, das zu tun, aber wir müssen unserer Arbeit nachgehen und hoffen, dass Sie dafür Verständnis haben.« Der Beamte hielt Thomas ein paar offiziell aussehende Dokumente hin.
»Was zum Henker ist hier los?«
»Wir überreichen Ihnen hiermit die Vorladung aufgrund Ihrer Festnahme wegen fahrlässiger Tötung«, erklärte der Beamte. »Morgen früh um 9.00 Uhr haben Sie zur Anklageverlesung und Haftprüfung vor dem Bezirksgericht von Virginia Beach zu erscheinen.«
»Thomas ... wer ist da?«, fragte Theresa aus der Küche.
»Niemand, den du kennst, Theresa«, erwiderte Thomas. Er machte einen Schritt nach draußen und zog die Tür hinter sich zu.
»War das Mrs Hammond?«, fragte der Beamte höflich.
Thomas warf ihm einen finsteren Blick zu. »Ja.«
»Für sie haben wir auch eine Vorladung dabei, mit den gleichen Anklagepunkten. Sie dürfen sie ihr selbst überreichen, wenn Sie möchten.«
Thomas streckte die Hand aus und nahm die Papiere ohne ein Wort an sich. Er wartete einen Augenblick. Doch die Männer machten keine Anstalten zu gehen.
»War's das?«, knurrte Thomas. Vielleicht gingen sie nur ihrer Arbeit nach, doch das hieß nicht, dass er es ihnen leicht machen musste. »Nehmen Sie mich jetzt direkt mit?«
»Heute Abend noch nicht«, antwortete der Beamte sachlich. »Der Staatsanwalt hätte einen sofortigen Haftbefehl erlassen können, stattdessen sagt diese Vorladung aus, dass man Ihnen vertraut, auch so vor Gericht zu erscheinen.«
»Werden die mich morgen ins Gefängnis schicken?«, bohrte Thomas nach. »Werde ich die Kinder verlieren?«
»Es könnte sein, dass Sie verhaftet werden. Das kommt darauf an, was der Richter die Kaution betreffend entscheidet. Was die Kinder angeht, nun ... der Staat wirft Ihnen mehr oder weniger vor, dass Ihre Vernachlässigung zum Tod Ihres Sohnes geführt hat. Wenn Sie noch weitere Kinder haben, könnte es sein, dass Sie für den Zeitraum des Verfahrens das Sorgerecht für sie verlieren.« Während er sprach, bewegte sich der Beamte

langsam rückwärts. Beide Beamten beäugten Thomas mit wachsamen Augen.

Thomas spürte die Hitze in seinem Nacken aufsteigen. In seinem Kopf begann sich alles zu drehen, und sein Gesicht lief vor Wut dunkelrot an. Was glaubten diese Kerle eigentlich, wer sie waren? Nur einen Tag nachdem er seinen Sohn beerdigt hatte, kamen sie zu seinem Haus, beschuldigten ihn, ohne mit der Wimper zu zucken, des Mordes und teilten ihm dann auch noch mit, dass sie ihm seine anderen Kinder vielleicht auch noch wegnehmen würden. Er starrte auf seine geballten Fäuste und stellte sich vor, wie gut es sich anfühlen würde, diesen Typen eine zu verpassen.

»Gehen Sie«, grollte er.

»Mr Hammond, ich weiß, wie schwer das für Sie sein muss, aber Sie sollten jetzt nichts Unüberlegtes tun. Besorgen Sie sich einen Anwalt ...«

»*Gehen Sie*«, rief er lauter. »*Sofort!*«

»Wir machen nur unsere Arbeit, Sir.«

»Niemand nimmt mir meine Kinder weg.«

»Was wollen Sie damit sagen?«, fragte der Beamte, der sich bis nicht geäußert hatte.

»Sie wissen genau, was ich damit sagen will«, erwiderte Thomas und machte einen Schritt auf ihn zu. »Und wenn Sie jetzt mit Ihrer Arbeit fertig sind, verschwinden Sie von hier.«

Beide Männer wichen die Treppen hinunter zurück, ohne Thomas aus den Augen zu lassen. Er blieb mit verschränkten Armen auf der kleinen Terrasse stehen, bis das braune Zivilfahrzeug von dem Parkplatz neben seinem Wohnwagen zurückgesetzt und die Wohnwagensiedlung verlassen hatte.

Erst dann begann er, sich die offiziell aussehenden Papiere durchzulesen, die er in seinen zitternden Händen hielt. Als er fertig war, schlug er mit der Faust gegen die Außenwand des Wohnwagens und hörte, wie die Verkleidung mit einem Pop-Geräusch nachgab.

»Nur über meine Leiche«, sagte er. Dann machte er sich bereit, Theresa die schlechten Nachrichten zu überbringen.

10

Am Mittwochmorgen war es schon früh heiß und schwül. Der Frühsommer in Virginia Beach bot die Art von Wetter, die Nikki Moreno liebte. Der UV-Index lag bei einer soliden Neun. Später würde sie sich ein Sonnenbad gönnen und an ihren Bräunungsstreifen arbeiten, während sie sich der späten Nachmittagssonne und dem Sand aussetzte. Es war harte Arbeit, aber Perfektion hatte ihren Preis.

Doch leider musste sie sich zuerst um ein paar weniger wichtige Angelegenheiten kümmern, die ihre Aufmerksamkeit erforderten und ein paar Stunden als Rechtsanwaltsgehilfin bei Carson & Associates einlegen. Die Kanzlei hatte sich auf Personenschäden spezialisiert und vor Kurzem landesweite Bekanntheit erlangt, dank der Verhandlung eines medienträchtigen Falls gegen den Staat Saudi-Arabien, bei dem es um die Verletzung von Grundrechten ging. Nikki hatte bei diesem Fall eine entscheidende Rolle gespielt und sich daher für einen flüchtigen Moment im Scheinwerferlicht der landesweiten Medien sonnen dürfen. Sie hoffte auf eine Schauspielkarriere, doch die Angebote blieben leider aus.

Dafür musste sie jetzt eine wahre Flut neuer Klienten bewältigen. Carsons & Associates hatte mittlerweile mehr zu tun als je zuvor, war hoffnungslos unterbesetzt und völlig überlastet.

Es gab da noch eine weitere Sache, um die sich Nikki an diesem Morgen kümmern musste. Es handelte sich dabei um das *Court-Appointed-Special-Advocates*-Programm des Gerichts – einem Programm, das auch Nicht-Anwälten wie Nikki gestattete, auf ehrenamtlicher Basis für das Gericht zu arbeiten, indem sie die rechtlichen Interessen von unschuldigen Kindern vertrat, die Opfer von Sorgerechtsstreitigkeiten waren. Nikki verbrachte üblicherweise ihre Zeit damit, die Berichte der Jugendamt-Sachbearbeiter zu prüfen, um dann eine Empfehlung gegenüber dem jeweiligen Richter auszusprechen, ob ein Kind in die Obhut einer Pflegestelle übergeben werden sollte oder nicht.

Nikki hielt sich nicht für einen Weltverbesserer – eigentlich alles andere als das –, sie empfand auch keinerlei Bedürfnis, von Gericht zu Gericht zu rennen und sich für die Rechte von Kindern stark zu machen. Doch im Rahmen einer Strafprozessvereinbarung, die man ihr nach der unendlich langwierigen Verhandlung des Saudi-Arabien-Falls aufgezwungen hatte, war sie zu einhundert Stunden gemeinnütziger Arbeit beim CASA-Programm verdonnert worden, die sie nun endlich ableistete. Sie selbst sah sich als Heldin und war davon überzeugt, dass ihre Taten am Ende der Verhandlung angesichts der Umstände als gerechtfertigt betrachtet werden konnten. Das hatte der Staatsanwalt zwar offensichtlich anders gesehen. Aber egal. Sie würde jederzeit wieder so handeln, und in ein paar Wochen war sie endlich von diesem blöden Programm befreit, und die Anzeige gegen sie würde fallen gelassen.

Nach über sechs Monaten im Gerichtssystem hatte Nikki sich langsam an das Prozedere gewöhnt. Mittwochmorgen im Bezirksgericht von Virginia Beach. Ein paar Berichte lesen. Sich mit ein paar Kindern unterhalten. Interviews mit einigen potenziellen Pflegeeltern führen. Dann Richter Silverman beraten, ob die Kinder in eine Pflegefamilie gegeben werden sollten oder nicht. Sie war gut in ihrem Job; auch wenn sie zunächst keinen sonderlich guten Eindruck bei dem Richter hinterlassen hatte, schien er sie mittlerweile zu mögen. Sie war eine der wenigen Sonderanwälte, die es schafften, sich einen objektiven Blick zu bewahren und sich nicht emotional auf die Kinder einließen. Das machte ihre Einschätzungen umso wertvoller.

Dabei war das, was sie machte, keine große Kunst. Es war lediglich eine weitere Verpflichtung, die sie zur geschäftigsten Zeit in der Geschichte ihrer Firma nicht gebrauchen konnte. Außerdem wurde sie – eine der heißesten berufstätigen Singlefrauen der Strandszene – so weiterer Zeit beraubt, die sie mit Sonnenbaden hätte zubringen müssen, um auf dem gewünschten Bräunungsstand zu bleiben. Aber sie wollte sich nicht zu laut beklagen. Immer noch besser, als mit den Jungs in den orangefarbenen Overalls Müll vom Straßenrand aufzuklauben.

Mit etwas Glück war sie in einer Dreiviertelstunde am Gericht durch und würde um zehn Uhr in der Kanzlei sein.

* * *

Charles Arnold war überpünktlich am weitläufigen städtischen Gebäudekomplex eingetroffen, der in einer Gegend von Virginia Beach lag, die noch vor ein paar Jahrzehnten aus reinem Ackerland bestanden hatte. Das Gerichtsgebäude war ein riesiger, vierstöckiger Monolith, der in der Innenstadt einen ganzen Block in Beschlag genommen hätte. An seinem jetzigen Standort hatte es lediglich gut zweitausend Quadratmeter Maisfeld ersetzt.

Charles bewältigte den Wahnsinn auf dem Parkplatz, die Schlange vor dem Metalldetektor und auch die funktionsuntüchtigen Aufzüge. Schließlich schaffte er es in den zweiten Stock, zum Gerichtssaal Nummer 6 des Bezirksgerichts, in dem der ehrenwerte Richter Franklin Silverman Jr. den Vorsitz hatte.

Um 8.50 Uhr, zehn Minuten vor Verhandlungsbeginn, lief Charles den Mittelgang des bereits überfüllten Saals hinunter und versuchte mit seinem selbstbewussten Gang und einer »Leg-dich-nicht-mit-mir-an«-Haltung, die Schmetterlinge in seinem Bauch zu überspielen. Seine Hochglanzkarriere hatte ihn nie zuvor auch nur in die Nähe eines Bezirksgerichts geführt, wo Verkehrsdelikte, kleinere Vergehen, Streitigkeiten mit geringem Streitwert und Anhörungen zu unbedeutenden Straffällen geregelt wurden. Das Bezirksgericht war der ALDI der Juristenwelt, primitiv-preiswerte Rechtsprechung für die Massen, inklusive Happy Hour, wenn ein großzügiger Richter gute Laune hatte und die Hälfte aller Verkehrssünder laufen ließ.

Charles hatte seine Karriere in höheren Gefilden begonnen und fortgesetzt. Hervorragende Noten an der Juristischen Fakultät der Universität von Virginia hatten ihm ein zweijähriges Referendariat am Fourth Circuit Court of Appeals in Richmond eingebracht, einem Bundesberufungsgericht, das nur eine Stufe unter den Obersten Gerichtshöfen stand. Bevor er sich nach Richmond aufgemacht hatte, um die Stelle anzutreten, hatte er eine Gleichgesinnte aus seiner Abschlussklasse namens Denita geheiratet.

Als das Referendariat beendet war, ging er zu einer der größten und prestigeträchtigsten Kanzleien, in der vierhundert Anwälte hart ackern mussten und verrechenbare Stunden die Erfolgswährung darstellten. Denita fing bei einer ähnlich ausbeuterischen Firma auf der anderen Seite der Stadt an, während Charles als Rechtsgehilfe arbeitete. Als er es endlich zum privaten Anwalt geschafft hatte, hatte sie sich bereits einen Namen gemacht, indem sie große amerikanische Konzerne bei Fällen von sexueller Belästigung vertrat. Währenddessen legte Charles drei lange Jahre als Prozessanwalt ein, in denen er Tonnen von Papier herumschieben durfte, stundenlang eidesstattliche Aussagen abnehmen musste und nur selten das Innere eines Gerichtssaals sah. Beide waren zu beschäftigt damit, Karriere zu machen, als dass sie sich darüber Gedanken hätten machen können, in welchem Ausmaß sie sich verkauft hatten – zwei afroamerikanische Revolutionäre, die sich vom Rechtssystem des weißen Mannes hatten zähmen lassen.

Und dann, vor gerade einmal vier Jahren, brachte Charles' Bekehrung zum christlichen Glauben die große Wende. Auf seinem Weg zu Jesus hatte er sich erst mit Händen und Füßen gewehrt, aber als er dann angekommen war, gab er sich mit jeder Faser seines Körpers dem Christsein hin. Fast unmittelbar nach seiner Bekehrung begann er mit seinen Straßenpredigten. Mit gleichem Eifer versuchte er, seine Kollegen und seine Frau zu missionieren. Immer wieder erinnerte er Denita daran, dass *sein* Glaube auch der von Martin Luther King Jr. war. Womit er sie nur noch weiter von sich wegtrieb.

Kurze Zeit später reichte sie die Scheidung ein, und Charles wollte nur noch weg.

Er bekam seine Chance, als die Rechtsfakultät der Regent University in ihrem Bestreben, das eigene Kollegium noch multikultureller zu gestalten, ihm einen Neuanfang in Virginia Beach anbot und damit auch die Gelegenheit, einer der jüngsten Professoren für Verfassungsrecht des Landes zu werden. Dafür nahm er sogar ein deutlich geringeres Gehalt in Kauf. Dennoch betrachtete er den Wechsel als eine der weisesten Entscheidungen, die er je getroffen hatte.

Er liebte die Studenten, die akademische Herausforderung und die Tatsache, dass er keinen Arbeitszeiterfassungsbogen mehr gesehen, geschweige denn ausgefüllt hatte, seit er aus seiner ehemaligen Firma ausgeschieden war.

Aber auch heute noch musste er fast jeden Tag an Denita denken. Und sie würde im Fußboden versinken, wenn sie wüsste, dass ihr Exmann, der afroamerikanische Rechtsgelehrte, der Mann, der als wissenschaftlicher Mitarbeiter an einem der höchsten Berufungsgerichte des Landes tätig gewesen war, sich jetzt im Bezirksgericht von Virginia Beach unter das gemeine Volk mischte und seine eigene Verteidigung wegen eines Verstoßes gegen die Lärmverordnung vorbereitete.

Er hatte sich wie ein großer Anwalt gekleidet. Alle Köpfe drehten sich zu ihm herum, als er auf die Richterbank zuging. Buster wäre stolz gewesen – heute konnte selbst Johnnie Cochran Charles nicht das Wasser reichen. Der Mann, der sonst in Jeans und T-Shirt Recht lehrte, trug nun einen dunkelgrauen Maßanzug mit langem Jackett, ein mit Monogramm verziertes Hemd und Gucci-Halbschuhe, die geradezu glänzten.

Seine Tumi-Aktentasche war vollgestopft mit hilfreichen Fällen zur Verfassungsmäßigkeit von Lärmverordnungen und den geltenden Verfahrensregeln für Amtsgerichte. Er war auf alle Eventualitäten vorbereitet.

Voller Zuversicht marschierte er an der Holzbrüstung vorbei, die die Anwälte und Polizeibeamten von den Beklagten trennte. Unter der eingeschworenen Gemeinde der Stammanwälte des Bezirksgerichts, die größtenteils aus älteren Herren in Sportjacketts und jungen Damen in Hosenanzügen bestand, herrschte viel Geschnatter und Geplänkel. Einen afroamerikanischen Vertreter des Rechts suchte man hier vergebens. Sie alle ignorierten Charles.

»Also, wie läuft das hier?«, fragte Charles eine Gruppe erfahren aussehender Anwälte, die alle schwer bepackt mit unzähligen Aktenmappen waren.

»Sie sind Anwalt?«, fragte einer von ihnen, während er ihn argwöhnisch beäugte.

Der Mann war rund wie ein Fass und hatte ein dickes Gesicht. Sein weißes Hemd ging am Hals nicht ganz zu, und sein Sportjackett war an den Ärmeln mindestens zwei Nummern zu kurz. Und dann erst die Haare! Warum konnten weiße Kerle nicht einfach dazu stehen, dass sie kahl wurden? Er hatte sich direkt über dem linken Ohr einen Scheitel gezogen und es mithilfe einer großzügigen Portion Haargel irgendwie geschafft, ein paar lange Strähnen über seinen blanken Schädel zu kleben. In seinem Nacken und in den Ohren, die offensichtlich fruchtbareren Boden darstellten, wuchsen mehr als genug Haare, doch das dünne Gestrüpp auf seinem Kopf als »licht« zu bezeichnen, wäre des Guten zu viel.

»Ja«, erwiderte Charles, »aber das ist mein erstes Mal vor einem Bezirksgericht.«

»Ist klar«, sagte der Mann mit gelangweilter Stimme. »Also, zuerst müssen Sie rausfinden, welche Nummer Ihr Fall hat.« Er wies auf die mehrseitige Prozessliste, die auf dem Tisch der Verteidigung lag. »Und dann warten Sie, bis Ihr Fall aufgerufen wird.«

»Hoffentlich haben Sie was zu lesen dabei«, meinte ein anderer Veteran.

»Mehr als genug«, erwiderte Charles. »Was sollen die ganzen Kameras hier?«

»Weiß nicht«, meinte der schmierköpfige Anwalt, als würde man jeden Tag Kamerateams und Journalisten im Bezirksgericht antreffen. »Muss eine Anklageerhebung oder Haftprüfung zu irgendeinem Strafverfahren sein, das früher oder später ans Berufungsgericht geht.«
»Darf ich mich setzen?«, fragte Charles höflich. Er zeigte auf den leeren Platz neben dem Mann. Es war der einzige freie Stuhl vor dem Gerichtsraum auf der Seite der Verteidigung im Gerichtssaal.
»Eigentlich halten wir ihn für jemand anderen frei.« Das Gesicht des schmierköpfigen Anwalts nahm einen gequälten Ausdruck an. »Sie ist Sonderanwältin für die Kinder in einem meiner Fälle, und vor Verhandlungsbeginn muss ich unbedingt noch mit ihr sprechen.«
»Kein Problem«, erwiderte Charles galant. Still erinnerte er sich daran, später darauf zu achten, ob der Platz tatsächlich besetzt wurde. Rassismus hatte viele Gesichter.

Er drehte sich um und ging auf die andere Seite des Gerichtsaals hinüber, wo die Polizeibeamten saßen und miteinander plauderten. Ohne zu fragen, setzte er sich auf einen freien Stuhl und tat so, als würde er die bohrenden Blicke nicht bemerken. Er begann mit der Lektüre einiger Fälle, die er in seine Aktentasche gestopft hatte.

Mochte vielleicht sein, dass er wie ein echter Draufgänger aussah, aber in Wahrheit fühlte er sich mutterseelenallein.

* * *

Zwanzig Minuten später war der Richter immer noch nicht aufgetaucht, und Charles hatte es aufgegeben, so zu tun, als würde er lesen. Er begann, die Leute um sich herum zu beobachten und hatte das Glück, gerade in Richtung der hinteren Tür zu sehen, als sie in den Saal hereinpreschte.

Ganz offensichtlich war sie gerannt, doch als sie feststellte, dass der Richter noch nicht anwesend war, drosselte sie ihr Tempo und stolzierte auf ihren Platz zu. Obwohl sie unter dem Arm einen Stapel Akten trug, sah sie nicht wie eine Anwältin aus. Sie hatte endlos lange Beine, die sie mit einem Minirock und acht Zentimeter hohen Plateaustilettos betonte. Sie trug eine ärmellose weiße Bluse und rundete ihr unbescheidenes Outfit mit riesigem Goldschmuck ab, der um ihren Hals und beide Handgelenke baumelte. Wäre sie eine seiner Studentinnen und hätte sich so für eine der an der Rechtsfakultät abgehaltenen Scheingerichtsverhandlungen angezogen, hätte Charles sie durchfallen lassen.

Sie verfügte über eine gefährliche Anziehungskraft – das exotische Aussehen einer lateinamerikanischen Frau, mit gebräunter olivfarbener Haut, pechschwarzem Haar und eindringlichen braunen Augen. Für Charles' Geschmack trug sie zu viel Make-up, doch am meisten störte ihn ihre Arroganz, sodass er sie auf Anhieb unsympathisch fand.

Er beobachtete, wie die junge Frau umgehend zum Zentrum aller Aufmerksamkeit wurde und die Polizisten wie auch die Anwälte mit allgemein erwiderter Herzlichkeit und einem atemberaubenden Lächeln begrüßte.

»Hey Nikki, wann gibst du diesem Penner Carson endlich den Laufpass und fängst bei einem richtigen Anwalt an?«, rief einer der älteren Männer quer durch den Gerichtssaal, als Nikki sich gerade mit einem Polizeibeamten unterhielt.

»Mit mir wärst du überfordert, Jack«, rief sie über die Schulter zurück.

Die anderen Anwälte tuschelten und brachen in schallendes Gelächter aus.

Nikki beendete ihre Unterhaltung mit dem Polizisten und ging zu den Anwälten hinüber, um sie ein bisschen aufzumischen. Die Männer drängten sich um sie herum und begannen mit ihr zu schäkern, während die wenigen weiblichen Anwälte sich nicht so beeindruckt zeigten.

»Bitte erheben Sie sich«, forderte die Gerichtsdienerin die Anwesenden auf, ohne sich selbst die Mühe zu machen. »Das Bezirksgericht der Stadt Virginia Beach wird nun tagen, den Vorsitz hat der ehrenwerte Franklin Silverman Jr.«

Schnellen Schrittes bewegte sich Richter Silverman zu seinem Platz auf der Richterbank und warf durch seine dicken Brillengläser einen kritischen Blick auf die Menge. Er sah älter aus, als Charles es erwartet hatte; ein kleiner spindeldürrer Mann mit eingefallenen Gesichtszügen. Sein Haar war weiß, seine buschigen Brauen, die von seiner Stirn abstanden und ihm in die Augen hingen, hingegen schwarz. Er legte beide Handflächen auf der Richterbank ab und rang sich ein dünnes Lächeln ab.

»Nehmen Sie Platz«, sagte er leise.

Charles bemerkte, dass Nikki auf dem reservierten Stuhl neben dem Anwalt mit der schrecklichen Frisur Platz genommen hatte. Sie schlug die Beine übereinander, ließ sich in den Sitz rutschen und fing sofort an, sich im Flüsterton mit den Anwälten rechts und links neben ihr zu unterhalten. Sie ignorierte sowohl Richter Silverman, als er das Gericht zur Ordnung rief, als auch den Gerichtsdiener, der sie mit strengem Blick anstarrte, offensichtlich in der Hoffnung, ihre Aufmerksamkeit zu erlangen, damit er ihr signalisieren konnte, leise zu sein.

Charles wurde sich bewusst, dass er das halb entblößte Tattoo auf Nikkis Schulter anstarrte. Als sie seinen Blick bemerkte, ihm direkt in die Augen sah und ihm ein strahlend weißes Lächeln schenkte, sah er beschämt weg. Schnell konzentrierte er sich wieder auf Richter Silverman, der sich bereit machte, die zahllosen Bittsteller anzuhören, die sich gerade aufgereiht hatten, um eine Vertagung ihres Verfahrens zu beantragen. Charles tat so, als hätte er nicht gesehen, dass Nikki ihm zugezwinkert hatte.

11

Neunzig Minuten später versuchte Nikki Moreno noch immer, ihn auf sich aufmerksam zu machen. *Ich brauche einen Namen und eine Telefonnummer.*

»Rufen Sie bitte den nächsten Fall auf.« Silverman war jetzt schon seit anderthalb Stunden zugange, und langsam lichteten sich die Reihen im Gerichtssaal. Er hatte zahllose Anträge auf Vertagung gewährt und noch mehr abgelehnt. Er hatte sichergestellt, dass alle mittellosen Beklagten die richtigen Formulare ausfüllen, um feststellen zu lassen, ob sie das Recht auf einen Pflichtverteidiger hatten. Dann hatte er im Schnellverfahren mehr als fünfzehn Verkehrsdelikte und drei Sorgerechtsstreitigkeiten abgehandelt. Dabei war Nikki in ihrer Funktion als Sonderanwältin zweimal zu Rate gezogen worden.

»Der Staat gegen Thomas und Theresa Hammond«, rief der Gerichtsdiener. »Fall Nummer 04-1489.«

Plötzlich erwachte der verschlafene Gerichtssaal zum Leben. Die Kameras begannen zu filmen. Nikki riss den Kopf hoch und stupste den grauhaarigen alten Verteidiger neben sich mit dem Ellbogen an.

»Hier kommen deine fünfzehn Minuten Ruhm, Harry«, flüsterte sie ihm zu. »Vermassel es nicht.«

»Schau zu und lerne«, murmelte Harry, während er zum Tisch der Verteidigung hinüberging, an dem Thomas und Theresa Hammond bereits Platz genommen hatten. Auf jeden Fall würde Nikki zusehen, mit der gleichen Art morbider Neugier, die einen auch dazu verleitete, sich *Fear Factor* im Fernsehen anzusehen. Kein schöner Anblick.

Die stellvertretende Staatsanwältin Rebecca Crawford nahm ihren Platz am Tisch der Anklage vor den Polizeibeamten ein und sortierte ihre Unterlagen. Sie hatte ein ernstes Gesicht aufgesetzt und tat so, als würde sie die vielen Fernsehkameras gar nicht bemerken. Doch Nikkis scharfe Augen sahen, wie sie einen verstohlenen Blick auf eine Kamera warf und dann ihren Stuhl so ausrichtete, dass sie nun frontal und nicht nur im Profil aufgenommen wurde.

Die glaubt anscheinend, dass sie so besser aussieht, dachte Nikki amüsiert, wobei sie nicht sicher war, ob es überhaupt einen Blickwinkel gab, aus dem Ms Crawford gut aussehen würde.

»Mr und Mrs Hammond, Sie werden der fahrlässigen Tötung im Todesfall von Joshua Caleb Hammond beschuldigt. Wie bekennen Sie sich?«

Harry Pursifull erhob sich und knöpfte sich majestätisch das Jackett zu. Der Knopf war überstrapaziert, hielt aber.

»Die Angeklagten plädieren auf nicht schuldig, Euer Ehren«, verkündete er.

Crawford sprang schnell auf die Füße. »Die Staatsanwaltschaft fordert eine Kaution in Höhe von zweihunderttausend Dollar für Mr Hammond und fünfzigtausend Dollar für Mrs Hammond«, erklärte sie in strengem Ton, während sie die Beklagten mit durchdringendem Blick anstarrte. »Hier geht es um den tragischen Tod eines Kleinkindes, das noch leben würde, wenn die Beschuldigten es nicht versäumt hätten, sich entsprechende medizinische Hilfe ...«

»Sparen Sie sich die Ansprache«, fiel ihr der Richter ins Wort. »Wir werden den Fall später verhandeln. Besteht ein Fluchtrisiko für die Beklagten?«

»Nein, Euer Ehren«, erklärte Harry. »Ganz im Gegenteil. Sie wohnen schon ihr ganzes Leben in der gleichen Gemeinde. Mr Hammond betreibt einen Rasenpflegeservice ...«

»Ob er Rasen mäht, tut hier nichts zur Sache«, schnappte Crawford. »Ausschlaggebend ist jedoch, dass Mr Hammond gestern Abend die beiden

Beamten bedrohte, die ihm den Haftbefehl zustellten, und ihnen gegenüber äußerte, dass niemand ihm seine Kinder wegnehmen würde. Die Staatsanwaltschaft geht davon aus, dass ein erhebliches Fluchtrisiko besteht, Euer Ehren.«

»Was ist mit Mrs Hammond?«, fragte der Richter, der die Fingerspitzen aneinandergelegt hatte und die Angeklagten beobachtete. »Glaubt die Staatsanwaltschaft, dass auch bei ihr ein Fluchtrisiko besteht?«

»Nicht unbedingt, Euer Ehren. Deswegen haben wir auch eine geringere Kaution für sie beantragt. Aber wir würden das Gericht gerne nachdrücklich ersuchen, die Kautionsbedingungen mit einer Pflegestelle für die Kinder bis zum Ende des Verfahrens zu verbinden. Wir dürfen nicht riskieren, dass ein weiteres Kind Opfer ihrer Vernachlässigung wird.«

Nikki beobachtete, wie Mrs Hammond an Harrys Jackett zupfte und etwas in sein Ohr flüsterte. Sie sah, wie sie eindringlich auf ihn einredete, konnte aber nicht ausmachen, was sie sagte.

»Für diese Beschuldigten«, erklärte Harry, »sind fünfzigtausend Dollar so viel wie eine Million. Sie sollten es in diesem Fall dabei belassen, die beiden ohne eine Kaution zum Erscheinen beim Gerichtstermin zu verpflichten, Euer Ehren. Außerdem ist Mrs Hammond unter gar keinen Umständen bereit, ihre Kinder wegzugeben.«

Crawford wollte gerade etwas erwidern – sie hatte immer eine Antwort parat –, doch Richter Silverman hielt die Hand hoch und gebot beiden Anwälten zu schweigen. Eine Weile dachte er still nach, wobei er scheinbar ewig nur die Wand anstarrte, bevor er schließlich seinen Blick auf die stellvertretende Staatsanwältin richtete.

»Gibt es Hinweise auf Kindesmisshandlung?«, fragte er.

»Sie meinen, außer der Vernachlässigung, die zu Joshuas Tod geführt hat?«, fragte Crawford abfällig.

»Vermeintlicher Tod«, schoss Harry vom Tisch der Verteidigung dagegen.

»Nein, Harry, der Tod ist nicht vermeintlich, sondern sehr real.« Crawford wandte sich ihm zu. »Wenn Sie wollen, können wir zum Friedhof gehen, dann zeig ich Ihnen die Leiche.«

»*Frau Staatsanwältin!*«, bellte Silverman, der offensichtlich genug hatte. »Richten Sie Ihre Kommentare bitte ausschließlich an das Gericht.« Er hielt inne und wechselte den Tonfall. »Gibt es Hinweise auf Kindesmisshandlung?«

»Die Staatsanwaltschaft hegt den begründeten Verdacht, dass Misshandlungen stattgefunden haben. Aus diesem Grund haben wir die Kinder heute vorgeladen, um ihre Aussage zu hören. Wir bitten das Gericht, uns zu gestatten, die Kinder im Beisein eines Gerichtsschreibers, der Verteidigung und eines durch das Gericht bestimmten Sonderanwalts zu befragen, um festzustellen, ob es tatsächlich Fälle von Misshandlung gegeben hat.«

»Sind die Kinder anwesend?« Silvermans Frage war an Theresa Hammond gerichtet. Die Frau bekam große Augen, sofort spürte Nikki Mitgefühl in sich aufsteigen.

Langsam und nervös erhob Theresa sich von ihrem Platz. »Ja, Euer Ehren«, sagte sie und wies in den hinteren Teil des Gerichtssaals. »Sie sitzen dort hinten.«

Als sie auf die kleinen Kinder zeigte, drehten sich alle Köpfe zu ihnen um und starrten sie an. Mit einem nervösen Lächeln hob das Mädchen die Hand und winkte schüchtern. Ihr kleiner Bruder rutschte noch tiefer in seinen Sitz und starrte auf den Boden.

»Nun gut«, sagte Richter Silverman. »Die Verhandlung wird für eine halbe Stunde unterbrochen, damit die Kinder befragt werden können. Ich werde die Kaution dann entsprechend der Befragung nach Beratung festlegen ... Ms Moreno?«

Nikki erhob sich zu voller Größe und starrte direkt in die Kamera. *So wird das gemacht, Ms Crawford*, dachte sie bei sich.

»Ja, Euer Ehren.«

»Für den Verlauf dieser Verhandlung werden Sie im Namen des Gerichts als Sonderanwältin für die Kinder eingesetzt.«

»Ja, Euer Ehren.« Sie zog ihren flachen Bauch ein und straffte die Schultern. Heute Abend musste sie rechtzeitig zu Hause sein, um die 23-Uhr-Nachrichten auf NBC zu sehen. Wenn diese Fernsehfritzen schlau waren und ihnen ihre Einschaltquoten am Herzen lagen, würden sie die Aufnahmen von ihr als Zwischenschnittmaterial benutzen.

Sie warf erneut einen Blick auf die beiden Kinder, die ganz allein im Zuschauerraum saßen. Das kleine Mädchen sah zart und süß aus mit seinen strahlenden Augen und dem blondgelockten Haar. Sie trug ein zerschlissenes hellblaues Kleid und abgewetzte schwarze Lackschuhe.

Nikki konnte nicht deuten, ob der Blick auf dem Gesicht ihres Bruders verängstigt oder mürrisch war. Seine blauen Hosen waren so kurz, dass sie nur die Hälfte seiner Cowboystiefel verdeckten. Er trug ein fleckiges weißes Hemd und eine Krawatte mit Clip. Er hatte die größten blauen Augen, die Nikki je gesehen hatte. Ihr schien, als könnte sie die Feuchtigkeit in ihnen glänzen sehen, als er versuchte, seine Tränen wegzublinzeln.

Diese armen Kinder, dachte Nikki. Sie sahen so unschuldig und naiv aus. Und sie hatten keine Ahnung, dass sie gleich durch die gekonnte Befragung einer Dame manipuliert werden würden, die unter den Verteidigern als »Königskobra« bekannt war.

✳ ✳ ✳

Tiger fühlte sich winzig in dem riesigen fensterlosen Konferenzraum mit den ernst dreinblickenden Erwachsenen. Tapfer kletterte er auf den schwarzen Ledersessel mit der hohen Lehne, den man ihm zugewiesen hatte. Seine Füße baumelten über den Rand des Sitzes, ohne den Boden zu berühren. Er schob seine Hände unter seine Oberschenkel und starrte zu Boden.

Er war entschlossen, die Frau auf der anderen Seite des Tisches, die ihn an eine gemeine Lehrerin aus der Sonntagsschule erinnerte, nicht anzusehen. Der hübschen Dame neben sich, die Miss Nikki hieß, warf er jedoch einen heimlichen Blick zu. Seine Mama hatte ihm gesagt, dass Miss Nikki ihm dabei helfen würde, ein paar Fragen zu beantworten.

Miss Nikki schenkte ihm ein kurzes Lächeln, streckte den Arm aus und strubbelte ihm durch die Haare. Er hasste es, wenn Leute das machten.

»Wie ist dein Name, junger Mann?«, fragte die Dame auf der anderen Seite des Tisches.

Ich dachte, das wüsste sie schon.

»John Paul«, antwortete er leise, mit einem leichten Anflug von Trotz, den Blick noch immer starr auf den Boden gerichtet. »Meine Freunde und Familie nennen mich Tiger.«

»Darf ich dich auch Tiger nennen?«, fragte die fiese Dame honigsüß.

Ohne aufzusehen, schüttelte er den Kopf. Nein.

»Nun denn, John Paul, zuerst müssen wir einige Grundregeln festlegen. Siehst du die Dame dort drüben an der Schreibmaschine?« Die fiese Dame zeigte auf eine Frau, die auf einer winzigen Maschine tippte. Tiger warf ihr einen kurzen Blick zu. »Sie schreibt alles mit, was du sagst. Und es ist sehr wichtig, dass du uns die Wahrheit erzählst. Das wird für mich sehr wichtig sein und auch für deine Mommy und deinen Daddy.«

Die fiese Dame hielt einen Moment inne, um ihm bewusst werden zu lassen, wie viel Verantwortung auf seinen Schultern ruhte. Sie musste Tiger nicht sagen, wie wichtig das hier war; er konnte es spüren. Er war entschlossen, diesen Test zu bestehen, alle Fragen richtig zu beantworten. Er wusste, dass davon irgendwie das Schicksal seiner Familie abhing.

»Also, weißt du, was es heißt, die Wahrheit zu sagen?«

Die Frage war einfach. »Jau«, sagte Tiger, zufrieden damit, einen guten Start hinlegen zu können.

»Weißt du, was passiert, wenn du nicht die Wahrheit sagst?«

»Jau.« Wieder nickte er, offensichtlich hatte er einen Lauf. »Ich bekomme eine Tracht Prügel.«

»Wer verprügelt dich, Tiger?«

Der kleine Kerl war so auf die Fragen konzentriert, dass er es nicht mal bemerkte, dass sie seinen Spitznamen benutzte. Die Fragen waren einfach, und er war bestrebt, sie zu beantworten.

»Mein Daddy.«

»Verhaut deine Mama dich auch manchmal?«, wollte die Dame wissen.

»Ja, Ma'am«, erwiderte Tiger. »Wenn ich was Schlimmes angestellt hab.«

»Und schlägt deine Mama dich dann mit der Hand, oder benutzt sie einen Stock, wie manche anderen Mamas es tun?«

Tiger zog das Gesicht kraus. *Das war etwas verzwickter.* »Nö«, sagte er dann.

»Nein, sie benutzt nicht ihre Hand? Oder nein, sie benutzt keinen Stock?«

Wieder war er ratlos. Dieses Mal zuckte er mit den Schultern.

»Lass es uns anders versuchen«, sagte die fiese Dame mit zuckersüßer Stimme. »Was benutzt deine Mama, wenn sie dich verhaut?«

»Einen Holzlöffel«, sagte Tiger.

»Verstehe«, erwiderte die Dame, während sie sich etwas aufschrieb. »Und wie oft schlägt sie dich mit dem Löffel, wenn sie dich verhaut?«

Die Fragen wurden immer schwieriger. Tiger hatte nicht gewusst, dass erwartet wurde, dass er mitzählte.

»Vielleicht vier oder sechs Mal«, sagte er, nur um auf der sicheren Seite zu sein.

»Und dein Dad? Was benutzt der, wenn er dich verhaut?«

Soll ich ihr von dem Gürtel erzählen? Oder bringe ich damit meinen Dad irgendwie in Schwierigkeiten?

Er schaute zu Miss Nikki hinüber, die ihn anlächelte, ohne etwas zu sagen. Keine große Hilfe. Er wandte seinen Blick dem fetten kleinen Mann zu, der Typ, den sie Harry nannten. Er hatte den Kopf auf die Seite gelegt, so als würde er Tiger bemitleiden. Auch keine Hilfe.

»Manchmal die Hand«, entschied sich der schlaue kleine Kerl.

»Und bei den anderen Malen?«

Tigers Augen schossen auf der Suche nach einem Verbündeten von einem Erwachsenen zum nächsten. Als er keinen fand, senkte er den Blick wieder zu Boden.

»Und bei den anderen Malen?«, wiederholte die fiese Dame, diesmal ohne den süßen Unterton.

Woher weiß sie von dem Gürtel? »Manchmal seinen Gürtel«, gestand Tiger. »Aber es tut nicht besonders weh«, fügte er schnell hinzu.

»Da bin ich mir sicher«, sagte die Dame, als sie sich noch mehr Notizen machte und mit gerunzelter Stirn auf ihren Block schaute.

12

»Sie wurden soeben vereidigt, Officer Thrasher. Warum erzählen Sie uns nicht, was passiert ist«, schlug Richter Silverman vor, während er sein Kinn in der Hand abstützte.

Es war schon beinahe Mittag. Thrasher hatte gerade den Zeugenstand betreten, um gegen Charles auszusagen. Richter Silverman hatte Charles zunächst ein Formular unterschreiben lassen, in dem er auf sein Recht auf einen Rechtsbeistand verzichtete, da Charles seine Verteidigung selbst übernehmen würde.

»Sie wissen schon, was man über Anwälte sagt, die sich selbst verteidigen, oder?«, fragte Silverman.

»Dass ihr Klient ein Dummkopf ist«, erwiderte Charles. »Aber zumindest handelt es sich in diesem Fall um einen unschuldigen Dummkopf.«

»Das werden wir noch sehen«, meinte Silverman.

Charles spürte, dass seine Handflächen feucht wurden, als er am Tisch der Verteidigung Platz nahm, und sein rechtes Bein nervös auf und ab hüpfte.

Crawford und ihr Gefolge waren in den Gerichtssaal zurückgekehrt und warteten darauf, die Anhörung des Hammond-Falls fortzuführen. Charles bemerkte, dass Crawford unruhig auf ihrem Sitz herumrutschte, ein Zeichen, wie scharf sie darauf war, wieder im Rampenlicht zu stehen.

Aber zuerst, dachte sich Charles, *hab ich selbst ein paar Feuerwerke zu zünden.*

Er erhob sich in dem Moment hinter dem Tisch der Verteidigung, als Thrasher sich dem Richter zuwandte, um mit seiner Erzählung zu beginnen. »Bevor Sie sich seine Geschichte anhören, Euer Ehren, würde die Verteidigung gerne die Verfassungsmäßigkeit dieser Bestimmung anfechten.« Seine Stimme klang lauter als geplant, dröhnte durch den Saal und hallte zu ihm zurück.

Alle Augen richteten sich auf Charles. Silverman zog eine buschige Augenbraue hoch.

»Sie wollen die Verfassungsmäßigkeit der Lärmverordnung von Virginia Beach anfechten?«, fragte Silverman skeptisch. Sein Kinn ruhte noch immer in einer Hand, und nach diesem Antrag fügte er noch ein Augenrollen hinzu. Es wurde langsam spät.

»Ja, so ist es, Euer Ehren.« Charles war nervös, aber mittlerweile auch etwas verärgert. Es war die Aufgabe des Gerichts, Anfechtungsklagen zu prüfen, selbst für kleinere Vergehen. Er sah keinen Grund, warum der Richter auf diese Idee so entnervt reagieren sollte.

»Auf welcher Grundlage?«, murmelte der Richter.

»Wie bitte, Euer Ehren?«

»Ich fragte, auf welcher Grundlage?« Dieses Mal hob Silverman das Kinn aus der Hand und sprach lauter. Seine Stimme hatte einen etwas schärferen Ton angenommen.

Ich dachte schon, Sie würden nie fragen.

»Die Verordnung in ihrer bestehenden Form verstößt gegen das Recht auf Meinungsfreiheit, welches im ersten Zusatzartikel der Verfassung festgelegt ist. Wie in diesem Fall angewandt, verstößt die Verordnung gegen den Gleichheitssatz, der im vierzehnten Zusatzartikel der Verfassung bestimmt ist.« Charles zog Kopien von Fallbeispielen aus seiner Aktentasche und ließ sie auf den Tisch fallen. Er bemerkte, dass Richter Silverman die Papiere misstrauisch beäugte.

»Die Verordnung verlangt, dass jeder, der auf der Straße, auf Gehwegen oder in Parks Verstärker benutzen will, eine Genehmigung haben muss«, fuhr Charles unbeirrt fort, trotz des Geflüsters und Gekichers hinter ihm. »Dabei gibt es keine wirklichen Richtlinien, was die Ausstellungsfrist dieser Genehmigungen angeht, sodass es im absoluten Ermessen der Stadtverwaltung liegt, wie lange sie sich mit der Ausstellung Zeit lässt. So wird eine verfassungswidrig lange Vorzensur der freien Meinungsäußerung geschaffen.«

Charles hielt inne, um das Gesagte wirken zu lassen. Silverman verbrachte offensichtlich nicht viel Zeit damit, über verfassungsrelevante Fälle zu entscheiden, und Charles wollte nicht, dass er gelangweilt abschaltete. Besser war es, ihn Schritt für Schritt zu führen und ihn Teil des Prozesses werden zu lassen.

»Sie wollen also, dass ich die Lärmverordnung für verfassungswidrig erkläre, damit dann jeder wann und wo auch immer seine Lautsprecher und Verstärker aufdrehen kann?«, wollte Silverman wissen. Dieses Mal hob er beide Augenbrauen.

»Nur bis die Stadt die Verordnung neu formuliert und zielgerichtete Vorschriften hinzugefügt hat, die die zeitliche Vergabe der Genehmigungen bestimmen«, erwiderte Charles. Er wollte noch mehr hinzufügen, aber nahm stattdessen eine der Fallakten zur Hand, die er auf dem Tisch abgelegt hatte. In den Jahren als Rechtsreferendar hatte er gelernt, dass Richter es überhaupt nicht leiden konnten, wenn sie den Eindruck hatten, ein Anwalt könnte mehr wissen als sie.

»Haben Sie irgendeine Grundlage, auf die Sie diese ziemlich gewagte Forderung stützen könnten?«, fragte Silverman, mit starrem Blick auf die Unterlagen in Charles Hand.

Gut, dass Sie fragen.

»Ja, Euer Ehren. Vor einigen Jahren hat der Oberste Gerichtshof der Vereinigten Staaten einen recht ähnlichen Fall behandelt. In *Kunz vs. New York*, 340 U.S. auf Seite 290 beschäftigt sich das Gericht mit einer New Yorker Verordnung, die öffentliche Gottesdienste auf der Straße erst nach Erhalt einer durch den Polizeipräsidenten ausgestellten Genehmigung gestattete. Ein baptistischer Prediger namens Kunz beantragte eine solche Genehmigung, die ihm nicht erteilt wurde, weil er in seinen Veranstaltungen angeblich andere Religionen verhöhnt und verleumdet hatte – was ich, nebenbei bemerkt, noch nie getan habe. Wie dem auch sei, das Gericht erklärte die Verordnung für verfassungswidrig, weil ...« An dieser Stelle blickte Charles auf die von ihm unterstrichenen Textpassagen und las die folgenden Worte mit Nachdruck und Bedacht laut vor: »... sie ›Verwaltungsmitarbeitern die uneingeschränkte Macht einräumt, vorab die Rechte der Bürger einzuschränken, auf den Straßen von New York frei über religiöse Themen sprechen zu dürfen‹.«

Charles sah rechtzeitig genug auf, um zu sehen, wie Silverman die Stirn runzelte. »Zeigen Sie mir mal diese Fallakte, Herr Anwalt.«

Charles trat zum Richter vor und reichte ihm die Akte. Er bemerkte, dass Officer Thrasher auf einmal nicht mehr so selbstzufrieden aussah. Charles warf dem Polizisten ein Lächeln zu und kehrte dann an seinen Tisch zurück. Er wartete geduldig, während der Richter den Fall *Kunz vs. New York* Wort für Wort studierte.

* * *

Eigentlich war es nicht ihre Aufgabe, kleine Vergehen strafrechtlich zu verfolgen, aber die Königskobra konnte einem guten Kampf einfach nicht widerstehen. Besonders nicht, wenn Fernsehkameras anwesend waren. Den Hammond-Fall hatte sie in der Tasche. Der Junge hatte ihr alles gegeben, was sie brauchte. Sie würde nur ein paar Minuten brauchen, um die von ihr verlangten Kautionsbedingungen durchzuboxen. Doch zuerst wollte sie die unerwartete Chance nutzen, zur Heldin zu werden.

Sie hatte für Thrasher nichts übrig, wahrscheinlich verdiente er das hier. Aber es war nie verkehrt, ein oder zwei Gefallen bei den Polizisten gutzuhaben. Und der Gedanke, dass demnächst an jeder Straßenecke spontane Straßenkunst aufgeführt werden könnte – ohne die Beschränkung einer Lärmverordnung –, war ein Albtraum. Schlimm genug, dass Jugendliche mit ihren laut dröhnenden Autoradios und Stereoanlagen herumfahren durften. Das hier wäre um einiges schlimmer.

Für wen hielt sich dieser schwarze Mann eigentlich, der einfach in das Gericht von Virginia Beach hereinspaziert kam – in *ihr* Gericht – und sich im Namen der Verfassung für das Chaos am Strand stark machte? Sie hatte seine Anlage in der Asservatenkammer gesehen. Mochte ja sein, dass er sich einen schönen kleinen Fall aus New York zurechtgelegt hatte, aber das hier war Virginia Beach, und der Kerl würde gleich seinen Meister finden.

Sie erhob sich von ihrem Platz in der ersten Reihe des Gerichtssaals, dort, wo die Polizisten abhingen – auf der Seite des Rechts.

»Euer Ehren?«, sagte Crawford.

»Frau Staatsanwältin.«

»Mit Zustimmung des Gerichts würde die Staatsanwaltschaft sich gerne in diesen Fall einschalten, da die Anfechtung der Verordnung durch den Beschuldigten einen verfassungsrechtlichen Hintergrund hat.«

»Aber gerne«, sagte Silverman, der seine Brille abnahm und sich die Augen rieb. »Je mehr, desto besser.«

* * *

Langsam wurde es kompliziert. Beide Seiten waren nun durch einen richtigen Anwalt vertreten. Charles liebte die Herausforderung, aber nicht, wenn sein blütenweißes Führungszeugnis auf dem Spiel stand. Er warf der stellvertretenden Staatsanwältin einen irritierten Blick zu.

»Haben Sie eine Kopie der Fallakte für Ms Crawford dabei?«, wollte der Richter wissen.

»Aber sicher ...«

»Die brauche ich nicht«, unterbrach ihn Crawford. »Euer Ehren hat den Fall bereits gelesen. Und, wie Mr ...« Sie wies auf Charles, offensichtlich nicht in der Lage, sich an seinen Namen zu erinnern. »Wie der Beschuldigte bereits gesagt hat, hatte der Kläger im Kunz-Fall eine Genehmigung beantragt, die er nicht erhielt. Soweit ich weiß, hat dieser Beschuldigte ...« – sie zeigte erneut auf Charles, was ihn über die Maße ärgerte – »nie eine Genehmigung beantragt. Wie kann er eine Verordnung als verfassungswidrige Vorabzensur seiner Redefreiheit anfechten, wenn er sich nie die Mühe gemacht hat, eine Genehmigung zu beantragen?«

Thrasher grinste. Silverman nickte. Alle Köpfe drehten sich zu Charles um.

»Euer Ehren«, setzte er mit nach außen gekehrten Handflächen an, »die Verordnung ist ganz offensichtlich verfassungswidrig. Ich stelle das gesamte Prozedere infrage. Ich sollte nicht gezwungen sein, ein mangelhaftes Verfahren zu nutzen, um es anfechten zu dürfen.«

»Ich bitte Sie«, rief Crawford. »Seit wann lassen wir die Leute einfach so von der Straße hier hereinspazieren und nur so zum Spaß die Verfassungsmäßigkeit von Verordnungen anfechten, wenn sie sich nicht einmal die Mühe geben, diese zu befolgen? Dieses Gericht hat wahrhaftig Besseres zu tun. Verbrecher verurteilen. Kautionen festlegen ...«

»Okay, okay«, fiel ihr Silverman ins Wort. »Wir machen es wie folgt. Gerichte entscheiden über die Verfassungsmäßigkeit von Verordnungen nur in allerletzter Instanz. Ich bin bisher noch nicht einmal mit allen Fakten dieses Falls vertraut. Zuerst will ich mir die Aussage von Officer Thrasher anhören; falls es dann noch immer notwendig erscheint, über die Verfassungsmäßigkeit der Verordnung zu entscheiden, werde ich es tun.«

Silverman warf einen Blick auf seine Uhr und unterdrückte ein Gähnen. »Sind damit alle einverstanden?«

»Ja, Euer Ehren«, sagte Crawford.

»Nicht wirklich«, erwiderte Charles.

Silverman seufzte und fuhr sich mit der Hand durch die Haare. »Was meinen Sie mit *nicht wirklich*?«

»Euer Ehren, ich habe auch eine Beschwerde wegen selektiver Durchsetzung vorzubringen.« Charles sprach schnell und versuchte, alles herauszubekommen, bevor er unterbrochen werden konnte. »Die Beamten haben mich rausgepickt. Alle anderen durften ihre Musikanlagen nutzen und somit Krach veranstalten, wie sie wollten. Denn wenn eine verfassungsmäßige Gesetzesbestimmung ...« – Charles nahm eine andere Akte zur Hand und begann daraus vorzulesen, wobei er sogar noch schneller wurde – »mit ›böswilligem Auge und ungleicher Hand durchgesetzt wird und so zur ungerechten Diskriminierung zwischen Personen in gleichen Umständen führt‹, darf sie nicht geltend gemacht werden.« Er legte die Seite auf dem Tisch ab und blickte auf.

»Und ich nehme an, dass Sie einen weiteren passenden Fall dabeihaben?«, wollte Silverman wissen.

»Ja, Euer Ehren. Den Fall des chinesischen Reinigungsinhabers *Yick Wo v. Hopkins*, bei dem die Stadt San Francisco keine Genehmigungen zur Betreibung von Reinigungen an chinesische Bewerber vergab.«

Crawford schnaubte so laut, dass sie wie ein Pferd klang. »Natürlich«,

sagte sie verächtlich,»der alte Fall mit der chinesischen Reinigung. Dieser Mann ist verzweifelt, Euer Ehren. So weit ich informiert bin, hatte er nicht die Absicht, eine chinesische Reinigung zu eröffnen ...«
Die anwesenden Polizisten grinsten.
»Ich führe den Fall nur wegen der Rechtsprechung an, die er beinhaltet«, erwiderte Charles, während er sich umdrehte und die Staatsanwältin fixierte.»Jeder Anwalt weiß das.«
Sie kam zu seinem Tisch herüber.»Um nichts in der Welt würde ich mir diese Lektüre entgehen lassen«, schoss sie zurück und riss Charles die Kopie aus der Hand.
»Anwälte, richten Sie alle Kommentare an das Gericht, nicht aneinander«, ermahnte Silverman die beiden.»Mr Arnold?«
»Ja, Euer Ehren.«
»Auch diesen Fall werden wir behandeln, nachdem wir die Zeugenaussage gehört haben.«
Charles nickte.
»Wenn Sie also keine weiteren Fälle aus dem Hut zaubern wollen, kommen wir jetzt zu den Aussagen.«

✳ ✳ ✳

Die Königskobra warf die Fallakte auf ihren Tisch und wandte sich Officer Thrasher zu. Die beiden tanzten nicht zum ersten Mal das Zeugenaussagetänzchen zusammen. Sie führte. Er folgte. Er war nicht immer so zuvorkommend gewesen. Nach ihrem ersten gemeinsamen Fall hatte sie ihn im Flur vor seinen Kumpels heruntergeputzt. Es folgte ein hässlicher Brüllwettbewerb, der unentschieden ausging. Aber zumindest spurte er jetzt. Nicht, dass er sich dabei vor Eifer überschlug. Er beantwortete einfach ihre Fragen.
Nach der üblichen Einleitung kam sie sofort zum Punkt.
»Sind Sie dem Angeklagten vor seiner Verhaftung jemals begegnet, Officer Thrasher?« Während sie den Zeugen befragte, lief sie hoch erhobenen Hauptes den gesamten Raum vor der Richterbank ab. Sie stützte sich nicht auf Notizen, sondern verließ sich allein auf ihren Instinkt und ihr hervorragendes Gedächtnis.
»Nein, Ma'am.«

»Hätten Sie irgendeinen Grund, ihn zu diskriminieren oder ein Gesetz selektiv nur bei ihm durchzusetzen?« *Außer seiner Hautfarbe*, dachte sie bei sich. Thrasher galt nicht als einer der vorurteilsfreisten Polizisten am Strand.

»O nein, Ma'am.«

»Und haben Sie die gleiche Verordnung auch tatsächlich bei anderen durchgesetzt?«

»Schon oft.« Thrasher antwortete in knappen Sätzen. Keine Schnörkel. Nur die Fakten. Er hatte seine Lektion gelernt.

Die Königskobra kehrte an ihren Tisch zurück. Thrashers Partner, ein Bodybuilder namens Alex Stone, stand auf und flüsterte ihr etwas ins Ohr. Dann schritt er den Mittelgang des Gerichtssaals hinunter und platzierte sich neben der Tür.

Crawford wandte sich wieder ihrem Zeugen zu. »Bitte schildern Sie dem Gericht den Verlauf der Verhaftung *in kurzen Worten*.«

»Am Freitag, dem 3. Juni, waren mein Partner und ich um etwa 9.05 Uhr am Strand von Virginia Beach auf Streife unterwegs. An der Kreuzung Atlantic und Virginia Beach Boulevard wurden wir auf den Beschuldigten aufmerksam. Er hatte eine riesige Musikanlage aufgebaut und war noch mindestens einen Block weiter gut zu hören. Vorbeilaufende Touristen und andere Passanten griff er verbal an, um sie zu missionieren.«

Der Beschuldigte stieß ein fassungsloses Schnauben aus – ein sicheres Anzeichen dafür, dass sie mit ihrer Taktik punktete.

»Was haben Sie daraufhin getan?«, fragte sie einfach und nüchtern.

»Wir hielten an und forderten ihn auf, die Verstärker abzustellen, für die er keine Genehmigung hatte, weil dies gegen die Lärmverordnung von Virginia Beach verstoße.«

»Wie hat er reagiert?«

»Der Beschuldigte fing an ... ich schätze, man kann es so bezeichnen ... uns wüst zu beschimpfen. Er beschuldigte uns, ihn zu diskriminieren. Er machte sich über uns lustig und warf mit Schimpfwörtern um sich – Bullen ... Schweine ... – solche Ausdrücke eben. Er drohte uns mit einer Klage, behauptete, er sei Juraprofessor und kenne seine Rechte. Im Prinzip hat er versucht, die Menge gegen uns aufzubringen.«

»Machte er, während er Sie beleidigte, noch immer Gebrauch von seiner Musikanlage?«

»Die ganze Zeit.«

Jetzt wird's erst richtig lustig. Die Königskobra drehte sich um und nickte Officer Stone zu, der mit verschränkten Armen im hinteren Teil des Gerichtssaals stand.

Sie wandte sich wieder ihrem Zeugen zu. »Haben Sie die Anlage als Beweisstück beschlagnahmt, Officer Thrasher?«

»So ist es.«

Wie aufs Stichwort kam Officer Stone mit der Karaoke-Anlage und einem Lautsprecher nach vorne marschiert. Nachdem er den ersten Lautsprecher eingesteckt hatte, brachte er den zweiten herein und schloss ihn an. Dann steckte er das Stromkabel der Anlage in eine Steckdose und kehrte an seinen Platz zurück.

»Ist das die Anlage, die der Beschuldigte benutzt hat?«, fragte Crawford, die sich ein kleines hämisches Grinsen nicht verkneifen konnte. Die Lautsprecher waren riesig.

»Ja, Ma'am. Allerdings hatte er sie an einer Autobatterie angeschlossen.«

»Euer Ehren«, verkündete die Königskobra, ohne sich das Lächeln zu verkneifen, »ich möchte Ihnen diese gesamte Anlage nun als Beweisstück 1 der Anklage vorstellen.«

Silverman verzog das Gesicht. »Das gesamte Ding?«

»Das gesamte Ding«, sagte sie mit Nachdruck.

»Irgendwelche Einwände?«, fragte Silverman den Beschuldigten. Die Königskobra untersuchte das Gesicht des Beschuldigten – *wie hieß der Typ noch mal?* – nach Anzeichen aufsteigender Panik, allerdings ohne Erfolg.

»Darf ich mir das mal näher ansehen?«, fragte der Beschuldigte.

»Viel Spaß«, sagte die Königskobra kurz angebunden. Dann lehnte sie sich gegen ihren Tisch und beobachtete irritiert, wie der Anwalt jeden Zentimeter seiner Ausrüstung in Augenschein nahm.

»Kein Einspruch«, verkündete er endlich, »solange ich sie nach der Verhandlung zurückbekomme.«

»Nun gut«, sagte Silverman. »bitte geben Sie zu Protokoll, dass diese Musikanlage als Beweisstück 1 der Anklage vorgestellt wurde.«

»Bei welcher Lautstärke stand der Regler?«, wollte Crawford wissen.

»Ich glaube, bei Stufe sieben«, erwiderte Thrasher. Die Königskobra war mit dem Sprachcode vertraut. Ein »ich glaube« bedeutete, dass Thrasher nicht den leisesten Schimmer hatte.

Sie ging zur Stereoanlage hinüber und stellte den Lautstärkeregler auf sieben. Dann reichte sie Officer Thrasher das Mikrofon.

»Sprach oder sang der Angeklagte in das Mikrofon?«, fragte sie ihn.

»Er sprach«, antwortete Thrasher.

»Ein Glück«, meinte die Königskobra, »ich hatte schon Angst, ich müsste Sie jetzt bitten zu singen.« Sie wartete, bis die leisen Gluckser verstummt waren. »Aber wenn es Ihnen nichts ausmacht, sagen Sie doch bitte ein paar Worte ins Mikrofon.«

»Test eins ... zwei ... drei ... Test eins ... zwei ... drei ...«, sagte Thrasher folgsam. Seine Stimme dröhnte durch den Gerichtssaal und hallte von den Wänden zurück. Das Mikrofon kreischte laut, und einige Leute verzogen angesichts des Lärms das Gesicht.

»Das genügt«, bestimmte Richter Silverman. »Das Gericht hat sich ein Bild machen können.«

Thrasher reichte das Mikrofon an Crawford zurück. Sie schaltete die Anlage wieder aus und kehrte an ihren Platz zurück.

Ihre kleine Show erfüllte sie mit unbändigem Stolz. Sie hatte dafür gesorgt, dass Thrasher und sein gefährliches Mundwerk keinen Schaden anrichten konnten. Kurz und aussagekräftig. Nur die Fakten. Jetzt bestand keine Gefahr mehr, dass er in einem Kreuzverhör festgenagelt werden konnte.

Die maximale Geldstrafe für Verstöße gegen die Lärmverordnung lag bei eintausend Dollar. Sie würde die Höchststrafe fordern und wahrscheinlich die Hälfte kriegen. Diesen Fall hatte sie bilderbuchmäßig abgewickelt. Hoffentlich schrieb der junge aufstrebende Anwalt am Tisch der Verteidigung mit. Er hatte heute eine gewichtige Lektion gelernt. Und außerdem eine teure.

»Keine weiteren Fragen«, sagte die Königskobra zu Thrasher. »Bitte beantworten Sie alle Fragen, die Mr ... ähm ... der Beschuldigte ... haben könnte.«

Damit nahm sie Platz, drehte sich um und setzte sich für ihre Freunde in der Pressereihe in Positur.

13

Lange Zeit stand er einfach nur hinter dem Tisch der Verteidigung und starrte auf seine Unterlagen, als wäre er in Trance.

»Mr Arnold«, sagte der Richter, »Sie sind dran.«

»Oh ... entschuldigen Sie bitte, Euer Ehren.« Er sah den Zeugen an. »Sind Sie sich sicher, dass Sie sich an die Ereignisse richtig erinnern?«, fragte Charles mit gerunzelter Stirn ruhig.

»Ganz sicher«, erwiderte Thrasher kalt.

»Stimmt es nicht, dass sich an dem fraglichen Abend noch andere Personen auf der Atlantic Avenue aufhielten, die ihre Musikanlagen mindestens genauso laut aufgedreht hatten wie ich meine?«

»Das ist *absolut* nicht wahr«, empörte sich der Zeuge.

»Ist Ihnen schon mal die Hip-Hop-Band dort draußen aufgefallen ... mit einer Stereoanlage, Verstärkern und Lautsprechern, die sogar noch größer sind als meine?«

»Noch nie.«

Charles lächelte den Polizisten an. Thrasher war gut in seiner Rolle. Er zeigte nicht das kleinste Anzeichen von Reue.

»Stimmt es nicht auch, Officer Thrasher, dass ich Sie und Ihren Kollegen niemals als ›Schweine‹ betitelt habe?«

Im Brustton der Überzeugung antwortete der Beamte: »Das ist nicht wahr.«

»Ist es nicht so, Officer Thrasher, dass *Sie* es waren, der *mich* bedroht hat? Sie haben mir gesagt, ich solle zusammenpacken und verschwinden, da ich sonst in großen Schwierigkeiten wäre. Haben Sie das etwa nicht gesagt?«

»Einspruch«, rief Crawford, die aufgesprungen war. »Das ist reine Unterstellung.«

»Ich werde es zulassen«, sagte Silverman.

Crawford zuckte mit den Schultern, stieß einen leisen Seufzer aus und nahm wieder Platz.

»Nein, das ist nicht wahr. Es ist genau so passiert, wie ich es geschildert habe.« Thrasher klang gelangweilt, aber Charles bemerkte das schwache Zittern seiner Lippen und die leicht zusammengekniffenen Augen.

»In Wirklichkeit, Sir, verhält es sich so, dass ich aufgrund meiner dunklen Hautfarbe verhaftet wurde und weil ich aus der Bibel gepredigt habe, ist es nicht so?« Charles wurde lauter, blieb jedoch hinter seinem Tisch stehen.

»Absolut falsch, Mr Arnold. Wir haben Sie verhaftet, weil Sie gegen die Lärmverordnung verstoßen haben und versuchten, einen Aufruhr anzuzetteln.«

Crawford warf ihrem Zeugen einen strengen Blick zu.

»Wurde ich denn wegen Anstiftung zum Aufruhr festgenommen?«, fragte Charles, dem der kleine Ausrutscher ebenfalls nicht entgangen war.

»Nein«, gestand Thrasher, ohne Crawford anzusehen.

Er wand sich auf seinem Stuhl. Die Stille schien ihm offensichtlich nicht zu behagen, also ließ Charles ihn noch ein wenig zappeln, während er vorgab, etwas in seinen Unterlagen zu suchen.

»Mr Arnold?«, meldete sich der Richter wieder zu Wort, bemüht, die Verhandlung voranzutreiben.

»Ja, Euer Ehren?«

»Haben Sie noch weitere Fragen?«

»Ja, Euer Ehren«, erwiderte Charles mit starrem Blick auf den Zeugen.

»Haben Sie etwas gegen Schwarze?«, fragte er den Mann, ohne ihn aus den Augen zu lassen.

Sobald er die Worte geäußert hatte, war Crawford aufgesprungen und rief: »Das ist unerhört, Euer Ehren. Für diese Unterstellung gibt es keinerlei Grundlage.«

»Einspruch stattgegeben«, sagte Silverman knapp. »Vorsicht, Mr Arnold.«

»Entschuldigen Sie bitte, Euer Ehren.« Er hielt kurz inne. »Ist es nicht wahr, Mr Thrasher, dass Sie mich als ›Prediger-Knabe‹ bezeichnet und sich über meinen ›krausshaarigen kleinen Kopf‹ lustig gemacht haben?«

»Das ist doch lächerlich«, antwortete Thrasher gelassen. »Solche Ausdrücke würde ich nie benutzen.«

Aus dem Augenwinkel sah Charles, wie die Staatsanwältin dem Polizisten einen weiteren Blick zuwarf.

»Niemals?«

»Niemals.«

»Und warum nicht?«, wollte Charles wissen.

»Weil solche Ausdrücke den Eindruck erwecken könnten, ich hätte anderen Hautfarben gegenüber gewisse Vorurteile. So bin ich nicht, und so rede ich auch nicht.« Thrasher schaute zum Richter herüber, sein Blick schien zu fragen, wie lange er diese lächerlichen Fragen noch über sich ergehen lassen musste.

»Wie viele Fragen möchten Sie Officer Trasher noch stellen?«, fragte Silverman. »Sie bekommen selbst noch die Gelegenheit auszusagen, sobald der Officer fertig ist.«

Natürlich wusste Charles das. Er hasste es, wie ein Jurastudent im ersten Semester behandelt zu werden. Doch er verstand den Wink mit dem Zaunpfahl.

Silverman wollte den Fall endlich hinter sich bringen, und Charles war ihm dabei gerne zu Diensten. Die Falle war gelegt. Thrasher steckte bis zum Hals in Schwierigkeiten.

»Nur noch ein paar kurze Fragen, Euer Ehren«, versprach Charles. Zum ersten Mal trat er hinter seinem Tisch hervor. »Darf ich an meine Anlage gehen?«

»Wie bitte?«

»Darf ich an meine Anlage gehen?«

»Aber sicher«, sagte Silverman und kratzte sich ratlos am Kopf.

Charles ging zu seiner Anlage hinüber und kniete sich hin. Er drückte einen Knopf und holte eine Musik-CD heraus, die er in der rechten Hand hochhielt.

»Ist dies die CD, die auch am Abend meiner Verhaftung in der Stereoanlage war?«, wollte er wissen.

»Niemand hat das Gerät angefasst oder etwas daran verändert«, sagte Thrasher. »Ich gehe also davon aus, dass es dieselbe CD ist.«

»Gut«, sagte Charles, der wieder in die Hocke ging. Er drückte einen anderen Knopf und holte diesmal eine Kassette heraus, mit der er auf Officer Thrasher zuging.

»Dann nehme ich an, dass Sie diese Kassette auch nicht überspielt haben?«, fragte Charles.

In den Augen des Zeugen flackerte das Licht der Erkenntnis auf. Während ihm die Farbe aus dem Gesicht wich, warf er einen hilfesuchenden Blick in Richtung Crawford.

»Natürlich nicht«, brachte er heraus.

Charles, der sich mittlerweile nur ein paar Zentimeter vom Zeugenstand entfernt aufgebaut hatte, sah zum Richter hinüber. »Dann würde ich gerne meine CD mit der Aufschrift ›WOW Gospel‹ als Beweisstück 1 der Verteidigung präsentieren. Und meine Kassette mit der Aufschrift ›Straßenpredigt 3. Juni‹ als Beweisstück 2 der Verteidigung.«

Mit diesen Worten wandte er sich wieder dem mittlerweile aschfahlen Zeugen zu. »Gehe ich recht in der Annahme, Officer Thrasher, dass es Ihnen nicht bewusst war, dass ich meine Straßenpredigten und alle anderen Geräusche, die das Mikrofon einfängt, immer aufnehme?«

Thrasher schüttelte den Kopf. Ihm schien es die Sprache verschlagen zu haben.

»Wenn es also keinen Einwand seitens der Staatsanwaltschaft gibt, würde ich dem Gericht gerne dieses Band vorspielen, um zu beweisen, was sich an diesem Abend tatsächlich zugetragen hat.« Charles wirbelte herum, um zu sehen, ob Crawford protestieren würde.

Sie bedeckte ihr Gesicht mit den Händen, was ihn nicht überraschte.

»Kein Einspruch«, murmelte sie, ohne aufzusehen.

✳ ✳ ✳

Nachdem alle Klagen gegen Charles fallen gelassen wurden, rief Silverman eine zehnminütige Pause aus. Im Flur vor dem Gerichtssaal wurde Charles wie eine kleine Berühmtheit hofiert, besonders von den anderen Angeklagten.

»Hey Mann, haben Sie 'ne Karte?«, wollte einer wissen. »Ich brauche dringend einen *guten* Anwalt.«

»Nein, ich habe keine Visitenkarten dabei.«

»Funktioniert dieser Fall mit der chinesischen Reinigung auch bei einer Klage wegen Trunkenheit am Steuer? Die Bullen haben alle andern bis auf mich laufen lassen. Genau wie in dem Fall, von dem Sie geredet haben, haargenau so.«

»Solche Vergehen sind nicht mein Gebiet.«

Charles blickte an den anderen verzweifelten Beschuldigten vorbei, die sich in der Hoffnung auf ein wenig kostenlose Rechtsberatung um ihn geschart hatten, und sah, wie sich die stellvertretende Staatsanwältin Rebecca Crawford auf der anderen Seite des Flures mit ein paar Polizisten unterhielt. Er drängte sich durch die Menge und ging mit ausgestreckter Hand auf sie zu.

»Ich hoffe, Sie nehmen mir das nicht übel«, sagte er.

Sie blickte auf seine Hand herab und dann wieder hoch in seine Augen. Der Ausdruck auf ihrem Gesicht war angespannt. Sie machte keine Anstalten, seine Hand anzunehmen.

»Da haben Sie sich wohl geschnitten«, sagte sie, bevor sie ihm einfach die kalte Schulter zeigte und sich wieder dem Gespräch mit den Polizisten zuwandte.

14

Im besten Interesse des Kindes.

Das war ihre einzige Richtlinie. Ihre einzige Aufgabe als Sonderanwältin. Zu bestimmen, was im besten Interesse des Kindes war, und eine entsprechende Empfehlung gegenüber dem Gericht auszusprechen.

Einfacher gesagt als getan.

Und nie war es ihr schwerer gefallen als in diesem Fall mit seiner komplizierten Mischung aus Liebe und Misshandlung, Glaube und Vernachlässigung.

Die Eltern brauchten eine Familienberatung, so viel war klar. Und die Kinder einfach wieder ihrem prügelnden Vater zu überlassen, konnte keine Lösung sein.

In vielerlei Hinsicht repräsentierte Thomas Hammond alles, was Nikki an einem amerikanischen Mann zuwider war. Er war ein Kontrollfreak. Herrschsüchtig. Großzügig im Bestrafen, geizig mit seiner Nachsicht. Eine einfache Lebenseinstellung, die von einfachen Lösungen bestimmt wurde. Wenn die Kinder nicht spuren, setzt es eben eine Tracht Prügel. Sie würden's schon lernen. Nikki kannte diesen Schlag Mann nur zu gut. Fügte sie der Gleichung noch Alkoholmissbrauch hinzu, musste sie sofort an ihren biologischen Vater und die dunklen Erinnerungen ihrer frühesten Kindheit denken.

Aber etwas an Thomas Hammond war anders, etwas, das so gar nicht zu diesem Konzept vom Vater als unumschränktem Herrn und Gebieter passte. Sie konnte es daran erkennen, wie er nun am Tisch der Verteidigung saß. Immer wieder griff er unter dem Tisch liebevoll nach der Hand seiner Frau. Er nahm seine Tochter auf den Schoß und strich ihr mit seinen riesigen

Pranken die blonden Locken aus den Augen. Er lehnte sich über seinen Stuhl zurück, kitzelte seinen kleinen Sohn in die Seiten und tauschte mit dem Jungen streitlustige Blicke aus.

Er war nicht nur ein dominanter Vater. Er war auch ein Freund. Und dieser Eindruck, zusammen mit den Gedanken an ihren Adoptivvater, den einzigen Mann, der Nikki je bedingungslos geliebt hatte, machte ihr die Arbeit an diesem Fall unglaublich schwer. Sie merkte, wie sie ihre emotionale Distanz verlor, die so wichtig war. Jedes Mal, wenn Thomas Hammond sich einem seiner Kinder zuwandte, wurde sie an das warme Gefühl von Liebe erinnert, das sie von ihrem Adoptivvater erfahren hatte.

Er war vor sieben Jahren gestorben, als sie gerade einmal neunzehn Jahre alt war. Seitdem fühlte sie sich mutterseelenallein auf der Welt. Er hatte sie allein großgezogen, und als sein Herz versagte, war es für Nikki, als würde sie Vater und Mutter verlieren, den einzigen richtigen Elternteil, den sie je gekannt hatte. An Tagen wie diesem, wenn sie mit solcher Macht von ihren Erinnerungen überwältigt wurde, fragte sie sich immer, ob sie jemals über seinen Tod hinwegkommen würde.

Um sie herum gingen die Neckereien weiter, manche davon gegen sie selbst gerichtet. Doch sie hörte nicht hin. In wenigen Minuten würde sie ihre Aussage machen müssen. Und die einzige Person im Gerichtssaal, auf der die schwere Verantwortung lastete, die richtige Empfehlung auszusprechen, was im besten Interesse der Kinder zu tun sei, hatte nicht die geringste Ahnung, was sie sagen sollte.

✳ ✳ ✳

»Bitte erheben Sie sich«, rief der Gerichtsdiener, als Silverman auf die Richterbank zuschlurfte. »Das Bezirksgericht der Stadt Virginia Beach tagt wieder. Den Vorsitz hat der ehrenwerte Franklin Silverman Jr.«

Während der Pause hatte Crawford sich genau überlegt, wo sie stehen musste, um von den Kameras am vorteilhaftesten eingefangen zu werden – nämlich frontal – und jegliche Profilaufnahmen ihrer etwas hakenförmigen Nase zu vermeiden. Gerade hatte sie sich auf eben jener Position aufgestellt und extra für die Abendnachrichten das Gesicht der besonders ernsten und entschlossenen Staatsanwältin aufgesetzt. Viele Zuschauer bedeuten viele Wählerstimmen.

»Euer Ehren, ich erbitte das Gericht, die Kinder für die nächsten Minuten aus dem Gerichtssaal zu schicken. Ich werde ihre Aussagen diskutieren, und es wäre im besten Interesse der Kinder, wenn sie dabei nicht anwesend wären.«

»Stimmt die Sonderanwältin dieser Einschätzung zu, Ms Moreno?«, fragte Richter Silverman.

»Absolut, Euer Ehren.«

»Nun gut. Gerichtsdiener, bitte begleiten Sie die Kinder hinaus auf den Flur.«

Die Königskobra warf einen Blick auf Mr Hammond, der auf der anderen Seite des Gerichtssaals saß, sich für seine Kinder ein angespanntes Lächeln abrang und ihnen zunickte. Dann sah sie den beiden Kleinen hinterher, die dem Gerichtsdiener widerwillig aus dem Saal folgten. Tigers Blick wanderte immer wieder über seine Schulter und dann zurück auf das Waffenhalfter des Gerichtsdieners, als ob der kleine Junge überlegte, sich die Pistole des Mannes zu krallen. Schlussendlich schien er sich entschieden zu haben, doch einfach mitzugehen.

»Was wir heute Morgen in Erfahrung gebracht haben, ist schockierend«, verkündete die Königskobra, nachdem sich die Türen hinter den Kindern geschlossen hatten. Keine einleitenden Worte, kein vorsichtiges Herantasten, sie ging direkt an die Kehle.

»Beide Eltern haben sich der geistigen und körperlichen Misshandlung ihrer Kinder schuldig gemacht. Während meiner Befragung habe ich den Gerichtsschreiber gebeten, bestimmte Passagen des Protokolls zu markieren, sodass, sollte es irgendwelche Zweifel geben, was meine Zusammenfassung der Aussagen der Kinder betrifft, die entsprechenden Stellen vorgelesen werden können.« Die Königskobra hielt inne und sah zum Tisch der Verteidigung hinüber. Harry Pursifulls Kopf ruhte in seiner linken Hand, der Ellbogen war auf dem Tisch abgestützt. Vor ihm lag ein unbeschriebener Notizblock, neben ihm saßen seine Mandanten und direkt hinter ihm Nikki Moreno.

Nicht gerade ein Dream-Team, dachte sich Crawford.

»Bei den kleinsten Vergehen haben beide Eltern ihre Kinder gewohnheitsmäßig erniedrigt und misshandelt. Mrs Hammond benutzt für ihre Prügelstrafe einen Holzlöffel, Mr Hammond seinen Gürtel. Wenn der kleine John Paul nicht sofort zum Essen erscheint, sobald er gerufen wird, bekommt er ›einen Satz heiße Ohren‹ von seinem Vater. Widerworte werden bei beiden Kindern mit mehrfachen Schlägen mit dem Holzlöffel, dem Gürtel oder anderen Objekten bestraft. Wenn nichts anderes griffbereit ist, schlägt der Vater mit der blanken Hand.«

Die Königskobra begann im Gerichtssaal auf und ab zu wandern, so erbost über die gewalttätigen Eltern, dass selbst der vorteilhafte Kamerawinkel vergessen war. Ihre Stimme nahm einen stahlharten Unterton an, und ihre Absätze klapperten auf dem Parkett, während sie das Gericht ins Bild setzte.

»Die Kinder müssen erniedrigend lange Zeiten in Isolation über sich ergehen lassen – die Eltern nennen das ›Auszeiten‹. Über Stunden hinweg werden sie gezwungen, auf einem Stuhl mit dem Gesicht zur Wand in einer Ecke des Zimmers auszuharren. Wenn sie es wagen, dabei zu sprechen, eskaliert die Bestrafung von einer Auszeit zu einer Tracht Prügel. Auf diese Weise werden sie sowohl zu Hause als auch in der Öffentlichkeit erniedrigt. Und selbst heute, als ich mit den Kindern sprach, konnte ich spüren, welche Angst sie vor ihren Eltern haben. Sie hatten geradezu panische Angst, dass sie etwas falsch machen könnten.«

Sie beobachtete, wie Silverman sich Notizen machte. Er vermied den Blickkontakt mit ihr, was sie irritierte. Es war schwer einzuschätzen, was er dachte, ob sie überhaupt zu ihm durchdrang, etwas bei ihm bewirkte. Also blieb sie direkt vor der Richterbank stehen und unterbrach ihren Vortrag. Sie wartete, bis er aufgehört hatte zu schreiben, dann senkte sie ihre Stimme auf melodramatische Weise und fuhr fort.

»Euer Ehren, würde man Tiere auf diese Weise behandeln, hätte der Tierschutzbund schon längst mit lautem Geschrei über Tierquälerei dieses Gericht gestürmt. Er würde fordern, dass die Tiere aus der Haltung ihrer Besitzer befreit werden. Sollten Kinder etwa weniger Recht auf Schutz haben als unsere Haustiere?«

Aber sie war noch nicht fertig. »Diese Eltern«, sagte sie höhnisch, »die selbst keinerlei Erbarmen gezeigt haben, besitzen jetzt die Dreistigkeit, den Staat zu bitten, Nachsicht walten zu lassen. Haben Sie wirklich die Frechheit zu behaupten, die Kinder würden zu Schaden kommen, wenn man sie in eine Pflegestelle gäbe? Nun, euer Ehren, die Staatsanwaltschaft spielt da nicht mit. Wir glauben nicht, dass Eltern, die ein Kind misshandeln und ihm die notwendige medizinische Versorgung verweigern, die Gelegenheit bekommen sollten, auch ihre anderen Kinder während eines laufenden Verfahrens in Gefahr zu bringen.«

Crawford verstummte und atmete tief durch. Dann warf sie Thomas und Theresa Hammond den gleichen verachtenden Blick zu, mit dem sie jeden Angeklagten bedachte.

Theresa Hammond weinte still vor sich hin, die Tränen liefen ihr über das Gesicht, ihre Augen waren rot und verquollen. Mit hängenden Schultern starrte sie auf die Tischplatte herunter – das Inbild von Erniedrigung und Scham. *Und*, dachte Crawford bei sich, *die personifizierte Schuld*.

Ihr Ehemann starrte stoisch geradeaus, die aufsteigende Wut färbte ihm Ohren und Nacken rot. Unter dem Tisch umklammerte er die Hand seiner Frau.

Die Königskobra verspürte keinerlei Mitleid mit den beiden. Sie waren Mörder. Mitgefühl und Nachsicht kamen nicht in Betracht. Joshua verlangte nach Gerechtigkeit.

»Die Staatsanwaltschaft ersucht das Gericht *nachdrücklich*, die Kaution für Mr Hammond auf zweihunderttausend Dollar und für Mrs Hammond auf fünfzigtausend Dollar festzusetzen. Für den Fall, dass die Angeklagten die Kaution stellen können, raten wir außerdem *dringend* dazu, die Bedingungen für ihre Freilassung an eine Schutzanordnung zu binden, welche die Kinder einer Pflegestelle zuweist und den elterlichen Kontakt für den Verlauf des Verfahrens untersagt.«

Mit laut klappernden Absätzen und präzisen, selbstsicheren Bewegungen ging sie an ihren Platz zurück. Für den Moment hatte sie ihren Job erledigt.

»Euer Ehren«, meldete sich nun Harry Pursifull zu Wort, während er sich langsam erhob, »das hier ist eine Anhörung über die Festsetzung der Kaution, kein Prozess und auch keine Sorgerechtsverhandlung. Deswegen sind wir, ähm, der Überzeugung, dass das Gericht seine Bemühungen auf die Erwägung eines eventuell bestehenden Fluchtrisikos beschränken sollte. Tatsache ist, dass beide Elternteile heute hier in Begleitung ihrer Kinder erschienen sind, und das, wie ich betonen möchte, aus freien Stücken. Hätten sie vor, mit ihren Kindern zu fliehen, hätten sie, ähm, hätten sie das schon längst tun können.«

Während Harry sprach, beobachtete ihn die Königskobra mit skeptischem Blick. Langsam kam er in Fahrt, wurde immer selbstsicherer. Er würde die Aufmerksamkeit des Gerichts von den Misshandlungsvorwürfen weglenken. Das war Harrys Stil. Wie stets versuchte er, der Konfrontation aus dem Wege zu gehen.

Während er sich langsam warmredete und sich an die Fernsehkameras gewöhnte, kehrte seine Stimme von ihrer erhöhten Tonlage zu ihrem gewohnt nasalen Klang zurück. Seine Atmung entspannte sich, und er presste nicht länger jeden Satz stoßweise hervor. »Mrs Crawford scheint hier bequemerweise zu vergessen, dass die Eltern das Kind *sehr wohl* im Krankenhaus vorgestellt haben.« Er befeuchtete seine trockenen Lippen. »Sie *haben* sich medizinische Hilfe geholt und würden das, falls nötig, auch für ihre anderen Kinder tun. Natürlich waren einige ihrer disziplinarischen Maßnahmen nicht angemessen ...«

»*Nicht angemessen?!*«, rief die Königskobra, die von ihrem Platz aufgesprungen war. Dieser Ausbruch ließ Harry erstarren, so wie sie es vorausgesehen hatte. Sie hatte ihm schon öfter bei der Arbeit zugesehen und war mit seinen Schwächen vertraut. Sprachlos und mit offenem Mund drehte er sich zu ihr um.

»Sie stundenlang Auszeiten nehmen zu lassen, *könnte* man als nicht angemessen bezeichnen. Und sie in aller Öffentlichkeit zu erniedrigen, *könnte* man ebenfalls als unangemessen bezeichnen.« Crawford starrte Harry böse an, als wäre er der Schuldige und sie ein erboster Elternteil, der eine Strafpredigt hält. »Aber das eigene Kind schon für die kleinsten Vergehen mit einem Gürtel zu verprügeln, ist nicht nur *nicht angemessen*. Das ist ganz klare Körperverletzung, Herr Anwalt. Lassen Sie uns das Kind wenigstens beim Namen nennen.«

Damit setzte sie sich wieder und verschränkte die Arme vor der Brust, bevor der Richter sie maßregeln konnte.

Harry streckte in einer abwehrenden Geste die Hände von sich. »Euer Ehren, als Ms Crawford an der Reihe war, habe ich sie nicht unterbrochen.«

»Ich weiß«, sagte der Richter flach. Dann wandte er sich Crawford zu. »Ich würde es begrüßen, wenn Sie Mr Pursifull die gleiche Höflichkeit entgegenbrächten, die er Ihnen gegenüber gezeigt hat.«

»Aber gerne, Euer Ehren«, erwiderte sie unverhohlen entrüstet.

Doch Silverman ignorierte sie. Er war ein erfahrenes altes Streitross und erlebte das alles nicht zum ersten Mal. Gelassen wandte er seine Aufmerksamkeit wieder Harry zu. »Also, Mr Pursifull, konnten Sie heute an den

Kindern irgendwelche blauen Flecken oder andere Anzeichen für Verletzungen feststellen?«

»Nein, Euer Ehren«, antwortete Harry stolz.

»Aber Euer Ehren ...« – die Königskobra war wieder aufgesprungen, ein kalkuliertes Risiko – »niemand bestreitet, dass diese Misshandlungen stattgefunden haben. Und das kleine Mädchen hat ausgesagt, dass nach den erhaltenen Schlägen manchmal Spuren von dem Löffel, dem Gürtel oder der Hand ihres Vaters zurückbleiben.«

»Was hat der kleine Junge gesagt?«, wollte Silverman wissen.

»Er hat mir nur seine Lieblingsantwort gegeben«, erwiderte die Königskobra. »Dass er es nicht weiß.«

»Danke, Ms Crawford«, sagte Silverman in einem Tonfall, der deutlich machte, wie weit seine Geduld strapaziert war. Mit seinem Blick fixierte er sie, bis sie wieder Platz genommen hatte.

»Mrs Moreno ...«, wandte der Richter sich an Nikki, »ist die Sonderanwältin zu einer Entscheidung gekommen, was ihre Empfehlung gegenüber dem Gericht betrifft?«

Alle Augen richteten sich auf Nikki Moreno. Selbstsicher und kerzengerade stand sie da – in ihrer Fernsehpose. *Wie ekelhaft*, ging es Crawford durch den Kopf.

Nikki runzelte die Stirn, schüttelte leicht den Kopf und verzog das Gesicht. »Es ist nicht einfach, Euer Ehren«, sagte sie sachlich. »Normalerweise fällt es mir nicht schwer, zu entscheiden, aber bei diesem Fall ist es etwas komplizierter.«

Die Königskobra verdrehte die Augen und stützte die Stirn in die Hand. »Ich bitte Sie«, murmelte sie laut genug, damit ihre Freunde in der Pressereihe sie hören konnten.

Doch Nikki ignorierte sie, was sie nur noch mehr aufbrachte.

»Mrs Crawford hat absolut recht, was die Misshandlungen angeht, denen diese Kinder ausgesetzt waren, und auch was die drei Tage der schändlichen Vernachlässigung betrifft, die zu Joshuas Tod führten«, erklärte Nikki. »Doch seltsamerweise scheint es in dieser Familie auch sehr viel Liebe zu geben. Ich stimme zu, dass Mr und Mrs Hammond professionelle Beratung benötigen, was die Disziplinierung ihrer Kinder betrifft, und auch ich mache mir Sorgen, ob sie bereit sind, sich medizinische Hilfe zu suchen, wenn sie benötigt wird, aber ich möchte dem Gericht etwas anderes sagen, das mir noch mehr Sorge bereitet.« Sie hielt kurz inne, hatte aber weiterhin Richter Silvermans ganze Aufmerksamkeit.

»Diese Kinder sind vollkommen verängstigt. Auch in diesem Punkt gebe ich Ms Crawford recht. Aber ich glaube, dass sie vor allem Angst haben, von ihrer Mutter und ihrem Vater getrennt zu werden, und das zu einem sehr verletzlichen und emotionalen Zeitpunkt in ihrem jungen Leben. Noch schlimmer ist, dass sie wahrscheinlich glauben werden, ihre Aussage habe dazu geführt, dass ihre Eltern ins Gefängnis mussten, weil sie etwas Falsches gesagt haben.

Ich bin keine Psychologin, Euer Ehren, und die Entscheidung liegt selbstverständlich bei Ihnen, aber mir scheint, dass das Ausmaß des emotionalen Traumas immens wäre. Ich würde raten, Mrs Hammond unter der Voraussetzung freizulassen, dass sie sich verpflichtet, erneut vor Gericht zu erscheinen, und dass die Kinder unter zwei Bedingungen wieder in ihre Obhut übergeben werden. Erstens, dass sie sich einer einstweiligen Verfügung unterwirft, die ihr verbietet, ihre Kinder körperlich zu misshandeln. Und zweitens, dass ein Beauftragter des Jugendamts die häuslichen Bedingungen genau prüft, um dann eine Empfehlung auszusprechen, ob die Kinder für die Dauer des Verfahrens dort bleiben können oder nicht.«

»Vielen Dank, Ms Moreno«, sagte Silverman. »Dem Gericht ist durch Ihre unbefangene und geradlinige Einschätzung sehr geholfen.«

Unbefangene Einschätzung? So ein Blödsinn!

Ohne zu wissen, was sie sagen wollte, stand die Königskobra erneut auf. Es war eine reine Reflexhandlung. Das Gefühl, die emotionale Energie, mit der sie ihre Klage angetrieben hatte, sei durch Nikki Moreno aus diesem Gerichtssaal vertrieben worden. Ihr drohte der Fall aus den Händen zu gleiten. Zeit, die Angelegenheit etwas aufzuheizen.

»Euer Ehren, das war wirklich eine beeindruckende Rede, die Ms Moreno da gehalten hat. Es ist ja auch wirklich nicht leicht, eine Empfehlung in einer Angelegenheit auszusprechen, die komplexe Probleme des Familienrechts betrifft, wenn man selbst weder Mutter noch Anwältin ist ...« Aus dem Augenwinkel konnte sie sehen, wie Nikki die Arme verschränkte und sie aus zusammengekniffenen Augen böse anstarrte. *Gut so.*

»Aber lassen Sie uns nicht vergessen, Euer Ehren, dass wir es hier mit einem toten Baby zu tun haben. Und mit zwei weiteren Kindern, die dem Risiko ausgesetzt sind, misshandelt und vernachlässigt zu werden.« Crawford erhob die Stimme und betonte jedes einzelne Wort. Sie würden gute O-Ton-Häppchen abgeben. »Mag sein, dass es kurzfristig ein traumatisches Erlebnis für die Kinder sein wird. Aber auf lange Sicht gesehen, könnten diese Maßnahmen ihnen das Leben retten. Anders als Ms Moreno ist die Staatsanwaltschaft nicht bereit, Kinder zu zwingen, Misshandlungen im Namen der Liebe über sich ergehen zu lassen ...«

»Wie bitte?« Nikkis Kopf schnellte zur Königskobra herum. »Das ist ja so was von unfair.« Mit vor Wut funkelnden Augen richtete sie den Finger auf die Staatsanwältin. »Was ist Ihr Problem?«

»*Mein* Problem?«, schoss die Königskobra zurück. »*Mein* Problem? Ich bin hier nicht diejenige, die versucht, Entschuldigungen für körperliche Gewalt zu finden ...«

»Ich glaub's einfach nicht –«, setzte Nikki an.

»*Meine Damen!*«, rief Richter Silverman dazwischen und ließ seinen Hammer auf das Pult niedersausen. Beide Frauen verstummten und starrten sich mit hasserfüllten Blicken an, bereit, mit ausgefahrenen und gewetzten Krallen aufeinander loszugehen.

Ich kann diese Frau nicht ausstehen, dachte Crawford bei sich.

»Das ist keine Art, eine Anhörung durchzuführen«, wies sie Silverman empört zurecht, lehnte sich vor und blickte verärgert von einer streitlustigen Frau zur anderen.

»Mrs Moreno, ich möchte mit Ihnen im Richterzimmer sprechen«, sagte er, wobei seine Stimme nicht mehr sanft und ausgeglichen klang. »Und Ms Crawford ...«

»Ja, Euer Ehren«, erwiderte sie resigniert.

»Einen weiteren solchen Ausbruch werde ich nicht dulden«, sagte er mit Nachdruck. »Sie sind viel zu erfahren und eine viel zu gute Anwältin, um sich auf diese Weise gehen zu lassen. Es überrascht mich sehr, mit ansehen zu müssen, wie Sie sich auch nur einen Moment lang von Ihren Emotionen überwältigen lassen.«

»Ja, Euer Ehren«, sagte die Königskobra wenig überzeugend. Sie warf Nikki einen letzten bösen Blick zu – *diese Moreno ist kein Stück besser als die prügelnden Eltern, und jetzt zieht sie sich mit dem Richter zurück und schmeichelt sich wieder bei ihm ein* –, dann setzte sich Crawford wieder hin und begann ihren nächsten Schachzug zu planen.

15

»Was war da draußen wirklich los?«, fragte Silverman, als Nikki in seinem Büro Platz nahm.

Nikki schlug die Beine übereinander und rutschte tiefer in den großen Ledersessel, der vor dem Schreibtisch des Richters stand. *Ich versuch's mal mit ein wenig Schmollen.*

»Diese Crawford ist echt das Letzte«, sagte sie verächtlich.

»Sie ist einfach nur sehr überspannt«, meinte Silverman. Er klang jetzt mehr wie ein Großvater, nicht mehr wie der strenge Richter, der sie vor ein paar Minuten in sein Büro zitiert hatte. »Sie werden sich nie verstehen, dafür sind Sie beide viel zu empfindlich.«

Nikki zuckte nur mit den Schultern. Wie üblich hatte er recht.

»Und außerdem möchte ich, dass Sie dies als die offizielle Standpauke betrachten, die Sie mehr als verdient haben«, bemerkte Silverman mit einem schiefen Lächeln. »Ich will auf keinen Fall, dass diese Anwälte dort draußen auf die Idee kommen könnten, ich wäre weich geworden.«

»Keine Sorge, Euer Ehren«, erwiderte Nikki, schon etwas fröhlicher. »Wenn ich meine Geschichte überall herumerzählt habe, werden Sie alle für Attila den Hunnen halten. Und wo wir gerade dabei sind«, fügte sie hinzu, »herzlichen Glückwunsch.«

Ein erstaunter Ausdruck huschte über das Gesicht des Richters. »Woher wissen Sie davon?«

»Das darf ich nicht verraten. Aber es heißt, dass Sie als heißester Anwärter auf die freie Stelle am Berufungsgericht gehandelt werden. Auf der Straße erzählt man sich, dass Ihre Ernennung nächsten Monat stattfindet.«

»Das kann ich weder bestätigen noch dementieren«, erwiderte Silverman mit gespielt ernster Stimme. Dann wechselte er elegant Tonfall und Thema. »Möchten Sie etwas trinken?« Er ging zu einem kleinen runden Tisch hinüber, auf dem ein Tablett mit Eistee, einer Kanne Kaffee und einigen Tassen stand, die mit dem Wappen der Washington and Lee University bedruckt waren, seiner geliebten Alma Mater.

»Nichts, das Sie anzubieten hätten«, erwiderte Nikki. »Außerdem wissen Sie genau, dass ich aus keiner Tasse von einer Universität trinke, die sich so lange geweigert hat, weibliche Studenten aufzunehmen.«

»Ach, die guten alten Zeiten.«

»Ja, und Thomas Hammond glaubt, dass wir heute noch darin leben.«

Einen Moment lang wurde es still. Dann sagte Silverman: »Das ist der Grund, warum ich Sie hier sprechen wollte.« Er lehnte sich gegen eine Ecke seines riesigen Schreibtischs und hielt mit beiden Händen sein Glas mit Eistee fest. »Mit Ihrem Vorschlag, die Kinder bei ihren Eltern zu lassen, haben Sie mich wirklich überrascht. Nach all den Fällen, die Sie in meinem Gerichtssaal bearbeitet haben, dachte ich, ich wüsste, wie Sie ticken.«

Er sah Nikki nachdenklich an. »Wollten Sie damit einfach nur Ms Crawford triezen, oder empfinden Sie wirklich so? Mir ist es wichtig, Ihre Meinung zu kennen.«

Nikki liebte die Ehrlichkeit dieses Mannes. Als sie sich vor wenigen Monaten kennenlernten, hatten sie einen schlechten Start gehabt. Dasselbe Zimmer, in dem sie sich jetzt befanden, war der Schauplatz von einigen sehr heftigen Wortgefechten zwischen einer respektlosen Sonderanwältin und einem sturen Richter gewesen. Der brüchige Waffenstillstand, zu dem sie sich irgendwann hatten durchringen können, wandelte sich mit der Zeit in widerwilligen Respekt und wurde später zur gegenseitigen Bewunderung. Heute waren sie Verbündete. Partner, die sich gemeinsam für den Schutz der Kinder stark machten.

»Ihr auf die Nerven zu gehen, war nur das Sahnehäubchen auf dem Kuchen.« Nikki musste bei dem Gedanken lächeln. »Aber ich habe wirklich gemeint, was ich sagte.«

»Und?«

Nikki zuckte mit den Schultern. »Ich habe diese Kinder im Umgang mit ihren Eltern beobachtet. Natürlich sind die Eltern nicht perfekt. Aber sie sind auch nicht so engstirnig und gewalttätig, wie Ms Crawford uns glauben lassen will. Ich denke, dass hier noch eine Menge zu retten ist. Aber das ist nur mein Bauchgefühl.«

»Ich weiß, was Sie meinen«, sagte der Richter, während er mit dem Rücken zu Nikki ans Fenster trat. »Aber für einen richterlichen Entschluss ist das leider etwas zu wenig – das Bauchgefühl einer Sonderanwältin.«

»Ich weiß«, gab Nikki zu, »aber da ist noch etwas. Etwas, das ich vor dem öffentlichen Gericht nicht erwähnen wollte.«

Der Richter drehte sich um und sah sie an, mit der stillen Aufforderung fortzufahren.

Sie hatte lange hin und her überlegt, ob sie wirklich in dieses Wespennest stechen wollte, aber der Richter war ehrlich zu ihr gewesen, daher schuldete sie ihm es ebenso.

»Diese Pflegestellen, Euer Ehren. Ich kenne sie, weiß, wie es dort zugeht. Es ist nicht schön dort. Die Familien nehmen mehr Kinder auf, als sie bewältigen können. Und einige dieser Eltern stehen den Hammonds in nichts nach, was die disziplinarischen Maßnahmen angeht - außer der körperlichen Gewalt natürlich. Euer Ehren, ich weiß, dass wir diese Fälle nicht persönlich nehmen dürfen. Aber diese Kinder sind so süß und unschuldig. Und besonders jetzt ... so verletzlich. Soll es wirklich in ihrem besten Interesse sein, sie von ihren Eltern zu trennen und sie in eine Pflegefamilie zu stecken?«

Der Blick des Richters wanderte ins Leere, und Nikki ließ ihn gewähren. Sie hatte gelernt, diese langen Momente des Schweigens zu respektieren - es war seine Art, über das Gesagte nachzudenken.

Ihr fielen die tiefen Furchen in seinem Gesicht auf, die Krähenfüße um seine Augen und die Tränensäcke darunter. Er nahm seinen Job ernst, zu ernst. Sie fragte sich, wie er die zusätzliche Verantwortung, die mit seinem Amt am Berufungsgericht einherging, überstehen sollte.

»Sie mögen diese Kinder, nicht wahr, Nikki?«

»Für Kinder sind sie echt süß. Aber Sie kennen mich, ich nehm dann doch lieber den fünfundzwanzigjährigen Bodybuilder.«

»Sie in eine Pflegestelle zu geben, hat seine Nachteile und außerdem einen Grad von Dauerhaftigkeit an sich, der mir Unbehagen bereitet, solange ich nicht mit allen Fakten vertraut bin.« Er hielt inne und nippte an seinem Eistee.

»Ich werde die Kaution für den Ehemann hoch ansetzen«, fuhr er fort. »Ich habe den Ausdruck auf seinem Gesicht gesehen. Er sieht verzweifelt aus. Ich denke, Ms Crawford liegt mit ihrer Einschätzung richtig, er könnte etwas Dummes tun. Zum Beispiel versuchen, mit den Kindern zu fliehen.«

»Das sehe ich genauso«, stimmte Nikki ihm zu.

»Die Mutter werde ich gegen eine niedrige Kaution, vielleicht zehntausend Dollar, freilassen. Ich glaube nicht, dass bei ihr ein Fluchtrisiko besteht. Aber ohne weitere Überprüfung der familiären Situation bin ich nicht bereit, der Mutter die Kinder einfach zu überlassen. Ich brauche einen umfassenden Bericht über die Familie und die häusliche Umgebung. Eine Risikobewertung, ein psychiatrisches Gutachten über den Gemütszustand der Mutter, das volle Programm. Das wird etwa eine Woche in Anspruch nehmen. Bis dahin brauche ich jemanden, der die Kinder in seine Obhut nimmt.«

Er schaute Nikki direkt an, auf seinem Gesicht zeichnete sich ein leichtes Lächeln ab.

»Einen Moment mal, Euer Ehren.« Nikki schob den Kopf zurück, unsicher, in welche Richtung das gehen sollte.

»Wer wäre dafür besser geeignet als die Sonderanwältin?«

»Euer Ehren, das können Sie nicht machen!«, rief Nikki, die von ihrem Platz aufgesprungen war.

»Ich werde jede Stunde, die Sie mit den beiden verbringen, von Ihren verbleibenden Sozialstunden abziehen.«

Sie brauchte gerade einmal eine halbe Sekunde, um darüber nachzudenken. »Auf keinen Fall!«, rief sie. »Das können Sie nicht ernst meinen! Das ist ja so was von ... *grotesk*.«

Doch Silverman war bereits auf dem Weg zur Tür.

»Ich hab überhaupt keine Ahnung, wie man auf Kinder aufpasst.« Sie stellte sich ihm in den Weg, das Entsetzen spiegelte sich in ihrem Gesicht wider, als sie an die kleinen Hosenscheißer dachte.

Geschickt machte er einen Schritt um sie herum, ging einfach weiter und stellte im Vorbeigehen sein Glas auf dem Tisch ab. »Kommen Sie, Nikki, wir haben die Leute lange genug warten lassen.«

Wieder rannte sie um ihn herum und verstellte ihm den Weg zur Tür. »Das können Sie nicht machen, Euer Ehren. Das ist doch verrückt.«

Silverman blieb stehen. Das Lächeln wich aus seinem Gesicht. Er zögerte, als müsse er sich erst noch entscheiden, ob er das nächste Thema überhaupt anschneiden wollte. »Ich kannte Ihren Vater, Nikki«, sagte er sanft.

Ihr stockte der Atem, in ihrem Kopf überschlugen sich die Gedanken. »Was tut das zur Sache?«, hörte sie sich fragen.

»Alles, Nikki.« Für einen kurzen Moment hielt er inne. »Und das wissen Sie auch.«

* * *

Im Flur erklärte die hübsche Dame Tiger, dass er die kommende Woche oder vielleicht auch etwas länger bei ihr wohnen würde. Aber das wollte er nicht. Sie sagte, dass er auch ab und zu seine Mama sehen durfte. Aber sein Daddy würde eine Weile weggehen müssen. Er konnte seinen Daddy auch sehen, aber nicht so oft.

Wenigstens würde seine Schwester, die gute alte Stinky, bei ihm bleiben. Miss Nikki sagte, dass Tiger nichts Falsches getan hatte. Doch das bezweifelte er. Wenn sie nur wüsste. Andererseits ließ er sie gerne an seine Unschuld glauben. Besonders da er doch demnächst bei ihr wohnen musste. Er hoffte, dass sie nett sein würde. Zumindest sah sie nett aus.

Doch erst einmal war er wieder im Gerichtssaal, diesem muffigen Raum mit den hohen Decken und den grellen Lichtern und all diesen Leuten. Er hatte Bauchschmerzen. Richtig schlimme. Er schaute zu seinem Vater hoch. Hinter seinem Vater standen ein paar böse Männer und warteten.

Neben ihm kniete seine Mutter und umarmte Stinky. Auch sein Vater ging auf beide Knie runter. Er legte seine großen Hände auf Tigers Schultern, lehnte sich vor und flüsterte ihm in ernstem Tonfall zu.

»Du bist jetzt der Mann in der Familie, Tiger. Zumindest für eine kurze Zeit. Daddy wird schon bald wieder zurück sein. Du musst dich jetzt um Stinky und deine Mom kümmern. Und sprich brav jeden Abend deine Gebete, okay?«

Tiger biss sich auf die Lippen und nickte schnell. Er blinzelte mehrmals, um die Tränen zurückzuhalten. Sein Dad hatte nicht gesagt, dass er nicht weinen sollte. Das brauchte er auch nicht. Tiger wusste, dass der Mann des Hauses nicht weinte. Also stand er nur tapfer nickend und zitternd da.

»Ich liebe dich, mein Sohn«, sagte sein Vater sanft. Dann drückte er Tiger fest an sich.

»Ich liebe dich auch, Daddy«, wimmerte Tiger. Er klammerte sich um den Hals seines Vaters und ließ nur widerwillig los, als die bösen Männer seinen Daddy wegzogen.

Sofort schlang seine Mutter ihre Arme um ihn, küsste ihn auf den Kopf und redete auf ihn ein. Aber er konnte nicht hören, was sie sagte, und sich später auch nicht mehr daran erinnern; die überwältigende neue Aufgabe, die ihm soeben übergeben worden war, blendete all ihre Worte aus.

Er würde sich um seine Mom kümmern. Sie und Stinky mussten sich keine Sorgen machen.

Dann nahm Miss Nikki ihn und seine Schwester bei der Hand und ging auf den Ausgang des Gerichtssaals zu. Er richtete sich zu voller Größe auf und klammerte sich an ihre Hand. Überall um sie herum drängten sich die Leute und stellten der hübschen Frau Fragen. Alle redeten und riefen wild durcheinander.

Seine Unterlippe zitterte, aber er weigerte sich noch immer, seinen Tränen freien Lauf zu lassen. Er war jetzt der Mann im Haus. Er wäre auch vorausgegangen, schließlich trug er jetzt die Verantwortung. Aber ein Wald von Beinen versperrte ihm die Sicht ... genau wie das viele unwillkommene Wasser, das plötzlich seine Augen flutete.

16

Das Haus war wie immer leer, leblos und irgendwie deprimierend. Außerdem war es riesig, was die Sache nicht besser machte. Aber erfolgreiche Ärzte wohnten nun mal nicht in Eigentumswohnungen oder einstöckigen Farmhäusern.

Also lebte Sean Armistead mit seiner Frau Erica in Woodard's Mill, einer der exklusivsten und vornehmsten Gegenden in Chesapeake, Virginia, nur um den Schein des glücklich verheirateten und erfolgreichen Notarztes zu wahren.

Sean betrat das riesige Foyer und sah zum eleganten Kronleuchter hoch, der von der stuckverzierten, gewölbten Decke herunterhing. *Wie sind wir nur an diesen Punkt geraten?*, fragte er sich. Er hoffte, dass sie noch schlief, oder noch besser: gar nicht zu Hause war. Es war einfacher, sie nicht zu sehen, sich nicht mit der Krankheit auseinandersetzen zu müssen, die den Körper seiner Ehefrau befallen und sie so verändert hatte, dass er sich immer mehr von ihr entfernte.

Er erlaubte sich, nur für diesen kurzen Moment in seinem kalten Foyer an jene glücklichen Zeiten zurückzudenken, als er und Erica dieses Haus entdeckt hatten. Es war Frühling gewesen, und das junge Paar verliebte sich in das Haus fast so sehr wie ineinander. Sean war ganz begeistert von dem vielen Grün und dem manikürten Rasen gewesen, der ganze viertausend Quadratmeter umfasste und mit stattlichen Kiefern geschmückt war. Sie reckten sich dem Himmel und den strahlend weißen Hornsträuchern entgegen, die die Auffahrt säumten. Das Haus selbst war ein eleganter roter

Backsteinpalast und erinnerte mit seinem luxuriösen Ambiente an eine ins 21. Jahrhundert versetzte Südstaatenplantage. Nur mit seinem Gehalt hätten sie sich das Haus niemals leisten können, aber Erica kam aus einer reichen Familie, und ihre Eltern waren bereit, dem jungen Paar finanziell unter die Arme zu greifen. Auch wenn die monatliche Tilgungsrate ihr Budget bis an seine Grenzen ausreizte, verdeutlichte das Haus ihren sozialen Status.

Mittlerweile war es nur noch ein weiteres Stück Eigentum. Ein extrem teures. Natürlich war das Haus noch immer wunderschön und tadellos instand, doch alle Arbeiten wurden von Angestellten verrichtet. Erica machte keinen Finger krumm.

Nachdem er seine Aktentasche im Arbeitszimmer abgestellt hatte, ging er in Richtung Küche. Sein Magen knurrte. Wieder einmal hatte er eine Doppelschicht hinter sich gebracht – sechzehn Stunden ohne Pause – und danach noch ein paar Berichte diktiert. In Wirklichkeit hätte er schon früher gehen können, doch es zog ihn nichts nach Hause.

Mit gesenktem Kopf lief er im Flur um die Ecke, während er die Post vom Tag zuvor durchsah, die er von draußen mitgebracht hatte. Abrupt blieb er stehen, beinahe wäre er in seine Frau gerannt.

»Wie war die Arbeit?«, fragte Erica mit leerem Blick. Sie machte keine Anstalten, ihn zu berühren. Er trat einen Schritt zurück.

Es überraschte ihn, sie morgens außerhalb ihres Bettes und in einem modernen dunklen Hosenanzug anzutreffen. Ihr Make-up war perfekt aufgetragen, die schulterlangen, blonden Haare toupiert und mit Haarspray fixiert. Sie sah ausgehfertig, aber müde aus. Ihr einst so durchdringender und lebendiger Blick wirkte jetzt nur noch ausdruckslos und leer. Die Krähenfüße um ihre Augen schienen sich seit gestern vermehrt zu haben.

Sean trat wieder einen Schritt vor, beugte sich leicht vor und küsste sie auf die Stirn.

»Gut«, erwiderte er; dann ging er um sie herum und setzte seinen Weg in die Küche fort. »Wie geht es dir heute?«, fragte er sie über die Schulter. Die Frage klang kalt und sachlich, ein Arzt sprach zu seinem Patienten, nicht ein Ehemann zu seiner Frau.

»Unverändert.« Steif drehte sie sich um und folgte ihm. »Zumindest gut genug, dass ich versuchen werde, an diesem Treffen im Klub teilzunehmen.«

Darauf hatte er nichts zu erwidern. Er war jetzt in der Küche angelangt, wo sich die wehmütigen Erinnerungen an bessere Zeiten schnell in Luft auflösten. Auf der Arbeitsplatte mitten in der Küche stapelte sich das dreckige Geschirr von ihrem gestrigen Abendessen und dem heutigen Frühstück. Auf den anderen Arbeitsflächen lagen die Zeitung, ein Buch und diverse andere Papiere verstreut herum. Sie hatte ihre Schuhe quer über den Boden verteilt. Eine Bürste, eine Tüte mit Lebensmitteln und ungeöffnete Post warteten auf dem Tisch darauf, weggeräumt zu werden. Sie beschäftigten eine wahre Armada von Dienstmädchen, und trotzdem schaffte es Erica irgendwie, das Haus in einen Saustall zu verwandeln.

»Hast du den Typen vom Poolservice gestern angerufen?«, wollte Sean wissen. Er kannte die Antwort bereits.

»Nein, hab ich vergessen. Ich ruf ihn an, wenn ich wieder da bin.« Sie fing an, die Gläser auszuspülen und den Geschirrspüler einzuräumen. Das Zucken in ihren Händen ließ dank der Beschäftigung sichtbar nach.

»Hast du die beiden Wagen registrieren lassen?«

»Ich fahr auf dem Heimweg dort vorbei«, sagte sie mit weicherer Stimme.

In Sean begann es langsam zu brodeln. Erica räumte das Geschirr nun schneller ein, als könne sie es nicht erwarten, endlich verschwinden zu können.

»Ist das denn wirklich zu viel verlangt?«, fragte er spitz, ohne sie anzusehen. Er schüttete sich eine Schüssel Cornflakes ein. *Ob ihr jemals durch den Sinn geht, dass ich auch gerne mal etwas Warmes essen würde? Nur ein einziges Mal?* Er war jetzt in Streitlaune.

Doch er kannte sie genau. Sie kämpfte ausschließlich mit Schweigen, leisen Antworten und Tränen.

Auch dieses Mal gab sie ihm wie gewohnt keine Antwort.

Er schaufelte sich seine Cornflakes in den Mund und goss sich ein Glas Milch ein. Erica war mit dem Geschirr fertig und begann wortlos, die Arbeitsflächen abzuwischen, wobei das Spültuch in ihren Händen zitterte. Sie blickte auf ihre Uhr. Zeit zu gehen.

»Tut mir leid«, sagte sie leise.

»Ich finde nicht, dass ich zu viel verlange«, erwiderte Sean, der am Tisch saß und aus dem Fenster starrte. »Ich gehe arbeiten und kümmere mich um unsere Finanzen. Ich brauche doch nur ab und zu ein bisschen Hilfe bei den kleinen Sachen, die hier im Haus anfallen.«

»Es tut mir leid, Liebling, wirklich.« Sie kam zu ihm herüber, stellte sich hinter Sean und begann, seine Schultern zu massieren. Er spürte den Tremor in ihren Händen, doch sie machte unbeirrt weiter. Er wollte sich aus ihrer Berührung winden, ihre Hände von seinen Schultern abstreifen. Stattdessen versteifte er sich nur etwas. »Ich bin einfach nur ständig müde«, fuhr sie fort. »Vergesslich und deprimiert. Ich habe mir nicht ausgesucht, an Parkinson zu erkranken. Ich gebe wirklich mein Bestes.«

Da war sie wieder. Ihre Trumpfkarte. Jede Diskussion, jeder Streit, jede Bitte wurde mit derselben Aussage beendet. *Schieb einfach alles auf deine Parkinson-Erkrankung.*

»Ich weiß«, sagte er. Dann stand er auf, drehte sich zu ihr um und legte seine Hände auf ihre Schultern. »Los, geh und amüsier dich.« Er küsste sie wieder, diesmal auf die Wange.

Erica verstand den Wink mit dem Zaunpfahl. Langsam schlüpfte sie in ihre Schuhe, schnappte sich ihre Autoschlüssel vom Tresen und ging entschlossen auf die Haustür zu. Er beobachtete, wie sie davonschlurfte, an der Hüfte leicht vornübergebeugt, die Steifheit ihrer Gelenke in jedem Schritt sichtbar. Sie wäre am Boden zerstört gewesen, hätte sie sich von hinten sehen und damit Zeuge werden können, wie ihre Krankheit voranschritt. Er sah ihr hinterher, bis sie um die Ecke im Flur verschwunden war. Kurz vor der Haustür hörte er, wie sie zögerte.

»Ich liebe dich«, rief sie ihm zu.

»Ich lieb dich auch«, erwiderte Sean mit emotionsloser Stimme. Mit einem ausgedehnten Seufzen wandte er sich wieder seinen Cornflakes zu.

✳ ✳ ✳

Eine Stunde später starrte Sean auf den Computerbildschirm in seinem Arbeitszimmer. Mit vollem Magen fühlte er sich schon viel besser, allerdings wurde er jetzt von Schuldgefühlen geplagt wegen der Art, wie er mit Erica umgegangen war. Ihre Beziehung war nicht mehr zu retten. Trotzdem wollte er es ihr das Leben nicht unnötig schwer machen. Morgen würde er es wiedergutmachen.

Vor fünf Jahren hatte alles angefangen. Sie war damals gerade erst dreiunddreißig, als ihr plötzlich alles wehtat und sie sich ständig müde fühlte. Quasi über Nacht gab sie ihr Fitnesstraining auf, das sie sonst mit geradezu militärischer Disziplin verfolgt hatte. Sie schlief praktisch vierundzwanzig Stunden am Tag. Der schlanke und muskulöse Körper, den Sean geheiratet hatte, wurde zu einem bewegungslosen Stück Inventar, das nur im Bett lag oder sich auf einem Liegesessel dem Fernseher zuwandte. Immer öfter verließ sie tagelang nicht das Haus. Sean ging zunächst davon aus, dass sie eine Midlife-Crisis durchmachte oder vielleicht sogar unter Depressionen litt wegen ihres unerfüllten Kinderwunsches.

Er verbrachte mehr Zeit auf der Arbeit.

Dann fiel ihm eines Tages der Tremor auf. Es begann mit einem leichten Zittern in ihrer rechten Hand. Ein paar Tage später ertappte er sie bei der Einnahme sehr starker Schmerztabletten. Sie schob vor, eine Migräne zu haben. Doch die Steifheit in ihren Gelenken, die plötzlichen Krämpfe und auch ihre veränderte Handschrift konnte sie nicht verbergen. Schließlich stellte er sie zur Rede. Sie brach weinend zusammen, während er die Liste der Symptome durchging, die sie vor ihm zu verbergen versucht hatte: Tremor, Gelenksteife, Krämpfe, Schlaflosigkeit, Depression und das ständige Bedürfnis, sich zurückzuziehen. Er erklärte ihr, dass sie gerade das Anfangsstadium einer Parkinson-Erkrankung erlebte. Erst später fand er heraus, dass sie es bereits wusste und schon seit Monaten medikamentös behandelt wurde.

Mit der Zeit verschärften sich die Symptome. Der Tremor wurde immer schlimmer, und auch das Laufen fiel ihr zusehends schwerer. Mittlerweile kam sie nur noch schlurfend vorwärts, und oft musste sie sich mit der Hand an der Wand abstützen, um nicht das Gleichgewicht zu verlieren. Die einst strahlenden Augen hatten jetzt einen abwesenden Ausdruck angenommen, den Sean insgeheim als ihre »Parkinsonmaske« bezeichnete. Ihre Stimme war leiser und monotoner geworden. Neuerdings hatte sie ihre Blase nicht mehr richtig unter Kontrolle. Ständig lief sie zur Toilette, gab sich schließlich geschlagen und trug jetzt spezielle Binden, die sie vor Unfällen bewahren sollten. Ihr war die Situation schrecklich peinlich. Sie und Sean schnitten das Thema niemals an.

Sie schliefen in getrennten Schlafzimmern. In einem solch großen Haus war es nicht schwer, der eigenen Frau aus dem Weg zu gehen.

Abrupt schüttelte Sean den Kopf und wandte seine Aufmerksamkeit wieder dem Hier und Jetzt zu. Er nahm einen Schluck Scotch und öffnete mit einem Doppelklick seine Finanzsoftware, die sich »Quicken« nannte.

Der Computer verlangte nach einem Passwort.

Sean tippte das Wort ein, das nur er kannte. Eine müde und vertrauensvolle Frau zu haben, hatte auch seine Vorteile, besonders wenn sie keinerlei Interesse daran zeigte, wofür er sein Geld ausgab.

K-Ö-N-I-G-S-K-O-B-R-A

»Willkommen bei Quicken«, begrüßte ihn der Computer.

Sean tippte die üblichen Überweisungen ein, die per Onlinebanking bezahlt werden sollten. Darunter befand sich auch eine monatliche Zahlung über vierundzwanzigtausend Dollar, die an die Versicherungsgesellschaft Virginia Insurance Reciprocal gingen. In die Verwendungszweckzeile der Überweisung schrieb er »Berufshaftpflichtversicherung« und klickte dann auf »Senden«.

Nach ein paar weiteren Tastenbefehlen kam er zu der Seite, auf der er den Stand seiner Anlagekonten überprüfen konnte. Es war kein gutes Jahr für den Markt gewesen, aber er hatte immer noch fast eine Million auf der hohen Kante, was er größtenteils den Geldgeschenken seiner Schwiegereltern verdankte. Ericas Eltern waren ihr Leben lang großzügig gewesen, doch der große Geldsegen stand ihm noch bevor. Selbst vorsichtigen Schätzungen zufolge waren seine Schwiegereltern mindestens fünfzehn Millionen Dollar schwer. Sie wurden langsam alt, und Erica war ein Einzelkind. Unglücklicherweise schienen beide Elternteile sich hervorragender Gesundheit zu erfreuen.

Sean schloss das Programm und tippte eine Internetadresse ein. Er rief die Seite der Tidewater Savings and Loan Bank auf und klickte sich dann zum Onlinebanking-Menü durch. Nach ein paar weiteren Tastenanschlägen und der erneuten Eingabe des Passwortes *Königskobra* erschien die Kontoübersicht für ein Bankkonto mit der Nummer 096-48133, das der Virginia Insurance Reciprocal gehörte. Trotz der stetigen Abbuchungen, die jeden Monat an eine andere örtliche Bank gingen, waren auf diesem Konto nun fast eine halbe Million Dollar verbucht.

Der Geschäftsführer und Finanzdirektor der Virginia Insurance Reciprocal nahm noch einen Schluck Scotch, lehnte sich in seinem Stuhl zurück und lächelte zufrieden.

17

Die junge Dame wartete vor seiner Tür, als Charles aus dem Gericht in sein Büro zurückkehrte. Sie arbeitete für Senator Crafton, wie sie Charles erklärte, und bat ihn um ein Gespräch unter vier Augen. Charles hatte keine Ahnung, was eine Hilfskraft aus dem Büro des dienstältesten Senators von Virginia mit ihm zu besprechen haben könnte. Er machte sich auf das Schlimmste gefasst.

Er las ihre Visitenkarte – Catherine Godfrey – und bot ihr den einzigen Stuhl an, der außer seinem im Zimmer stand. Dann nahm er hinter seinem Schreibtisch Platz und widerstand dem Drang, den kleinen Nerf-Basketball vom Sideboard zu nehmen und ein paar Körbe zu werfen. Das würde ihm dabei helfen, einen klaren Kopf zu bekommen. Ihn beschlich das ominöse Gefühl, dass er einen klaren Kopf gleich gut gebrauchen könnte.

»Haben Sie eine Idee, warum ich hier bin?«, fragte Catherine. Sie gab sich sehr wichtig, obwohl sie mit Sicherheit vor ein oder zwei Jahren noch die Uni besucht hatte.

»Nicht wirklich.«

»Sehr gut.« Sie schlug die Beine übereinander und faltete ihre Hände über einem Knie. »Das beweist, dass in Washington doch nicht alle Geheimnisse weitergetratscht werden.« Sie schenkte ihm ein kokettes Lächeln und genoss es offensichtlich, ihn auf die Folter zu spannen. »Es hat mit Ihrer Exfrau zu tun.«

Charles beschloss, sich stoisch zu geben, ihr gegenüber keine Reaktion zu zeigen. Aber sie hatte auf jeden Fall seine volle Aufmerksamkeit. »Okay.«

»Was ich Ihnen jetzt erzähle, unterliegt strengster Geheimhaltung«, fuhr Catherine in ihrem wichtigtuerischen Tonfall fort. Charles kam es vor, als würde er gerade von einer Frau belehrt, die keinen Tag älter als seine Studenten war. Sie verstummte, anscheinend erwartete sie an dieser Stelle eine Reaktion.

»Sicher.«

»Gut.« Sie rutschte auf ihrem Sitz herum. »Haben Sie von Sunnydales Nominierung gehört?«

»Natürlich.« Sunnydale war einer der Kandidaten, die der Präsident für das Bundesberufungsgericht in D.C. auserwählt hatte. Vor neun Monaten war er nominiert worden, doch die Demokraten weigerten sich, ihn aus der Partei zu entlassen.

»Nun, die Entscheidungsträger in Washington sind zu einem Kompromiss gekommen. Sunnydale und sieben andere Richter werden vom Justizausschuss bewilligt und zur Wahl aufgestellt. Die Demokraten, mein Chef eingeschlossen, werden diese Nominierungen unter einer Bedingung unterstützen.«

Charles runzelte die Stirn, während er darüber nachdachte, was seine Exfrau, die selbst eine Demokratin war, mit der ganzen Sache zu tun haben könnte.

»Hier wird die Sache interessant«, fuhr Catherine fort. Sie senkte die Stimme auf verschwörerische Lautstärke, als könnte das Büro dieses kleinen Juraprofessors vielleicht verwanzt sein. »Die Demokraten bestehen darauf, im Austausch jemanden aus den eigenen Reihen zu bekommen. Ihre Frau hat ein paar sehr mächtige Freunde.«

Die will mich wohl auf den Arm nehmen. Denita – als Richterin am Bundesgericht?

»Super«, sagte Charles, obwohl er aus irgendeinem Grund nur wenig Begeisterung aufbringen konnte. »Sie wird eine hervorragende Richterin abgeben.«

Catherine schien sich ein wenig zu entspannen. »Nun, das ist der Grund, weswegen ich hier bin. Wissen Sie, dem Präsidenten ist nicht ganz wohl bei der Vorstellung, dieses Amt mit einer Demokratin zu besetzen, aber offen gesagt ... nun, ihm gefällt, was er in der Akte Ihrer Frau gelesen hat. Der Präsident glaubt, dass sie wirtschaftsfreundlich richten wird, aber zur gleichen Zeit, ähm, sich für die Interessen, ähm ... von Minderheiten einsetzt ... für ein wenig kulturelle Vielfalt sorgt ...«

»Sie meinen, mit ihr bekommt man drei zum Preis von einer«, fiel ihr Charles ins Wort. Er bemerkte, dass Catherine leicht errötete. »Schwarz, weiblich, unternehmensfreundlich – alles, was man für eine gute politische Nominierung braucht.«

»So meinte ich das nicht«, sagte Catherine schwach.

»Ich weiß.« Charles lächelte, um der jungen Frau die Nervosität zu nehmen. Es brachte nichts, es an ihr auszulassen. Während Catherine sich in einer detaillierten Beschreibung der politischen Schachzüge verlor, versuchte Charles das Gefühl der Enttäuschung zu bewältigen, das ihn unerwartet überkommen hatte.

Warum konnte er sich nicht aufrichtig für Denita freuen? War es Eifersucht? Ein verstecktes Verlangen nach Rache? Das Gefühl, dass Denita vielleicht nie zu Gott finden würde, solange die Dinge gut für sie liefen? Oder dass sie womöglich nie zu ihm zurückkehren würde?

Er würde sich das Ganze später in Ruhe durch den Kopf gehen lassen, dachte er bei sich, als Catherine aufgehört hatte zu reden und offensichtlich auf eine Antwort wartete.

»Entschuldigen Sie bitte. Wie kann ich Ihnen helfen?«

»Nun, wie ich bereits gesagt habe, hat der Präsident mit einigen Punkten noch ein paar Schwierigkeiten. Er weiß, dass Ihre Exfrau nicht gerade zu den ultrakonservativen Richtern gehören wird, besonders wenn es um die Förderung von Minderheiten und die Bürgerrechte geht. Aber er will sicher sein, dass er nach ihrer Nominierung keine Überraschungen in anderen Bereichen erlebt, die peinlich für ihn werden könnten. Der Senator hat dem Präsidenten versichert, dass es in ihrer Laufbahn nichts Auffälliges gibt, was Themen wie Abtreibung, Waffenkontrolle, Steuerbelege und dergleichen betrifft. Offen gesagt, ist es genau das, was sie zu einer so attraktiven Kandidatin macht. Nichtsdestotrotz hielten wir es für klug, uns selbst ein wenig umzuhören.«

»Also suchen Sie den rachsüchtigen Exmann auf, nur um sicherzugehen, dass sie nicht irgendwann mit Handgranaten um sich schmeißt?« Charles wurde die junge Assistentin des Senators zunehmend unsympathischer, auch wenn er wusste, dass sie nur ihren Job machte.

»So was in der Art.«

»Sie wird eine hervorragende Richterin abgeben«, sagte Charles mit Nachdruck. Dann erhob er sich hinter seinem Schreibtisch und signalisierte seinem Gast so, dass es Zeit war zu gehen.

Catherine war ebenfalls aufgestanden, aber sie hatte genug Zeit in der Gesellschaft von Politikern verbracht, um zu merken, dass er ihrer letzten Frage ausgewichen war. »Also haben Sie keine Kenntnis über etwas in ihrer Vergangenheit, dass das Weiße Haus oder Senator Crafton in Verlegenheit bringen könnte?«

»Sie wird eine hervorragende Richterin abgeben«, wiederholte Charles nur. Dann reichte er der Dame die Hand.

Catherine schüttelte sie und sah ihm direkt in die Augen. »Manchmal gibt es Dinge, von denen nur ein Ehemann weiß«, sagte sie. »Und wenn dieser gewillt ist, sie für sich zu behalten, ist es so, als seien sie nie passiert.«

Charles merkte, wie ihm die Kinnlade herunterfiel, während Catherine zur Tür ging. Mit der Hand am Türgriff blieb sie stehen. Ihre Stimme war kaum zu hören, auch weil sie sich nicht zu ihm umdrehte, als sie sprach. »Sollten Sie sich je dazu entscheiden, mit der Geschichte an die Öffentlichkeit zu gehen, tun Sie mir bitte den Gefallen und rufen mich vorher an.«

18

Der Speisesaal für die Häftlinge war vollkommen schmucklos. Kantinenkost auf Anstaltsniveau. Am Boden verankerte graue Metalltische und festgeschweißte graue Metallstühle. Tabletts, Besteck und Teller aus Plastik. Keine Messer. Hier wurden professionelle Verbrecher auf Kosten des Steuerzahlers durchgefüttert. Kein Grund also, aus dem Vollen zu schöpfen.

Thomas Hammond stellte sich in der Schlange vor der Essensausgabe an. Erniedrigt und einsam hielt er den Blick starr zu Boden gerichtet. Er dachte darüber nach, warum er hier war, und an die Tatsache, dass er Joshie nie wieder in seinen Armen halten würde. Ihm gingen Theresa und die Kinder nicht mehr aus dem Kopf – wie sie ihn angesehen hatten, als er aus dem Gerichtssaal gezerrt wurde. Wie der tapfere kleine Tiger von einer vollkommen Fremden weggeführt worden war. Wie sich die Augen der süßen kleinen Stinky mit Tränen gefüllt hatten. Theresa hatte ausgesehen, als hätte man ihr das Herz aus der Brust gerissen. Und das Schlimmste daran war, dass er nichts dagegen hatte tun können. Der Vater und Ernährer musste hilflos mit ansehen, wie der Staat seine Familie auseinanderriss.

Er nahm sich ein Tablett und schob es die Metallschiene entlang, damit die Küchenhilfen große Portionen einer nicht identifizierbaren breiartigen Masse auf seinem Teller auftürmen konnten, die sie als Auflauf bezeichneten. Bohnen, Mais und ein Brötchen rundeten das Menü ab. Aber ihm war das alles egal. Er hatte sowieso keinen Hunger.

Auf der Suche nach einem freien Platz blickte er schließlich auf. An den Tischen saß ein Meer wütender Männer, die ihr Essen hinunterschlangen und sich dabei lauthals unterhielten. Thomas wollte mit keinem von ihnen etwas zu tun haben und fragte sich, wie lange er hier drin wohl überleben würde. Er entdeckte einen Tisch in der Nähe der rückseitigen Wand, an dem noch ein paar Plätze frei waren. Vorsichtig bahnte er sich seinen Weg durch die Reihen, stellte sein Tablett auf dem Tisch ab und setzte sich auf einen leeren Stuhl.

Mit gesenktem Kopf dankte er Gott für die Mahlzeit.

Thomas entging, dass er der einzige Weiße an dem Tisch war. Nicht dass ihm das etwas ausgemacht hätte. Am anderen Ende des Tisches lieferte sich eine Gruppe afroamerikanischer Männer ein hitziges Wortgefecht, von dem Thomas dank ihres Slangs kaum ein Wort verstand. Die Schimpfworte jedoch konnte er unglücklicherweise sehr gut verstehen. Jeder Häftling nahm sie in den Mund, die gleichen abstoßenden Worte pfefferten immer und immer wieder jeden Satz. Die Worte prasselten von allen Seiten auf einen ein, hämmerten sich in den Kopf, besudelten die Gedanken, brannten sich in das Gehirn. Es gab kein Entkommen. Sie führten dazu, dass Thomas sich schmutzig fühlte, als hätte er ständig eine Dusche nötig.

Er versuchte, die vulgären Ausdrücke auszublenden, griff nach seiner Gabel und fing an, in seinem Essen herumzustochern.

Nach ein paar Bissen bekam Thomas Gesellschaft. Er sah auf, als ein riesiger afroamerikanischer Häftling sich den Stuhl auf der gegenüberliegenden Seite des Tisches herauszog. Der Mann bestand praktisch nur aus Muskeln und hatte so gut wie keinen Hals, einen kurzen struppigen Bart und einen Goldzahn. Bereits in den ersten Stunden seiner Inhaftierung war Thomas vor diesem Kerl gewarnt worden. Die Bestie von einem Mann hieß Buster Jackson und war der Anführer der schwarzen Häftlinge. »Was auch immer du tust, halt dich von ihm fern«, hatte Thomas' Zellengenosse ihm geraten. »Der hat es sich zum Hobby gemacht, den neuen weißen Fischen im Teich das Leben schwer zu machen.«

Thomas stellte fest, dass Buster kein Tablett dabeihatte. Im Saal wurde es auf einmal sehr viel stiller.

Thomas nahm einen Bissen von seinen Bohnen und nickte Buster freundlich zu, der die Geste ignorierte. Stattdessen runzelte Buster nur die Stirn, starrte ihn böse an und legte seine massiven Unterarme auf dem Tisch ab. Thomas erwiderte den Blick einen Moment und widmete sich dann wieder seinem Essen.

»Hey, Weißbrot«, grollte Buster bedrohlich. Als Thomas aufsah, fuhr Buster mit seiner Handfläche über den Tisch. »Das is' nich' dein Tisch.« Dann stieß er eine Reihe von Obszönitäten aus, die sich hauptsächlich um Thomas' Dummheit drehten.

Im Speisesaal wurde es noch ruhiger. Immer mehr Köpfe drehten sich zu den beiden stattlichen Männern um.

Thomas legte seine Gabel ab und schaute Buster direkt in die Augen – erneut.

»Ich würde es begrüßen, wenn du ein bisschen auf deine Wortwahl achten würdest«, meinte Thomas ruhig.

Buster brach in dröhnendes Gelächter aus, ein höhnisches Glucksen, das ihm im Hals stecken blieb. Dann folgten noch schlimmere Schimpfwörter, und Buster schüttelte ungläubig den Kopf, während er »auf meine Wortwahl achten« vor sich hin murmelte. Schließlich rief er: »Dann pass mal auf, Weißbrot« und ließ eine wahre Flut von vulgären Ausdrücken und Slangworten los, die Thomas teilweise noch nie zuvor gehört hatte.

Als all das keine Wirkung zeigte, kniff Buster die Augen zusammen und spannte den Kiefer an. Er senkte die Stimme, seine Wut war jedem Wort anzuhören. »Iss bei deinen Leuten. Der Tisch hier is' für die Brüder reserviert.«

»Ich hab hier aber keine Leute«, sagte Thomas langsam, ohne den muskelbepackten, finster blickenden Hulk vor sich aus den Augen zu lassen.

Buster sah sich um, als wolle er sichergehen, dass seine Jungs auch zusahen. Dann lehnte er sich so weit vor, dass er halb aufrecht stand. »Du hast zehn Sekunden«, sagte er. »Bevor ich deine erbärmliche Visage in die Mangel nehme.«

Thomas lehnte sich in seinen Stuhl zurück, verschränkte die Arme vor der Brust und nahm seinen Peiniger in Augenschein. An seinem ersten Tag im Knast in eine Schlägerei verwickelt zu werden, war das Letzte, was Thomas wollte. Er zwang sich ein schiefes Lächeln ab.

»Ich will hier keinen Ärger machen«, sagte er, »aber ich geh nirgendwohin. Ich will einfach nur in Frieden mein Mittagessen essen.«

Buster stieß ein weiteres verächtliches Lachen aus und nickte mit dem Kopf. Sein Blick verriet, dass Worte hier nichts mehr ausrichten konnten und wie groß das Ausmaß seiner Verachtung für diesen sturen weißen Bauerntrampel war. Dann griff Buster mit schnellen Händen nach Thomas'

Tablett und kippte es ihm in den Schoß. Auflauf, Bohnen, Mais und Milch flogen quer durch den Raum.

»Verflixt noch mal!«, rief Thomas und sprang auf, von oben bis unten mit Essen und Milch besudelt.

Auch Buster war aufgesprungen und hatte die Fäuste kampfbereit an der Seite geballt. Ein paar andere Häftlinge standen auf und johlten, offensichtlich daran interessiert, sich an dem Handgemenge zu beteiligen.

Doch Thomas schüttelte das Essen einfach von Händen und Armen ab, wischte es sich von seinem Overall und ging dann in die Hocke, um sein Tablett aufzuheben. Er begann, mit den blanken Händen das Essen vom Boden zurück auf das Tablett zu schaufeln, wobei er die ganze Zeit von Buster überschattet wurde. So gut es ging wischte er den Boden mit seiner benutzten Serviette sauber. Er spürte, wie sich die Blicke von Buster und den anderen Häftlingen in seinen Nacken brannten, während er seelenruhig die Schweinerei beseitigte.

Dann fiel sein Blick auf die Beine einer uniformierten Wache, die plötzlich neben ihm stand.

»Alles in Ordnung hier?«, wollte der Gefängniswärter wissen.

Thomas blickte zu dem Mann hoch und sah, dass Buster wieder ans andere Ende des Tisches zurückgerutscht war.

»Alles okay«, sagte Thomas. »Mir ist nur ein kleines Missgeschick passiert.«

* * *

Tiger ließ aus Versehen seine Kugel Eis aus seinem Hörnchen in den Sand fallen. Er runzelte die Stirn und sah zur hübschen Dame herüber. Sie trug einen winzigen Badeanzug, lag mit dem Bauch nach oben auf einem Strandtuch und hatte eine Sonnenbrille auf, unter der sie die Augen wahrscheinlich geschlossen hatte. Er hatte gelernt, sie nicht zu belästigen, auch wenn es um so etwas Wichtiges wie jetzt ging. Stinky war bis zu den Knien ins Meer gewatet und hätte ihn, selbst wenn er laut gerufen hätte, wahrscheinlich nicht hören können. Er war also auf sich allein gestellt und musste etwas unternehmen. Und zwar schnell.

Mit seinen sandigen kleinen Fingern klaubte er die Kugel Eis auf und drückte sie wieder auf der Waffel fest. Die Waffel splitterte etwas, hielt aber stand. Tiger warf heimlich einen Blick nach rechts und links, um sicherzugehen, dass ihn niemand beobachtet hatte. Seine Mutter hatte ihm schon hundertmal gesagt, dass er nichts essen sollte, was auf den Boden gefallen war. Genüsslich leckte er an seinem Eis. Ein wenig sandig, aber in Ordnung. Schließlich war es immer noch Eiscreme.

Er schleckte erneut an der Kugel und biss dann ab. Der Sand war jetzt weg, also leckte er noch mal ordentlich. Dann noch mal. Und noch mal. Plötzlich verzog er das Gesicht und kniff die Augen zusammen, während ihm der Schmerz durch den Kopf fuhr. *Hirnfrost!* Still litt er vor sich hin und wartete darauf, dass der Schmerz nachließ.

Er konnte Miss Nikki gut leiden, auch wenn sie sich locker machen und das Leben ein wenig genießen sollte. Den ganzen Nachmittag hatte sie noch keinen Schritt ins Meer getan und Stinky weder dabei geholfen, Tiger bis zum Hals im Sand zu verbuddeln, noch Tiger und Stinky beim Sandburgenbau unterstützt. Sie lag einfach nur auf ihrem Strandtuch, rieb sich mit diesem schmierigen Zeug ein und drehte sich ab und zu um.

Aber sie war nett. Nachdem sie heute das Gericht verlassen hatten, hatte sie Tiger und Stinky neue Badesachen, Sandschaufeln und Eimer besorgt und war direkt mit ihnen zum Strand gefahren. Sie hatte ihnen sogar ein Eis beim Eismann gekauft, der immer wieder am Strand entlanglief. Und sie zwang Tiger auch nicht, sich dauernd mit diesem ekligen weißen Zeug einzuschmieren, das seine Mutter ihm alle fünf Minuten auftragen hatte, wenn sie denn mal mit am Strand gewesen war. Bei Miss Nikki reichte einmal täglich aus.

Tiger aß sein Eis auf und machte sich bereit, Stinky in die Fluten zu folgen. Seine Nase und seine Schultern taten ihm ein bisschen weh, er spürte ein brennendes, kribbelndes Gefühl, das einfach nicht weggehen wollte. Das war bestimmt nur wegen der sengenden Sonne; wahrscheinlich musste er sich einfach wieder ein bisschen im Meer abkühlen. Aber zuerst hatte er eine kleine Angelegenheit zu erledigen, die sich nicht weiter aufschieben ließ.

Obwohl es ihm furchtbar unangenehm war, stiefelte er auf das Badetuch der hübschen Dame und tippte sie auf die Schulter, genau neben das Bild von dem verlotterten kleinen Mädchen, dass sich die hübsche Dame aus irgendeinem Grund auf den Körper gemalt hatte. Sie stützte sich auf ihre Ellbogen hoch, zog die Sonnenbrille auf die Nase herunter und sah ihn an.

»Wie hat dir das Eis geschmeckt, Tiger?«
»Sehr gut, Ma'am.«
»Warum baust du nicht noch eine Sandburg mit Hannah?«, schlug Miss Nikki vor, während sie vorsichtig den Sand von der Stelle entfernte, an der Tiger sie angefasst hatte, ebenso von ihren Armen und Beinen, denn Tiger hatte aus Versehen Sand aufgewirbelt, als er über den Boden geschlurft war.

Tiger runzelte die Stirn. Es gab keinen einfachen Weg, das Thema anzuschneiden.

»Ich muss mal«, gab er zu, nachdem er ein paar Sekunden herumgetanzt war.

Die hübsche Dame verdrehte die Augen. »Mensch, Tiger«, sagte sie. »Warum bist du nicht vor fünf Minuten mitgekommen, als Hannah oben auf der Promenade zur Toilette gegangen ist?«

»Da musste ich noch nicht«, erklärte Tiger. In seinen Ohren klang das logisch.

»Groß oder klein?«, wollte Miss Nikki wissen.

Woher kennt sie den Code?, wunderte sich Tiger. »Klein«, sagte er.

»Dann ist es einfach«, meinte sie. »Geh einfach ins Meer.«

Tiger blickte auf die sich am Strand brechenden Wellen hinunter und lächelte. Warum war ihm das nicht selbst eingefallen? Da draußen gab es eine Menge Wasser. Und er musste nicht mal nachspülen.

»Okay«, meinte Tiger. Er bückte sich und schenkte Miss Nikki eine Umarmung. Ein Teil des Sandes, der seinen Körper bedeckt hatte, klebte jetzt an der öligen Haut der hübschen Dame. Dann pflügte er durch den Sand und rannte auf das Meer zu.

Die hübsche Dame ist echt schlau, dachte er bei sich.

19

Thomas Hammond kniff die Augen zusammen, als er in das grelle Licht der Nachmittagssonne hinaustrat. Die Häftlinge hatten Hofgang. Der kahle Boden, der sich vor ihm erstreckte, war dank der flimmernden Hitze so ausgedörrt und hart, dass er sich wie Beton anfühlte. Innerhalb von Sekunden klebte Thomas der Overall am Rücken. Er spürte, wie sich die kleinen Schweißflecke unter seinen Armen ausbreiteten und seinen orangefarbenen Anzug dunkelbraun färbten. Das Außengelände mit seinem hohen Maschendrahtzaun und dem Stacheldraht führte ihm erneut jäh vor Augen, dass er jetzt ein Krimineller war. Selbst Würmer genossen mehr Freiheit.

Die Männer verteilten sich über den Hof und fanden sich in Gruppen zusammen. Es schien, dass sich jeder Häftling in der Hoffnung auf Schutz irgendeiner Gang angeschlossen hatte, wovon die berüchtigtste unter Busters Kommando stand. Sie nannten sich die Ebenholz-Sopranos, kurz ES. Einer der weißen Jungs erzählte Thomas, dass der Name etwas mit einer Fernsehserie über das organisierte Verbrechen zu tun hatte. Thomas war das egal. Er hatte nicht vor, sich einer Gang anzuschließen, besonders da die Weißen von einem hochrangigen Skinhead der Arischen Nation angeführt wurden.

Thomas würde allein zurechtkommen.

Auf dem asphaltierten Basketballplatz fand gerade ein Match statt, das an Football in Turnschuhen erinnerte. Es wurde gedribbelt und viel herumgeschubst, die Häftlinge warfen ein oder zwei Pässe, das Schubsen ging weiter, dann ein Wurf und alle rissen die Ellbogen hoch. Die eine Seite schrie Foul, was von der anderen heftig dementiert wurde, dann brach ein lautstarkes Wortgefecht aus, und das Spiel kam zum Stillstand.

Thomas war sowieso noch nie ein großer Freund von Basketball gewesen.

Die anderen Häftlinge lungerten in Gruppen von vier oder fünf Mann herum, rauchten und spielten Karten. Auch keine Option. Thomas widerstand dem Drang, sie wegen ihres verwerflichen Benehmens zu belehren.

Allein die Gruppe Häftlinge, die in einer abgelegenen Ecke des Hofes auf den Betonplatten mit Gewichten trainierten, weckten Thomas' leises Interesse. Zunächst überprüfte er, dass es sich um eine multikulturelle Gruppe handelte – die Lektion hatte er beim Mittagessen gelernt –, dann ging er hinüber, um sich ein wenig sportlich zu betätigen. Er war es nicht gewohnt, den ganzen Tag drinnen herumzuhocken, und wollte während seiner Zeit im Knast nicht mehr als unbedingt nötig zunehmen. Schon jetzt zeigte die Waage fast 118 Kilo an, und es wurde immer schwerer, passende Kleidung zu finden. Das Letzte, was er gebrauchen konnte, war noch mehr Umfang.

Die Hantelbank war gerade frei, also wollte Thomas sein Training dort beginnen. Seit seiner Karriere als Ringer an der Highschool hatte er keine Gewichte mehr gestemmt. Das war bei seiner anstrengenden Arbeit auch nicht nötig gewesen. Er entschied sich, es langsam anzugehen, und schob auf jedes Ende der Stange jeweils ein Gewicht von fünfzehn Kilo und von zwanzig Kilo. Zählte man das Gewicht der Stange dazu, hatte er es jetzt mit etwas über neunzig Kilo zu tun. Er legte sich mit dem Rücken auf die Bank und atmete ein paar Mal tief durch.

Auf einmal tauchten die verschwitzten Brustmuskeln und der glänzende Goldzahn von Buster Jackson über ihm auf. *Wo kommt der denn jetzt her?*

Buster hatte den Reißverschluss seines orangefarbenen Overalls bis zur Hüfte geöffnet und von Armen und Rücken gestreift, sodass er nun mit nacktem Oberkörper vor ihm stand und seine gigantischen Deltamuskeln zur Schau stellte. Seine Bizeps und Unterarme wirkten wie aus Stein gemeißelt und waren von dicken Adern überzogen. Die Hände hatte er in die Hüften gestemmt.

»Ich war grad hier dran«, grollte er.

Ohne ein Wort zu sagen, setzte sich Thomas auf und sah Buster an. Dann schüttelte er den Kopf und stand auf, um seinem Peiniger den Vortritt zu lassen.

»Brauchst du Hilfestellung?«, fragte Thomas.

Buster schnaubte verächtlich. »Für das hier?«

Damit griff Buster nach unten, schob die Fünfzehn-Kilo-Gewichte von der Stange und ersetzte sie durch eine Zwanziger- und eine Zehner-Scheibe auf jeder Seite. Sicherheitshalber fügte er noch zwei Viereinhalb-Kilo-Gewichte auf beiden Seiten hinzu und steckte die Clipverschlüsse auf.

Etwas über hundertvierzig Kilo.

Der große Mann legte sich zurück und fing an zu pumpen. Fünf ... sechs ... sieben. Seine Muskeln schwollen an, die enorme Brust hob und senkte sich, die Adern auf seinen Armen traten hervor, sein Gesicht lief dunkelrot an. Seine Arme fingen an zu zittern. Acht ... neun ... zehn. Er beendete die letzte Wiederholung und ließ das Gewicht auf die Halterung knallen. Dann sprang er von der Bank auf und lief, sich selbstgefällig dehnend, auf und ab, in einer Mischung aus Pfau und Mr Universum.

Thomas nutzte die Gelegenheit und rutschte unter die Hantelstange. Er überprüfte seinen Griff, holte tief Luft und drückte mit aller Kraft nach oben. Zu seinem eigenen Erstaunen hob sich die Stange tatsächlich. Das durch seine Wut entfesselte Adrenalin half ihm durch die ersten paar Wiederholungen. Doch seine Arme wurden schnell müde und begannen zu zittern. Die vierte Wiederholung war ein echter Kraftakt, er hatte das Gefühl, er würde gleich explodieren. Fünf ... sechs ... sieben ... acht ... dann blieb die Stange auf halben Weg nach oben stecken.

Er hatte ein wenig geschummelt und den Rücken durchgedrückt, pumpte mit geschlossenen Augen. Als er sie nun öffnete, noch immer gegen das Gewicht ankämpfend, sah er, dass Buster lächelnd mit einer Hand die verflixte Stange langsam nach unten drückte.

Immer tiefer senkte sich die Stange auf Thomas' Hals herab. Während er sich mit aller Kraft von unten dagegenstemmte und Buster mit einem Lächeln auf dem Gesicht weiter von oben drückte, verharrte die Stange für einen Moment in ihrer Position. Thomas spürte, wie ihn die Kraft verließ, wie seine müden Muskeln den Kampf gegen die Schwerkraft und den steten Druck von Buster Jackson verloren. Er gab ein wenig nach, und die Stange senkte sich, bis sie nur noch wenige Zentimeter über seinem Hals schwebte.

Dann explodierte Thomas. In einem letzten verzweifelten Kraftakt aktivierte er all seine verbleibenden Reserven. Buster wurde von dem Ausbruch überrascht, und Thomas schaffte es, die Stange ein paar Zentimeter von seinem Hals und seiner Brust wegzustemmen und dann schnell von der Hantelbank zu rutschen. Er ließ die Stange fallen und sprang auf die Füße – bereit, Buster entgegenzutreten.

»Besorg dir nächstes Mal besser einen, der Hilfestellung macht«, sagte Buster ruhig. »Nicht dass hier noch einer umkommt.«

Die anderen Gewichtheber umringten die beiden kampfbereiten Männer. Thomas blieb stumm, konnte nichts sagen, während die Wut auch den letzten Rest seiner Selbstbeherrschung auffraß. Keuchend starrte er Buster an; der wachsende Hass, den er gegenüber dem Mann vor ihm empfand, ließ ihn rotsehen.

»Hast du ein Problem, Weißbrot?«, fragte Buster, um sein Publikum zu unterhalten.

»Ja«, erwiderte Thomas. »Dich.«

Diesmal würde er keinen Rückzieher machen. Beide Männer hoben die Fäuste. Schnell und äußerst anmutig für einen solch großen Mann tänzelte

Buster auf seinen Fußballen um seinen Gegner herum. Thomas hingegen setzte auf platten Füßen zum alles vernichtenden Schlag an. Er hatte nicht mal Zeit zu reagieren. Ein blitzschneller linker Haken sandte einen gleißenden Schmerz durch Thomas' Wangenknochen und riss ihm den Kopf nach hinten. Dann traf ein rechter Haken Thomas' Rippen. Er schnappte nach Luft, taumelte zurück und versuchte, nicht hinzufallen.

Thomas schüttelte den Kopf und ignorierte den stechenden Schmerz in seinen Rippen. Schnaubend warf er sich nach vorne, diesmal schützte er sein Gesicht, indem er Deckung hinter seinen Unterarmen einnahm. Buster tanzte erneut grinsend um ihn herum, und wieder trafen seine schnellen Hände ihr Ziel – in einer Kombination auf Thomas' rechtes Auge und seinen Kiefer. Das dumpfe Geräusch von Knöcheln auf Knochen. Blut spritzte aus der klaffenden Wunde über Thomas' Auge. Sein Mund füllte sich mit dem Geschmack warmen Blutes.

Er senkte den Kopf und griff erneut an.

Wieder prasselten Busters Schläge auf ihn ein, doch diesmal wurden sie von Thomas Deckung abgelenkt. Die anderen Häftlinge johlten nun begeistert, und die Wärter näherten sich der Schlägerei nur langsam, um den Jungs noch eine Weile ihren Spaß zu lassen. Buster wich zurück, um die Situation neu zu bewerten und nach einer Lücke in Thomas' Deckung zu suchen. Als er eine fand, setzte er erneut mit schnellen Schlagkombinationen nach, die Thomas abschüttelte, wobei ihm Blut und Schweiß ums Gesicht flogen.

Nichtsdestotrotz ging er immer weiter auf Buster los, dem nichts anderes übrig blieb, als zurückzuweichen.

»Ist das alles, was du draufhast?«, verhöhnte ihn Thomas.

Dann beugte er die Schultern und warf sich nach vorne. Ein Ringerangriff wie aus dem Lehrbuch, der Buster hart zu Boden warf. Thomas' Ringkampf-Instinkte übernahmen die Führung. In Sekundenschnelle hatte er Buster im Schwitzkasten, dessen Körper von Thomas starken Beinen in einer unnatürlichen Verdrehung festgepinnt wurde.

Die sogenannte Beinschere war Thomas' bestes Manöver. Er klemmte Busters linken Arm hinter seinem Rücken fest, wobei er ihn fast ausgekugelt hätte, während er ihm mit seinen muskulösen Beinen die Luft aus den Lungen presste.

Doch Buster schaffte es irgendwie, seinen rechten Arm zu befreien. Er griff nach einer Viereinhalb-Kilo-Scheibe, die neben ihm am Boden lag, um sie gegen Thomas' Kopf zu schmettern.

Das Gewicht erreichte nie sein Ziel. Die Wärter, die nur Sekunden zuvor am Schauplatz eingetroffen waren, wehrten den Schlag ab, der Thomas sonst den Schädel gespalten hätte. In dem darauf einsetzenden Chaos waren drei Wärter und vier Häftlinge nötig, um die beiden Gladiatoren voneinander zu trennen.

Die beiden Riesen standen da und starrten sich keuchend an, während sie von den Wärtern und den anderen Insassen, die sich mittlerweile zwischen ihnen postiert hatten, zurückgehalten wurden. Buster versuchte, sich zu befreien, aber ein paar Wachen bildeten eine menschliche Mauer, während andere nach seinen Armen griffen.

»Lasst mich los«, schrie Buster, und aus irgendeinem Grund gehorchten die Wärter, die ihn fixiert hielten, obwohl andere, die zwischen Buster und Thomas standen, nicht zurückwichen.

»Du bist ein toter Mann«, zischte Buster, der wieder auf seinen Fußballen herumtänzelte und nach einer Lücke in der Reihe der Friedensstifter suchte.

»Du bist nich' schlecht«, erwiderte Thomas und spuckte Blut zur Seite aus. »Gar nich' mal schlecht.«

* * *

Rebecca Crawford ließ Officer Thrasher fast zehn Minuten im Vorraum des Büros der Staatsanwaltschaft warten, bevor sie die Empfangsdame bat, ihn hereinzuführen. Thrasher hatte den Fall gegen den Straßenprediger vermasselt – er schaffte es einfach nicht, seine große Klappe zu halten –, und dank ihm standen sie nun alle wie Idioten da. Da würde sie ihn wohl doch wenigstens ein paar Minuten warten lassen dürfen. Das Gleiche machte sie gerne mit Strafverteidigern, die sie in ihrem Büro aufsuchten, nur um klarzustellen, wer hier das Sagen hatte.

Als Thrasher dann schließlich in den Raum stolziert kam und sich vor ihrem Schreibtisch aufbaute, stellte sie enttäuscht fest, dass er keinerlei Anzeichen von Reue an den Tag legte. Die Durchsuchung des Wohnwagens der Hammonds war wohl erfolgreich gewesen.

»Was haben Sie gefunden?«, fragte sie. Den Small Talk sparte sie sich; sie und Thrasher verband rein gar nichts.

»Keine Medikamente.«

Die Königskobra versuchte, sich die Enttäuschung nicht anmerken zu lassen. Den Wohnwagen auf verschreibungspflichtige Medikamente durchsuchen zu lassen, war ihre Idee gewesen. Wie einfach wäre es gewesen, eine Verurteilung für Eltern zu erwirken, die selbst zum Arzt gingen, ihren Kindern aber jede medizinische Hilfe verweigerten. »Auch nicht die Antibabypille oder Antibiotika oder Schmerzmittel ...?«

»Keine Medikamente.«

»Haben Sie nach Rezepten gesucht?«

Thrasher warf ihr einen giftigen Blick zu, der zeigte, was er davon hielt, wenn jemand seine berufliche Kompetenz infrage stellte.

»Wollte nur sichergehen.«

»Dafür bin ich auf ein paar andere Sachen gestoßen.« Er legte ein kleines abgenutztes Farbfoto auf den Tisch, von der Sorte, die üblicherweise im Portemonnaie mitgeführt wird. Crawford warf einen Blick auf das Foto und blickte dann wieder zu Thrasher auf. Sie nahm es in die Hand und sah sich das darauf abgebildete pummelige Gesichtchen genauer an. Sie wusste, dass es sich um Joshua handelte. Er war adrett herausgeputzt, in kurzen Hosen mit Hosenträgern, einem weißen Hemd und einer Fliege, die halb herunterhing. Es sah aus wie eine Aufnahme, die man im Fotoladen eines billigen Supermarkts bekam. Joshua grinste über beide Ohren und blies die Backen so weit auf, dass seine Augen aus dem Bild zu springen drohten.

Wieder spürte die Königskobra die mittlerweile vertraute Wut in sich aufsteigen. Sie empfand Mitleid für dieses Kind, doch Mitleid würde ihr nicht helfen, diesen Fall zu gewinnen. Es war ihre Wut, die sie antrieb. Der Zorn, der als saures Gefühl in ihrem Magen seinen Anfang nahm und sie schließlich komplett in seiner Gewalt hatte, wenn sie das Abschlussplädoyer hielt. Geschworene köderte man mit rechtschaffener Empörung, nicht mit Mitleid. Und die Eltern verdienten jedes letzte bisschen von dem Zorn, den die Königskobra ihnen entgegenbrachte. Sie hatten Joshua sterben lassen ... hatten danebengesessen und dabei *zugesehen*, wie er starb. Doch vorher hatten sie den hilflosen kleinen Jungen noch die unvorstellbarsten Schmerzen durchleiden lassen.

»Das habe ich nicht auf der Liste der Beweismittel vermerkt«, sagte Thrasher und riss Crawford aus ihren Gedanken.

»Danke.« Sie legte das Bild neben die schwarze Fallakte, die früher oder später sein Zuhause werden würde.

»Da wäre noch etwas«, sagte Thrasher und legte ein kleines Notizbuch mit weichem Ledereinband vor der Königskobra auf den Schreibtisch. »Und das ist auf jeden Fall auf der Beweismittelliste.« Crawford warf ihm einen fragenden Blick zu und beobachtete, wie sich sein Mund zu einem bösen kleinen Lächeln verzog.

Sie schlug das abgewetzte Notizbuch auf und begann zu lesen. Ihr wurde sofort klar, warum Thrasher so stolz auf sich war.

»Fast so gut, als hätten wir Medikamente gefunden«, meinte Thrasher.

»Fast«, sagte die Königskobra, zu fasziniert von ihrer Lektüre, um auch nur aufzuschauen.

* * *

»Miss Nikki!«, brüllte Tiger. »Miss Nikki!«

Mit einem Grunzen wälzte sie sich in ihrem Bett herum, damit sie einen Blick auf ihren Digitalwecker werfen konnte. Mitternacht. Tiger rief nun schon zum dritten Mal nach ihr aus dem Gästezimmer, das am anderen Ende des Flurs ihrer Eigentumswohnung lag. Irgendwann war es ihr endlich gelungen, auf dem Doppelbett ihres eigenen Schlafzimmers einzuschlafen.

»Der treibt mich noch in den Wahnsinn«, murmelte sie vor sich hin, während sie den Flur hinunterstapfte. Sie versuchte, Geduld mit dem kleinen Racker zu haben. Der Abend war emotional sehr belastend gewesen. Tiger und Stinky waren zunächst nach Hause gefahren, wo ihre Mutter eine Tasche mit Kleidung und Schlafsäcken für sie zusammengepackt hatte. Es folgte ein tränenreicher Abschied, als die Mutter ihnen von der Veranda vor ihrem Wohnwagen hinterherwinkte.

Also versuchte Nikki, so gut sie konnte etwas Nachsicht mit den beiden Kleinen zu haben.

Doch langsam war sie mit ihren Nerven am Ende.

»Was ist denn jetzt wieder los?«, wollte sie wissen, während sie neben Tigers Schlafsack auf die Knie ging.

»Mir tun der Rücken und die Arme weh«, jammerte Tiger. »Als wenn mich einer mit einer Zilliarde Nadeln piekst.«

Nikki trug eine weitere Schicht kühlendes Gel auf seinen kleinen sonnenverbrannten Körper auf und brachte ihm noch ein Glas Wasser. Bevor sie wieder ging, ließ Tiger sie hinter jede der Kisten schauen, die im Raum aufgestapelt waren, um sicherzugehen, dass sich dahinter auch kein Monster versteckte, das nur darauf wartete, ihn anfallen zu können. Zum dritten Mal in dieser Nacht nahm sie das komplette Zimmer unter die Lupe. Keine Spur von einem Monster.

Gerade als sie den Raum verlassen wollte, hörte sie es wieder.

»Miss Nikki«, piepste seine kleine Stimme.

»Echt jetzt?«, flüsterte sie, an niemand Speziellen gerichtet. *Was denn?!*«

»Darf ich bei Ihnen im Zimmer schlafen?«

Das entsprach zwar nicht ihren Vorstellungen einer geruhsamen Nacht, doch Tiger hatte einen traumatischen Tag hinter sich. Außerdem würde er nur eine Woche hier sein.

»Ach, meinetwegen«, gab Nikki sich geschlagen.

»Jippiee«, schrie Tiger, der aufgesprungen war und jetzt seine Schwester wachrüttelte. »Wir dürfen bei Miss Nikki schlafen!«

Die drei entschieden, dass es am besten war, wenn Hannah mit Nikki im Bett schlief und Tiger es sich in seinem Schlafsack auf dem Boden gemütlich machte.

Nach einer Abstimmung, die zwei zu eins ausfiel, wobei Nikki das abweichende Votum darstellte, blieb die Lampe im Flur an und die Schlafzimmertür einen Spalt offen. Nikki hatte das Gefühl, sie würde im Licht eines Scheinwerfers schlafen.

Allerdings beharrte sie darauf, dass Tiger sich ein paar seiner 553 Fragen für den nächsten Morgen aufhob. Und so kam es, dass die Kinder nachts um halb eins aufhörten herumzuhampeln und sich zum Schlafen hinlegten.

Immer wenn Nikki sich bewegte, kuschelte sich Hannah noch näher an sie heran, sodass Nikki jedes Mal ein Stück weiter wegrutschte, bis sie fast aus dem Bett gefallen wäre. Es würde eine lange Nacht werden.

Stille, gelobte Stille senkte sich ganze zwei Minuten lang über den Raum.

»Miss Nikki, was ist das für ein Bild auf Ihrer Schulter?«, hörte sie die kleine Piepsstimme vom Boden aus fragen.

Sie seufzte. »Versprichst du mir, zu schlafen, wenn ich dir diese letzte Frage beantworte?«

»Ä-hä.«

»Okay. Das nennt man ein Tattoo. Und es ist ein Bild von einem kleinen Mädchen.«

»Sind Sie das kleine Mädchen?«

»Nein, Tiger. Schlaf jetzt endlich.«

Zwei Minuten später: »Miss Nikki, waren Sie schon mal verheiratet?«

»*Tiger!*«

»Nacht, Miss Nikki«, sagte er schnell.

»Gute Nacht, Tiger«, erwiderte Nikki etwas entspannter. »Und gute Nacht, Hannah.«

Hannah öffnete ein Auge, schloss es wieder und kuschelte sich noch enger an Nikki heran.

»Wenn Sie wollen, können Sie mich Stinky nennen«, sagte sie.

20

Theresa Hammond stand früh auf und lief mit einem großen Gefühl der Einsamkeit durch ihren Wohnwagen. Sie hatte in der letzten Nacht kaum ein Auge zugetan. Eigentlich konnte sie sich überhaupt nicht mehr daran erinnern, wann sie das letzte Mal den Tiefschlaf erreicht hatte. Sie nickte immer nur kurz ein, um dann mit einem Ruck wieder hochzufahren und sich für den Bruchteil einer Sekunde der Hoffnung hinzugeben, dass alles nur ein böser Traum gewesen war. Dann wurde sie von der Realität eingeholt, und an Schlaf war nicht mehr zu denken. Sie stand kurz davor, sich in der Apotheke Schlaftabletten zu besorgen, doch sie ging davon aus, dass Gott schon wütend genug auf sie war. Eine weitere Sünde würde die Sache nur noch schlimmer machen.

Ihre Tränen waren versiegt. Sie war ausgelaugt und erschöpft und musste hilflos mitansehen, wie die grausamen Ereignisse rings um sie herum ihren Lauf nahmen. Sie wollte aktiv werden, *irgendetwas* tun. Doch es gab nichts, das sie tun konnte. Außer überleben. Einen Tag nach dem anderen.

Sie wanderte ins Zimmer der Jungs und wurde von ihren Erinnerungen überwältigt. Seit dem Tag, an dem Joshie gestorben war, hatte sie hier nichts verändert. Die Wiege, die von allen drei Kindern als Babys benutzt worden war, stand noch immer in der Ecke. Darin lag leblos Joshies *Winnie-the-Pooh*-Teddy, den er zu seinem ersten Geburtstag bekommen hatte und der vom vielen Schmusen schon ganz abgenutzt war. Auf dem Boden waren LEGO-Steine verstreut. Joshies Lieblingsbuch mit Bibelgeschichten lag offen auf der Kommode. Die Kommode selbst, die einen neuen Anstrich gut hätte gebrauchen können, quoll noch immer über von Joshies Klamotten aus zweiter und dritter Hand.

Sie griff nach dem Teddybär, drückte ihn fest an sich und saugte Joshies Geruch in sich auf. Ihr Herz schmerzte vor Sehnsucht nach ihren Kindern. Sie setzte sich auf Tigers Bett und schloss die Augen. Für einen Moment schien es ihr, als würde sie Joshie wieder im Arm halten. Sie wiegte sich auf dem Bett vor und zurück, wobei sie leise vor sich hin summte: »Jesus loves me, this I know ...«

Doch dann traf die Wirklichkeit sie wie ein Schlag, und ihr ganzer Körper begann zu zittern. Diesmal gab es keine Tränen, nur Wellen der Trauer und die unausweichlichen Fragen. *Warum bestrafst Du mich, Herr? Warum hast Du mir Joshie genommen? Was habe ich getan, um Deinen Zorn zu verdienen?*

Sie brachte die Kraft auf, sich vom Bett zu erheben. Sie musste sich anziehen und Arbeit finden. Da Thomas hinter Gittern saß, brachte der Rasenmäherservice nichts mehr ein. Auf der Bank hatten sie ein wenig Geld liegen, ein paar tausend Dollar auf einem Sparbuch. Das würde für höchstens einen Monat reichen, mehr nicht. Sie war entschlossen, einen guten Anwalt zu engagieren, einen echten Anwalt, nicht diesen erbärmlichen Pflichtverteidiger, der ihnen vom Gericht zugewiesen worden war. Wenn es sein musste, würde sie auch zwei Jobs annehmen.

Sie musste ihre Kinder zurückbekommen. Heute stand das Gespräch mit dem Berater vom Jugendamt an. Sie musste sich jetzt zusammenreißen. *Du musst einen kühlen Kopf bewahren*, sagte sie sich selbst, *und hier aufräumen.* Aber es war schwer, das alles in die Tat umzusetzen – es fiel sogar schwer, sich nur zu bewegen –, wenn man seine Kinder so vermisste.

Sie vermisste es, mit Joshie zu schmusen, und sie vermisste Stinkys fröhliches Gemüt. Sie vermisste sogar Tigers störrische Art. Sie warf einen Blick auf die Uhr, die an der Wand des Zimmers hing. Das Zifferblatt stellte einen Baseball dar, auf dem ein Minuten- und ein Stundenzeiger herumwanderten. In diesem Moment brütete Tiger wahrscheinlich gerade einen Plan aus, um nicht in die Schule gehen zu müssen. Zumindest hatte sie Nikki vorgewarnt. Selbst in dieser schwierigen Zeit war es wichtig, dass Tiger und Stinky keinen Tag verpassten.

Sie drückte den Bären noch fester an sich – und diesmal flossen die Tränen.

✱ ✱ ✱

»Das tut echt weh«, behauptete Tiger und umklammerte seinen Magen. Mit den Jahren hatte er gelernt, dass Bauchschmerzen am schwersten zu widerlegen waren. Das falsche Husten hatte er noch nicht perfektioniert, und immer wenn er vorgab, Fieber zu haben, zerrten sie dieses blöde Thermometer hervor und steckten es ihm unter die Zunge. Auch wenn er sich nicht sicher war, ob die hübsche Dame überhaupt ein Thermometer hatte, wollte er kein Risiko eingehen. Bauchweh konnte man nicht messen, also stand sein Wort gegen das ihre.

»Wo tut es denn weh?«, fragte Miss Nikki, als wäre sie eine Ärztin.

»Genau in meinem Bauch, und ich glaub, ich muss mich vielleicht übergeben.« Tiger wusste, dass die zimperliche hübsche Dame einen weiten Bogen um jede Spuckaktion machen würde. Sie konnte es noch nicht mal leiden, wenn ihre Sachen am Strand sandig wurden. Es wäre ihm also ein Leichtes, im Badezimmer zu verschwinden und die Sache wenn nötig vorzutäuschen. Nie im Leben würde sie mit hineingehen.

»Tiger hat an Schultagen sehr oft Bauchweh«, verkündete Stinky, die herumrannte und sich für die Schule fertig machte. »Bis zur Pause sind sie normalerweise wieder verschwunden.«

Sie hatte ihn nicht offiziell verpfiffen, aber es war nah genug dran, um Tiger sauer zu machen.

»Ooh«, stöhnte er, »diesmal ist es wirklich schlimm.«

»Ich sag dir was«, schlug Nikki vor, die aus der Küche mit einer Rührschüssel unter dem Arm ins Zimmer zurückkehrte. »Warum ziehst du dich nicht erst mal an und schaust dann, wie du dich fühlst? Wenn du in der Zwischenzeit das Bedürfnis haben solltest, dich zu übergeben, kannst du diese Rührschüssel benutzen.«

Tiger blickte zu ihr hoch. Den Spruch hatte er schon mal gehört. Sie war seiner Mom so ähnlich, dass es schon gruselig war. Selbst die Rührschüsseln sahen gleich aus. Das brachte ihn dazu, darüber nachzudenken, ob seine Mom und Miss Nikki vielleicht Schwestern waren.

Er meinte mitbekommen zu haben, wie die hübsche Dame Stinky heimlich zuzwinkerte, dann marschierten die beiden aus dem Zimmer in Richtung Küche.

»Ich nehme an, dass du wegen deiner schlimmen Bauchschmerzen auch kein Frühstück willst«, sagte die hübsche Dame über die Schulter.

»Nein, Ma'am«, antwortete Tiger finster.

Er war hungrig, aber das Frühstück auszulassen, war ein geringer Preis, wenn er dafür nicht zur Schule gehen musste.

Die nächsten fünf Minuten verbrachte Tiger damit, im Zimmer herumzustöhnen, er sei vor angeblichen Schmerzen kaum in der Lage, sich anzuziehen. Um seiner Darbietung noch mehr Dramatik zu verleihen, hielt er ein paar Mal inne, beugte sich über die Schüssel und täuschte ein trockenes Würgen vor. Sein Plan schien aufzugehen.

Dann traf es ihn wie einen Blitz. Die erste Duftwolke stieg in seine Nase. Es roch zu himmlisch, um wahr zu sein. Chocolate-Chip-Pfannkuchen! Er traute seiner Nase nicht. Noch nie in seinem Leben hatte er Chocolate-Chip-Pfannkuchen an einem Morgen vor der Schule gegessen.

Was für ein Pech aber auch. Ausgerechnet an dem Morgen, an dem er eine so überzeugende Bauchschmerznummer abzog, hatte Miss Nikki sich entschlossen, Chocolate-Chip-Pfannkuchen zu servieren! Er fragte sich, ob es wohl zu spät für vorgetäuschte Kopfschmerzen sei. Manchmal wanderten diese verteufelten Krankheiten ohne Vorwarnung von einem Körperteil zum anderen.

Chocolate-Chip-Pfannkuchen. Nicht zur Schule gehen. Er wog die Optionen gegeneinander ab. Während er noch darüber nachdachte, waberte der Geruch von Pfannkuchen aus der Küche, der ihn geradezu magisch anzog. Morgen konnte er immer noch schwänzen. Aber sein Bauch, der vor wenigen Sekunden noch in erbärmlicher Verfassung gewesen war, forderte nun sein Frühstück ein – *und zwar sofort!*

Eine weitere Wunderheilung.

Gerade als er aus dem Flur in die Küche treten und seine Genesung verkünden wollte, um sich dann einen ganzen Stapel Pfannkuchen einzuverleiben, hörte er, wie Stinky Nikki leise beruhigte. »Er wird jeden Moment auftauchen. Er ist einfach ein bisschen stur. Meine Mom sagt, dass er das von meinem Dad hat.«

* * *

Thomas Hammond trug sein Tablett durch den Speisesaal und steuerte auf den gleichen Tisch zu, der sich am Tag zuvor als so ungastlich erwiesen hatte. Dort saß Buster umringt von etwa zehn Gang-Mitgliedern der Ebenholz-Sopranos. Wie gestern gab es keine Weißen an diesem Tisch.

Das hielt Thomas nicht auf.

Er setzte sich zwei Stühle entfernt von Buster hin, neben einen dünnen jungen afroamerikanischen Mann, der ohne Unterlass plapperte. Ihm gegenüber saß ein älterer und ernst dreinschauender Mann, der sich nicht an dem Gespräch beteiligte. Die Gespräche verstummten im gleichen Moment, als Thomas sich setzte. Er neigte den Kopf und betete.

Als er wieder aufschaute, starrte Buster in seine Richtung, verengte die Augen, signalisierte seine Verachtung und widmete sich dann wieder seinem Essen. Sofort setzte das Geplapper um Thomas herum wieder ein, wobei die meisten Kommentare sich auf ihn konzentrierten.

»Der Spinner ist ein *Psycho*«, meinte einer der Brüder. »Der landet noch in der Kiste.«

»Den hat keiner eingeladen«, murmelte ein anderer.

»Was ist dein Problem, Junge?«, fragte ein Dritter. »Hat deine Mama dir nie gesagt, dass du ein Weißbrot bist?«

»Der Junge *schreit* nach noch 'ner Tracht Prügel«, sagte der Mann daneben, »damit will ich nix zu tun haben.« Kopfschüttelnd nahm er sein Tablett und ging ans andere Ende des Tisches hinüber.

Einer nach dem anderen lichteten sich die Plätze rund um Thomas, bis er ganz allein war. Er starrte auf sein Essen, griff nach der Gabel und begann, es in sich hineinzuschaufeln. Vom Kampf tat ihm der Kiefer immer noch weh, und der abgebrochene Zahn, den er davongetragen hatte, zwang ihn, nur auf einer Seite zu kauen. Buster hatte einigen Schaden angerichtet – das bewiesen unter anderem sieben Stiche direkt über Thomas' linkem Auge –, doch Thomas hatte nicht klein beigegeben. Und das würde er auch jetzt nicht tun. Langsam und genüsslich aß er sein Frühstück an einem Tisch, der für afroamerikanische Männer reserviert war, in einem Gefängnis für Männer, die er nie verstehen würde. Er beobachtete Buster aus dem Augenwinkel und fragte sich, was der heutige Hofgang wohl bringen würde.

21

Die Königskobra ließ ihn warten – eine ganze Viertelstunde lang. Er war ein Mistkerl. Ein Wiederholungstäter, der sie an diesem Morgen angerufen hatte, erpicht darauf, seinen Zimmerkollegen zu verpfeifen. Er hatte darauf bestanden, sich mit der Bezirksstaatsanwältin ohne Beisein seines Anwalts zu treffen. Strafverteidigern traute er grundsätzlich nicht.

Normalerweise hätte sie ihre Zeit nicht damit verschwendet, doch er versprach ihr entscheidende Beweise in einem Mordfall, in dem der Angeklagte Antoine Everson hieß, ein Mann, der auf der Straße als A-Town bekannt war.

Die Königskobra hatte wichtige Indizienbeweise in dem Fall zusammenstellen können. Auch Motiv und Gelegenheit waren ihr klar. A-Town war schuldig, daran bestand für sie kein Zweifel. Doch ihr fehlten zwei wichtige Zutaten, um die Sache wasserfest zu machen, und wenn sie nicht zumindest einen davon bekam, würde sie diesen Fall nie gewinnen. Entweder brauchte sie ein Geständnis oder die Leiche des Opfers. Der Insasse versprach ihr beides.

Mit Handschellen und Fußfesseln stellten die Beamten des Sheriffdepartments ihn im Konferenzsaal ruhig. Der Typ sei stark wie ein Ochse, erklärten sie ihr.

Sie betrat den Raum mit einem kleinen Aufnahmegerät, einem Notizblock und einer Tasse Kaffee. Böse sah der Mann im orangefarbenen Overall sie an, während sie ihm gegenüber Platz nahm. Keiner von beiden sagte ein Wort. Ohne ihren Blick von ihm abzuwenden, trank sie einen Schluck Kaffee.

Dann klatschte sie das Aufnahmegerät in die Mitte des Tisches und schaltete es ein.

»Nennen Sie Ihren Namen«, forderte sie ihn auf.

»Buster Jackson«, antwortete er voller Missachtung. »Wozu ist der? Ich hab keiner Aufnahme zugestimmt.«

Den Blick noch immer fest auf ihn gerichtet, nippte die Königskobra erneut an ihrem Kaffee.

»Na schön«, entgegnete sie. »Das Gespräch zwischen Bezirksstaatsanwältin Rebecca Crawford und Gefängnisinsasse Buster Jackson endete um 10.16 Uhr.« Daraufhin griff sie in die Mitte des Tisches, schaltete das Aufnahmegerät aus und stand auf, um zu gehen.

»Warten Sie«, hielt Buster sie auf. »Sie können es laufen lassen.«

»Dachte ich mir doch.« Crawford setzte sich wieder und drückte auf Record. »Häftling Buster Jackson hat um dieses Treffen gebeten«, sagte sie. »Auf sein Verlangen hin findet es ohne seinen Anwalt statt. Ist das korrekt, Mr Jackson?«

»Absolut.«

»Und Sie verzichten auf Ihr Recht auf Rechtsbeistand bei diesem Treffen?«

»Jawohl.«

»Nun gut, was kann ich für Sie tun?«

»Ich will einen Deal«, sagte Buster, blickte über die Schulter in Richtung der Wachen und senkte dann seine Stimme. »Ich geb Ihnen Antoine Everson für den Mord an dem Typen. Ich weiß, wo die Leiche begraben wurde. Dafür stellen Sie meine Strafe wegen Drogenbesitz zur Bewährung aus. Das ist mein Angebot. Nehmen Sie's oder lassen Sie's.« Sichtlich stolz auf sich selbst lehnte Buster sich in seinem Stuhl zurück. Wenige Sekunden später lehnte er sich wieder vor, offensichtlich war ihm noch etwas eingefallen. Noch leiser als zuvor vertraute er mit seiner tiefen Stimme der Staatsanwältin ein besonders geheimes Geheimnis an: »Ich weiß sogar, wo seine zahnärztlichen Unterlagen zu finden sind.« Mit vor Stolz glänzenden Augen lächelte er sie an. Sein Goldzahn funkelte.

»Sie müssen etwas lauter in das Aufnahmegerät sprechen«, beharrte die Königskobra. »Was meinen Sie damit, Sie wissen, wo seine zahnärztlichen Unterlagen sind?«

»A-Town hat die Leiche versteckt«, antwortete Buster, »dann hat er die zahnärztlichen Unterlagen von dem Typen geklaut und sie auch verschwinden lassen. Wahrscheinlich dachte er sich, selbst wenn Sie die Leiche finden, können Sie den Mann ohne einen Abgleich seiner Zähne nicht identifizieren.«

»Kluges Kerlchen«, spottete die Königskobra. »Und Sie wollen also als freier Mann aus diesem Gefängnis spazieren, weil Sie mir verraten, wo sich die Leiche und das Odontogramm befindet, damit ich Mr Everson überführen kann?«

»Jep«, entgegnete Buster. »Das ist mein Angebot. Wie ich schon sagte, entweder nehmen Sie's oder lassen Sie's.«

»So einfach ist das?«

»So einfach ist das.« Buster klang knallhart und selbstsicher, wie jemand, der alle Trümpfe in der Hand hielt.

Was für ein Trottel, dachte Crawford. Einfacher könnte er es ihr nicht machen.

»Woher weiß ich, dass Sie mir die Wahrheit über die Leiche erzählen?«, fragte die Königskobra mit ernstem Gesichtsausdruck.

»Er ist mein Zellengenosse«, antwortete Buster. »Mein Kumpel. Er vertraut mir.«

»Wie süß«, kommentierte die Königin der sarkastischen Bemerkungen. »Schauen Sie, Sie haben einige Vorstrafen zu verbuchen und es außerdem mit einer ziemlich ernsten Anklage wegen Drogenbesitzes zu tun. Das kann ich nicht einfach so übergehen.« Sie musste zumindest so wirken, als wäre das für sie ein schlechter Deal. Ansonsten würde er misstrauisch werden.

»Doch, das können Sie, wenn Sie A-Town wegen Mordes hochgehen lassen wollen«, entgegnete Buster selbstzufrieden.

Crawford dachte lange nach. Sie runzelte die Augenbrauen und verzog das Gesicht. Sie beobachtete, dass Buster jede ihrer Regungen genau verfolgte. Dann stellte sie den Notizblock so vor sich auf, dass Buster nicht sehen konnte, was sie aufschrieb.

»Wann hat er es Ihnen erzählt?«, fragte sie schließlich skeptisch.

»Gestern Abend.«

»Und er hat zugegeben, dass er Reginald James getötet hat, und Ihnen außerdem erzählt, wo seine Leiche vergraben liegt?«

»Richtig.«

»Einfach so hat er Ihnen ganz offen erzählt, dass er James bei einem Drogendeal kaltgemacht hat, und dann hat er sich auch noch einfach so entschieden, Ihnen etwas zu verraten, was er seit Monaten geheim hält – nämlich wo er die Leiche entsorgt hat?«

Buster nickte.

»Ist das ein Ja?«

Buster richtete sich empört in seinem Stuhl auf. »Klar, das ist ein Ja!«, wiederholte er laut. »Also, steht unsere Abmachung jetzt oder nicht?« Mit feurigen Augen lehnte er sich vor. »Ich habe es satt, dass man mich wie einen Idioten behandelt. Lassen Sie uns den Deal abschließen und es hinter uns bringen.«

Die Königskobra stand auf und ließ den Notizblock fallen. Mit den Handflächen auf den Tisch gestützt stand sie auf und sah auf Buster hinunter. Buster versuchte ebenfalls aufzustehen, doch sofort standen die Wachen hinter ihm und drückten ihn mit den Händen auf seinen kräftigen Schultern wieder hinunter.

»Es gibt keinen Deal.« Die Königskobra grinste. »Sie haben mir schon alle Informationen gegeben, die ich benötige. Ein Geständnis ist genauso gut wie eine Leiche. Everson hat Ihnen seine Tat gestanden, daher werde ich Sie als wichtigen Zeugen in dem Fall aufrufen. Wenn Sie sich weigern auszusagen oder Ihre Aussage zurückziehen, werde ich Sie zusätzlich zu Ihrem Drogendelikt wegen Meineid und Mittäterschaft verklagen. Haben Sie verstanden?«

Sie griff zum Aufnahmegerät und stellte es aus. Busters verächtliches Lächeln war verschwunden.

»Und wir werden aufhören, Sie wie einen Idioten zu behandeln«, knurrte sie, »wenn Sie aufhören, sich wie einer zu benehmen.«

Buster schoss mit flammenden Augen hoch. Die Wachen packten ihn von beiden Seiten, während die Königskobra seinen giftigen Blick erwiderte. Dann nahm sie den kleinen Rekorder in die Hand und ging auf die Tür zu. Kurz davor blieb sie stehen und wandte sich an die Wachen. Ihr war noch etwas eingefallen.

»Halten Sie diesen Mann und Everson voneinander fern, bis ich die Gelegenheit bekomme, mit Everson und seinem Anwalt zu sprechen«, wies sie die Beamten an. »Und finden Sie einen neuen Zellengenossen für Mr Jackson.«

Dann machte sie auf dem Absatz kehrt und ließ einen fassungslosen Buster zurück, der ihrem Rücken nachstarrte.

Ihren gelben Notizblock hatte sie gut sichtbar auf dem Tisch liegen lassen. Darauf stand geschrieben: *Strafverteidiger – immer besser, wenn man einen bei sich hat.*

* * *

Eine Stunde später, um kurz vor 12.00 Uhr, nahmen die Königskobra und die Wachen im selben Konferenzzimmer dieselben Plätze ein. Nur Buster war diesmal durch A-Town ersetzt worden. Außerdem war ein Strafverteidiger anwesend, um faire Bedingungen zu schaffen.

A-Town versuchte, lässig zu wirken – er fläzte sich in den Stuhl, das Kinn auf die Hand gestützt und spielte den harten Burschen. Er war ein schlanker, junger schwarzer Mann Mitte zwanzig, mit sehnigen, definierten Muskeln, die ihm die Jahre auf der Straße beschert hatten. Markant an seinem Äußeren waren seine zu Cornrows geflochtenen Haare, der dünne Schnäuzer über seiner überdimensional großen Oberlippe, sein ausladender Kiefer und seine dunklen, finster dreinblickenden Augen. Er versuchte, die Königskobra einzuschüchtern – immerhin hatte er sehr gute Gang-Connections –, doch ohne Erfolg. Sie hatte zu viele von seiner Sorte kennengelernt.

»Sie bekennen sich des vorsätzlichen Mordes schuldig«, bot Crawford an, »und ich gebe mich mit lebenslänglich ohne Aussicht auf Bewährung zufrieden. Die Forderung nach dem elektrischen Stuhl werde ich dann fallen lassen.«

»Was soll das denn für ein Deal sein?«, spottete A-Town. Seine Augen verengten sich zu Schlitzen, und seine Lippen kräuselten sich vor Entrüstung. »Ich habe niemanden umgebracht.«

Sein Strafverteidiger sagte kein Wort.

»Haben Sie nicht?«, stichelte die Königskobra. »Dann sollten Sie nicht Ihrem Zellennachbarn lauthals verkünden, wo die Leiche vergraben liegt.«

Sie sah genau, wie A-Town zusammenzuckte und sich dann sein Kiefer verspannte. »Der große Buster Jackson sagt, Sie haben ihm gestern Abend alles gestanden, inklusive Ihrem schlauen Schachzug, die zahnärztlichen Unterlagen des Opfers zu stehlen.«

Die Königskobra verstummte und wartete auf eine Antwort, die nicht kam. Also entschied sie sich, die Stille selbst zu füllen.

»Wir haben ein Geständnis, und morgen werden wir die Leiche und das zugehörige Odontogramm haben.« Auf ihre Ellbogen gestützt lehnte sie sich nach vorne. »Sie sehen also, mein Angebot ist am Ende doch kein so schlechter Deal.«

A-Town ließ eine Tirade von unflätigen Beschimpfungen auf sie los. Eine der Wachen zog seinen Elektroschocker aus der Halterung. Nur für den Fall der Fälle.

Die Lippen der Königskobra verzogen sich zu einem gehässigen Lächeln. »Heißt das, wir haben eine Abmachung?«, fragte sie den Pflichtverteidiger. »Oder wollen Sie lieber Ihr Glück mit dem elektrischen Stuhl probieren?«

»Ich muss das kurz mit meinem Klienten besprechen«, antwortete er.

»Nein, müssen Sie nicht«, unterbrach A-Town. Er wandte sich Crawford zu. Mit zurückgeworfenem Kopf sah er über seine Nasenspitze auf sie herab. Die Oberlippe kräuselte sich immer noch – herablassend bis zum Schluss. »Wir sehen uns vor Gericht.«

»Ich werde Buster Jackson mitbringen«, versprach die Königskobra, »damit er den Geschworenen von Ihrem kleinen Geständnis gestern Abend erzählen kann.«

»Verlassen Sie sich lieber nicht darauf«, knurrte A-Town mit heiserer Stimme. »Mein Freund Buster wird niemals seinen Kollegen verpfeifen.«

22

Nikki und die Kinder waren in eine kleine Zelle in einem Besucherraum geführt worden. Sie wurden von Thomas durch eine kugelsichere Glaswand getrennt und mussten durch kleine Metallschlitze am unteren Rand der Glaswand sprechen.

Normalerweise durften Familienangehörige ein paar Minuten am Tag mit den Insassen in einem beaufsichtigten Gemeinschaftsraum verbringen, hatte die Wache ihnen auf dem Weg in den Besucherraum erklärt, aber für Mr Hammond galten Restriktionen, weil er einen Tag zuvor in eine Auseinandersetzung verwickelt war. Nikki versuchte der Wache Details zu entlocken, aber er wusste keine Einzelheiten.

Zunächst schien die einschüchternde Umgebung den Kindern die Sprache zu verschlagen. Ernst blickende Wachen, kalte und abschreckend wirkende Räume, schwere Metalltüren. Doch als sie beide auf einen Stuhl gequetscht ihrem Vater auf der anderen Seite der Trennscheibe gegenübersaßen, fingen sie aufgeregt an zu plappern, meist zur selben Zeit. Nikki stand mit verschränkten Armen hinter ihnen, mit einem sanften Lächeln auf den Lippen, und sah ihnen zu.

»Was ist mit deinem Gesicht passiert, Daddy?«, fragte Stinky.

Vorsichtig glitt Thomas mit einem Finger die Stiche entlang. »Meinst du das?«, fragte er, als würde es ihn überraschen, dass sie jemandem auffielen. »Ach, das ist gar nichts. Da hab ich mir nur beim Gewichtheben wehgetan. Nicht der Rede wert.«

Nikki warf Thomas einen zynischen Blick zu, den er nicht zu bemerken vorgab. Dann fing Stinky an, ausführlich vom Strand, Nikkis Apartment und ihrer Fahrt im Cabrio zu erzählen. Geduldig ließ sie Tiger unzählige Male unterbrechen, damit er ausführen konnte, wie er auf dem Boden im Schlafzimmer der hübschen Dame geschlafen hatte, um die Mädchen zu beschützen. Eine Viertelstunde Geplapper verging wie im Flug, dann war ihre Zeit abgelaufen.

Nach einer kurzen Pause fragte Tiger kleinlaut: »Ich möchte so gerne, dass du wieder nach Hause kommst, Daddy. Wann kommst du nach Hause?«

»Bald«, versprach Thomas. »Aber bis dahin ist Miss Nikki die Chefin, und ihr macht, was sie sagt, okay?«

»Ja, Sir«, erwiderte Stinky eifrig.

Tiger sagte nichts, offensichtlich in der Hoffnung, die Antwort seiner Schwester würde für beide gelten.

»Tiger?«

»Ja, Sir«, antwortete er freudlos.

»Ich möchte euch beide etwas fragen«, sagte Thomas und sah Tiger direkt in die Augen. »Habt ihr euch beide heute Morgen für die Schule fertig gemacht, ohne zu meckern und ohne Mätzchen zu machen?«

»Ich ja«, nickte Stinky.

»So ungefähr«, sagte Tiger.

Thomas richtete seinen Zeigefinger auf Tiger und berührte dabei die Glasscheibe. »Ungefähr reicht nicht aus, junger Mann. Verstanden?«

Tiger nickte energisch. In diesem Moment fragte er sich wahrscheinlich, ob das Glas seinen Vater wirklich zurückhalten konnte.

»Ich will, dass du morgen der Erste bist, der für die Schule fertig ist. Okay?«

»Jep.«

»Jep?«, wiederholte Thomas barsch.

»Ja, *Sir*, meine ich«, korrigierte Tiger schnell.

Nikki warf einen Blick auf ihre Uhr und räusperte sich. Sie fand es schrecklich, das tun zu müssen, doch sie hatte keine andere Wahl.

»Leute, wir müssen jetzt gehen«, sagte sie sanft.

Der Blick auf Thomas' Gesicht tat ihr im Herzen weh – ein Vater, dem sein natürlichstes Verlangen verwehrt wurde: seine eigenen Kinder in den Arm nehmen zu können. Still sah er seine beiden Kinder an und biss sich dabei auf die Unterlippe. Nikki konnte nur den Hinterkopf von Stinky sehen, die sich gerade nach vorne lehnte, aber sie vermutete, das kleine Mädchen hatte angefangen zu weinen. Was Tiger durch den Kopf ging, konnte man bloß erahnen. Kerzengerade saß er da und versuchte mit aller Kraft, tapfer zu wirken.

Thomas streckte beide Hände nach ihnen aus und drückte seine kräftigen Hände an das Glas. Ohne ein Wort zu sagen, legte Stinky ihre kleine Hand an dieselbe Stelle der einen Hand, und Tiger tat es ihr mit der anderen Hand gleich. Für einen kurzen Moment verharrten alle drei, drückten ihre Hände gegen das Glas, als würden sie sich gegenseitig berühren, und Thomas sah sie voller Liebe an.

»Ich liebe euch«, sagte er.

»Ich liebe dich auch, Daddy«, schniefte Stinky.

»Ich dich auch«, sagte Tiger tapfer.

»Kommt schon, Kinder.« Nikkis Stimme hinter ihnen klang sanft, aber bestimmt. Es fiel ihr nicht gerade leicht, und Erinnerungen an ihren eigenen Adoptivvater machten die Sache nicht gerade einfacher. Fast zeitgleich standen die beiden Kinder von ihren Stühlen auf und vergruben ihre Köpfe in Nikkis Armen, einer links, einer rechts.

Nikki umarmte die beiden, den Blick starr auf Thomas gerichtet.

»Danke«, sagte er bloß. Kein Mann der großen Worte.

»Gerne«, antwortete Nikki. Ihr Augenmerk richtete sich auf die Stiche oberhalb seines Auges und den großen Bluterguss entlang seines Wangenknochens. »Passen Sie auf sich auf. Hier drin ist sich jeder selbst der Nächste. Am besten halten Sie sich aus allem raus.« Sie konnte seinen Gesichtsausdruck nicht deuten. *Was war gestern passiert?* »Vertrauen Sie niemandem. Ich meine es ernst.«

»Machen Sie sich um mich keine Sorgen«, entgegnete Thomas.

Daraufhin nahm Nikki die Kinder an der Hand und führte sie aus dem Raum, während beide über ihre Schultern zurücksahen.

* * *

Noch am selben Tag betrat Thomas Hammond ein paar Stunden später das Außengelände, fest entschlossen, Buster und den Gewichthebern aus dem Weg zu gehen. Es hatte kurz zuvor geregnet, doch nun brannte die Sonne bereits die letzten Pfützen weg. Wieder so ein heißer, schwüler Nachmittag. Wieder so ein Tag, an dem der Gefängnisanzug wie eine nasse Decke an seiner Haut klebte.

Die Gewichtheber grunzten und schwitzten auf der anderen Seite des eingezäunten Bereichs, ganze 100 Meter entfernt. Ganz allein, mit den Händen in den Taschen hing Thomas einfach nur herum und sprach mit niemandem. Nach einer Weile entschied er sich, an den Basketballplätzen vorbeizuschlendern und sich einen einsamen Platz an dem hinteren Zaun zu suchen.

Die Insassen spielten wie immer eine brutale Version von Basketball, angestachelt von Grüppchen rund um das Spielfeld, die sich einen Spaß daraus machten, die Spieler zu verspotten. Als Thomas vorsichtig um den Platz ging, näherte er sich drei jungen schwarzen Männern, die die Köpfe zusammengesteckt hatten und energisch aufeinander einredeten, ohne das Spiel zu beachten. Den Mann, der mit dem Rücken zu ihm saß, erkannte er als den Zellengenossen von Buster. Die Cornrows, der drahtige Körperbau, das lebhaft intensive Gespräch – alles typisch für den Mann, den die anderen Insassen A-Town nannten.

Die beiden Männer, die sich mit A-Town unterhielten, waren Mitglieder von Busters ES-Gang. Der eine war klein und muskulös mit kräftigen Armen, einer V-Figur – schlanke Taille, breite Schultern – und einem flachen, rechteckigen Gesicht. Im Knast erzählte man sich, er säße wegen Drogendelikten und Verschwörung zum Mord. Irgendwie hing alles mit demselben Mord zusammen, der auch A-Town hinter Gitter gebracht hatte.

Der andere Mann war größer und dünner, ein ernsthafter und aufbrausender Typ, der wegen schwerer Körperverletzung und tätlichem Angriff einsaß, seine dritte schwere Straftat in ebenso vielen Jahren. Wenn er für schuldig erklärt wurde, hieße das eine lange Zeit hinter Gittern für ihn. Sein Status unter den anderen Häftlingen wurde verstärkt durch eine riesige Narbe, die von seiner Stirn die gesamte rechte Wange hinunterlief. Ein Überbleibsel von einem Messerkampf, bei dem sein Gegner beinahe gestorben wäre. Der Häftling behauptete, es wäre Selbstverteidigung gewesen. So wie jeder andere, der im Gefängnis saß.

Thomas machte einen großen Bogen um die drei Männer. Er wollte keinen Ärger, daher hielt er einen Mindestabstand von fünf Metern, als er an ihnen vorbeilief. Trotzdem konnte er Wortfetzen verstehen, die A-Town laut und deutlich den anderen zuflüsterte. Er tat so, als würde er nicht zuhören, während er an ihnen vorbeitrabte, doch die Worte ließen ihn zusammenschrecken. Sein Herz klopfte ihm bis zum Hals, in seinem Kopf bildete sich Druck auf.

Etwas mit Bankdrücken. A-Town hatte definitiv etwas über »Bankdrücken« gesagt. Und »Kehle«. Als er A-Towns Worte hörte, sah er, wie der seine Hände zum Hals führte. Wenn das alles gewesen wäre, hätte er es bloß als weiteren Scherz von ein paar Häftlingen abgetan, die sich über Thomas und seinen Zusammenstoß mit Buster am Tag zuvor lustig machten. Aber das war nicht alles.

»Wie gestern.« Thomas war sich fast sicher, gehört zu haben, dass A-Town den Satz »wie gestern« wiederholt hatte. Ein paar weitere einzelne Worte konnte er ohne Zusammenhang heraushören: »Verräter ... nur um sicherzugehen ... erstechen.« Dann wurde einer der Männer, der sich mit A-Town unterhielt, auf Thomas aufmerksam, warf A-Town einen Blick zu und wies mit seinem Kinn auf Thomas. Das Gespräch verstummte.

Gedanken rasten durch Thomas' Kopf. *Ich bin kein verfluchter Verräter.* Wenn er gewollt hätte, hätte er Buster schon am ersten Tag in die Pfanne hauen können, aber er hatte es nicht getan. Dennoch hatte er zweifelsohne die afroamerikanische Front verprellt. Buster hasste ihn, und Thomas wusste nicht warum. Nun schmiedete Busters Gang Pläne, wie sie ihn erledigen konnten. *Wie lange kann ich an einem Ort wie diesem überleben?*

Alle drei Männer drehten sich um und starrten Thomas an, ihre Blicke durchbohrten ihn förmlich. Die Augen fest auf den Boden gerichtet, lief er weiter, nicht schneller und nicht langsamer. Er würde sich *nicht* einschüchtern lassen, und so schlurfte er weiter in Richtung des hinteren Zauns. Nun war er sogar noch entschlossener, den Gewichthebern aus dem Weg zu gehen.

Am hintersten Ende des Außenbereiches fand er ein abgeschiedenes Plätzchen. Dort setzte er sich hin, lehnte sich gegen den Zaun und schloss die Augen. Zwischendrin öffnete er sie einen Spalt und behielt sowohl Buster in der Gewichtheberecke als auch die Dreiergang im Auge, die er bei ihrer kleinen Verschwörung erwischt hatte. Umso weniger überraschte es ihn, als er sah, wie die drei nach einer Weile zu den Gewichten hinübergingen. Argwöhnisch behielt er sie im Auge, fühlte sich dabei jedoch relativ sicher. Die Gewichtheber und das Dreiergespann waren über 30 Meter von ihm entfernt, dazwischen lag ein offenes Feld aus Dreck und plattgetretener kahler Fingerhirse.

Buster hielt Hof beim Bankdrücken. Er hatte mit hundertvierzig Kilo und zehn Wiederholungen angefangen, dann das Gewicht erhöht. Die anderen dachten nicht einmal daran, die Bank in Beschlag zu nehmen, während Buster eine Pause für seinen zweiten Durchgang einlegte. Dann stemmte er hundertfünfundvierzig mit acht Wiederholungen und legte wieder neue Gewichte auf. Hundertfünfzig gingen fünf Mal in die Höhe, der Schweiß auf Busters Haut glitzerte. Er öffnete den Reißverschluss seines Overalls, schlüpfte mit dem Oberkörper heraus und ließ ihn an seiner Hüfte herunterhängen. Jeder glänzende Muskel in seiner Brust und an seinen Armen wölbte sich hervor, während er seine drei Wiederholungen mit hundertfünfundfünfzig hinlegte. Mittlerweile stand A-Town neben ihm und machte sich scherzhaft über seine Leistung lustig. Buster stolzierte umher, schüttelte seine Arme aus, legte auf beiden Seiten ein weiteres Gewicht auf und nahm wieder seinen Platz auf der Bank ein.

Hundertsechzig Kilogramm! Thomas hatte noch keinen Mann so viel stemmen sehen.

A-Town stand auf der einen Seite der Stange. Einer seiner Hilfesteller, der Mann mit der Narbe, stand auf der anderen. Der Typ mit der V-Figur stichelte derweil auch gegen irgendwen an der Militärpresse. Er hatte einen Wettkampf mit einem ähnlich gut gebauten Häftling laufen, bei dem es um eine Stange Geld ging. Die anderen Gewichtheber standen um sie herum und sahen ihm beim Gewichtstemmen zu – das heißt alle außer Buster und seinem Hilfesteller, die selbst an ihrer Bank beschäftigt waren.

Unbeteiligt sah Thomas ihnen zu, ihr kindisches Testosterongehabe amüsierte ihn einerseits, andererseits war er enttäuscht, dass er nicht mitmachen konnte. Er merkte, wie er sich entspannte, die Lichtstrahlen, die durch seine Augenlider blitzten, verdunkelten sich. Die pralle Sonne und die schlaflosen Nächte in seiner Zelle forderten ihren vorhersehbaren Tribut.

Immer wieder nickte er weg und verfiel in einen unruhigen Schlaf, der die Albträume des gestrigen Abends wieder aufleben ließ – die Gewichtstange auf seinen Hals gedrückt, Busters finsteres Gesicht, das Lachen von A-Town und den anderen. Ruckartig schreckte er hoch und richtete sich wieder auf.

So sähe der perfekte Gefängnismord aus, realisierte er. Das schaurige Bild in seinem Kopf wurde auf einmal so real, dass es selbst einem großen Kerl wie ihm eiskalt den Rücken hinunterlief. Ein Mann liegt auf einer Bank, kämpft mit den Gewichten, über hundert Kilo schweben unmittelbar über seiner Brust. Wenn keiner hinsah, wäre es den Hilfestellern ein Leichtes, plötzlich die Stange herunterzudrücken und gegen den Hals des Gewichthebers zu pressen. Sie könnten ihm so den Hals brechen, er wäre sofort tot. Ein Messer bräuchten sie bloß zur Sicherheit, für den Fall, dass der Plan schiefging.

Auf einmal wurde es ihm klar: Diese Leute hatten seinen Tod geplant. *»Der große Kerl hat einfach versucht, zu viel Gewicht zu stemmen«*, würden sie sagen. *»Er hat es ganz allein versucht, ohne Hilfesteller«*, würden sie behaupten. *»Wir wollten ihm helfen, aber wir sind zu spät gekommen.«* Ein weiterer Unfall. Ein weiterer einfacher Häftling tot. Wer sollte davon Wind bekommen? Wer würde etwas sagen? Wen würde es überhaupt interessieren?

Thomas schwor sich, nie wieder die Hantelbank aufzusuchen.

Er sah zu, wie Buster nach der Stange griff und seinen Griff prüfte. Thomas stellte sich vor, er wäre dort anstelle von Buster. Ein unschuldiges Opfer, das in die Falle tappt. Er dankte Gott dafür, dass er ihm die Pläne seiner Feinde offenbarte und ihn mit den richtigen Instinkten ausgestattet hatte, um sich von allem Ärger fernzuhalten. Er schloss die Augen und verfolgte das Geschehen nur noch durch leicht geöffnete Lider.

Dann sah er es! Für den Bruchteil einer Sekunde reflektierte die Sonne das Licht auf der Klinge des Messers. Mit der linken Hand hatte A-Town in seinen Overall gegriffen, sich umgeblickt, dann einen kleinen schwarzen Gegenstand herausgezogen. Eine Bewegung mit dem Handgelenk, ein Knopfdruck, und die Klinge funkelte im Sonnenlicht. Ein *Springmesser!*

Herr, hab Erbarmen. A-Town hatte ein Messer gezogen! Thomas gab weiterhin vor zu schlafen, sah aber, wie A-Town das Messer in seiner Hand versteckt hielt und gegen sein linkes Bein presste. Er starrte auf Buster hinunter.

Plötzlich schossen ihm wieder die Worte durch den Kopf: *»Beim Bankdrücken ... den Hals ... wie gestern ... Verräter ... zur Sicherheit ... erstechen.«* Thomas sprang auf und lief im gleichen Moment auf Buster zu, als dieser die Gewichte hochstemmte. Seine Arme zitterten unter der Last. Die anderen Gewichtheber schenkten Buster keine Beachtung, zu sehr waren sie mit ihrem kleinen Wettbewerb an der Militärpresse wenige Meter entfernt beschäftigt. A-Town und der Mann mit der Narbe standen mit dem Rücken zu Thomas jeweils an einem Ende der Bank, ihre Aufmerksamkeit voll auf ihr Opfer gerichtet. Thomas sah, wie die Tragödie sich anbahnte. Buster senkte die Stange. A-Town umklammerte das Messer. Thomas rannte jetzt noch schneller, kam immer näher. Dann packten A-Town und sein Helfer plötzlich jeweils ein Ende der Stange und drückten sie kraftvoll gegen Busters Hals.

»Passen Sie auf sich auf«, hatte Nikki gesagt.

Thomas legte einen Sprint ein, er war fast angekommen.

»Halten Sie sich aus allem raus.«

Busters unfassbare Kräfte reichten nicht aus. Die Gewichte auf der Stange, seine müden Muskeln und der plötzliche Stoß von A-Town und seinem Komplizen hatten die Stange fest gegen Busters Hals gedrückt. Dem Hünen blieben die Schreie im Hals stecken. Er stemmte noch immer mit aller Kraft dagegen an, sein breiter Rücken bog sich durch, doch die Stange drückte sich immer tiefer in seinen Hals. Busters Gesicht verfärbte sich lila, die Adern pulsierten und die Augen traten hervor, sein Mund war zu einem lautlosen Schrei geöffnet. Allein seiner bemerkenswerten Kraft war es zu verdanken, dass es ihm gelang, die Stange gerade hoch genug zu drücken, um sich vor einem Genickbruch zu bewahren.

»*Vertrauen Sie keinem.*«

Nur noch wenige Schritte. Doch A-Town hörte ihn kommen, ließ die Stange los, wechselte das Messer in die rechte Hand und ließ es auf Busters Herz niedersausen.

23

Als A-Town mit dem Messer ausholte, machte Thomas einen Satz und rammte ihm seine Schulter ins Kreuz. Der Stoß hätte A-Town beinahe in zwei Hälften geteilt. Er stürzte unsanft zu Boden, und Thomas warf sich auf ihn. A-Town fiel das Messer aus der Hand, kurz bevor es in Busters Brustkorb fahren konnte, stattdessen rutschte es über den harten Rasen. Benommen versuchte A-Town danach zu greifen, doch Thomas verpasste ihm mit seinem Ellbogen einen brutalen Schlag auf den Hinterkopf, worauf der kleinere Mann lautlos zusammensackte.

Ohne darüber nachzudenken, griff Thomas nach dem Messer und hob es auf.

In der Zwischenzeit hatte Buster es geschafft, sich unter den Gewichten herauswinden. Bei dem Angriff auf A-Town hatte sich der Mann mit der Narbe umgedreht und für einen kurzen Augenblick den Druck auf die Gewichtstange vermindert. Mehr brauchte es nicht. Mit letzter Kraft hatte Buster die Gewichte zur Seite gestemmt und war von der Bank auf den Boden gerutscht.

Hustend rang er nach Luft. Als er aufzustehen versuchte und auf den Mann mit der Narbe losgehen wollte, wurde sein Blick glasig, ihm sackten die Beine weg und seine Knie gaben nach. Buster brach einfach zusammen.

Thomas' Angriff hatte die Aufmerksamkeit der anderen Gewichtheber auf sich gezogen. Häftlinge und Wachen kamen herbeigeeilt, sofort brach großes Chaos aus. Alle diskutierten wild durcheinander und warfen mit Schuldzuweisungen um sich. Der Mann mit der Narbe behauptete, Thomas hätte A-Town und Buster grundlos und heimtückisch angegriffen. Schließlich wurde Thomas auf frischer Tat mit dem Messer in der Hand erwischt.

A-Town war bewusstlos, atmete aber noch. Im Krankenhaus stellte man später einen kleinen Riss in der Schädeldecke und ein leichtes Hirntrauma fest. Buster ging es gut, auch wenn er noch etwas mitgenommen war. Es war an ihm, die Situation aufzuklären.

»Wer hat Sie angegriffen?«, fragte die Wache.

Busters glasige Augen wanderten von Thomas zu A-Town, zu dem Mann mit der Narbe und wieder zurück zu Thomas.

»*Vertrauen Sie keinem*«, hatte Nikki gesagt. »*Ich meine es ernst.*«

Busters Augen verengten sich und nahmen wieder ihren gehässigen Ausdruck an. Mit seinem dicken Zeigefinger deutete er direkt auf Thomas.

* * *

Wider bessern Wissens bemerkte Nikki, dass die Sache sie auch emotional berührte. Wie sollte es auch anders sein? Ihre Kindheit spielte sich von Neuem vor ihren Augen ab. Jeder Tag mit Tiger und Stinky erinnerte sie an den liebenswürdigen Mann, der sie adoptiert und aufgezogen hatte. Es waren mit die besten Jahre ihres Lebens gewesen.

Sie wusste, dass Richter Silverman sie ausgetrickst hatte. Er hatte sie an die Kinder gebunden, als eine Art verschrobenes Sozialprojekt, um auf gewisse Weise den Kreis zu schließen – damit sie sich ihnen, zumindest eine Zeit lang, so widmen konnte, wie ihr Adoptivvater sich ihr gewidmet hatte. Sie fügte sich, weil sie keine andere Wahl hatte, aber ehrlich gesagt auch aus einem seltsamen Pflichtgefühl heraus. Nun war sie an der Reihe zu geben. In Wirklichkeit tat sie es für ihren Vater.

Dass die Kinder ihr das Herz stehlen würden, konnte sie nicht ahnen. Sie waren zwar nervig, aber gleichzeitig machte es auch Spaß, Zeit mit ihnen zu verbringen. Erst vor zwei Tagen waren sie bei ihr eingezogen, und schon jetzt fürchtete sie sich vor der einsamen Wohnung, wenn sie wieder gingen.

Es war Donnerstag spät nachmittags. Die Anhörung am folgenden Mittwoch war entscheidend. Richter Silverman würde den Bericht des Sachbearbeiters der Kinderschutzbehörde lesen und dann über das Sorgerecht entscheiden. Entweder würde Theresa das Sorgerecht für ihre Kinder zurückbekommen, oder man würde die beiden in eine Pflegestelle geben. Für Nikki war es beschlossene Sache, dass eine Pflegestelle nicht infrage kam.

Wenn Silverman es nicht möglich machen konnte, dass die beiden kleinen Racker zurück zu ihrer Mutter durften, würden sie auf absehbare Zeit bei Nikki bleiben. Sie hoffte nur, dass die Kinder gern beim Chinesen bestellten.

So kam es, dass Nikki nun vor dem Schreibtisch der Gerichtsassistentin stand und sich die Akte von Hammond ansah, obwohl sie nicht offiziell zum Team der Verteidigung gehörte. Tiger und Stinky liefen draußen auf dem Flur herum und machten wahrscheinlich gerade Vergnügungsfahrten mit dem Aufzug. Routiniert blätterte Nikki die üblichen Prozessschriftsätze durch und blieb an den interessanten Stellen hängen.

Sie begann mit der Feststellung des hinreichenden Tatverdachts. Das Dokument war zweifelsohne von der Königskobra formuliert, danach von einem Polizisten unterschrieben und an den Friedensrichter übermittelt worden. Es diente als Grundlage für die Hausdurchsuchung bei den Hammonds. Der Richter hatte der Durchsuchung tatsächlich zugestimmt – wie sie es immer taten. Doch darum ging es Nikki nicht. Sie las die eidesstattliche Erklärung, um einen Einblick in die Strategie der Staatsanwaltschaft zu bekommen: Welche Zeugen sollten aufgerufen und welche Beweise vorgelegt werden?

Laut der eidesstattlichen Erklärung des ermittelnden Beamten hatte der Gerichtsmediziner herausgefunden, dass die Todesursache eine Entzündung des Bauchfells und ein septischer Schock gewesen sein musste, hervorgerufen durch eine akute Blinddarmentzündung. Ein Krankheitsbild, das bei kleinen Kindern selten tödlich endete, sofern die richtige Behandlung erfolgte. Die eidesstattliche Erklärung enthielt außerdem Ausschnitte aus einem Gespräch zwischen dem Polizeibeamten und dem behandelnden Arzt: Dr. Sean Armistead. Nikki las den Abschnitt mit der Zeugenaussage von Dr. Armistead zweimal hintereinander und atmete dann tief aus. Harter Tobak. Sie legte die Akte ab und starrte vor sich hin.

»Es hängt alles von Armistead ab«, murmelte sie.

Dann brachte sie die Akte zu einem der Computerterminals im Büro der Gerichtsassistentin und rief die Daten des Doktors auf. Der Computer spuckte zwar keine Straftaten aus, dafür aber zwei Zivilprozesse. Beide schienen auf Behandlungsfehlern zu basieren, bei denen Armistead sowie eine Reihe anderer Ärzte angeklagt worden waren. Beide Fälle waren vor über drei Jahren außergerichtlich beigelegt worden.

Nikki rief die Gerichtsassistentin herbei und überredete sie, ihr die beiden Akten von Armisteads Zivilprozessen herauszusuchen. Die erste enthielt wenig Brauchbares, ein normaler Gerichtsfall wegen eines Behandlungsfehlers, bei dem man zu einer schnellen Einigung gekommen war. Die zweite Akte hingegen erwies sich als ertragreicher. Wieder eine Kunstfehlerklage, allerdings handelte es sich hierbei um ein junges Mädchen, bei dem eine einfache Mittelohrentzündung diagnostiziert worden war. Armistead hatte sie untersucht, von einer Arzthelferin eine Weile überwachen lassen, ihr Antibiotika verschrieben und dann nach Hause geschickt. Doch offenbar handelte es sich um eine Fehldiagnose. Zwei Tage später wurde das Mädchen als akuter Notfall erneut in die Notfallaufnahme gebracht. Armistead, der auch an diesem Tag Dienst hatte, versuchte sie zunächst im Tidewater-General-Krankenhaus zu behandeln, entschied aber später, sie ins Norfolk Children's Hospital zu überweisen. Auf dem Weg dorthin starb das Mädchen. Es stellte sich heraus, dass sie an Leukämie erkrankt war. Der Anwalt des Klägers argumentierte, dass Armistead mehrere Indikationen für die Bluterkrankung übersehen hatte, als sie das erste Mal vorstellig wurde. Anders als bei dem anderen Fall folgte ein langwieriger Prozess.

Der Anwalt des Klägers hatte Dr. Armisteads Aussage aufgenommen. Sie lag der Gerichtsakte nicht bei, was Nikki nicht sonderlich überraschte, da Anwälte solche Aussagen normalerweise nicht bei Gericht vorlegten. Der Anwalt des Klägers hingegen würde noch eine Kopie besitzen, und zufällig schuldete er Nikki noch einen Gefallen.

Sofort griff sie zu ihrem Telefon.

»Anwaltskanzlei Smith.«

»Ist Mr Smith zu sprechen?«

»Leider nicht, Ma'am. Er ist im Gericht. Kann ich etwas ausrichten?«

»Ist er wirklich im Gericht?«, hakte Nikki nach. Sie kannte die Ausreden.

»Natürlich«, schnappte die Empfangsdame zurück. »Er ist schon den ganzen Tag im Gericht.«

»Gut, dann sagen Sie ihm, dass Nikki Moreno angerufen hat, weil sie einen vielversprechenden neuen Fall über Polizeifunk aufgeschnappt hat. Richten Sie ihm bitte aus, dass der Fall genauso vielversprechend wie der Harris-Fall aussieht, den ich ihm an Land gezogen habe, aber leider braucht das Opfer in diesem Fall sofort einen Anwalt ...«

»Könnten Sie einen Moment dranbleiben?«, unterbrach die Vorzimmerdame. »Ich glaube, da kommt er gerade.«

Eine kurze Pause in der Leitung. Dann: »Er ist gerade zur Tür hereingekommen, Ms Moreno«, sagte sie fröhlich. »Er nimmt Ihren Anruf sehr gerne entgegen.«

»Heute muss mein Glückstag sein.«

Ergebnis des Gesprächs war, dass Smith versprach, Nikki eine Kopie der eidesstattlichen Aussage von Armistead zuzuschicken. Er konnte sich nicht mehr richtig an den Fall erinnern, außer dass Armistead arrogant und abwehrend bei seiner Aussage gewirkt hatte. Es war kein schöner Tag gewesen.

»Apropos«, sagte Nikki, kurz bevor sie das Gespräch beendete, »wie war Ihr Tag im Gericht?«

»Ungefähr so aufregend wie der neue Fall, den Sie meiner Empfangsdame versprochen haben«, antwortete Smith.

Lachend legten beide auf.

Eine Sache musste Nikki noch überprüfen, bevor sie der Gerichtsassistentin die Akten zurückgab und wieder ihre kleinen Terrormäuse im Flur einfing. Sie blätterte durch ein paar weitere Dokumente, bis sie fand, wonach sie gesucht hatte – die Bestandsliste von der Durchsuchung des Hammond-Wohnwagens. Aus irgendeinem unerklärlichen Grund beschlich sie eine schlechte Vorahnung.

Sie zwang sich, auf das Blatt zu sehen – es stand nur ein einziger Gegenstand auf der Liste. Sie runzelte die Stirn. Die Polizei hätte das niemals konfisziert, wenn es nicht belastendes Material enthalten würde.

Natürlich befand sich der Gegenstand nicht in der Akte. Die Königskobra hielt ihn mit Sicherheit irgendwo in einem Asservatenschrank unter Verschluss. Nikki machte sich eine Notiz, der Staatsanwaltschaft einen Besuch abzustatten und sich das sichergestellte Beweismittel anzusehen. Auch wenn sie diese Erinnerung nicht brauchen würde. Der einzelne Eintrag hatte sich bereits in ihr Gedächtnis gebrannt und sorgte dafür, dass ihr wilde Spekulationen durch den Kopf gingen.

Gebetstagebuch von Theresa Hammond, stand dort.

✳ ✳ ✳

Thomas Hammond traute seinen Augen nicht. Er hatte sein Leben für Buster Jackson aufs Spiel gesetzt, und das sollte der Dank dafür sein? Wenn Thomas sich nicht in Gefahr gebracht, A-Town angefallen und ihn überwältigt hätte, wäre Buster jetzt ein toter Mann. Und nun stand dieser Mann, der jeden einzelnen Atemzug Thomas verdankte, nach Luft schnappend da, sog den kostbaren Sauerstoff in sich ein und beschuldigte Thomas, ihn angegriffen zu haben.

Thomas hätte sich gegen die Anschuldigung gewehrt, wenn er nicht sofort erkannt hätte, wie sinnlos das war. A-Town, der das ganze Chaos verursacht hatte, lag bewusstlos auf dem Boden. Buster, der Thomas einen Tag zuvor noch erwürgen wollte, war beinahe mithilfe der Hantelbank stranguliert worden. Und der Mann, von dem man am ehesten erwarten würde, dass er sich rächen wird, war Thomas, der gerade ein Springmesser in der Hand hielt.

»Dieser Mann ...«, hustete Buster, während er auf Thomas zeigte und nach Luft rang, »hat mein Leben gerettet.«

»Und der Mann ...« – sein anklagender Blick und der großer Zeigefinger wanderten zu A-Town hinüber – »hat versucht mich umzubringen.«

Erleichtert atmete Thomas aus und ließ das Messer fallen. »Ich danke dir, Herr«, war alles, was er in diesem Moment sagen konnte.

* * *

Auf der Rückfahrt zu Nikkis Wohnung sprudelten die Fragen.
»Warum ist Daddy im Gefängnis?«, wollte Tiger wissen.
Nikki zögerte kurz. Die Frage war heikel, und sie wollte ihre Worte mit Bedacht wählen.
»Weil ein paar Leute in die Irre geführt wurden und nun glauben, er hätte einen Fehler begangen und müsste zur Strafe dafür einige Zeit im Gefängnis büßen.«
»Was für einen Fehler hat er gemacht?«, bohrte Tiger nach.
»Das ist ein bisschen kompliziert«, antwortete Nikki langsam und auf beruhigende Weise. Sie war sich nicht sicher, wie viel sie den Kindern erzählen sollte. Aber früher oder später würden sie es sowieso herausbekommen, daher konnten sie es auch genauso gut von ihr erfahren.
»Wenn wir die Chance bekommen, dass wir dem Richter im großen Ge-

richtssaal erzählen dürfen, was wirklich passiert ist, wird er deinen Daddy freilassen, denke ich. Aber manche Leute glauben, dass es seine Schuld ist, dass Joshie gestorben ist.«

»Das stimmt nicht!«, rief Tiger aufgebracht. »Mein Vater kann nichts dafür, dass Joshie krank geworden ist. Außerdem hat mein Daddy ihn ins Trantenhaus gebracht.«

»Ich weiß, Tiger. Genau das werden wir dem Richter sagen.«

Schweigend fuhren sie ein paar Minuten weiter. Tiger und Stinky schienen tief in Gedanken versunken zu sein.

»Ich vermisse Joshie«, sagte Tiger schließlich mit zitternder Stimme.

Bevor Nikki antworten konnte, schaltete sich Stinkys mütterlicher Instinkt ein. »Ich vermisse ihn auch, Tiger. Aber er ist jetzt im Himmel, und eines Tages werden wir ihn wiedersehen«, versicherte sie ihm. »Stimmt's, Miss Nikki?«

»Ähm, natürlich«, sagte Nikki.

»Wurde Daddy von der Polizei abgeholt?«, setzte der kleine Junge auf der Rückbank seinen Fragenkatalog fort.

»Ja, wurde er.«

»Sind die Polizisten die Guten oder die Bösen?«

»Die Guten«, antwortete Nikki. *Zumindest einige von ihnen*, ergänzte sie in Gedanken.

»Und warum haben sie ihn dann abgeholt?«

Für eine Frau mit mehr Skrupel wäre dies eine schwierige Frage gewesen. Nikki hingegen antwortete, ohne zu zögern.

»Sie haben bloß Anweisungen befolgt, Tiger. Haben das getan, was man ihnen befohlen hat.«

»Wer hat das befohlen?« Nikki wusste, dass diese Frage von dem kleinen Mann kommen würde.

»Diese fiese Anwältin, die du letztens im Gericht gesehen hast«, antwortete Nikki und betrachtete Tiger im Rückspiegel.

Er schob die Lippen hervor, zog die Augenbrauen zusammen und runzelte die Stirn.

»Ich *wusste* es«, sagte er. »Ich wusste es einfach.«

* * *

Selbst die Sturheit von Thomas Hammond hatte ihre Grenzen. Und die waren erreicht, als er sein Tablett mit dem Abendessen belud und sich in der überfüllten Kantine umsah. An Busters Tisch waren noch ein paar Plätze frei, da A-Town und seine Jungs sich nicht blicken ließen. Doch heute Abend würde sich Thomas aus allem heraushalten. Für heute hatte er genug von Buster Jackson. Es war an der Zeit, Nikkis Rat zu befolgen: *»Jeder ist sich selbst der Nächste«.*

Thomas ging nach links und setzte sich auf einen leeren Stuhl an einem Tisch mit weißen Männern, der auf der anderen Seite des Speisesaals lag. Wie immer suchte sich Thomas einen Platz, wo weder neben noch ihm gegenüber jemand saß. Inmitten des Lärmes in der Kantine freute er sich auf seine einsame Mahlzeit. Er senkte den Kopf und sprach ein leises Gebet.

»Herr, ich danke Dir für das Essen und dass Du mich während des Hofgangs heute beschützt hast. Danke, dass Buster nicht umgelegt wurde. Für den jungen Mann mit dem Messer bete ich, dass Du ihn heilen wirst und er nicht lange unter meinem Schlag auf den Hinterkopf leidet. Vergib mir meine Sünden. Beschütze Theresa und die Kinder und schenke ihnen Deine Stärke. Und wenn es Dein Wille ist, hol mich bitte, so schnell es geht, hier raus. Amen.«

Als er aufsah, war der Platz ihm gegenüber nicht mehr leer.

»Ist der Platz noch frei?«, fragte Buster. Er hatte sein Tablett bereits auf dem Tisch abgelegt. Diesmal blickte er nicht finster drein.

»Jetzt nicht mehr«, sagte Thomas.

Buster zog den Stuhl zurück und setzte sich. »Danke«, sagte er.

Thomas nickte und stürzte sich dann auf sein Essen. Den Rest der Mahlzeit aßen die beiden großen Männer schweigend.

24

Charles konnte nicht fassen, wie nervös er war. Wie lange hatte er Denita nicht gesehen, sechs Monate, vielleicht mehr? Seit fast zwei Jahren waren sie nicht mehr allein zusammen gewesen. Auf der anderen Seite hatte er drei Jahre mit ihr zusammengelebt, vier Jahre mit ihr gestritten. Warum sollte er sich bei einem Treffen mit ihr auf einmal so unwohl fühlen?

Zum dritten Mal innerhalb der letzten fünf Minuten sah er auf die Uhr, sich wohl bewusst, dass er die Blicke der anderen Gäste des Grate-Steak-Restaurants auf sich zog. Schließlich saß er an einem Freitagabend ganz allein an einem Tisch für zwei. Sie hatte darauf bestanden, für ihr Treffen von Richmond nach Norfolk zu kommen. *Wahrscheinlich damit sie nicht von jemandem, den sie kennt, gesehen wird*, dachte Charles.

Bereits fünfunddreißig Minuten zu spät. Vor zehn Minuten hatte sie angerufen. »Ich bin gleich da«, sagte sie. »Tut mir leid, mir ist etwas dazwischengekommen.«

»Kein Problem.«

Nun saß er da. Zehn Minuten später und immer noch keine Denita in Sicht. Er würde sie mit seinem Schweigen strafen, wenn sie endlich auftauchte.

»Sorry, dass ich zu spät komme«, sagte eine süße Stimme hinter ihm. Sofort erkannte er die wirkungsvolle Kombination aus ihrem White-Diamonds-Parfüm und dem Vidal-Sassoon-Shampoo. Allein der Geruch löste in ihm eine Gefühlswoge aus. Bevor er antworten konnte, gab sie ihm einen leichten Kuss auf die Wange. »Danke, dass du dich mit mir triffst.«

Wie hat sie das gemacht?, fragte er sich. Die ganze Zeit hatte er den Eingang beobachtet, und doch war es ihr gelungen, sich ihm von hinten zu nähern. Das war typisch für Denita. Immer einen Schritt voraus.

»Danke, dass du den weiten Weg auf dich genommen hast«, erwiderte Charles, während er sich halb von seinem Platz erhob und ihr dabei zusah, wie sie elegant in ihren Stuhl glitt. »Du siehst toll aus.«

»Du siehst auch gut aus.«

Obwohl sie seit ihrem letzten Treffen ein paar Pfund zugelegt hatte, wusste Charles sofort wieder, warum er sich damals in sie verliebt hatte. Ihr Gesicht war noch immer sehr hübsch – eine starke Kieferpartie, hohe Stirn, durchdringende braune Augen und lange tiefschwarze Haare. An diesem Abend trug sie ihr Haar nach hinten geflochten, so wie Charles es am liebsten mochte, was er ihr früher auch gesagt hatte. Ein einfacher, modisch geschnittener Rock und eine weiße Bluse verliehen ihr ein würdevolles, professionelles Aussehen.

Ihre Figur war sportlich, ohne Absätze war sie 1,77 m groß. »Du wärst eine super Basketballspielerin«, hatte Charles immer gesagt, worauf sie stets bloß verächtlich bemerkte: »Ich bin groß und schwarz, deswegen muss ich Basketball gut finden und Hühnchen mögen.« Nachdem Charles dann gesehen hatte, wie sie versuchte, ein paar Körbe zu werfen, und dabei wie Bambi auf Inlinern aussah, ließ er das Thema Denita und Basketball fallen. Nichtsdestotrotz träumte er in den drei Jahren ihrer Ehe insgeheim davon, dass sie tolle kleine Basketball-Babys bekommen würden – ein ganzes Team von zukünftigen Superstars.

All dies und hundert andere Gedanken und Erinnerungen – manche davon gut, manche düster – schossen Charles in den ersten paar Sekunden Small Talk durch den Kopf, während er die Frau anstarrte, die er einst mehr als alles andere auf der Welt geliebt hatte. Nachdem sie sich gegenseitig erzählt hatten, was es Neues in ihrem Leben gab, kam die Bedienung und nahm ihre Bestellungen auf. Denita, die immer Kalorien zählte, entschied sich für den frischen Lachs – in einem Steak-Restaurant wohlgemerkt – und Charles für ein T-Bone-Steak. Als die Kellnerin wieder verschwunden war, nahm Denita allen Mut zusammen und sprach das eine Thema an, das sie bislang beide krampfhaft versucht hatten zu vermeiden.

»Danke, dass du mich nach dem Besuch von Catherine Godfrey angerufen hast.«

»Das war das Mindeste, was ich tun konnte.« Charles hielt kurz inne und versuchte, seiner Stimme etwas Begeisterung zu verleihen. »Herzlichen Glückwunsch.«

»Danke.« Denita nahm einen Schluck von ihrem Eistee, den Charles für sie bestellt hatte, als sie noch gar nicht da war. Vorsichtig stellte sie das Glas ab und blickte starr auf den Tisch, um jeglichen Augenkontakt zu vermeiden. Charles konnte sich nicht erinnern, wann er sie das letzte Mal so nervös gesehen hatte. »Danke nochmals, dass du dich mit mir triffst«, fügte sie hinzu. »Ich wollte das nicht am Telefon besprechen.«

Er nickte, auch wenn sie ihn immer noch nicht ansah.

»Charles, ich weiß nicht, wie ich anfangen ... wie ich es sagen soll. Deswegen hör mir bitte einfach zu und lass mich ein bisschen herumstammeln, okay?«

Mit traurigen Augen sah sie zu ihm hoch. Er hatte sich auf eine Menge Gefühle heute Abend eingestellt – Wut, Frustration, sogar wiedererweckte emotionale Anziehungskraft. Nur auf das Mitleid, das er jetzt verspürte, war er nicht vorbereitet gewesen. Denita hatte nie gern das Opfer gespielt.

»Natürlich.«

Sie lehnte sich vor, streckte ihre Hand aus und legte sie in der Mitte des Tisches ab. War das eine Einladung? Eine natürliche Geste? Manipulation? Charles' Instinkte sagten ihm, er solle nach ihrer Hand greifen, sich vorlehnen, das White-Diamonds-Parfüm riechen und die vergangenen vier Jahre dahinschmelzen lassen – doch er zwang sich, Abstand zu wahren. Was er ihr sagen wollte, würde ihm unter keinen Umständen leichtfallen. Er wollte es nicht noch schwerer machen.

»Vielleicht habe ich mich nicht genug angestrengt, Charles. Ich weiß es nicht.« Eine kurze Pause. Ein kleines Seufzen. »Aber du hast dich so verändert ... in so kurzer Zeit. Das ganze Gerede über Gott, der Druck, zu Christus zu finden, und all das. Das hat mich wohl einfach verschreckt.« Denita kratzte mit ihren langen Fingernägeln leicht an der Tischdecke, dann zog sie ihre Hand zurück und trank einen Schluck Eistee. »Ich meine, ich dachte immer wieder: ›Wer ist dieser religiöse Fanatiker, und was hat er mit meinem Charles gemacht?‹«

Charles starrte sie emotionslos an. Er zwang sich, ruhig und gelassen zu antworten. »Wir haben darüber gesprochen, Denita. Ich kann nicht ändern, wer ich bin.«

»Ich weiß, und das möchte ich auch nicht.« Für einen Augenblick sah sie in die Ferne und sammelte ihre Gedanken. »Charles, es wirkte einfach nur so, als ob die Kirche plötzlich das Einzige sei, das zählt, und ... nun ja, mich zu missionieren.«

»Du bist diejenige, die den Antrag gestellt hat, Denita.« Auf Scheidung, meinte er. Seine Worte klangen härter, als er beabsichtigt hatte.

»Ich weiß«, gestand sie schnell ein. Zu schnell, fand Charles. Er wusste, dass sie etwas von ihm wollte und daher heute Abend alles sagen würde, was nötig war, selbst wenn sie dafür ein wenig zu Kreuze kriechen musste. »Ich bin nicht gekommen, um mit dir zu streiten, Charles. Und ich weiß, dass ich nicht rückgängig machen kann, was passiert ist.«

»Was willst du dann, Denita? *Warum* bist du hierhergekommen?«

Sie atmete tief ein. »Ich will dieses Richteramt, Charles. Mehr als alles andere in meinem Leben. Davon haben wir während unseres Jurastudiums geträumt – die Welt zu bewegen, für diejenigen einzustehen, die nicht selbst für sich einstehen können. Lange genug habe ich die amerikanische Wirtschaft vertreten. Es ist an der Zeit, mich meiner Wurzeln zu besinnen und meinem Volk etwas zurückzugeben.«

Während sie sprach, schluckte Charles den aufkeimenden Ärger herunter. Am liebsten hätte er angesichts des Idealismus, der in ihren Augen aufleuchtete, laut losgelacht, sie bei den Schultern gepackt und geschüttelt. *Hörst du nicht, was du da sagst?* »Ich habe mich verkauft, Charles. Aber wenn ich die Macht bekomme, die ich begehre, werde ich sie dafür nutzen, den weniger Begünstigten zu helfen. *Vergiss dabei die Tatsache, dass ich diese weniger Begünstigten niedertrampeln musste, um zu erreichen, was ich wollte.*«

Denita war schon immer eine Meisterin der versteckten Andeutungen gewesen. Sie konnte ihre Meinung vermitteln, ohne sie wirklich auszusprechen, und danach bestreiten, es so gemeint zu haben. Doch dieses Mal waren keine Missverständnisse möglich. Sie wollte Richterin werden. Und Charles war die einzige Person, die um das Geheimnis wusste, das ihren Traum vereiteln konnte.

Irgendwie hatte Denita eine offensichtliche Schwachstelle ihres Plans übersehen.

»Catherine Godfrey weiß es, Denita. Und sie weiß es nicht von mir.«

Charles hatte damit gerechnet, dass Denita schockiert reagieren würde, so wie er, als Godfrey die Bombe bei ihm hatte platzen lassen. Stattdessen schenkte Denita ihm dieses süffisante Lächeln, das er schon vor Jahren zu hassen gelernt hatte.

»Alles, was sie weiß, Charles, weiß sie von mir. Und ich habe ihr nur erzählt, dass ich eventuell eine Leiche im Keller habe ..., aber dass über diese Leiche nur mein Exmann Bescheid weiß. Ich habe ihr nicht erzählt, welches Geheimnis das ist, und sie hat auch nicht gefragt.«

Charles überkam ein Gefühl kurzzeitiger Erleichterung – *unser dunkles Geheimnis ist sicher* –, gefolgt von einer neuen, weitaus schwereren Last auf seinen Schultern.

Ihm war, als hätte er einen kleinen Rucksack gegen einen Felsbrocken ausgetauscht, den ihm jemand nun auf den Rücken geschnallt hatte. »Und solange ich meinen Mund halte, bekommst du deine Chance ... verstehe ich das richtig?«

Sie musterte ihn mit verengten Augen. »Ich bitte dich darum, die Vertraulichkeit zwischen Ehemann und Ehefrau zu würdigen. Wenn die Rollen vertauscht wären, würde ich dasselbe für dich tun.«

»Du kannst nicht von mir verlangen, dass ich lüge, Denita.«

»Wirst du auch nicht müssen. Es gibt Dinge, die niemals gefragt werden.«

Ihm wurde klar, dass sie alles durchdacht hatte. Auf fast alle Fragen eine Antwort. Aber eben nicht auf *alle*. Sie brauchte immer noch ihren Exmann als Komplizen. Sein Versprechen, dichtzuhalten.

»Denita, auch wenn du es mir vielleicht nicht glaubst ...« – seine Stimme wurde immer leiser, bis er fast flüsterte –, »aber ich empfinde immer noch etwas für dich.« In ihren Augen war ihre Skepsis abzulesen, doch er meinte jedes Wort so, wie er es sagte. »Aber hier geht es um Prinzipien. Wichtige Prinzipien. Biblische Prinzipien. Wie kann ich schweigen und alles verleugnen, an das ich glaube?«

Denita zögerte nicht, ja blinzelte nicht einmal. Wahrscheinlich hatte sie auf der ganzen zweistündigen Fahrt hierher die Antwort auf diese Frage geübt, dachte Charles. Selbst ein leichtes Lächeln brachte sie zustande. »Das ist mein Charles«, sagte sie. »Irrt sich niemals. Zweifelt nie.« Dann lehnte sie sich vor und durchbohrte ihn mit ihrem Blick. Auf einmal war sie ganz nüchtern. »Menschen verändern sich, Charles. Auch ohne so religiös zu werden wie du, können sie sich trotzdem ändern. Was ich getan habe, war falsch, aber ich habe mich geändert. Das musst du mir glauben. Lass es mich dir beweisen.«

Für diesen Moment hatte er sich gewappnet. In Wahrheit hätte er ein Drehbuch für den Ablauf des ganzen Abends schreiben können: die geflochtenen Haare, das Parfüm, die sanften Entschuldigungen, die subtilen Flirtversuche, gefolgt von einem Appell an sein Mitleid und seine Pflichten als Ehemann – alles Teil eines sorgfältig ausgearbeiteten Plans, um ihn zu überzeugen. Denita Masterson – immer verführerisch, immer Anwältin, immer die Töpferin, die Charles formen konnte wie nassen Ton.

Aber nicht heute Abend.

»Ich muss darüber nachdenken«, sagte er.

Denita wich zurück und schüttelte den Kopf. »Du glaubst, ich versuche bloß, dich zu manipulieren, habe ich recht?«

Er zuckte mit den Achseln. Warum sollte er es leugnen? Sie durchschaute ihn sowieso.

Denita erhob sich. »Du verstehst mich überhaupt nicht. Hast du nie.« Charles sah die Wut in ihrem Gesicht aufsteigen, den verkniffenen Ausdruck, mit dem er vor ein paar Jahren so vertraut gewesen war. »Ich habe nichts, was ich dir im Gegenzug anbieten könnte. Keine Waffen, Charles ... Ein Traum wird wahr für dich.«

»Denita ...« Er stand auf und versuchte sie sanft am Arm zu berühren, um sie zu beruhigen.

Nicht grob, aber bestimmt zog sie ihren Arm weg. Ihre Stimme blieb ruhig. »Ich meine es ernst, Charles. Meine ganze Zukunft liegt in deinen Händen. Wenn du willst, kannst du mich zerstören. Es liegt ganz an dir.« Sie hielt lange genug inne, um ihm einen flammenden Blick zuzuwerfen. »Pass nur auf, dass du danach noch in den Spiegel schauen kannst.«

Dann drehte sie sich um und verließ das Restaurant, noch bevor die Bedienung ihren Lachs serviert hatte. Nun würde er sich um zwei Abendessen kümmern müssen, obwohl er keinen Hunger mehr hatte.

»Du kannst mich zerstören, wenn du willst ... Pass nur auf, dass du danach noch in den Spiegel schauen kannst.«

25

Am Samstag um 10 Uhr morgens befand sich Rebecca Crawford schon seit zwei Stunden im Büro. Vor der Arbeit hatte sie etwas Sport getrieben und hastig ein paar Entspannungstechniken absolviert, war in einen schwarzen Hosenanzug geschlüpft – die verdammten Hosen wurden immer enger – und hatte sich dann einen Müsliriegel und eine Tasse Kaffee in einem Mini-Markt geholt.

Auf dem Weg zum Büro rief sie zwei Personen von ihrem Handy an: einen assistierenden Staatsanwalt und einen Ermittlungsbeamten. Beide Anrufe hätten warten können, aber sie wollte ein Zeichen setzen. Ihre Anrufe am Samstagmorgen waren bereits legendär unter allen, die in den Hallen der Gerechtigkeit ein und aus gingen. Dieser Workaholic ruht nie, sagten die anderen über sie. Sie wollte sie nicht enttäuschen.

Sie war fast mit ihrer dritten Tasse Kaffee durch, als die Kinderpsychiaterin sich zu ihr in den beengten Konferenzraum gesellte.

Dr. Isabell Byrd war eine freundliche, geistreiche Frau, die schon einmal für Crawford gearbeitet hatte. Die Geschworenen mochten Byrd. Sie war klein und dünn, couragiert und spitzfindig genug, damit es interessant blieb. Den Namen Byrd hatte sie von ihrem Ehemann, aber er schien perfekt zu ihr zu passen – ein kleiner wichtigtuerischer Kolibri. Isabell hatte kurzes graues Haar und ein kleines scharf geschnittenes Gesicht mit einer spitzen vogelähnlichen Nase, einer Halbmondbrille und neugierigen Augen. In ihren achtundzwanzig Jahren Berufserfahrung hatte sie so viele Fälle von Missbrauch und Misshandlung gesehen, dass sie mittlerweile bereit war, alles Notwendige zu sagen, damit die bösen Jungs hinter Gittern kamen.

»Guten Morgen, Isabell. Wie wär's mit Kaffee?«

»Nein, danke. Ich hatte meine Tasse Kaffee schon. Was liegt heute an?«

Die nächste halbe Stunde erklärte die Königskobra ihr den Fall, ihren Verdacht und ihre Strategie. Noch am selben Tag würden sie die Hammond-Kinder befragen. Aufgrund dieser Befragungen würde Richter Silverman kurzfristig entscheiden, ob die Kinder für den Verlauf des Verfahrens bei ihrer Mutter bleiben durften.

Wenn das passieren sollte, wäre das natürlich eine Katastrophe. Die Mutter würde zweifelsohne versuchen, die Zeugenaussage der Kinder zu beeinflussen, und die Kinder wären weiteren Gewaltakten ausgesetzt. Crawford erklärte, dass es daher Byrds Aufgabe sei, nach den Befragungen einen unabhängigen Bericht zu schreiben, warum die Kinder für den Verlauf des Verfahrens nicht bei der Mutter leben sollten.

Es überraschte kaum, dass die Königskobra ein paar hilfreiche Vorschläge parat hatte. Sie hatte schon öfter mit diesen religiösen Fundamentalisten zu tun gehabt. Beim Pauken der Bibelgeschichten war ihr eine Idee gekommen, wie man vielleicht zumindest den kleinen Jungen zum Reden bringen konnte. Währenddessen sollte Dr. Byrd genau auf die verräterischen, oft versteckten psychologischen Anzeichen von Misshandlung achten. Finster nickend, signalisierte Dr. Byrd ihre Zustimmung.

Die Königskobra konnte nicht verbergen, dass sie vor Vorfreude und innerer Anspannung fast platzte. Dies war kein gewöhnlicher Fall. Sie zählte auf Dr. Byrd. »Sie sind die Beste, wenn es darum geht, Misshandlungen aufzudecken, Isabell. Mag sein, dass die Kinder es vor anderen Ärzten verstecken können, aber nicht vor Ihnen.«

Dr. Byrd versicherte Crawford, dass sie der Aufgabe gewachsen war.

Dann entschied sie sich zur Feier des Tages, doch noch eine Tasse Kaffee zu trinken.

* * *

Runde zwei von *Tiger vs. die fiese Dame* hatte einen schweren Start. Es begann mit einem Brüllwettbewerb zwischen Miss Nikki und der fiesen Dame, bei dem es darum ging, ob Miss Nikki während der Befragungen anwesend sein durfte. Das Geschrei hatte Tiger schwer mitgenommen, und nun war er noch fester entschlossen, seine Mommy und seinen Daddy zu verteidigen.

»Ich bin die Sonderanwältin der beiden Kinder und habe daher ein Recht darauf, bei den Befragungen anwesend zu sein!«, beharrte Nikki. Sie war nur etwa fünf Zentimeter vom Gesicht der fiesen Dame entfernt und schrie fast mit voller Lautstärke.

»Die Befragung ist ein Teil des Berichts der Kinderschutzbehörde«, entgegnete die fiese Dame. Sie schrie nicht ganz so laut, blieb aber dennoch stur. »Die Behörde hat angeordnet, dass Dr. Byrd und ich die Befragung durchführen. Nicht Sie. Wir haben festgelegt ...«

»Ich sage Ihnen gleich, was Sie mit Ihren Arbeitsvorschriften machen können«, schnaubte Nikki.

»Hören Sie, Miss.« Die fiese Dame tippte mit dem Finger auf Nikki. Ihre Muskeln waren angespannt, der Kiefer wütend vorgeschoben. »Wenn Sie vermeiden möchten, dass ich den Sheriff anrufe und Sie rausschmeißen lasse, würde ich vorschlagen, Sie nehmen jetzt Platz ..., und zwar draußen, vor dem Konferenzraum.«

Zeh an Zeh standen die beiden Frauen sich gegenüber, keine von beiden gab nach. Mit großen Augen und offen stehendem Mund sah Tiger zu ihnen hoch.

Vielleicht gibt es eine Schlägerei, dachte er, *und ich wette, dass Miss Nikki sie fertigmacht.* Doch sehr zu Tigers Bedauern kam es zu keinem Kampf.

»Sie widern mich an«, schloss Miss Nikki ab. »Sie und Ihr ewiger Machtrausch.« Dann schnaubte sie die fiese Dame verächtlich an und kniete sich neben Tiger und Stinky.

»Ihr beiden geht jetzt da rein und beantwortet einfach alle Fragen, die die Frau dort euch fragt«, trug Miss Nikki ihnen auf. »Sie wird euch nichts tun, sondern euch nur ein paar Fragen über eure Mom und euren Dad stellen.«

»Ich möchte zuerst mit dem kleinen Jungen sprechen«, sagte die fiese Dame.
War klar, dachte Tiger.
»Okay, Tiger«, sagte Miss Nikki. Sie kniete immer noch neben ihm, damit sie ihm in die Augen sehen konnte. »Du gehst zuerst rein. Sag einfach die Wahrheit. Und mach dir keinen Kopf, so schlimm ist sie auch nicht.«
Mmh, genau.
»Ja, Ma'am«, antwortete er brav.

* * *

Nach einer ordnungsgemäßen Einführung kletterte Tiger auf einen großen, bequemen Stuhl an einem langen Tisch mit einer Glasplatte. Außer ihm waren noch drei andere Leute im Raum, alles Erwachsene. Die fiese Dame, eine kleinere Frau, die aussah wie eine Großmutter – sie sagte, ihr Name war Dr. Byrd –, und ein komischer Mann mit einer Videokamera.

Tiger entschied sich, direkt von Anfang an zu zeigen, dass er keine Angst hatte. Also stützte er beide Ellbogen auf den Tisch und ließ sein Kinn in beide Hände sinken. *Ich langweile mich*, vermittelte er den Erwachsenen damit. In Wirklichkeit war er schon ein wenig aufgeregt, weil er mit einer Kamera aufgenommen wurde.

Die fiese Dame sprach zuerst.

»Wir werden dir ein paar Fragen über deine Mutter, deinen Vater und Joshua stellen«, sagte sie sanft. »Du beantwortest sie einfach, so gut du kannst. Okay?«

Tiger nickte mit dem Kopf, der immer noch auf seinen Händen aufgestützt war. Joe Cool.

»Bevor wir anfangen«, fuhr die fiese Dame fort, »hast du irgendwelche Fragen an mich?«

Tiger hatte immer irgendwelche Fragen.

»Läuft die?«, fragte er und zeigte auf die Kamera.

»Noch nicht«, sagte die fiese Dame. »Erst üben wir ein paar Fragen, und dann schalten wir sie an, damit sie alles aufnimmt, was du sagst. Was du uns sagst, ist nämlich sehr wichtig.«

»Warum haben Ihre Haare zwei unterschiedliche Farben?«, fragte Tiger. Er ging davon aus, dass die fröhliche Fragestunde weiterging.

»Darüber sprechen wir später«, antwortete die fiese Dame, deren Miene sich verfinsterte. »Davor lass mich *dir* ein paar Fragen stellen.«
»Okay«, zuckte Tiger mit den Schultern.
»Deine Mutter und dein Vater sind sehr religiös, habe ich recht, Tiger?« Tiger verzog das Gesicht, während er angestrengt darüber nachdachte. »Ich meine damit, dass sie überzeugte Christen sind. Stimmt's, Tiger? Sie glauben sehr stark an Gott?«
»O ja, Ma'am.«
»Kennst du die Geschichte von Abraham und Isaak, Tiger?«
»Ja, Ma'am. Mein Daddy erzählt sie mir manchmal.«
»Wusstest du, dass Abraham so sehr an Gott geglaubt hat, dass er bereit war, seinen eigenen Sohn Isaak zu opfern, also zu töten, sollte Gott dies von ihm verlangen?«
»Ja, Ma'am. Aber er musste es nicht tun. Gott hat ihm stattdessen eine Ziege geschickt.«
»Das ist richtig.« Die fiese Dame lächelte. »Aber Abraham war bereit, alles zu tun, was Gott von ihm verlangte, selbst wenn das bedeutet hätte, dass sein Sohn dafür sterben muss. Und bevor Gott die Ziege schickte, dachte Abraham während all den Tagen, die sie den Berg hochkletterten, dass Isaak sterben musste. Verstehst du, was ich damit sagen möchte?«
Tiger nickte.
»Genauso haben deine Mutter und dein Vater gewusst, dass sie nach der Überzeugung ihrer Kirche Joshie nicht zu einem Arzt bringen durften. Ist das richtig?«
»Ich denke ja«, sagte Tiger.
»Und der Glaube deiner Eltern muss sehr stark sein. Sie haben den schwerkranken Joshie drei oder vier Tage lang nicht ins Krankenhaus gebracht und wie Abraham an ihrem Glauben festgehalten, obwohl das bedeuten konnte, dass Joshie stirbt. Ich wette, dass deine Eltern genau wie Abraham drei oder vier Tage gewartet haben. Haben Sie doch, oder Kumpel?«
Nervös rutschte Tiger auf seinem Stuhl herum. Er konnte sich wirklich nicht erinnern. Aber er wusste, dass sein Vater Abraham liebte, und er war sich sicher, dass sich sein Vater nicht von einem Bibelcharakter übertreffen lassen wollte, nicht einmal von einem Bibelhelden wie Abraham.
»Ich glaube, es waren fünf Tage«, log Tiger.

»Wow, deine Eltern sind wirklich sehr gläubige Christen«, sagte die fiese Dame zufrieden. »Ich glaube, wir können die Kamera jetzt anschalten. John Paul, du machst das ganz toll.«

Das rote Licht an der Kamera blinkte auf. Tiger setzte sich aufrecht hin, legte sein bestes ernstes Gesicht auf und beantwortete jede der wichtigen Fragen, die die fiese Dame ihm stellte.

Die ersten zehn Minuten malte Tiger ein heroisches Bild von seinen Eltern und ihrem unerschütterlichen Glauben, indem er genau beschrieb, wie sie sich fünf Tage lang weigerten, Joshie ins »Trantenhaus« zu bringen, obwohl sie alle wussten, dass er sterben würde. Nachdem er noch einmal angestrengt nachgedacht hatte, meinte Tiger sich sogar zu erinnern, dass sein Dad einmal gesagt hatte, wenn Abraham das konnte, konnte er es auch. Mit jeder Frage sprach Tiger ein bisschen schneller, und seine Antworten wurden immer länger. Dabei achtete er darauf, dass er zwischendurch für die Zuschauer dort draußen vor den Fernsehern in die Kamera lächelte.

Irgendwann hatte die fiese Dame anscheinend genug über Joshies Tod gehört und fing an, ihm andere merkwürdige Fragen zu stellen.

»Hast du manchmal Albträume?«, fragte sie.

»Manchmal«, gab Tiger zu. »Aber wenn ich welche habe, kommt mein Daddy in mein Zimmer und legt sich zu mir.«

Zum ersten Mal während der Befragung horchte die Dame mit den grauen Haaren auf, warf der fiesen Dame einen Blick zu und stellte dann selbst Fragen.

»Sagtest du, dein Daddy legt sich zu dir ins Bett?«, fragte die grauhaarige Dame.

»Ja, Ma'am«, antwortete Tiger stolz, glücklich darüber, mit seinem Vater angeben zu können. »Ganz oft.«

»Was hat er dann an, und was hast du an?«

Das war wirklich eine sehr komische Frage für Tiger. Außerdem ging sie das überhaupt nichts an. Dennoch entschied er sich, die Frage zu beantworten – nachdem er ihr einen bösen Blick zugeworfen hatte.

»Ich hab meinen Pyjama an und er seine Unterwäsche.«

Diese Antwort schien die grauhaarige Dame noch mehr zu beunruhigen. Mit hochgezogener Augenbraue schüttelte sie langsam den Kopf.

»Ich weiß, dass es dir vielleicht nicht leichtfällt, darüber zu reden«, sagte sie sanft, als würde sie ein großes Geheimnis verraten, »aber hat er jemals seine Unterwäsche ausgezogen?«

»Nicht in meinem Bett«, antwortete Tiger empört.

Der beunruhigte Blick wich nicht von dem besorgten Gesicht der grauhaarigen Dame. Eine Frage führte zur nächsten, und schon bald war Tiger hoffnungslos verwirrt.

Dann passierte etwas, das Tigers Meinung nach äußerst sonderbar war. Die grauhaarige Dame wollte Puppen mit ihm spielen! Sie zog fünf Puppen aus ihrer kleinen Tasche – seltsame Puppen ohne Kleidung, bei denen man die Geschlechtsteile sehen konnte. Die Dame schlug vor, dass jede Puppe ein Familienmitglied darstellen könnte, eine war Daddy, eine war Mommy, eine war Tiger, eine war Stinky und eine war Joshie. Dann sagte sie, Tiger solle ihr mit den Puppen zeigen, was bei ihnen zu Hause in der Familie passierte.

Nicht in einer Zilliarde Jahren, dachte Tiger. Er verschränkte die Arme vor der Brust. Kein Lächeln für die Kamera mehr. *Das war doch albern!*

»Ich spiele nicht mit Puppen«, sagte er entschieden.

Doch die Frauen bestanden immer wieder darauf, und es schien, als käme er nie wieder aus diesem Raum, wenn er ihnen diesen Gefallen nicht tat.

Schließlich nahm er doch eine der Puppen in die Hand.

»Sehr gut, mein Kleiner«, säuselte die grauhaarige Dame. »Du hast Tiger genommen. Was denkt Tiger gerade?«

»Dass er gerne seine Klamotten wieder anziehen würde«, sagte Tiger, ohne dabei zu grinsen.

»Verstehe«, sagte die Dame.

Dann kam Tiger eine Idee, wie er aus der Sache wieder herauskam. Er würde so tun, als wären es keine Puppen, sondern Power Rangers. So könnte er den beiden Frauen mal zeigen, wie man richtig spielte. Er würde einfach die Tatsache übergehen, dass die Puppen keine Kleidung trugen, und so tun, als wären sie komplett angezogene Power Rangers, bis an die Zähne bewaffnet und bereit für den Kampf.

Es war an der Zeit, Amok zu laufen. Zeit für den Krieg.

»Bäm«, sagte Tiger. »Der hier macht den anderen platt.«

26

Um die Gedanken an seine Frau loszuwerden, stürzte sich Charles Arnold in seine juristische Recherche. Doch was er fand, gefiel ihm gar nicht. Seit geschlagenen drei Stunden setzte er sich nun schon mit der Fachliteratur auseinander und blieb immer wieder an dem gleichen Fall hängen: *Whren vs. United States*, entschieden durch den Obersten Gerichtshof im Jahr 1996. Die Mehrheitsmeinung wurde von niemand anderem als Richter Antonin Scalia verfasst, der kein Freund von Straftätern war. Der Whren-Fall würde es nicht leicht machen, Buster Jacksons »Du-kommst-aus-dem-Gefängnis-frei«-Karte einzulösen.

Auf Charles' Schreibtisch in seinem kleinen Büro an der Rechtsfakultät stapelten sich unzählige Kopien von Gerichtsfällen und Veröffentlichungen aus Rechtsjournalen. Dazwischen lagen zwei leere Limodosen, eine halb leer getrunkene Tasse kalter Kaffee und ein aufgeschlagenes dickes Lehrbuch für Verfassungsrecht, das an vielen Stellen Markierungen enthielt. An einer Wand hingen gerahmte Zertifikate und Diplome, an der anderen ein Basketballkorb von Nerf. Seit einer halben Stunde hatte Charles keinen Wurf mehr gemacht. Der Fall, der ihn von seinem Computermonitor anstarrte, hatte ihn aller Zuversicht beraubt. Er ahnte schon, dass er bei Busters Anhörung eine Menge über den Fall *Whren vs. United States* zu hören bekommen würde.

Offenbar war der arme Mr Whren mit seinem Pathfinder Truck und einem vorläufigen Kennzeichen in einer Gegend des District of Columbia unterwegs gewesen, die für ihre hohe Drogenkriminalität bekannt ist. Er stand gerade zwanzig Sekunden an einer Ampel, als ein Polizeiauto, das aus entgegengesetzter Richtung an ihm vorbeigefahren war, auf der Straße wendete und hinter ihm anhielt. Das veranlasste Whren, der offensichtlich nicht der Hellste war, das Gaspedal durchzutreten, schnell nach rechts abzubiegen und mit »unangemessener« Geschwindigkeit davonzurasen.

An der nächsten Ampel winkte der Polizeibeamte Whren rechts heran und näherte sich seinem Auto. Dabei fielen ihm zwei große Plastiktütchen Crack auf, die Whren offen sichtbar in den gierigen kleinen Pfoten hielt. Whren wurde verhaftet, und die »großen Mengen an illegalen Drogen« konfisziert.

Whrens schlauer Rechtsanwalt brachte an, dass die Verkehrskontrolle und Verhaftung gegen den vierten Zusatzartikel der Verfassung verstoße, der Bürger vor ungerechtfertigten Durchsuchungen und Beschlagnahmungen schützte, da die Verkehrskontrolle aufgrund von rassischen Kriterien anstatt eines tatsächlichen Verkehrsdeliktes durchgeführt wurde. Außerdem, führte der Anwalt weiter an, sei der Gebrauch von Fahrzeugen so streng reguliert, dass es »beinahe unmöglich« sei, alle Kraftfahrzeuggesetze einzuhalten, und daher hätten Polizisten irgendeinen Vorwand vorbringen können, um schwarze Männer anzuhalten – einfach nur, weil sie schwarz waren.

Richter Scalia wollte von alledem nichts hören. Widerwillig räumte der große Verfechter von Recht und Ordnung ein, dass die Verfassung eine »selektive Durchsetzung des Gesetzes auf der Grundlage von Erwägungen wie der Rasse« verbot. *Wie großzügig von Ihnen*, dachte Charles. Doch dann entkräftete er diesen Leitsatz schnell wieder, indem er verkündete, dass die Entscheidung, ein Fahrzeug anzuhalten, gerechtfertigt sei, wenn die Polizei einen nachvollziehbaren Grund zur Annahme hatte, dass es sich um ein Verkehrsdelikt handelte, oder den begründeten Verdacht, dass ein anderes Verbrechen vorlag. Entscheidend war dabei, dass Scalia die tatsächlichen Beweggründe der Polizeibeamten für irrelevant hielt. »Wir lehnen die Auffassung kategorisch ab, dass die Hintergedanken eines Beamten ein Grund dafür sein sollten, ihm seine rechtliche Befugnis für die Durchführung einer solchen Verkehrskontrolle zu entziehen«, schrieb er.

Mit anderen Worten: Selbst wenn Hitler persönlich Buster angehalten hätte, wären seine rassistischen Motive unerheblich, solange er dafür einen begründeten Verdacht angeben konnte. Charles' Arbeit war damit klar umrissen. Er würde zeigen müssen, dass kein begründeter Verdacht vorlag, Buster eines Verbrechens zu beschuldigen. Und er würde beweisen müssen, dass Busters einziges Vergehen darin bestanden hatte, als schwarzer Mann in einem Cadillac Escalade mit getönten Scheiben in einer vorwiegend weißen Gegend von Virginia Beach unterwegs gewesen zu sein. Gewiss, Buster hatte ein paar junge Typen in seinem Auto ein Stück mitgenommen. Ein paar junge *schwarze* Typen. Aber das verstieß nicht gegen die Straßenverkehrsordnung und machte ihn auch noch nicht zu einem Drogendealer.

Wenn es stimmte, was Buster sagte – wovon man nicht zwingend ausgehen konnte –, hatten die Cops schlicht und einfach nach rassischen Kriterien gefahndet. Der Grund für die Verkehrskontrolle waren mit Sicherheit nicht die getönten Scheiben. Oder das schicke Auto, das er fuhr. Es lag auch nicht an den Kids, die er ein Stück mitgenommen hatte. Und um ein Verkehrsdelikt handelte es sich zweifelsohne auch nicht, da Buster wie eine Nonne gefahren war. Buster wurde aus einem einzigen Grund herausgewunken, durchsucht und letzten Endes verhaftet: Er war *als Schwarzer Auto gefahren.*

Das sagte sich so leicht, aber dank Scalias Entscheidung am Obersten Gerichtshof würde es beinahe unmöglich werden, das zu beweisen. Wie sollte Charles belegen, dass die Polizei Buster unfairerweise angehalten hatte, während weiße Autofahrer mit getönten Scheiben nach Herzenslust herumfahren durften? Wie sollte er beweisen, dass Buster ohne Probleme ein paar Jugendliche im Auto hätte mitnehmen können, wenn er weiß gewesen wäre? In anderen Fällen sprachen die Richter von statistischen Beweisen. Aber da Polizeibeamte kein Buch darüber führten, wen sie aufgrund der Hautfarbe angehalten oder nicht angehalten hatten, handelte es sich bloß um leere Worte. Sie zeichneten bloß auf, wen sie verhafteten. Dank der Entscheidung im Fall *Whren* würde es unglaublich schwierig oder vielleicht auch unmöglich werden, ethnisches Profiling anhand von Statistiken zu belegen.

Und selbst wenn er es beweisen *konnte, wollte* er das überhaupt? Ein Anfall von Schuldgefühlen überkam ihn, darauf folgte ein weiterer. Zuerst fühlte er sich schuldig, dass er Buster vertrat, also einem Mann zur Freilassung verhelfen wollte, der schuldig im Sinne der Anklage war und eigentlich die nächsten zwei Jahrzehnte damit verbringen sollte, Nummernschilder herzustellen. Dann fühlte er sich schuldig, weil er sich schuldig fühlte. *Rechtsanwälte denken nicht so,* maßregelte er sich selbst. *Er* durfte nicht so denken. Er war nicht der Richter, sondern Busters Anwalt. Sein Job war es, sicherzustellen, dass der Staat Busters Schuld beweisen konnte, ohne dabei die Verfassung zu verletzen. Dennoch wollten die Schuldgefühle nicht weichen, einem Mann wie Buster juristisch beizustehen ...

Dann kam ihm eine andere Idee. Auf Seite 66 von Scalias Stellungnahme, die er nun zum fünften Mal las, fand er die Antwort. So dachte nur ein Rechtsanwalt. Er könnte ein Kursprojekt daraus machen, sein eigenes Experiment sozusagen. Die Atlantic Avenue würde sein Labor sein, seine Studenten die Probanden. Er würde testen, ob Buster wegen seiner Hautfarbe aus dem Verkehr gezogen worden war und ob Weiße unter denselben Bedingungen dasselbe passierte. Und das Ganze ohne auch nur einmal die Beweggründe der betroffenen Polizisten ins Spiel zu bringen. Er würde seine eigene Statistik erstellen. Wenn es sich hier tatsächlich um ethnisches Profiling handelte, wenn Buster nur, weil er als Schwarzer Auto gefahren war, angehalten worden war, würde Charles dem auf den Grund gehen. Er würde es beweisen. Gerade hatte er herausgefunden, wie sich das anstellen ließ.

Selbst Scalia würde ihm dabei nicht im Weg stehen können.

27

Das Gefängnis von Virginia Beach weckte eine Menge Erinnerungen bei Charles Arnold, allesamt schlecht. Das Zuschlagen der schweren Metalltüren, all die Körpergerüche, die mürrischen Gesichter der Wachen, das fehlende Sonnenlicht und der allgegenwärtige schmutzig-gelbe Dunstschleier der Neonlichter, dem er begegnete, während er in das Innere des Gebäudes vordrang. Die schlimmen Erlebnisse holten ihn ein und erinnerten ihn daran, warum er niemals an diesen Ort zurückkehren wollte.

Die Wachen geleiteten ihn an den Zellen vorbei und ignorierten das Pfeifkonzert der Männer, die wie jeden Samstagabend weder ausgehen noch sich verabreden konnten. Sie führten ihn in einen kleinen fensterlosen Raum mit Betonblockwänden, in dem ein paar Dutzend Plastikstühle aufgestellt waren. Schon jetzt lungerten auf etwa der Hälfte der Stühle Häftlinge mit mürrischen Gesichtern herum – Männer, die deutlich machten, dass sie lieber woanders wären, egal wo, anstatt an einem Bibelkreis im Gefängnis teilzunehmen, und das auch noch an einem Samstagabend.

Charles warf einen kurzen Blick in die Runde. Bis auf einen stämmigen weißen Mann mittleren Alters, der eine abgenutzte Bibel in seiner großen Pranke umklammert hielt, waren alle Anwesenden schwarz. Charles kannte den Mann vom Gericht. Es war der Typ, dessen Sohn wegen fehlender ärztlicher Versorgung ums Leben gekommen war. Von den anderen hatte keiner eine Bibel geschweige denn einen Stift oder Papier dabei. Als Charles den Raum betrat, war es still. Alle Augen richteten sich auf ihn, während die Häftlinge ihn mit abschätziger Neugier betrachteten. Sein Kumpel Buster hielt sich im Hintergrund und lehnte mit verschränkten Armen an der Wand, als würde er darauf aufpassen, dass keiner der skeptischen Jungs desertierte.

Charles wusste, was passiert war. Buster hatte seine Gang gegen ihren Willen und wahrscheinlich unter Androhung von Gewalt hergeschleift, worüber keiner von ihnen erfreut war. In Wahrheit wäre Buster wahrscheinlich selbst gerne woanders gewesen, doch er betrachtete Charles als sein einziges Ticket in die Freiheit und war klug genug, seinen Anwalt nicht zu verprellen.

Der weiße Typ hingegen war vermutlich aus freien Stücken hergekommen. Das einzige freiwillige Mitglied der Gruppe.

»Sie gehören Ihnen«, sagte der Wachmann so verächtlich wie möglich. Er öffnete die Tür, um zu verschwinden. »In einer Stunde bin ich wieder da.«

Charles verteilte Bibeln und sprach ein paar einleitende Worte. Er zeigte den Männern, wo sie das Lukas-Evangelium fanden, und nannte ihnen das Kapitel, in dem die Kreuzigung Jesu geschildert wird. Dann ließ er den weißen Mann, der sich als Thomas vorstellte, die Geschichte der beiden Diebe vorlesen, die mit Christus gekreuzigt wurden.

»Beginnen Sie einfach mit Kapitel 23, Verse 39 bis 49. Der Rest von Ihnen liest bitte mit.«

Der große Mann grunzte zustimmend und begann zu lesen. Er sprach langsam und stockend, während er unter großen Mühen die Worte hervorbrachte.

»Aber einer der Übeltäter, die am Kreuz hingen, lästerte ihn und sprach: Bist du nicht der Christus? Hilf dir selbst und uns!«

»Yo ... yo ... stopp, Mann«, unterbrach ihn einer der anderen Häftlinge. »Wo steht das Zeugs in meiner Bibel?«

»Genau, Kumpel, willst du uns auf den Arm nehmen? Aus welcher Bibel liest du denn vor?«

Ein paar andere murmelten ungehalten durcheinander. Die Debatte nahm an Fahrt auf, und schon bald gingen sie alle auf den weißen Mann los.

»Schon gut, wartet«, sagte Charles laut. »Thomas liest einfach nur eine andere Version. Er hat die King-James-Ausgabe der Bibel. Die ist in altem

Englisch geschrieben. Allen anderen habe ich die neuere Übersetzung gegeben.«

Thomas' Augen wurden groß. »Sie benutzen nicht die King-James-Übersetzung?«

»Nein«, antwortete Charles. »Ich dachte mir, sie verstehen die neuere Ausgabe sicherlich besser.«

Thomas runzelte die Stirn und sah sich im Raum unter seinen fehlgeleiteten Brüdern um. »Die ist nicht zulässig«, gab er bekannt. Nur eine Bibel ist autorisiert.« Er hob seine abgenutzte Bibel hoch. »Die von King James.«

»Das ist doch bloß ein Buch für Weiße«, warf einer der anderen ein, »eine Weißbrot-Bibel.«

»Du willst was *Autorisiertes* ...«, spottete ein anderer, stand auf und zeigte Thomas eine obszöne Geste. »Dann autorisier *das* mal.«

Die schwarzen Männer lachten.

»Was wisst ihr schon von Bibelübersetzungen?«, fragte Thomas schließlich. »Die King-James-Bibel ist die *einzige* ohne Übersetzungsfehler.«

Ein kollektives Stöhnen ging durch die Reihen der anderen, die allesamt plötzlich zu Bibelkritikern mutiert waren. Und so war die erste theologische Diskussion des Bibelkreises im Gefängnis von Virginia Beach entfacht: der Streit über die King-James-Bibel als einzig zulässige Version. Fünf Minuten ereiferten sie sich in diesem Wortgefecht, wobei es zwölf zu eins gegen die King-James-Bibel stand. Aber dieser eine war hartnäckig, und seine Argumente waren nicht leicht anzufechten.

»Also sandte King James zweihundert Schriftgelehrte in ihre Ordenshäuser zurück, damit sie unabhängig voneinander die Bibel ins Englische übersetzten. Und was passierte? Sie kamen allesamt mit *genau* – oder besser gesagt *haargenau* – derselben Übersetzung zurück. Wort für Wort. Also hatte Gott da Seine Finger im Spiel, oder was?«

»Übersetzt von was?«, fragte einer der Häftlinge.

Charles lächelte bloß und ließ der Diskussion ihren Lauf. Zumindest machten die Männer nun mit und fläzten sich nicht mehr teilnahmslos auf ihren Stühlen. Nach einer Weile schlug Charles einen Kompromiss vor. Thomas sollte zuerst jeden Vers aus der King-James-Bibel vortragen, da dies die älteste Übersetzung war. Dann sollte einer der anderen denselben Vers aus der neueren Übertragung vorlesen. Und am Ende sollte Buster ihn in Straßenslang übersetzen. Dieser Vorschlag schien alle zufriedenzustellen, und nun hörten die Männer zumindest zu, als er wieder auf die Geschichte von den gekreuzigten Dieben zu sprechen kam.

Mit viel Enthusiasmus und Kompetenz übernahm Thomas seinen Part und betonte jedes *thee* und *thou*, das in der altenglischen Sprache zur respektvollen Anrede Gottes benutzt wurde. Nachdem ein anderer des Lesens mächtiger Häftling gestelzt aus der neueren Version vorgelesen hatte, genoss Buster seine Rolle als Straßendolmetscher und sorgte mit seiner Übersetzung für viel Gelächter und Kritik.

Auch wenn das Ganze wie ein großer Zirkus wirkte, verstanden alle, worum es ging. Zwei Diebe waren rechts und links neben Christus gekreuzigt worden. Einer der beiden Diebe beschimpfte Christus – disste ihn, wie Buster es ausdrückte – und sagte laut der neueren Übertragung: »Du bist also der Christus? Beweise es, indem du dich rettest – und uns mit!« Der andere Dieb bat Christus reumütig: »Jesus, denk an mich, wenn du in dein Reich kommst.« Nach Thomas' Übersetzung antwortete Jesus: »Wahrlich, ich sage dir«, was in Busters Worten so viel bedeutete wie: »Jetzt sperr mal die Lauscher auf«, und versicherte dem Dieb, dass er noch am selben Tag mit Christus ins Paradies beziehungsweise in seine »Chill-out-Area« kommen würde.

Nachdem er die Lesung aus der Bibel hinter sich gebracht hatte, nahm Charles wieder das Heft in die Hand, um ein paar Punkte zu verdeutlichen. Die Jungs hatten ihren Spaß gehabt, nun war es an der Zeit, konkret zu werden.

Die nächsten zwanzig Minuten lief er predigend im Raum auf und ab, ohne den Häftlingen ein einziges *Amen* oder selbst ein zustimmendes Grunzen zu entlocken. Mit kalten, halb geschlossenen Augen starrten die Männer durch ihn hindurch und lungerten wieder auf ihren Stühlen herum, als wären seine Worte das Dümmste, was sie je gehört hatten. Zwischendurch wurde Charles immer wieder infrage gestellt.

»Was, wenn er es gar nicht getan hat?«, murmelte einer und meinte damit offensichtlich den Dieb, der Christus mit seinem letzten Atemzug beschimpft hat.

»Ja, vielleicht wurde er reingelegt.«

»Vielleicht«, pflichtete Charles ihm bei. »So wie vielleicht einige der Männer im Raum zu Unrecht im Gefängnis sitzen. Es ist die Schuld eurer Mütter und ihrer Erziehung oder eures Viertels, in dem ihr aufgewachsen seid, oder der Drogen, die euch verrückt gemacht haben ...« Er hörte auf zu sprechen und sah von einem Häftling zum nächsten. »Wacht auf!« Ein paar der Männer grummelten und ließen sich noch tiefer in ihren Stuhl rutschen. Ihre aufsässigen Blicke verrieten den Hass, der sich tief hinter ihren Augen verbarg. Charles verteidigte das System des weißen Mannes und machte sich damit keine Freunde. Dann entschied er sich, sich auf die Liebe Gottes zu konzentrieren, die den reuigen Dieb kurz vor seinem Tod rettete.

»Dieser Dieb zeigt uns, dass man sich den Weg in den Himmel nicht erarbeiten kann – dass ihr euch euren Weg in den Himmel nicht erarbeiten *müsst*«, erklärte Charles den Männern. »Dieser Dieb legt vor Christus ein Geständnis ab, und wenige Minuten später ist er mit Christus im Paradies. Ich garantiere euch, dass dieser Mann keine Gelegenheit hatte, vom Kreuz herunterzuklettern und Gutes zu tun.«

Dem Ausdruck auf ihren Gesichtern zufolge konnten sie mit seinem Argument nicht viel anfangen. Die meisten von ihnen hatten anscheinend keinerlei Ambition, in den Himmel zu kommen. Die Gnade Gottes, die guten Taten der Menschen, all das löste bloß ein gelangweiltes Gähnen bei der Gang aus. Offensichtlich waren sie nur anwesend, weil ihr Anführer es aus für sie unerfindlichen Gründen von ihnen verlangte.

Nach einem kurzen Blick auf die Uhr entschied sich Charles für eine abschließende Zusammenfassung.

»Es gibt ein Prinzip in unserem Gesetz, das nennt sich ›Sterbeaussage‹. Damit ist eine Aussage gemeint, die ein Mensch kurz vor dem Tod trifft, wenn er weiß, dass er bald seinen letzten Atemzug tun wird. Sie ist die logische Konsequenz der Regel über den grundsätzlichen Ausschluss aller Beweise vom Hörensagen. Weiß einer von euch Gefängnisanwälten, wie so eine Sterbeaussage funktioniert?«

Er blickte quer durch den Raum in ausdruckslose, mürrische Gesichter. Einige der Männer hatten wahrscheinlich eine Menge Zeit in der Rechtsbibliothek verbracht, um neue Ansätze für ihren Fall zu finden. Manche von ihnen wussten mehr über das Gesetz als die Anwälte, die mit ihrer Verteidigung beauftragt wurden. Doch keiner schien etwas über die Sterbeaussage zu wissen.

»Ihr wisst, was ich mit Hörensagen meine, oder?«

Ein paar Häftlinge nickten, der Rest weigerte sich stur, auf seine Frage zu reagieren. Zeit für Professor Arnold, ein wenig Wissen zu vermitteln.

»Eine Aussage von jemandem außerhalb des Gerichts darf nicht von jemandem im Gericht wiederholt werden, selbst wenn derjenige diese Aussage mit angehört hat. Anders ausgedrückt – kein Getratsche. Ein Zeuge im Zeugenstand muss aussagen, was er persönlich gesehen hat, nicht, was ein anderer ihm erzählt hat. Ist das verständlich?«

Dieselben Köpfe nickten erneut.

»Eine Zeugenaussage, die auf Hörensagen beruht, ist nicht zulässig, weil die Person, die die Aussage getroffen hat, nicht im Gericht anwesend ist und daher nicht befragt werden kann. So kann ihre Glaubwürdigkeit nicht geprüft werden. Es gibt allerdings eine Art von Hörensagen, die immer zulässig ist – hat irgendjemand Lust zu raten, welche das sein könnte?«

»Eine Sterbeaussage?«, schlug Thomas vor.

»Der Mann ist ein Genie«, antwortete der Professor in der Hoffnung, dadurch die Klasse zum Mitmachen zu bewegen. »Eine Sterbeaussage wird als Beweis akzeptiert – und ich sage euch auch warum. Menschen, die wissen, dass sie jeden Moment sterben werden, lügen in der Regel nicht. Sie bereiten sich darauf vor, ihrem Schöpfer entgegenzutreten, und haben für gewöhnlich kaum einen Grund, die Wahrheit zu verschleiern. Wenn ihr also die Aussage von jemandem mitbekommt, der im Sterben liegt, dürft ihr vor Gericht gehen und als Zeuge aussagen, was die Person gesagt hat, obwohl es sich technisch gesehen um Hörensagen handelt.« Charles blickte in die Gesichter der Häftlinge, um herauszulesen, ob sie ihn verstanden hatten.

»Womit wir zurück zu unseren beiden Dieben kommen«, fuhr Charles fort. »Die beiden haben jeweils eine Sterbeaussage getroffen. Einer von ihnen akzeptierte Christus als Erlöser und Herrn. Wenn Gott, unser Vater, über diesen Mann vor dem Himmelsgericht urteilt, wird ihn seine Sterbeaussage retten. Der andere hat Christus zurückgewiesen. Und wenn der Herr das Buch des Lebens im Himmel aufschlägt, wird seine Sterbeaussage ihn dazu verdammen, die Ewigkeit von Gott getrennt zu verbringen.«

Er legte eine dramatische Pause ein, blieb stehen und senkte seine Stimme. »Nun«, fragte er, »welcher der beiden Diebe seid ihr? Denn wir alle sind Diebe, Brüder. Die einzige Frage ist, welche Art von Dieb.«

Er ließ die Anschuldigung nachklingen. Im gleichen Moment platzte wie aufs Stichwort ein Wärter herein. »Die Zeit ist um«, sagte er schroff. »Wir sind fast fertig. Dürfen wir noch zwei abschließende Sätze sagen?«, fragte Charles. »Vielleicht wollen Sie ja auch zuhören?«

»Ich sagte, *die Zeit ist um*«, wiederholte der Wärter mit kurz angebundener Autorität und starrte ihn mit einer Großspurigkeit an, die deutlich machte, dass er Widerworte nicht gewohnt war. »Was könnte man an dieser Aussage nicht verstehen?«

Alle Augen im Raum, die eben noch auf den Boden oder einen entfernten Punkt an der Wand geheftet gewesen waren, richteten sich nun auf Charles. Die Männer hassten die Wachen und sehnten sich danach, dass jemand sie in ihre Schranken wies. Jemand, an dem die Wachen keine Vergeltung üben konnten. Charles fühlte die Energie im Raum, spürte, dass die Männer hinter ihm standen – aber er wusste auch, dass er ein Vorbild sein musste, um seine Integrität zu wahren.

»Oh, ich habe sehr gut verstanden«, sagte Charles. »Also werden die Männer und ich wohl besser unser Abschlussgebet sprechen.«

»Machen Sie schnell.«

Sofort begann Charles ein langes, pathetisches Gebet. Ihm war klar, dass der Wärter wahrscheinlich seine Augen offen hatte, so wie die meisten der Häftlinge, aber das hielt ihn nicht davon ab, mit großer Hingabe für die Seelen der Männer zu beten. Er betete für ihre Erlösung, für Gerechtigkeit bei ihren Verfahren und für eine Wandlung in ihrem Lebensstil, sobald sie entlassen wurden. In einem Teil des Gebets, das den Wärter wahrscheinlich zur Weißglut brachte, die Häftlinge jedoch erfreute, betete er außerdem für die Seelen der Wachen. Er betete, dass Gott ihnen helfen solle zu verstehen, dass auch sie Sünder seien, genau wie diese Häftlinge, dass es vor Gottes Augen keine Unterschiede gab und auch sie Buße tun mussten. Er schloss sein Gebet mit der Bitte ab, die Wachen mögen barmherzig und gerecht handeln und Gott das Gefängnis erwecken.

Als er das Gebet beendet hatte, ertönte plötzlich aus allen Richtungen ein *Amen*. Trotz der wachsenden Ungeduld des Wärters ging Charles herum und schüttelte jedem Mann die Hand, bevor er den Raum verließ. Viele von ihnen versprachen, in der Woche darauf wiederzukommen, oder verabschiedeten sich mit einem einfachen »Danke, Reverend«.

Als er an der hinteren Wand ankam, wo Buster stand, legte der große

Mann seinen Arm um Charles' Schulter und drehte ihn herum, sodass sie nun beide weg von den anderen Männern auf die Wand blickten. Charles spürte Busters riesigen Bizeps und Unterarm auf seinem Nacken ruhen und den stählernen Griff seiner Finger auf seiner Schulter. Er war sehr froh, dass der Mann ihm wohlgesonnen war.

»Klartext«, flüsterte Buster. »Wie sieht es aus?«

»Mittwoch in einer Woche findet eine Anhörung statt, in der über unseren Antrag auf Nichtzulassung der Beweismittel entschieden wird«, antwortete Charles mit gedämpfter Stimme. »Ich will dir nichts vormachen. Das wird 'ne harte Nummer.«

»Okay, Kumpel.« Buster drückte seine Schulter. Es schmerzte.

»Auf geht's«, bellte die Wache. »Oder das wird die letzte Veranstaltung dieser Art sein.«

Sofort meldeten sich die Männer zu Wort.

»Mach dich mal locker.«

»Lass den Reverend in Ruhe.«

»Chill dich mal.«

Charles blickte Buster direkt in die Augen. »Sehen wir uns nächste Woche?«, fragte er.

Buster spitzte die Lippen und nickte kurz zustimmend. »Kann sonst eh nirgendwo hin«, sagte er. »Bis Mittwoch in einer Woche zumindest nicht.« Dann klopfte er Charles auf die Schulter, fest genug, um seine Botschaft zu verdeutlichen, und setzte dann das gefährliche Lächeln eines Gangsterbosses auf.

Mit dem mulmigen Gefühl, dass ihm soeben ein Ultimatum gestellt wurde, verließ Charles den Raum.

28

Auf dem Weg vom Bibelkreis nach Hause hielt Charles an einem Restaurant an. Busters Gesicht wollte ihm nicht aus dem Kopf gehen.

»Ein Tisch für eine Person?«, fragte die Bedienung.

»Ja.«

Sie führte ihn an einen Tisch mit zwei Stühlen, umgeben von Tischen mit Familien, Paaren und Freunden. So weit Charles es überblicken konnte, war er der Einzige, der allein aß.

In dem Lokal roch es nach altem Fett und zu starkem Kaffee. Der Tisch klebte dermaßen, dass er seine Ellbogen nicht darauf abstützen mochte. Schnell waren seine Bedenken wegen Buster verflogen. Letzten Endes war der Mann sicher hinter Gittern. Er würde nur freikommen, wenn Charles ihn herausholte, und in diesem Fall wäre Buster ihm zu tiefstem Dank verpflichtet. Viel wichtiger war die spirituelle Verfassung der Männer, die er zurückgelassen hatte. Ohne Hoffnung. Gefährlich. Verloren.

Fast zehn Minuten vergingen, bis eine Kellnerin mit Zungenpiercing sich endlich dazu durchrang, seine Bestellung aufzunehmen. Er entschied sich für Armen Ritter mit Erdbeeren und Kartoffelrösti. Als Getränk eine Limonade. Dann zog er seinen iPod aus der Tasche, steckte die Kopfhörer ein und wartete auf sein Essen.

Irgendwo bei einem Song von Kirk Franklin, als er die letzten Tropfen seiner ersten Limonade austrank, verging ihm der Appetit. Es lag nicht an der Musik – Denita hörte keine christlichen Lieder. Das Restaurant war es definitiv auch nicht. Seines Wissens hatte Denita noch nie einen Fuß in diese Art von Lokal gesetzt. Trotzdem kam die Erinnerung an sie mit einer Intensität zurück, dass er nicht wagte, seine Hand auszustrecken, um zu sehen, ob sie tatsächlich vor ihm stand.

Ihm war, als hätte Denita den Raum betreten und sich ihm direkt gegenübergesetzt, so wie sie es vor vier Jahren in einem anderen Restaurant getan hatte, einen Monat nach ihrem heftigen Streit und einen Monat, nachdem er für immer ihr Zuhause verlassen hatte. Er fragte sich jetzt wie auch damals schon, wie sie ihn überhaupt gefunden hatte.

Ihre traurigen tränenerfüllten Augen zogen ihn in ihren Bann. Obwohl sie ihn zutiefst verletzt hatte, wovon er sich nie erholen würde, hatte sie immer noch Macht über ihn. Das war vor vier Jahren so gewesen. Und auch heute war es nicht anders.

»Was ich dir jetzt sage, fällt mir nicht leicht.« Ihre Worte klangen samtweich, fast als würde sie ein Lied singen. Er sagte nichts, wartete bloß eine Ewigkeit, bis sie den nächsten Atemzug tat. »Es gibt da jemand anderen, Charles.« Ihm stockte der Atem, so wie damals vor vier Jahren. »Er versteht mich. Er liebt mich. Wir werden unser Leben miteinander verbringen. Ich reiche die Scheidung ein.«

Charles rieb sich durch das Gesicht, als Denita die Papiere auf den Tisch legte. Er erinnerte sich, wie er vor vier Jahren versucht hatte, sie davon abzubringen. Auch wenn er den Monat davor einfach gegangen war, war er noch nicht bereit, ihre Ehe aufzugeben. Sie brauchten einfach etwas mehr Zeit zum Nachdenken ... eine Eheberatung ... egal was. Geduldig hatte sie ihm zugehört, gesagt, dass sie ihm nicht wehtun wollte, doch dass es der einzige Weg sei. Er konnte sich lebhaft an den Schmerz erinnern, als sie den Raum verließ und das Gefühl von Einsamkeit ihn wie dichter Nebel umgab.

Und selbst heute senkte sich dieser Nebel immer wieder ohne Vorankündigung auf ihn nieder, brachte ein Echo von Denita in sein Leben zurück und riss schmerzhafte Wunden auf. Doch heute Abend würde er nicht die Gelegenheit bekommen, Denita zu überreden. Denn mit einem Blinzeln war sie verschwunden, der Nebel lichtete sich, und das schöne Gesicht seiner Frau wurde ersetzt durch das pummelige Grinsen der Kellnerin mit dem Zungenpiercing.

»Möchten Sie noch eine Limo?«, fragte sie.

»Nein, danke«, antwortete Charles. »Lieber ein Wasser.« Dann starrte er der Kellnerin hinterher, die sich umdrehte und davonging.

✳ ✳ ✳

Es war kurz vor 20.00 Uhr am Samstagabend. Erica Armistead hatte fast den kompletten Tag verschlafen. Eigentlich hatte sie sich vorgenommen, das Haus zu verlassen, ein paar Blumen im Garten zu pflanzen und einkaufen zu gehen. Doch ihre Erkrankung hatte ihr einen Strich durch die Rechnung gemacht. Sie schien zu wissen, wann sie sich etwas vorgenommen hatte, und wütete genau an solchen Tagen mit unerbittlicher Heftigkeit.

Sie war früh aufgestanden, dann aber wegen der Krankheit wieder ins Bett gegangen. Das Zittern und die Steifheit waren heute besonders schlimm gewesen, wahrscheinlich weil sie so gestresst war. An guten Tagen versuchte sie, die Steifheit durch Bewegung zu mildern. An schlechten Tagen hingegen hangelte sie sich von einer Stütze zur nächsten, lehnte sich an Möbeln, Wänden oder am Arm eines Freundes an. Heute war so ein Tag. Sie fühlte sich, als würde sie zusammenschrumpfen wie eine Zeitlupen-Nachahmung der Hexe aus *Der Zauberer von Oz* - die mit Wasser begossen wird und zusammenschrumpelt, bis nichts mehr von ihr übrig bleibt.

Sean war heute zur Arbeit gegangen, ohne sich von ihr zu verabschieden. Er hatte sie im Wohnzimmer zurückgelassen, wo sie gedöst hatte, während im Fernsehen ein Film nach dem anderen lief. Das Medikament, das sie nahm - Levodopa - machte sie unglaublich müde und verursachte plötzliche Lähmungserscheinungen, bei denen sie sich kurzzeitig überhaupt nicht mehr bewegen konnte. Manchmal fragte sie sich, ob die Nebenwirkungen des Medikaments nicht schlimmer waren, als der Krankheit einfach ihren Lauf zu lassen.

Es stand für sie fest, dass die Krankheit ihr nicht den kompletten Tag rauben sollte. Ihre Pläne für den Abend würde sie in die Tat umsetzen. Sie hatte sich am Nachmittag bereits ausgeruht, ferngesehen und gegessen. Sean hatte angerufen und gesagt, dass er eine Doppelschicht einlegen würde - also zwei Schichten hintereinander arbeiten musste. Die zweite Schicht begann um 23.00 Uhr, und Erica wollte ihn überraschen. Sie wollte ihm etwas zu essen mitbringen, nichts Aufwendiges, das schwer zu transportieren war, sondern nur eine Kleinigkeit, die ihn durch die Nacht brachte. Es sollte ihre Dankbarkeit und Liebe zeigen für all die langen Stunden, die er ständig arbeitete, um ihnen beiden ein schönes Leben zu ermöglichen. Es würde ihm zeigen, dass nicht einmal die Krankheit an ihren schlimmsten Tagen sie davon abhalten konnte, an ihn zu denken.

Sie verlor ihn, das war ihr bewusst. Dennoch würde es ein Anfang sein. Und es würde den Aufwand wert sein. Diese Ehe, egal wie zerrüttet sie sein mochte, war alles, was ihr noch blieb. Kinder und Karriere waren ausgeschlossen. Es gab nur Sean. Heute würde sie den langen Prozess in Angriff nehmen, ihn zurückzugewinnen.

Sie schaffte es zu duschen, indem sie sich die ganze Zeit über an den Kacheln abstützte. Sogar die Beine rasierte sie sich, auch wenn das ganz offensichtlich vergebliche Liebesmüh war. Nach der langen, heißen Dusche fühlte sie sich viel besser. Und sauber.

Sie wollte sich leger kleiden in Jeans und Pullover - den blauen, der laut Sean so gut zu ihren Augen passte. Wenige Minuten später waren das Haar geföhnt und das Make-up aufgetragen. Es war lange her, dass sie sich das letzte Mal geschminkt hatte. Ihr Gesicht sah sofort frischer aus. Blauer

Lidschatten, Rouge, Mascara und heller Lipgloss. Die Falten und Krähenfüße um die Augen waren zwar noch da, aber weniger auffällig als vorher. Sie zeugten von Charakter. Sie war eine Frau mit Charakter.

Und sie war bereit. Um ehrlich zu sein, hatte sie sich seit Wochen oder gar Monaten nicht mehr so bereit gefühlt. Sie würde Sean überraschen, und er würde es toll finden.

Mit zitternden Händen griff sie nach dem Autoschlüssel für ihren Lexus, nahm ihr Handy und ihre Handtasche und schlurfte zur Garage. Auf dem Weg zum Krankenhaus hielt sie zweimal an: einmal, um ein warmes Zimtbrötchen in einem Feinkostgeschäft zu kaufen, das spätabends noch geöffnet hatte und in dem Sean und sie vor ihrer Krankheit öfter gewesen waren. Das zweite Mal machte sie bei Barnes & Noble halt, um einen kolumbianischen Cappuccino mit besonderem Aroma zu kaufen, den Sean so gern trank. So gewappnet und mit beinahe perfektem Timing fuhr Erica Armistead pünktlich zum Beginn von Dr. Sean Armisteads zweiter Schicht um 23.00 Uhr auf den Krankenhausparkplatz. Bevor sie ausstieg, hielt sie die Hand hoch und bemerkte stolz, dass sie kaum zitterte. Das Haus zu verlassen, um Sean zu überraschen, hatte ihr sehr viel besser geholfen als eine Riesendosis Levodopa.

Steif kletterte sie aus dem Wagen und stellte sich dabei das überraschte Gesicht ihres Mannes vor.

Sie hatte auf einem Behindertenparkplatz geparkt – der einzige Vorteil ihrer Erkrankung. Als sie gerade nach dem Kaffee und dem Brötchen griff, sah sie zufällig über ihre Motorhaube zur Notfallambulanz hinüber. In voller Lebensgröße kam Sean gerade durch die Automatiktür des Krankenhauses und sprach dabei mit einer anderen Person – genauer gesagt einer Frau –, während er seinen weißen Kittel auszog. Etwas hielt Erica davon ab, ihm zuzurufen. Vielleicht war es die Intensität des Gespräches. Vielleicht ein sechster Sinn. Doch anstatt ihn zu rufen, anstatt ihm seine Belohnung zu bringen, ließ sie sich vorsichtig wieder auf den Vordersitz ihres Lexus gleiten und beobachtete, wie Sean durch die Schatten des Parkplatzes lief.

Die Frau und Sean gingen getrennte Wege. *Gut! Was für eine Erleichterung! Warum rast mein Herz dann trotzdem noch? Warum ist mir auf einmal schlecht? Warum traue ich diesem Mann nicht, mit dem ich seit fast elf Jahren verheiratet bin? Wahrscheinlich hat er erfahren, dass er doch keine Doppelschicht arbeiten muss. Wahrscheinlich wollte er mich nicht wecken und hat deswegen nicht angerufen. Wahrscheinlich macht er sich jetzt auf den Weg nach Hause.*

Sie war sich sicher, dass Sean sie nicht gesehen hatte. Genauso sicher war sie sich – auch wenn sie den Grund selbst nicht so recht verstand –, dass sie ihm folgen musste. Sie hatte ein schlechtes Gefühl bei der Sache, eine Vorahnung, die man bekam, wenn man mit einem Menschen so lange zusammengelebt hatte.

Vielleicht war es weibliche Intuition oder einfach nur Paranoia. Was auch immer es war: Als Dr. Sean Armistead kurz nach 23.00 Uhr vom Parkplatz des Tidewater General Hospital fuhr, wurde er unauffällig und mit einem Sicherheitsabstand von knapp fünfzig Metern von seiner eigenen Frau verfolgt.

Sie hielt sich zurück und blieb zwei oder drei Wagen hinter ihm, als er auf die Interstate 264 fuhr, die zum Strand führte. Einige Kilometer später endete die Autobahn an einer T-Kreuzung mit der Atlantic Avenue. Immer noch mit ein paar Wagen Abstand bog Erica links ab und folgte ihrem Mann, der sich in das Gedränge von Autos in Richtung Strand einreihte. Sie wurde beim Abbiegen aufgehalten, sodass sich nun viel mehr Autos zwischen Ehemann und Frau geschlängelt hatten. Sieben Autos hinter ihm musste sie sich anstrengen, ihn nicht aus den Augen zu verlieren. Sie war erschöpft. Und wütend.

Schließlich fuhr er auf einen kleinen Parkplatz neben einem zehnstöckigen Gebäude mit Eigentumswohnungen direkt am Strand. Im Erdgeschoss befanden sich ein T-Shirt-Shop, ein Bonbonladen und eine Bar namens The Beach Grill. Erica bog ebenfalls ab und begab sich so wie ihr Mann auf die Suche nach einem Parkplatz. *Warum fühle ich mich so schuldig? Ich tue nichts Verbotenes. Er schleicht sich hier doch heimlich davon. Vielleicht trifft er sich nur mit ein paar Freunden auf ein Bier, bevor er nach Hause fährt. Ich sollte wohl besser gehen. Aber warum fällt es mir so schwer, ihm zu vertrauen?*

Sean fand einen freien Platz, während Erica weiter herumkreiste. Am Ende einer Parkreihe hielt sie an, weit genug von ihm entfernt, damit er sie nicht sah. Sie beobachtete, wie er ausstieg und zur Bar hinüberlief. Ihr Herz rutschte ihr in die Hose. Sean sah sich kurz um – ein schuldiger Rundumblick, um sicherzugehen, dass niemand ihn beobachtete. Sie hatte diesen Mann geheiratet, elf Jahre mit ihm verbracht und kannte seinen schuldbewussten Blick. Genau diesen Blick hatte sie gerade gesehen.

Sie wartete ab, bis er in der Bar verschwunden war, und fand dann eine Parklücke. Auf dem Weg zum Eingang hielt sie sich im Schatten des Gebäudes. Die Steifheit in ihren Beinen wurde schlimmer, sodass sie sich beim Gehen noch mehr nach vorne neigen musste. Doch etwas in ihr trieb sie an, weiter auf die Tür zuzugehen. Sie musste es wissen. Musste diese unerträglichen Zweifel loswerden.

Als sie durch die Tür schritt, fühlte sie sich einen Moment lang ungeschützt, während sich ihre Augen erst einmal an die schummrigen Lichtverhältnisse gewöhnen mussten. Es war eine typische Strandbar, für einen Samstagabend vorhersehbar gut gefüllt. In der hintersten Ecke spielte eine zweitklassige Band. Auf der anderen Seite der Bar, die zum Strand blickte, befand sich eine große überdachte Terrasse, von der aus sich die Gäste bis auf die Strandpromenade verteilten. In der Bar pulsierte das Nachtleben zu den unermüdlichen Bässen der Musik. An der Bar standen die Leute schon in zwei Reihen an, um zu bestellen – die erste Reihe saß auf Hockern, die zweite stand dahinter. Auf der Tanzfläche wirbelten Paare und kleine Gruppen von Frauen herum. In den Nischen rings an der Wand saßen noch mehr Pärchen – manche versuchten sich zu unterhalten, andere knutschten wild herum –, die den Rest der Menge gar nicht wahrzunehmen schienen.

Sie sollte einer von ihnen sein, dachte Erica. In ihrem Alter sollte sie immer noch tanzen, trinken und flirten und sich dabei an dem Arm ihres Mannes festhalten können. Stattdessen fühlte sie sich wie eine Großmutter auf einer Verbindungsparty im College. Sie richtete sich auf, so weit es ihr möglich war, doch hielt den Kopf gesenkt. Langsam bewegte sie sich vorwärts, damit man nicht sah, wie sie humpelte. *Nicht das Gesicht verziehen*, ermahnte sie sich selbst.

Mit kleinen, zögerlichen Schritten bahnte sie sich wie eine gebrechliche alte Dame ihren Weg durch die Menge. Was würde sie bloß tun, wenn sie ihn sah? In einer Ecke des Raumes fand sie einen Platz, geschützt durch die breiten Schultern eines jungen Mannes, der auf Beutefang war. Angelehnt an die Wand, blickte sie durch den Raum von Tisch zu Tisch, über die Tanzfläche, zu den Tischen draußen neben der Strandpromenade. Endlich entdeckte sie ihn. Er saß mit dem Rücken zu ihr an einem Tisch auf der

Terrasse, den Stuhl eng an den Stuhl einer Frau gerückt, seinen Arm bequem um ihre Schulter gelegt.

Die beiden nahmen die Musik und die Menschen um sie herum kaum wahr, unterhielten sich vertraut, die Beine zusammen auf einem dritten Stuhl am Tisch abgelegt. Ihr wurde übel, als sie sah, wie die Frau an ihrem Getränk nippte und dann ihren Kopf bequem auf seiner Schulter ablegte. So saßen sie da, wie ein hübsch anzusehendes Paar, das auf das Meer hinausblickt. Erica drehte sich der Magen um.

Ihr Schutzschild – der Student mit den breiten Schultern – bewegte sich, sodass sie nun für das Paar sichtbar war, sobald sie sich in ihre Richtung drehten. Es war ihr egal. Eine gefühlte Ewigkeit stand sie einfach so da – waren es fünf Minuten gewesen, zehn, fünfzehn? – und beobachtete ihren Mann dabei, wie er sich an eine Frau schmiegte, die sie noch nie zuvor gesehen hatte. Erica war wie festgefroren. Sie fühlte sich verletzt und betrogen, ihr war übel, und sie brodelte förmlich über vor Wut – all diese Gefühlsregungen prasselten gleichzeitig auf sie ein. Am liebsten hätte sie geweint, doch sie war zu entsetzt, um Tränen zu vergießen. Es war die offene Zurschaustellung, nicht so sehr der Betrug selbst, die sie verletzte. Dass er öffentlich ihr Eheversprechen brach. Als die Gefühle sich endlich ein wenig gelegt hatten, war sie einfach nur noch wütend. Diese Wut verlieh ihr einen Mut, den sie bis dahin noch nicht gekannt hatte. Den Mut, zu bleiben und sich der Wahrheit zu stellen.

Dann plötzlich stand die Frau auf und streckte sich. Sie drehte sich um, blickte erst zur Band, dann zur Bar. Einen Augenblick lang hatte sie direkt Erica ins Gesicht gesehen. *Oder doch nicht?* Die Verführerin wandte sich wieder ab, beugte sich herunter und gab Sean einen Kuss. *Einen Kuss! Auf die Lippen!* Dann kam sie direkt auf Erica zu.

Peinlich berührt, beschämt, wütend und ängstlich drehte sich Erica um und schlurfte schnell in Richtung Ausgang. Ihre Hände zitterten, als sie sich auf ihren Weg von einem Gegenstand zum nächsten hangelte. Sie rempelte einen Mann an und verschüttete dabei fast sein Bier. Kurz vor der Eingangstür sah sie genau in dem Moment über ihre Schulter, als die Frau zur Damentoilette abbog. Doch in diesem Moment, in diesem Bruchteil einer Sekunde, in dem die Frau unter einem der herabgedimmten Lichter hindurchhuschte und den Gang hinunterlief, gelang es Erica, einen genauen Blick auf ihr Profil zu werfen.

Sie schien Mitte dreißig zu sein, sah gut aus, war aber keine umwerfende Schönheit. Ihre blonden (wahrscheinlich gebleichten) Haare waren kurz und stufig geschnitten. Sie hatte schmale Augen und ihre vollen Lippen purpurrot geschminkt. Der strenge Ausdruck auf ihrem gebräunten Gesicht war der einer Karrierefrau mit Mission.

Diesen Ausdruck und dieses Gesicht würde Erica niemals vergessen. Sie fühlte, wie der Zorn überkochte und ihren Magen entflammte. Ihr Blick löste sich von der Verführerin, um sie herum begann sich alles zu drehen. Sie musste sofort hier raus an die frische Luft. Sie wollte nur noch nach Hause.

Erica stolperte zu ihrem Wagen zurück, wo sie ganz ruhig mit geschlossenen Augen darauf wartete, dass sie wieder einen klaren Kopf bekam. Wenige Minuten später erkannte sie, dass es nicht wirklich besser wurde. Sie konnte es nach Hause schaffen. Musste es schaffen. Mit zitternden Händen – Hände, die sie zu hassen gelernt hatte – warf sie den Cappuccino aus dem Fenster, legte das Zimtbrötchen genau hinter den Vorderreifen, startete den Motor, legte den Rückwärtsgang ein und fuhr aus der Parklücke.

Wenige Minuten später auf der Autobahn begannen die Tränen zu fließen.

29

Nikkis bescheidener, doch sachkundiger Meinung nach zählte diese Anhörung nicht gerade zu Harry Pursifulls Sternstunden. Eine Viertelstunde nach Sitzungsbeginn war von ihm noch immer keine Spur zu sehen, was Richter Silverman dazu veranlasste, die Anhörung eine halbe Stunde zu verschieben, während er sich anderen Fällen widmete.

Als Harry dann endlich auftauchte, sah er noch zerzauster aus als üblich. Da draußen eine stete Brise ging, hatten die schmierigen Haarsträhnen, die Harry sich über den kahlen Schädel kämmte, vom Kopf gelöst und hingen nun in glitschigen Zipfeln über sein linkes Ohr herunter. Beim verzweifelten Versuch, seine Frisur zu retten, griff Harry immer wieder verlegen nach oben und schmierte die Haare zurück in Position. Ein paar

Minuten später hatten sich die Strähnen dann wieder gelöst. Was den verlotterten Eindruck noch verstärkte, war die Tatsache, dass die obersten Knöpfe von Harrys Hemd offen standen und seine karierte Anzugjacke eingelaufen zu sein schien. Seine Hose war wie immer im Bund zu eng und in der Schrittlänge zu kurz. Er hatte seinen Gürtel zu eng gezogen und seinem kleinen runden Körper so die Form eines Luftballons verliehen, der in der Mitte gequetscht wird und deswegen nach oben und unten ausweicht.

Harry brauchte lange, um die Hammond-Akte in seiner vollgestopften Aktentasche zu finden, und hatte es außerdem versäumt, den Bericht der Sachverständigen vom Jugendamt zu lesen. Nikki versuchte ihn schnell auf den neuesten Stand zu bringen, bevor Richter Silverman den Fall aufrief, aber Harrys Auffassungsvermögen war leider nicht das schnellste. »Ich werde einfach improvisieren«, sagte er zu Nikki.

Und genau das tat er dann auch.

Zu Beginn der Anhörung stolzierte die Königskobra selbstbewusst durch den Gerichtssaal und brachte alle möglichen Anschuldigungen gegen Thomas und Theresa Hammond vor, die Harry nicht einmal versuchte zurückzuweisen. Thomas selbst, der in seinem orangefarbenen Overall in Standardausführung am Tisch der Verteidigung saß, ließ das alles mit stoischer Miene über sich ergehen. Theresa hingegen, die neben ihm auf ihrem Stuhl kauerte, reagierte sehr viel emotionaler auf das Geschehen. Ihre Körpersprache verriet, wie nah ihr die Anschuldigungen gingen, die die Königskobra ihnen an den Kopf warf. Immer wieder lehnte sie sich zur Seite und flüsterte Thomas aufgebracht etwas ins Ohr, woraufhin er versuchte, sie mit einem verständnisvollen Nicken oder ein paar tröstenden Worten wieder zu beruhigen.

Glücklicherweise waren die Kinder in der Schule. Nikki wusste, dass es für sie wenig hilfreich wäre, dieses Fiasko mitansehen zu müssen.

Die Königskobra reichte den Bericht des Jugendamtes ein und baute ihren Fall gekonnt um ihre Vernehmung von Dr. Isabell Byrd auf. Während Dr. Byrds gesamter Aussage verfolgte Harry auch weiterhin seine übliche Strategie des einfachen Dumm-Dasitzens. Nicht ein einziges Mal erhob er Einspruch, obwohl Nikki, die sich nun direkt hinter ihn gesetzt hatte, ihn immer wieder dazu drängte.

»Das ist doch lächerlich«, flüsterte Nikki ständig, laut genug, dass er es hören konnte. »Damit darfst du sie nicht davonkommen lassen! Erheb endlich *Einspruch*, Himmel noch mal!«

Doch dieser laufende Kommentar prallte wirkungslos an Harry ab. Er verfügte über die erstaunliche Fähigkeit, sich weder von seinen Mandanten noch von Nikki motivieren zu lassen. Selbst die billigen Spitzen der Königskobra brachten ihn nicht aus der Ruhe. Regungslos und uninspiriert saß Harry einfach nur da wie ein Stein.

»Dr. Byrd, wurde Ihre erste Einschätzung, dass Mr Hammond als Vater nicht geeignet sei, nach den Ereignissen, die sich in den vergangenen Tagen im Gefängnis von Virginia Beach abgespielt haben, bestätigt?«, wollte die Königskobra wissen.

»O ja, das kann man wohl sagen«, zirpte die Zeugin.

»Inwiefern?«

»Nun, nach Aussage des Gefängnispersonals war Mr Hammond seit seiner Inhaftierung vor wenigen Tagen bereits in zwei schwere Schlägereien verwickelt.« Dr. Bryd sprach schnell und rang dabei die ganze Zeit mit den Händen. »Das entspricht meiner Einschätzung, zu der ich nach den Gesprächen mit den Kindern gekommen bin – dass Mr Hammond schnell die Beherrschung verliert und seine Kinder körperlich misshandelt, wenn seine Wut außer Kontrolle gerät.«

Nikki warf einen Blick auf den Rücken von Thomas Hammond. Sie sah, dass Thomas' Nacken rot anlief; seine Ohren schienen in Flammen zu stehen. *Ich hab ihn sogar noch gewarnt! Wie dumm ist dieser Typ eigentlich?* »*Halten Sie sich aus allem raus*«, *habe ich ihm gesagt.* »*Passen Sie auf sich auf ... Vertrauen Sie niemandem.*« *Stattdessen hat der große Mann anscheinend entschieden, das Gefängnis zu seinem persönlichen Boxring umzufunktionieren. Vielleicht hat er das hier ja verdient. Aber die Kinder mit Sicherheit nicht.*

»Und konnten Sie aus den Gesprächen mit den Kindern noch andere Einsichten gewinnen, was die Eignung der beiden Eltern betrifft, das Sorgerecht für die Dauer des Verfahrens zu behalten?«, erkundigte sich die Königskobra.

»Ja, das konnte ich.«

Die Königskobra zog die Brauen hoch und forderte die Zeugin mit einer Geste auf, fortzufahren.

»Nun, Euer Ehren«, sagte Dr. Byrd, die nun den Blick von den Angeklagten abwandte und den Richter direkt anschaute. »Es gibt einige Anzeichen, die eventuell auf sexuellen Missbrauch hinweisen.«

Theresa Hammond schnappte hörbar nach Luft. Selbst Thomas schien schockiert zu sein.

»Ich bin zu diesem Zeitpunkt noch nicht bereit, zu behaupten, dass sexuelle Übergriffe tatsächlich stattgefunden haben«, stellte die Ärztin klar, »aber ich würde es nicht riskieren, die Kinder wieder einem solchen Umfeld auszusetzen.«

»Wie begründen Sie Ihren Verdacht?«, wollte Silverman wissen. Er hatte sich vorgelehnt, tiefe Furchen der Besorgnis zeichneten sich in seinem Gesicht ab.

»Der kleine Junge, John Paul, sagte, dass sein Vater oft mitten in der Nacht zu ihm ins Zimmer kommt und sich mit ihm ins Bett legt. Das hat mich zum ersten Mal aufhorchen lassen. Ich bemerkte, dass der junge Mann sehr nervös und eingeschüchtert wirkte, als er versuchte, das Thema anzusprechen, also gab ich ihm ein paar anatomisch korrekt geformte Puppen zum Spielen. Euer Ehren, er beschrieb Handlungen, die ich immer wieder von Kindern gewalttätiger Eltern erzählt bekomme. Die größeren Puppen, die Eltern also, kämpfen mit den kleineren Puppen und tun ihnen weh, und so weiter.«

»Hat er irgendwelche sexuellen Handlungen beschrieben?«, fragte Silverman skeptisch.

»Zu diesem Zeitpunkt noch nicht«, erklärte die Zeugin. »Aber es ist durchaus nicht ungewöhnlich, dass Kinder solche Informationen zurückhalten, selbst beim Spiel mit stellvertretenden Puppen, und sich erst sehr viel später im Therapieverlauf öffnen. Ich muss zuerst die Vertrauensbasis zu dem Kind festigen. Darum habe ich gesagt, dass ich besorgt bin; aber das ist keine endgültige Einschätzung.«

Silverman lehnte sich in seinen Stuhl zurück und ließ seinen Blick über die hintere Wand wandern. »Nun gut«, sagte er schließlich. »Gibt es sonst noch etwas?«

»Eine weitere Frage«, meldete sich die Königskobra zu Wort. »Frau Doktor, glauben Sie, dass es negative Auswirkungen auf dieses Verfahren haben könnte, wenn die Kinder in der Obhut ihrer Mutter bleiben?«

»O ja, das ist ein großes Problem. Sehen Sie, der Mutter das Sorgerecht für den Verlauf des Verfahrens zu überlassen, wäre in zweierlei Hinsicht eine schlechte Entscheidung. Erstens ist es nach meinem Wissensstand so, dass Theresa Hammond ab jetzt Vollzeit arbeiten muss, um für den Lebensunterhalt zu sorgen, solange ihr Mann im Gefängnis sitzt. Wenn man ihr also das Sorgerecht überließe, würde das nur bedeuten, die Kinder ab Beginn der Sommerferien in die Obhut einer Kindertagesstätte zu geben. Und zweitens mache ich mir Sorgen, welche Auswirkungen das auf die Zeugenaussagen der Kinder hätte. Theresa Hammond ist auch nur ein Mensch. Wenn die Kinder während des laufenden Verfahrens bei ihr wohnen, werden die Umstände von Joshuas Tod, so wie die Mutter sich an diese erinnert, einen Einfluss auf Tiger und Stinky haben. Außerdem besteht die Gefahr, dass die Mutter die eigenen Erinnerungen von John Paul und Hannah auf subtile Weise manipuliert. Das ist unumgänglich. Ich behaupte nicht, dass Mrs Hammond es mit Absicht tun würde, ich sage nur, dass so etwas nicht ausbleibt.«

»Vielen Dank, Dr. Byrd, das war alles von meiner Seite. Bitte beantworten Sie jetzt alle Fragen, die Mr Pursifull an Sie richten möchte.«

»Im Moment habe ich keine Fragen an die Zeugin, Euer Ehren«, sagte Harry, ohne aufzustehen. Er lehnte sich zu Thomas Hammond hinüber und flüsterte ihm ins Ohr. Nikki rutschte auf ihrem Sitz vor, um mitzubekommen, was er sagte.

»Ihre Aussage war gar nicht so schlecht«, gab Harry an. »Bei einer so blitzgescheiten Zeugin ist es manchmal besser, auf das Kreuzverhör zu verzichten, sonst macht man es nur schlimmer.«

Thomas Hammond blieb stumm.

»Hat die Verteidigung noch irgendwelche Zeugen aufzurufen?«, wollte Silverman mehr flehentlich als fragend wissen.

Zumindest brachte Harry diesmal die Energie auf, sich zu erheben. »Im Moment nicht, Euer Ehren«, sagte er souverän.

»In Ordnung«, seufzte Silverman, »wenn wir jetzt alle Aussagen gehört haben, möchte ich die Anwälte der Reihe nach bitten, ihre Argumente vorzutragen. Ms Crawford, warum fangen wir nicht mit Ihnen an?«

In den folgenden zwanzig Minuten präsentierte die Königskobra eine wortgewaltige Argumentationskette. Nikki kochte innerlich, als sie all die verzerrten Darstellungen, Halbwahrheiten und Übertreibungen hörte, mit denen die Königskobra um sich warf. Und mitten in dieser mitreißenden Ansprache, während Harry Pursifull schweigend neben ihr saß und ihr Blut vor Wut über die Scheinheiligkeit und die Manipulationen dieser Frau zu brodeln begann, traf Nikki eine Entscheidung. Sie würde diesen Fall ab jetzt *höchstpersönlich* in die Hand nehmen. Nikki würde die Kinder bei sich aufnehmen, diese kleinen Monster, die ihr Herz gestohlen hatten. Als Nächstes wollte sie den Eltern einen Anwalt besorgen, einen *richtigen* Anwalt, der der Königskobra ordentlich zusetzen konnte. Am liebsten hätte sie ihren Chef Brad Carson mit der Verteidigung dieses Falls beauftragt, doch sie wusste, dass er damit beschäftigt war, sehr lukrative Personenschadensfälle zu verhandeln, und daher keine Zeit hatte. Doch Nikki hatte noch weitere Ideen. Auf ehrenamtlicher Basis würde sie in ihrer Freizeit ihre eigenen Nachforschungen zu dem Fall anstellen, um die Verteidigung mit wertvollen Informationen zu versorgen.

Nachdem Richter Silverman die Argumente beider Anwälte gehört hatte, entschied er, dass die Kinder für den Zeitraum der laufenden Verhandlung nicht mehr in die Obhut ihrer Eltern zurückgegeben würden. Er erklärte, dass ihm angesichts der vorgelegten Beweise keine große Wahl bliebe. Doch Nikki war entschlossen, dass die Kinder nicht in einer Pflegefamilie enden sollten. Daher überraschte sie alle Anwesenden, sich selbst eingeschlossen, mit dem Angebot, sie bis zum Abschluss der Verhandlung bei sich aufzunehmen.

Silverman starrte sie einen Moment lang an, als wäre er von ihrem Vorschlag überrascht, auch wenn Nikki sich ziemlich sicher war, dass er damit gerechnet hatte. Sein Ausdruck wandelte sich langsam, als er sich an die Königskobra wandte.

»Mrs Crawford«, sagte er, »würde es Ihnen etwas ausmachen, wenn ich Dr. Byrd erneut in den Zeugenstand rufe, um ihr selbst einige Fragen zu stellen?«

»Nein, Euer Ehren«, antwortete die Königskobra misstrauisch. Ihr Tonfall und ihr Gesichtsausdruck ließen es mehr wie eine Frage als eine Antwort wirken.

Silverman gab vor, es nicht zu bemerken, und konzentrierte sich auf eine sichtlich nervöse Dr. Byrd, die zögerlich im Zeugenstand Platz nahm.

»Ist es richtig zu sagen, dass jeder Wechsel in der Betreuung eine traumatische Erfahrung für die Kinder darstellt?«, wollte der Richter wissen.

Die Zeugin rutschte nervös auf ihrem Stuhl herum. »Ja, Sir.«

»Und dass es besonders schädlich für die Psyche eines Kindes sein kann, wenn dieser Wechsel in einer Zeit vollzogen wird, in der es bereits anderen traumatischen Ereignissen ausgesetzt ist – wie der Inhaftierung des Vaters?«

»Ja, auch das ist richtig.«

»Und hegen Sie aufgrund Ihrer Besuche bei den Kindern irgendwelche Befürchtungen, dass Ms Moreno, die momentan die Vormundschaft über John Paul und Hannah hat, sich nicht ausreichend um die Kinder kümmert oder sie hinsichtlich ihrer Aussagen, was diesen Fall betrifft, beeinflussen könnte?«

Wieder rutschte die Zeugin auf ihrem Stuhl herum; es schien, als könne sie keine bequeme Position finden. Sie warf der Königskobra einen hilfesuchenden Blick zu. Reflexhaft stand Crawford auf, um Einspruch zu erheben, bevor ihr einfiel, dass die Fragen vom Richter gestellt wurden und nicht von der gegnerischen Partei. Genauso schnell wie sie aufgesprungen war, setzte sich die Königskobra wieder.

»Ich habe Ms Moreno noch nicht befragt. Doch ich habe keine Veranlassung zu glauben, dass sie für den Zeitraum des Verfahrens nicht eine hervorragende Betreuerin abgeben würde. Nichtsdestotrotz möchte ich anmerken, dass im Fall einer Verurteilung der Eltern die Kinder erneut gezwungen wären, die Betreuungsperson zu wechseln, was ihnen in ihrem jungen Alter besonders schwerfallen würde.«

Dieser unaufgeforderte Beitrag brachte ihr einen bösen Blick von Richter Silverman ein. »Wir sollten uns mit diesem Problem befassen, wenn es auftritt, und bis dahin im Zweifelsfall von der Unschuld der Eltern ausgehen.«

»In Ordnung«, erwiderte die gemaßregelte Ärztin.

»Basierend auf der Aussage der von der Staatsanwältin aufgerufenen Expertin«, verkündete Silverman, »ordne ich an, dass die Kinder bis zum Abschluss der Verhandlung in die Obhut von Ms Nikki Moreno gegeben werden.« Silverman wandte sich der Zeugin zu. »Vielen Dank, Doktor.«

Dr. Byrd schlich vom Zeugenstand herunter und nahm wieder neben der Königskobra Platz. Crawford würdigte sie keines Blickes.

»Nun, verehrte Anwälte, dann lassen Sie uns mal einen Termin für die Vorverhandlung und den Prozess festlegen.«

Erneut sprang die Königskobra auf. Offensichtlich wollte sie den Eindruck erwecken, ganz erpicht darauf zu sein, den Fall sofort zur Verhandlung zu bringen. Insgeheim wiegte sie sich aber in der zufriedenen Gewissheit, dass Harry sie bis lange nach den Herbstwahlen hinhalten würde. »Die Staatsanwaltschaft ist bereit, den Fall zum erstmöglichen Termin zu verhandeln.«

Dieses Mal schoss Harry wie eine Rakete aus seinem Sitz hoch. »Nicht so schnell«, rief er. »Wir müssen noch Zeugenaussagen vorbereiten, Nachforschungen anstellen, so was eben. Dafür brauchen wir ...« Harry zog einen Taschenkalender aus seinem Jackett. Diesen studierte er eindringlich, verzog ein paar Mal das Gesicht und stieß grunzende Laute aus, als könne er sich nicht entscheiden, welche wichtigen Fälle sich zugunsten von diesem hier verschieben ließen. »Mindestens sechs Monate.«

»Was!« Der Ausruf kam von Harrys eigenem Mandanten, dem stoischen Thomas Hammond, der den ganzen Morgen kein einziges Wort geäußert hatte. Er sprach Nikki aus der Seele.

»Vielleicht sollten Sie sich mit Ihrem Mandanten beraten«, schlug Silverman vor.

Nikki beobachtete amüsiert das hitzige Wortgefecht, das im Flüsterton zwischen dem Anwalt und seinen Mandanten entbrannte. Das leise Geflüster wurde immer lauter, und irgendwann verschränkte Thomas die Arme vor der Brust. Schließlich erhob sich Harry wieder zögerlich und gab ihren Entschluss bekannt.

»Wir fordern den nächstmöglichen Termin für die Vorverhandlung und danach den nächstmöglichen Termin für die Hauptverhandlung«, erklärte er.

Auf allen Seiten wurden Terminkalender gezückt, und die Diskussion zwischen Gericht, Staatsanwaltschaft und Verteidigung über einen geeigneten Termin nahm ihren Lauf. Gerade angesichts der anwesenden Presse war die Königskobra nicht bereit, von ihrem Antrag abzuweichen, und da Thomas aufmerksam jedes Wort verfolgte, blieb Harry keine andere Wahl. Als Richter Silverman die Vorverhandlung für den kommenden Mittwoch ansetzte und das Hauptverfahren genau drei Wochen später, erhob keiner der beiden Anwälte Einspruch.

Dieser Zeitplan ist Gift für meinen Bräunefaktor, dachte Nikki, als sie sich bereit machte, den Kindern die Neuigkeiten zu überbringen.

✳ ✳ ✳

Nach der Anhörung trat Rebecca Crawford hinaus auf die Treppen vor dem Gericht, warf den Kopf zurück und stellte sich selbstbewusst den Kameras. Siegessicher prophezeite sie die Verurteilung der beiden verantwortungslosen Eltern. Dabei war dies kein Fall, der ihr Freude bereitete, versicherte sie der Presse gegenüber, doch irgendjemand musste für die Rechte des toten Kindes eintreten.

»Lassen Sie uns nicht vergessen«, sprachen die vollen roten Lippen der Königskobra, »dass ein unschuldiges Kind sterben musste. Und das Schlimmste daran ist, dass dieser Tod hätte vermieden werden können. Der kleine Joshua hat nicht darum gebeten, in eine Familie geboren zu werden, in der seine Eltern ihn eher an den Folgen eines geplatzten Blinddarmes sterben ließen, als ihm eine medizinische Behandlung zukommen zu lassen, die ihn mit Sicherheit geheilt hätte. Der kleine Joshua hat sich nicht für einen Glauben entschieden, der ihm das Recht auf Leben versagen würde. Jemand muss die Stimme für Joshua erheben. Alles dreht sich nur um diese Eltern und ihre Rechte als Eltern. Aber meine Aufgabe ist es, die Interessen von Joshua zu vertreten, dem nie eine Chance gegeben wurde, und damit auch die Interessen der vielen anderen kleinen Joshuas in unserem Land.«

Die Königskobra hielt inne und erinnerte sich daran, dass man es nur mit kernigen Sprüchen und nicht mit langen Reden in die Abendnachrichten schaffte.

»Was für Eltern sitzen tatenlos daneben, während ihr Kind langsam und qualvoll verendet, ohne ihm medizinische Hilfe zu besorgen? Wir haben in unserer Rechtsprechung ein Wort für ein solches Verhalten. Es lautet: *Mord.*«

Sie hielt kurz inne und starrte, um den dramatischen Effekt noch zu verstärken, direkt in die Kamera. Dann marschierte sie geradewegs die Treppen hinunter und steuerte auf das Büro der Staatsanwaltschaft zu, das auf der anderen Seite der Anlage lag. Selbstbewusst schlenderte sie im Gang eines Revolverhelden-Sheriffs davon. Insgeheim hoffte sie, dass es heute keine anderen aufregenden Nachrichten gab und einige der örtlichen Fernsehsender die Einstellung erst ausblenden würden, wenn sie im Sonnenuntergang verschwunden war.

✳ ✳ ✳

Tatsächlich herrschte an diesem Tag in den Nachrichtenredaktionen Saure-Gurken-Zeit. Ein weiterer schwerer Tag im Leben von Erica Armistead. Noch brachte sie den Mut nicht auf, ihren Mann mit dem zu konfrontieren, was sie am Samstagabend gesehen hatte. Bis zu diesem Abend war es relativ leicht gewesen, getrennte Leben zu leben – die offensichtliche und schmerzvolle Wahrheit zu verdrängen, dass ihre Ehe nur noch eine Farce war. Doch diese Lüge konnte sie nun nicht länger leben.

Ihre Wut hatte sich in bittere Enttäuschung verwandelt. Sie würde ihn zur Rede stellen und hoffte, dass er sich entschuldigte. Sie war bereit zu vergeben, bereit, alles zu ändern, damit es zwischen ihnen wieder funktionierte, doch dafür musste er sein Fehlverhalten zuerst zugeben. Sie wollte einfach nur ihren Mann zurückhaben, ihre Ehe neu angehen.

Doch vier Tage später hatte sie weder die Kraft aufgebracht noch den richtigen Zeitpunkt gefunden, das Thema anzusprechen. Vielleicht war es ihre Angst oder sogar die Vorahnung, dass es ihm egal sein würde. Vielleicht sagte ihr eine Stimme tief in ihrem Inneren, dass es bereits zu spät war, dass der letzte Faden, der ihre Leben miteinander verbunden hatte, bereits gekappt war. *Was mache ich, wenn er einfach mit den Schultern zuckt, sich umdreht und geht? Wie soll ich weiterleben und diese Krankheit, die mich zerfrisst, bekämpfen ohne ihn an meiner Seite?*

Sie wurde noch lethargischer und lustloser. Der Tremor war schlimmer denn je. Sie verbrachte ihre Tage vor dem Fernseher oder lesend und verlor sich in den Lebensgeschichten anderer.

Es war nur ein kurzer Beitrag in den Lokalnachrichten, der erst fünfzehn Minuten nach Beginn der Sendung ausgestrahlt wurde. Es ging um Eltern, die es versäumt hatten, medizinische Hilfe für ihr Kind in Anspruch zu nehmen, und um ihren kleinen Jungen, der später gestorben war. Aber es war nicht die Geschichte, die Ericas Aufmerksamkeit erregte, sondern die junge Frau, die auf den Treppen vor dem Gericht über den Fall sprach. Dasselbe nüchterne und arrogante Gesicht, das Erica am Samstagabend in der Bar gesehen hatte. Dasselbe Haar. Dieselben Augen. Dasselbe kantige Profil. Dieselben vollen roten Lippen.

Als hätte der Sendeleiter Ericas Gedanken gelesen, leuchtete auf dem Bildschirm eine Bildunterschrift auf: »Stellvertretende Staatsanwältin Rebecca Crawford«. Sofort stellte Rebecca den Ton lauter, um die letzten Bemerkungen der Frau über den Fall mitzubekommen. Dann sah sie gebannt zu, während der Nachrichtensprecher die Termine für die Verhandlung bekannt gab und die Kamera zeigte, wie die Frau selbstsicher die Treppen hinunterschritt.

In genau diesem Moment fand Erica den Mut, der ihr vier Tage lang versagt gewesen war. Ihr Mann war auf der Arbeit – das hatte er zumindest behauptet –, aber er war nicht länger das Ziel ihres Zorns. Sie würde ihn später zur Rede stellen, aber mit ihm würde sie nicht den Anfang machen. *Wie gewissenlos muss eine Frau sein, um einer Parkinsonkranken den Mann zu stehlen?*

Morgen, schwor sich Erica, würde sie ein paar Antworten einfordern. Sie würde sich herausputzen, direkt ins Büro der Staatsanwaltschaft marschieren und diese Rebecca Crawford zur Rede stellen. Sie würde eine Erklärung von ihr verlangen, und die würde sie auch bekommen. Dann würde sie fordern, dass dieser Vamp ihren Mann in Ruhe ließ, da sie sonst mit der Geschichte an die Öffentlichkeit ginge. Skandal im Büro der Staatsanwaltschaft und in der High Society von Chesapeake.

Und Erica würde Ernst machen, versprach sie sich, weil sie nichts zu verlieren hatte. Heute Nacht würde sie gut schlafen. Und morgen zuschlagen.

30

Für Nikki Moreno war es bereits ein arbeitsreicher Morgen gewesen, obwohl es noch nicht einmal 10.00 Uhr war. Sie hatte die Kinder zur Schule gefahren, wobei sie Tigers übliche Proteste über die neuesten Leiden, denen sein Körper anheimgefallen war, geflissentlich ignorierte. Nach Schulschluss würde Tiger geheilt sein und sich – bis zum nächsten Morgen, an dem er von einer neuen Krankheit heimgesucht wurde – nicht mehr beklagen.

Nikki hatte den Trick mit den Chocolate-Chip-Pfannkuchen schon nach dem ersten Frühstück an den Nagel gehängt. Er war mit zu viel Sauerei verbunden und außerdem zeitaufwendig. Jetzt arbeitete sie nur noch mit Drohungen und Befehlen: »Du *wirst* zur Schule gehen, Tiger«, »Mir ist egal, ob du nicht gut fühlst, Tiger«, »Wenn du erst mal da bist, geht's dir besser,

Tiger.« Bis jetzt hatte sie ihn noch nie zum Auto zerren müssen – die Drohungen zeigten Wirkung –, doch wenn es sein musste, würde sie ihn auch tragen.

Langsam wurde der morgendliche Ablauf zur nervlichen Zerreißprobe, doch nach dieser Woche fingen die Sommerferien an. Sie fragte sich, ob Tiger von den gleichen Krankheiten befallen werden würde, wenn es Zeit war, in die Kindertagesstätte zu gehen.

Die Chocolate-Chip-Pfannkuchen wurden durch Müsliriegel für Nikki und Pop-Tarts für die Kinder ersetzt. Bettenmachen und Geschirrspülen waren ein Luxus, für den keine Zeit blieb. Die schmutzige Wäsche wurde komplett ignoriert. Den Kindern schien das nichts auszumachen, und wenn doch, beklagten sie sich zumindest nicht.

Sie fragte sich, wie ihr Vater das nur hinbekommen hatte – sie großzuziehen, obwohl er Vollzeit arbeitete. Niemals zuvor war ihr bewusst gewesen, wie erschöpft er jeden Tag gewesen sein musste von der endlosen Aufgabenliste von Aufgaben, die nie vollständig abgehakt war.

Die Kinder hatten die Neuigkeit am Abend zuvor ziemlich gut aufgenommen, aber Nikki gab sich auch Mühe, sie ihnen schonend beizubringen. »In drei Wochen dürfen wir dem Gericht endlich erzählen, wie es wirklich war«, versprach sie. »In drei Wochen können wir euren Daddy aus dem Gefängnis holen, und ihr könnt wieder bei eurer Mommy und eurem Daddy wohnen. Bis dahin müsst ihr mit mir vorliebnehmen.« Stinky und Tiger hörten einfach nur mit großen Augen und kopfnickend zu. Nikki fiel jedoch auf, dass Stinky sich in der letzten Nacht noch enger als sonst an sie gekuschelt hatte, und Tiger noch unruhiger schlief. Alles in allem schienen die Kinder aber ziemlich hart im Nehmen zu sein.

Nachdem sie die beiden in der Schule abgesetzt hatte, fuhr sie in der Smith-Kanzlei vorbei und holte sich Dr. Armisteads eidesstattliche Aussage bei dem Kunstfehlerfall ab. Sie nahm die Aussage mit ins Auto und las sie komplett durch, bevor sie vom Parkplatz fuhr. Die Lektüre war vielversprechend.

Armistead hatte eine falsche Entscheidung getroffen. Ein kleines Kind war in der Notaufnahme des Tidewater General mit klassischen Anzeichen einer Bluterkrankung vorstellig geworden: Fieber und Erbrechen, regelmäßiges Zahnfleischbluten und getrocknetes Blut in der Nase. Das kleine Mädchen hätte wahrscheinlich an einen Hämatologen des Norfolk Children's Hospital überwiesen werden sollen. Stattdessen verschrieb ihr Armistead, der die Symptome fehlinterpretierte, Antibiotika und schickte sie wieder nach Hause. Zwei Tage später erschien die Mutter erneut mit dem fiebernden lethargischen Kind in der Notaufnahme, doch es war zu spät. Obwohl Dr. Armistead und seine Kollegen am Tidewater General alles Menschenmögliche taten, um das Kind zu retten, starb es ein paar Stunden nach seiner Aufnahme auf dem Weg ins Kinderkrankenhaus von Norfolk. Die Autopsie ergab, dass das kleine Mädchen an einer Infektion gestorben war, die durch eine akute lymphatische Leukämie ausgelöst wurde. Diese Infektion hätte schon bei der ersten Aufnahme diagnostiziert werden und aller Wahrscheinlichkeit nach auch erfolgreich behandelt werden können.

Noch mehr als Armisteads schlechtes Urteilsvermögen faszinierte Nikki Smith' Verteidigungsstrategie. Statt sich damit zufriedenzugeben, die Fakten als einfachen Fall von ärztlicher Fahrlässigkeit zu werten, hatte sich Smith entschlossen, sie in einem viel düsteren Licht darzustellen. Im Rahmen der eidesstattlichen Aussage grub er tief in Armisteads Vergangenheit herum. Smith fand heraus, dass Armistead sich zweimal für die angesehene Facharztausbildung am Kinderkrankenhaus von Norfolk beworben hatte – und zweimal abgelehnt worden war. Smith' Meinung nach erklärte allein diese Tatsache, warum Armistead das Kind bei seinem ersten Besuch in der Notaufnahme nicht für weitere Tests an das Kinderkrankenhaus überwiesen hatte. Es erklärte außerdem, warum das Mädchen von ihm trotz seines kritischen Zustands bei seinem zweiten Besuch nicht sofort nach Norfolk geschickt wurde. All die Jahre über hegte Armistead einen Groll gegen das Kinderkrankenhaus von Norfolk, weil sie ihm als jungen Arzt eine Abfuhr erteilt hatten. Und dafür hatte dieses Kind, eine Schachfigur auf seinem Spielbrett, mit seinem Leben bezahlt.

Nikki war von dieser Vorgehensweise begeistert. Sie verlieh diesem sonst eher faden Kunstfehlerfall das gewisse Etwas. Zumindest hatten sie so etwas in der Hand, um die Glaubwürdigkeit des Hauptzeugen der Staatsanwaltschaft infrage zu stellen. Gleichzeitig würden die Geschworenen so zu hören bekommen, dass Joshua Hammond nicht das erste Kind gewesen war, das unter Dr. Armisteads Aufsicht starb. Es war äußerst wichtig, den Geschworenen einen anderen Schuldigen als die Eltern zu präsentieren. Nikki war davon überzeugt, gerade auf den richtigen Kandidaten gestoßen zu sein.

Als sie vom Parkplatz fuhr, dachte das Superhirn im Auftrag der Verteidigung über ihre frisch gewonnene Theorie nach. Es *könnte* funktionieren, entschied sie schließlich. Damit ließen sich *vielleicht* berechtigte Zweifel säen. Was sie jetzt noch brauchte, war ein Anwalt, der die Sache über die Bühne bringen konnte.

Da es sich bei dem Angeklagten um einen hinterwäldlerischen, bibeltreuen Arbeiter handelte, würde er vielleicht Sympathiepunkte von den Geschworenen bekommen, die Bauern aus dem südlichen Teil der Stadt oder selbst Arbeiter waren. Doch bei den Liberalen und den Minderheiten würde Thomas Hammond eiskalt abblitzen. Um diese Leute für sich zu gewinnen, musste Nikki einen Anwalt mit etwas mehr Farbe ins Spiel bringen.

Diese Aufgabe würde sie bei ihrem nächsten Stopp in Angriff nehmen.

* * *

Die Rechtsfakultät war Teil des eleganten und weitläufigen Campus der Regent University, der mitten im Herzen von Virginia Beach lag. Die großen Backsteingebäude der Anlage waren im Stil des Colonial Williamsburg erbaut worden und wurden durch sehr weitläufige, perfekt manikürte Rasenflächen getrennt.

Der Auftrag der Juristischen Fakultät lautete, christliche Juristen auszubilden, damit sie Einfluss auf die Welt nehmen konnten. Diese einzigartige Mission machte es der Schule schwer, landesweite Anerkennung zu bekommen. Doch die wissenschaftliche Reputation der Professoren und das Qualitätsniveau der Studenten standen denen der angeseheneren nationalen Elite-Institutionen in nichts nach.

Nikki hatte nur wenig Zeit auf dem Campus der Regent Law School verbracht. Ihr war die Schule zu spießig und offen gesagt nicht ganz geheuer gewesen. Sie stand auf der anderen Seite des politischen und religiösen Spektrums, das hier vertreten war. In ihren Augen waren das alles Fanatiker, auch wenn sie zugegebenermaßen einige der Absolventen, die sie hier kennengelernt hatte, tatsächlich mochte.

Doch in letzter Zeit hatte sie viele seltsame Dinge getan, die komplett untypisch für sie waren. Also lief sie nun Stinky und Tiger zuliebe die Gänge der wunderschönen und prunkvollen Rechtsfakultät entlang und gab sich als interessierte Anwärterin aus (zumindest behauptete sie das dem Wachmann an der Tür gegenüber), um dem Seminar über Verfassungsrecht von Professor Charles Arnold beizuwohnen.

Sie fand den Raum 104 und sah auf die Uhr. 11.05 Uhr. Sie war nur fünf Minuten zu spät und sich ziemlich sicher, dass die Seminare heutzutage sowieso nicht mehr pünktlich anfingen. Besonders wenn es sich um einen Sommerkurs handelte. Also griff sie beherzt nach der Türklinke, riss die Tür auf und schlenderte in den Seminarraum.

Fünfunddreißig Köpfe von Jurastudenten wirbelten herum und starrten sie an.

Unglücklicherweise befand sich die Tür, durch die sie gerade eingetreten war, ganz vorne im Raum, und die Sitzreihen der Studenten bildeten eine stadionähnliche Tribüne, sodass nun alle auf sie herabblickten. Nikki spürte, wie sie rot wurde, und entschloss sich dann, wie üblich, in die Offensive zu gehen. Sie dachte sich, dass sie sowieso mehr über den Rechtsanwaltsberuf wusste als all diese ganzen Möchtegern-Anwälte, die noch grün hinter den Ohren waren, zusammen. Wahrscheinlich sogar mehr als der Mann, der gerade als ihr Professor dozierte.

»Sind Sie Professor Arnold?«, fragte sie zuckersüß.

»Ja. Und Sie sind?« Sein Blick verriet ihr, dass er sich an sie erinnerte, schließlich waren sie sich erst letzte Woche vor Gericht begegnet. Das überraschte sie auch nicht; den meisten Leuten blieb es im Gedächtnis, wenn sie Nikki Moreno getroffen hatten.

»Ich bin Nikki Moreno. Ich wollte mir die Schule nur mal ansehen, weil ich in Erwägung ziehe, Anwältin zu werden.« Sie ging auf Professor Arnold zu und reichte ihm die Hand.

Er schüttelte sie. »Schön, Sie kennenzulernen. Nehmen Sie Platz. Eigentlich hat der Kurs bereits vor fünf Minuten begonnen.«

»Oh, Entschuldigung.«

Nikki stieg die Treppe zur hintersten Reihe hoch, während sie zufrieden feststellte, dass ihr dabei die Blicke mehrerer männlicher Studenten folgten. Sie ließ sich in einen Sitz fallen, stützte mit einem schiefen Lächeln das Kinn in die Hand und schenkte Professor Arnold ihren verführerischsten Blick.

Er war im Vortrags-Modus und sah in seinen ausgewaschenen Jeans und dem Polohemd lässig-elegant aus – ein schöner Kontrast zu dem teuren Anzug vor Gericht, an den sich Nikki erinnerte. Während er sprach, lief er ständig auf und ab, wobei er seinen Blick stets auf die Studenten gerichtet hielt.

»Um Sie auf den Stand der Dinge zu bringen, Ms Moreno, wir waren gerade dabei, ein mögliches Kursprojekt zu besprechen. Dabei geht es um eine Strafsache, derer ich mich angenommen habe. Ein junger afroamerikanischer Mann namens Buster Jackson wurde kürzlich von der Polizei von Virginia Beach angehalten und wegen Verkaufs von Kokain festgenommen. Die Umstände der Verhaftung ließen in mir den Verdacht aufkommen, dass die Verkehrskontrolle rassisch motiviert war.« Professor Arnold blieb kurz stehen und kratzte sich am Kinn.

»Gerade bevor Sie, ähm, hereingekommen sind, habe ich nach Freiwilligen gefragt, die bereit wären, an einer Art Laborprojekt teilzunehmen. Eben haben wir den vierten Verfassungszusatz studiert, der Durchsuchungen und Festnahmen ohne begründeten Verdacht verbietet. Wenn die Verkehrskontrolle, die zu Busters Verhaftung führte, aufgrund rassistischer Vorurteile durchgeführt wurde, würde dies gegen den vierten Zusatzartikel verstoßen. Als sein Anwalt ist es meine Aufgabe, alle Beweismittel, die auf illegale Weise beschlagnahmt wurden, für nicht zulässig erklären zu lassen. Doch für einen Antrag auf Nichtzulassung brauche ich einen statistischen Beweis. Gerade habe ich gefragt, ob es irgendwelche Freiwilligen gibt, die bereit wären, mich bei diesem Projekt zu unterstützen, auch auf die Gefahr hin, ihr Führerscheinzeugnis zu gefährden und eventuell bei der Anhörung aussagen zu müssen.«

Nikki nickte, ohne den Blick von dem Professor zu wenden.

Dieses Ausmaß an Einsatz, selbst für einen Gauner wie Buster Jackson, bestätigte ihr nur, dass Charles Arnold der richtige Mann für den Hammond-Fall war.

»Wenn nun bitte alle aufzeigen würden, die an einer Mitarbeit interessiert sind. Ich werde gleich eine Anmeldeliste herumgehen lassen, wollte mir aber zuerst ein Bild machen von ...«

Überall im Raum schossen Hände in die Luft. Nikki stellte fest, dass sich alle der fünf afroamerikanischen und auch einige hispanische Studenten meldeten. Von den weißen Studenten zeigte ungefähr die Hälfte nach oben. Nikki vermutete, dass einige insgeheim hofften, ihr Professor würde den Fall verlieren.

»Vielen Dank«, sagte der Professor. »Damit haben wir mehr als genug

Freiwillige. Jetzt wollen wir uns dem Fall *United States vs. Cromwell* auf Seite 409 in Ihren Büchern widmen.«

Während alle anderen in ihren Büchern blätterten, entschied sich Nikki, aktiv zu werden. Sie riss die Hand hoch, was der Professor aber anscheinend übersah. Daraufhin räusperte sie sich geräuschvoll, worauf sich einige Studenten mit tadelnden Blicken zu ihr umdrehten. Professor Arnold tat sein Bestes, sie zu ignorieren, gab aber schließlich nach.

»Ms Moreno?«

»Ja, ähm, dieses verfassungsrechtliche Zeug ist Neuland für mich. Aber ich habe mich gefragt, ob Sie diesen Buster für schuldig halten. Ich meine, glauben Sie nicht, dass er wirklich Drogen verkauft hat?«

Überall im Raum wurden die Augen verdreht. Hier saßen fortgeschrittene Jurastudenten, die danach lechzten, knallharte Anwälte zu werden. Den Luxus, sich über Fragen von Schuld oder Unschuld den Kopf zu zerbrechen, konnten sie sich nicht leisten.

»Das ist eine sehr gute Frage, mit der sich schon viele von uns irgendwann einmal beschäftigt haben«, erklärte der Professor geduldig. »Doch schlussendlich ist es nicht die Aufgabe von uns als Strafverteidiger, die Antwort darauf zu finden. Wir sollen lediglich mit ganzer Kraft für die Rechte des Angeklagten eintreten. Das ist unser Job. Und Teil dieses Jobs ist es, sicherzustellen, dass die verfassungsrechtlichen Bestimmungen eingehalten werden. Wenn Sie darüber nachdenken, Strafverteidigerin zu werden, Ms Moreno, dann müssen Sie davon überzeugt sein, dass es besser ist, wenn ein schuldiger Mann freikommt, als wenn ein unschuldiger ins Gefängnis geht. Wenn Sie mit diesem Gedanken nicht zurechtkommen, sollten Sie vielleicht zur Staatsanwaltschaft gehen.«

Damit wandte er sich wieder dem Lehrbuch zu, um zu signalisieren, dass er nun mit dem Unterricht fortfahren wollte. Dieses Mal machte sich Nikki nicht mal die Mühe, die Hand zu heben. »Sie wollen also damit sagen, Charles ...« - er warf ihr einen strengen Blick zu - »Entschuldigung, ich meinte natürlich Professor Arnold, dass ein guter Strafverteidiger auch bereit sein muss, Fälle anzunehmen, mit denen er sich in der Öffentlichkeit unbeliebt machen könnte?«

»So ist es«, sagte der Professor.

»Selbst wenn er den Angeklagten unsympathisch findet?«

»Ja, *ganz besonders*, wenn man den Angeklagten unsympathisch findet, *besonders* wenn ein übergeordnetes verfassungsrechtliches Prinzip auf dem Spiel steht.«

»Dann lassen Sie mich Ihnen kurz eine rein hypothetische Situation schildern«, sagte Nikki, das Seufzen des Professors einfach ignorierend, »nur um sicherzugehen, dass ich das auch richtig verstehe. Nehmen wir an, dass es da diesen bibeltreuen weißen Hinterwäldler gibt, den Sie persönlich nicht leiden können. Allerdings sind Sie sich ziemlich sicher, dass er aus politischen Gründen strafrechtlich verfolgt wird. Nehmen wir weiterhin an, dass es eine stellvertretende Staatsanwältin gibt, die im November wahrscheinlich für das Amt des Generalstaatsanwalts kandidieren will. Diese entschließt sich, den Mann vor Gericht zu stellen, nur weil er es versäumt hat, seinen Sohn in die Notaufnahme zu bringen, als er krank wurde. Gehen wir außerdem davon aus, dass der Mann streng religiöse Überzeugungen vertritt, die es ihm verbieten, medizinische Hilfe in Anspruch zu nehmen. Daraus würde folgen, dass hier ein wichtiges verfassungsrechtliches Prinzip verletzt wird, nämlich das Recht auf religiöse Freiheit. Angenommen der hypothetische Hinterwäldler würde Sie bitten, sein Anwalt zu sein ...« Sie hielt inne, um mit Nachdruck fortzufahren – mittlerweile hatten sich alle Studenten zu ihr umgedreht, wobei manche mit dem Kopf schüttelten: »... würden Sie den Fall übernehmen?«

Charles schüttelte grinsend den Kopf. »Da haben wir es aber mit einer wirklich ausgeklügelten Hypothese zu tun, Ms Moreno. Und meine hypothetische Antwort lautet folgendermaßen: Ein guter Anwalt zu sein, bedeutet auch, zu wissen, dass man sich nicht persönlich um jeden Fall kümmern kann. Man muss darauf vertrauen, dass unser Rechtssystem in den meisten Fällen für Gerechtigkeit sorgt. Es bleibt einem nur, sich die Fälle herauszusuchen, bei denen man am meisten bewirken kann. In dem von Ihnen genannten Szenario würde ich, rein hypothetisch natürlich, davon ausgehen, dass unser Angeklagte einen Pflichtverteidiger zur Seite gestellt bekommt, der die richtigen Argumente vorbringt, um sicherzustellen, dass dem Recht Genüge getan wird. Sie können Ihrem hypothetischen Hinterwäldler-Freund also ausrichten, Ms Moreno, dass er auf meine Dienste verzichten muss.«

Der Professor wandte den durchdringenden Blick seiner braunen Augen von Nikki ab und ließ ihn über die Anwesenheitsliste seines Kurses wandern. Sein Finger fuhr die Seite hinunter, während sich im Saal eine angespannte Stille ausbreitete. »Mr Bircham«, sagte er schließlich, »könnten Sie uns bitte die Fakten im Fall *United States vs. Cromwell* erläutern?« Dieses Mal schien das Aufzeigen und laute Räuspern keine Wirkung zu zeigen, also stand Nikki auf und sprach laut genug, um Bircham zu übertönen.

»Aber nehmen wir an, Professor, nur um auf Ihr Argument einzugehen, dass der Pflichtverteidiger vollkommen inkompetent ist und es kaum schafft, während der Verhandlung wachzubleiben. Was dann? Beschützt unsere Verfassung etwa nur farbige Menschen wie Buster Jackson, während Weiße im Gefängnis verrotten und ihre Kinder von Fremden großziehen lassen müssen?«

Bircham hörte auf zu sprechen, als Professor Arnold das schwere Lehrbuch auf dem Podium ablegte, seine Hände in die Taschen stopfte und mit zu Boden gesenktem Blick ein paar Schritte auf die Studenten zuging. Eine Weile verharrte er auf seiner Position und ließ die Stille für sich sprechen. Die Studenten starrten befangen auf ihre Bücher oder Computer.

Dann hob der Professor ganz gezielt seinen Blick und starrte Nikki direkt in die Augen. Der angespannte Ausdruck in seinem Gesicht verriet seinen schwelenden Ärger. Als er schließlich sprach, waren seine Worte leise und gefasst, umgänglich, doch knapp, als müsste er sich sehr beherrschen, um sie nicht anzuschreien.

»In meinem Seminar, Ms Moreno – und bitte merken Sie sich das, dies ist *mein* Seminar –, halten wir uns an gewisse Regeln. Sie sind recht einfach zu verstehen. Eine dieser Regeln lautet, dass Studenten ihre Hand heben, wenn sie eine Frage oder Anmerkung haben, und üblicherweise warten sie, bis ich sie namentlich aufrufe, bevor sie zu sprechen anfangen. Nun könnte es sein, dass Sie in Ihrem Leben noch nicht viel Zeit in Klassenzimmern verbracht haben, oder vielleicht waren die Menschen an Ihrer Schule auch einfach etwas unhöflicher. Das vermag ich nicht zu sagen. Doch eins weiß ich gewiss, gerade jetzt befinden Sie sich in *meinem* Klassenraum und verschwenden *meine* Stunde unter dem Vorwand einer hypothetischen Frage. Wenn Sie auf der Suche nach einem Anwalt sind, schlage ich vor, dass Sie die gelben Seiten zu Rate ziehen. Wenn Sie allerdings etwas über Verfassungsrecht lernen wollen, sind Sie hier richtig. Wenn Sie uns nun entschuldigen wollen, dies ist ein Juraseminar, und wir haben noch zu tun.«

Die Studenten nickten zustimmend, wie Nikki aus dem unteren Rand ihres Blickfeldes erkennen konnte. Dennoch sah sie, ohne zu blinzeln, direkt in Professor Arnolds braune Augen. Sie würde sich nicht einschüchtern lassen. Stattdessen hielt sie seinem durchdringenden Blick stand – der Stahl zum Schmelzen bringen konnte – und erwiderte ihn. Dies mochte sein Terrain sein, doch sie würde *auf keinen Fall* klein beigeben.

»Und wenn es Ihnen nichts ausmacht«, sagte er noch leiser, doch mit mehr Nachdruck und professoraler Autorität, »dann setzen Sie sich bitte hin und heben die Hand, sollten Sie noch weitere Fragen haben.«

Damit drehte er sich um und trat wieder hinter sein Podium. Unwillkürlich und entgegen jeder Absicht nahm Nikki still wieder Platz. Ein paar Studenten drehten sich zu ihr um, und da der Professor ihnen gerade den Rücken zugewandt hatte, nutzte Nikki die Gunst der Stunde, um sie anzufauchen. »*Was guckt ihr so?*«, flüsterte sie drohend.

Den Rest der Stunde benahm sich Nikki und hob noch nicht einmal die Hand, um sich an der Diskussion über die Feinheiten der Gesetzgebung zur Durchsuchung und Beschlagnahme zu beteiligen, die durch den vierten Zusatzartikel bestimmt wurden. Als der Unterricht vorbei war, blieb sie sitzen und wartete ab, bis Professor Arnold die Fragen der anderen Studenten beantwortet hatte, um ihn unter vier Augen sprechen zu können.

Nachdem der letzte Student den Saal verlassen hatte, trat sie vor. »Nun«, sagte sie fröhlich, »das lief doch ganz gut.«

Der Professor neigte den Kopf zur Seite und betrachtete sie einen Moment misstrauisch. Dann entspannte sich sein Blick. »Ich muss in meinem Seminar ein gewisses Maß an Anstand wahren.«

»Es tut mir leid«, sagte Nikki. »Ich wusste einfach nicht, wie ich sonst Ihre Aufmerksamkeit bekommen sollte.«

»Lassen Sie mich überlegen. Sie hätten anrufen oder mir eine E-Mail schicken können ... soweit ich weiß, teilt die Post noch Briefe aus ...«

»Werden Sie den Fall annehmen?« Nikki hasste so etwas; sie konnte es nicht leiden, wenn sie betteln musste. Und der Professor machte es ihr nicht gerade leicht. »Bitte.« Jetzt legte auch sie den Kopf zur Seite und klimperte ein wenig mit den Augen – Männer liebten das.

»Nein.«

Wie bitte? Nikki entschied, dass es Zeit war, direkter zu werden. Dezent kam man dem Professor offensichtlich nicht bei. »Warum sind Sie nur so stur?«

»Ms Moreno, ich bin Juraprofessor, kein Strafverteidiger. Im Telefonbuch sind haufenweise gute Verteidiger zu finden.« Der Professor packte seine Tasche. Fall abgeschlossen. Kurz vor der Verzweiflung setzte Nikki schnell ihr bestes Am-Rande-der-Tränen-Gesicht auf, atmete tief durch und senkte den Blick zu Boden. Er stieß einen tiefen Seufzer aus. »Nennen Sie mir einen guten Grund, warum ich den Fall übernehmen sollte.«

Sofort hellte sich Nikkis Stimmung wieder auf. »Ich gebe Ihnen sogar zwei. Erstens ist Ihr möglicher Mandant, ein Mann namens Thomas Hammond, davon überzeugt, dass dies Gottes Wille ist – seine Worte, nicht meine. Er sagte, dass er Sie am Tag der Anklageverlesung vor Gericht in Aktion gesehen und Sie dann bei einer Bibelstunde im Gefängnis wiedergetroffen hat. Dieser Mann ist absolut davon überzeugt, dass dies kein Zufall ist, sondern, dass Gott Sie als seinen Verteidiger auserwählt hat.«

In den Augen des Professors leuchtete ein Licht auf. »Mr Nur-King-James«, murmelte er.

»Wie bitte?«

»Nicht wichtig. Wie lautet der zweite Grund?«

»Das hier«, sagte Nikki und hielt ihm einen Umschlag hin. »Doch bevor Sie diesen Brief lesen, möchte ich Ihnen noch sagen, dass das nicht meine Idee war. Ich bin nur der Bote.«

Der Professor nahm den Umschlag entgegen und zog eine Braue hoch.

»Es tut mir echt leid, dass ich mich heute so in Ihrem Unterricht aufgeführt habe. Es ist nur so, dass mir der Fall mittlerweile wirklich am Herzen liegt. Die Kinder wurden Thomas Hammond und seiner Frau weggenommen und leben für die Dauer des Verfahrens bei mir.«

Diese Mitteilung zauberte ein Lächeln in das Gesicht des Professors.

»Bei Ihnen?«

»Eine lange Geschichte, aber ich wurde vom Gericht zur Sonderanwältin ernannt. Und diese Kinder, nun, sie sind etwas Besonderes. Lesen Sie einfach den Brief. Dann werden Sie es verstehen.«

»Ich denke darüber nach«, erwiderte er mit Blick auf seine Armbanduhr. »Aber ich verspreche nichts.«

»Hier ist meine Karte«, sagte Nikki mit einem weiteren perlweißen Lächeln, während sie ihre Handynummer auf die Rückseite schrieb. »Sie können mich jederzeit anrufen.«

* * *

Charles kehrte in sein Büro zurück, riss eine Seite des Umschlags auf, schüttelte ihn aus und hob den Brief und das Foto auf, die herausfielen. Auf dem Foto war eine fünfköpfige, typisch amerikanische Familie zu sehen. Den riesigen Vater identifizierte er als Mr Nur-King-James, daneben stand die Mutter, die ausgemergelt und müde, aber glücklich aussah. Auf ihren Schößen saßen drei der süßesten Kinder, die er je gesehen hatte. Ein pummeliges Baby ganz in Blau gekleidet. Ein entzückendes kleines Mädchen mit blonden Haaren und einem riesigen überschäumenden Lächeln, das ein hübsches Osterkleid trug. Neben ihr auf den Knien des Vaters saß ihr jüngerer Bruder, in weißem Hemd mit Clip-Krawatte und blauen Hosen, aus denen er schon seit einem Jahr herausgewachsen war. Auf dem Bild schmollte er, doch in seinen Augen sprühten die Funken.

Der Brief war in großen Druckbuchstaben von jemandem verfasst worden, der gerade erst schreiben gelernt hatte. Das Papier besaß blaue Hilfslinien, damit man den Buchstaben die richtige Größe geben konnte. Die Schrift war sorgfältig und präzise, das Produkt langsamer und methodischer Arbeit. Der Brief war kurz, aber auf den Punkt gebracht.

Lieber Mr Arnold,
bitte helfen Sie meinem Daddy und meiner Mommy im Gericht. Die fiese Anwältin behauptet, dass sie meinen Bruder getödet haben. Joshua. Aber das stimmt nicht. Mein Dad sachte mir das Sie der beste Anwalt sint der uns helfen kann. Er meint Sie sint die Antwort auf unsere Gebete.
Werden Sie uns helfen?
Ich hab Ihnen ein Bild geschenkt, damit Sie wissen wer wir sind wenn Sie uns sehen. Im Gericht sitzen immer so viele Leute.
Liebe Grüße,
Hannah Hammond
P.S. Mein Bruder John Paul will auch das Sie uns helfen. Wir beten jeden Abend dafür außer am Montag weil wir da nach McDonalds beide im Auto eingeschlafen sint und vergessen haben zu beten.

Charles faltete den Brief zusammen und legte ihn in das Lehrbuch über Verfassungsrecht. Er hatte momentan so viel um die Ohren, dass er es sich nicht leisten konnte, auch nur eine einzige weitere Verpflichtung anzunehmen, egal, wie lobenswert der Fall auch sein mochte, egal, wie viele süße Kinder dabei zusehen mussten, wie ihre Eltern ins Gefängnis gingen. *Warum bist du überhaupt Jurist geworden?*, fragte er sich. *Um die Hannah Hammonds dieser Welt abzuweisen, damit du Drogendealern wie Buster Jackson helfen kannst – Kriminellen, die sogar ihre eigenen Anwälte bedrohen?*

Er starrte die Wand an und dachte an das ehrliche Gesicht von Nikki Moreno, die sich aus der letzten Reihe seines Seminars bemüht hatte, ihn zu überreden. Auch wenn er versuchte, den Zwischenfall aus seinem Gedächtnis zu verbannen, hallten Ms Morenos Worte in seinem Geist nach.

»*Aber nehmen wir an, Professor ... dass der Pflichtverteidiger vollkommen inkompetent ist und es kaum schafft, während der Verhandlung wachzubleiben ... Beschützt unsere Verfassung etwa nur farbige Menschen ... während Weiße im Gefängnis verrotten und ihre Kinder von Fremden großziehen lassen müssen?*«

Charles rieb sich nachdenklich über die Stirn und blickte erneut auf das Foto. Seine Frau würde Bundesrichterin werden – kandidierte, um »ihren Leuten« helfen zu können –, und worin bestand sein Beitrag zur Gerechtigkeit? Buster Jackson? In einer weiteren Klasse von Absolventen, die in Verfassungsrecht bestanden, damit sie später die Unterdrückten strafrechtlich verfolgen konnten?

Der Nachweis echter Gerechtigkeit bestand darin, dass sie alle Menschen erreichte – wie durch die blinde Justitia mit der Waage in der Hand symbolisiert – und auch die Unglücklichsten und Geächteten unter uns genauso einbezog wie die Reichen und Privilegierten. Und was habe ich in letzter Zeit getan, um dieses Ziel zu erreichen?

Wenn du jeden Abend deine Gebete sprichst, junge Dame, hast du wirklich was Besseres verdient als einen schlafenden Anwalt, sagte er in Gedanken zu Hannah Hammond.

Dann zog Charles Arnold, Juraprofessor und Straßenprediger, widerwilliger Verteidiger der Gerechten und Ungerechten, Hüter der Verfassung und Antwort auf die Gebete eines unschuldigen kleinen Kindes, Nikki Morenos Visitenkarte aus der Tasche und rief sie an.

31

»Sind Sie sich sicher, dass Ms Crawford Sie nicht einfach zurückrufen soll?«, fragte die Empfangsdame nun schon zum vierten Mal.

Erica Armistead wartete bereits seit fast zwei Stunden und hatte auch jetzt nicht vor, wieder zu gehen. Sie hatte fast den halben Morgen gebraucht, um den Mut zu finden, überhaupt hier aufzutauchen, und dann eine weitere Stunde, um sich anzuziehen und aufzubrezeln. Sie war sich nicht sicher, ob sie noch einmal den Mut oder die Energie aufbringen könnte, es zu tun.

Sie sah von ihrem Buch auf und rang sich erneut ein Lächeln ab. »Nein, es handelt sich um eine sehr wichtige Angelegenheit. Ich warte einfach.« Sie sagte es freundlich, aber mit einer Bestimmtheit, die keinen weiteren Kommentar gestattete.

Die Empfangsdame hatte trotzdem etwas zu erwidern. »Wie Sie wollen«, sagte die Frau mittleren Alters. Sie blickte auf ihre Uhr und widmete sich dann wieder ihrer Zeitschrift. »Manchmal bleibt sie bis zum späten Nachmittag im Gericht.«

»Schon in Ordnung. Ich warte.« Damit schlug Erica die Beine übereinander und vergrub den Kopf wieder in ihrem Buch. Sie las denselben Satz jetzt zum dritten Mal.

Es war 12.45 Uhr.

Nach drei Kapiteln, neunzig Minuten und drei weiteren Fragen seitens der Empfangsdame kam Rebecca Crawford durch die Eingangstür in den Empfangsbereich geschlendert. Sie trug eine weiße Bluse und einen grauen Businessdress – mit passendem Rock und Weste. Ihr durchtrainierter Körper war gut gebräunt. In dem kürzlich gebleichten Haar suchte man vergeblich nach braunen Ansätzen, und die vollen roten Lippen waren zusammengepresst. Sie war im Arbeitsmodus, in einer anderen Welt und lief direkt an Erica vorbei.

Aus der Nähe betrachtet sieht sie kleiner aus, dachte Erica. Sie legte ihr Buch beiseite und kam mühsam hoch. Um sich hochzuschieben, musste sie sich an den Lehnen ihres Stuhls abstützen, wobei ihre Arme erbärmlich zitterten.

»Diese Dame wartet schon seit Längerem auf Sie«, teilte die Empfangsdame Ms Crawford mit. »Sie sagt, ihr Name sei Erica Armistead.«

Die Staatsanwältin blieb wie angewurzelt stehen, wirbelte dann herum und starrte Erica mit kalten Augen an.

Sie hat kleine Knopfaugen, dachte sich Erica. *Dunkel und unruhig, voller Verachtung.*

»Kommen Sie in mein Büro«, sagte Crawford. Kein »Schön, Sie kennenzulernen«, kein »Ich bin Rebecca«, nicht mal ein »Was tun Sie hier?«. Nur ein kaltes und unwirsches »Kommen Sie in mein Büro«, als wäre Sie eine Rektorin, die einem Schüler eine Standpauke halten will.

»Danke«, murmelte Erica und hätte sich dann am liebsten geohrfeigt. Sie hasste es, so rückgratlos zu sein. Sie hasste den Schweiß, den sie bereits in ihren Handflächen und über ihrer Oberlippe spürte, genau wie den Knoten, der sich gerade in ihrem Magen bildete.

Ohne ein weiteres Wort folgte sie Ms Crawford durch die hintere Tür des Empfangsbereichs einen schmalen Gang entlang, an dem rechts und links Rechtsanwaltsgehilfen und Sekretärinnen in ihren Arbeitsnischen saßen, bis zu einem Eckbüro, an dessen Tür die Aufschrift »Stellvertretende Staatsanwältin Rebecca Crawford« prangte. Sie schlurfte der Frau mit schnellen kleinen Schritten hinterher, wobei sie ein oder zweimal mit dem Gleichgewicht ringen musste. Dennoch war sie mehrere Schritte zurückgefallen, als sie Ms Crawfords Büro erreichten.

»Setzen Sie sich«, sagte Crawford und wies auf einen Stuhl mit niedriger Lehne, der vor ihrem Schreibtisch stand. »Ich würde Ihnen etwas zu trinken anbieten, aber ich habe nur ein paar Minuten Zeit.«

Erica rutschte unbeholfen in den Stuhl und verschränkte die Hände in ihrem Schoß. Sie sah Crawford dabei zu, wie sie die Tür schloss und um ihren Schreibtisch lief, wobei sie kurz anhielt, um ein gerahmtes Diplom auszurichten, das schief an der Wand hing. Ihr Schreibtisch war so aufgeräumt, dass er geradezu kahl wirkte, und all ihre Diplome und Auszeichnungen waren in akkuraten Winkeln über die gesamte Wand verteilt. Crawford nahm direkt gegenüber von Erica in ihrem dick gepolsterten Ledersessel mit hoher Lehne Platz. Hinter ihr waren zwei riesige Fenster, die nach Westen blickten und eine Aussicht über den gesamten Gebäudekomplex boten. Ob beabsichtigt oder nicht, fiel das gleißende Sonnenlicht direkt in Ericas Augen, was sie zwang, die Augen zusammenzukneifen; gleichzeitig erzeugte es einen Heiligenschein um Crawfords Kopf.

Die Ellbogen auf dem Schreibtisch abgestützt, legte Crawford die Fingerspitzen aneinander und sah Erica direkt an. Offensichtlich hatte sie nicht vor, es ihr leicht zu machen. Sie schwieg.

Erica ordnete ihre Gedanken und räusperte sich. »Ich nehme mal an, ähm, dass Sie sich wundern, warum ich hier bin«, stotterte sie leise, den Blick zu Boden gesenkt.

»Nein. Ich weiß genau, was Sie herführt.«

Es folgte eine lange, unangenehme Stille.

»Lieben Sie ihn?«, fragte Erica, die ihre Worte im gleichen Moment bereute. Sie war gekommen, um diese skrupellose Frau zur Rede zu stellen, sie zu warnen, Sean bloß in Ruhe zu lassen. Sie hatte sich aufgeschrieben, was sie sagen wollte, es sogar einstudiert – den sarkastischen Tonfall, einfach alles.

Aber nun, da der Moment der Wahrheit gekommen war, waren der Sarkasmus, der herablassende Tonfall und die offenen Anschuldigungen vergessen. Stattdessen ließ sie ihr Herz sprechen. Und ihr Herz hing noch an Sean und wollte ihn nicht verletzt sehen.

»Ich liebe ihn«, sagte Crawford ausdruckslos, »und er liebt mich. Und auch wenn es mir leidtut, das zu sagen, im Moment braucht er mich.«

»Halten Sie sich von ihm fern«, verlangte Erica.

»Oder was?«, fragte Crawford.

»Oder Sie werden es bereuen. Ich werde in ganz Tidewater verbreiten, dass die stellvertretende Staatsanwältin den verletzlichen – und reichen – Ehemann einer kranken Frau verführt hat. Ich werde die Scheidung einreichen und als Grund Untreue angeben. Und die Reporter werden Ihnen die Tür eintreten.« Erica sprach nun immer schneller, lehnte sich vor und presste ihre zitternden Hände aneinander. Durch das grelle Sonnenlicht blinzelte sie das Monster vor sich an.

Crawford grinste nur hämisch.

»Sie kapieren es einfach nicht, oder?«, sagte sie. »Sie meinen, wir würden unsere Affäre verheimlichen, um meine Karriere nicht zu gefährden?«

Die Frage schwebte einen Moment lang im Raum, dann fuhr Crawford fort. »Wir treffen uns in den angesagtesten Bars von Virginia Beach. Überall in der Stadt werden wir zusammen gesehen. Wir würden am helllichten Tag Sex am Strand haben, wenn das nicht illegal wäre. Und Sie glauben, wir versuchen uns zu verstecken?«

Wieder hielt sie inne, doch Erica fiel nichts ein, was sie hätte erwidern können. Sie spürte, wie die Tränen in ihr hochstiegen, und blinzelte angestrengt, um sie zurückzuhalten. Crawford verengte die Augen und sprach weiter. »Verstehen Sie denn nicht? Der einzige Grund, warum *er* sich noch nicht von *Ihnen* hat scheiden lassen, ist, dass Sie ihm leidtun. Er will Sie nicht verletzen. Aber seine Frau sind Sie schon lange nicht mehr.«

Bei diesen Worten – der kalten, harten Wahrheit – spürte Erica, wie eine einzelne Träne ihre Wange herunterlief.

»Und ein Skandal?«, lachte Crawford verächtlich. »Ich bitte Sie! Wo waren Sie denn in den letzten fünf Jahren? Können Sie sich nicht erinnern, wie die Zustimmungsrate für Clinton nach seinem kleinen Schäferstündchen im Oval Office in die Höhe geschnellt ist? Ziehen Sie ruhig los und streuen Sie das Gerücht, ich würde etwas mit einem reichen und attraktiven Arzt haben. Dann muss ich mir keinen Kopf mehr um die anderen Sachen machen, die erfolgreichen Singlefrauen immer nachgesagt werden.« Crawford lehnte sich vor und sprach in gespielt verschwörerischem Flüsterton weiter: »Ich frage mich, wann Sie endlich zugibt, lesbisch zu sein.«

Damit lehnte sie sich wieder in ihren Stuhl zurück und schüttelte erneut den Kopf. Der Blick, mit dem sie Erica betrachtete, drückte Mitleid und Empörung aus. »Machen Sie sich nichts vor«, sagte Crawford. »Er will Ihnen nur die Demütigung ersparen, das ist alles. Sonst wäre er schon längst weg.«

Erica starrte auf ihre Füße und spürte, wie die Träne zu Boden fiel. Sie fühlte sich so minderwertig und zutiefst beschämt. Sie war hergekommen, um diese Frau in ihre Schranken zu weisen, um diesen Vamp mit dem gefärbten blonden Haar und der viel zu perfekten Bräune bloßzustellen. Doch jetzt war sie es, die sich gedemütigt fühlte; sie war es, die Sean enttäuscht hatte.

Sie sah zu, wie Crawford sich erhob, um ihren Schreibtisch herumging und die Tür öffnete. »Ich habe noch ein paar Termine«, sagte sie. »Es tut mir leid, dass es so gelaufen ist.« Sie schwieg, während Erica, die nicht länger versuchte zu verbergen, wie schmerzhaft jede Bewegung war, langsam aus ihrem Sitz hochkam. »Ich werde Sean nicht verraten, dass Sie hier waren. Das ist das Mindeste, was ich tun kann.«

Erica blieb auf ihrem Weg durch die Tür direkt vor Crawford stehen. Sie spannte den Kiefer an und spürte ihr ganzes Gesicht zittern. Ihre Stimme war nur ein leises Flüstern. »Halten Sie sich von ihm fern. Geben Sie unserer Ehe noch eine Chance. Er hat mich einst geliebt, und diese Liebe können wir wieder entfachen, wenn Sie ihn in Ruhe lassen. *Das* ist das Mindeste, was Sie tun könnten.«

Zufrieden, gesagt zu haben, was sie hatte loswerden wollen, wandte sich Erica von Crawfords eisigem Blick ab und verschwand humpelnd den Flur hinunter.

* * *

Die Königskobra schloss die Tür und drückte eine Kurzwahltaste auf ihrem Handy.

»Hallo«, meldete sich die kurz angebundene, nüchterne Stimme von Dr. Sean Armistead.

»Hi, ich bin's.«

»Jetzt ist es grad nicht so günstig. Kannst du mich in einer Stunde zurückrufen?«

»Es ist dringend, Sean. Wir haben ein Problem. Ich hab zwar versucht, mich rauszureden, aber ich denke nicht, dass es funktioniert hat. Wir müssen sofort etwas unternehmen.«

32

Charles Arnold konnte nicht glauben, was er gerade tat.

Er war entschlossen gewesen, sich mit den Kindern zu treffen und ihre Sicht der Dinge zu hören. Sie waren die beste Quelle, um zu erfahren, was wirklich passiert war. Außerdem musste er sich ein Bild machen, ob sie sich als Zeugen vor Gericht eigneten. Es war immer riskant, Kinder in den Zeugenstand zu rufen, besonders wenn sie von einem so gefährlichen Gegner wie der Königskobra ins Kreuzverhör genommen wurden. Es war unerlässlich, dass Charles ein Gefühl dafür bekam, wie gut sich die Kinder schlagen würden, und wie leicht sie sich von Suggestivfragen in die Falle locken ließen.

Außerdem konnte er so etwas Zeit mit Nikki verbringen. Sie war eine echte Plage, aber blitzgescheit. Er wollte sie zu den Details des Falles befragen, sie mit einigen Ermittlungen beauftragen und hören, was sie zu seiner Verteidigungsstrategie zu sagen hatte. Schlussendlich lief es darauf hinaus, dass er vor der Voranhörung am Mittwoch ein paar Stunden mit Nikki und den Kindern verbringen musste.

Nikki war einverstanden gewesen und hatte ihm versprochen, dass sie ihm den ganzen Samstag zur Verfügung stehen würden. Unter einer Bedingung: dass Charles sie im Vergnügungspark Busch Gardens in Williamsburg traf. »*So können Sie etwas ungezwungener Zeit mit den Kindern verbringen*«, hatte sie argumentiert. »*Das wird Ihnen dabei helfen, eine Beziehung zu ihnen aufzubauen. Wir werden den ganzen Tag damit zubringen, an irgendwelchen Fahrgeschäften anzustehen. Die Zeit können Sie nutzen, mich alles zu fragen, was Sie über den Fall wissen wollen.*«

Charles war sich sicher, dass es keinen kompletten Tag in Anspruch nehmen würde, alles zu erfahren, was Nikki wusste. Außerdem war er nicht gerade erpicht darauf, den ganzen Samstag in der prallen Sonne stundenlang für Achterbahnen anzustehen, die nur darauf abzielten, dass einem schlecht wurde. Doch Nikkis Angebot war nicht verhandelbar. Samstag im Busch Gardens oder gar nicht. Sie wollte die Kinder dafür belohnen, dass sie am Freitag das Schuljahr beendeten. Diesen Ausflug konnte sie nicht absagen, erklärte Nikki. Also hatte er eingewilligt. Aber er stellte eine eigene Bedingung. Sie würden in getrennten Autos fahren. So konnte er verschwinden, sobald er die Informationen, die er benötigte, erhalten hatte.

Charles musste Nikki versprechen, kein Wort über die Sache zu verlieren. Unter keinen Umständen durften Thomas und Theresa Hammond davon erfahren. Schließlich wurde Busch Gardens von einer Brauerei betrieben, sodass die Hammonds mit diesem Ausflug bestimmt nicht einverstanden wären. Irgendwann würden sie es herausfinden, weil Stinky und Tiger nicht für immer dichthalten konnten. Aber Nikki hatte beschlossen, den Kindern erst am Freitagnachmittag nach der Schule und ihrem Besuch bei Thomas im Gefängnis von ihrem bevorstehenden Abenteuer zu erzählen. Es war leichter, um Vergebung als um Erlaubnis zu bitten, meinte sie.

Und so stand Charles Arnold nun um 10.00 Uhr morgens vor dem Eingang von Busch Gardens. Er atmete den strengen Geruch der nahe gelenen Brauerei ein und lauschte den Dudelsackklängen, die aus den Lautsprechern schallten und den Besuchern das Gefühl vermitteln sollten, sie wären gerade in das mittelalterliche Europa versetzt worden. Er beobachtete, wie Familien breit grinsend und beschwingten Schrittes in den Vergnügungspark strömten, wobei die Eltern meist genauso aufgeregt wirkten wie ihre Kinder.

Und dann überkam es ihn. Die nebelhaften Erinnerungen holten ihn ein: Denitas Gesicht, ihre gelallten, verletzenden Worte in der Nacht, als er sie zum ersten Mal verließ. Sie war nach der Arbeit lange aus gewesen und nicht an ihr Handy gegangen. Das Abendessen, das Charles geplant hatte – nur sie beide, in der so dringend benötigten Zweisamkeit –, fiel ins Wasser. Und als sie dann beschwipst mit Fahne und halb aufgeknöpfter Bluse nach Hause kam, war das mehr, als er ertragen konnte.

Er kritisierte sie lautstark wegen ihres Lebenswandels, ihres »sündhaften« Egoismus. Sie warf ihm vor, immer nur über andere zu richten, und nannte ihn einen Heuchler.

Selbst jetzt noch konnte er die Wut in ihrem Gesicht sehen, den Geruch von schalem Wodka und Parfüm riechen, spüren, wie eine eisige Faust sich um sein Herz legte. Er folgte ihr durch das Haus und verlangte nach einer Aussprache. Er sagte ihr, dass er sie noch liebte, nicht aber die Dinge, die sie tat. »Kannst du nicht erkennen, was du dir selbst antust? Unserer Ehe antust?«, verlangte er zu wissen. »Schau dich nur an«, sagte er verächtlich, »wie du überall herumstolzierst. Wen versuchst du damit zu beeindrucken? Was ist aus der Frau geworden, die ich geheiratet habe?«

»Mit *mir*?!«, schrie sie zurück. »Was mit *mir* passiert ist?! Ich weiß nicht mal mehr, wer du bist.« Dann flossen die Tränen, und Denita versuchte, sich davonzumachen, doch Charles packte sie am Arm. »Lass mich los!«, fuhr sie ihn an.

»Nicht, bevor du mir nicht zuhörst«, sagte er mit zusammengebissenen Zähnen. »Du bist immer noch meine Frau. Und ich werde dich niemals gehen lassen.« Sie wand sich, doch er verstärkte seinen Griff um ihren Arm, bis sie aufhörte. Sie zuckte zusammen, und sofort wurde er von einem Gefühl der Scham ergriffen. Er hatte ihr wehgetan. Vielleicht nur ein wenig, aber dennoch, in seiner Wut hatte er ihr wehgetan. Dabei hatte er sich selbst versprochen, so etwas niemals zu tun. Die Situation war außer Kontrolle geraten.

Charles atmete tief durch und ließ ihren Arm los. »Du kannst mich bekämpfen, so viel du willst, Denita, aber ich gebe uns nicht auf. Ich will mit dir alt werden, eine Familie gründen ...«
Sie lachte ihn aus. Selbst jetzt noch war es das schmerzvollste Geräusch, das Charles je gehört hatte. Ein kurzes Lachen, ein verhöhnender Laut, der tief aus Denitas Kehle drang. Dann verengten sich ihre Augen, und sie stieß ihm den Dolch ins Herz.
»Eine Familie«, sagte sie und verzog bei dem Gedanken verächtlich das Gesicht. »Schau uns doch an, bereit, einander an die Kehle zu gehen – und du willst eine Familie.« Sie blickte zu Boden, als sie den nächsten Satz sagte, ihre Stimme kaum mehr als ein Flüstern. »Unsere Familie habe ich vor sechs Monaten abgetrieben.«
Der Rest der Nacht war nur noch immer ein verschwommenes Durcheinander für Charles. Fassungslosigkeit. Verurteilung. Die Forderung nach Einzelheiten. Schließlich kam alles heraus. Denita erzählte ihm eine schmerzliche Geschichte, die ihm das Gefühl gab, schuld an alldem zu sein. Obwohl die Abtreibungspille RU-486 in den Vereinigten Staaten noch nicht zugelassen war, hatte Denita ihre Verbindungen zu einigen Konzern-Mandanten genutzt, um das Medikament zu bekommen. Sie erklärte, dass sie den Gedanken, in eine Klinik zu gehen, nicht ertragen hatte. Und mit Charles brauchte sie gar nicht erst zu reden. »Schau dich doch nur an«, sagte sie. »Selbst jetzt richtest du mich dafür, mit deinem verurteilenden Blick.«
Die selbst eingeleitete Fehlgeburt war eine schmerzhafte und private Angelegenheit gewesen, etwas, das sie allein durchstehen musste, da sie selbst mit ihrem Mann nicht darüber sprechen konnte.
Sie beschrieb, wie sie den Fötus in der Toilette heruntergespült hatte und auch das Gefühl von Schuld, das sich später in Wut wandelte über einen Ehemann, der nie Verständnis haben würde. Sie redete ganz sachlich darüber, ohne eine einzige Träne zu vergießen, als hätte sie schon lange jede Emotion verloren. Sie hatte es für sie beide getan. Sie waren nicht bereit für Kinder gewesen. Weit davon entfernt. Und sie wusste, dass er es nie verstehen würde.
Charles erinnerte sich daran, wie er zugehört, Fragen gestellt und eine emotionale Achterbahnfahrt durchlebt hatte. Eine Abtreibung! Eine illegale Abtreibung! Seines Kindes!

Bis heute wusste er nicht mehr, was er gesagt hatte. Er erinnerte sich nur daran, dass er sich bemüht hatte, seine Wut zu unterdrücken und seine Enttäuschung zum Ausdruck zu bringen. Die stumpfe Gewalt seiner Worte traf sie dank seines verschlossen-monotonen Tonfalls umso härter. Er wusste noch, wie er sich danach verzehrte hatte, sie in den Arm zu nehmen, doch ihre Körpersprache sagte ihm deutlich, dass er sie in Ruhe lassen sollte. Wie auch alles andere im Leben würde sie es *allein* schaffen. Am eindringlichsten war ihm jedoch die kalte Endgültigkeit ihrer Antwort im Gedächtnis: »Eines Tages wirst du mir dafür dankbar sein.« Damit hatte sie sich abgewendet, war die Treppe hinaufgegangen und hatte die Tür zu ihrem Schlafzimmer hinter sich zugezogen.

Völlig aufgewühlt war er ins Arbeitszimmer gegangen und hatte an seinem Computer eine Nachricht an sie verfasst. Er las sie sich zweimal durch, wobei der Monitor vor seinen tränenerfüllten Augen verschwamm. *Ich vergebe dir*, schrieb er, *aber ich werde es nie verstehen. Wir brauchen eine Auszeit.*

Er ließ die Nachricht auf dem Küchentresen liegen und schlich sich ins Schlafzimmer. Denita war vor dem laufenden Fernseher eingeschlafen, sodass ihr Gesicht von dem flackernden Bildschirm teilweise beleuchtet wurde. Leise packte Charles eine Sporttasche zusammen, kniete dann neben Denita nieder, strich ihr das Haar aus dem Gesicht und küsste sie auf die Stirn.

In einem stummen Gebet bat er Gott um Vergebung für Denita und flehte ihn an, ihr den Weg zu Ihm zu weisen. Als er aufstand, um zu gehen, wurde er erneut von einer Woge der Trauer ergriffen. Seine Lippen begannen zu zittern, und er spürte, wie sich die Tränen in seinen Augen sammelten, weil er um seine zerstörte Ehe trauerte und um das kostbare Kind, das er nun niemals kennenlernen würde.

33

Selbst vier Jahre später war die Wunde noch frisch und beschwor immer noch neue Tränen herauf. So kam es, dass Charles sich über die Augen reiben und ein gezwungenes Lächeln aufsetzen musste, als er Nikki und die Kinder aus der Bahn aussteigen und den Hügel zum Eingang herunterlaufen sah.

Tiger lief völlig aufgeregt mit großen, nein, wilden Augen voran. Stinky folgte ihm dicht auf den Fersen, und Nikki rief den Kindern zu, es langsam angehen zu lassen. »Ihr müsst nicht rennen; wir haben noch nicht mal die Tickets gekauft.«

Charles' angestrengtes Lächeln mutierte zu einem breiten Grinsen. Seine eigene kleine Familie für einen Tag.

Dem Anlass angemessen, hatte Nikki so wenig wie möglich angezogen, damit ihre Haut möglichst viel Sonne abbekam, sodass nun das kleine Tattoo an ihrem Knöchel und das größere auf ihrer Schulter zu sehen waren. Sie trug ein buntes Batik-Top mit Spaghettiträgern, kurze Kaki-Shorts und Sandalen. Das dicke schwarze Haar hatte sie zu einem straffen Zopf geflochten und ihre Augen hinter einer coolen Ray-Ban-Sonnenbrille versteckt. Sie sah sich suchend um, bis sie Charles endlich entdeckt hatte. Hinter ihrer Brille lachte sie über das ganze Gesicht.

Sie hätte ein Filmstar sein können.

Nikki rief die Kinder zu sich und stellte ihnen »Mr Charles« vor. Stinky schüttelte ihm höflich die Hand. »Schön, Sie kennenzulernen«, sagte sie, wie es sich gehörte. Auch Tiger schüttelte seine Hand, allerdings starrte er Charles dabei einfach nur eine ganze Weile stumm an und runzelte seine kleine Nase.

»Bekommen Sie jemals einen Sonnenbrand?«, fragte er schließlich.

Nikki brach in schallendes Gelächter aus und warf gackernd den Kopf zurück. Auch Charles musste ein Grinsen unterdrücken.

»Nicht so schlimm wie ihr Milchgesichter«, erwiderte er.

Der kleine Junge war wirklich süß. Und mit Nikki würde es auch nicht langweilig werden. *Vielleicht bleib ich doch etwas länger.*

Trotzdem konnte Charles immer noch nicht glauben, was er hier tat.

✳ ✳ ✳

Das Monster von Loch Ness.

Sie waren gerade mal zehn Minuten im Vergnügungspark, und schon standen sie vor der größten und coolsten Achterbahn der Welt – zumindest Tigers Meinung nach. Sie war riesig, schnell und laut.

Tiger schien es, als würde sie sich kilometerweit in den Himmel erstrecken. So dicht an der Sonne, dass man sich wahrscheinlich verbrannte. Und sie machte dieses furchterregende Geratter, sodass er kaum noch sein eigenes Zähneklappern hören konnte. Es war ein Wunder, dass die Waggons nicht runterfielen, das ganze Ding hörte sich an, als würde es gleich auseinanderbrechen. Und erst die Schreie! Jedes Mal, wenn sie den ersten Hügel heruntersausten, schrien die Leute aus Leibeskräften, so als würden sie sterben oder zumindest gefoltert werden. Dann krachten sie fast in den Teich am Boden, schossen um die Kurve, drehten einen Überkopf-Looping und verschwanden in dem dunklen Tunnel, in dem das Loch-Ness-Monster höchstpersönlich hauste.

Auf der anderen Seite des Tunnels, *wenn* sie denn überlebten, rauschten sie dann noch ein paar Hügel hoch und runter und – war das zu fassen – durch einen weiteren Looping, wo sie erneut loskreischten und tatsächlich wieder auf den Kopf gedreht wurden. Ganz im Ernst. Komplett verkehrt herum. Zwei Mal.

Ohne ein einziges Mal zu blinzeln, verfolgte Tiger die Fahrt vom Boden aus, wobei er Mr Charles' Hand fest umklammert hielt. Ganze fünf Minuten vergingen, bevor sie in der Schlange einen Schritt vorankamen. Soweit er es beurteilen konnte, war in diesen fünf Minuten niemand aus den Waggons gefallen, selbst bei den Loopings nicht. Doch bei seinem Glück würde er der Erste sein. Sorgsam untersuchte er die Gesichter der Menschen, die die Fahrt hinter sich hatten und wieder in den Park zurückgingen. Allen schien es gut zu gehen. Einige von ihnen lächelten sogar.

Das Monster von Loch Ness.

Tiger Hammond konnte es nicht fassen, was er da tat.

Aber er war schon so weit gekommen, also gab es kein Zurück mehr. Mr Charles zog ihn sanft an der Hand, und sie setzten sich wieder in Bewegung. Stinky und Ms Nikki waren direkt hinter ihnen. Noch immer war Tiger nicht überzeugt, ob es eine gute Idee war, das Loch-Ness-Monster so früh am Tag anzugehen. Vielleicht hob man sich das besser für den Schluss auf oder wartete zumindest bis nach dem Mittagessen. Aber er ging weiter. Bis direkt vor das große überdachte Gebäude, in das sich die Schlange hineinwand, geleitet von Absperrband, das sich von einem Pfosten zum nächsten zog.

Ein Typ in seltsamer Verkleidung und mit einem langen Stab in der

rechten Hand hielt ihn an. »Den hier müssen wir erst messen«, sagte der Typ. Er hielt den Stab neben Tiger. »Stell dich gerade hin«, sagte Mr Charles. »Du musst so groß wie dieser Stab sein, um mitfahren zu dürfen.«
»Sonst ist es zu gefährlich«, erklärte der hilfreiche Typ mit dem Stab. Tiger stellte sich so gerade hin, wie er nur konnte. Er drückte die Beine und den Rücken durch und reckte den Hals. Er ging sogar auf die Zehenspitzen, bis Ms Nikki meinte, dass es wohl jetzt genug sei. Doch der Typ mit dem Stab schüttelte den Kopf, und Tiger konnte spüren, wie ihm die Tränen in die Augen schossen. Das war nicht fair. Stinky würde auf der Loch-Ness-Achterbahn mitfahren dürfen, während er sich mit dem Karussell zufriedengeben musste.

Aber Miss Nikki gab sich noch nicht geschlagen. Sie schlängelte sich zu dem Typ durch, quetschte sich zwischen ihn und Tiger und legte eine Hand in die Hüfte. Im Flüsterton sprach sie auf ihn ein, so leise, dass Tiger kein Wort mitbekam. Sie schien sich mächtig ins Zeug zu legen und gestikulierte wild mit den Händen, während sie mit ihm redete. Dann rückte sie sogar noch näher an den Typen heran und legte ihm sanft eine Hand auf den Arm, die sie dort ruhen ließ. Tiger konnte hören, wie sie etwas davon sagte, dass sein Daddy im Gefängnis war. Nach ein paar Sekunden schien Miss Nikki der Durchbruch gelungen zu sein, und sie fiel dem Mann kurz, aber heftig um den Hals. »Sie sind ein Lebensretter«, schwärmte sie, und Tiger beobachtete, wie der Mann rot wurde. Dann griff Charles wieder Tigers Hand, und sie arbeiteten sich weiter zur Loss-Ness-Monster-Fahrt vor.

Wenn man zu klein ist, heißt das, dass der Sicherheitsgurt nicht richtig hält?, fragte sich Tiger. *»Sonst ist es zu gefährlich«, hatte der Typ in der Uniform gesagt. Und wenn es einer wissen musste, dann er.*

Umringt von den verschwitzten Beinen Hunderter fremder Menschen, die alle größer waren als er, machte sich Tiger die nächste halbe Stunde große Sorgen. Erfolglos versuchten Mr Charles, Miss Nikki und Stinky ihn in ein Gespräch zu verwickeln. Gelegentlich brachte er ein »Ja, Ma'am« oder ein »Nein, Sir« heraus oder ein »M-hm« oder ein »Mm-mm« gegenüber Stinky, doch er war nicht in der Stimmung, sich zu unterhalten. Er konnte einfach nicht aufhören, an diesen ersten steilen Anstieg zu denken, an das Monster in der Höhle und die sehr reale Möglichkeit, dass er einfach unter den Schulterbügeln durchrutschen würde. Schließlich war er ein verboten kleiner Fahrgast, der sich entgegen aller Parkvorschriften in die Achterbahn eingeschlichen hatte.

»Nicht an den Nägeln kauen, Tiger.«

»Ja, Ma'am.«

Als sie kurz vor den Waggons angekommen waren, sprach Tiger ein letztes Gebet. Er beichtete jede Sünde, an die er sich erinnern konnte, und bat ein weiteres Mal um Vergebung, nur um sicherzugehen, dass er reinen Tisch gemacht hatte, sollte ihm auf der Fahrt etwas zustoßen.

Er setzte sich neben Mr Charles in einen der glänzend-grünen Waggons. Mr Charles hielt seine Hand, als sich die Achterbahn in Bewegung setzte und den ersten gewaltigen Anstieg hocharbeitete.

Das Rasseln der Kette klang hier sogar noch lauter als am Boden und übertönte Tigers Flehen, den Wagen anzuhalten, damit er aussteigen konnte. Mr Charles rief ihm irgendetwas Aufmunterndes zu, aber Tiger konnte kein Wort verstehen.

Er warf einen verstohlenen Blick über die Seite des Waggons und hätte sich beinahe übergeben. Sie befanden sich hoch über den Bäumen, über allen Gebäuden. Schon bald würden sie die Wolken erreichen. Und diese blöde Achterbahn kletterte immer weiter und weiter. Und weiter.

Tiger wollte nur noch raus; er wollte zu seiner Mommy und seinem Daddy; er hasste diesen Vergnügungspark; er war zu jung, um zu sterben; er ... »*Wahhhhh!*«

Das Ding musste sich von den Schienen gelöst haben, denn es stürzte direkt auf den Boden zu. Im freien Fall. Dem kleinen Tiger rutschte der Magen in den Hals und damit auch sein Frühstück.

»Aieeee!«, kreischten die anderen Fahrgäste.

Auch Tiger öffnete den Mund, um sich die Lungen aus dem Leib zu schreien, doch er brachte keinen Ton hervor. Er war zu verängstigt. Die Luft blieb ihm weg. Mit weißen Knöcheln klammerte er sich an den Schulterbügeln fest. Die Idioten vor ihm streckten die Hände in die Luft. Die würden es auf keinen Fall überleben.

Gerade als sie dabei waren, in den Teich zu stürzen, alle zusammen, führten die Schienen ruckartig nach oben und katapultierten sie in den ersten Looping. *Oh, weh!* Die ganze Welt stand kopf ... und dann wieder nicht. Tiger schloss die Augen und betete, dass die Fahrt zu Ende gehen würde. Dann machte er sie wieder auf, doch es blieb dunkel. Vielleicht war er schon tot! Nein, halt, er war in der Höhle, und im Geflacker der Scheinwerfer stürzte ihnen das Monster entgegen.

Ein grelles Licht – die Sonne – ein weiterer Looping. Wieder hing er kopfüber in seinem Sitz, bestimmt kurz davor rauszurutschen. Er reckte sich in der Hoffnung, dass die Schulterbügel entgegen jeder Erwartung doch funktionierten und seinen kurzen, kleinen illegalen Körper noch ein paar Sekunden im Waggon halten würden. Noch mehr Geschrei, ein ruckartiger Stopp – und sie waren wieder an ihrem Anfangspunkt.

Vorsichtig betastete Tiger seine Beine und sein Gesicht. Alles schien an Ort und Stelle zu sein. Er atmete tief durch und hörte, wie das Herz in seinen Ohren rauschte.

»Und, hat es dir gefallen?«, fragte Mr Charles.

»Bitte steigen Sie zur linken Seite aus«, verkündete eine Stimme, die vom Dach des Gebäudes schallte. »Danke, dass Sie mit dem Monster von Loch Ness gefahren sind. Genießen Sie den Rest Ihres Aufenthalts hier in Busch Gardens – *dem Land der Vorväter*.«

Tiger griff nach Mr Charles' Hand und stieg aus dem Waggon. Seine Füße berührten festen Boden. Fast hätten seine Knie nachgegeben. Er hatte es geschafft. Entgegen aller Erwartungen hatte er überlebt. Er hatte das Monster von Loch Ness bezwungen.

»Können wir noch mal, *bitte*?«, bettelte Tiger.

✳ ✳ ✳

Das »Festhaus« war ein riesiges Gebäude am hinteren Ende des Parks, das wie ein altes deutsches Bierzelt aussah. Die Außenwände waren großzügig mit Schnitzereien, Balkonen und Säulen im deutsch-gotischen Stil dekoriert. Im Inneren befand sich ein riesiger Tanzsaal mit Holzboden, wuchtigen Deckenbalken und Hunderten von langen Holzbänken, die um die Tanzfläche aufgereiht waren.

Im Mittelpunkt des Gebäudes hatte man in Anlehnung an das Oktoberfest einen festlichen kleinen weißen Pavillon errichtet, der mit Schleifen und Blumen geschmückt war. Pünktlich zu jeder Stunde marschierte ein Orchester zur Hintertür des Festhauses herein, nahm seinen Platz unter dem Pavillon ein und begann, deutsche Volkslieder zu spielen. Dann hob sich der Boden des Pavillons auf magische Weise und beförderte das Orchester an dessen Decke, sodass die zünftigen Melodien zur Tanzfläche hinuntertönten und durch den gesamten Tanzsaal hallen konnten.

Dem Orchester auf seinem Podest folgte eine Gruppe von sechzehn blonden und blauäugigen Darstellern, den Festhaus-Tänzern, die das Publikum die nächsten dreißig Minuten mit einer Polka und anderen typisch deutschen Tänzen unterhielt. Die jungen Damen trugen hellblaue Rüschen, weiße Reifröcke und weiße Blusen mit Ballonärmeln. Die Männer waren passend dazu gekleidet, mit weißen Hemden, blauen Fliegen, hellblauen Lederhosen und weißen Socken, die bis zur Wade reichten. Es war eine fröhliche Truppe, die ständig lächelte und die Leute dazu brachte, bei Liedern mitzusingen, die keiner kannte.

Charles hätte nicht hier sein müssen. Er war mit seiner Befragung von Nikki und den Kindern schon seit Stunden durch, und mittlerweile war es Zeit fürs Abendessen.

Er verpasste sogar seinen Bibelkreis, der jetzt jeden Samstagabend im Gefängnis abgehalten wurde. Doch irgendwie brachte er es nicht über sich, diese zusammengewürfelte kleine Gruppe allein und auf sich gestellt in dem riesigen Vergnügungspark zurückzulassen. Außerdem, wer würde dann mit Tiger Achterbahn fahren?

Okay, er gab es zu, wenn auch nur sich selbst gegenüber. Es hatte tatsächlich Spaß gemacht. Das Staunen in den Augen von Tiger und Stinky, das er bei jeder neuen Attraktion sah, die Blicke, die ihre kleine »Familie« auf sich zog – »blondes Haar ist ein rezessives Gen«, erklärte er ihnen dann –, und dass er sich wie ein wahrer Held vorkam, als er den Basketball beim fünften Versuch endlich in diesem winzigen Ring versenkt hatte. Alles in allem war es ein fantastischer Tag in Busch Gardens gewesen.

Und nun, nachdem er acht Stunden Freizeitpark-Wahnsinn über sich hatte ergehen lassen, saß er an einem der vorderen Tische im Festhaus, aß Pizza und sah den Kindern dabei zu, wie sie die deutschen Tänzer bestaunten.

»Ihr solltet etwas essen, Kinder, und euch nicht nur die Show ansehen«, schlug Nikki vor.

Weder Tiger noch Stinky rührten sich. Sie saßen beide mit offenen Mündern und halb geschlossenen Augen zusammengesunken auf der Holzbank und folgten jeder durchchoreografierten Bewegung der Tänzer. Die Kinder schauten nicht einmal in die Richtung ihrer Teller. Charles bemerkte, dass sich Tigers Augen jedes Mal, wenn der kleine Kerl blinzelte, immer langsamer öffneten. Er lief nur noch auf Reserve.

Ein Lied endete, und die ausgelassenen deutschen Tänzer bewegten sich auf die Zuschauer zu. Es war Zeit, das Publikum miteinzubeziehen, Zeit, dass die Gäste des Freizeitparks ein wenig Polka lernten. Eines der Tanzpaare hatte Tiger und Stinky ins Visier genommen und steuerte direkt auf ihren Tisch zu. Tiger riss die Augen auf, als die junge Dame nach seinem Arm griff und ihn fragte, ob er tanzen wolle. Hilfesuchend blickte er zu Charles.

»Los geht's, Tiger«, feuerte Charles ihn an. »Das macht bestimmt Spaß.«

Mittlerweile hatte auch einer der anderen Gäste Stinky aufgefordert, und das schüchterne kleine Mädchen folgte ihm zögerlich auf die Tanzfläche.

Charles wandte seine Aufmerksamkeit von den Tänzern ab und blickte über seine Schulter zu Nikki.

»Das ist echt super«, lachte er. »Davon werden sie noch Jahre später erzählen.«

Nikki nickte nur und lächelte. Sie hatte sich die Sonnenbrille ins Haar zurückgeschoben, und in ihren Augen erschien der gleiche schelmische Ausdruck, den Charles schon an jenem Tag in seinem Seminar bemerkt hatte. Außerdem schien sie über seine Schulter zu blicken.

Schnell drehte er sich herum, und da stand sie auch schon. Eine Festhaustänzerin, die Hand anmutig ausgestreckt, in einem Knicks verharrend und Charles zum Tanz auffordernd.

Was hat die vor?!, fragte er sich. *Sieht sie nicht, dass ich nicht gerade deutsche Anlagen habe? Ich kann eine Polka nicht von einem Foxtrott unterscheiden.*

Charles begann ablehnend den Kopf zu schütteln.

»Los jetzt«, drängte ihn die großmäulige Latina, die ihm die Suppe überhaupt erst eingebrockt hatte. »Wie Sie schon zu Tiger sagten – das macht bestimmt Spaß.«

Bevor Charles wusste, wie ihm geschah, waren sie alle vier auf der Tanzfläche und wurden von den deutschen Tänzern hin und her gewirbelt. Es brauchte nicht lange, da hatte er die Polka durchschaut. Trotzdem handelte es sich hier nicht gerade um Rap, und trotz seines natürlichen Rhythmusgefühls kam er sich ein wenig albern vor, wie er so über die Tanzfläche stolperte. Besonders als er sah, wie Nikki laut lachend hin und her wirbelte und die Polka tanzte, als sei sie in einem deutschen Wirtshaus groß geworden. Es musste sich hierbei um die längste Polka der Menschheitsgeschichte handeln, und Charles war zutiefst erleichtert, als die letzte Note endlich verklungen war. Er dankte der Tänzerin, die ihn aufgefordert hatte, sammelte die Kinder ein und verließ die Tanzfläche.

Unglücklicherweise war das Orchester mit seinem Repertoire noch nicht am Ende, und bevor er seinen Platz erreichte, hörte er, wie die traurigen Klänge einer Ballade – »Edelweiß« – angestimmt wurden. Die Tänzer begaben sich auf die Suche nach neuen Opfern für diesen langsamen Tanz. Fast hatte er seinen Platz erreicht und war in Sicherheit, als ihn jemand am Ärmel zupfte.

»Kommen Sie schon, mein Lieber. Noch ein Tänzchen?« Es war Nikki, und das Zupfen wurde zu einem hartnäckigen Ziehen.

Sie wandte sich Tiger und Stinky zu. »Wenn ihr es schafft, eure Pizza aufzuessen, bis das nächste Lied vorbei ist, können wir uns noch ein Eis holen.«

Sofort ließen die Kinder Charles' Hände los und rannten zu ihren Plätzen.

Er drehte sich zu Nikki um, nahm sie vorsichtig bei der Hand und legte ihr die andere ebenso vorsichtig auf die Schulter. Zwischen ihnen war ein Abstand von gut dreißig Zentimetern.

»Ich beiße nicht«, sagte sie und kuschelte sich an ihn an, während ihre Hand um seine Taille wanderte und sie den Kopf an seiner Brust ablegte. Fast berührte ihr Haar sein Gesicht, und selbst nach diesem anstrengenden Tag im Freizeitpark roch es noch wundervoll. Sofort nahmen sie den Takt auf, als sie sich zu den anderen Tänzern und Gästen gesellten und ebenso langsam wie anmutig über die Tanzfläche schwebten.

»Sie sind ein guter Tänzer«, sagte sie leise.

»Sie auch.«

Er entspannte sich ein wenig und fing an, sich zu amüsieren. Es war nur ein alberner kleiner Tanz. Nichts weiter. Dann fielen ihm die müden und eifersüchtigen Blicke der Väter an den Holztischen auf, die ihn alle anstarrten und sich zu fragen schienen, womit er sich einen Tanz mit dem hübschesten Mädchen im Saal verdient hatte. Stolz zog er sie enger an sich, was Nikki nicht zu stören schien.

Sie gab eine gute Tanzpartnerin ab und würde bestimmt ein interessanter Freund werden. Das Leben war schön. Und Charles Arnold konnte nicht glauben, hätte es sich an diesem Morgen nie erträumen können, dass er mit Nikki Moreno tanzen würde, bevor die Sonne an diesem herrlichen Tag untergegangen war.

Der Tag hatte mit der Trauer um eine Familie begonnen, die er niemals gehabt hatte. Doch irgendwann in seinem Verlauf hatte Charles die Freuden der einfachen Vergnügungen für sich entdeckt: einen Freizeitpark durch die Augen eines Kindes zu erleben, die Freundschaft zu einer Frau, die ihn zum Lächeln brachte. Heute Abend würde er ein Dankgebet sprechen.

Er konnte sein Glück nicht fassen. Er konnte nicht glauben, dass er *das hier* tat.

34

Thomas kniete in seiner Zelle auf dem Boden aus Betonbausteinen nieder, um zu beten. Früher an diesem Abend hatten sich Thomas, Buster und die ES im gleichen fensterlosen Raum versammelt, in dem der Bibelkreis auch letzte Woche stattgefunden hatte. Dieses Mal waren die Männer mit etwas weniger Gemurre gekommen, auch wenn sie Thomas immer noch wegen seiner King-James-Bibel aufzogen. Aber Thomas war das egal. Hauptsache, sie kamen überhaupt.

Sie warteten eine Viertelstunde auf Charles. Nach zehn Minuten wurden die Beschwerden immer lauter. Thomas versuchte Entschuldigungen zu finden – »Vielleicht ist sein Wagen liegen geblieben« – und bekniete die Männer zu bleiben, merkte aber, dass Buster immer ärgerlicher wurde. Der Mann war es nicht gewohnt, versetzt zu werden. Nach fünfzehn Minuten schob Buster wütend den Kiefer vor. »Toller Prediger«, sagte er, woraufhin die Männer zustimmend murmelten. »Wir verziehen uns aus diesem Rattenloch«, verkündete Buster, und so riefen sie die Wache herbei, um sich die Tür zu öffnen zu lassen.

Jetzt, drei Stunden später, kniete Thomas zum Abendgebet nieder. Er ging immer als Erster in seine Zelle zurück, während die anderen Männer im Gesellschaftsraum noch Karten spielten oder fernsahen. Nur so bekam er ein wenig Zeit für sich allein. Wie jeden Abend begann er sein Gebet mit der Bitte um Vergebung für das, was er Joshie angetan hatte. Dann betete er für seine Familie und bat Gott, Charles dafür zu vergeben, dass er heute Abend nicht erschienen war. Seine nächsten Gedanken gingen an seinen Zellengenossen.

»Zeig Buster, wie sehr Du ihn liebst, Herr. Hilf ihm, irgendwie herauszufinden, was es heißt, erlöst zu werden und so. Du weißt, dass ich in so was nicht gut bin, also wenn es irgendwie möglich wäre, dass Charles und Buster wieder zusammenfinden, wäre ich Dir ewig dankbar ...« Thomas hielt inne, als er merkte, dass er nicht mehr allein im Raum war. Er wurde sich bewusst, dass er sein Gebet laut vor sich hingemurmelt hatte, so wie er es auch immer zu Hause tat, was ihm jetzt etwas peinlich war. Er hatte nicht gerade das Vaterunser zum Besten gegeben – »Dein Reich komme« und all das andere großartig klingende Zeugs. Falls ihm jemand zugehört hatte, war er wahrscheinlich nicht sonderlich beeindruckt. Am besten kam er schnell und mit einem Tusch zum Schluss.

»Vergib mir meine Schuld, o Herr, wie auch ich vergebe meinen Schuldigern. Amen.«

Er erhob sich von seinen Knien, drehte sich um und bekam gerade noch mit, wie Busters Rücken um die Ecke verschwand.

✳ ✳ ✳

Der Blue Ridge Parkway windet sich kilometerlang durch die malerischen Blue Ridge Mountains im Westen von Virginia. Von Virginia Beach braucht man fast drei Stunden, um dorthin zu kommen. Doch jeder, der einmal diese Straße entlanggefahren ist, wird davon schwärmen, dass die atemberaubende Landschaft jede Minute Fahrt wert ist.

Aus diesem Grund, wegen seiner Vorliebe für die Berge und allem, was sie für ihn symbolisierten, hatte sich Dr. Armistead vor zwölf Jahren entschieden, an einem der schönsten Aussichtsplätze der gesamten Landstraße um die Hand einer jungen Dame namens Erica Wilson anzuhalten. Damals war er Medizinstudent im dritten Jahr an der Uni gewesen und sie eine begnadete Highschool-Lehrerin. Ihre gemeinsame Zukunft sah vielversprechend aus.

Sean fuhr mit Erica zum Lookout Peak, einem der höchsten Punkte der Bergstraße, von wo aus man bei gutem Wetter beinahe bis ans Ende der Welt sehen konnte. Sanfte Bergketten und gähnend tiefe Täler, die sich am Horizont vereinten; im Sommer ein endloses Grün, im Herbst ein Feuerwerk der Farben.

Der Aussichtspunkt selbst bestand nur aus einem kleinen Rastplatz am Straßenrand, auf dem ein paar münzbetriebene Teleskope auf Eisenstangen montiert waren. Außerdem gab es ein stabiles Schutzgeländer aus Maschendraht, das die Autos davor bewahren sollte, den über dreißig Meter tiefen Hang hinunter in das daruntergelegene Wäldchen zu stürzen. Der Rastplatz an sich war nichts Besonderes, es gab hier nicht einmal Toiletten. Doch für Sean und Erica war dies der Ort, an dem er sie gebeten hatte, seine Frau zu werden, der Ort, an dem sie Ja gesagt hatte – so wurde er zum bedeutendsten Ort der Welt für sie. In der Anfangszeit ihrer Ehe pilgerten sie einmal im Jahr hier hoch, um ihr Eheversprechen zu erneuern und sich vor Augen zu halten, wie glücklich sie miteinander waren.

Ein paar Stunden nachdem Busch Gardens seine Tore für diesen Tag geschlossen hatte und die Häftlinge des Gefängnisses von Virginia Beach sicher in ihren Zellen eingeschlossen waren, krachte ein weißer Lexus kurz vor Mitternacht durch den Sicherheitszaun am Lookout Peak und stürzte über dreißig Meter tief in den Wald darunter. Der Wagen überschlug sich, prallte mehrmals am Hang ab und landete schließlich tief zwischen den Bäumen, kaum sichtbar unter all dem Grün. Es gab einen kurzen Flammenstoß, eine richtige Explosion, doch der Wald selbst blieb unbeschadet. Irgendwann erloschen die Flammen.

Um diese Uhrzeit fuhren keine Touristen die Straße entlang. Und wären der beschädigte Maschendrahtzaun und der Abschiedsbrief, den das Opfer ausgedruckt auf seiner Kommode zurückgelassen hatte, nicht gewesen, hätte es womöglich Wochen gedauert, bis man den Lexus und die Leiche fand.

Für Erica Armistead hatte sich der Kreis geschlossen. Ihr Leben und ihre Ehe nahmen genau an jenem Ort ihr tragisches Ende, an dem sie sich Jahre zuvor mit dem Mann verlobt hatte, dem ihre ganze Liebe galt.

35

Brandon war ein junger Bursche von gerade einmal sechsundzwanzig oder achtundzwanzig Jahren mit langen, blonden Haaren, einer breiten römischen Nase und geraden, weißen Zähnen. Er war 1,88 m groß, wog 88 Kilo, hatte einen Waschbrettbauch und nicht ein Gramm Fett am Leib. Stetig lächelnd, trieb er die Leute mit seinen durchdringenden stahlblauen Augen und diesen blendend weißen Zähnen an. Im Moment ermahnte er gerade die Königskobra. Und im Moment konnte die Königskobra ihn auf den Tod nicht ausstehen.

Es war Sonntagmorgen und Crawford befand sich im Fitnessstudio, wo Brandon, Trainer für die oberen Zehntausend von Virginia Beach, sie in die Mangel nahm. Seit einer Ewigkeit machten sie nun schon Bauchmuskelübungen. Oder besser gesagt, *sie* machte Bauchmuskelübungen, während *er* sie weiter antrieb. Ihre Bauchmuskeln standen schon seit zehn Wiederholungen in Flammen und winselten um Gnade. Doch der ewig lächelnde Brandon, der in lässiger Pose neben ihr stand, schien gerade erst angefangen zu haben. Und es zu genießen.

»Komm schon«, feuerte der junge Adonis sie an, »vier mehr beim nächsten Satz.« Brandon hatte sich über Crawford aufgebaut, die mit dem Rücken auf dem Boden lag. Zum wiederholten Mal hob sie die Beine kerzengerade in einem Neunzig-Grad-Winkel an, stieß dann ihre Knöchel hoch und ließ ihre Beine wieder zu Boden fallen. Dabei spannte sie den Bauch an und bremste die Beine kurz vor dem Boden ab, nur um sie dann mithilfe derselben müden Muskeln wieder in die Ausgangsposition zu bringen, damit ein grinsender Brandon sie erneut nach unten schubsen konnte.

»Siebenundzwanzig ... achtundzwanzig ... neunundzwanzig ... dreißig ... Sieht gut aus. Lass uns noch zehn versuchen«, sagte der lächelnde Sadist. *Willst du mich auf den Arm nehmen?! Ich sterbe hier gerade, du Penner. Was ist heute nur in dich gefahren? Ich kann nicht glauben, dass ich dich dafür bezahle.*

»Fünfunddreißig ... sechsunddreißig ... siebenunddreißig ...« – Crawford ächzte und stöhnte, schwitzte wie ein Schwein und schwang ihre Beine wieder hoch, während Brandon weiter abzählte – »achtunddreißig ... neununddreißig ... vierzig.«

»Aaaah«, stöhnte sie auf, als sie ihre Beine auf die Matte fallen ließ, sie dann in Embryonalstellung an die Brust zog und sich hin und her rollte. »Versuchst du mich heute umzubringen?«

»Was uns nicht umbringt, macht uns härter«, erwiderte Brandon und warf vor der Spiegelwand einen heimlichen Blick auf seinen Körper.

Crawford kam langsam hoch, zog den Bauch ein und betrachtete ihr eigenes Spiegelbild. Sie trug Radlerhosen und einen Sport-BH, der ihre Körpermitte frei ließ. Die Muskeln an ihrem Rücken, den Armen und Beinen entwickelten sich prächtig. Doch trotz der vergangenen halben Stunde reiner Folter war noch immer ein kleines Röllchen Cellulitis über dem Bund ihrer Hose zu sehen, der ihre Pläne, diesen Sommer Bikini zu tragen, zu vereiteln drohte. Neidisch warf sie der superschlanken Frau mit den muskulösen Armen und Beinen an der Beinbeugemaschine einen Blick zu. *Wer hatte überhaupt beschlossen, dass Magersucht in ist? Warum muss man seine Rippen zählen können und wie ein dürrer Junge aussehen, um es als Model zu schaffen? Und wo bitte sind all diese Frauenrechtler, wenn die Idioten von der Madison Avenue solch unerreichbare Körpermaße diktieren?*

Die Königskobra war überzeugt davon, dass die Griechen und Römer es richtig gemacht hatten. Sie bevorzugten ihre Frauen und Göttinnen, die sie in Stein verewigten, mit etwas mehr Fleisch auf den Rippen.

Doch anscheinend sah Brandon das anders. Er hatte die ganze Zeit nur auf seine Stoppuhr gestarrt. »Noch einen Satz Bauchmuskelübungen – dieses Mal nehmen wir den Ball«, verkündete er mit einem breiten Lächeln. »Lassen wir die Muskeln so richtig brennen.«

Crawford nahm einen Schluck aus ihrer Wasserflasche und sah ihn trotzig an. Doch dann griff sie sich gehorsam einen der großen roten Gummibälle, um sich auf ihn zu setzen. Dank ihres eisernen Willens konnte sie immer noch einen Satz überstehen.

So begann eine weitere Runde der Folter. Mit den Füßen am Boden krümmte sie den Rücken auf dem Ball und machte Sit-ups, wobei sie sich ständig ausbalancieren musste und so ihre müde Bauchmuskulatur isolierte: Eins ... zwei ... drei ... vier ... fünf ... Das Feuer in ihrem Bauch war wieder zurück, Brandon grinste, und sie hasste ihn mit neu entfachter und größerer Leidenschaft.

Und dann ... Erleichterung! Bei der vierzehnten Wiederholung hörte sie ihr gelobtes Handy klingeln. Es war zu schön, um wahr zu sein! Sofort

hörte sie auf und griff nach dem Telefon, das neben ihr lag, als würde ein Menschenleben davon abhängen, dass sie vor dem zweiten Klingeln dranging. Sie drückte eine Taste und antwortete atemlos, in gespielter Verärgerung über diese Unterbrechung ihres Trainings.
»Was?«, grollte sie in den Hörer.
»Becca, du musst sofort kommen«, hörte sie die gestresste Stimme von Sean Armistead sagen. »Die Polizei ist schon hier.«
Crawford hielt die Luft an und blickte zu Brandon hinüber, der die Stirn gerunzelt hatte. »Geht es hier um einen Notfall?«, fragte sie, nur damit es der Muskelprotz neben ihr auch mitbekam.
Doch die Königskobra kannte die Antwort bereits.

* * *

In Jeans und einem alten Hemd, die sie über ihre Trainingskleidung gestreift hatte, traf Rebecca Crawford auf dem Anwesen der Armisteads in Woodard's Mill ein. Sie parkte direkt hinter den zwei Dienstwagen der Polizei von Chesapeake, die in der Auffahrt standen – wovon einer als solcher erkennbar, der andere ein Zivilfahrzeug war. Ohne zu klopfen, trat sie ein. Von ihrer Position im Eingangsbereich konnte sie Sean in seinem Arbeitszimmer sitzen sehen. Vollkommen weggetreten saß er zusammengesunken auf der Couch und starrte mit rot geschwollenen Augen einfach nur vor sich hin. Die Königskobra widerstand dem Drang, zu ihm zu gehen und ihn zu trösten, ihn in den Arm zu nehmen und ihm zu versichern, dass alles wieder gut werden würde. Stattdessen stellte sie sich Inspektor Giovanni vor, dem Beamten aus Chesapeake, der ganz offensichtlich für den Fall zuständig war.

Die Königskobra zeigte ihren Dienstausweis vor, erklärte, dass sie eine Freundin der Armisteads sei, und bat um einen Statusbericht. Mit einem Blick auf Armistead nahm der Inspektor Crawford am Ellenbogen und führte sie den Flur hinunter in die Küche. Leise erzählte er ihr, was sie über den mutmaßlichen Selbstmord von Erica Armistead wussten, und fasste Sean Armisteads Aussage für sie zusammen.

»Er ist sehr kooperativ«, erklärte Giovanni. »Wir durften uns im gesamten Haus umsehen und sogar ein paar Dinge auf dem Computer überprüfen.«

»Kommt seine Geschichte denn hin?«, fragte die Königskobra so emotionslos wie möglich. Der Inspektor gab einen schnalzenden Laut von sich und nickte stumm mit dem Kopf. »So ziemlich«, sagte er dann. »So ziemlich.« Sein Zögern entging der Königskobra nicht.
»Dürfte ich vielleicht mal mit ihm sprechen?«
»Nur zu«, sagte er schulterzuckend.

Langsamen Schrittes ging Crawford zurück ins Arbeitszimmer und nahm in einem Ohrensessel neben der kleinen Couch Platz, auf der Armistead ins Leere starrte. Sean zeigte keine Reaktion. Als sie sich umsah und ihre Gedanken sortierte, fiel ihr auf, dass es für diesen sonnigen Morgen sehr düster im Raum war.

Sean hatte die Lamellenfenster zugezogen, um das Sonnenlicht auszusperren. Die dunklen Mahagoniregale ebenso wie die kastanienbraune Ledergarnitur schienen auch das letzte bisschen Licht zu schlucken, das aus der Eingangshalle hereindrang. Nur eine schwache Leselampe erhellte eine Ecke des Zimmers, sodass die beiden nicht in völliger Dunkelheit dasaßen.

Schweigend harrte sie ein paar Minuten auf ihrem Platz aus, hin und her gerissen zwischen dem Bedürfnis, ihn zu berühren oder ihm einfach eine schallende Ohrfeige für seine Dummheit zu verpassen. Die Emotionen in diesem Raum waren überwältigend und brodelten direkt unter der Oberfläche, konnten jederzeit explodieren. Sie hatte Verständnis für seine Trauer, doch dies war nicht die Zeit, sich gehen zu lassen. Sie beide mussten einen kühlen Kopf bewahren. Warum um alles in der Welt ließ er die Polizei »ein paar Dinge« auf seinem Computer überprüfen? Selbst wenn die Ehe glücklich gewesen war, geriet der Ehemann bei ungeklärten Todesumständen der Frau stets unter Verdacht.

Bevor sie etwas sagte, stand die Königskobra auf und schloss die Fenstertüren, die das Arbeitszimmer von der Eingangshalle trennten.

»Wie geht es dir, Sean?«

Er schüttelte langsam den Kopf. »Nicht so gut«, erwiderte er, ohne aufzusehen. »Ich kann nicht aufhören, an sie zu denken.«

Die Königskobra nickte grimmig und setzte sich neben Sean. Mit den Ellbogen auf den Knien lehnte sie sich an ihn, um ihm so nah wie möglich zu sein, ohne ihn tatsächlich zu berühren. Sie wusste, dass die Polizisten jederzeit einen Blick durch die Fenster der Tür werfen konnten, und wollte kein Risiko eingehen.

»Ich weiß, dass es schwer ist«, flüsterte sie. »Aber du musst dich jetzt zusammenreißen. Ich bin für dich da.«

Sie nahm Seans Hände in ihre und drückte sie kräftig, bevor sie wieder losließ und sich mit einem Blick über die Schulter versicherte, dass sie nicht beobachtet wurden. Da dem nicht so war, streckte sie einen Arm aus und rieb Sean sanft über den Rücken.

Dieser Ausdruck von Zuneigung rief bei Armistead keine andere Reaktion hervor, als dass der Strom von Tränen, der über seine Wangen rann, nur noch zunahm. Crawford zog die Hand wieder zurück und hielt erneut nach der Polizei Ausschau. Niemand schaute zu. Also lehnte sie sich wieder vor und flüsterte Sean direkt ins Ohr.

Genug mit dem Trauerspiel. Die Königskobra entschied sich, zur Sache zu kommen. »Was haben sie sich auf dem Computer angesehen?«

Es war, als hätte sie gar nicht gesprochen, als wäre sie nicht zu ihm durchgedrungen.

Sie griff nach seinem Knie und schüttelte es sanft, aber entschlossen. »Sean«, hakte sie beharrlich nach, »was haben sie sich auf dem Computer angesehen?«

»Ach, sie haben nur in den Dokumentenordner geschaut, um zu überprüfen, ob sie nicht noch eine andere Nachricht mit mehr Einzelheiten als im Abschiedsbrief geschrieben hat ... Sie waren einfach ... ähm ... ich weiß es wirklich nicht.«

»Hast du ihnen die ganze Zeit über zugesehen, als sie am Computer waren?«

»Ja, natürlich.« Er sah Crawford nun direkt an. »Ich bin doch kein Idiot«, sagte er scharf.

Der schneidende Ton seiner Antwort und der finstere Ausdruck in seinen Augen überraschten und schockierten die Königskobra. Doch sie war Profi genug, um es sich nicht anmerken zu lassen. Ohne das kleinste Anzeichen von Verunsicherung erwiderte sie seinen Blick und verschärfte dann ihren eigenen Tonfall.

»Es war keine gute Idee, sie in diesem Computer herumschnüffeln zu lassen. Wenn sie nun etwas von deinen finanziellen Transaktionen mitbekommen hätten.«

»Das kriegen die niemals raus«, sagte Sean müde. »Ich habe so viele Sicherheitsvorkehrungen getroffen ...«

»*Sean* ...«, unterbrach die Königskobra ihn schroff, sodass er mitten im Satz innehielt. »Hör mir gut zu. Auf keinen Fall sollst du sie, *darfst* du sie noch einmal an diesen Computer lassen. Und wenn sie weg sind, will ich, dass du dir genau die gleiche Festplatte besorgst, die du jetzt auch hast, bar dafür bezahlst und in den nächsten Tagen jedes Programm, jede Datei, jede Überweisung, die sich momentan auf deinem Computer befindet, darauf überträgst, *bis auf* ...«

Seans Blick wanderte wieder in Richtung Boden. »Hör mir zu, Sean.«

Er nickte.

»*Bis* auf alle Überweisungen, die an mich gehen. Ich will nicht, dass du so etwas auch nur auf deiner Festplatte hast, okay?«

Sean nickte und blickte noch immer nach unten.

Die Königskobra legte eine Pause ein und atmete tief durch. Zeit, die Bombe platzen zu lassen.

Sie ließ ihre Stimme ganz sanft werden und sprach so leise, dass ihre Worte kaum noch ein Flüstern waren, in der Gewissheit, dass sie auch ohne schonungslose Darlegung einen durchschlagenden Effekt haben würden.

»Sean, sie wissen, dass du eine Affäre hattest, und sie wissen auch, dass Erica ein paar Tage vor ihrem Tod davon erfahren hat.«

Seans Kopf schnellte hoch, und er ließ sich in seinen Sitz zurückfallen, während er sich ungläubig das Gesicht rieb. »Aber wie?«

»Ich weiß nicht, wie sie davon erfahren haben«, erwiderte Crawford leise, »aber sie wissen es. Sie haben es mir gesagt. Offensichtlich haben sie keine Ahnung, dass ich die Affäre war.«

»Mir gegenüber haben sie nichts erwähnt«, meinte Sean.

»Psst«, ermahnte ihn die Königskobra. Erneut warf sie einen Blick über ihre Schulter. »Das ist einer der ältesten Tricks der Polizei. Sie halten einige wichtige Informationen zurück, um zu sehen, ob du gestehst oder etwas verbirgst. Wenn du es versäumst, reinen Tisch zu machen, wissen sie, dass es ein verstecktes Motiv gibt.«

Sean fluchte verzweifelt. Die Königskobra konnte sehen, wie sich seine Trauer in Angst wandelte.

»Pass auf, Sean, Folgendes werden wir jetzt machen. Ich rufe jetzt die Polizisten dazu, als wäre es mir gerade gelungen, dir das Geständnis über diese Affäre aus den Rippen zu leiern. Du erzählst ihnen, dass du mit irgendwem im Bett warst. Denk dir einen Namen aus, der glaubhaft genug ist, aber es muss eine Adresse in Virginia Beach sein. Ich biete Inspektor Giovanni an, mich selbst um die Befragung der Dame zu kümmern, oder, wenn er mir das nicht abkauft, dass ich einen meiner Beamten aus Virginia Beach mit der Überprüfung der Geschichte beauftrage. So oder so bestätigen wir dann, dass es diese Affäre gab. Kannst du so weit folgen?«

Sean nickte.

»Aber du musst dabei unglaublich vorsichtig sein. Gib ihnen auf keinen Fall mehr Informationen als nötig. Ich werde bei dem Gespräch die ganze Zeit anwesend sein. Und, Sean ...«

Sie blickten sich nun direkt in die Augen.

»Sollte mein Name jemals im Zusammenhang mit dieser Affäre erwähnt werden, kann ich dir bei diesem Schlamassel nicht mehr helfen, und du bist auf dich allein gestellt. Das verstehst du doch, oder?«

Auch wenn Sean nickte, verriet sein starrer Blick, dass er im Moment nicht sonderlich viel von dem verstand, was gerade vor sich ging. Er stand unter Schock, war wie ferngesteuert und folgte nur den Anweisungen der einzigen noch klar denkenden Person im Raum.

»Ich liebe dich, Sean«, sagte Crawford. Dann berührte sie sanft seine Schulter und stand auf, um den Inspektor zu rufen.

Sie traf Giovanni in der Küche an, wo er sich gegen die Küchenzeile lehnte und sich in gedämpftem Tonfall mit zwei Polizisten unterhielt.

»Danke, dass Sie mich mit ihm allein haben sprechen lassen«, sagte die Königskobra. »Ich denke, es hat etwas gebracht. Es gibt da einige Dinge, die Dr. Armistead Ihnen vorenthalten hat.«

36

Vierundzwanzig Stunden später, während Dr. Armistead gerade mit den Vorbereitungen für das Begräbnis beschäftigt war, klaubten die Insassen des Gefängnisses von Virginia Beach in der brütenden Hitze der Vormittagssonne Müll vom Straßenrand der Interstate 264 auf. Die Arbeit war undankbar und erniedrigend. Wenn die orangefarbenen Overalls nicht ausreichten, um der Welt zu zeigen, dass diese Männer Straftäter waren, der Abschaum der Gesellschaft, dann taten es mit Sicherheit die Wachen mit ihren entspannt gehaltenen Gewehren. Zumindest waren die Wachen so nett, ihnen keine Fußeisen anzulegen oder sie wie Sklaven aneinanderzuketten.

Die Männer bewegten sich langsam und methodisch und hoben nur ab und zu etwas Müll auf, wenn einer der Wächter zu ihnen herüberschaute. Sie waren entschlossen, nicht zu viel Energie für eine solch sinnlose Aufgabe zu verschwenden. Buster ging dabei besonders träge und lustlos vor. Er war stolz darauf, sich nur für größere Teile wie Pappreste oder leere Kartons zu bücken. Manchmal brauchte er eine ganze Stunde, um eine Mülltüte vollzukriegen.

Thomas Hammond andererseits war ein Arbeitstier. Stets hielt er sich in der Gruppe ganz hinten und sammelte kleine Müllteile auf, die die anderen liegen gelassen hatten. Am ersten Tag ermahnte er die Männer ständig, langsamer zu gehen und sorgfältiger zu arbeiten – sie ließen viel Müll liegen. Schließlich begriff er, dass dies der Sinn der Aktion war. Sie suchten sich die einfachen Sachen raus und überließen die kleinen und ekligen Teile – Hamburgerreste, benutzte Windeln, schmutzige Taschentücher – solchen Wichten wie Thomas. Ihm machte das nichts aus. Und so füllte er mehr Müllsäcke als zwei oder drei der anderen Männer zusammen.

Thomas knotete soeben einen Beutel zu, in den er gerade noch ein paar leere Dosen und einen Apfelrest gestopft hatte, als er sah, dass Buster sich umdrehte und auf ihn zuging. Es war nicht ungewöhnlich, dass Buster nach hinten zu Thomas kam und nörgelte und üble Laune verbreitete, während Thomas arbeitete. Buster schleifte seinen leeren Müllsack hinter sich her, während Thomas seinen eigenen füllte. Dann, ohne aus dem Tritt zu kommen, tauschten die Männer die Säcke aus und liefen weiter, bis Thomas auch den zweiten Sack gefüllt hatte.

»Was geht, Paps?«, erkundigte sich Buster.

»Nicht viel. Wird 'n heißer Tag werden.«

»Was hast du denn geraucht? Isses doch schon.«

Ein SUV voller Teenager rauschte an ihnen vorbei. Die Jungs hatten die Fenster runtergekurbelt und johlten den Häftlingen zu. Eine alte Fast-Food-Tüte flog aus dem Fenster und landete etwa fünfzehn Meter vor Buster und Thomas.

Buster verfluchte die Jungs auf dermaßen obszöne Art, dass Thomas zusammenzuckte.

»Pisser«, knurrte Buster. »Die mach ich kalt, wenn ich hier rauskomme.«

»Wie willste die denn finden?«, fragte Thomas, der sich in Richtung Tüte aufmachte.

»Die find ich schon«, versprach Buster.

Ohne ein weiteres Wort arbeiteten die Männer weiter, und Thomas wartete darauf, dass das Gemurre richtig losging. Doch aus irgendeinem Grund war Buster an diesem Morgen auffallend still, was Thomas ein wenig Sorgen bereitete.

»Alles okay?«, fragte er.

»Hab nachgedacht«, antwortete der große Mann.

»Worüber?«

»Über das, was der Reverend gesagt hat. Kaufst du ihm die Nummer echt ab, Paps?« Buster, der zu dem Seitenstreifen und den anderen Häftlingen hinüberstarrte, sah Thomas nicht einmal an, als er diese Frage stellte.

Thomas hörte auf, seinen Müllsack vollzustopfen, damit er sich besser auf seine Antwort konzentrieren konnte. Er wollte nicht zu forsch vorgehen, doch dies war das erste Mal, dass Buster sich mit einer spirituellen Frage an ihn wandte. Auf keinen Fall wollte er diese Chance verpatzen, das hätte er sich nie vergeben. Doch er wusste einfach nicht, was er am besten sagen sollte. Er hatte keine theologische Ausbildung, eigentlich überhaupt keine nennenswerte Ausbildung genossen. Wo war Pastor Charles Arnold, wenn man ihn wirklich brauchte?

»Natürlich glaube ich das«, erwiderte Thomas.

Buster lief ein paar Schritte weiter und trat gegen eine Limo-Dose. »Wenn das wahr ist, warum hat Gott dann deinen Jungen sterben lassen?«

Thomas kam es vor, als hätte Buster ihm zum zweiten Mal die Faust in den Magen gerammt. Seit dem Moment, in dem Dr. Armistead Joshua für tot erklärt hatte, wurde er von derselben Frage heimgesucht. »*Warum hat Gott deinen Jungen sterben lassen?*« Er wollte Gott nicht dafür verantwortlich machen. *Konnte* es nicht. Wie hätte er einem solchen Gott dienen können? Es musste an seinem Mangel an Vertrauen liegen, seiner Unfähigkeit zu glauben. Gott wollte Joshua gesund sehen, aber Thomas hatte einfach zu viel gezweifelt. So *musste* es doch sein, oder nicht?

Doch wie sollte er Buster das jemals begreiflich machen?

»Kann nicht behaupten, dass ich das wüsste«, sagte Thomas leise. Er ging ein Stück weiter und hob ein Bonbonpapier auf. Er hatte es vermasselt. Thomas hatte keine Ahnung, was er hätte sonst noch sagen können. *Weisheit, betete er. Schenk mir nur ein wenig Weisheit!* Er suchte den Boden ab und lief schweigend weiter, als ihm ein neuer Gedanke kam. »Vielleicht«, sagte Thomas zögerlich, »ist ein Grund, damit wir uns begegnen konnten. Damit ich dir den Hals retten und von Jesus erzählen konnte.«

Buster warf ihm einen skeptischen Blick zu, seine harten Züge verzogen sich zu einem Stirnrunzeln. »Da wir schon davon reden, Paps, ich wollte dich schon immer mal fragen, warum du mich davor bewahrt hast, abgestochen zu werden.« Busters tiefe Stimme klang ein wenig emotional. Seit dem Tag, an dem er und Thomas gemeinsam zu Abend gegessen hatten, hatte er die Messerstecherei mit keinem Wort erwähnt.

Thomas zuckte mit den Schultern. »Hab nicht groß drüber nachgedacht. Hab's einfach gemacht.«

Er wartete auf eine Antwort, doch Buster schlurfte nur neben ihm her und starrte wieder mit zusammengekniffenen Augen in die Ferne. *Was soll ich jetzt sagen?* »Aber konzentrier dich nicht auf mich«, fuhr Thomas fort. »Oh, Mann, ich hab nur mein Leben *riskiert.* Konzentrier dich auf Jesus; der Mann hat tatsächlich sein Leben *gegeben* – ist *gestorben* –, damit dir vergeben werden kann.«

Diesmal entschloss sich Thomas, auf eine Antwort zu warten, und wenn es den ganzen Tag dauerte.

Buster löste seinen Blick vom Horizont und heftete ihn auf den Boden. »Für *mich*«, sagte er voller Sarkasmus. »Dann muss Gott dümmer sein, als ich dachte. Dann hat er keine Ahnung, was ich getan hab.«

Darauf war Thomas vorbereitet gewesen. »Was du getan hast, tut nix zur Sache«, sagte er beharrlich. »Ich hab mein Leben für dich riskiert, als du nichts als Hass für mich übrig hattest. Und die Bibel sagt, dass Christus für uns gestorben ist, als wir alle noch Sünder waren. Es ist egal, was du gemacht hast.«

»Du hast keine Ahnung, Paps. Dieser schwarze Mann hat einiges auf dem Kerbholz.«

»*Is' egal.*« Thomas ließ den Müllsack fallen und drehte sich zu Buster um. Langsam kam er in Fahrt, seine Unsicherheit war vergessen. »Erinnerst du dich nicht, was Pastor Charles uns über den Dieb am Kreuz erzählt hat? Der Mann war wahrscheinlich 'n Mörder. Du hast zumindest keinen umgebracht.«

Die Stille, die von Buster ausging, schnürte Thomas vor Anspannung den Hals noch etwas enger zu. Sein Zellengenosse – ein Mörder. Konnte Gott Buster tatsächlich retten?

»Selbst wenn du ...« – Thomas suchte Busters Gesicht nach einer Reaktion ab, ohne jedoch fündig zu werden – »ist das auch egal. Gott liebt dich mit all deinen Warzen und anderen Makeln.«

»Mit all deinen Warzen und anderen Makeln« – wie bescheuert war das denn, dachte sich Thomas. Wenn sein Pastor solche Worte von der Kanzel sprach, klangen sie immer gut, aber Thomas redete hier mit einem Mörder. Warzen schienen für diesen Typ etwas zu harmlos zu sein.

Die Stille hielt scheinbar eine Ewigkeit an. Aber was sollte er noch sagen? Thomas hatte seine Pflicht erfüllt und sich für seinen Gott stark gemacht, obwohl ihm lauter unbeantwortete Fragen durch den Kopf geisterten. Er hatte sein Bestes gegeben, auch wenn ein paar dumme Äußerungen dabei gewesen waren. Was konnte Gott denn noch von ihm erwarten?

»Worauf kommt es dann an?«, wollte Buster wissen. Er blieb stehen und studierte den Boden zwischen sich und Thomas.

Bei der Frage wurde Thomas nervös und aufgeregt. Er sah sich um, als würde er fast erwarten, dass Gott ihm Pastor Charles vorbeischickte, um Buster bei seinen Fragen zu helfen. Aber es erschien kein Pastor und auch kein Engel. Thomas war auf sich gestellt.

»Knie einfach nieder und bete zu Gott«, sagte Thomas mit zitternder Stimme. »Gib einfach zu, dass du ein Sünder bist, sag Gott, dass du deine Sünden bereust, nimm Christus als deinen Erlöser an und bitte Ihn, in dein Herz Einzug zu halten. Er wird dein Leben verändern.«

Genau in diesem Moment rauschte ein Auto vorbei und hielt auf den Seitenstreifen zu. Der Fahrer drückte auf die Hupe, worauf der Beifahrer den Häftlingen den Mittelfinger zeigte. Die Wachen, immer noch knapp fünfzig Meter hinter ihnen, lachten nur. Buster schien das Ganze nicht mitbekommen zu haben.

»Dir fällt das vielleicht leicht, Paps. Aber ich habe in meinem ganzen Leben noch nie mit dem Großen Mann gesprochen.«

Thomas ging einen Schritt auf ihn zu. »Ich sag dir was. Wenn du bereit bist, dich jetzt und hier erretten zu lassen und mit Gott reinen Tisch zu machen, dann knie dich hier einfach direkt neben mich, und ich sag dir, was du beten sollst.«

Zum ersten Mal sah Buster zu Thomas auf. Seine Augen waren rot und feucht und wurden ganz groß, als er verstand, was Thomas da vorschlug.

»Wir müssen uns *hinknien*?«

»Ja, warum nicht?«

»Hier?«

»Ja.«

Buster sah sich um und wies mit einer Bewegung seines Kopfes auf die Wachen hinter ihnen und die Häftlinge vor ihnen. »Was ist mit denen?«, fragte er flüsternd, obwohl die anderen immer noch fünfzehn Meter entfernt waren. »Was sollen *die* denken?«

»Wenn es dir so wichtig ist, was die anderen denken, dann wirst du einfach zur Hölle fahren«, verkündete Thomas voller Autorität und Überzeugung. Er war selbst von seiner Forschheit überrascht.

Buster riss den Kopf herum und starrte Thomas erstaunt an. Diese Aussage schien ihn aus dem Konzept gebracht zu haben. In all der Zeit, die sie gemeinsam verbracht hatten, hatte Thomas nicht ein einziges Mal geflucht.

»Sagt wer?«

»Sagt die Bibel, wenn du's genau wissen willst. Wenn du dich vor Menschen für Christus schämst, wird Er sich vor dem Vater im Himmel für dich schämen.« Thomas schwieg einen Moment, um sich zu sammeln. »Man muss ein echter Mann sein, um an Jesus zu glauben, Buster, egal, was die anderen sagen.«

Buster blickte nach vorne, zurück und dann wieder zu Thomas. Seine Augen waren noch immer rot. »Gott kann *mich* ändern – Buster Jackson – Anführer der ES?«

»So isses.«

»Dann lass uns loslegen.«

Ohne ein weiteres Wort sanken die beiden riesigen Männer in ihren orangefarbenen Overalls direkt auf dem Seitenstreifen der Autobahn auf die Knie – während die Autos an ihnen vorbeirauschten und die Wächter sie aus fünfzehn Metern Entfernung anstarrten –, falteten die Hände wie kleine Kinder und begannen zu beten.

»Mach aber schnell«, murmelte Buster.

37

Während der gesamten zweistündigen Fahrt nach Richmond dachte Charles darüber nach, was er sagen wollte und wie er es sagen würde. Er hätte Denita auch einfach anrufen können, dann aber entschieden, dass eine solch wichtige Angelegenheit besser persönlich geregelt wurde. Das war er ihr schuldig.

Er versuchte, seine eigenen Beweggründe zu beurteilen und seinem aufgewühlten Herzen auf den Grund zu gehen. Er war darüber hinweg, dass sich Denita eine solch fantastische Chance bot. Dabei hatten ihm einige Stunden intensiven Betens geholfen. Und wenn er ihre Ansichten in vielen rechtlichen Fragen auch nicht teilte, so ging ihn das überhaupt nichts an. Mit diesem Problem würden sich die Senatoren auseinandersetzen müssen. Seine einzige Aufgabe war es, zu entscheiden, ob er enthüllen sollte, dass seine Frau vor vier Jahren eine illegale Abtreibung vorgenommen hatte, und das mithilfe eines zu diesem Zeitpunkt nicht zugelassenen Medikamentes, das auch heute noch für Kontroversen sorgte.

Um die Sache noch komplizierter zu machen, hatte Denita es geschafft, im Laufe ihrer Karriere ihre Meinung zum brisanten Thema Abtreibung nicht öffentlich zu machen. Charles vermutete, dass dies der Grund war, warum sich beide Seiten auf sie geeinigt hatten. Nur Charles kannte die Wahrheit. Sie war nicht nur eine Befürworterin des Rechts auf Abtreibung, sondern hatte persönliche Erfahrungen mit diesem Thema machen müssen, was es ihr schwer machen würde, objektiv zu bleiben.

Charles wusste: Sollte die Presse davon Wind bekommen, würde ihre Kandidatur sofort zurückgezogen werden. Der Präsident würde sich niemals darauf einlassen, Senator Crafton sie wie eine heiße Kartoffel fallen lassen und eine andere afroamerikanische Anwältin unterstützen. Und so hing alles an Charles' Entscheidung, ob er Verrat an seiner Exfrau begehen oder die Zukunft unzähliger ungeborener Kinder aufs Spiel setzen wollte.

Denita behauptete, sie hätte sich verändert. Doch eins war gleich geblieben, konnte sich niemals ändern. Daran würde er an diesem Nachmittag nach seinem Gespräch mit Denita erinnert werden, wenn er das kleine Grab auf einem Friedhof in Richmond besuchte, das er ein paar Tage nach Denitas Geständnis erworben hatte. Auf dem Grabstein stand »Baby Arnold«. Es war etwas über ein Jahr her, dass er zum letzten Mal dort gewesen war. Er versuchte, jedes Jahr an dem Tag zu diesem Grab zu pilgern, das Denita als Datum der Abtreibung genannt hatte. Doch dieses Jahr war er ein paar Wochen zu spät dran.

Als er in der Kanzlei Pope und Pollard ankam, teilte ihm Denitas Sekretärin mit, dass sie gerade am Jugend- und Familiengericht sei, wo sie auf ehrenamtlicher Basis jugendliche Straftäter vertrat. *Ihre Leute*, dachte Charles auf seinem Weg zum Gericht. Er fragte sich, wie lange sie schon diese ehrenamtliche Arbeit machte. *Wahrscheinlich seit dem Tag, an dem sie von ihrer möglichen Nominierung erfahren hat.*

Er traf sie in Verhandlungssaal Nr. 4 des riesigen Richmond Judicial Centers an und stellte überrascht fest, wie entspannt sie in dieser Umgebung wirkte. Sie saß am Tisch der Verteidigung und flüsterte dem grimmigen jungen Mann neben sich etwas ins Ohr. Anscheinend ging es darum, den Vorwurf der Staatsanwaltschaft zurückzuweisen, der junge Mann habe gegen seine Bewährungsauflagen verstoßen. Charles beobachtete sie etwa eine Viertelstunde lang, bevor sie sich umdrehte und in seine Richtung blickte. Sie riss die Augen auf, zog eine Augenbraue hoch und zuckte mit den Schultern – der klassische »Was-machst-du-denn-hier?«-Ausdruck.

Ein paar Minuten später hatte Denita den Richter dazu überredet, eine kurze Pause anzuordnen. Sie sah den Gerichtsbeamten dabei zu, wie sie den Beschuldigten zurück in die Zelle führten, und ging dann direkt auf Charles zu.

»Das ist aber eine Überraschung«, sagte sie und legte ihre Hand sanft auf seinen Arm. »Wie komme ich zu der Ehre?«

»Es geht um unsere Unterhaltung letztens.«

»Okay«, sagte sie zögerlich und zog die Hand zurück. Sie schien zu merken, dass ein persönlicher Besuch nichts Gutes verhieß. »Kannst du bis zur Mittagspause warten?«

Charles schüttelte den Kopf. Er sah sich um, um sicherzugehen, dass ihnen niemand zuhörte. »Ich habe viel darüber nachgedacht, Denita. Darüber gebetet.« Er hielt inne. Das war doch schwerer als gedacht. »Ich denke, du solltest es dem Senator sagen.«

Er hörte, wie sie den Atem ausstieß, der leicht sein Gesicht streifte.

Ihr starker Körper wirkte auf einmal so zerbrechlich; die Schultern sackten einen Moment ab, richteten sich aber schnell wieder auf. Sie begann leicht mit dem Kopf zu nicken, als hätte sie es kommen sehen, und sah ihm dann direkt in die Augen.

Charles spürte, wie sich ihm der Hals zuschnürte und sein Mund unter ihrem durchdringenden Blick ganz trocken wurde.»Wenn du es ihm sagst«, fuhr Charles fort,»werde ich kein Wort mehr darüber verlieren. Dann verspreche ich dir und dem Senator, dass ich dem Rest der Welt gegenüber Stillschweigen bewahren werde. Er wird die Nominierung dann vielleicht nicht zurückziehen und zumindest informiert sein.« Charles beobachtete genau, wie sie auf sein Angebot reagierte. Ihr Ausdruck wurde hart, ihre Lippen bildeten eine dünne abweisende Linie.»Ich werde meine Pflicht erfüllt haben«, erklärte er,»und kann nachts wieder ruhig schlafen.«

»Das geht nicht«, sagte Denita, ohne zu zögern.»Der Senator würde mich sofort fallen lassen.« Sie ging einen halben Schritt auf ihn zu; ihre Augen bohrten sich noch tiefer in seine.»Du kannst das nicht auf mich abladen, Charles. Ich werde kein Wort darüber verlieren. Das habe ich bereits entschieden. Wenn du nicht damit leben kannst, dann tu, was du tun musst.« Sie seufzte, als wolle sie sich nicht streiten.»Ich habe meine Entscheidung getroffen, Charles. Die Sache geht den Senator nichts an.«

Sie sah über ihre Schulter zum vorderen Teil des Gerichtssaals und hob entschuldigend die Hand, als sie den ungeduldigen Blick der Staatsanwältin sah.»Bin sofort bei Ihnen«, rief Denita. Als die Staatsanwältin zustimmend nickte, wandte sich Denita wieder Charles zu.»Danke, dass du den weiten Weg auf dich genommen hast«, sagte sie kurz angebunden.»Schade, dass du nicht akzeptieren kannst, dass ich mich geändert habe.«

»Denita ...«

Doch bevor er noch weitere Erklärungen vorbringen konnte, drehte sie sich um und ging davon.

✳ ✳ ✳

Auf dem Weg nach Hause hielt er an dem Friedhof an, um wieder einen klaren Kopf zu bekommen und Baby Arnold zu gedenken. Ihn plagten Schuldgefühle, weil er den Todestag seines Babys dieses Jahr verpasst hatte und weil, wenn er ehrlich war, diese Pilgerfahrten mehr zu einer Pflicht geworden waren. In den ersten Jahren hatten ihm die Besuche am Grab noch inneren Frieden geschenkt. Sie milderten den Schmerz in seiner Seele. Doch in den vergangenen zwei Jahren riefen die Gebete am Grab seines einzigen Kindes nur destruktive Gefühle hervor – Verbitterung, Enttäuschung, Kritik an Gottes Plänen für dieses Kind. Anstatt zu trauern, begann er, Gott infrage zu stellen.

Als er an den vertrauten Grabsteinen der Toten vorbeilief, die lange, erfüllte Leben gelebt hatten, überkam ihn eine große Traurigkeit. Es war nicht nur, dass Baby Arnold niemals die Freuden des Lebens genießen würde; was ihn ebenso schmerzte, war die Tatsache, dass sein Tod selbst jetzt niemanden kümmerte. Andere Gräber waren mit frischen Blumen dekoriert oder hübsch gestaltet mit kleinen Beeten rings um die Grabsteine. Angehörige knieten dort nieder und sprachen stille Gebete. Anders am Grab von Baby Arnold. Er würde der einzige Besucher bleiben. Einmal im Jahr. Und dieses Jahr war er zu spät gekommen und hatte nicht einmal die Zeit gefunden, Blumen zu kaufen.

Und so stockte ihm der Atem, als er schockiert auf die frisch gemähte Grabstätte seines Kindes blickte. Er konnte nicht glauben, was er da sah, nicht fassen, was das bedeutete.

Vertrocknete Blumen, Geranien und Stiefmütterchen lehnten an dem winzigen Grabstein, als wären sie vor einigen Wochen dort niedergelegt worden. Davor hatte jemand einen kleinen Rosenbusch gepflanzt.

»Menschen verändern sich«, hatte Denita gesagt. *»Ich habe mich verändert ... Lass es mich dir beweisen.«*

Vielleicht hatte sie es wirklich ernst gemeint.

38

Es war Mittwochmorgen, und Nikki war spät dran. Der Wecker hatte ordnungsgemäß funktioniert, doch das galt auch für die Snooze-Taste. Fünf Mal. Als sie und Stinky sich endlich aus dem Bett rollten und sie Tiger in seinem Schlafsack angestupst hatte, war es bereits 7.15 Uhr. Um 8.00 Uhr mussten die Kinder in der Kindertagesstätte sein, damit sie noch in der Kanzlei vorbeifahren und es bis 9.00 Uhr ins Gericht schaffen konnte. Außerdem brauchte sie mindestens eine halbe Stunde im Bad, bis sie ausgehfertig war.

Zumindest wurde Tiger morgens nicht mehr von irgendwelchen Krankheiten heimgesucht. Anscheinend sagte ihm der Hort, der von irgendeiner Kirchengemeinde geleitet wurde, sehr viel besser zu als die Schule. Nikki dachte sich, dass die Hammonds sicherlich eine religiös orientierte Tagesbetreuung bevorzugen würden, wenn die Kinder schon eine solche Einrichtung in Anspruch nehmen mussten. Die Erzieher schienen nett zu sein, und die Kinder hatten dort schon viele neue Freundschaften geschlossen.

Auf dem Weg hielten sie an einem Fast-Food-Restaurant an, um Brötchen und Kakao für die Kinder und einen Kaffee für Nikki zu kaufen. Nikki hatte keinen Schimmer, wie diese Supermamis das schafften – Arbeit, Kinder, Haushalt und Ehemänner bewältigten. Sie selbst ging bereits auf dem Zahnfleisch, außerdem kollidierten ihre neuen Verpflichtungen mit ihrer Mission, in Form und braun gebrannt zu bleiben. Wenn es sein musste, konnte sie noch einen Monat durchhalten, bis zum Ende des Verfahrens. Allerdings spekulierte sie darauf, nur noch einen Tag die Nanny spielen zu müssen. Nach der heutigen Voranhörung, nachdem Charles Dr. Armistead im Zeugenstand auseinandergenommen hatte, sollten Thomas und Theresa eigentlich mit ihren Kindern nach Hause gehen dürfen.

Natürlich war es ungewöhnlich, besonders bei einem so besonnenen Richter wie Silverman, dass ein Fall schon bei der Voranhörung aufgrund von unzureichender Verdachtsgrundlage abgewiesen wurde. Aber es war schon vorgekommen. Und bei allem, was sie gegen Armistead, den Hauptzeugen der Staatsanwaltschaft, in der Hand hatten ... nun, da könnte es heute vielleicht passieren.

Die Staatsanwaltschaft musste einen hinreichenden Verdacht in zwei Punkten nachweisen. Erstens musste die Königskobra nachweisen, dass Thomas und Theresa Hammond wussten oder hätten wissen müssen, dass ihr Zögern, medizinische Hilfe für Joshua in Anspruch zu nehmen, eine unzumutbare Gefahr für sein Leben darstellte. Außerdem musste die Königskobra beweisen, dass dieses Versäumnis der Eltern zum Tod von Joshua geführt hatte. Da man die Hammonds nicht zwingen konnte, gegen sich selbst auszusagen, konnte die Königskobra sich bei ihrer Beweisführung nur auf die Aussagen anderer Zeugen stützen.

Die Königskobra hatte die Kinder bei dieser Anhörung nicht als Zeugen vorgeladen. Wahrscheinlich wollte sie kein unnötiges Risiko eingehen, da sie nicht wissen konnte, was die Kinder aussagen würden. Nikki und

Charles hatten lange überlegt, ob sie selbst die Kinder als Zeugen aufrufen sollten, sich dann aber dagegen entschieden, da ihre Aussage wahrscheinlich mehr schaden als nützen würde. Diese Runde würden die Kinder also aussetzen und den Tag in der Kindertagesstätte verbringen, während ihr Schicksal am seidenen Faden hing.

»Ups«, rief Tiger vom Rücksitz des Chrysler Sebring.

»Oh, Mann«, murmelte Nikki entnervt. »Was heißt hier ›ups‹?«

»Ich hab' nur meinen Kakao verschüttet, das ist alles.«

»Hat der Sitz etwas abbekommen?« Nikki versuchte, das Bild ihrer befleckten und nach saurer Milch stinkenden Lederausstattung aus dem Kopf zu bekommen. Tiger war ein wandelndes Katastrophengebiet.

»Ein bisschen«, gestand Tiger. »Aber das meiste ist auf mir gelandet.«

»Na, Gott sei Dank«, murmelte Nikki.

»Hier sind noch ein paar Servietten«, sagte Stinky fröhlich und reichte sie über den Vordersitz nach hinten. »Sinnlos, über verschüttete Milch zu weinen.«

»Ich weine ja gar nicht«, sagte Tiger. »Aber jetzt sieht es so aus, als hätte ich mir in die Hose gemacht.«

* * *

Zehn Minuten später setzte Nikki Tiger samt seiner Milchflecken an der Kindertagesstätte der Green Run Community Church ab. Sie gab ihm und Stinky einen Kuss auf die Wange, was sie sich seit ein paar Tagen angewöhnt hatte, und wünschte ihnen einen schönen Tag. Sie erinnerte sie sogar daran, ihre Gebete für Mommy und Daddy zu sprechen.

Sobald Miss Nikki sich umgedreht hatte, zog sich Tiger das Hemd aus der Hose. Es war fast lang genug, um den nassen Fleck auf seiner Hose zu verdecken, aber nur fast. Das würde ein sehr, sehr langer Tag werden.

Tiger mochte die Erzieher hier im Hort und auch die anderen Kinder. Alle bis auf Joey. Joey war genauso alt wie Tiger, aber das sah man ihm nicht an. Er war fast vierzehn Kilo schwerer und hatte einen miesen Charakter. Seine kleinen Knopfaugen wirkten in dem mondförmigen Gesicht deplatziert. Und Tiger war sich sicher: Wenn Joey das Hemd auszog, konnte man bestimmt schon Haare unter seinen Armen sehen.

Wenn Tiger mit Stinky allein bei Miss Nikki war, machte er sich über

Joey lustig – »Fettklops-Joey« nannte er ihn dann. Im Hort hingegen machte Tiger einen weiten Bogen um ihn. Er hatte schon ein- oder zweimal mitbekommen, wie Joey sich mit Kindern prügelte, die nur halb so groß waren wie er, und für Tiger war es nur eine Frage der Zeit, bis er Fettklops' nächstes Opfer sein würde. Sollte das passieren, lautete Tigers Plan, Joey einen harten Tritt mit seinen Cowboystiefeln zu verpassen und dann die Beine in die Hand zu nehmen. Er hoffte, dass es nie dazu kommen würde.

An diesem Tag kamen Tiger und Stinky ein wenig zu spät, sodass Miss Parsons bereits damit begonnen hatte, sich nach den Gebetswünschen der Mädchen und Jungen zu erkundigen, die im Kreis um sie herumsaßen. Tiger suchte sich einen Platz am Boden aus, ein paar Meter von Joey entfernt, außer Reichweite und in Sicherheit. Dann zog er seine Hemdzipfel über die befleckte Hose und lauschte den üblichen dringenden Gebetswünschen.

Sie hatten gerade erst angefangen, sodass die meisten Kinder noch die Hand in der Luft hatten, um für ein Gebet für ihre Haustiere zu bitten, die alle von irgendeiner Krankheit befallen waren. Auch Tiger wünschte sich sehnlichst ein Haustier – vorzugsweise einen Hund, doch er würde sich auch mit einem Hamster zufriedengeben –, damit er die Klasse über den Gesundheitsstatus seines Hundes auf dem Laufenden halten und um Gebete gegen echte oder eingebildete Krankheiten bitten konnte.

Tiger war sich sicher, dass all diese Tiere niemals unter den vielen Krankheiten leiden konnten, wegen derer sie täglich beteten. Allerdings war es ein todsicherer Weg, um Aufmerksamkeit zu bekommen und den anderen Kindern nebenbei mitzuteilen, dass man das große Glück hatte, Haustierbesitzer zu sein.

»Ja, Heather«, sagte Miss Parsons, die ein traurig dreinschauendes rothaariges Mädchen in Stinkys Alter aufrief.

»Bitte betet für Rascal«, bat Rachel. Sie schien kurz davor, in Tränen auszubrechen.

»Wie geht es Rascal?« Auch Miss Parsons schien sehr besorgt zu sein.

»Nicht so gut. Er kann kaum noch sehen und will nicht mehr fressen. Mein Dad sagt, dass wir ihn vielleicht zum Tierarzt bringen müssen. Ich will nicht, dass er eingeschläfert wird ...« Heathers Stimme brach auf melodramatische Weise ab. Ihre Unterlippe zitterte. Für Tigers Geschmack war das ein wenig viel Tamtam um die Schlafgewohnheiten eines alten Hundes.

Doch Miss Parsons wollte sie anscheinend beruhigen. »In Ordnung, das werden wir.« Als Nächstes wandte sie sich nach rechts, einem sonst sehr stillen Mädchen zu, das die Hand hoch in die Luft gereckt hatte. »Jenny?«
»Meine Katze Slinky bekommt bald Junge.«
Viele der Mädchen stießen angesichts dieser Neuigkeit verzückte Laute aus. Nicht so Tiger, der Katzen nicht ausstehen konnte - tatsächlich öffnete er heimlich immer die Augen, wenn Miss Parsons für Katzen betete. Damit wollte er nichts zu tun haben. Katzen waren fett und faul und im Prinzip für nichts zu gebrauchen. Und mit Sicherheit würde er nicht dafür beten, dass diese fette und faule Slinky noch ein Dutzend mehr von diesen Kreaturen auf die Welt brachte. Tigers Meinung nach gab es auf der Welt schon genug Katzen.

Ringsherum schossen die Hände in die Höhe, und langsam gingen die Gebetsanfragen von Haustieren zu Großeltern über. Es schien so, als würde jedermanns Oma und Opa an der Schwelle des Todes stehen oder zumindest wegen irgendwas im Trantenhaus liegen. Tiger war kurz versucht, diese Seifenblase für sie platzen zu lassen, indem er alle daran erinnerte, was mit Joshie im Trantenhaus passiert war, entschied sich dann aber dagegen. Je schneller die Gebetsstunde endete, umso schneller kamen sie raus und konnten spielen. Er wollte die Sache nicht unnötig verkomplizieren.

»Hannah?«, sagte Miss Parsons, die nun Tigers Schwester aufrief und ihn damit aus seinen Tagträumen riss. »Was können wir für euch beten?«

Oh-oh, dachte Tiger. Er hatte es noch nie leiden können, wenn Stinky private Details aus ihrem schwierigen Leben ausplauderte.

»Meine Mommy und mein Daddy müssen heute vor Gericht ...« - das war Tiger neu; woher hatte Stinky diese Information? - »und wenn alles gut läuft, kommt mein Daddy vielleicht aus dem Gefängnis raus.«

Für einen kurzen, flüchtigen Moment ließ diese Ankündigung Tigers Herz höher schlagen.

»Warum ist dein Daddy im Gefängnis?«, fragte eine besorgte Stimme hinter Tiger. Die Stimme gehörte einem der anderen Kinder, jedoch niemand, den Tiger kannte.

»Es ist nicht wichtig, das zu wissen«, erklärte Miss Parsons. »Lasst uns einfach dafür beten, dass es im Gericht heute gut für ihn läuft. In Ordnung?«

Köpfe nickten, und noch mehr Hände gingen in die Luft. Doch aus dem Augenwinkel konnte Tiger sehen, wie Joey immer näher an ihn heranrutschte, bis er direkt neben ihm saß.

»Was hat dein Dad angestellt?«, flüsterte er, als Miss Parsons gerade nicht hinschaute.

Tiger zuckte mit den Schultern. »Kann ich nicht sagen«, antwortete er, den Blick starr nach vorne gerichtet.

»Sitzt er echt im Gefängnis?«, hakte Joey nach.

Tiger nickte mit dem Kopf. Seine Wangen glühten immer noch, und langsam stiegen ihm die Tränen in die Augen. *Jetzt bloß nicht weinen*, sagte er sich.

Joey rutschte wieder zurück an seinen Platz. Gleich würden sie mit dem Beten beginnen, und es sah aus, als wäre Tiger gerade noch mal davongekommen – der Klops hatte das Interesse verloren. Sie gingen zu anderen Gebetsvorschlägen über, und Tiger atmete erleichtert auf.

Die Erleichterung währte nur kurz, denn nun hörte Tiger wie Joey leise genug eine Bemerkung machte, dass nur er und die Kinder um ihn herum sie mitbekamen.

»Tigers Dad ist ein Knastvogel«, hänselte Joey. »Piep-piep. Piep-piep.«

»Piep-piep«, wiederholte eine andere Stimme leise, doch in Tigers Hörweite.

»Piep-piep.«

»Piep-piep.«

»Lasst uns nun die Köpfe zum Gebet senken«, sagte Miss Parsons.

39

»Der nächste Fall: *United States vs. Jackson*, Drogenbesitz mit Handelsabsicht«, verkündete der Gerichtsdiener und unterdrückte ein Gähnen. »Verhandelt wird der Antrag des Angeklagten auf Nichtzulassung von Beweismitteln.«

Charles Arnold nahm seinen Platz am Tisch der Verteidigung ein. Die Königskobra setzte sich an den anderen. Während der neunzig Minuten, die verstrichen, bevor ihr Fall aufgerufen wurde, hatten sie nicht ein einziges Wort gewechselt. Richter Silverman hatte bereits zwei andere Anhörungen abgewickelt und war noch nicht aus der zehnminütigen Pause zurück.

»Führen Sie den Angeklagten herein«, sagte der Gerichtsdiener.

Die Beamten verschwanden durch eine Seitentür und kehrten mit Buster Jackson im Schlepptau zurück. Er trug einen orangefarbenen Overall, Fußeisen und Handschellen und stellte damit den perfekten Kontrast zu Charles dar, der seinen Lieblingsanzug angezogen hatte: ein maßgeschneiderter Traum in Beige, mit sportlichem Schnitt und fünf Knöpfen am Jackett.

Ohne Charles eines Blickes zu würdigen, rutschte Buster in seinen Stuhl am Tisch der Verteidigung. Seine tief liegenden Augen waren starr geradeaus gerichtet, der Kiefer mit dem Ziegenbart trotzig vorgeschoben.

»Ich hab gehört, du hast Christus als deinen Erlöser angenommen«, flüsterte Charles, während er sich zu dem großen Mann herüberlehnte.

»Stimmt.« Der Hüne schien nicht besonders erfreut darüber zu sein.

»Meinen Glückwunsch«, sagte Charles.

»Von wem weißt du das?«

»Thomas.«

»Wann hast du mit ihm gesprochen?«

»Gestern.«

Der große Mann rutschte auf seinem Platz herum, aber blickte weiter stur nach vorne. »Warum rufst du ihn an und lässt mich dafür hängen?«, fragte Buster durch zusammengebissene Zähne. »Du kommst nicht vorbei. Du rufst nicht an. Du machst 'n Scheiß.«

Dieser unerwartete Angriff empörte Charles. Buster verhielt sich nicht wie ein Mann, der gerade zu Christus gefunden hatte. Charles hatte so hart für diesen Kerl gearbeitet und riskierte für ihn sogar seinen guten Ruf. Und das sollte der Dank dafür sein? In diesem Moment war es ihm egal, wie groß und stark Buster sein mochte. Er hatte seine Attitüden satt.

»Die Jungs sagen, diese Moreno-Tante wär heiß«, fuhr Buster fort. »Ist das der Grund, warum du dich so für den Fall interessierst und mich wie 'ne Schlampe behandelst?«

Charles drehte sich zur Seite und sah Buster direkt ins Gesicht. Er sprach so leise, dass nur Buster ihn verstehen konnte. »Willst du meine Hilfe oder nicht?«

Buster starrte weiter geradeaus. Sein Ausdruck wurde hart, er atmete schwer durch seine aufgeblähten Nasenflügel aus. Keine Antwort.

»Ja oder nein?«, beharrte Charles auf seiner Frage.

»Ja.«

»Dann folge meinem Rat: Halt den Mund und überlass mir das Reden.« Charles legte eine kleine Pause ein, um zu sehen, ob Buster es noch mal wagen würde, irgendwelche klugen Sprüche zu reißen. »Und mach ein freundliches Gesicht. Der Richter hat sonst allein deswegen schon Grund genug, dich wegzusperren.«

Einen Moment lang verharrte Charles direkt neben Busters Gesicht, bevor er sich wieder in seinen Stuhl zurücklehnte. Er spürte, wie die Anspannung seinen Rücken hochstieg, und er spürte die Wut, die sein Mandant ausstrahlte. Kein sonderlich guter Start in eine solch wichtige Anhörung.

Wenige Minuten später kam Silverman zur hinteren Tür herein, woraufhin der Gerichtsdiener den Gerichtssaal zur Ordnung rief.

»Wie ich sehe, haben Sie den Antrag gestellt, Mr Arnold. Bitte rufen Sie Ihren ersten Zeugen auf.«

»Die Verteidigung ruft Rodney Gage in den Zeugenstand.«

Officer Rodney Gage, der direkt in der Reihe hinter der Königskobra gesessen hatte, kam kerzengerade auf die Füße und ließ sich vereidigen. Er stieg in den Zeugenstand, setzte sich aufrecht hin und starrte durch Charles hindurch.

Gage hatte die Festnahme durchgeführt; er war der Mann, den Charles des *Racial Profilings* bezichtigt hatte. Und sein Gehabe machte deutlich, dass er diese Anschuldigung nicht auf die leichte Schulter nahm.

Er ist so jung, dachte Charles. Gage hatte ein knabenhaftes Gesicht, volles blondes Haar, glatte weiße Haut – *sehr weiße Haut*, stellte Charles fest – und die Statur eines jungen Athleten, dessen Muskeln noch nicht den zerstörerischen Einflüssen von Schwerkraft und Alter erlagen. Charles hatte auf einen älteren Mann gehofft, einen gröber wirkenden Mann, jemanden, der nicht ganz so, nun ja, ehrlich aussah.

Schnell handelte Charles ein paar einleitende Fragen ab, wobei er darauf achtete, sich genau zwischen dem Zeugen und der Königskobra zu positionieren. Schließlich wollte er es nicht riskieren, dass der Zeuge heimlich Hilfestellung bekam.

»Sind Sie der Beamte, der Buster Jackson am 3. Juni wegen Kokainbesitzes mit Handelsabsicht verhaftet hat?«

»Ja, Sir, das bin ich.«

»Bevor Sie ihn anhielten, konnten Sie aber keine Drogen bei Mr Jackson oder in seinem Fahrzeug sehen, ist das richtig?«

»Davor nicht, das ist korrekt. Nachdem wir ihn aber angehalten hatten, stellten wir fest, dass zwei Tütchen Kokain offen sichtbar unter dem Vordersitz herausschauten.«

»Ich habe aber nicht nach dem *Danach* gefragt, nicht wahr, Officer?«

Gage runzelte die Stirn. Streitlustig sprang die Königskobra von ihrem Platz auf. »Einspruch, reine Provokation.«

Silverman, der das Geschehen mit dem Anflug eines Schmunzelns verfolgt hatte, hob das Kinn aus der Hand. »Stattgegeben«, sagte er freundlich.

Charles lief nun einen Bogen, als würde er sein Opfer einkreisen wollen. Die Fragen kamen nun schneller, schossen wie Pfeile durch den Raum.

»Sie sind sich aber schon bewusst, Sir, dass Sie einen begründeten Verdacht haben mussten, mein Mandant sei im Begriff gewesen, eine Straftat zu begehen, oder habe dies bereits getan, um ihn anhalten zu dürfen, richtig?«

»Ja.«

»Sie dürfen gesetzestreue Bürger nicht einfach ohne Grund anhalten.«

»Richtig.«

»Und dieser Grund darf nicht die Hautfarbe der Person sein. Das wissen Sie doch, oder?«

»Aber natürlich.«

»Dann erklären Sie jetzt bitte dem Gericht, warum Sie am 3. Juni die Verkehrskontrolle bei meinem Mandanten durchgeführt haben. Was machte Sie so misstrauisch?«

Officer Gage atmete tief ein und lehnte sich leicht zurück. Diese Antwort war mit Sicherheit genauestens einstudiert worden. »Zunächst Mr Jacksons Verhalten selbst. Er fuhr die Strandpromenade, genauer gesagt die Atlantic Avenue hoch und runter und schien nach jemandem Ausschau zu halten. Ich habe mit eigenen Augen beobachtet, wie er zwei junge Männer mitnahm, sie einmal um den Block fuhr und dann an gleicher Stelle wieder absetzte. Meiner Einschätzung nach hielten sie sich lange genug in dem Fahrzeug auf, um ein Drogengeschäft abzuwickeln. Zweitens war auch das

Verhalten der Männer, die Mr Jackson einsammelte und wieder absetzte, verdächtig. Nachdem sie aus dem Wagen gestiegen waren, sahen sie sich auffällig um und verschwanden schnell in der Menge, als sie unseren Dienstwagen entdeckten.« Charles ließ sich äußerlich zwar nichts anmerken, doch die zweite Aussage hatte gesessen. Mit diesem Teil der Antwort hatte er nicht gerechnet. Er würde Buster Jacksons Verkehrskontrolle von denen der Versuchskaninchen aus seinem Seminar deutlich unterscheiden.

»Drittens«, fuhr Gage fort, »war da noch der Fahrzeugtyp. Es handelte sich um einen brandneuen Cadillac-Escalade-Geländewagen mit getönten Scheiben. Der Besitzer hatte offensichtlich Geld, und die verdunkelten Fenster konnten dabei helfen, illegale Aktivitäten, die sich im Inneren abspielten, zu verbergen. Und viertens war auch der Schauplatz suspekt. Wir haben es im Sommer an der Strandpromenade mit sehr viel Drogengeschäften zu tun, insbesondere auf der Atlantic Avenue.« Gage hielt einen Moment inne und gab vor, an der Decke nach weiteren Antworten zu suchen.

»Ich denke, das war es so weit.«

»Vielen Dank, Officer Gage.« Charles kehrte zu seinem Tisch zurück, doch kurz bevor er sich setzte, stellte er dem Zeugen eine letzte Frage.

»Ganz nebenbei gefragt, hatten Sie die letzten Wochen Dienst, und wenn ja, welche Schicht?«

Verdattert blickte Gage ihn an. »Ich arbeite in der Spätschicht von 15.00 bis 23.00 Uhr, dienstags bis samstags. So war es auch in den letzten zwei Wochen.«

Charles setzte sich an seinen Platz. »Ihr Zeuge«, sagte er zur Königskobra.

Sofort nahm sie die Herausforderung an, kam hinter ihrem Tisch hervor und stellte sich direkt neben Charles' Platz auf, sodass der Zeuge sie nun beide im Blickfeld hatte.

»Ich möchte Ihnen nun die Frage stellen, die Mr Charles hier ...«

»Arnold«, korrigierte Charles sie, ohne aufzustehen. »Mein Name ist Charles *Arnold*.«

»In Ordnung. Ich möchte Ihnen nun die Frage stellen, die Mr Arnold sich offensichtlich nicht zu fragen getraute ...«

»*Einspruch.*«

»Stattgegeben«, sagte Silverman wie aus der Pistole geschossen. »Mrs Crawford, vermeiden wir doch bitte die persönlichen Bemerkungen, in Ordnung?«

»Aber natürlich, Euer Ehren.« Die Königskobra trat an die Längsseite ihres eigenen Tisches und blickte einen Moment zu Boden, als müsse sie erst über die Formulierung der nächsten Frage nachdenken, um nicht einen weiteren Einspruch zu riskieren. Charles bemerkte, dass er gebannt auf ihren Mund starrte, doch dann wurde ihm plötzlich klar, was sie soeben geschafft hatte. Alle im Gerichtssaal – Charles, seine Jurastudenten, die gekommen waren, um ihren Professor in Aktion zu sehen, der Zeitungsjournalist, der die Anhörung für berichtenswert erachtet hatte, und natürlich der Richter – hingen an ihren Lippen und warteten gespannt darauf, was sie sagen würde. *So* gut war sie.

»Officer Gage, spielte die ethnische Zugehörigkeit des Angeklagten eine Rolle bei Ihrer Erwägung, ob es einen begründeten Verdacht gab, ihn anzuhalten?«

»Absolut nicht.«

»Wurde Ihr Verdacht, er könne eine kriminelle Handlung begangen haben, in irgendeiner Weise durch die Tatsache bestärkt, dass seine Hautfarbe schwarz und nicht weiß war?«

»Nein, Ma'am, in keiner Weise.«

»Wenn ein weißer Mann sich auf ähnlich verdächtige Weise verhalten hätte, wie Sie es eben beschrieben haben, hätten Sie diesen dann auch angehalten und überprüft?«

»Ja.«

»Und haben Sie in der Vergangenheit auch Weiße aus gleichem Grund angehalten?«

»Aber sicher. Schon oft.«

»Nun, Officer Gage, können Sie uns beschreiben, welche negativen Auswirkungen es auf Ihren Kampf gegen die Drogen am Strand haben würde, sollte das Gericht in diesem Fall gegen Sie entscheiden?«

Charles sprang von seinem Platz auf. »Einspruch, Euer Ehren, diese Frage ist absolut unangemessen.«

»Stattgegeben.«

Charles setzte sich wieder in dem Wissen, nur einen schalen Sieg davongetragen zu haben. Die Frage war unangemessen, doch der Gedanke war nun erfolgreich im Kopf des Richters gesät worden. Die Königskobra beherrschte ihr Handwerk wirklich gut.

»Treffen Sie die Entscheidung, wen Sie anhalten und wen Sie weiterfahren lassen, allein?«

»Nein, Ma'am. Für gewöhnlich entscheiden mein Partner und ich das gemeinsam. Ich würde sicher niemanden anhalten, wenn mein Partner damit nicht einverstanden wäre. Normalerweise sage ich so etwas wie: ›Lass uns diesen Typen mal anhalten und etwas genauer ansehen.‹ Dann warte ich ab, ob er zustimmt oder antwortet, dass er es für keine gute Idee hält.«

»Und ist es auch so bei Mr Jackson abgelaufen?«

»In dem speziellen Fall erinnere ich mich nicht mehr so genau, also kann ich das auch nicht mit Bestimmtheit sagen. Aber ich bin mir relativ sicher, dass unser Gespräch so in etwa abgelaufen ist.«

Die Aussage schien auf den ersten Blick ganz harmlos, dieses ganze Gerede über den Partner, doch für Charles war es wie ein Schlag ins Gesicht. Ihm drehte sich der mittlerweile vollkommen verkrampfte Magen um. *Konnte das sein? Warum habe ich das Buster nicht gefragt? Warum hat Buster nichts gesagt?* Charles warf einen schnellen Blick auf seinen gereizten Mandanten neben sich. Der Mann brodelte innerlich immer noch wegen ihrer Auseinandersetzung von vorhin. Aber Charles musste es wissen. Er lehnte sich zu Buster herüber und stellte ihm eine Frage, die er schon an jenem ersten Abend in der Untersuchungshaftzelle hätte fragen müssen.

»Ist der Partner von dem Typen schwarz oder weiß?«, flüsterte Charles.

»Keine weiteren Fragen«, sagte die Königskobra zum Zeugen. »Ich würde diesen Zeugen später gerne noch einmal aufrufen, wenn nötig. Aber für den Moment war es das von meiner Seite, Euer Ehren.«

»Was tut das zur Sache?«, flüsterte Buster zurück.

Der Magen seines Anwalts, der bereits vollkommen verknotet war, rutschte ihm zusammen mit seinem Herz in die Hose.

»Sie dürfen den Zeugenstand verlassen«, sagte Silverman zu dem aufrechten und ungebrochenen Officer Gage.

40

»Beantworte einfach die Frage«, flüsterte Charles seinem Mandanten zu.
»Schwarz«, sagte Buster. Er warf Charles einen verächtlichen Blick zu.
»Schokobraun, Bruder, wie dunkle Schokolade.«
Der Kommentar machte Charles wütend. War Buster deswegen so entschlossen feindselig ihm gegenüber? Fehlte ihm das Vertrauen, weil Charles' Hautfarbe und Herkunft zu hell waren?
»Warum hast du mir das nicht gesagt?«
»Du hast nicht gefragt«, fauchte der große Mann. »Außerdem, was macht das für einen Unterschied? *Gage* hat mich hochgehen lassen, nicht sein Partner.«
Charles schüttelte nur mit dem Kopf. »Das ändert einfach *alles*«, flüsterte er aufgebracht.
»Der nächste Zeuge bitte«, rief Silverman.
»Die Verteidigung ruft Dr. Frederick Ryder auf.«
Als er seinen Namen hörte, erhob sich ein unscheinbarer Mann, der in der zweiten Reihe gesessen hatte, und kam in den vorderen Teil des Gerichtssaals, um sich vereidigen zu lassen. Er war klein, hatte einen unsteten Gang und einen riesigen Kopf, der auf einem spindeldürren Hals saß. Sein Jackett hing schlaff an seinem birnenförmigen Körper herab. Sonderlich wohlzufühlen schien er sich im Zeugenstand nicht. Er setzte sich hin und schob seine dicken Brillengläser die adlerähnliche Nase hoch; eine irritierende Angewohnheit, die er unter dem Druck der Situation noch viele Male wiederholen sollte. Nachdem er seinen Ordner mit Diagrammen auf dem Handlauf des Zeugenstandes abgelegt hatte, schlug er die Beine übereinander und blickte nervös zwischen Charles und dem Richter hin und her.
Auf diesen kauzigen kleinen Mann, diesen bleistiftspitzenden Statistiker von der Old Dominion University, hatte Charles all seine rasch schwindende Hoffnung für Busters vorzeitige Entlassung gesetzt. Und selbst wenn Ryder eine wahre Glanzleistung im Zeugenstand hinlegen würde, bedurfte es immer noch eines kleinen Wunders, um die Tatsache zu entschärfen, dass der afroamerikanische Partner mitentschieden hatte, Buster anzuhalten.
Ryder blätterte durch seine Grafiken und erklärte auf Charles' Aufforderung hin mit einschläfernd monotoner Stimme seine Methodik. Seiner Aus-

sage nach war er gebeten worden, wissenschaftliche Stichproben von Verkehrskontrollen an der Strandpromenade von Virginia Beach durchzuführen, um bestimmen zu können, ob es hier eine Tendenz für ethnisches Profiling gab. Mithilfe von Charles' Studenten, die sich als Testpersonen zur Verfügung gestellt hatten, stellten sie die Umstände von Busters Überprüfung so detailgetreu wie möglich nach, und das Ganze sechsundfünfzig Mal in den vergangenen vierzehn Nächten.

Der Statistiker erklärte, dass viermal am Abend einer der Studenten die Atlantic Avenue entlanggefahren war, um dann in der Nähe eines geparkten Polizeiwagens ein paar andere Studenten aufzusammeln, die auf der Straße herumgelungert hatten. Dann musste der Fahrer eine Runde um den Block drehen und die Studenten in Sichtweite der Strandpolizei mehr oder weniger an der gleichen Stelle wieder absetzen. Natürlich benutzten sie dafür verschiedene Fahrzeuge, da jeder Student ein anderes besaß. Interessanter war jedoch, dass auch die Hautfarbe der Fahrer wechselte. So holten schwarze Fahrer schwarze Fahrgäste und weiße Fahrer weiße Fahrgäste ab.

Aufgrund dieser Versuchsreihe kam Ryder zu dem Schluss, dass am Strand tatsächlich ethnisches Profiling betrieben wurde, was er anhand seiner Diagramme beweisen konnte. Schaubild eins, ein buntes Kreisdiagramm, zeigte die Gesamtanzahl der Fahrten mit weißen Studenten (42) sowie die Gesamtzahl der weißen Studenten, die daraufhin angehalten wurden (11). Eine zweite, ebenso farbenfrohe Grafik zeigte die Gesamtzahl der Fahrten mit schwarzen Studenten (14) und die Gesamtzahl der daraufhin erfolgten Verkehrskontrollen (7). Das dritte Diagramm fasste das Ergebnis zusammen: Weiße hatten eine 26-prozentige Chance, für ihr auffälliges Verhalten angehalten zu werden, bei den schwarzen Studenten waren es 50 Prozent.

Mit anderen Worten, sagte Ryder, es war fast zweimal so wahrscheinlich, dass Schwarze aufgrund verdächtigen Verhaltens angehalten und durchsucht wurden. Dr. Ryders fachkundiger Meinung nach war dies der »eindeutige Beweis für systematisch durchgeführtes ethnisches Profiling«. Er schob mit dem Zeigefinger seine Brille hoch und ließ einen nervösen Blick von Charles zum Richter huschen.

»Dr. Ryder, waren Sie in der Lage festzustellen, ob Officer Gage eine dieser Verkehrskontrollen durchgeführt hat?«

»Ähm, ja, das war ich. Die Studenten überprüften jedes Mal die Dienstmarken und Namen der Beamten, von denen sie angehalten wurden.«
»Wie viele dieser Verkehrskontrollen hat Officer Gage durchgeführt?«
Ryder blätterte geräuschvoll durch seine Unterlagen, wobei er einige zu Boden fallen ließ. Als er sich bückte, um sie wieder aufzuheben, stieß er mit dem Hinterkopf gegen das Mikrofon, das daraufhin einen grellen Quietschton von sich gab. »Entschuldigung«, sagte der Akademiker verlegen. Endlich fand er die Seite, nach der er gesucht hatte.
»Officer Gage war viermal an den Kontrollen beteiligt.«
Charles blieb bei seiner Wanderung durch den Gerichtsraum stehen, dachte kurz nach und fragte dann: »Wie viele davon waren gegen Schwarze und wie viele gegen Weiße gerichtet?«
Glücklicherweise fand sich diese Information auf demselben Blatt. »Drei Verkehrskontrollen mit schwarzen Fahrern, nur eine mit einem Weißen.«
Charles war sich bewusst, dass es noch eine Menge unbeantworteter Fragen gab. *Wie oft hat Gage einen weißen Studenten bei diesem Verhalten beobachtet, ohne ihn anzuhalten? Wie oft hat er einen schwarzen Studenten dabei beobachtet, ohne ihn anzuhalten?* Und er wusste, dass die Königskobra schon ungeduldig mit den Hufen scharrte, um diese und andere Fragen stellen zu können. Tatsächlich verließ sich Charles darauf. Die Antworten würden sie sicherlich überraschen, solange sich sein verschrobener kleiner Zeuge ans Drehbuch hielt.

※ ※ ※

Am späten Vormittag hatte Tiger die zwitschernden Vögel um sich herum schließlich satt. Er stand draußen auf dem Spielplatz und gab sich redlich Mühe, Joey und seinen Chor, der immer wieder in Gezwitscher ausbrach, zu ignorieren. Außerdem versuchte er, nicht die ganze Zeit an seinen Vater zu denken, auch wenn das, was Stinky gesagt hatte, ihm Hoffnung machte. Obwohl er die hübsche Dame bestimmt vermissen würde, wäre es einfach toll, wieder nach Hause zu gehen und mit seinem Vater auf dem Wohnzimmerboden herumtoben zu können. Die Zeit schien überhaupt nicht zu vergehen, während er auf dem Spielplatz, umringt von nervtötenden Vögeln, die ohne Unterlass zwitscherten, seinen glücklichen Träumen nachhing.
Da Tiger einfach nur allein sein wollte, stellte er sich bei einer der weni-

gen Schaukeln an. Es schien, als würde das Mädchen, das momentan darauf zugange war, nie wieder runterkommen, und als sie Tiger so geduldig anstehen sah, motivierte sie das nur, noch länger zu schaukeln. Und gerade als sie nach einer gefühlte Ewigkeit dann doch absprang, kam der Ärger in Form von Joey auf ihn zu.

Auch wenn er sich nicht angestellt hatte und Tigers Meinung nach nicht einmal in der Nähe der Schaukel gewesen war, schob Joey sich jetzt dreist vor Tiger und setzte seinen dicken Hintern einfach auf den Ledersitz der Schaukel, auf die Tiger so lange gewartet hatte.

»Hey«, rief Tiger, »ich bin dran.«

»Piep-piep«, erwiderte Joey nur.

»Hör auf damit«, sagte Tiger aufgebracht, »und stell dich hinten an.«

»Ich lass keinen vor, dessen Dad ein Drogendealer ist«, erklärte Joe schlicht, während er begann, mit den Beinen zu schwingen, um die Schaukel in Bewegung zu setzen.

Tiger kochte vor Wut. Es mochte ja sein, dass sein Vater wegen dieser blöden fiesen Dame im Gefängnis saß, aber er war mit Sicherheit kein Drogendealer. Und Tiger war nicht bereit, einem dicken Klopsjungen zu gestatten, so etwas zu behaupten. Er stand kurz davor, in Tränen auszubrechen, und musste dem Drang widerstehen, einfach wegzulaufen. Aber er spürte auch Wut in sich aufsteigen, die seine Angst verdrängte und seinen nächsten Zug bestimmte.

»Nimm das zurück!«, schrie Tiger. »Nimm das sofort zurück!«

Joey mochte vielleicht größer und stärker sein, doch gerade im Moment war Tiger sehr viel wütender. Und Tiger hatte genügend Prügeleien zwischen Fünfjährigen gesehen, um zu wissen, dass normalerweise immer das gemeinste und wütendste Kind gewann.

Joey ließ die Füße im Sand schleifen und hielt die Schaukel an. Dann stand er auf und ging ein paar Schritte auf Tiger zu, wobei er verächtlich auf seinen kleinen dürren Feind herabblickte.

»Zwing mich doch«, sagte er mit einem hämischen Grinsen.

Das hätte Tiger beinahe auch getan. Er war so wütend. Fast hätte er den großen Jungen an Ort und Stelle bewusstlos geschlagen. Doch als er zu Joey aufschaute, der in den letzten paar Sekunden, seit er die Schaukel verlassen hatte, fast fünfzehn Zentimeter gewachsen zu sein schien, überlegte es sich Tiger auf einmal anders.

»Das gehe ich sagen«, meinte er bloß und machte sich auf, um Miss Parsons zu finden.

Bevor Tiger sich überhaupt umdrehen und seinem rundlichen Feind den Rücken kehren konnte, schossen dessen pummelige Arme vor und trafen Tiger hart gegen die Schultern. Tiger wurde von dem Manöver vollkommen überrascht. Bevor er wusste, wie ihm geschah, lag er auf dem Boden, alle viere von sich gestreckt.

Irgendjemand rief: »Schlägerei!«, als Tiger mit erhobenen Fäusten aufsprang und sich Joey zuwandte. Tiger hatte die Unterlippe vorgeschoben, seine knochigen Knie schlotterten und seine Augen füllten sich mit Tränen, als Joey sich ihm langsam näherte. Tiger musste all seinen Mut zusammennehmen, um sich nicht einfach umzudrehen und wegzulaufen. Stattdessen wich er mit erhobenen Fäusten langsam zurück und versuchte, trotz der Tränen und der zitternden Beine so gefährlich wie möglich zu wirken. Joey umkreiste ihn und kam lauernd immer näher. Weinend versuchte Tiger ihm auszuweichen.

Nach etwa zehn oder fünfzehn Sekunden – den längsten in Tigers jungem Leben – hörte er die zornige, doch willkommene Stimme von Miss Parsons durch die Menge schneiden. »Jungs!«, rief sie verärgert. »Hört sofort damit auf!«

Erleichtert ließ Tiger seine Fäuste sinken, ohne Gebrauch von den tödlichen Waffen machen zu müssen. Er war einfach nur dankbar, dass Miss Parsons eingeschritten war, bevor jemand – nämlich er – verletzt wurde. Miss Parsons griff Tiger und Joey am Arm und zerrte sie ins Gebäude. Als ihr Ärger verraucht war, hatten beide Jungs deftige Auszeiten aufgebrummt bekommen, wobei sich die lautstarke Standpauke hauptsächlich an Joey richtete. Miss Parsons zwang die beiden Jungs sogar, sich zu entschuldigen; Joey für seine verletzenden Bemerkungen über Mr Hammond und Tiger für sein allgemein unchristliches Verhalten. Dann wurden beide allein in getrennte Räume geschickt, wo sie über ihr schändliches Benehmen nachdenken sollten.

Tiger dachte nur ans Überleben. Fürs Erste hatte er aufgehört zu weinen, aber er fürchtete sich immer noch zu Tode vor Joey. Auch wenn Tiger kein großer Freund von Auszeiten war, so wähnte er sich zumindest für die Dauer seiner Einzelhaft in Sicherheit. Sobald sie sich aber wieder unter die restliche Bevölkerung der Kindertagesstätte mischen durften, würde Joey

Blut sehen wollen; außerdem gab es keine Garantie, dass das Gezwitscher der anderen mittlerweile verstummt war. Nein, Sir, der beste Überlebensplan lautete, einen Weg zu finden, den Rest des Tages in der Auszeit zu verbringen, so langweilig das auch sein mochte. Morgen war sein Vater wieder zu Hause und die ganze Sache mit der Kindertagesstätte damit gegessen.

Nachdem er vorgeblich eine halbe Stunde lang über seine Sünden nachgedacht hatte, blickte Tiger auf und sah, dass Miss Parsons den Raum betrat. Er versuchte, ein niedergeschlagenes Gesicht zu machen.

»Hast du deine Lektion gelernt, junger Mann?«, wollte Miss Parsons wissen.

»Hast du deine Lektion gelernt, junger Mann?«, äffte Tiger nach.

Die Erzieherin schien unangenehm überrascht zu sein. Sie sah Tiger misstrauisch an. »Kann es sein, dass du noch etwas mehr Auszeit brauchst?«

»Kann es sein, dass du noch etwas mehr Auszeit brauchst?«

Damit war das Maß voll. Miss Parsons gewann ihre Fassung wieder und setzte zu einer neuen Strafpredigt an. »Ich weiß, dass du in letzter Zeit viel durchgemacht hast«, schimpfte sie, »aber das ist keine Entschuldigung für ein solches Benehmen.« Sie drohte Tiger, dass er den ganzen Tag allein in diesem Zimmer verbringen würde, wenn er seine Einstellung nicht auf der Stelle änderte.

Tiger schaffte es kaum, sein erleichtertes Lächeln zu unterdrücken. Sein Plan schien aufzugehen.

✳ ✳ ✳

Charles sah der aufgebrachten Königskobra dabei zu, wie sie mit dem Notizblock in der Hand nach vorne marschierte. Das würde kein schöner Anblick werden.

»Sind Sie Officer Gage vor dem heutigen Tag schon einmal begegnet?«, fragte sie Dr. Ryder in vorwurfsvollem Ton.

»Nein.«

»Also können Sie überhaupt nicht wissen, was in seinem Kopf vor sich ging, als er an jenem Abend Buster Jackson anhielt, nicht wahr?«

»Nein.«

»Haben Sie seine Aussage eben mitbekommen, in der er die Gründe für die Verkehrskontrolle aufgezählt hat?«

»Ja.«

»Haben Sie auch gehört, wie er sagte, dass die ethnische Zugehörigkeit dabei keinerlei Rolle spielte?«

»Ja.«

»Nennen Sie ihn etwa einen Lügner?« Bei dieser Frage richtete die Königskobra den Finger auf Officer Gage, was Ryder veranlasste, Augenkontakt mit dem Polizisten aufzunehmen. Sofort fuhr Ryders Finger nervös und instinktiv zur Nase hoch und schob seine Brille zurück.

»Nein, das habe ich nicht gesagt.«

Charles versuchte, seinen Zeugen auf sich aufmerksam zu machen, um ihm einen ermutigenden Blick zuwerfen zu können. *Zeigen Sie mal etwas Rückgrat, Professor.*

»Tatsache ist doch, dass Officer Gage recht hatte, oder nicht? Ich meine, dieser Mann ...« – damit zeigte die Königskobra auf Jackson – »hatte das ganze Auto voller Drogen, nicht wahr?«

Charles sprang auf. »Einspruch, das ist eine Aufforderung zur Spekulation. Wie sollte der Zeuge das im Vorfeld wissen?«

»Genau darauf wollte ich hinaus«, schoss die Königskobra zurück. »Aber da die Verteidigung es selbst eingesteht, ziehe ich die Frage zurück.«

Mit dem Gefühl, ausmanövriert worden zu sein, ließ Charles sich wieder auf seinen Stuhl fallen.

Crawford ging zu Ryder hinüber und nahm die Grafiken zur Hand, die er während seiner Aussage benutzt hatte. »Nun möchte ich noch einmal auf diese sechsundfünfzig Fälle auf diesen Grafiken zu sprechen kommen, bei denen Sie die Situation nachgespielt haben, wenn ich das so bezeichnen darf. Wie viele davon wurden vor Officer Gage aufgeführt?«

»Diese Information habe ich nicht vorliegen«, antwortete Ryder und blickte betreten auf seine Hände hinunter. »Aber wir wissen, dass mindestens vier der *Verkehrskontrollen* von Officer Gage durchgeführt wurden, wovon drei gegen schwarze Fahrer gerichtet waren. Und wir wissen auch, dass die meisten von unseren nachgestellten Situationen an Abenden stattfanden, an denen Officer Gage Dienst hatte.«

Die Königskobra machte noch einen Schritt auf den Zeugen zu und hob die Stimme, als wolle sie den Statistiker für seine ausschweifende Antwort zurechtweisen. »Sie selbst waren aber nicht dabei, nicht wahr, Dr. Ryder? Sie waren nicht draußen auf der Straße und haben diese Situationen beaufsichtigt, oder etwa doch?«

»Nein«, antwortete Ryder leise.

»Woher wollen Sie dann wissen, dass Officer Gage das Ganze nur viermal beobachtet hat – dreimal mit einem dunkelhäutigen Fahrer und einmal mit einem weißen? Es könnte doch sein, dass er die Fahrer *jedes Mal* angehalten hat, wenn ihm dieses Verhalten auffiel.«

Endlich, dachte Charles. Das wurde aber auch Zeit. Sie ist in die Falle getappt. Fast konnte er das metallene Zuschnappgeräusch hören. *Jetzt müssen wir nur hoffen, dass der Prof auch tatsächlich genug Mumm hat, in Aktion zu treten.*

»Nein, das ist nicht korrekt«, erwiderte Ryder in seiner ruhigen monotonen Stimme. »Zum Beispiel hat er letzten Mittwochabend einen afroamerikanischen Studenten namens Isaiah Gervin angehalten. Alle Studenten waren instruiert worden, sich die Namen der Polizeibeamten, die auf den Dienstmarken stehen, einzuprägen. Isaiah stellte fest, dass es sich um Officer Gage handelte, und so rief er umgehend einen seiner weißen Kommilitonen an, der zusammen mit ein paar anderen Seminarteilnehmern zum Strand fuhr, wo er innerhalb einer Stunde eintraf ...«

»Beantworten Sie einfach nur die Frage«, fiel ihm die Königskobra ins Wort. »Die Vorträge können Sie sich sparen.«

»Er war gerade dabei, die Frage zu beantworten, zumindest bis er unterbrochen wurde«, schaltete sich Charles ein.

Richter Silverman warf dem Zeugen einen Blick zu. »Sie dürfen die Antwort zu Ende ausführen, aber bitte fassen Sie sich kurz.«

Ryder nickte, wobei sein großer Kopf wie der eines Wackeldackels auf seinem Hals herumwippte, und schob gleichzeitig seine Brille wieder hoch.

»Um darauf zurückzukommen, Isaiah stand also auf der anderen Straßenseite und beobachtete, wie der weiße Student das Gleiche tat, das er eine Stunde zuvor gemacht hatte – er sammelte ein paar Leute am Straßenrand ein und fuhr mit ihnen um den Block. Genau wie Gervin achtete sein weißer Kommilitone darauf, dass Officer Gages Dienstwagen in Sichtweite war. Aber dieses Mal gab es keine Verkehrskontrolle. Die einfache Wahrheit ist, Ms Crawford, dass die schwarzen Jungs angehalten wurden, die weißen aber nicht.«

Die Antwort war so ruhig und unverblümt vorgetragen worden, dass ihr Effekt nur verstärkt wurde. Charles konnte sehen, wie die Muskeln am Hals der Königskobra zuckten und sich dann anspannten. Sie lief vor Wut rot an.

»Sie selbst waren dabei aber nicht anwesend, nicht wahr?«

»Das sagte ich bereits.«

»Also können Sie nicht wissen, ob Officer Gage vielleicht gerade abgelenkt war, als der weiße Fahrer sein kleines Schauspiel abzog. Vielleicht hat sich der schwarze Fahrer ja auch verdächtig umgesehen und der weiße nicht, oder vielleicht war ihm auch klar geworden, dass es sich dabei um einen Streich einer Gruppe Jurastudenten handelte. Er könnte tausend legitime Gründe gehabt haben, warum er den weißen Studenten nicht anhielt. *Das können Sie nicht ausschließen, nicht wahr?*«

Die Hitzigkeit der Frage – mittlerweile schrie sie fast – wurde von Ryder absorbiert und mit einer einzigen, ruhigen und ehrlichen Antwort entkräftet. »Nein, ich stütze mich dabei nur auf die Aussagen der Studenten. Aber sie sind heute auch hier im Gericht.« Er zeigte auf den Zuschauerraum hinter Charles. »Sie können sie ja fragen.«

»Ich frage aber Sie«, fuhr die Königskobra ihn bissig an.

»Einspruch.«

»Stattgegeben.«

Die Königskobra ging zu ihrem Tisch zurück, verschränkte die Arme und senkte ihre Stimme. »Ihr Fachgebiet ist die Statistik, ist das richtig, Dr. Ryder?«

»Ja, das ist korrekt.«

»Nicht Polizeiarbeit.«

»Richtig.«

»Und ist es nicht zulässig zu sagen, dass nichts an Ihrer Ausbildung oder Berufserfahrung Sie dafür qualifiziert, die Arbeitsweise eines erfahrenen Beamten wie Officer Gage infrage zu stellen?«

»Ich habe gar nicht versucht, ihn infrage zu stellen.«

»Das überrascht mich aber«, sagte die Königskobra, die erst ihren Notizblock auf den Tisch knallte und sich dann in ihren Stuhl fallen ließ. »Einen Moment lang habe ich nämlich geglaubt, Sie würden versuchen zu beweisen, dass Officer Gage diesem üblen kleinen Zeitvertreib des ethnischen Profilings nachgehen würde.«

Das brachte Charles unwillkürlich auf die Füße. »Ich erhebe Einspruch gegen diesen Sarkasmus, Euer Ehren«, sagte er.

»Mrs Crawford, haben Sie noch weitere Fragen?«, fragte Silverman.

»Nicht an diesen Mann«, grollte die Königskobra von ihrem Platz aus. Der Richter entließ den Zeugen.

Nachdem Ryder ein letztes Mal seine Brille hochgeschoben hatte, trat er aus dem Zeugenstand heraus und eilte aus dem Gerichtssaal, offensichtlich sehr erleichtert darüber, endlich in die sicheren Gefilde der Universität zurückkehren zu können.

41

Während Ryder hastig seinen Rückzug antrat, lehnte sich Charles' Mandant so nah zu ihm herüber, dass sein fauliger Atem Charles' eigenen stocken ließ. »Ist das alles, was wir haben?«, wollte Buster wissen.

»Im Moment schon.«

»Sehr beeindruckend.«

Buster lehnte sich zurück und starrte Charles böse an, während dieser sich erhob und verkündete, keine weiteren Zeugen zu haben. Die Königskobra machte mit ihrer Drohung ernst und rief erneut Officer Gage in den Zeugenstand.

»Nun, Officer Gage, Sie haben vorhin ausgesagt, dass die Überprüfung von Buster Jackson eine gemeinsame Entscheidung von Ihnen und Ihrem Partner war, ist das richtig?«

»Das ist korrekt.«

»Und diese anderen Verkehrskontrollen, von denen Dr. Ryder eben gesprochen hat, waren das auch gemeinschaftliche Entscheidungen?«

»Da bin ich mir sicher. So gehen wir immer vor. Wir sprechen uns immer ab.«

»Hat Ihr Partner sich zu irgendeinem Zeitpunkt *gegen* eine Verkehrskontrolle ausgesprochen?«

»Nein.«

»Und selbst wenn Ihr Partner nicht damit einverstanden gewesen wäre, hätten Sie die Kontrollen dann trotzdem durchgeführt?«

»Nicht wenn mein Partner dagegen gewesen wäre. Er hat sehr viel mehr Berufserfahrung als ich.«

Die Königskobra ließ das einen Moment sacken, blickte dann zum Richter, um sicherzugehen, dass sie seine Aufmerksamkeit hatte, und wandte sich dann wieder dem Zeugen zu, um ihre letzten Fragen zu stellen.

»Wie heißt Ihr Partner?«

»Lieutenant Gary Mitchell.«

»Wie viele Jahre ist er schon im Polizeidienst?«

»Vierundzwanzig.«

»Ist Lieutenant Mitchell weiß oder schwarz?«

»Er ist Afroamerikaner.«

»Danke, Officer Gage. Ich habe keine weiteren Fragen.«

Im Gerichtssaal war es ungewöhnlich still, als Charles sich zu voller Größe erhob, hinter seinem Tisch hervorkam und den Zeugen eine Weile stumm anstarrte.

»Ich entnehme diesem einstudierten kleinen Austausch mit Ms Crawford, dass Sie davon ausgehen, einen schwarzen Mann dabeizuhaben, der Ihre Entscheidungen absegnet, rechtfertigt Ihr Vorgehen. Ist es das, was Sie damit sagen wollen?«

Gage schnaubte verächtlich. »Das ist nicht alles. Ich sage, dass mein Partner, der zufällig Afroamerikaner ist, damit einverstanden war, Ihren Mandanten anzuhalten, der ebenfalls Afroamerikaner ist, weil mein Partner wusste, dass ich berechtigte Gründe dafür hatte, die nichts mit seiner Herkunft zu tun hatten.«

Charles zeigte sich unbeeindruckt, doch sein Kopf suchte fieberhaft nach Antworten. All die statistischen Informationen wurden von einer unbestreitbaren Tatsache außer Kraft gesetzt – dass einer der Beamten, die die Festnahme durchgeführt hatten, selbst schwarz war. Er warf einen Blick auf Silvermans skeptisches Gesicht, den selbstzufriedenen Ausdruck der Königskobra und die arrogante Haltung von Officer Gage. Charles wusste, dass der nächste Schachzug riskant war, aber auch dass er verlieren würde, wenn er es nicht zumindest versuchte.

»Wo befindet sich Lieutenant Mitchell gerade?«, fragte Charles. »Ist er hier im Gerichtssaal?«

Gage warf der Königskobra einen wachsamen Blick zu und wandte sich dann wieder Charles zu.

»Nein, er muss heute Morgen vor dem Verkehrsgericht aussagen. Er hat es nicht geschafft, an zwei Orten gleichzeitig zu sein.«

»Dann schlage ich vor, eine kleine Pause einzulegen, damit wir Lieutenant Mitchell ausfindig machen und für eine Aussage herbringen können«, sagte Charles. »Da Ms Crawford uns ja immer wieder deutlich gemacht hat, wie entscheidend seine Rolle bei dieser Verkehrskontrolle war, würde ich ihm nun selbst gerne ein paar Fragen stellen.«

»Irgendwelche Einwände?«, fragte Silverman Crawford.

Die Königskobra erhob sich. Charles wusste, dass sie keinen Einspruch erheben konnte, ohne den Eindruck zu erwecken, sie habe etwas zu verbergen. »Ich denke nicht«, antwortete sie.

»Nun gut«, sagte Silverman. »Dann wird das Gericht jetzt eine fünfzehnminütige Pause einlegen.«

✳ ✳ ✳

Die Königskobra nutzte die Pause, um Sean Armistead im Zuschauerraum aufzusuchen. Er folgte ihr in einen der Besprechungsräume, die direkt am Hauptflur lagen. Crawford zog die Tür hinter ihnen zu.

»Wie geht es dir?«, fragte sie ihn.

»Es ging mir schon mal besser.«

Genug des Small Talks, dachte Crawford bei sich. Sie griff in ihre Aktentasche und zog einen braunen Briefumschlag heraus, auf dem das Wort *Vertraulich* stand. Dann reichte sie ihn an Armistead weiter.

»Hier ist die Bankverbindung für deine Überweisungen an eine Bank auf den Cayman Islands«, erklärte sie. »Zweihunderttausend bis zum Ende des Geschäftstages heute, zweihunderttausend kommenden Montag.«

Armistead, der sie nicht ansehen wollte, nickte nur stumm.

»Überweis das Geld direkt vom Virginia-Insurance-Reciprocal-Konto«, fuhr die Königskobra fort. »Lass es nicht erst über eins deiner persönlichen Konten laufen.«

»Ich bin nicht blöd«, sagte Armistead.

»Ich weiß, Sean. Tut mir leid.«

»Sind wir jetzt hier durch?«, fragte er.

»Nicht bevor wir deine Aussage ein letztes Mal durchgegangen sind. Wir können nicht riskieren, dass du im Zeugenstand Mist baust.«

* * *

Man sah Lieutenant Mitchell jedes seiner fünfundfünfzig Jahre an, als er unendlich langsam in den Zeugenstand trat. Er lief etwas vornübergebeugt und starrte Charles aus ebenso traurigen wie schweren Augen an, die von tiefen Falten umringt waren.

Für Charles wirkte er wie ein Mann, dem es furchtbar schwerfiel, sich zwischen »seinen Leuten« und seinem Partner zu entscheiden. Wenn Charles' Bauchgefühl stimmte, war es bestimmt kein Zufall, dass Mitchell einen Termin am Verkehrsgericht gehabt hatte.

Während er die einleitenden Fragen abhandelte, lief Charles im Gerichtsraum auf und ab. Dann blieb er plötzlich stehen und positionierte sich strategisch geschickt, um den Sichtkontakt zwischen dem Zeugen und Officer Gage zu unterbrechen. Zeit, des Pudels Kern aufzudecken.

»Sie haben doch sicherlich schon einmal etwas von einer Praktik gehört, die sich ethnisches Profiling nennt, oder nicht, Lieutenant Mitchell?«

»Ja, Sir.«

»Und würden Sie nicht auch sagen, dass ethnisches Profiling – das heißt die Überprüfung eines schwarzen Mannes, weil er schwarz ist und deswegen angeblich eher dazu neigt, eine Straftat zu begehen – absolut nichts in ordentlicher Polizeiarbeit verloren hat?«

»Da stimme ich zu.«

»Außerdem ist es Schwarzen gegenüber auch beleidigend, da auf diese Weise stereotyp alle Schwarzen als potenzielle Kriminelle eingestuft werden. Richtig?«

»Das ist richtig.«

Charles bemerkte, wie sich ein kleiner Schweißtropfen in einer Augenbraue des Lieutenants bildete. Warum länger warten? Charles atmete tief durch, sah dem Zeugen direkt in die Augen – von Bruder zu Bruder – und feuerte los.

»Würden Sie vor diesem Hintergrund, Lieutenant Mitchell, einen schwarzen Mann anhalten, nur weil er ein teures Auto mit getönten Scheiben fährt und ein paar Kids um den Block kutschiert? Wenn das alles wäre, was Sie beobachtet hätten, selbst wenn sich diese schwarzen Kids danach umsehen und die Straße hinunter verschwinden sollten: Würden Sie den Typen im Wagen dann rauswinken?«

Charles hielt die Luft an und wartete. Eine Sekunde. Zwei. Drei. Endlich entschloss sich der Mann zu sprechen.

»Nein, wenn das alles wäre, würde ich ihn nicht anhalten.«

Charles stieß einen sanften Atemzug aus und entspannte sich. *Hör auf, wenn's am schönsten ist*, sagte er sich. Jeder gute Anwalt wusste, wie wichtig diese Regel war.

»Keine weiteren Fragen«, sagte Charles und kehrte zu seinem Platz zurück.

Bevor er sich setzen konnte, war die Königskobra bereits aufgesprungen und schoss ihre Fragen ab. »Glauben Sie, dass Officer Gage rassistische Motive für die Verkehrskontrolle von Buster Jackson an jenem Abend hatte?«

»O nein, Ma'am.«

»Haben Sie ihm in irgendeiner Weise zu verstehen gegeben, dass Sie nicht damit einverstanden waren, Buster Jackson anzuhalten?«

»Nein, das habe ich nicht.«

»Und da Sie ja nun mal Partner sind, handelte es sich doch um eine gemeinsame Entscheidung, oder nicht? Ich meine, wenn Sie illegale rassistische Motive hinter der Kontrolle vermutet hätten, wäre Ihnen doch die Möglichkeit geblieben, einfach ›Ich halte das für keine gute Idee‹ zu sagen, und Ihr Partner hätte Jackson laufen lassen. Stimmt das nicht?«

»Das ist richtig.«

»Und außerdem lag Officer Gage mit seinem Verdacht auch noch richtig, oder nicht? Ich meine, schließlich hatte der Angeklagte das ganze Auto voller Drogen, nicht wahr?«

»Einspruch, hier wird von Tatsachen ausgegangen, die zu diesem Zeitpunkt nicht sichtbar waren.«

»Abgewiesen«, erwiderte Silverman. Er wandte sich an den Zeugen und sagte: »Sie dürfen die Frage beantworten.«

»Officer Gage hatte recht, es war eine erfolgreiche Verkehrskontrolle.«

»Nur eins noch, Lieutenant Mitchell. Wie lange arbeiten Sie und Officer Gage als Partner zusammen?«

»Vier Jahre.«

»Haben Sie in all dieser Zeit *jemals* mitbekommen, dass Officer Gage etwas gesagt oder getan hat, das auf *irgendwelche* Vorurteile gegenüber Afroamerikanern hinweisen würde?«

Bei dieser Frage meinte Charles gesehen zu haben, dass der Zeuge fast unmerklich zusammenzuckte und seine traurigen Augen kurz blinzelten. »Noch nie«, sagte der Zeuge.

Ohne ein weiteres Wort nahm die Königskobra wieder Platz. Ihre Selbstzufriedenheit war ihr deutlich anzusehen.

Nun war Charles wieder an der Reihe. Sein Instinkt riet ihm, die Frage zu wiederholen. »Niemals?«

Wieder zögerte der Zeuge, doch dann rang er sich dazu durch, dem Ehrenkodex unter Polizisten treu zu bleiben. »Niemals.«

»Nur damit ich das richtig verstehe«, sagte Charles. »Am Abend von Buster Jacksons Verhaftung saßen Sie mit Officer Gage im Polizeiwagen, ist das richtig?«

»Ja.«

»Und wenn Sie am Steuer gesessen hätten und es Ihre Entscheidung gewesen wäre, dann hätten Sie Jackson unter den Umständen, die ich eben genannt habe, nicht angehalten, richtig?«

»Das habe ich schon gesagt.«

»Aber es war nicht Ihre Entscheidung, sondern Gages. Und Sie haben keinen Einwand erhoben, richtig?«

»Das stimmt.«

»Also waren Sie an jenem Abend einfach nur stummer Passagier?«

Lieutenant Mitchell richtete sich etwas auf; seit er im Zeugenstand saß, sah er zum ersten Mal beleidigt aus. »Wir sind Partner. Ich war also nicht einfach nur stummer Passagier.«

Charles spürte, dass der Zeuge ihm gegenüber feindselig wurde, und wusste, dass er bei diesem Kerl nicht weiterkommen würde. »Keine weiteren Fragen.«

Da nun alle Aussagen gehört waren, forderte Richter Silverman die Anwälte auf, ein kurzes Abschlussplädoyer zu halten. Charles konnte nicht einschätzen, in welche Richtung Silverman tendierte, doch zumindest hatte die zweideutige Aussage von Lieutenant Mitchell dafür gesorgt, dass Charles wieder im Rennen war. Nun hieß es, mit dem Abschlussplädoyer Überzeugungsarbeit zu leisten.

Die Königskobra war als Erste dran. »Was denken sich Straftäter und ihre Anwälte wohl als Nächstes aus?«, fragte sie. »Als wenn die Polizei nicht schon genug hätte, worum sie sich im Kampf gegen das Verbrechen sorgen müsste. Jetzt schicken wir schon Jurastudenten los, um aufwendige Inszenierungen vor der Polizei aufzuführen, nur damit gezeigt werden kann, wie viele Verkehrsteilnehmer von ihr angehalten und überprüft werden. Und wenn dabei die richtigen Zahlen rauskommen, können wir es vielleicht schaffen, ein paar Verbrecher aufgrund von angeblichem ethnischen Profiling auf freien Fuß zu setzen.«

Die Königskobra brauchte nicht lange, um in Fahrt zu kommen und sich über Verbrecher wie Jackson und Anwälte wie Mr Arnold zu empören. Sie tat die statistische Analyse von Dr. Ryder als manipuliertes Spiel der Jurastudenten ab, das nur dazu dienen sollte, ein gewünschtes Ergebnis zu beweisen. Wahrscheinlich verhielten sich die schwarzen Studenten absichtlich verdächtiger als die weißen, denn wenn es ihnen gelang, öfter angehalten zu werden, konnte ihr Professor den Fall gewinnen. Anscheinend hatten Jurastudenten heutzutage nicht viel zu tun, mutmaßte die Königskobra. Zu ihrer Zeit waren Jurastudenten damit beschäftigt, das Recht zu studieren und nicht Polizisten in die Falle zu locken.

Immer wieder berief sich die Königskobra auf den Fall *Whren vs. United States*. Nachdem sie ihn zum fünften Mal erwähnt hatte, machte sich Charles nicht mehr die Mühe, mitzuzählen. *Whren* dies und *Whren* das; Richter Scalia meinte dies und Richter Scalia sagte das. Charles musste es ihr lassen. Die anwaltliche Kunst des Overkills beherrschte sie perfekt. Und währenddessen wand sich Buster, der neben Charles auf seinem Stuhl saß, bedachte die Königskobra mit heimtückischen Blicken und spielte die Rolle des rachsüchtigen Drogenbarons perfekt.

Charles lehnte sich direkt zu Busters Ohr hinüber. »Freundliches Gesicht machen«, flüsterte er.

»Halt's Maul«, erwiderte Buster feindselig.

»Gewähren Sie unseren Polizeibeamten den Ermessensspielraum, ihren Job zu machen«, sagte die Königskobra. »Keiner von uns war an jenem Abend anwesend, außer Gage und Mitchell. Wir reden hier von Entscheidungen, die im Bruchteil einer Sekunde gefällt werden müssen, von Leuten, die ihr Leben aufs Spiel setzen, um unsere Straßen sicherer zu machen. Wir sollten uns nicht entspannt zurücklehnen und sie in den sicheren Gefilden des Gerichts kritisieren, um so unsere Beamten im Krieg gegen das Verbrechen nur noch mehr zu behindern.«

Zwanzig Minuten nachdem sie ihr »kurzes« Abschlussplädoyer begonnen hatte, kam die Königskobra zum Schluss und setzte sich. Charles atmete tief durch, warf seinem Mandanten einen kurzen Blick zu, und stand dann auf, um seine Erwiderung vorzutragen.

»In diesem Fall geht es nicht wirklich um Officer Gage oder Buster Jackson und auch nicht um vernünftige Polizeiarbeit«, erklärte Charles. »Es geht hier um unsere Verfassung. Es geht um das Recht der Bürger, ob schwarz oder weiß, reich oder arm, vor dem Gesetz gleich behandelt zu werden. Es geht darum, Amerika zu einem Ort zu machen, an dem niemand nur dafür verhaftet werden kann, weil er als Schwarzer Auto fährt.«

Als er über das Land der Gleichberechtigung sprach, bemerkte Charles, dass Buster auf einmal ein wenig aufrechter auf seinem Stuhl saß. Nachdem er fünf Minuten gegen Rassendiskriminierung gewettert hatte, begann sein Mandant tatsächlich, an der einen oder anderen Stelle zustimmend zu nicken. »Erklären Sie die Zeiten von Rosa Parks ein für alle Mal als beendet«, drängte Charles das Gericht. »Lassen Sie Afroamerikaner wissen, dass sie vorne im Bus oder vorne im eigenen Wagen sitzen dürfen, ohne fürchten zu müssen, anders behandelt zu werden. Wenn unsere Verfassung etwas aussagt, dann, dass ein Mann wie Buster Jackson das Recht auf die gleiche Behandlung und die gleiche Würde vor dem Gesetz hat wie der Bürgermeister von Virginia Beach oder selbst der Präsident der Vereinigten Staaten.«

»So ist es«, hörte er Buster murmeln.

Charles beendete sein Abschlussplädoyer in weniger als zehn Minuten, ohne dabei auch nur ein einziges Mal den *Whren*-Fall zu erwähnen. Als er wieder am Tisch der Verteidigung Platz nahm, spürte er, wie Buster ihm mit Handschellen an den Händen anerkennend den Rücken klopfte.

»Nicht schlecht«, flüsterte der große Mann. »Erinnerst mich glatt an Cochran.«

»Der hatte bessere Voraussetzungen«, flüsterte Charles zurück. »Zum Beispiel einen tatsächlich unschuldigen Mandanten.« Diese Bemerkung quittierte Buster mit einem amüsierten Schnauben und dem Ansatz eines leichten Lächelns, das allerdings schnell wieder verschwand. Was blieb, war eine neue Ebene des Respekts. Sie hatten gerade gemeinsam eine Schlacht geschlagen – beide Mitglieder der dunkleren Nation, die zusammen gegen die vorherrschenden Vorurteile kämpften –, doch Charles war sich immer noch nicht sicher, ob er dem Mann wirklich trauen konnte.

»Beide Anwälte haben sehr überzeugende Argumente vorgebracht«, sagte Silverman nach mehreren Minuten des Schweigens. »Und dieser Fall ist in der Tat nicht einfach.«

»Hier steht viel auf dem Spiel«, fuhr er fort, ohne irgendeine Regung zu zeigen, »nicht nur für Mr Jackson, sondern auch für die Polizei von Virginia Beach. So einen Fall entscheidet man nicht voreilig oder unbedacht …« – er hielt inne und blickte dabei von Charles zu Crawford – »also habe ich entschlossen, mich in dieser Sache beraten zu lassen. So habe ich genug Zeit, um mir die Argumente der Verteidigung durch den Kopf gehen zu lassen und ein paar eigene Nachforschungen anzustellen. Ich werde mein Urteil dann voraussichtlich in den nächsten Wochen bekannt geben.«

Er schlug mit dem Hammer auf das Richterpult. »Wir legen eine zehnminütige Pause ein und machen dann mit der Voranhörung des Hammond-Falls weiter.«

»Bitte erheben Sie sich«, forderte der Gerichtsdiener die Anwesenden auf.

Charles zuckte mit den Schultern und stand auf. Er fühlte, nun ja, eigentlich gar nichts. Okay, vielleicht fühlte er sich ein wenig betrogen. All die Arbeit, und nun stand es – zumindest für heute – trotzdem nur unentschieden. Wie ein Kuss von der eigenen Schwester. Nichts Besonderes.

»Was jetzt?«, fragte Buster verwirrt.

»Jetzt schieben wir Überstunden«, sagte Charles.

Die Wärter griffen nach Busters Arm, um ihn abzuführen, doch Buster riss sich los und starrte sie böse an. »Ich muss kurz mit meinem Anwalt sprechen«, knurrte er sie an.

Die Wärter tauschten einen Blick aus. »Zehn Sekunden«, meinte der ältere von ihnen dann, bevor sie sich ein paar Schritte zurückzogen.

Buster stellte sich neben Charles und warf einen Blick über die Schulter, um sicherzugehen, dass die Wärter sie nicht belauschten. »Bete für mich«, sagte Buster schroff. »Ich bin jetzt einer deiner Jungs.«

»Das werde ich«, versprach Charles. Doch als die Wachen Buster abführten, fragte er sich, ob das wirklich stimmte.

42

Alle vier – Charles, Nikki, Thomas und Theresa – hockten zusammengedrängt in einem kleinen fensterlosen Konferenzraum, der direkt neben Silvermans Gerichtssaal lag. Thomas und Theresa hatten auf einer Seite des Tisches Platz genommen und hielten Händchen. Charles saß ihnen gegenüber, mit aufgeknöpftem Jackett, noch völlig erschöpft von der Verhandlung an diesem Morgen. Hinter ihm lief Nikki im Zimmer auf und ab, während sie den Hammonds ein paar letzte Anweisungen erteilte und ganz allgemein die Moral der Truppe stärkte.

Anders als Buster trug Thomas weder Fußeisen und Handschellen noch einen orangefarbenen Overall. Charles hatte vor Gericht durchgesetzt, seinem Mandanten zu gestatten, in ziviler Kleidung aufzutreten – was für eine Voranhörung ungewöhnlich, aber nicht beispiellos war. Er hatte den Richter davon überzeugen können, dass potenzielle Geschworene durch die Presse vielleicht schon vorab negativ beeinflusst werden konnten, wenn überall in Virginia Beach Fernsehbeiträge von Thomas in Gefängniskluft ausgestrahlt würden. Das Gericht stimmte dieser Einschätzung zu, und so trug Thomas nun ein schlecht sitzendes Sportjackett, ein schmuddeliges weißes Hemd und eine Krawatte, die sowohl zu kurz als auch zu breit war. Auch Theresa sah nicht gerade wie eine Modepuppe aus, aber zumindest saß ihr dunkelblaues plissiertes Kleid einigermaßen und war vor Kurzem auch gereinigt worden. Die beiden stellten einen scharfen Kontrast zu Charles und Nikki dar, die sich gern auffallend modisch kleideten und oft die Grenzen der Kleiderordnung vor Gericht ausreizten.

»Bitte machen Sie sich keine zu großen Hoffnungen«, sagte Nikki, »weil Voranhörungen üblicherweise schwer zu gewinnen sind. Der Richter muss nur einen hinreichenden Verdacht finden, und schon wird aus dem Fall ein Geschworenenprozess. Und es kommt äußerst selten vor, dass ein Richter keinen hinreichenden Verdacht findet.«

»*Selten* ist dabei eine Untertreibung«, schaltete sich Charles ein. »Es ist so gut wie unmöglich, einen Fall wie diesen schon bei der Voranhörung zu gewinnen.«

»Aber das heißt nicht, dass wir es nicht versuchen werden«, versprach Nikki. »Denn möglich ist es, besonders mit dem ganzen belastenden Material, das wir im Kreuzverhör von Armistead anbringen können.« Sie blieb einen Moment stehen und lächelte Charles an. »Und außerdem werden Sie von einem der Besten in der Branche vertreten.«

Charles brachte ein beschämtes Lächeln zustande. Er wollte seine Mandanten auf das Schlimmste vorbereiten, was ihnen bei der heutigen Anhörung widerfahren konnte, und dabei war Nikki nicht gerade hilfreich.

»Haben Sie noch irgendwelche Fragen, bevor wir da rausgehen?«, fragte sie.

Thomas und Theresa schüttelten die Köpfe. Doch Charles gefiel nicht, was er in ihren Augen sah. Sie blickten ihn voller Erwartung in der falschen Hoffnung an, dass heute der Tag der Tage sein könnte. Sie mussten sich darauf einstellen, dass ein langer harter Weg vor ihnen lag, darauf, dass heute nur der Startschuss erfolgte.

»Wie bereits gesagt, bitte erhoffen Sie sich nicht zu viel von dieser Voranhörung«, warnte Charles sie erneut. »Ich werde heute vor Gericht improvisieren. Sollte ich merken, dass Silverman einen begründeten Verdacht hegt, egal, was ich tue, werde ich mir gar nicht erst die Mühe machen, Armistead in den Zeugenstand zu rufen. Es hat keinen Sinn, der Staatsanwaltschaft einen Vorgeschmack auf unser Kreuzverhör zu geben, nur damit sie dann zwei Wochen vor der Hauptverhandlung Zeit haben, sich ein paar gute Antworten einfallen zu lassen. Wenn ich ihm also keine Fragen stelle, müssen Sie darauf vertrauen, dass ich dabei langfristig denke und tue, was für unseren Fall am besten ist.« Er sah Thomas und Theresa direkt in die Augen. »In Ordnung?«

Beide nickten zustimmend mit den Köpfen.

»Na hervorragend«, murmelte Nikki hinter Charles Rücken. »Mal wieder die gute alte Taubstummen-Taktik.« Charles drehte sich um und sah, wie sie mit verschränkten Armen an der Wand lehnte und ihn finster anstarrte. Charles erwiderte ihren Blick.

»Was denn?!«, rief sie aufgebracht. »Warum gerate ich immer an die Anwälte, die ihren Kopf mit Vorliebe ...« – sie zögerte kurz und senkte dann ihre Stimme ein wenig – »in den Sand stecken?«

Charles entschied sich, sie einfach zu ignorieren. Ihm fehlte die Energie, um sich jetzt mit ihr zu streiten. Also wandte er sich wieder seinen Mandanten zu, sodass Nikki jetzt nur noch seinen Hinterkopf zu sehen bekam, und fragte sie, ob sie jetzt bereit seien.

»Können wir vielleicht noch ein Gebet sprechen, bevor wir da rausgehen?«, wollte Thomas wissen.

»Aber sicher.« Charles widerstand dem Drang, sich umzudrehen, um den Ausdruck auf Nikkis Gesicht sehen zu können.

»Und ehe wir das tun, hab ich noch eine Bitte, die ich eigentlich gar nicht ansprechen wollte, aber irgendwie fühl ich mich dazu verpflichtet«, erklärte Thomas.

»Okay«, erwiderte Charles zögerlich.

Thomas starrte auf seine Hände hinunter. »Falls wir heute verlieren und ich noch bei unserem Bibelkreis am Samstag dabei bin, meinen Sie, Sie könnten Buster eine King-James-Bibel mitbringen? Ich würde ja Theresa bitten, eine zu kaufen, aber ... im Moment sind wir echt knapp bei Kasse. Er hat mir versprochen, er würde sie lesen. Ich meine ... er hat schon ein bisschen in meiner geblättert. Ich meine, der Mann ist nicht perfekt, aber Gott hat ihm die Augen geöffnet.«

Charles konnte Nikki hinter sich aufstöhnen hören. »Aber sicher«, sagte er. »Wenn Sie am Samstag noch im Gefängnis sitzen, werde ich ihm seine eigene King-James-Bibel besorgen.«

Als er den zufriedenen Ausdruck in Thomas' Gesicht sah, kam ihm eine Idee. Er drehte sich zu Nikki um und schenkte ihr ein falsches Lächeln. »Wie wäre es, wenn du das Gebet anführst?«, fragte er zuckersüß.

Für einen Moment verengten sich ihre Augen, bevor ihr eine gute Ausrede einfiel. »Ich bin eher ein Anhänger des stillen Gebets«, sagte sie, während sie Charles vernichtend anblickte. »Ich meine, mal irgendwo gelesen zu haben, dass Frauen nicht laut beten sollten.«

✳ ✳ ✳

Als die Voranhörung schließlich begann, hatte Nikki extrem schlechte Laune. Nachdem es ihm fast gelungen wäre, sie vor ihren Mandanten bloßzustellen, sorgte Charles nun auch noch dafür, dass sie am Tisch der Verteidigung in sicherem Abstand voneinander saßen. Charles hatte ganz links in direkter Nähe zum Podium Platz genommen. Neben ihm saß Thomas, dann Theresa, dann Nikki. Sie war viel zu weit entfernt, um ihm ihre Ratschläge mitzuteilen. Genauso gut hätte sie in Sibirien sitzen können. Sie schob ihren Stuhl so weit wie möglich nach links, bis sie fast auf Theresas Schoß hockte.

Die Königskobra rief zunächst den Pastor der Hammonds auf – Reverend Richard Beckham. Der Pastor war ein beleibter, ernst dreinblickender Mann von etwa fünfundfünfzig Jahren, dessen volles rabenschwarzes Haar mit viel Pomade in Zaum gehalten wurde. Sein plattes Gesicht nahm während seiner Aussage einen gewohnt finsteren Ausdruck an, und seine Augen flackerten immer wieder mit unverhohlenem Zorn auf. Er war vorgeladen worden, was ihm offensichtlich missfiel. Anscheinend widerstrebte es ihm, gegen solch gläubige Gemeindemitglieder wie die Hammonds auszusagen.

Nachdem sie fünf Minuten lang mit einleitenden Fragen zugebracht hatte, hielt die Königskobra inne, um zu signalisieren, dass sie nun zu den wirklich wichtigen Fragen kam.

»Haben Thomas oder Theresa Hammond Sie jemals angerufen und darum gebeten, dass Sie vorbeikommen und gemeinsam mit ihnen beten, weil sie Angst hatten, dass Joshua sterben würde?«

»*Erheb Einspruch*«, flüsterte Nikki von ihrem sibirischen Posten aus.

Aber Charles war bereits aufgestanden. »Einspruch, Euer Ehren. Diese Frage verstößt ganz klar gegen das Beichtgeheimnis. Der Reverend kann nicht gezwungen werden, eine Aussage über etwas zu machen, das ihm von einem Mitglied seiner Gemeinde anvertraut wurde.«

Doch darauf hatte die Königskobra bereits eine Antwort parat. »Das kann er, wenn dieses Privileg freiwillig aufgegeben wurde.«

Und schon flogen die Fetzen.

Anscheinend hatte der Reverend auf Joshies Beerdigung ganze fünf bis zehn Minuten darüber gepredigt, welch unerschütterlichen Glauben Theresa und Thomas Hammond an den Tag gelegt hatten. Wie der Reverend der Gemeinde mitteilte, hatte der kleine Joshie mehrere Tage lang an der Schwelle des Todes gestanden. Trotzdem verzichteten seine Eltern darauf, medizinische Hilfe in Anspruch zu nehmen, und entschieden sich stattdessen, für seine Genesung zu beten. Der Reverend hatte in dieser schweren Zeit gemeinsam mit ihnen gebetet und viele Gespräche geführt. Ihr Glaube war wirklich unermesslich, erklärte er der Trauergemeinde; die meisten Menschen hätten Joshie einfach in ein Krankenhaus gebracht, sobald klar war, dass er in Lebensgefahr schwebte.

Die Königskobra argumentierte, dass diese Ansprache das Beichtgeheimnis außer Kraft setzte. Die Gespräche zwischen den Hammonds und ihrem Pastor konnten wohl kaum der Vertraulichkeit unterliegen, wenn der Pastor vor der gesamten Gemeinde davon berichtet hatte, ohne dass die Eltern jemals Einspruch erhoben hätten.

Charles lachte verächtlich, als er das hörte, was Nikki dazu veranlasste, kurz zu vergessen, dass sie eigentlich sauer auf ihn war. Er löcherte den Richter mit Fragen. Meinte die stellvertretende Staatsanwältin das etwa ernst? Erwartete sie wirklich von zwei trauernden Eltern, die gerade ihr Kind verloren hatten, mitten in der Trauerfeier aufzustehen und gegen die Predigt des Pastors zu protestieren? Wenn diese Gespräche nicht unter das Beichtgeheimnis fielen, was dann? Wie sollte sich ein Kirchenmitglied jemals wieder ruhigen Gewissens seinem Pastor anvertrauen können, wenn sie Reverend Beckham jetzt zwangen auszusagen?

Der gesamte Schlagabtausch dauerte etwa zehn Minuten. Er begann mit einer hitzigen Diskussion über diese Frage und rutschte dann schnell in persönliche Beleidigungen zwischen den Anwälten ab. Nikki war entzückt.

Doch Silvermans Entscheidung verpasste ihrer guten Laune einen Dämpfer. »Das Beichtgeheimnis gilt nur für streng vertrauliche Gespräche zwischen Pastor und Gemeindemitglied. In diesem Fall hat Reverend Beckham diese Gespräche anscheinend als Material für seine Predigt verwendet. Die Hammonds haben weder damals noch zu einem späteren Zeitpunkt gegen diese Offenlegung vor der gesamten Gemeinde protestiert. Es widerspräche dem gesunden Menschenverstand, zu sagen, der Reverend könne diese Informationen mit einem ganzen Raum voller Leute auf einer Beerdigung teilen, nicht aber mit einem Gericht, das sich der Wahrheitsfindung verschrieben hat. Dementsprechend erkläre ich das Privileg für aufgehoben, und der Reverend muss die Fragen beantworten.«

Lauter als beabsichtigt stöhnte Nikki auf und erntete damit einen tadelnden Blick von Richter Silverman. Auch Charles sah sie strafend an und kritzelte dann schnell etwas auf seinen Notizblock. Er faltete das Blatt zusammen und reichte es Thomas, der es an Theresa weitergab, die es Nikki zusteckte. Nikki las die Nachricht, während Reverend Beckham dem Gericht über alle Gespräche, die in den Tagen vor Joshuas Tod zwischen ihm und den Hammonds stattgefunden hatten, berichtete.

Entspann dich, stand dort geschrieben. *Es ist gar nicht so schlecht, wenn das Gericht ihn aussagen lässt. So haben wir wenigstens etwas, das wir bei der Berufung anbringen können, sollten wir verlieren.*

Diese Art von Einstellung hatte Nikki noch nie verstehen können. *Warum überhaupt einen Fall verhandeln, wenn man davon ausging, ihn zu verlieren?* Nikki schrieb ihre Antwort auf das Blatt: *Hervorragende Strategie, Charles. Warum bittest du unsere Mandanten nicht gleich, einfach aufzuspringen und »Wir waren's« zu schreien; dann können wir im Berufungsverfahren auf Unzurechnungsfähigkeit plädieren.*

Nachdem Charles ihre Nachricht gelesen hatte, zerknüllte er sie mit großem Aufsehen und stopfte sie dann in seine Aktentasche. Dann sah er zu Nikki hinüber, sagte stumm *Mach dich locker* und wandte seine Aufmerksamkeit wieder der desaströsen Aussage von Reverend Beckham zu.

Fünfzehn Minuten später hatte die Königskobra genug vernichtendes Material aus den Darstellungen des Reverends gezogen und kehrte zufrieden an ihren Platz zurück. Nikki hatte derweil eine ganze Seite mit Vorschlägen für Charles' Kreuzverhör zusammengestellt. Inständig hoffte sie, der Richter würde noch einmal eine zehnminütige Pause anordnen, denn so konnte sie dem Reverend im Gang noch ordentlich die Meinung geigen, ihn ein wenig aufrütteln, und hätte dann immer noch genug Zeit, mit Charles das Kreuzverhör zu besprechen.

Doch eine Pause war gar nicht nötig. Als der Richter sich an Charles wandte, lehnte sich dieser einfach in seinen Stuhl zurück und verkündete, dass er zu diesem Zeitpunkt keine Fragen an den Zeugen habe. Nikki wäre fast vom Stuhl gefallen. Sie lehnte sich vor und starrte Charles in dem Versuch an, seine Aufmerksamkeit zu erringen. Doch der ignorierte sie eiskalt, und schon rief die Königskobra ihren nächsten Zeugen auf: Dr. Sean Armistead.

Nikki, in der es mittlerweile brodelte, stand auf und zog ihren Stuhl direkt hinter Charles' Platz. Die ganze Situation erinnerte sie auf unangenehme Art und Weise an Harry Pursifull.

»Erheb Einspruch«, flüsterte sie immer wieder.

»Shhh«, erwiderte Charles dann nur.

»Wie kannst du ihn damit davonkommen lassen?«, empörte sie sich in lautem Flüsterton.

»Darauf werde ich bei der Hauptverhandlung eingehen«, versicherte ihr Charles immer wieder über seine Schulter.

Armisteads Aussage wurde von Nikkis fortgesetzten Kommentaren wie »Entschuldigen Sie mal bitte«, »Das ist doch lächerlich« und »Der lügt doch« gespickt. Charles saß einfach nur da und faltete die Hände im Schoß, als würde er sich ein Theaterstück ansehen oder ein Kaffeekränzchen halten. »Willst du dir nicht wenigstens ein paar Notizen machen?«, flüsterte Nikki aufgebracht.

»Was glaubst du, wofür die Gerichtsschreiberin da ist?«, sagte Charles über seine Schulter. »Meinst du, die lässt was aus, das ich mit Langschrift besser festhalten könnte?«

Im Zeugenstand erklärte der Doktor gerade, warum Theresas Zögern, Joshua in die Klinik zu bringen, dem kleinen Jungen das Leben gekostet hatte. Was es noch schlimmer gemacht habe, sei die Tatsache, dass sie zunächst gelogen hatte, als er sie fragte, wie lange Joshua schon krank sei. Um ihr eigenes Fehlverhalten zu vertuschen, hatte Theresa Dr. Armistead gegenüber zunächst behauptet, Joshua würde erst seit drei Tagen fiebern. Nachdem Joshua gestorben war, gestand sie dann schließlich, dass es wohl doch eher fünf Tage gewesen waren. Zufälligerweise stimmte diese Zeitspanne von fünf Tagen auch mit dem überein, was die Geschwisterkinder Dr. Byrd erzählt hatten. Wenn Dr. Armistead gewusst hätte, dass Joshua schon seit fünf Tagen krank war, hätte er vielleicht eine andere Behandlung veranlasst.

»Das stimmt nicht«, flüsterte Theresa ihrem Mann und Charles zu. »Ich habe niemals zu Dr. Armistead gesagt, Joshua wäre fünf Tage krank gewesen, es waren nur drei.«

»Ich weiß«, sagte Thomas und legte eine beruhigende Hand auf die zitternde Hand seiner Frau. »Charles wird sich darum kümmern.«

»Bei der Hauptverhandlung«, flüsterte Charles. »Bei der Hauptverhandlung.«

»Ist das dein Ernst?«, fragte Nikki diesmal lauter. »Warum nicht jetzt?«

Charles gab ihr keine Antwort, sondern konzentrierte sich lieber auf die Aussage eines Arztes, der Nikkis Meinung nach darauf bedacht schien – vielleicht sogar zu sehr –, dabei zu helfen, die Schuld der Mutter seines verstorbenen Patienten zu beweisen. Vielleicht war es nur der Ärger über den sinnlosen Tod eines kleinen Jungen. Aber Nikki schien es, als wäre das nicht alles, als gäbe es da noch etwas, das sie aber nicht benennen konnte.

»Keine weiteren Fragen«, sagte die Königskobra.

»Die Verteidigung hat im Moment keine Fragen«, erklärte Charles, ohne aufzustehen.

»War ja klar«, meinte Nikki entnervt.

Da nahm die Königskobra das Gebetstagebuch zur Hand, blickte zu Charles hinüber und legte es dann wieder auf den Tisch. »Die Staatsanwaltschaft schließt hiermit ihre Ausführung ab«, sagte sie nur.

Charles erklärte, dass er keine Zeugen aufzurufen hatte, und zu niemandes Erstaunen fand Richter Silverman, dass ein berechtigter Verdacht vorlag. Die Anwälte und der Richter einigten sich auf den Termin für die Hauptverhandlung, Thomas wurde wieder in Gewahrsam genommen, und das Gericht vertagte sich. Ohne Charles eines Blickes zu würdigen, verließ die Königskobra schnellen Schrittes den Gerichtssaal, um auf den Stufen des Gerichtsgebäudes vor der Presse Hof zu halten. Theresa sah Charles und Nikki mit ausdruckslosen Augen an, umarmte beide und versprach, der Presse gegenüber keinen Kommentar abzugeben. Dann verschwand sie. So blieben nur noch Charles und Nikki im Gerichtssaal übrig, die unter eisigem Schweigen ihre Aktentaschen zusammenpackten.

Nikki konnte nicht länger an sich halten. »Ich verstehe nicht, warum du nicht wenigstens ...«

»Fang gar nicht erst an«, schnitt ihr Charles mit durchdringendem Blick und eisigem Tonfall das Wort ab. »Für heute hab ich genug von dir gehört.«

»Dann behandle mich nicht wie ein Kind.«

»Du kannst einfach nicht aufhören, oder? Du machst so lange weiter, bis du deinen Willen durchsetzt«, schnappte Charles. »Ich kann deinen Sarkasmus gerade wirklich nicht gebrauchen. Ich hab genug von deinen schlauen Sprüchen, und deine Hilfe brauche ich auch nicht.« Er griff nach seiner Aktentasche, ging durch die kurze Schwingtür, die den Gerichtsraum vom Zuschauerraum trennte, und marschierte direkt auf den Ausgang zu.

»Du hast recht«, rief Nikki ihm hinterher. »Du wirst in diesem Fall überhaupt keine Hilfe benötigen!« Sie stellte sich auf die Zehenspitzen, reckte das Kinn hoch und schleuderte ihm die nächsten Worte an den Kopf: »Du bist gefeuert!«

Charles blieb kurz vor der Tür stehen und drehte sich um. »Erspar mir das Theater«, erwiderte er. »Thomas hat mich angeheuert, und solange er mich nicht feuert, ist das hier mein Fall. Ich ruf dann an, wenn ich dich brauche.«

Nikki war so wütend, dass sie nur noch ein aufgebrachtes Grunzen zustande brachte. Schnell drehte Charles sich um und schlug die Tür mit einem Knall hinter sich zu. Sie schloss sich gerade noch rechtzeitig, denn schon eine Sekunde später kam Nikkis Aktentasche den Gang entlanggeflogen und schlug Zentimeter davor auf dem Boden auf, um dann gegen die Tür zu schlittern.

»*Männer*«, sagte sie in frustriertem Tonfall zu sich selbst.

43

Tiger war froh, wieder auf dem Rücksitz des Sebring zu sitzen. Normalerweise saß er immer direkt hinter Stinky, aber heute Abend hatte er sich entschlossen, links hinter Miss Nikki zu rutschen. So würde es Miss Nikki nicht so leicht gelingen, über den Sitz zu reichen und ihm eine zu klatschen. Er lehnte sich möglichst eng gegen die Tür, damit sie ihm im Rückspiegel nicht die ganze Zeit in die Augen starren konnte, während sie mit ihm schimpfte.

Miss Nikki war nicht glücklich und hielt ihm gerade eine Strafpredigt. Anscheinend hatte Miss Parsons Miss Nikki eine sehr detaillierte Beschreibung der heutigen Geschehnisse gegeben, die ihn in keinem guten Licht zeigten. Freche Widerworte Miss Parsons gegenüber, den ganzen Tag in der Auszeit verbracht, solche Dinge eben. Natürlich hatte man Tiger keine Gelegenheit gegeben, sich zu rechtfertigen. Stattdessen wurde er einfach ins Auto gezerrt und gezwungen, sich anzuhören, was für ein nichtsnutziger Unruhestifter er doch sei. Zumindest hatte er keine Prügel bekommen ... noch nicht. Das schien nicht Miss Nikkis Stil zu sein.

»Ich weiß, dass du gerade viel durchmachst, aber das ist keine Entschuldigung für ein solches Verhalten«, sagte Miss Nikki.

Wo hab ich das schon mal gehört? Alle haben Mitleid mit mir, aber niemand ist bereit, ein Auge zuzudrücken.

»Ja, Ma'am.«

»Miss Parsons ist eine gute Erzieherin, und es gibt keinen Grund – *absolut keinen* –, der ein solch respektloses Verhalten ihr gegenüber rechtfertigt.«

»Ja, Ma'am.«
»Ich will so etwas nie wieder über dich hören müssen, hab ich mich klar ausgedrückt?«
»O ja, Ma'am.«
»Ja«, sagte Stinky. »Mama sagt immer, dass man immer die andere Wange hinhalten soll, auch wenn der andere zuerst geschlagen hat.«
Na wundervoll, dachte Tiger bei sich, *das gute alte Zweiergespann ist wieder am Start. Jetzt muss die kleine Miss Perfekt auch noch ihren Senf abgeben. Aber die kann lange warten, bis ich »Ja, Ma'am« zu ihr sage.*
»Ach ja?«, flüsterte Tiger in der Hoffnung, dass es nur Stinky hörte. »Daddy würde aber etwas anderes sagen.«
»Einen Moment mal«, sagte Miss Nikki, die das Gaspedal durchdrückte, um es über die gelbe – nein rote – Ampel zu schaffen. »Was für eine Schlägerei?«
Erschrocken schlug sich Stinky die Hand auf den Mund – ihren viel zu großen Mund, wie Tiger fand. Tiger selbst war nicht bereit, auch nur ein einziges Wort über die Sache zu verlieren.
»Was für eine Schlägerei?«, fragte Miss Nikki nun sehr viel lauter nach.
Sie blickte zu Stinky hinüber, die dem Druck nicht länger standhielt. »Tiger ist auf dem Spielplatz in eine Schlägerei geraten, hat Miss Parsons dir das nicht erzählt?«
»Sie hat mir nur gesagt, dass es auf dem Spielplatz Ärger gab und sich Tiger dann den Rest des Tages ganz schrecklich aufgeführt hat. Von einer Schlägerei hat sie nichts erwähnt.«
Stinky blickte über die Lehne ihres Sitzes zu Tiger, der sie nur finster anstarrte. *Wenn die so weitermacht, wird's gleich zu Hause 'ne Schlägerei geben,* dachte er.
»Es war nicht Tigers Schuld«, erklärte Stinky. »Dieser große Junge, Joey, hat ihn die ganze Zeit aufgezogen, und Tiger hat ihm immer wieder gesagt, dass er ihn in Ruhe lassen soll. Dann hat Joey Tiger umgeschubst, und Tiger ist wütend geworden. Anstatt die andere Wange hinzuhalten, hat Tiger die Fäuste gehoben und wollte sich prügeln.«
»Hast du ihn geschlagen?«, fragte Nikki und verrenkte den Hals, um Tiger im Rückspiegel anzusehen.
»Nein, Ma'am.«
»Warum nicht?«

Warum nicht? Was meinte sie denn damit? Tiger spürte, dass ihm seine nächste Antwort vielleicht Ärger einbringen konnte. Aber es war die Wahrheit, und außerdem fiel es ihm schwer, sich schnell genug Lügen für Miss Nikkis Fragen auszudenken.

»Weil ich keine Zeit hatte ... und er größer war.«

»Du hättest die andere Wange hinhalten sollen«, meinte die kleine Miss Perfekt.

Miss Nikki fuhr eine Weile schweigend weiter. Tiger wusste, dass er jetzt besser den Mund hielt, aber ihm brannte eine wichtige Frage auf der Seele.

»Darf mein Daddy jetzt nach Hause?«, fragte er schließlich.

Miss Nikki warf Stinky einen Blick zu, einen dieser »Du-solltest-doch-dichthalten«-Blicke. Stinky wandte sich schnell ab und sah zum Fenster raus.

»Heute nicht, Tiger. Wahrscheinlich dauert es noch zwei Wochen, bis der Richter im Hauptverfahren unseren Fall angehört hat und deinen Daddy aus dem Gefängnis entlässt.«

Von den grässlichen Sachen, die Tiger an diesem wirklich schrecklichen, nutzlosen, hundsgemeinen, scheußlichen Tag zugestoßen waren, war das der schlimmste Schlag ins Gesicht. Die Nachricht verschlug ihm die Sprache und erstickte das letzte Fünkchen Widerstand gegenüber den schlimmen Ereignissen, die ihn zu überwältigen drohten. Miss Nikki und Miss Parsons waren sauer auf ihn. Joey trachtete ihm nach dem Leben. Alle anderen Kinder hielten seinen Vater für einen Drogendealer und Knastvogel. Sein süßer kleiner Bruder war tot. Und jetzt noch diese vernichtende Nachricht. Noch zwei lange Wochen wäre er auf sich gestellt, ohne jemanden, der ihm zeigte, wie er sich gegen Joey wehren sollte.

Jetzt liefen ihm die Tränen über die Wangen, und Tiger versuchte nicht einmal, sie zurückzuhalten. Er zog die Beine auf den Sitz hoch und rollte sich zu einer kleinen Kugel zusammen, den Kopf zur Autotür gewandt. Schon bald war sein Gesicht tränennass und der Ärmel seines Hemdes ganz durchweicht von dem Versuch, es ständig trocken zu wischen. Miss Nikki und Stinky schienen auf ihren Vordersitzen meilenweit entfernt zu sein. Tiger war allein, mutterseelenallein, und es gab keinen Ausweg.

Ein paar Minuten später hielt Miss Nikki auf dem Parkplatz eines kleinen 24-Stunden-Ladens an. »Tiger«, sagte sie, »steig bitte mit mir aus dem Wagen. Stinky, du bleibst sitzen.«

O je, dachte Tiger. *Jetzt geht's los. So hat Dad das auch immer gemacht.* Doch auf dem Parkplatz legte Miss Nikki einfach nur ihren Arm um Tigers Schulter und führte ihn um die Ecke des Gebäudes. Dort ging sie vor ihm in die Hocke und drehte ihn um, sodass sie sich jetzt Auge in Auge gegenüberstanden.

»Womit hat Joey dich geärgert?«, fragte sie.

»Er hat meinen Daddy einen Knastvogel genannt«, sagte Tiger und wischte sich die Tränen weg, die kurz darauf von neuen ersetzt wurden. »Immer wieder hat er ›piep-piep‹ gerufen und die anderen Kinder angestiftet, es ihm nachzumachen.«

»Wie viel größer ist er denn?«, wollte Nikki wissen.

»Sehr viel größer. Ich nenne ihn Joey, den Klops.«

Das entlockte Miss Nikki tatsächlich ein Lächeln.

»Also Tiger, ich weiß, was deine Mom sagen würde, aber die passt ja gerade nicht auf dich auf ... das tue ich. Und diesem alten Klops-Joey werden wir eine Lektion erteilen, in Ordnung?«

Das hörte sich gut an, fand Tiger. Er begann, energisch zu nicken.

»Weißt du, was Karate ist?«

Tiger schüttelte verneinend den Kopf.

Miss Nikki runzelte die Stirn, dann leuchteten ihre Augen auf. »Du kennst doch bestimmt die Ninja Turtles, oder?«

»Nein, Ma'am.«

»Du weißt schon, Superhelden, die böse Typen mit ihren außergewöhnlichen Kräften besiegen?«

»Du meinst wie die Power Rangers?«

»Ja, genau das meine ich. Die Power Rangers. Weißt du, warum die so gut sind?«

»Aber klar, sie ...«

»Ich sag dir, warum sie so gut sind. Sie haben einen besonderen Kampfstil drauf, einen Kampfsport, der sich Karate nennt. Damit kann man Typen vermöbeln, die zweimal so groß sind wie man selbst. Also, hättest du Lust, Karate zu lernen?«

Tiger hatte noch nie einen besseren Vorschlag unterbreitet bekommen. Seine Miene erhellte sich, und er richtete sich gerade auf. *Wie die Power Rangers kämpfen können?* »Na klar«, sagte er.

»Meinst du, du schaffst es, Joey ein paar Wochen aus dem Weg zu gehen, bis du es richtig gelernt hast?«

»Ich denke schon«, meinte Tiger.

»Gut, dann melden wir dich morgen direkt an. Und nach ein paar Wochen wird dir dieser Klops-Joey kein Kopfzerbrechen mehr bereiten können.«

Ein strahlendes Lächeln breitete sich auf Tigers verweintem kleinem Gesicht aus.

Miss Nikki hielt sich einen Finger an die Lippen. »Aber verrat Stinky nichts davon, okay? Das soll unser Geheimnis bleiben.«

»O-kay!«

44

Am nächsten Morgen meldeten sich Tigers Bauchschmerzen mit aller Gewalt zurück – laut Tiger zumindest. Nikki hatte den leisen Verdacht, dass es eher die unumgängliche Konfrontation mit Joey auf dem Spielplatz war, die Tiger Magenschmerzen bereitete. Was auch immer der Grund sein mochte, Tiger zu zwingen, in die Kindertagesstätte zu gehen – heute brachte sie es einfach nicht übers Herz. Aber am Montag würde er wieder hingehen und sich seinen Ängsten stellen müssen. Die nächsten zwei Tage durfte er mit Nikki verbringen.

Sie setzten Stinky am Hort ab und machten sich dann auf die Suche nach einem Karate-Studio für Tiger. Am späten Nachmittag hatten sie ihn dann für einen »Fit-durch-Karate«-Kurs angemeldet. Seine erste private Trainingsstunde würde später am gleichen Nachmittag in der »Ho-Kwan-Do«-Akademie stattfinden.

Nikki ließ den üblichen Vortrag über sich ergehen, der allen Eltern mit auf den Weg gegeben wurde: »*Durch Karate lernen Kinder nicht innerhalb von Tagen oder Wochen, wie man kämpft; Karate ist eine nachhaltige Lebenseinstellung, die Selbstwertgefühl, Selbstdisziplin und Selbstverteidigung vermittelt.*« Nikki nickte an allen richtigen Stellen und versicherte, dass Tigers Motive, an dem Kurs teilzunehmen, über jeden Zweifel erhaben waren. Außerdem hatte Nikki sowieso nicht darauf spekuliert, dass Tiger schon nächste Woche Karate *beherrschte*, er sollte es nur *glauben*.

Danach besorgten sich die beiden ihr Mittagsessen im Drive-in von McDonald's – anscheinend hatte Tigers Magen keinerlei Probleme, sein Happy Meal zu verdauen –, bevor sie sich auf den Weg nach Woodard's Mill machten. Sie parkten ein Stück außer Sichtweite von Dr. Armisteads Anwesen, aber nahe genug dran, um mitzubekommen, wer hier ein und aus ging. Gestern vor Gericht hatte Nikki etwas gesehen, das sie beunruhigte. Armistead war nicht nur ein Zeuge – ein widerwilliger Arzt, der gegen die Mutter eines Patienten aussagte –, er war auch Rechtsbeistand. Zumindest in einem Punkt hatte er ganz offensichtlich gelogen.

Ihr Bauchgefühl sagte ihr, dass es dabei nicht nur darum ging, sich vom Tod seines kleinen Patienten reinzuwaschen. Sie spürte, dass es eine Verbindung zu Erica Armisteads Selbstmord gab, über den die Zeitungen am Wochenende zuvor berichtet hatten. Wie das Ganze zusammenhing, war Nikki nicht klar. Aber sie war entschlossen, es herauszufinden.

Da Armistead in Woodard's Mill lebte und seine Frau an Parkinson erkrankt war, konnte man mit Sicherheit davon ausgehen, dass er eine Putzkolonne engagiert hatte, um das Haus in Ordnung zu halten. Außerdem war anzunehmen, dass die Putzkolonne einen Schlüssel zum Haus und das Passwort für die Alarmanlage besaß. Nikki wollte vor diesem Haus ausharren, wenn es sein musste Tag und Nacht, bis sie herausgefunden hatte, welche Firma hier sauber machte. Dann wollte sie sich dort anstellen lassen. Wenn sie es erst einmal hineingeschafft hatte, würde es ihr ein Leichtes sein, Armisteads Geheimnissen auf die Spur zu kommen.

»Was machen wir hier?«, fragte Tiger.

»Wir spielen Geheimagent«, erklärte Nikki.

»Cool«, erwiderte der kleine Kerl nun flüsternd. »Wen spionieren wir denn aus?«

»Den Arzt, der Joshie behandelt hat«, flüsterte Nikki zurück.

Tiger fiel die Kinnlade herunter. »Warum?«

»Weil er gestern vor Gericht ein paar Dinge behauptet hat, die nicht wahr sind. Wir werden ihn ausspionieren und beweisen, dass er gelogen hat. Das wird dabei helfen, deinen Daddy aus dem Gefängnis zu holen.«

»Wow!«, rief Tiger beeindruckt. »Und wie machen wir das jetzt?«

»Wir warten«, sagte Nikki. »Warten einfach nur ab.«

Die Warterei wurde schnell langweilig. Spionagearbeit klang immer so glamourös, aber nach zwei Stunden reiner Observation wurde der Junior-Spezialagent des Teams langsam unruhig. Mit seinen Ausmalbüchern, Power Rangers und LEGO-Steinen war er durch. Tiger war müde. Tiger war langweilig. Tiger musste mal aufs Klo. Nikki zählte mittlerweile die Minuten, bis Tigers Karatestunde endlich anfing. Vielleicht würde ihn das ein wenig verausgaben.

Eine halbe Stunde bevor sie losmussten, kam der Briefträger. Zehn Minuten später beobachtete sie überrascht, wie Armistead selbst an ihnen vorbeifuhr und in seine Einfahrt abbog. Noch immer kein Anzeichen von der Putzkolonne. Und dann, acht Minuten bevor sie Tiger zum Karatetraining fahren musste, sah sie ein weiteres Auto an sich vorbeirauschen und in Armisteads Einfahrt abbiegen. Schnell startete sie ihren eigenen Wagen und rollte langsam an dem Haus vorbei, während sie ihre Sonnenbrille aufsetzte und ihre Sichtblende vor das Seitenfenster klappte, um ihr Gesicht zumindest teilweise zu verdecken.

Sie warf einen kurzen verstohlenen Blick nach links, nur um sofort wieder hinzusehen. Fast wäre sie von der Straße abgekommen! Wer marschierte da gerade in voller Lebensgröße um viertel vor drei nachmittags auf die Vordertreppe des Hauses zu? Die Königskobra! Nikki traute ihren Augen nicht und verfluchte ihre Erzfeindin leise.

»Was?«, fragte Tiger, der nun auf seinem Sitz kniete und auch die Einfahrt hinuntersah. »Was hast du gesagt?«

»Nichts«, meinte Nikki.

»Doch, hast du wohl. Moment mal!«, rief er. »Das ist doch die fiese Dame! Du hast sie auch gesehen, oder? Was hast du gesagt? Wie hast du sie genannt?«

»Setz dich richtig hin«, sagte Nikki nur, die nun aufs Gaspedal trat, um ungesehen an dem Haus vorbeizukommen. »Ja, ich hab sie gesehen. Und sie eine, ähm, Hexe genannt.«

»Dann hab ich doch richtig gehört«, rief Tiger. »Sie ist auch wirklich eine Hexe.«

Nikki fuhr nun ein wenig schneller und hoffte, nicht gesehen worden zu sein. Sie wartete fünf Minuten und drehte dann noch einmal um. Der Wagen der Königskobra stand noch immer in der Auffahrt. In Nikkis Kopf wechselte eine mögliche Erklärung die andere ab, und sie hörte sich selbst stottern: »Was in aller Welt geht hier vor? Man sucht seine Zeugen nicht mitten am Nachmittag zu Hause auf, um sie für das Verfahren vorzubereiten. Besonders nicht am Tag nach der Voranhörung, wenn es bis zur Hauptverhandlung noch Wochen hin sind ...«

Noch weiter hier herumzulungern wäre wahrscheinlich sinnlos. Tiger musste zum Karateunterricht, und Nikki konnte es sich nicht leisten, entdeckt zu werden. So fuhr sie davon, den Kopf voller Verdächtigungen.

Als sie fast eine Stunde später zurückkehrte, waren beide Autos verschwunden. Sie hielt an derselben Stelle an wie zuvor und legte sich erneut auf die Pirsch. Fünfundvierzig Minuten später wurde ihre Geduld belohnt, als ein Van mit dem Firmenzeichen der Eagle Cleaners die Einfahrt hochfuhr. Nikki fuhr ein Stück vor, um besser sehen zu können. Aus dem Wagen stieg eine untersetzte Frau in Jeans und weißer Bluse, mit Adler-Logo über der Brusttasche, und ging ins Haus.

Nikki schrieb sich die Telefonnummer auf, die an der Seite des Vans prangte. Eagle Cleaners. Sie fragte sich, ob die wohl noch Leute brauchten.

* * *

Am nächsten Tag, Freitagnachmittag, während Tiger an seinem »Fit-durch-Karate«-Kurs teilnahm, fand Nikki heraus, dass die Eagle Cleaners tatsächlich noch Personal suchten. Sie füllte die notwendigen Formulare aus und sprach mit dem Manager, der für die Region um Chesapeake zuständig war.

Er teilte Jacquelyn Ferreira mit, dass sie eine Kopie ihres Führungszeugnisses benötigen würden. Es handelte sich um einen Decknamen, den Nikki für ihre Bewerbung angenommen hatte. Diese falsche Identität wie auch die »geliehene« Sozialversicherungsnummer waren ihr schon bei einigen anderen Gelegenheiten zugutegekommen. Vor ein paar Jahren hatte sie das gesamte Paket von einer Untergrundfirma erstanden, die auf die Ausstellung neuer Identitäten spezialisiert war, alles sehr diskret. Alle Angestellten bei Eagle Cleaners mussten sich verbürgen, keinen Diebstahl zu begehen, und jegliche Vorstrafen, selbst kleinere Vergehen, waren Grund genug, einen Bewerber abzulehnen. Wenn sie sich vergewissert hatten, dass es keine Vorstrafen gab, sagte der Manager – und Nikki war sich ziemlich sicher, dass sie bei ihr nichts finden würden, schließlich hatte sie damals für das Premium-Paket mit einem blütenreinen Führungszeugnis bezahlt –, konnte sie am Montag zur Einarbeitung erscheinen. Ab Dienstag musste sie dann auf Abruf bereitstehen, um für Angestellte einzuspringen, die sich krankgemeldet hatten. Nikki überkam die leise Vorahnung, dass Armisteads Putzfrau es an Nikkis erstem Tag nicht zur Arbeit schaffen würde.

Man konnte es nicht als Einbruch bezeichnen, da ihre Arbeit sie berechtigte, sich in Armisteads Haus aufzuhalten. Nun gut, sie würde sich unter Vortäuschung falscher Tatsachen Zutritt verschaffen, aber das war wahrscheinlich eine Formalität, die vor Gericht nicht bestehen würde. Allerdings hatte sie nicht vor, diese Theorie zu überprüfen. Sie würde sich sehr diskret umsehen und wie verrückt dafür beten, dass Armistead nicht mitten am Tag beschloss, nach Hause zu fahren.

Zwei lange Tage waren seit der Voranhörung vergangen, zwei Tage, in denen sie Charles weder gesehen noch mit ihm gesprochen hatte. Natürlich war keiner von ihnen bereit, als Erster anzurufen. Sie konnte so stur und entschlossen sein wie nötig, doch langsam beschlich sie das Gefühl, dass Charles ihr in diesem Punkt in nichts nachstand. Und das wurde langsam zum Problem, denn ihnen blieben nur noch wenige kostbare Tage, um sich auf den Prozess vorzubereiten, der über das Schicksal der Hammond-Familie entscheiden würde. Dieses beiderseitige Schmollen brachte niemandem etwas.

Aber warum sollte sie den ersten Schritt machen? Es war völlig unangebracht von ihm gewesen, ihre Ratschläge in einem so wichtigen Stadium der Vorverhandlung zu ignorieren. *Was erlaubte er sich eigentlich.* Sie war es, die ihn angeheuert hatte. Wäre sie nicht gewesen, hätte er mit dem Fall überhaupt nichts zu tun. Er war derjenige, der sich vor Gericht so feige aufgeführt hatte, nicht sie. Mochte ja sein, dass sie etwas zu forsch gewesen war, aber seine Verteidigungsstrategie war einfach idiotisch. Je mehr sie darüber nachdachte, umso wütender wurde sie. Es gab wirklich keinen Grund, warum sie ihm zuerst die Hand zur Versöhnung reichen sollte.

Aber trotzdem vermisste sie ihn, das musste sie sich eingestehen. Zwischen ihnen herrschte eine gewisse Chemie. Er war attraktiv, schlagfertig und, wenn sie ehrlich war, ein verdammt guter Anwalt. Das sah sie an Busters Fall. Das war ihr schon vor Wochen aufgefallen, als er sich vor Gericht selbst verteidigt hatte. Umso mehr brachte sie seine Zurückhaltung im Hammond-Fall auf die Palme. Sie musste darauf vertrauen, dass er sich die schweren Geschosse für die Hauptverhandlung aufhob. Auf seltsame Weise stieg dadurch sein Ansehen bei ihr umso mehr. Er war dermaßen von seiner Strategie überzeugt, dass er an ihr festhielt, obwohl Nikki ihm das Leben so schwer gemacht hatte. Auch wenn es eine blöde Strategie war.

Okay, entschied sie sich, *vielleicht sollte ich ihm wenigstens die Gelegenheit geben, sich bei mir zu entschuldigen. Vielleicht kommt er zur Vernunft, wenn er mich sieht und ich mich von meiner charmantesten Seite zeige, und bettelt mich an, wieder in den Fall einsteigen zu dürfen. Und wenn nicht, werde ich es trotzdem tun, zum Wohl des Falles, zum Wohl der Kinder.*

Die Kinder würde sie für ein paar Stunden bei ihrer Mutter lassen, die kamen schon klar. Und Charles würde sie seine Chance geben. Sie wusste ja, wo er zu finden war.

45

Nikki stellte sich in die letzte Reihe der Menschentraube und ging hinter zwei breit gebauten Kerlen mit ihrer Ray-Ban-Sonnenbrille in Deckung. Sie wollte erst ein paar Minuten ungesehen zuhören. *Er glaubt diesen Kram wirklich*, dachte Nikki. *Wenn das Leben nur so einfach zu erklären wäre.*

Seine Predigten sind echt spitze, aber die Genugtuung, ihm das zu sagen, gebe ich ihm nicht. Er schuldet mir eine Entschuldigung. Er kann von Glück sagen, dass ich überhaupt hier bin.

Sie setzte ein finsteres Gesicht auf und trat hinter den Männern hervor. Dann schoss ihre Hand in die Luft, so wie damals in seinem Seminar.

»Beantworten Sie auch Fragen, oder ist die Vorstellung hier als reiner Monolog gedacht?«, fragte sie laut genug, dass auch Charles es mitbekam.

Abrupt blieb er stehen und schaute zu ihr herüber, wobei seine Sonnenbrille jedes Anzeichen von Überraschung versteckte. »Wie ich sehe, hat die schöne Dame ganz hinten eine Frage«, sagte der Prediger. Alle Köpfe drehten sich um, als Charles auf Nikki zuging.

»Sind Sie nicht dieser Anwalt aus dem Fernsehen, der versucht, diesen Drogendealer aufgrund eines Formfehlers freizubekommen?«

Charles schenkte ihr ein breites Lächeln und spielte mit. »Ich bin Anwalt«, gestand er ihr und hörte, wie einige Leute in der Menge erstaunt nach Luft schnappten. »Aber mit Formfehlern gebe ich mich nicht ab. Ich glaube, Sie sprechen von dem Fall, bei dem ich die verfassungsmäßigen Rechte eines Mannes verteidigt habe. Das lässt sich wohl kaum als Formfehler abtun.«

»Verstehe«, sagte Nikki und reckte das Kinn, während sie versuchte, seinen Blick mit ihrem niederzuzwingen. »Nun, dann lassen Sie mich folgende Frage stellen: Wie kann ein Geistlicher, ein religiöser Mann wie Sie, es mit seinem Gewissen vereinbaren, einem Mandanten zur Freiheit zu verhelfen, wenn er weiß, dass dieser schuldig ist?«

»Eine großartige Frage«, verkündete Charles. »Sie hätten selbst Anwältin werden sollen.«

Erspar mir deinen Sarkasmus, dachte Nikki. Dann wiederholte Charles die Frage ins Mikrofon, damit alle sie hören konnten. Das musste sie ihm lassen: Er ging keiner Konfrontation aus dem Weg.

»Ich frage mich«, sagte Charles, »was würde Jesus an meiner Stelle tun? Und diese Frage beantwortet die Bibel meiner Meinung nach ziemlich eindeutig.« Der Prediger begann, auf und ab zu laufen, atmete tief durch und begann mit seiner Erzählung.

»Zu Christus' Lebzeiten gab es eine Frau, die dabei erwischt wurde, wie sie Ehebruch beging. Ich meine: auf frischer Tat ertappt. Keine Ausrede. Zweifel ausgeschlossen. Mitten im Akt selbst. Die Pharisäer, die religiösen Anführer zu jener Zeit, zerrten sie vor Jesus, um ein Exempel an ihr zu statuieren. Sie sagten, dass die Frau nach geltendem Recht hingerichtet werden müsse – dass sie zum Tod durch Steinigung verurteilt werden sollte.« Charles blickte sich in der Menge um. »Sind einige von euch nicht echt froh, dass heute andere Gesetze gelten?« Keine Reaktion.

»Also fragten die Pharisäer Christus, was er nun zu tun gedachte. Und während die anderen sie lauthals beschuldigten, bückte sich Christus ganz ruhig und schrieb etwas mit seinem Finger auf die Erde.«

Charles hockte sich hin und tat so, als würde er etwas auf den Gehweg schreiben. Nikki und der Rest der hinteren Reihe reckten die Hälse, um zu sehen, was es war. »Und dann erhob Christus sich ...« – auch Charles stand wieder auf und sprach nun lauter weiter – »und sagte: ›Wer von euch ohne Sünde ist, der soll den ersten Stein auf sie werfen.‹ Damit bückte sich Christus wieder und schrieb weiter auf die Erde. Und einer nach dem anderen wurden die Pharisäer durch ihr eigenes Gewissen verurteilt und zogen ab.« Charles senkte seine Stimme auf eine beruhigende Tonlage, die von Nikkis Standort aus kaum zu hören war. »Dann sagte Christus zu der Frau: ›Dann verurteile ich dich auch nicht; geh und sündige nicht mehr.‹«

Charles schwieg lange, während er seinen Blick von einem Zuschauer zum nächsten wandern ließ. »Was in aller Welt tat Christus da?« Keine Reaktion. »Ich sage euch, was Er getan hat. Er trat als Verteidiger dieser schuldigen Frau auf. Das mosaische Gesetz verlangte, dass der erste Stein von jemandem geworfen werden musste, der frei von Schuld war. Und hier machte sich Christus diese wichtige Verfahrensvorschrift zunutze, machte auf diesen Formfehler aufmerksam, wenn ihr so wollt, um die Frau zu verteidigen. Er tat das als Exempel für jene von uns, die schnell über andere richten ...«

Nikki hätte schwören können, dass er bei diesen Worten in ihre Richtung sah, doch dank seiner Sonnenbrille war das schwer zu sagen.

»Er zeigte uns, dass wir den Geist der Barmherzigkeit in uns spüren sollen und nicht den des Richters. Die Bibel lehrt uns: ›Denn es wird keine Barmherzigkeit für den geben, der anderen gegenüber nicht barmherzig war. Wer aber barmherzig war, wird auch vor dem Gericht Gottes bestehen!‹«

Dann drehte er sich zu Nikki um und ging sogar ein paar Schritte auf sie zu.

»Und das, meine Damen und Herren, ist der Grund, warum ich auch jene verteidige, die laut unseres Systems vielleicht schuldig sind. Ich billige ihre Taten nicht, aber ich sorge dafür, dass gerecht über sie gerichtet wird, und achte darauf, dass die Barmherzigkeit bei der richterlichen Entscheidung nicht zu kurz kommt.«

Einige Leute murmelten zustimmend. Andere sahen nachdenklich zu Boden. Nikki behielt ihre stoische Pose. Sie erinnerte sich daran, dass sie immer noch wütend auf diesen Mann war.

»Irgendwelche Fragen?«, erkundigte sich der Prediger. »Denn wenn nicht, wird es jetzt Zeit für etwas Lobgesang.« Er steckte eine CD in die Stereoanlage, schob sich die Sonnenbrille auf den Kopf und stellte das Lied ein, das er hören wollte.

Bevor die Musik einsetzte, platzte ein kleines Mädchen in der ersten Reihe mit einer Frage heraus. »Was hat Jesus in die Erde geschrieben?«

Charles hielt ihr das Mikrofon unter den Mund. »Eine weitere hervorragende Frage«, sagte er. »Könnest du sie bitte wiederholen, damit alle sie mitbekommen?«

Offensichtlich eingeschüchtert durch die plötzliche Aufmerksamkeit der Erwachsenen, sah sich das Mädchen befangen um. »Was hat Jesus in die Erde geschrieben?«

Charles strahlte das junge Mädchen an, mit diesem breiten Lächeln, das nur aus Zähnen zu bestehen schien. »Du hast es geschafft. Du hast eine Frage gestellt, auf die der Prediger keine Antwort weiß!« Er streckte ihr die Hand entgegen, und sie klatschte ab. »Denn niemand weiß, was Christus in die Erde geschrieben hat. Aber ich bin fest entschlossen, Ihn zu fragen, sobald ich im Himmel bin.«

»Ich auch«, sagte das Mädchen.

Charles richtete sich wieder auf und blickte in die Menge. »Manche meinen, er hätte die Namen aller Frauen aufgeschrieben, mit denen die Pharisäer Affären hatten. Wäre das nicht cool?« Der Gedanke erntete Gelächter aus der Menge. »Manche sagen, dass er nur so herumgekritzelt hat. Aber ich glaube, dass er etwas ganz Einfaches, aber doch Tiefsinniges geschrieben hat, etwas, das Verurteilung in Barmherzigkeit wandelte.«

Und da bemerkte Nikki es – dieses verräterische Funkeln in Charles' Augen, das immer auftauchte, wenn er eine Eingebung hatte. Sie hatte es vor Gericht gesehen. In seinem Seminar. Sie hatte es auch beobachten können, als sie mit den Kindern in Busch Gardens waren. Mittlerweile war sie nicht mehr überrascht von dem, was nun kommen würde.

Also verfolgte sie gebannt, wie Charles sich erneut niederkniete und sich dieses Mal an die kleine Schwester des Mädchens wandte. Sein Blick war auf die durchsichtige Plastiktüte in ihrer Hand gerichtet. Darin befanden sich ein paar Gegenstände, die ihre Mutter offensichtlich gerade in einem der vielen Geschäfte auf der Promenade gekauft hatte.

»Ist das Straßenmalkreide?«, fragte er sie durch das Mikrofon.

»Ja, Sir«, erwiderte das kleine Mädchen. »Die benutze ich, um Hüpfkästchen zu spielen.«

»Kann ich dir vielleicht ein Stück abkaufen?«, erkundigte sich Charles. Neugierig drängte sich die Menge nun enger um sie, sodass Nikki die Sicht versperrt wurde.

»Welche Farbe?«, fragte das Kind.

»Wie wär's mit Lila?«
Charles legte das Mikrofon beiseite und wechselte erneut die CD in seiner Anlage. Er drückte dem kleinen Mädchen Geld in die Hand – dem begeisterten Kreischlaut nach zu urteilen, musste es eine Menge gewesen sein –, hockte sich hin und schrieb etwas auf den Bürgersteig. Währenddessen erfüllten sanfte Saxofon-Klänge die Abendluft und fingen die Stimmung des idyllischen Sonnenuntergangs ein.

Weil sie sehen wollten, was er da schrieb, drängten sich die etwa vierzig Menschen, die sich um Charles versammelt hatten, nun noch näher an ihn heran. Bis auf Nikki, die genug von diesen Prediger-Tricks hatte, dem Ganzen sowieso skeptisch gegenüberstand und sich daher zurückhielt. Sie war schon auch neugierig, aber auf keinen Fall würde sie sich wie diese leichtgläubigen Leute einwickeln lassen. Wenn sich die Menschentraube erst aufgelöst hatte, konnte sie immer noch sehen, was da stand.

Diesen Moment würde sie nie vergessen.

Die ganze Menge begann sich zu bewegen, erst langsam, dann fast synchron. Es war, als würde sie genau in der Mitte geteilt und auf beiden Seiten gleichzeitig zurückweichen, sodass sich ein menschengesäumter Gang zwischen Nikki und dem immer noch knienden Charles bildete. Er hatte ihr den Rücken zugekehrt und beugte sich konzentriert über seine Arbeit, die Sonnenbrille auf den Kopf zurückgeschoben. Gerade war er dabei, die letzten Worte zu schreiben. Nun erhob er sich, stellte sich an das Kopfende der Schrift und streckte ihr behutsam seine Hand entgegen, in der das Stück lila Kreide ruhte.

Als Nikki die Botschaft las, die zwar kindisch, aber dennoch reizend war, konnte sie das Lächeln nicht mehr zurückhalten. Vor ihr auf dem Bürgersteig hatte Charles der Prediger, Charles der Juraprofessor, Charles der Romantiker ihr in aller Öffentlichkeit eine sehr persönliche Botschaft hinterlassen:

Liebe Nikki,
es tut mir leid. Kannst du mir verzeihen?
Bitte ankreuzen:
ja ... nein ... vielleicht ...
In Liebe
Charles

Vielleicht lag es an der Saxofon-Musik, vielleicht auch am Sonnenuntergang oder an dem flehenden Blick in seinen Augen, aber Nikki wurde von einem Gefühl überwältigt, das sie zwang, einen Schritt nach vorne zu machen, kurz zu zögern und sich ihm dann um den Hals zu schmeißen.

»Du bist einfach zu süß, weißt du das?«, flüsterte sie in sein Ohr.

»Das können wir dann wohl als ein Ja werten«, rief jemand aus der Menge.

Und so brach Charles' kleine Gemeinde in spontanen Applaus aus.

46

Der Rest des Abends verging für Charles wie im Flug. Sie packten seine Musikanlage zusammen, deponierten sie in seinem Wagen und kehrten dann zur Strandpromenade zurück. In einem der Straßencafés kauften sie sich ein Eis, zogen die Schuhe aus und liefen zum Strand. Der Geruch des salzigen Meerwassers hatte schon immer beruhigend auf Charles gewirkt, und das Gefühl des nassen Sandes unter seinen Füßen belebte seinen Geist.

Natürlich bestand Nikki darauf, dass sie durch das Wasser liefen. Ausgelassen machte sie ihn mit ihren Füßen nass und rannte den Wellen davon. Sie trug kurze Shorts und ein ärmelloses T-Shirt. Aus dem Dutt auf ihrem Kopf hatten sich ein paar Strähnen gelöst, die ihr von der Meeresbrise aus dem Gesicht geweht wurden. Charles ertappte sich dabei, wie er ihre eleganten Gesichtszüge ein wenig zu lange betrachtete ... und über die Bedeutung der Tätowierung auf ihrer Schulter nachdachte.

»Also, was hat es mit dem Tattoo auf sich?«, fragte er ungezwungen. »Bist du das?«

»Nee.« Sie bückte sich und hob eine Muschel auf, die sie in den Händen umdrehte und dann in die Brandung zurückwarf.

Jetzt war seine Neugier erst recht geweckt. »Sondern?«

»Sondern was? Du hast gefragt, ob die Tätowierung mich darstellt. Tut sie nicht.« Eine große Welle jagte sie den Strand hoch. Dann kehrte sie an seine Seite zurück und lief weiter neben ihm her.

»Willst du mir verraten, wer es dann ist?«

»Nö.«

Er blieb stehen und dachte kurz darüber nach, wie weit er sich vorwagen sollte. »Deine Schwester?«

»Okay«, sagte Nikki, blieb stehen und drehte sich zu ihm hin. »Du und ich scheinen ein ernstes Kommunikationsproblem zu haben. Ich sage Nein. Du hörst Ja. Lies es mir von den Lippen ab.« Sie streckte die Hand aus und griff spielerisch nach seinem Gesicht, das sie dann in ihre Richtung drehte. »Nei-hein. Nein. Nada. Nö-hö. Auf keinen Fall. Vergiss es.«

Charles nickte, als hätte er verstanden, bis Nikki ihn wieder losließ. Als sie ein paar Schritte gegangen waren, blickte Charles zum Horizont. »Deine Mutter?«

Sie trat Wasser nach ihm, und er sprang zurück. »Ist bestimmt deine Mutter als junges Mädchen«, meinte er, während sie wieder losliefen.

Auf ihrem Weg den schwach beleuchteten Strand entlang kamen ihnen ein paar andere Pärchen entgegen. Charles schien es, als wären sie die Einzigen, die nicht Händchen hielten.

Schweigend gingen sie weiter, dann sagte Nikki leise: »Tatsächlich hat es was mit meinem Vater zu tun.«

»Das wäre meine nächste Vermutung gewesen«, antwortete Charles, aber Nikki lächelte nicht. Er hatte einen Nerv getroffen und kam sich auf einmal wie ein richtiger Blödmann vor. *Junge, Junge*, Nikki schaffte es wirklich immer wieder, ihn aus dem Konzept zu bringen. »Tut mir leid. Ich hör jetzt damit auf.«

»Das musst du nicht.« Nikki wandte sich dem Meer zu und wich dann ein paar Schritte auf den Strand zurück. Sie hockte sich in den trockenen Sand und klopfte auf den Platz neben sich. Er setzte sich neben sie und stützte sich auf seine Hände zurück. Nikki lehnte sich vor und ließ den Sand durch ihre Finger rieseln, während sie sprach.

»Meine Mutter starb bei einem Autounfall, als ich vier Jahre alt war. Sie ließ mich mit meinem alkoholkranken Vater zurück, der mich nicht ausstehen konnte. Er benutzte mich, um an Essensmarken zu kommen, an Schecks von der Sozialhilfe, was auch immer. Dann deponierte er mich für ein paar Tage bei einem seiner Freunde und betrank sich. Wenn ihm das Geld ausgegangen war, holte er mich wieder ab, verprügelte mich, bekam neues Geld und setzte mich woanders ab.«

Nikki erzählte ihre Geschichte mit einer Art sanfter Distanz. Charles konnte keine Bitterkeit in ihrer Stimme feststellen, nicht mal einen Anflug von Selbstmitleid. Was er hörte, waren die kalten, harten Fakten einer schweren Kindheit.

»Ich war mir dessen damals natürlich nicht bewusst, aber er behielt mich einzig und allein, weil er das große Geld witterte. Der Kerl, der den Autounfall mit meiner Mutter verursacht hatte, war angeblich sehr reich, und mein Vater glaubte, dass die Geschworenen ihm mehr zusprechen würden, wenn er als alleinerziehender Vater einer kleinen Tochter auftrat. Allerdings ging sein Plan nicht auf, weil die Klage abgeschmettert wurde, bevor sie überhaupt vor Gericht kam.« Nikki verstummte, und Charles wartete auf sie.

»Als ich neun Jahre alt war, zeigte eine der Familien, bei denen er mich abgeladen hatte, ihn beim Jugendamt an. Und bevor ich mich versah, wanderte ich von einer echt schlimmen Pflegestelle zur nächsten und wünschte mich einfach wieder zu meinem Dad zurück. Wie alle Pflegekinder betete ich dafür, adoptiert zu werden. Aber niemand will eine schlaksige und missmutige Zehnjährige, die einen Groll gegen die ganze Welt hegt.« Nikki schwieg erneut einen Moment und sah aufs Meer hinaus, als wäre ihre Geschichte irgendwo dort niedergeschrieben und würde von den Wellen zu ihr herangetragen.

Charles fiel es schwer, die Worte »schlaksig und missmutig« mit Nikki in Verbindung zu bringen.

»Dann eines Tages, als ich ungefähr elf Jahre alt war, tauchte dieser etwa fünfzigjährige Witwer auf, und von da an lebte ich bei ihm und seiner Haushälterin, die auch im Haus wohnte. Ein toller Kerl – lustig, gütig, alles, was mein echter Vater nicht war. Dieses Leben unterschied sich von allem, was ich bisher erlebt hatte, und ich wusste, dass der Typ ein paar Strippen gezogen haben musste, um mich zu bekommen. Seine Frau war ein paar Jahre zuvor verstorben, also nicht gerade die typischen Voraussetzungen für eine Pflegefamilie. Damals wusste ich nicht, dass er nicht einmal im System registriert war. Aber der Kerl hatte Kohle, und du weißt ja, wie es läuft, Geld regiert die Welt ... und so.«

Auf einmal wandte sich Nikki Charles zu, als wäre sie gerade aus ihrer Trance erwacht. »Ich schwafle hier herum ... normalerweise rede ich nicht so viel über mich ...« Sie wollte aufstehen, doch Charles griff nach ihrem Arm und zog sie sanft wieder herunter.

»Nein«, sagte er. »Bitte ... hör nicht auf. Ich will das hören.«
Nikki zuckte mit den Schultern.
»Nein, ehrlich.«
»Okay, aber können wir dabei weiterlaufen? Das hilft mir beim Denken.«
Etwa fünf Minuten lang liefen sie schweigend nebeneinander her, und Charles spürte, dass sie weitererzählen würde, wenn sie bereit war. Und tatsächlich holte Nikki kurze Zeit später tief Luft und sprach weiter.
»Dieser Typ gab mir alles, was ich brauchte, wurde mein Adoptivvater ... und zog mich im Prinzip groß. Ich meine, er war Bauunternehmer, also hatten auch wir unsere guten und schlechten Zeiten. Ich bekam damals zwar nichts davon mit, doch als ich fünfzehn war, standen wir beinahe vor dem Bankrott. Wir zogen in ein kleineres Haus und mussten die Haushälterin entlassen. Erst mit achtzehn durfte ich mir ein Auto kaufen – das ist das, was mir von unserer finanziellen Krise am meisten im Gedächtnis haften geblieben ist. Als ich dann mit neunzehn meinen Highschool-Abschluss machte ...« – bei dem Gedanken lächelte Nikki ein wenig beschämt –, »ich hab mich auf der Highschool so amüsiert, dass ich ein Jahr länger brauchte, um die Schule zu beenden ... Wie auch immer, zu der Zeit ging es langsam wieder bergauf. Wir feierten meinen Abschluss mit einer Reise nach New York City.«
»Klingt wie ein echt toller Kerl, dein Dad«, sagte Charles, der spürte, dass Nikki ein wenig Bestärkung brauchte.
»Ja ... nun, er nahm mich mit zum Broadway. Für mich war es das erste Mal überhaupt. Wir sahen uns *Les Misérables* an. Schon mal gesehen?«
Der Broadway. Sofort wurden Erinnerungen an Denita wach. Und auf einmal nagte das schlechte Gewissen an ihm – wegen der Gefühle, die er gerade gegenüber Nikki entwickelte. »Ja. *Les Miz*. Victor Hugo. Als es letztes Jahr abgesetzt wurde, war es das am längsten am Broadway aufgeführte Musical aller Zeiten. Eine großartige Geschichte ... alle sterben.«
Nikki lachte leise. Dann wurde ihr Blick wehmütig. »Genau wie im richtigen Leben manchmal.«
Charles merkte, wie schwer es Nikki fiel, darüber zu sprechen. All das Imponiergehabe, das er öfter bei ihr gesehen hatte, war jetzt verflogen. Während sie so mit gebeugtem Haupt mit ihrem Fuß das seichte Wasser aufwirbelte, wirkte sie fast wieder wie das schlaksige kleine Mädchen von früher.

»Es erinnert mich an diese Moralitäten aus dem Mittelalter, weißt du«, sagte Nikki nachdenklich. »Ein Schauspiel über Wiedergutmachung. Zweite Chancen. Da ist dieser Straftäter, der aus dem Gefängnis entlassen wird ... der dann später eine Fabrik leitet und zulässt, dass eine der Arbeiterinnen ohne Grund entlassen wird. Diese Frau muss ihre kleine Tochter, die bei einem schrecklichen Trunkenbold von einem Wirt und seiner Frau lebt, finanziell unterstützen. Da sie aber ihren Job verloren hat, ist die Frau gezwungen, ihren Körper auf der Straße zu verkaufen, um ihrer Tochter weiterhin Geld schicken zu können. Dann stirbt sie. Der geläuterte Straftäter – der Typ, der sie gefeuert hat – findet heraus, was er angerichtet hat, und besucht die Mutter an ihrem Sterbebett. Er verspricht ihr, sich um ihr Kind, Cosette, zu kümmern. Später stirbt auch er, während der Revolution 1832, aber erst nachdem er Cosette aufgezogen und bis zu ihrer Volljährigkeit mit Liebe überschüttet hat. Außerdem rettet er auf dem Schlachtfeld der Revolution noch Cosettes zukünftigen Ehemann ... erinnerst du dich noch an den Teil?«

Charles nickte. »Aber sicher. Ein großartiges Stück. Tolle Musik.« Dann fiel es ihm wie Schuppen von den Augen. Die Tätowierung auf Nikkis Schulter – das schmutzige Gesicht des kleinen Mädchens – hatte er fast vergessen. Es war das Markenzeichen des Musicals *Les Miz* – ein Bild der jungen Cosette, das auf allen Programmheften und allen Plakaten des Musicals prangte.

»Das Musical muss dir wohl wirklich gut gefallen haben.«

Nikkis Lippen verzogen sich zu einer dünnen Linie, und ihre Augen wirkten ein wenig fröhlicher. Bis zu diesem Moment hatte Charles gar nicht bemerkt, wie düster die Stimmung geworden war, wie deutlich sich die Kummerfalten in ihrem Gesicht abzeichneten. Die Reflektion des Mondlichts auf dem Wasser und die schummrigen Ausläufer der Lichter auf der Promenade erhellten Nikkis Gesicht auf betörende Weise, während ihr Lächeln die Falten in Luft auflöste. Er fragte sich, wie um alles in der Welt er noch vor ein paar Tagen so wütend auf diese Frau hatte sein können.

»Am Tag nach der Vorstellung, während mein Vater irgendwo ein Business-Meeting in New York hatte, hab ich mir dieses Tattoo stechen lassen. Ich war überzeugt davon, dass er mir den Hals umdrehen würde.« Sie hielt inne, und ihr Lächeln verschwand ebenso schnell wieder, wie es gekommen war. »An diesem Abend erzählte mir mein Vater etwas, das er all die Jahre vor mir geheim gehalten hatte.« Sie senkte die Stimme, bis ihre Worte über dem sanften Brausen des Meeres kaum noch zu hören waren. »Er war der Mann, der meine Mutter getötet hatte. Er war der Fahrer des anderen Wagens gewesen.«

Wieder blieb Nikki stehen, hob langsam den Kopf und sah ihn nun direkt an. Ihr Gesicht lag im Dunkeln, denn Charles' Schatten blockierte das Licht, das von der Promenade zu ihnen herüberfiel. »*Les Miz* war unsere Geschichte, Charles.«

Es folgte eine kleine Pause, und Charles meinte zu hören, wie ihr die Stimme etwas stockte. »Ich konnte mich nicht entscheiden, ob ich ihn nun hassen oder lieben sollte.« Nikki blickte zu Boden und malte mit ihrem Zeh unbewusst eine Linie in den Sand. Eine Linie zwischen ihnen? War das symbolisch gemeint? »Achtzehn Monate später starb er an einem Herzinfarkt.«

Er spürte, wie ihm die Luft wegblieb. Und dann machte sich ein anderes Gefühl in ihm breit: Plötzliches und vollständiges Verständnis für diese Frau, die sich so von der verwegenen Dame vor Gericht unterschied, von der Draufgängerin in seinem Seminar, von der Nikki Moreno, die die wilde und sorgenfreie Frau in ihrem eigenen Broadway-Stück spielte. Nun erkannte er das Kind in ihr und wollte ihr Trost spenden. Er trat einen halben Schritt beiseite und griff sanft nach ihrer Hand. Nun stand sie nicht mehr in seinem Schatten, und das dämmrige Licht schien sie noch entspannter werden zu lassen.

»Das tut mir leid«, sagte er.

Sie zögerte. Als sie sprach, war die Energie in ihre Stimme zurückgekehrt. »Das muss es nicht«, sagte sie mit hoch erhobenem Kinn. »Ich hab's überlebt. Und ich hatte das Glück, die Liebe eines Vaters zu erfahren.« Sie legte ihre andere Hand auf seine, nur für einen kurzen Moment, und ließ dann los. Er deutete es als einen Wink und zog ebenfalls seine Hand zurück.

Sie standen noch ein paar Sekunden schweigend da; dann drehte sich Nikki in die Richtung um, aus der sie gekommen waren, und warf Charles einen Blick von der Seite zu. »Siehst du den Aussichtsturm der Rettungsschwimmer da drüben?«

Charles nickte.

»Ich wette, dass du ganz schön lahm für einen schwarzen Kerl bist.«

Bevor er sich versah, rannte Nikki schon den Strand hinunter und ließ den Sand hinter sich auffliegen.

Auf weniger als halber Strecke holte er sie ein.

47

Der Montag war früher der von Nikki mit Abstand am wenigsten favorisierte Tag der Woche gewesen. Aber seit die Kinder bei ihr eingezogen waren, fühlte sich der Montag wie eine echte Verschnaufpause an. In der Zeit bevor Tiger und Stinky ihr Leben auf den Kopf gestellt hatten, ließ Nikki für gewöhnlich keine Party aus und dachte stets mit Grauen an Montagmorgen. Aber nun, nachdem sie den gesamten Samstag und Sonntag mit den Kindern verbrachte, nach achtundvierzig Stunden ohne Unterbrechung durch Hort oder Schule, konnte der Montag gar nicht früh genug kommen.

Und an diesem Morgen schaffte Tiger den weiten Weg zur Kindertagesstätte der Green Run Community Church, ohne irgendetwas in Nikkis Auto zu verschütten.

»Wir sind so froh, dass du wieder da bist!«, rief Miss Parsons begeistert, als sie Tiger sah. Sie sah zu Nikki auf und zwinkerte ihr zu, dann blickte sie wieder zu Tiger herab. »Wir haben dich letzte Woche wirklich vermisst.«

»Danke, Ma'am«, sagte Tiger wenig begeistert. Nikki wusste, dass Tiger nicht gerade angetan davon war, wieder in den Hort zu müssen. Anscheinend hatte er an diesem Morgen mit einem schlimmen wunden Hals und rasenden Kopfschmerzen zu kämpfen gehabt. Aber er war hier. Und das war ein Anfang.

Im Lauf des vergangenen Wochenendes hatte Nikki Tiger davon überzeugen können, dass die Karatestunden ihn unbesiegbar machten. Tiger zeigte Nikki seine aggressive Karatehaltung – den einen Arm lang ausgestreckt, den anderen neben die Brust zurückgezogen, mit geballten Fäusten und gebeugten Knien. Er beherrschte jetzt einen furchteinflößenden Kriegsschrei. Auch ein paar grundlegende Schritte hatte er gelernt, wie die Trittbewegung mit Schlagkombination. Tigers Bein reichte dabei zwar nicht ganz so hoch, wie es sollte, und würde daher keinem Gesicht gefährlich werden, doch Nikki stellte fest, dass sein Tritt immer noch hoch genug war, um bei einem Jungen seiner Größe echten Schaden anrichten zu können.

Nikki erlaubte Tiger, sie am Wochenende ein paar Mal auf die Matte zu schicken, und erklärte Tiger dann für bereit, sich dem Feind zu stellen. Mittlerweile hatten sie auch Stinky eingeweiht. Unauffällig nahm sie Stinky beiseite und ließ sie heimlich versprechen, sofort dazwischenzugehen und nach Miss Parsons zu rufen, sollte sie mitbekommen, dass Tiger am Montag in eine Schlägerei verwickelt wurde. Untrügliche Anzeichen für einen bevorstehenden Kampf wären Tigers Kriegsschrei und die Einnahme der Karateposition.

Um Tigers neu gewonnenen Heldenmut noch weiter zu stärken, hatte Nikki ihm erlaubt, sich ein Power-Rangers-Tattoo auf den Bizeps zu kleben. Das Tattoo war abwaschbar, und Nikki musste leise lachen, als sie sah, dass das kleine Bild fast komplett um Tigers zahnstocherartigen Oberarm herumreichte.

Doch es schien zu wirken. Als sie ihm half, es anzubringen, erklärte Tiger es für »cool«, und später erwischte sie ihn dabei, wie er seine Muskeln anspannte und zufrieden grinsend auf sein Tattoo starrte.

Kurz bevor sie wegmusste, griff Nikki nach Tigers Oberarm und umschloss ihn mit einer Hand, wobei sich ihr Daumen und Zeigefinger ohne Mühe berührten. Niemand beobachtete sie. »Spann mal an«, forderte sie ihn auf.

Der kleine Kerl zog mit aller Kraft den Arm an, ohne einen Muskel sichtbar hervortreten zu lassen oder auch nur die kleinste Falte in das Power-Rangers-Tattoo zu zaubern. »Wahnsinn«, flüsterte Nikki. »Mit dir legt sich besser keiner an.«

Sie lehnte sich vor und küsste ihn auf die Wange.

Als sie sich umdrehte, um auch Stinky einen Kuss zum Abschied aufzudrücken, flüsterte sie dem kleinen Mädchen ins Ohr, ihr zu zeigen, wer dieser Klops-Joey war. Stinky wies in eine Ecke des Raumes zu ein paar Holzfächern, in denen die Kinder ihre Brotdosen aufbewahrten. Gerade stand Tigers Erzfeind ganz allein davor.

Nikki ging zu Joey rüber, packte ihn fest am Arm – der doppelt so breit wie der von Tiger war – und lehnte sich zu ihm herunter, damit sie ihm ins Ohr flüstern konnte.

»Du bist doch ein Freund von Tiger, oder nicht?« Sie drückte den Arm genauso hart, wie sie flüsterte, und grub ihre Finger in sein wabbeliges Fleisch.

»Ja«, sagte er und versuchte, sich loszureißen. Doch Nikki drückte nur noch fester zu, und Joey hielt still.

»Gut. Ich bin die Dame vom Gericht, die im Moment auf Tiger und Stinky aufpasst«, flüsterte sie. Mit ihrer freien Hand, griff sie in ihre Handtasche und zog ihr Portemonnaie hervor, dass sie kurz aufklappte, um Joey ihren Ausweis zu zeigen, so wie sie es immer im Fernsehen machten. »Kann ich einen Moment mit dir über Tiger sprechen?«

»S-s-sicher«, stammelte Joey, dessen Augen zu tränen begonnen hatten. »Aber können Sie vorher vielleicht meinen Arm loslassen?«

Nikki ließ den Arm fallen und sprach dann noch leiser weiter. »Letzte Woche haben ein paar der Hortkinder Tiger damit aufgezogen, dass sein Vater im Gefängnis sitzt, und so wie ich mitbekommen habe, wurde Tiger beinahe in eine Schlägerei verwickelt.« Joey nickte mit einem besorgten Ausdruck auf dem Gesicht.

»Gut, dass es nicht dazu gekommen ist«, vertraute Nikki ihm an, »sonst wäre die Sache vielleicht wie im letzten Hort geendet. Hast du von der Sache gehört?«

»Nein«, sagte Joey erstaunt.

»Mmm.« Nikki betrachtete Joey mit einem misstrauischen Blick. »Ich dachte, mir hätte jemand erzählt, du wärst sein Freund.«

»Das bin ich auch«, verteidigte sich Joey sofort.

»Nun, vielleicht ist es gar nicht so verwunderlich, dass du nichts davon weißt. Tiger redet nicht gerne darüber.«

»Über was denn?«

Nikki sah sich um. Niemand hörte zu. Trotzdem zog sie Joey ein wenig beiseite und warf nochmals einen Blick in die Runde, als wollte sie ihm gleich ein Geheimnis anvertrauen, dass sie vom FBI-Chef persönlich erfahren hatte.

»Ich erzähle dir jetzt ein paar streng vertrauliche Sachen. Eigentlich dürfen davon nur die Anwälte und Richter wissen. Versprichst du mir, nichts zu verraten?«

Joey nickte.

»Im letzten Hort haben ein paar Kinder Tiger in eine Schlägerei verwickelt, und nun ja, wie du weißt, ist Tiger ein Karatemeister ...«

Joey riss erschrocken die Augen auf; das hatte er nicht gewusst.

»Wie dem auch sei, das andere Kind hat ein paar bleibende Schäden davongetragen, ein Schädel-Hirn-Trauma, so etwas in der Art eben. Ihm fällt es heute noch schwer, deutlich zu sprechen.«

Um den dramatischen Effekt noch zu verstärken, griff Nikki erneut nach Joeys Arm und packte noch fester zu als zuvor. Wieder ein kurzer Blick über die Schulter und dann: »Solltest du jemals mitbekommen, dass Tiger seine Karatehaltung einnimmt, spring zwischen ihn und das Kind, auf das er es abgesehen hat, und schrei nach der Lehrerin, tu irgendwas ... egal, was. Aber wenn du wirklich sein Freund bist, dann lass nicht zu, dass er noch einem Kind wehtut, in Ordnung?«

Joey nickte nun energisch, er schien begriffen zu haben. Nikki belohnte ihn für seine Auffassungsgabe, indem sie seinen Arm losließ.

»Ich will nicht, dass Tiger wie sein Daddy endet«, sagte sie so ganz nebenbei, als sie sich aufrichtete, um zu gehen. »Ich will nicht, dass er wegen Mord im Gefängnis landet. Man sagt, dass Tigers Vater selbst hinter Gittern noch Auftragsmorde anordnet ... Killer auf Leute hetzt, die seinen Freunden oder seiner Familie das Leben schwer machen. Wir konnten ihm nicht alle Morde nachweisen, aber das werden wir noch. Dafür brauchen wir nur etwas Zeit.«

Joeys Mund stand mittlerweile sperrangelweit offen, seine Augen waren immer noch weit aufgerissen. Er klappte den Mund zu und schluckte schwer. Die überraschenden Enthüllungen der Justizbeamtin ließen ihn sprachlos und verdattert zurück. Alles, was er noch zustande brachte, war ein Nicken.

»Ich wünsch dir einen schönen Tag, mein Junge«, sagte Nikki, als sie sich umdrehte und aus dem Hort der Green Run Community Church schritt. Heute musste sie sich keine Gedanken um Tiger machen. Der kleine Karatemeister würde prima zurechtkommen.

48

Dort saß Denita in ihrer Richterrobe, hoch oben auf der Richterbank, in Überlebensgröße, und lachte ihn mit dröhnend-hallender Stimme aus. »Ich habe mich geändert.« Abscheuliches Gelächter. »Glaub mir, ich habe mich geändert.«

Charles spürte, wie sich sein Magen verkrampfte, als er ihre Hand noch fester drückte ... ihre Hand! – Nikkis Hand! Er drehte sich zu ihr um und sah die Tränen in ihren Augen, während Denitas Gelächter weiter auf sie herabregnete. Er streckte den Arm aus und legte ihn um Nikkis Schulter, zog sie an sich heran und spürte, wie ihr Körper unter ihrem Schluchzen bebte.

Zwischen ihnen und Denita erstreckten sich endlose Reihen von Gräbern, die alle mit Grabsteinen versehen waren. Auf allen lagen vertrocknete Blumen. »Schuldig!«, schrie Denita. Dann starrte sie Charles an und lächelte. »Schuldig!«

Er kniete sich neben Nikki vor dem Grab zu seinen Füßen nieder ... sah das Gesicht des kleinen Mädchens auf dem Grabstein ... Cosettes Grab.

Dann senkte sich der Nebel auf sie herab.

Charles stand wieder auf, um Einspruch zu erheben, während Nikki immer noch neben ihm im Nebel kniete, doch die Worte blieben ihm im Hals stecken. Er spürte, dass nun alles an ihm hing, Nikkis Zukunft, die Verantwortung für all diese Gräber, sein eigenes Urteilsvermögen. Doch seine Zunge war bleischwer, und bevor er die Worte herausbrachte, hörte er, wie Denita dort draußen im Nebel mit ihrem Hammer auf die Richterbank schlug, einmal, zweimal ... »Ruhe im Gerichtssaal!«

Nikki schluchzte ungehemmt weiter.

Immer wieder und wieder hörte er Denitas Urteilsspruch – »Schuldig!« Er legte Einspruch ein und sah, wie die Gerichtsbediensteten mit Handschellen aus dem Nebel traten. Dann setzte die Musik ein ... erst ganz leise, dann aber immer lauter ...

Mit einem Ruck setzte er sich im Bett auf, streckte den Arm aus und schaltete den Radiowecker aus.

»Gott sei Dank«, murmelte er. Sein Traum war so real, so lebensecht gewesen, dass er sich sicher war, alles wieder vor sich zu sehen, wenn er die Augen schloss: den Friedhof, Denita, Nikki, das Grab der kleinen Cosette. Er rieb sich das Gesicht und versuchte zu ergründen, was der Traum bedeuten könnte. Er spürte den Schweiß auf seiner Stirn. Das sah ihm gar nicht ähnlich, normalerweise hatte er nie solche Albträume, war noch nie in kaltem Schweiß gebadet aufgewacht.

Was hatte das zu bedeuten?

Wollte Gott ihm etwas mitteilen? Die Gräber. Waren das die Kinder, die sterben würden, wenn Denita es in das Richteramt schaffte? Und was war mit Nikki, die weinend seine Hand gehalten hatte? Irgendetwas an ihr war seltsam gewesen, selbst für einen Traum. Ihr Kleid. Das war es: ihr Kleid. Nicht das übliche Moreno-Minirock-Modell. Es war weiß gewesen, mit vielen Rüschen und lang ... *Ein Hochzeitskleid.*

Jetzt mal ganz langsam.

Er rief sich ins Gedächtnis, dass es nur ein Traum gewesen war. Vielleicht eine Warnung seines Unterbewusstseins, dass er langsam Gefühle für sie entwickelte? Zu schnell. Vielleicht eine Warnung, dass sie sich in ihn verliebte? Und wo sollte das hinführen? Zu noch mehr gebrochenen Herzen? Das war alles so verwirrend.

Wie konnte er hoffen, eine Beziehung mit Nikki würde ein anderes Ende nehmen als die mit Denita? Zwischen ihnen gab es die gleichen versteckten Spannungen – die unvereinbaren religiösen Überzeugungen. Aber Nikki war nicht Denita. Nikki war weitaus faszinierender, viel liebenswerter. War das nicht auch ein Aspekt des Traums gewesen?

Was tue ich hier eigentlich?, fragte er sich, während er seiner morgendlichen Routine nachging. *Das war nur ein Traum! Du bist doch kein Wahrsager. Wenn du Gottes Wille wissen willst, wende dich an die Bibel!*

Mit diesem Gedanken tappte Charles zum Küchentisch und schlug das Neue Testament an der gleichen Stelle auf, an der er am Abend zuvor zu lesen aufgehört hatte. Johannes-Evangelium, Kapitel 11. Die Geschichte, in der Jesus Lazarus von den Toten auferweckt.

Und da Charles nicht an Zufälle glaubte, wurde ihm schlagartig klar, dass Gott ihm tatsächlich etwas mitteilen wollte. Er hatte die Geschichte schon oft gelesen. Doch zufälligerweise war es auch die Geschichte, die am Samstagabend für so viel Aufruhr im Gefängnis-Bibelkreis gesorgt hatte.

Der Abend hatte einen beschaulichen Anfang genommen, da nur wenige Häftlinge zur Bibelstunde erschienen waren. Buster war gekommen und lehnte mit verschränkten Armen an der hinteren Wand des Raums. Mittlerweile zwang er jedoch keines der anderen ES-Mitglieder mehr, an der

Bibelstunde teilzunehmen, sodass die Gruppe nun auf sechs Leute geschrumpft war und Charles sich fragte, ob es den Aufwand überhaupt noch wert sei.

Charles nutzte die Gelegenheit, um Buster seine eigene King-James-Bibel zu überreichen, ein brandneues, ledergebundenes Exemplar mit Goldschnitt. Auch wenn Buster sich große Mühe gab, keine Emotion zu zeigen – »Danke, Rev«, sagte er bloß, ohne auch nur zu lächeln –, wusste Charles, dass es ihm viel bedeutete. Der große Mann hielt die Bibel so vorsichtig in den Händen, als handle es sich dabei um das Original. Mit ein wenig Hilfe von Thomas blätterte er stolz zu der Passage vor, die Charles an jenem Tag behandeln wollte.

Doch nur wenige Minuten später, als die erste halbe Stunde des Bibelkreises bereits vorbei war, entbrannte die mittlerweile zweite große theologische Diskussion unter den Häftlingen. Anscheinend hatte Buster, nachdem er sich zum Christentum bekannt hatte, von Thomas aufgetragen bekommen, das Johannes-Evangelium zu lesen. Und so war Buster, Bibelgelehrter mit viertägiger Berufserfahrung, auf die Geschichte von Lazarus gestoßen, die in Johannes 11 erzählt wurde. Er glaubte nicht ein einziges Wort davon.

»Ernsthaft jetzt, Rev«, argumentierte Buster, »wenn er es für Lazarus gemacht hat, warum dann nicht auch für Dr. King? Ich meine, ich will hier nicht Gottes Wort dissen oder so, aber Junge, du weißt, das kann nicht stimmen.«

Sofort nahm Charles ihn vor versammelter Mannschaft in die Mangel. »Glaubst du denn daran, dass Gott *Jesus* hat auferstehen lassen?«

»Ach komm, das ist doch was ganz anderes«, stöhnte Buster, »und das weißt du auch. Du hast mir selbst gesagt, dass Christus Gottes Sohn war. Das ist was ganz anderes, Mann.«

»Genau darauf will ich hinaus«, meinte Charles. »Wenn wir an Christus glauben, werden wir alle zu Gottes Söhnen. Gott wird jeden von uns bei der Wiederkunft Christi auferwecken. Er hat Lazarus nur auferstehen lassen, um uns zu zeigen, wie groß Seine Macht ist.«

»Ich weiß nicht«, murmelte Buster und schüttelte langsam den Kopf. »Ich meine, ich versteh ja, was du sagst, Rev, nur glauben kann ich es nicht.«

Vom Kopfende des Raums aus warf Charles einen Blick auf den mürrischen Bekehrten, diesen sturen Zweifler, der immer noch an der hinteren Wand lehnte. Die anderen Männer versuchten, sich nicht anmerken zu lassen, wie gebannt sie der Diskussion folgten. Alle Augen waren auf Charles gerichtet.

Ohne ein weiteres Wort zu verlieren, wand sich Charles zwischen ihren Stühlen durch und ging auf Buster zu. Ein paar Schritte vor ihm blieb er stehen.

»Gib mir deine Bibel«, sagte Charles und streckte die Hand aus.

Buster reichte sie ihm mit finsterer Miene. »Wenn du was damit anstellst, Rev, hau ich dir den Schädel ein.«

Charles schlug die Bibel bei Johannes 11 auf und gab sie dann Buster wieder zurück. »Reiß sie raus«, sagte er.

»Was redest du da?«, fragte Buster schnaubend und schüttelte empört den Kopf.

»Reiß sie raus«, verlangte Charles. »Wenn du nicht daran glaubst, dann reiß die Stelle raus.«

Thomas sprang auf. »Tu das nicht!«, rief er entsetzt. »Wenn du das machst, bringst du all die Himmelsstrafen, die in diesem Buch stehen, über dich!«

Charles und Buster starrten sich an; dann blickte Buster auf die wunderschöne Bibel in seinen Händen nieder. »Auf gar keinen Fall, Rev. Selbst wenn ich wollte, könnte ich es nicht. Sonst reiß ich die andern Geschichten mit raus, die auch auf der Seite sind.«

»Richtig, so ist es«, sagte Charles, der sich nun ringsherum im Raum umblickte und spontan das Thema der Veranstaltung wechselte. Er griff sich Busters Bibel und hielt sie in die Höhe. »Dieses Buch enthält Gottes heiliges Wort. Man kann es nicht verändern, sich die Rosinen raussuchen oder es verstümmeln. Entweder nimmt man den gesamten Ratschluss Gottes an oder man folgt irgendeiner anderen Religion. Aber behaupte nicht, ein Christ zu sein, wenn du nicht bereit bist, *dieses* Buch von Anfang bis Ende zu befolgen.«

Die nächste Viertelstunde predigte Charles über Lazarus und die Unfehlbarkeit von Gottes Wort. Das war vergangenen Samstag gewesen. Und nun saß er hier am Montagmorgen, keine zwei Tage später, und sah sich mit der gleichen Bibelstelle konfrontiert, direkt nachdem Gott ihn mit einem schrecklichen Traum auf etwas aufmerksam machen wollte. Das war kein Zufall.

Doch nachdem Charles bereits zwanzig Minuten gebetet hatte, wusste er immer noch nicht genau, was Gott ihm zu sagen versuchte. Was hatte Lazarus mit Nikki und Denita zu tun?

Charles hatte sich schon immer schwergetan, geduldig abzuwarten, wenn Gott ihm den Weg wies. Er war ein Mann der Tat. Aber manchmal ließ ihm Gott keine andere Wahl.

49

Auf Gott zu warten war eine Sache, auf Nikki zu warten eine andere. Charles lief unruhig in seinem Büro auf und ab und fragte sich, warum sie so spät dran war. Eigentlich wollten sie sich um 8.00 Uhr in seinem Büro treffen. Er blickte auf seine Uhr und warf noch einen Ball durch seinen Nerf-Korb. 8.30 Uhr. Wo steckte sie bloß? Sollte er sie auf ihrem Handy anrufen? Hatte sie Schwierigkeiten, sein Büro zu finden?

Wenn sie sich nicht beeilte, würde es zu spät sein. Sein nächstes Seminar fing in einer halben Stunde an. Er musste mit Nikki noch den Fall durchgehen, und vor dem Prozess waren noch einige Aufgaben zu erledigen. Sie mussten ihre Strategie, die Zeugen und die Beweismittel besprechen. Und vor allem: ihre Beziehung. Charles musste sichergehen, dass sie die Dinge nicht überstürzten. Er musste ihr von Denita erzählen. Nikki erklären, dass für ihn eine Beziehung mit einer »Ungläubigen« einfach nicht funktionieren würde.

Noch einmal warf er den Ball in den Korb und ging zum wiederholten Mal seine Rede durch.

»Freitag war echt toll.« *Ist toll das richtige Wort? Drückt es genug aus? Oder vielleicht zu viel?*

»Freitag war echt fantastisch.« *Nein, das ist auf jeden Fall zu viel.*

»Ich hatte Freitagabend viel Spaß.« *So. Viel besser.* »Danke, dass du mir das von deinem Vater anvertraut hast. Er scheint ein wirklich außergewöhnlicher Mann gewesen zu sein. Und er hat als alleinerziehender Vater offensichtlich sehr gute Arbeit geleistet.« Der Spruch würde Nikki mit Sicherheit runtergehen wie Öl.

Als Nächstes übte Charles seine Pause ein, den großen Seufzer, als müsste er nach den richtigen Worten ringen. Er würde seine Hand ausstrecken und sie sanft an der Schulter berühren ... nein, das wäre dann doch zu dick aufgetragen. Er würde ihr einfach tief in die Augen schauen ... nein, auch das war keine gute Idee. Diese Augen könnten ihn seinen Text vergessen lassen. Am besten starrte er einfach zu Boden, steckte die Hände in die Taschen und sagte es frei heraus:»Nikki, ich habe das Gefühl, dass zwischen uns eine gewisse Anziehungskraft besteht, eine sehr starke sogar ...«

Oder wie wäre es mit: »Nikki, ich verbringe unglaublich gern Zeit mit dir«? Sollte er das Wort *Liebe* erwähnen? Nein, das wäre übertrieben. *Anziehungskraft* traf genau den richtigen Ton.

»Und auch wenn wir uns erst ein paar Mal getroffen haben, ist mir diese Freundschaft schon jetzt sehr wichtig geworden.« Freundschaft, das war der Schlüssel. *Benutz das Wort, sooft es geht.* »Allerdings sollten wir ein paar Dinge klären, bevor das hier weitergeht ...« Er wusste, das war er ihr schuldig.

»Hey«, sagte Nikki, als sie in den Raum platzte. »Tut mir leid, dass ich so spät dran bin.«

»Kein Problem«, meinte Charles, dem das Herz sofort bis zum Hals schlug. »Aber in dreißig Minuten fängt mein nächster Kurs an.«

»Okay, dann lass uns direkt zur Sache kommen«, sagte sie und ließ sich in einen der Stühle vor seinem Schreibtisch fallen. »Wir haben einiges zu besprechen ... wo wir uns jetzt geküsst und wieder versöhnt haben.«

Sie grinste ihn schelmisch an. Charles schluckte schwer, sein Mund war wie ausgetrocknet. Nervös lächelte er zurück.

Nikki zog einen Notizblock aus ihrer Aktentasche und legte ihn auf den Schreibtisch. Sie fing an, ihre Checkliste vorzulesen. »Heute und morgen werde ich diesen Armistead ein wenig aufs Korn nehmen. Frag mich bloß nicht, wie ich das mache. Dienstagabend können wir uns treffen, um die Ergebnisse zu besprechen.«

Charles lehnte sich gegen das Fenster, verschränkte die Arme vor der Brust und bemühte sich, cool auszusehen. »In Ordnung.«

»Wenn du mir die Liste mit den Geschworenen besorgst, werde ich Mittwoch die geeigneten Kandidaten raussuchen«, fuhr Nikki fort. »In der Zwischenzeit kannst du an der Befragung der Zeugen arbeiten und einen ersten Entwurf für dein Eröffnungsplädoyer zusammenstellen ...«

Charles beobachtete Nikki, während sie sprach und ganz geschäftsmäßig die vorbereitenden Maßnahmen für den Prozess umriss. Seine Gedanken begannen abzuschweifen. Er dachte an Freitagabend, an Busch Gardens und wie belebend es war, nur in ihrer Nähe zu sein.

Es war das erste Mal seit seiner Scheidung, dass er so für eine andere Frau empfand. Dass er sich in weiblicher Gesellschaft so sprachlos und lebendig fühlte. Und seine Einstellung – die er noch vor ein paar Tagen mit aller Vehemenz vertreten hatte –, sich nur mit Frauen zu verabreden, die seinen religiösen Eifer teilten oder zumindest gläubige Christinnen waren, erschien ihm auf einmal äußerst unverständlich. Wären die Chancen nicht größer, dass sie sich Christus zuwandte, wenn er ihre Beziehung vertiefte, statt sie im Keim zu ersticken?

Aber das waren vorgeschobene Rechtfertigungen, das wusste er. Ihm gingen Denita und seine ewige Hoffnung durch den Kopf, sie möge eines Tages zu Christus finden, damit sie beide wieder vereint sein könnten. Und wie er so an Denita dachte, kam es ihm auf einmal treulos vor, sich überhaupt mit Nikki zu treffen. Natürlich war das albern, und Charles wusste auch, dass Denita seit ihrer Scheidung mit einem halben Dutzend anderer Männer zusammen gewesen war. Doch er empfand noch immer etwas für sie. Und er war sich nicht sicher, ob er wirklich wollte, dass diese Gefühle verschwanden.

Wenn seine Erfahrungen mit Denita ihn eins gelehrt hatten, dann, wie wichtig es war, dass man in Glaubensfragen einer Meinung war. Vielleicht sah er das im Moment anders, aber eine Beziehung zu jemandem, der seinen Glauben nicht teilte, würde nur in Herzschmerz und Enttäuschung enden. Die Gebote der Bibel waren dort von einem liebenden Gott zu seinem eigenen Wohl niedergelegt worden. Das stand für Charles außer Frage. Aber das machte es nicht leichter. Er wusste, was er nun tun musste, und wappnete sich dafür. Sie hatte aufgehört zu sprechen. Jetzt oder nie.

Doch dann stellte er mit einem Blick auf seine Uhr fest, dass er in zehn Minuten im Seminarsaal sein musste. Es blieb nicht genug Zeit, um loszuwerden, was er sagen wollte. Dienstagabend wäre noch früh genug.

»Den letzten Teil habe ich nicht mitbekommen. Ähm, könntest du mir den noch mal wiederholen?«, wollte der Professor wissen.

Sie lächelte. »Klar, aber hör diesmal zu, mein Hübscher. Du kannst mich später noch genug anstarren.«

50

Am frühen Nachmittag begann Tiger, übermütig zu werden. Den ganzen Tag hatte ihn niemand angepiept. Und Joey schien einen großen Bogen um ihn zu machen. Vielleicht hatte sein Ruf sich mittlerweile herumgesprochen. Vielleicht wussten die Kinder, dass er auf dem Weg zum gelben Gürtel war.

Auf der Suche nach Ärger stromerte er über den Spielplatz. Mochte ja sein, dass er heute Morgen noch ein wenig nervös gewesen war, aber im Lauf des Tages wurde er immer zuversichtlicher. Nach ein paar echt lustigen Runden Fangen hatte er noch ein wenig auf dem Klettergerüst herumgeturnt, und jetzt waren sie gerade dabei, die Mannschaften für das Fußballspiel zusammenzustellen. Normalerweise spielte Tiger nicht mit. Die Cowboystiefel machten einen nicht gerade leichtfüßig, aber heute war Tiger ziemlich von sich überzeugt. Er entschloss sich, einen Versuch zu wagen.

Anscheinend waren die Geschichten über seine neuen Karatefähigkeiten noch nicht zu den Mannschaftskapitänen durchgedrungen, die anfingen, Spieler für ihre Teams zu wählen, und Tiger dabei ignorierten. Er hatte nicht erwartet, in der ersten Runde mit dabei zu sein; dafür gab es zu viele Kinder, die älter, größer und schneller waren. Aber er hatte darauf gehofft, nicht als Letzter gewählt zu werden. Es war peinlich, als letztes Kind am Seitenrand zu stehen und darauf zu warten, dass der eigene Name aufgerufen wurde. Als Letzter wurde man eigentlich überhaupt nicht gewählt. Die Mannschaftskapitäne sagten nie: »Okay, wir nehmen Tiger«, wenn sonst keiner übrig war. Es war eher so, dass keiner was sagte. Es wurde davon ausgegangen, dass man einfach so schnell wie möglich zum gegnerischen Team hinüberrannte, wenn der vorletzte Junge ausgewählt worden war und man als Einziger übrig blieb.

Als nur noch vier Spieler übrig waren, warf Tiger einen erleichterten Blick auf Anthony, der links neben ihm stand. Anthony war ein bekanntes Weichei – und zweimal so langsam wie Tiger, selbst wenn er seine Cowboystiefel anhatte –, also war davon auszugehen, dass Anthony als Letzter gewählt werden würde. Tiger tat das sehr leid für den Jungen, aber besser es traf Anthony als ihn.

Ganz überraschend wurde Tiger als Drittletzter aufgerufen und war so Anthony wie auch Anthonys kleiner Schwester Amanda einen Schritt voraus. Das war keine zu unterschätzende Leistung. Auch wenn Amanda ein Jahr jünger als Tiger war und geflochtene Zöpfe trug, wurde sie allgemein als einer der Jungs anerkannt und hatte selbst vor Leuten, die zweimal so groß waren wie sie, keine Angst. Tiger betrachtete es als Ehre, vor ihr gewählt worden zu sein.

Mit aufgeplusterter Brust und hoch erhobenem Kopf rannte er aufs Spielfeld. Das Leben war schön.

Tiger war wieder da.

Sein Hochgefühl hielt genau fünf Minuten an. Denn so lange dauerte es, bis Joey, dessen Team zu verlieren drohte, Anthony zu drangsalieren begann, der in Tigers Team spielte. Früher, als Tiger noch keine Karatestunden nahm, hätte sich Tiger große Sorgen um Anthony gemacht. Denn wenn Anthony nicht das Opfer der Hänseleien war, würde es mit ziemlicher Wahrscheinlichkeit Tiger treffen. Doch dank seiner neu entwickelten Kräfte fühlte Tiger sich dazu berufen, sich für die Außenseiter dieser Welt starkzumachen. Für Typen wie Anthony, die keine Ahnung von Karate hatten.

Tiger versuchte, geduldig zu sein. Er sah zu, wie Joey Anthony umschubste. Nach ein paar Minuten passierte es nochmal. Beim dritten Mal befand sich der Ball in der anderen Spielfeldhälfte, und Joey schubste nur aus Gehässigkeit. Und als Anthony am Boden lag, sich die Schulter hielt und jammerte, baute Klops-Joe sich über ihm auf und nannte ihn eine Heulsuse.

Tiger schaute sich um und sah, dass sich Miss Parsons dreißig Meter weiter mit ein paar anderen Kindern unterhielt. Die kleine Amanda, die eigentlich in Joeys Team war, rannte auf ihn zu und ging auf ihren Teamkollegen los.

»Lass ihn in Ruhe«, schrie sie den großen Joey an.

»Zwing mich doch dazu«, sagte der harte Kerl zu dem kleinen Mädchen mit den Zöpfen.

Das war zu viel für Tiger. Wie von einer inneren Gewalt angetrieben oder vielleicht einem Karatemeister aus der Vergangenheit, stürzte er sich ins Geschehen. Er rannte auf Joey zu, sprang in die perfekte Karateposition – gebeugte Knie, ein Bein vor dem anderen, die Hände zu harten Fäusten geballt, ein Arm seinem Feind entgegengestreckt – und ließ einen schrillen Karate-Schrei los, der über den ganzen Spielplatz hallte.

»Aiiiiiyaaaah!«

Joey neigte den Kopf zur Seite und sah Tiger neugierig an, als wäre diesem gerade ein drittes Auge gewachsen oder etwas in der Art. Doch Tiger ließ sich nicht beirren, und Joey machte erst einen Schritt zurück, dann zwei, wobei er die ganze Zeit den abgedrehten kleinen Verrückten vor sich im Auge behielt. Während Miss Parsons und Stinky bereits angerannt kamen, entfesselte Tiger einen weiteren Schrei und setzte mit einem hohen Tritt nach, der durch die Luft schoss und Joey bei seinem unbeholfenen Ausweichmanöver fast hintenüberkippen ließ.

In diesen wenigen Sekunden war kein einziger Schlag ausgeteilt worden, aber das war auch gar nicht nötig. Tiger hatte den Tyrann der Kindertagesstätte in seine Schranken gewiesen. David hatte Goliath besiegt. Die Schreckensherrschaft war vorbei.

Joey seinerseits war schlau genug, Schadensbegrenzung zu betreiben, indem er seinen Freunden gegenüber angab, er hätte Tiger ohne Mühe in den Boden stampfen können; nur wollte er keine weitere Auszeit riskieren. Doch er konnte niemandem etwas vormachen. Die anderen Kinder hatten es mit eigenen Augen gesehen. Und sie bemerkten auch, dass Joey sich für den Rest des Tages von Tiger fernhielt. Dieser eine kleine Zwischenfall – Joeys Erniedrigung – sorgte vielleicht nicht dafür, dass Tiger nun früher beim Fußball gewählt wurde. Doch was das Kämpfen anging, war sein Ruf als Mann, mit dem nicht zu spaßen war, etabliert.

Natürlich musste Tiger eine saftige Strafpredigt von Miss Parsons über sich ergehen lassen. Doch später schlenderte er mit seinen tödlichen Waffen, diesen trügerisch kleinen und knochigen Händen, die sicher in den Hosentaschen verstaut waren, vom Platz. Er wusste, dass es ab jetzt kein Gezwitscher mehr geben würde. Schließlich piepte man eine Legende nicht an.

51

Nikki fand das Haus von Latasha Sewell und hatte sofort ein schlechtes Gewissen. Latasha lebte in einem heruntergekommenen Wohnkomplex; das Backsteingebäude sah alt und abgenutzt aus, mit kniehohem Unkraut auf den Gemeinschaftsflächen und einem dunklen Parkplatz, auf dem Müll verstreut lag. Um drei Uhr morgens zogen lange Schatten über den Parkplatz, denn das schwache Licht der wenigen verbliebenen Glühbirnen, die von den Gangs verschont geblieben waren, reichte nicht aus, um für eine ausreichende Beleuchtung zu sorgen. Nikki parkte an einer entlegenen Stelle, schaltete die Scheinwerfer aus und stieg nervös aus dem Wagen.

Bis auf das Brummen der Klimaanlagen, die an manchen Fenstern installiert waren, und den gelegentlich vorbeifahrenden Autos war alles ruhig. Nikki atmete kurz die abgestandene muffige Luft ein und entschloss sich, die ganze Aktion möglichst schnell hinter sich zu bringen. Zügig überquerte sie den Parkplatz und ließ dabei ab und zu ihre kleine Stabtaschenlampe aufleuchten, um das ein oder andere Auto oder Kennzeichen zu überprüfen. Sie wollte sich gar nicht vorstellen, was mit ihr passieren würde, wenn man sie hier erwischte.

Fünf Minuten später hatte sie den verbeulten Chrysler New Yorker gefunden, der aussah, als wäre er noch zu Reagans Amtszeit vom Band gerollt. Der eingedrückte Kotflügel hinten links, die fehlende hintere Stoßstange und die verblasste Lackierung konnte man nicht verwechseln. Trotzdem überprüfte Nikki das Nummernschild, um sicherzugehen, dass sie das richtige Auto vor sich hatte. Dasselbe, in das sie Latasha nach ihrer Schicht bei Eagle Cleaners am Tag zuvor hatte einsteigen sehen.

Nikki kehrte zu ihrem Wagen zurück und stellte ihn direkt hinter Latashas Wagen ab, sodass er quer zwischen ihm und dem Wohnkomplex stand. Sie schlüpfte aus der Tür und ließ den Motor laufen, blickte sich schnell um und stellte zufrieden fest, dass sich in den Schatten nichts rührte. Dann kniete sie sich neben die Hinterreifen von Latashas Wagen, wobei ihr Körper vom Gebäude aus nicht zu sehen war, weil er durch ihr Auto verdeckt wurde. *Perfekt.*

Nikki ließ ihr Springmesser aufschnappen, atmete noch einmal tief durch und machte sich dann an die Arbeit – erst der eine Hinterreifen, dann der andere. Zischend trat die Luft aus, und der alte Wagen senkte sich auf seine hinteren Felgen nieder. Dann griff sie schnell nach dem Backstein auf ihrem Vordersitz und überprüfte, ob der Umschlag, den sie daran befestigt hatte, auch ordentlich festgeklebt war. Nach einem weiteren Rundumblick warf sie den Backstein durch das hintere Beifahrerfenster des verbeulten Wagens. Das zerberstende Glas klang in ihren Ohren wie eine Explosion. Nikki wusste, dass sie jetzt schnell verschwinden musste, aber zuerst leuchtete sie noch mit leicht zitternden Händen durch das kaputte Fenster, um sich zu vergewissern, dass der Backstein ordnungsgemäß auf dem Rücksitz gelandet war. So war es auch. Tatsächlich lag er nun genau zwischen den beiden Kindersitzen.

Sie schaltete die Taschenlampe aus, sprang in ihren Wagen und fuhr schnell vom Parkplatz. Unendlich erleichtert atmete sie auf, als der Wohnkomplex in ihrem Rückspiegel immer kleiner wurde. Das zufriedene Gefühl, gute Arbeit geleistet zu haben, blieb jedoch aus. Wenn jetzt nicht alles schiefging, würde es Latasha morgen auf keinen Fall zur Arbeit schaffen. Und so würde ihr Putzjob im Haus der Armisteads an das neue Mädchen im Eagle-Team gehen. Die acht Fünfzig-Dollar-Scheine, die Nikki in den Umschlag gelegt hatte, sollten ausreichen, um einen Satz neuer Reifen und eine neue Fensterscheibe für Latashas Wagen zu kaufen. Die Reifen waren sowieso schon viel zu abgenutzt gewesen.

Trotzdem ging Nikki der Anblick dieser zwei schmutzigen Kindersitze einfach nicht aus dem Kopf. Auch die trostlose Atmosphäre, die selbst um drei Uhr nachts auf dem Wohnkomplex zu lasten schien, wurde sie nicht los. Wie war es wohl, als alleinerziehende Mutter zwei Kinder in einem Sozialbau großzuziehen? Welche Chance hatten diese Kinder? *Wie kommt Latasha damit klar?*, fragte sich Nikki. Allein die Beaufsichtigung von Tiger und Stinky trieb sie an den Rand ihrer Kräfte. Und dabei hatten sie nicht mit solch widrigen Lebensbedingungen wie Latasha zu kämpfen.

Um vier Uhr früh, nachdem sie die ganze Strecke zu ihrer Eigentumswohnung gefahren war und sich vergewissert hatte, dass ihre Schützlinge selig schliefen, machte sich Nikki mit einem Umschlag in der Hand wieder auf den Weg zu Latashas zerstörtem Wagen. Aber zuerst hielt sie an einem Geldautomaten an und stopfte dann zehn Zwanzig-Dollar-Scheine in den Umschlag. *Neue Reifen sind heutzutage ziemlich teuer*, sagte sie sich.

✻ ✻ ✻

Vier Stunden später zog Nikki, ausstaffiert mit Jeans und weißer Bluse, auf der das Eagle-Cleaners-Logo prangte, die Eingangstür des Armistead-Anwesens hinter sich zu und bekam angesichts des vielen Marmors in der riesigen Eingangshalle den Mund nicht mehr zu. Dieses Haus war ein Vermögen wert.

Natürlich war niemand zu Hause. Armistead war in der Klinik, das nahm Nikki zumindest an. Das Haus wirkte leer und steril. Es war schwer zu glauben, dass hier tatsächlich jemand wohnte. Nikki konnte nicht verstehen, wofür Armistead überhaupt eine Putzhilfe brauchte, alles sah jetzt schon blitzsauber aus.

Sie machte einen schnellen Erkundungsgang durchs Erdgeschoss und lief durch das große Empfangszimmer, das links vom Foyer lag. Antike Möbel, Perserteppiche, teure Gemälde. Dann durchquerte sie die Eingangshalle und ging in Armisteads Arbeitszimmer. Die Lamellenfenster waren zugezogen, und die dunkelbraunen Wände und das Mahagoniholz schienen das letzte bisschen Sonnenlicht, das durch die Ritzen drang, zu absorbieren.

Über die gesamte Hinterwand des Hauses zog sich ein schier endloses Wohnzimmer entlang, unter dessen Decke eine Empore die Zimmer im ersten Stock verband; ebenso eine komplette Fensterfront, die über die hintere Terrasse und den Poolbereich blickte, in dem am tiefen Ende ein Wasserfall plätscherte. Auf der anderen Seite lag eine große Küche, von der aus man in ein wunderschönes Esszimmer gelangte, dessen Wände mit kostbaren chinesischen Vitrinen und bodentiefen Spiegeln ausstaffiert waren.

Nikki warf auch einen Blick in die oberen Gemächer und versuchte sich dabei einzuprägen, welches Zimmer wo lag. Einen Moment lang blieb sie in dem weitläufigen Hauptschlafzimmer stehen, überwältigt von dem luxuriösen Kamin, der hohen Decke, der geräumigen Ankleide und dem angrenzenden großen Badezimmer. Dieses Schlafzimmer war größer als einige der Studentenbuden, die Nikki gesehen hatte.

Sie würde in allen Zimmern saugen müssen und noch ein paar andere kleine Säuberungsaktionen vornehmen, damit es so wirkte, als habe hier wirklich jemand geputzt. Diese rein symbolische Maßnahme wollte sie später durchführen, nachdem sie ihre eigentliche Mission erfolgreich abgeschlossen hatte. Sie entschloss sich, mit dem Arbeitszimmer anzufangen.

Der Computer würde sich sicherlich als Goldgrube erweisen. Doch Armistead hatte ihn ausgeschaltet, und ohne ein Passwort konnte sie sich nicht einloggen. Sie sah ein paar von Armisteads Akten durch und blätterte vorsichtig durch Steuerunterlagen und Kontoauszüge, um zu sehen, ob sich dort ein Hinweis auf das Passwort finden ließ. Sie versuchte es mit seinem Geburtstag, Ericas Geburtstag, ihren Sozialversicherungsnummern und den Zahlen in ihrer Adresse. Nichts davon funktionierte. Dann wurde sie kreativ und versuchte alles, was ihr in den Sinn kam.

N-O-T-A-R-Z-T. Ungültig. Ihr Blick fiel auf ein Foto, das auf einem Bücherregal stand und die Armisteads in einem Motorboot zeigte. Sie tippte den Namen des Bootes ein: F-A-S-T-A-N-D-E-A-S-Y. Ungültig. Vielleicht war es etwas ganz Offensichtliches, etwas, das direkt vor ihrer Nase lag. E-R-I-C-A. Ungültig. D-R-S-E-A-N. Ungültig.

Dann kam ihr plötzlich eine Idee. Wenn er tatsächlich ein Techtelmechtel mit der Königskobra hatte, wäre er dann auch so dreist, ihren Namen als Passwort zu benutzen? R-E-B-E-C-C-A. Ungültig. C-R-A-W-F-O-R-D. Ungültig. B-E-C-C-A. Nein, leider ungültig. K-Ö-N-I-G-S-K-O-B-R-A ...

Sie hörte auf zu tippen. Ein Geräusch von der Auffahrt drang an ihr Ohr, das entfernte und leise Brummen eines Motors, Reifen auf Beton. Sie riss den Kopf hoch und drehte das Ohr zur Tür. Jemand war gerade vorgefahren. Sie hörte, wie draußen Autotüren zugeschlagen wurden.

Schnell drückte sie auf die Power-Taste des Computers und schaltete ihn aus. Dann sprintete sie auf ihre Putzutensilien in der Eingangshalle zu. Das Herz schlug ihr wie wild in der Brust, der Adrenalinschub vernebelte ihre Gedanken. *Wenn es Armistead ist, wird er mich erkennen? Soll ich das Putzzeug nehmen und nach oben rennen, um zu versuchen, über irgendeine Hintertür zu entkommen? Wessen bescheuerte Idee war das eigentlich?*

Sie griff sich ihre Putzeimer und warf einen kurzen Blick durch die Glasscheibe an der Seite der Eingangstür. Dann stieß sie die Luft aus und entspannte sich wieder. Unten entlud die Rasen-Crew ihre Rasenmäher und Unkraut-Trimmer.

»Ihr Jungs habt mir fast einen Herzinfarkt verpasst«, brummte sie leise den Fenstern entgegen. Auch wenn sie erleichtert war, dass nur die Rasenpfleger angerückt waren, wusste sie, dass ihre Mission jetzt noch schwieriger wurde und sie umso mehr darauf achten musste, was draußen vor sich ging. Sollte nun ein weiteres Auto die Auffahrt hochfahren, würde das Motorgeräusch von den Rasenmähern und anderen elektrischen Werkzeugen übertönt werden.

Nikki ging schnell ins Arbeitszimmer zurück, entschied sich aber, sich nicht weiter mit dem Computer abzumühen. So verlor sie nur wertvolle

Zeit. Als Nächstes wollte sie alle Papiere durchsehen, die hier herumlagen, um zu sehen, ob sich darin etwas Brauchbares fand.

Die erste halbe Stunde blieb ergebnislos, doch in den Bankunterlagen stieß sie auf Gold. Sie stellte fest, dass Erica die Begünstigte eines Treuhandfonds war, den ihre Eltern eingerichtet hatten, mit einem Stammkapital von über einer Million Dollar. Außerdem hatte Erica in ihrem Testament festgelegt, dass ihr gesamtes Vermögen inklusive des Verfügungsrechts über den Treuhandfonds im Fall ihres Todes an ihren Mann ging. Ihr fiel auf, dass das Testament noch nicht notariell eröffnet war – nicht ungewöhnlich angesichts ihres erst kurz zurückliegenden Todes. Doch wenn es eröffnet wurde, würde Sean Armistead eine ganze Menge Geld erben.

Sie stieß außerdem noch auf eine Lebensversicherung, die auf Erica ausgestellt war und eine Versicherungssumme von einer Viertelmillion Dollar aufwies. Doch Nikki ging davon aus, dass die Summe nicht ausgezahlt werden würde, da Ericas Tod als Selbstmord eingestuft worden war. Ihr blieb keine Zeit, das Kleingedruckte zu lesen, aber sie war sich relativ sicher, dass die meisten Policen eine solche Ausschluss-Klausel enthielten.

Nikki blätterte durch einen Stapel Kreditkartenabrechnungen und machte sich hastig Notizen von den Restaurants und Bars, die Armistead in den letzten sechs Monaten aufgesucht hatte. Wenn es sein musste, würde sie jeden einzelnen Barkeeper befragen, um herauszufinden, ob jemand den Arzt in Begleitung der Königskobra gesehen hatte. Enttäuscht stellte sie fest, dass es keine Abrechnungen von örtlichen Hotels gab. Wenn Armistead tatsächlich fremdging, hatte er sich große Mühe gegeben, keine Spuren zu hinterlassen.

Nikki schrieb sich die Telefonnummern der Ferngespräche auf, die auf Armisteads Telefonrechnung auftauchten. Sie wollte jede davon anrufen und sehen, wohin das führte.

Doch die Kontoauszüge sorgten für die eigentliche Überraschung. Es gab Belege über zwei große Überweisungen, die beide in der vergangenen Woche getätigt worden waren. Die erste über zweihunderttausend Dollar hatte Armistead am Tag der Hammond-Voranhörung vorgenommen. Sie war von seiner Bank an ein anderes Konto gegangen, das nur über eine Nummer zu identifizieren war.

Die zweite Überweisung, weitere zweihunderttausend Dollar, war etwas komplizierter abgelaufen. Es schien so, als habe Armistead einen Kredit beantragt und bewilligt bekommen, der durch die aus Ericas Treuhandfonds zu erwartenden Zinsen abgesichert wurde. Dann hatte er den Kreditrahmen auf zweihunderttausend Dollar erhöht und das Geld auf dasselbe Konto angewiesen, an das auch die erste Zahlung gegangen war. Diese zweite Überweisung war erst gestern durchgeführt worden.

Auch wenn die Kontoauszüge keinen Aufschluss über den Inhaber des Kontos preisgaben, hatte Armistead auf beide Überweisungsbelege Vermerke geschrieben: Als Zahlungsempfänger ließ sich die Virginia Insurance Reciprocal identifizieren, als Verwendungszweck hatte er »Zahlung für Beilegung Kunstfehlerklage« notiert.

Beide Einträge kamen Nikki verdächtig vor. Sie hatte schon öfter mit Klagen wegen ärztlicher Kunstfehler zu tun gehabt, aber noch nie etwas von einer Versicherungsfirma namens Virginia Insurance Reciprocal gehört. Außerdem war sie über alle laufenden Verfahren, die vor einem örtlichen Gericht gegen Armistead angestrengt wurden, im Bild. Soweit sie wusste, gab es keine offenen Fälle und schon gar keine, die vor Kurzem außergerichtlich beigelegt worden waren und eine solche Auszahlung rechtfertigen würden. Natürlich konnte Armistead auch einen außergerichtlichen Vergleich für eine Klage geschlossen haben, die nie offiziell vor Gericht eingereicht wurde. Aber warum sollte er eine solch hohe Summe aus eigener Tasche zahlen, wenn er doch eine Berufshaftpflichtversicherung hatte? Sollte sein Eigenanteil tatsächlich so hoch sein?

Für Nikkis Geschmack gab es in Armisteads Finanzen einfach zu viele Ungereimtheiten. Sie würde noch ein wenig tiefer graben müssen, aber fürs Erste hatte sie genug, das sie sich durch den Kopf gehen lassen konnte, während sie die Treppe hochging, um das Badezimmer eines Mannes zu putzen, den sie aus ganzer Seele verabscheute. In einer Schublade unter dem Waschbecken fand sie seine Zahnbürste. Die würde beim Schrubben der Toilette wirklich nützlich sein.

52

Am späten Dienstagnachmittag schien Charles irgendwie abwesend zu sein, als Nikki ihm von den Ergebnissen ihrer Nachforschungen berichtete.

Sie hatten sich in einem der Seminarräume der Juristischen Fakultät getroffen, um sich richtig ausbreiten zu können.

Nikki trug immer noch die Eagle-Cleaners-Jeans, hatte aber eine andere Bluse angezogen. Sie hatte nicht vor, Charles über ihren Zweitjob zu informieren. Außerdem würde sie am Freitag sowieso ihre Kündigung bei Eagle Cleaners einreichen. Eigentlich wollte sie überhaupt nicht lange bei der Firma bleiben, glaubte aber, dass es verdächtig wäre, wenn sie nicht einmal eine Woche durchhielt. In der Zwischenzeit wollte sie sich so ausgiebig beklagen, dass die Leute froh sein würden, sie los zu sein.

Sie teilte Charles ihre grundlegenden Erkenntnisse über Armistead mit, ohne ein Wort darüber zu verlieren, woher sie sie hatte. Die Königskobra war am Tag nach der Voranhörung in Armisteads Haus gewesen. Armistead würde demnächst die stolze Summe von über einer Million Dollar aus dem Treuhandfonds seiner verstorbenen Frau erben. Außerdem hatte Armistead kurz nach Ericas Tod vierhunderttausend Dollar an eine Versicherungsgesellschaft gezahlt, die auf die Deckung medizinischer Kunstfehler spezialisiert war, von der Nikki aber noch nie gehört hatte.

Die beiden versuchten gemeinsam zu ergründen, was das alles wohl zu bedeuten haben könnte. Nikkis Theorie lautete, dass der Arzt und die Königskobra eine heiße Affäre hatten und Erica Armistead ihnen in die Quere gekommen war. Charles sah das anders. Der Arzt sei überhaupt nicht der Typ der Königskobra, argumentierte er. Außerdem erklärte eine Affäre nicht die Auszahlung von vierhunderttausend Dollar.

Charles versuchte alles, um aus Nikki herauszubekommen, woher sie ihre Informationen hatte. Es sei wichtig, dass er sich selbst ein Bild von der Glaubwürdigkeit der Quelle machen konnte, behauptete er.

»Quatsch«, erwiderte Nikki. »Du willst es nur wissen, weil dich deine Neugier sonst umbringt. Es sind verlässliche Quellen. Mehr kann ich dazu nicht sagen.«

Nachdem sie ihre Mutmaßungen über Armistead ausgiebig diskutiert hatten, legten sie sich einen Schlachtplan zurecht, um eine ihren Mandanten möglichst wohlgesonnene Gruppe von Geschworenen zusammenzustellen. Mehr als hundert Leute standen auf der Liste der möglichen Kandidaten für die Geschworenenbank, und es war so gut wie unmöglich, sie alle unter die Lupe zu nehmen. Sie mussten mit dem wenigen arbeiten, das sie vom Gericht mitgeteilt bekamen, eine Karteikarte mit Hintergrundinformationen zu jedem Geschworenen erstellen und diese dann mit ihrer Liste der wünschenswerten Eigenschaften des für ihren Fall idealen Geschworenen abgleichen.

Die Methode war nicht perfekt und würde mit Sicherheit nicht an das Ergebnis heranreichen können, das die Königskobra mit ihren gut bezahlten Geschworenenberatern auf die Beine stellen würde, doch eine andere Option gab es nicht. Solche Berater mussten bezahlt werden, und ihr Budget war knapp bemessen.

Ein paar Minuten vor 17.00 Uhr verkündete Nikki, dass sie nun die Kinder aus dem Hort abholen musste. Der Laden machte um 17.30 Uhr zu, und sie brauchte eine Viertelstunde, um dort hinzukommen. Stinky hasste es, wenn sie und Tiger als Letzte abgeholt wurden.

Als Nikki begann, die juristischen Schriftsätze und Karteikarten einzusammeln, die rings um sie verstreut waren, setzte sich Charles neben sie auf den Boden. Er legte seine Hand auf ihre, und sein Gesicht wurde ernst, der Blick in seinen Augen traurig und niedergeschlagen. Es war ein Ausdruck, den Nikki noch nie zuvor bei ihm gesehen hatte.

»Kannst du kurz mal mit dem Zusammenpacken aufhören?«, fragte er. »Ich muss dir etwas sagen. Allerdings habe ich keine Ahnung, wie ich es am besten formulieren soll, also werde ich es einfach rauslassen.«

Nikki sah ihm in die Augen. Sie entschied sich, ihn ein wenig aufzulockern, um es ihm leichter zu machen, ihr zu sagen, was er auf dem Herzen hatte. »Du bist doch nicht etwa schwanger von mir, oder?«, fragte sie ihn.

Ein ungewolltes Lächeln kräuselte seinen Mund, wurde aber schnell wieder von dem unheilvollen Ausdruck abgelöst. »Nikki, ich muss einen Augenblick ernst sein. Bitte hör mir einfach nur zu.«

Es ist ihm wirklich ernst, dachte sie. *Und das bedeutet nichts Gutes.*

Sie wappnete sich innerlich, als Charles seine Hand von ihrer nahm. Er schwieg einen Moment und atmete einmal tief durch, bevor er fortfuhr.

✳ ✳ ✳

Charles sprach ein schnelles Stoßgebet für mehr Mut und die Gnade des Herrn. Er suchte nach den richtigen Worten. Schon jetzt hatte er eine größere Sache aus seiner kleinen Ansprache gemacht, als geplant war.

Nun fiel ihm keine der in den letzten Tagen so sorgfältig einstudierten Zeilen mehr ein.

»Ich wollte mit dir über uns sprechen, Nikki«, setzte Charles an. Sie legte den Kopf ein wenig zur Seite, als wäre ihr das Konzept von »uns« noch gar nicht in den Sinn gekommen.

»Zwischen uns besteht eine gewisse Anziehungskraft ... zumindest empfinde ich das so ... und, ähm, nun ja, ich wollte einfach nur sicherstellen, dass wir nichts überstürzen – und irgendwo landen, wo wir gar nicht hinwollten.«

Sie schien verwirrt. Er hielt kurz inne, wieder auf der Suche nach den schwer zu greifenden Worten, die zum Ausdruck bringen konnten, was er empfand.

»In den vergangenen Tagen habe ich sehr viel über dich ... über uns nachgedacht«, fuhr er fort. »Du bist mein letzter Gedanke am Abend und der erste nach dem Aufstehen. Ich weiß, das klingt kitschig, aber so ist es nun mal eben.«

Er meinte zu sehen, dass ihre Augen ein wenig aufleuchteten, der Ansatz eines Lächelns ihren Mund umspielte. *Warte erst mal ab.* Erneut atmete er tief durch.

»Aber ehrlich gesagt, glaube ich, dass zwischen uns nie mehr sein könnte als diese wundervolle Freundschaft, die sich gerade entwickelt, und es wäre nicht fair, dir das nicht von Anfang an zu sagen. Ich meine, ich glaube, ich bin nie wirklich über Denita hinweggekommen und ...« – wieder machte er eine Pause und senkte die Stimme – »und auch wenn ich weiß, dass du das nicht verstehen kannst, habe ich mir geschworen, nie wieder eine Beziehung mit jemandem einzugehen, der nicht ein Anhänger Christi ist.«

Er sah, wie Nikkis Augen kalt wurden, ihr Ausdruck sich versteinerte. Sofort wollte er die Worte zurücknehmen, aber jetzt gab es kein Zurück mehr.

»Ich weiß, dass du das nicht bist; darüber haben wir uns schon unterhalten. Und ich will dich auch nicht dazu drängen, etwas anderes zu behaupten. Also ...« Mitten im Satz verstummte er. Seine letzten Worte kamen ihm wie reines Gefasel vor, das es nur noch schlimmer machte. Es war bereits alles gesagt worden, was er hatte loswerden wollen.

Einen Moment lang saßen die beiden wie festgefroren da. Charles lauschte seiner angestrengten Atmung, während seine Unsicherheit mit jeder Sekunde größer wurde. Hatte er es jetzt total vermasselt? Nikkis Absichten komplett fehlinterpretiert? Wollte sie überhaupt mehr, als nur befreundet sein? Vielleicht empfand ja nur er so; vielleicht würde sie ihn gleich auslachen.

Eine Ewigkeit wartete er auf das Gelächter, auf die Explosion.

Dann begann Nikki wieder zusammenzupacken; sorgsam die verstreuten Papiere und Karteikarten einzusammeln, die ihre Arbeit an diesem Tag darstellten. Sie schob sie vorsichtig in ihre Aktentasche – Charles sah zum ersten Mal, dass sie etwas mit so viel Bedacht und Sorgfalt tat –, dann stand sie auf, um zu gehen.

»Erstens«, erklärte sie, »war deine Lass-uns-Freunde-bleiben-Rede furchtbar arrogant. Wie kommst du darauf, dass ich überhaupt an einer tiefgehenden und dauerhaften Beziehung mit dir interessiert war? Klar, wir hatten Freitagabend Spaß. Aber das bedeutet noch lange nicht, dass ich schon das Aufgebot bestellen wollte.«

Nikkis Tonfall war ruhig und bedächtig. Es gab keinen wütenden Ausbruch, und die beherrschte Kälte in ihrer Stimme machte es nur noch schlimmer.

»Zweitens, hast du eine echt komische Art zu zeigen, dass du keine Beziehung willst, mit deinen Briefen auf dem Bürgersteig und dem ganzen Schmu. Fast wäre bei mir der Eindruck entstanden, du würdest tatsächlich auf mich stehen. Und wenn ich schon dabei bin: Warum sollte ich zu einer Religion konvertieren, die mir vorschreiben will, mit wem ich zusammen sein kann?«

Sie gab Charles keine Möglichkeit zu antworten, und er wusste, dass sie an einer Antwort auch überhaupt nicht interessiert war. Sie musste einfach Dampf ablassen. Er blieb sitzen, sah aber zu ihr hoch, als sie sich umdrehte und auf die Tür zuging. In ihren Augen erkannte er Traurigkeit anstelle des gewohnten Wut-Funkelns.

»Und drittens ... ach, ich weiß schon gar nicht mehr, was ich noch sagen wollte, aber das ist auch egal.« Sie legte eine Hand auf den Türgriff.

»Du willst, dass wir Freunde sind. Nun, du hast einen Freund – einen beruflichen Kollegen –, zumindest bis der Fall abgeschlossen ist. Wenn du es so haben willst, ist das für mich in Ordnung. Ich erstatte Ihnen dann Donnerstagabend Bericht, Mr Arnold.«

»Nikki ...«

Charles stand auf und ging auf sie zu, doch Nikki verließ ohne ein weiteres Wort den Raum.

Er wusste, dass es sinnlos war, ihr hinterherzulaufen. Etwas anderes hatte er ihr nicht anzubieten.

* * *

Das Tachometer zeigte gerade 130 Stundenkilometer an, doch die Nadel bewegte sich stetig weiter. Nikki schlängelte sich durch den Verkehr auf der Interstate 64, wechselte die Spuren, ohne zu blinken, und fuhr so schnell an den anderen Autos vorbei, als würden sie stillstehen. Sie versuchte, ihren Gefühlen davonzufahren und so viel Distanz wie möglich zwischen sich und den Mann, der ihr gerade eine Abfuhr erteilt hatte, zu bringen.

Im Radio lief irgendein Hard-Rock-Song, aber zumindest lief sie bei diesem Sender nicht Gefahr, ein schnulziges Liebeslied vorgespielt zu bekommen. Tief in ihrem Inneren hatte sie schon irgendwie darauf gehofft, dass sich zwischen ihr und Charles etwas entwickeln würde. Doch erst als er vor ein paar Minuten ihre Hoffnungen zerstört hatte, war ihr bewusst geworden, wie viel er ihr wirklich bedeutete. Natürlich waren sie beide sehr verschieden, und sie hatten auch noch nicht viel Zeit miteinander verbracht, aber er war der erste Mann seit Langem, dem sie solche Gefühle entgegenbrachte. Etwas an ihm unterschied ihn von den anderen, mit denen sie ausgegangen war und die sie später fallen gelassen hatte. Sie vertraute ihm. Hatte ihm sogar von ihrer Vergangenheit erzählt – etwas, was sie sonst bei keinem Mann tat. Es war einfach so, dass sie sich durchaus eine dauerhafte Beziehung mit ihm vorstellen konnte. Bis heute Abend zumindest.

Sie wusste, dass Charles etwas für sie empfand, aber er war ein echter Fanatiker, was diese religiösen Themen betraf. Im Lauf der vergangenen Tage waren ihr selbst Zweifel gekommen, ob eine Beziehung mit ihm so eine gute Idee war. Tatsächlich hatte sie selbst schon darüber nachgedacht, *ihm* die Lass-uns-Freunde-sein-Rede zu halten. Ihr Plan lautete, ihm zu sagen, dass sie einfach zu verschieden waren. Doch das Letzte, was sie erwartet hätte, war, eine Abfuhr von ihm zu bekommen.

Wie kann er es nur wagen? Hat der überhaupt eine Ahnung, was er da aufgibt?

Sie würden lernen müssen, friedlich miteinander auszukommen. Es stand zu viel auf dem Spiel, um die Arbeit an diesem Fall von ihren persönlichen Gefühlen behindern zu lassen. Ihnen blieben nur noch acht Tage, um sich auf den Prozess vorzubereiten. Morgen früh würde sie als Erstes ihre Ermittlungen vertiefen.

Doch heute Abend war sie auf dem Weg, die Barszene von Virginia Beach unsicher zu machen, allein schon um sich zu beweisen, dass sie es immer noch draufhatte. Es war eine Weile her, seit sie das letzte Mal ausgegangen war. Aber immerhin war sie immer noch die schöne, lebenshungrige und betörende Nikki Moreno. Sie drückte eine Schnellwahltaste auf ihrem Handy und rief Bella an, die Sekretärin der Kanzlei, in der sie arbeitete. Sie konnte sie überreden, die Kinder vom Hort abzuholen. Bella war Stinky und Tiger ein paar Mal begegnet, als Nikki sie mit in die Kanzlei genommen hatte.

»Wenn du willst, können sie gerne bei mir übernachten«, meinte Bella. »Das sind echt zwei süße Racker.«

»Ich schulde dir was«, sagte Nikki, während der Sebring in den nächsten Gang schaltete. Es war ein langer Tag gewesen. Nikki Moreno war bereit, feiern zu gehen.

* * *

Es dauerte weniger als drei Stunden, um zu beweisen, dass der Moreno-Charme nichts von seiner magnetischen Anziehungskraft verloren hatte. Charles Arnold mochte ja unter religiösen Komplexen leiden, die ihn unempfänglich für ihre Schönheit machten, aber andere Männer, und zwar Millionen von ihnen, würden barfuß über Glasscherben laufen, um Nikki an ihrer Seite zu haben. Und für einen dieser Männer, ein dunkelhaariger Surfer namens Dustin, wurde dieser Traum gerade wahr. Gemeinsam mit Nikki verließ er die Suds-n-Surf Bar auf der 48th Street und versuchte sie zu überreden, den Abend doch bei ihm ausklingen zu lassen. Um ihn zu ködern, hatte sie den altbewährten Moreno-Trick angewandt: Erst suchte man sich einen Loser, mit dem man auf die Tanzfläche zog und ein paar Stunden gekonnt die Hüften schwang, während man anderen Männern schöne Augen machte – den »ehrfurchtgebietenden Moreno-Shake« nannte sie dieses Manöver –, um schließlich mit dem heißesten Typen im Laden abzuziehen.

Heute Abend war Dustin dieser Typ. Nikki hatte genug von Charles' intensiver intellektueller Aura. Was sie jetzt brauchte, war ein Schönling mit wenig Hirn.

»Ich hab eine Eigentumswohnung direkt an der Rudee-Inlet-Bucht«, sagte Dustin gerade. Er hatte Nikki bereits erzählt, wie reich seine Eltern waren. »Und wenn die Sonne über dem Meer aufgeht ...« – sein Lächeln war so strahlend, dass es eigentlich auf eine Werbetafel für Zahnpasta gehörte –, »das ist dann echt so was von abgefahren!«

Jetzt, da sie draußen vor der Bar standen, keine Musik mehr in Nikkis Ohren dröhnte und sie tatsächlich hören konnte, was der Kerl von sich gab, ging ihr als Erstes durch den Kopf, wie sie den Typen wohl möglichst elegant wieder loswurde. Doch das Denken fiel ihr im Moment generell schwer. Die gefährliche Mischung von Margaritas und Bloody Marys forderte gerade ihren Tribut ein. Während sie neben Dustin herlief, gingen ihr lauter unzusammenhängende Bilder durch den Kopf, von denen die meisten etwas mit Charles zu tun hatten. Als sie an ihn dachte, wurde ihr bewusst, wie enttäuscht er von ihr wäre, wenn er sie jetzt sehen könnte.

»Nein, danke. Ich fahr lieber nach Hause«, erwiderte sie fröhlich, als wäre mit ihrer höflichen Abfuhr die Sache vom Tisch; dann ein »Ups«, als sie in Dustin hineinstolperte. Sie lachten.

»Du bist viel zu betrunken, um Auto zu fahren«, sagte er, legte einen Arm um sie und zog sie näher an sich heran, während sie weiterliefen. »Und außerdem hab ich einen Whirlpool.«

Trotz ihrer heiteren Proteste führte Dustin sie zu seinem Wagen. Ein paar Schritte davor blieb sie abrupt stehen.

»Ich muss wirklich nach Hause«, sagte sie. Ihre Stimme klang nun nicht mehr so ausgelassen, die Worte drangen dank ihrer schweren Zunge als aneinandergereihtes Genuschel aus ihrem Mund.

»Aber, Süße, wir sind füreinander gemacht«, argumentierte Dustin. Er griff nach ihrer Hand. »Ich kann es spüren. Lass es uns versuchen und sehen, was passiert.«

Nikki zog die Hand zurück. Dann kam ihr eine Idee. »Vielleicht solltest du lieber mit zu mir kommen«, sagte sie. »Dann können wir auf dem Weg meine Kinder abholen.«

Dustin drehte den Kopf zu ihr und sah Nikki von oben bis unten an. »Kinder?«, fragte er. »Mit einem *er* hinten dran?«

Nikki nickte. »Fürchte ja.« Sie zog ihr Handy aus der Tasche und drückte die Taste, unter der Bella gespeichert war, während Dustin sie ungläubig beobachtete. Bella hob schon beim zweiten Klingeln ab.

»In etwa einer halben Stunde bin ich da«, sagte Nikki. »Schlafen die Kinder schon?«

Bella setzte zu einer ausschweifenden Antwort an, doch Nikki fiel ihr ins Wort. »Bleib kurz dran«, sagte Nikki. Mit leicht schwankendem Arm hielt sie Dustin das Telefon hin. »Willst du mit ihr sprechen?«

Er trat einen Schritt zurück und hob abwehrend die Hände, als würde er eine Vaterschaftsklage riskieren, wenn er es nur anfasste. »Schon in Ordnung. Ich glaub dir. Ich meine ... was auch immer.«

Nikki redete ein paar Minuten mit Bella, während Dustin neben ihr wartete. »Wow«, sagte er, nachdem sie aufgelegt hatte. »Das haut mich echt um. Ich meine, du wirkst überhaupt nicht wie der Typ Frau, der Kinder hat.«

Mit einem starren kleinen Grinsen stand sie einfach nur da und sah Dustin dabei zu, wie er verkrampft versuchte, die unangenehme Stille zu überspielen. Sie fragte sich, ob er ihr wohl trotzdem anbieten würde, sie nach Hause zu fahren.

Die Antwort auf diese Frage ließ nicht lange auf sich warten. »Soll ich dir ein Taxi rufen?«, bot Nikkis Märchenprinz ihr an.

53

Am nächsten Tag, als Charles allein in seinem Büro saß und sich auf die Befragung der Zeugen vorbereitete, wurde er sich plötzlich einer schrecklichen Wahrheit bewusst.

Sie überkam ihn, als er gerade dabei war, die Fragen an Reverend Beckham aufzuschreiben, den Pastor von Thomas und Theresa Hammond, der sich in keiner Weise für den Tod des kleinen Joshuas verantwortlich fühlte. Anscheinend glaubte er, etwas predigen zu können – *»Nehmt niemals medizinische Hilfe aus Menschenhand in Anspruch«* –, ohne sich den Konsequenzen seiner Worte stellen zu müssen.

»Wenn du große Reden schwingst«, predigte Charles seiner Straßengemeinde immer, *»dann solltest du auch bereit sein, Taten folgen zu las-*

sen.« Und in diesem Moment der Klarheit, in der Stille seines Büros, traf ihn die Erkenntnis wie ein Vorschlaghammer.

Er selbst war keinen Deut besser als Reverend Beckham.

Der Gedanke entsetzte Charles und ließ ihn vergessen, womit er gerade beschäftigt gewesen war. Beckham predigte wie ein Pharisäer, indem er seiner Gemeinde größere Bürden auferlegte, als er selbst zu tragen bereit war. Dieser Mann hatte weggesehen, als Joshua sich vor Schmerzen wand. Wie konnte er nicht erkennen, dass er genauso beteiligt an Joshuas Tod gewesen war? War ihm denn nicht klar, dass er durch sein Nichtstun den kleinen Joshua zum Tod verurteilt hatte?

Und nun musste sich Charles dieselbe Frage stellen.

Wie konnte er die ungeborenen Babys ihrem Schicksal überlassen, die vielleicht aufgrund des richterlichen Entschlusses seiner Exfrau das Recht auf Leben verwehrt bekamen? War es nicht das, worauf dieser furchtbare Friedhofs-Traum hinauslief? Denita hatte das Trauma einer *illegalen* Abtreibung auf sich genommen – den Eingriff heimlich und ganz auf sich allein gestellt durchgeführt –, so sehr fürchtete sie das Stigma, das einer öffentlich gemachten Abtreibung anhaftete. Die derzeitige republikanische Regierung würde Denita niemals dieses Richteramt erteilen, wenn jemand von ihrer Voreingenommenheit erfuhr. Und selbst wenn Denita behauptete, sich geändert zu haben: Wie sollte sie es schaffen, dieses sehr prägende und persönliche Erlebnis nicht mit in ihre Entscheidungen einfließen zu lassen?

Es hatte sie verändert. Das hatte Charles mit eigenen Augen gesehen. Und es würde *auf jeden Fall* einen Einfluss auf sie haben, bei Fragen wie der Einverständniserklärung der Eltern von minderjährigen Schwangeren, der Voraussetzung der informierten Einwilligung, dem Verbot von Abtreibungen bei fortgeschrittenen Schwangerschaften und anderen rechtlichen Versuchen, diese Eingriffe einzuschränken. Wenn Charles ihr dabei half, ihre Vergangenheit zu vertuschen, wenn er einfach nur wie ein Komplize schwieg, was unterschied ihn dann noch von Beckham?

Nichts, das war ihm jetzt klar.

Er würde einen Brief an Senator Crafton schreiben, entschloss er sich. Und mit den Konsequenzen leben.

Über seine Tastatur gebeugt, begann er sofort zu tippen, bevor er es sich noch anders überlegen konnte. Beim Abfassen des Briefes versuchte er, so gut es ging, seine Emotionen außen vor zu lassen. Diesen Brief zu schreiben war schmerzhaft – sein Magen war schon jetzt völlig verkrampft –, doch nur so würde er weiter mit sich leben können, nur so nachts wieder ruhig schlafen.

Er betete, dass dieser ganze Schlamassel Denita irgendwie näher zu Gott bringen würde und sie nicht noch weiter von Ihm forttrieb. »*Menschen verändern sich, Charles. Auch ohne so religiös zu werden wie du, können sie sich trotzdem ändern.*«

Doch Charles glaubte nicht daran. Abgesehen von ihrem Glauben änderten Menschen sich nicht. Konnten sie gar nicht. »*Nichts auf dieser Welt ist so verschlagen und hinterhältig wie das Herz des Menschen. Wer kann es durchschauen?*« Stand es nicht so in der Bibel? War es nicht das, was Charles seiner Gemeinde aus Touristen und Schaulustigen jeden Freitagabend predigte?

Dennoch musste er sich fragen, während er den Brief tippte, was die verwelkten Blumen auf dem Grab von Baby Arnold zu bedeuten hatten.

Sehr geehrter Senator Crafton,
ich bin der Exmann von Denita Masterson, die, so weit ich informiert bin, als Kandidatin für das Amt als Richterin am Bundesbezirksgericht vorgeschlagen wurde. Bevor diese Nominierung jedoch erfolgt, sollten Sie etwas über Ms Masterson erfahren, etwas sehr Persönliches, das vielleicht Einfluss auf Ihre richterlichen Entscheidungen hinsichtlich des Selbstbestimmungsrechts der Frau haben könnte.

Charles schluckte schwer und stellte fest, dass seine Finger leicht zitterten. Er versuchte Denitas Gesicht, das ihm nun vor Augen schwebte, auszublenden.

Im Laufe unserer Ehe und ohne mein Wissen hat Denita eine Abtreibung mithilfe der RU-486-Pille vorgenommen. Zu der Zeit, als sie diesen Eingriff an sich selbst vornahm, war die Abtreibungspille in den Vereinigten Staaten noch nicht zugelassen und somit illegal.

Charles druckte den Brief aus, unterschrieb ihn und spürte, wie ein Teil von ihm starb. *Warum nur*, fragte er sich, *fühlt sich etwas, das so richtig ist, so furchtbar falsch an?*

54

Es war Samstagabend, der 2. Juli, nur noch fünf Tage bis Verhandlungsbeginn, und Thomas fragte sich, was noch alles schiefgehen sollte. Zuerst kam der Anruf von Charles – er würde es wieder nicht zur Bibelstunde schaffen, erzählte irgendwas von wichtigeren Verpflichtungen, die er an diesem Feiertagswochenende hätte. Buster nahm diese Nachricht nicht gut auf, fluchte und warf seine Bibel durch die Zelle. Thomas hob sie auf, glättete die Seiten und legte sie vorsichtig auf Busters Pritsche ab.

Buster raubte ihm den letzten Nerv. Der Mann nahm seinen christlichen Lebenswandel einfach nicht ernst genug. Und Charles' Verhalten, mit diesen Absagen in letzter Sekunde, war dabei nicht gerade hilfreich.

Dann war da noch die Schlägerei, die eher eine Tracht Prügel gewesen war, wenn man es genau nahm. Thomas selbst war nicht dabei gewesen, aber die Häftlinge sprachen über nichts anderes mehr. Es fing damit an, dass Buster an einem neuen weißen Fisch namens Carl Stoner vorbeilief, ein schmieriger Biker-Typ mit arroganter Haltung und langem Pferdeschwanz, dessen gesamte Haut vom Hals abwärts mit Tattoos übersät war, zumindest an den sichtbaren Stellen. Während seiner ersten drei Tage im Gefängnis hatte Stoner sich bereits einen ordentlichen Namen gemacht, indem er bei jeder Gelegenheit Schlägereien mit kleineren Häftlingen anzettelte. Er hatte ungefähr Busters Statur, obwohl seine Masse eher aus Fett als aus Muskeln bestand. Buster behauptete, mitbekommen zu haben, wie Stoner einem anderen Weißen das N-Wort zugeflüstert habe, was Buster dazu veranlasste, ihn umgehend zur Rede zu stellen.

Stoner leugnete, das Wort in den Mund genommen zu haben, aber einige andere Mitglieder der ES kamen nun dazu und schworen, gehört zu haben, wie Stoner es bei anderen Gelegenheiten benutzt hatte. Buster führte eine kleine spontane Umfrage durch und fragte seine Brüder, ob sie Stone für unschuldig oder schuldig hielten.

Das Ergebnis lautete zwölf für schuldig; keiner für Freispruch. Den weißen Jungs, die mittlerweile dazugestoßen waren, wurde das Stimmrecht verweigert.

Damit ging das Geschrei los, und Stoner beseitigte alle Zweifel, indem er Buster das Wort diesmal direkt ins Gesicht sagte. Buster reagierte mit einem durchschlagenden rechten Haken in den Oberkörper und brach Stoner zwei Rippen. Während Stoner sich vor Schmerz nach vorne krümmte, packte Buster ihn am Hinterkopf und rammt ihm das Knie ins Gesicht. Blut schoss aus Stoners Mund und Nase, während er auf dem Boden zusammenbrach.

Als die Wachen eintrafen, löste sich der Pulk auf. Anscheinend hatte niemand etwas gesehen.

An diesem Abend, in der Stille ihrer dunklen Zelle, wusste Thomas, dass er Buster für sein sündhaftes Verhalten zur Rede stellen musste. Es war die erste Schlägerei, die Buster seit seiner Bekehrung angefangen hatte, und so benahm ein Christ sich einfach nicht.

»Hab von der Schlägerei heute Abend gehört«, sagte Thomas so leise, dass man ihn in den benachbarten Zellen nicht hören konnte. »Kann verstehen, dass du wütend warst ...«

Er hörte Buster auf seiner Pritsche leise fluchen. »Nee, kannst du nicht, Paps.«

»Wie auch immer«, fuhr Thomas fort, »das rechtfertigt nicht, was du mit dem Typen veranstaltet hast. Christen erwidern Hass nicht mit Hass, Buster. Denk dran, wie viel Liebe dir der Herr gezeigt hat, selbst als du Ihn nur gehasst hast.«

Thomas wartete auf eine Antwort. Er war bereit, die Sache zu klären, selbst wenn es die ganze Nacht dauern würde. Man konnte nicht herumlaufen, sich als Christen ausgeben und dann den Leuten die Rippen brechen, sobald sie einen herablassend behandelten. Es war an der Zeit, dass Buster seinen Glauben ernst nahm. Zeit, ein wenig gute alte Buße zu tun.

Doch es würde nichts zu klären geben. Buster antwortete mit Schweigen. Und eine halbe Stunde später mit lautem Schnarchen.

55

Die nächsten vier Tage bereiteten Nikki und Charles sich gewissenhaft auf den Prozess vor, wie zwei junge Profis, die niemals eine kurzzeitige Anziehungskraft zwischen sich verspürt hatten. Charles stellte erleichtert fest, dass Nikki ihn zumindest wieder duzte – das »Mr Arnold« war vergessen. Aber wann immer sie Zeit miteinander verbrachten, herrschte eine eisige Atmosphäre und die stille Übereinkunft, nie wieder ein Wort über ihre vergangene »Beziehung« zu verlieren.

Nikki machte auf jede nur denkbare nonverbale Art klar, dass sie nie wieder einen Gedanken an das, was zwischen ihnen hätte sein können, verschwenden würde. Früher hatte sie ihn ständig auf ungezwungene, doch vertraute Weise berührt, was Charles liebte. Wenn sie sich unterhielten, berührte sie oft seinen Arm, legte ihm lässig den Arm um die Schulter oder boxte ihn ausgelassen. Aber jetzt schien sie jede Form von Körperkontakt zu vermeiden. Es war, als würde er unter einer ansteckenden Krankheit leiden, die sie sich auf keinen Fall einfangen wollte, und dafür müsste sie ihre normalerweise so temperamentvolle Persönlichkeit und Kontaktfreudigkeit drosseln.

Auch die Ermittlungen kamen nicht wirklich voran, da Nikki mit einem Stolperstein nach dem anderen zu kämpfen hatte. Keiner der Barkeeper oder Kellnerinnen, die in den von Armistead frequentierten Restaurants arbeiteten, konnten sich daran erinnern, ihn in Begleitung der Königskobra gesehen zu haben. Auch die Ferngespräche, die auf seiner Telefonrechnung auftauchten, erwiesen sich als Sackgasse. Außerdem war es Nikki weder gelungen, etwas über diese Versicherungsgesellschaft namens Virginia Insurance Reciprocal in Erfahrung zu bringen, noch über eine kürzlich beigelegte Klage gegen Dr. Armistead wegen eines Behandlungsfehlers.

Am Vorabend der Verfahrenseröffnung zeigten sich erste Anzeichen von Entmutigung unter den beiden juristischen Recken. Sie wurden das Gefühl nicht los, kurz vor einem Durchbruch zu stehen, was Armistead anging, schafften es aber einfach nicht, die vielen Puzzlestücke zu einem großen Ganzen zusammenzufügen. Nachdem sie wochenlang ermittelt und sich Strategien zurechtgelegt hatten, war klar, dass der Ausgang dieses Prozesses von der Glaubwürdigkeit eines Zeugen abhing – Dr. Sean Armistead –, und ihnen fehlte noch immer eine Wunderwaffe, um ihm im Zeugenstand den Wind aus den Segeln zu nehmen.

Doch daran ließ sich nun nichts mehr ändern. Am Abend vor Prozessbeginn konzentrierten sie sich also auf das, was sie in der Hand hatten: Nikki vervollständigte ihre Beurteilung der potenziellen Geschworenen, Charles hatte seinen Fragenkatalog für die Zeugen fertiggestellt und sein Eröffnungsplädoyer zweimal durchexerziert, mit Nikki in der Rolle der Geschworenen.

Mittlerweile war es fast 23.00 Uhr, und den beiden war es gelungen, ihre Unterlagen im ganzen Seminarraum zu verstreuen, den Charles während der Vorbereitungsphase auf das Verfahren als Büro in Beschlag genommen hatte. Nikki breitete sich auf dem Boden aus; Charles' Papiere waren auf mehrere Sitzreihen verteilt.

Sie warf einen Blick auf die Uhr. Die Kinder waren heute bei ihrer Mutter, und es wurde langsam spät. »Ich denke, wir sind so weit«, verkündete sie und rieb sich die Augen.

Charles sah von dem Stapel Unterlagen auf, der vor ihm lag. »Lass mich nur noch mal kurz die letzten paar Minuten meiner Einleitung durchgehen. Ich habe da gerade einige neue Gedanken zugefügt.« Er stand auf und streckte sich.

»Ist bestimmt in Ordnung so«, sagte sie. »Ehrlich. Ich muss jetzt die Kinder abholen. Eigentlich dürfen sie gar nicht bei ihrer Mutter sein, wenn ich nicht dabei bin.«

Aber bevor sie sich erheben konnte, hatte Charles bereits mit seinem leidenschaftlichen Appell begonnen, in dem er die Aussagen der Angeklagten darlegte und die Geschworenen bat – nein, anflehte –, sich keine voreilige Meinung zu bilden, bis sie alle Argumente der Verteidigung gehört hatten. Er war jetzt im Straßenprediger-Modus, lief auf und ab und redete auf die imaginären Geschworenen ein, stellte dreiste rhetorische Fragen –, und das alles unter dem ausdruckslosen Blick von Nikki Moreno. Seine Stimme hob und senkte sich in ergreifendem Rhythmus. Er predigte den Grundsatz des begründeten Zweifels, und die imaginären Geschworenen wurden zu seiner Gemeinde.

Als er fünfzehn faszinierende Minuten später zum Schluss kam, glitzerten Schweißperlen auf seiner Stirn. Im Raum breitete sich eine unbehagliche Stille aus. Er schob seine Hände in die Hosentaschen und sah auf seinen Kritiker herab, der immer noch mit gekreuzten Beinen auf dem Boden saß.

»Und, wie fandest du es?«

»War in Ordnung«, sagte sie und zuckte gleichgültig mit den Schultern. Bei diesen Worten ließ Charles die Schultern hängen. Er wischte sich mit seinem T-Shirt die Stirn trocken und setzte sich vor Nikki auf den Boden, streckte die Beine aus und lehnte sich auf seine Hände zurück.

»Nur in Ordnung?«, fragte er enttäuscht.

Wieder zog sie die Schultern hoch. »In Ordnung ist doch okay.« Sie begann, ein paar Papiere zu stapeln, während Charles sie nicht aus den Augen ließ. »Es ist spät«, fuhr Nikki in abwehrendem Tonfall fort. »Ich muss los. Es war in Ordnung.«

Unzufrieden mit dieser Antwort, starrte Charles sie weiter an. Ihm ging es nicht darum, Lob einzuheimsen; er hatte nur mit etwas mehr Begeisterung gerechnet. Nikki war einfach nicht sie selbst. Was er brauchte, war rückhaltloses Feedback, nicht die höfliche Meinung einer Person, die sich bemühte, emotionalen Abstand zu halten.

»Nikki, wir müssen uns unterhalten.«

Sie verdrehte die Augen. »Wenn ich mich recht entsinne, war es beim letzten Mal, als wir uns ›unterhalten‹ haben ...« – bei diesem Wort machte sie mit den Fingern kleine Anführungszeichen in die Luft –, »eher so, dass du geredet und ich zugehört habe. Und wenn ich es richtig mitbekommen habe, war die Kernaussage unserer kleinen Unterredung, dass du im Grunde zu gut für mich bist, weil du ein Christ bist und ich nicht. Also versteht es sich wohl von selbst, dass ich nicht unbedingt scharf auf ein weiteres Gespräch bin.« Sie stand auf und wollte gehen.

Charles griff nach ihrem Handgelenk. »Setz dich, Nikki.«

Mit finsterem Blick zog sie ihre Hand weg.

»Bitte.«

Sie verengte die Augen und setzte sich.

»Ist es das, was du glaubst?«, fragte Charles. »Dass ich denke, du wärst nicht gut genug für mich?«

Wieder zuckte Nikki mit den Schultern. Sie starrte an ihm vorbei die Wand an.

»Hör zu, Nikki, nichts könnte weiter von der Wahrheit entfernt sein. In der Zeit, die wir vor unserem mittlerweile berüchtigten ›Gespräch‹ gemeinsam verbracht haben, musste ich mich immer wieder kneifen, um mich zu vergewissern, dass ich nicht träume. Ich meine, ich konnte einfach nicht fassen, dass eine so schöne und bezaubernde Frau sich freiwillig mit mir abgeben wollte.«

Der Ausdruck auf Nikkis Gesicht schien etwas weicher zu werden. Charles beobachtete sie ganz genau und wartete darauf, dass sie reagierte. Vergeblich.

»Ich wusste schon während des Gesprächs, dass ich mich ungünstig ausgedrückt habe«, fuhr er fort. »Ich wollte eigentlich nur zum Ausdruck bringen, wie viel mir unsere Freundschaft bedeutet hat und dass ich nicht riskieren wollte, dich zu verletzen, indem ich dir vortäusche, auf mehr aus zu sein. Und jetzt haben wir uns auf diesen Prozess vorzubereiten, und ich laufe auf rohen Eiern, während ich die ganze Zeit darüber nachdenke, was du vielleicht hiervon hältst oder dazu meinst.«

Charles senkte die Stimme und blickte zu Boden, als er weitersprach. Er zog die Knie an und lehnte sich auf seine Hände zurück. »Ich verstehe wirklich, warum du wütend auf mich bist, aber ich musste das einfach schon jetzt loswerden, bevor wir vor Gericht gehen. Ich muss es einfach wissen, dass wir an einem Strang ziehen, dass wir offen miteinander reden können und uns gegenseitig den Rücken freihalten. Es gibt schon genügend Leute, die uns anschreien und versuchen, unsere Mandanten ins Gefängnis zu stecken. Ich muss wissen, dass du auf meiner Seite bist, egal, was kommt. Ich muss mich blind auf dich verlassen können.«

Charles entschloss sich zu warten, bis sie ihm eine Antwort gab. Er musste eine Antwort haben. Er würde den zweitägigen Prozess nicht überstehen, wenn in seinen eigenen Reihen dieser Kampf toste. Warum konnten sie nicht wenigstens Freunde sein?

Dieses Mal seufzte Nikki. Ein mitleidiger Blick breitete sich auf ihrem Gesicht aus, der von einem schelmischen Grinsen abgelöst wurde. »Bist du sicher, dass du das willst?«

»Ganz sicher.«

»Okay«, sagte sie. Dann streckte sie die Hand aus und griff nach seiner. Sie zogen sich gegenseitig hoch. Sie ließ los, klopfte ihre Jeans ab und sagte nüchtern: »Ich bin auf deiner Seite, aber erst musst du mir ein paar Dinge versprechen.«

»Ich höre.«

»Erstens, keine Verteidigungsstrategien mehr, bei denen du nur wie ein stummes Stück Holz dasitzt.«

»Natürlich nicht.«

»Zweitens, versuch nicht, mich vor Mandanten in Verlegenheit zu bringen, indem du mich aufforderst zu beten.«

»Entschuldigung. Das hätte ich nicht tun sollen.«

»Drittens, du musst deine Eröffnungsrede umschreiben.«

Wie bitte? Tickt die noch ganz richtig? »Können wir nicht einfach wieder Arbeitskollegen sein, Miss Moreno?«

»Auf keinen Fall«, sagte sie. »Du wolltest es so haben.« Das Funkeln war in ihre Augen zurückgekehrt, und auf ihrem Gesicht erschien ein breites Nikki-Moreno-Lächeln.

Er hatte vergessen, wie schön sie war, wenn sie lächelte.

56

Am späten Vormittag hatten sie das Auswahlverfahren für die Geschworenen beendet. In den Gerichten von Virginia stellte dabei der Richter die meisten Fragen und hielt die Anwälte an einer sehr kurzen Leine. Wie üblich war Silverman effizient und fair gewesen und hatte keinerlei Unsinn seitens der Königskobra oder Charles geduldet.

Nikki lehnte sich in ihren Stuhl zurück, der diesmal zu Charles' Rechten stand, und begutachtete ihr Werk. Sie hatte die letzte Entscheidung getroffen, wen sie als Geschworenen ablehnen und wen sie behalten sollten. Die Gruppe von Geschworenen bestand nun aus sieben Männern und fünf Frauen – von denen nur vier Mütter waren. Nikki fürchtete, dass die Mütter Theresa gegenüber keinerlei Nachsicht zeigen wollten, und versuchte daher, dass so wenige wie möglich es in die Jury schafften. Vier der Geschworenen gehörten einer Minderheit an: zwei Afroamerikaner, ein Amerikaner asiatischer und einer mexikanischer Abstammung. Nikkis Theorie zufolge waren Minderheiten gut für sie, besonders weil am Tisch der Verteidigung Charles und sie saßen. Doch die Hispana und eine Afroamerikanerin waren Mütter und somit schwer einzuschätzen.

Sehr zu Nikkis Enttäuschung gab es unter den Geschworenen keine christlichen Fundamentalisten, dafür aber ein paar Baptisten und ein Mitglied der African Methodist Episcopal Church. Nicht unbedingt die religiöseste Jury, die ihr bisher untergekommen war. Das Thema Religion würden sie vorsichtig angehen müssen. Aber insgesamt war es eine Gruppe von Geschworenen, mit der sich arbeiten ließ. Nikki versuchte Augenkontakt zu den jüngeren männlichen Geschworenen aufzunehmen, dabei hatte sie ihr besonderes Augenmerk auf die ledigen Männer gerichtet. Ihrer Meinung nach könnte darin vielleicht ihr wichtigster Beitrag zur Verteidigung der Hammonds bestehen.

Auch die Königskobra schien äußerst zufrieden mit der Geschworenenauswahl zu sein. Seit Richter Silverman die endgültige Aufstellung verkündet und die Jury gebeten hatte, auf der Geschworenenbank Platz zu nehmen, hatten die Königskobra und ihr Geschworenenberater nicht mehr aufgehört zu grinsen.

Nikki war das Gehabe der Königskobra zuwider – diese falsche Freundlichkeit gegenüber den Geschworenen. Außer vor den Geschworenen oder Fernsehkameras hatte Nikki sie noch nie lächeln sehen. In der ersten Pause entschloss sie sich, würde sie auf Crawford zugehen und ein wenig mit ihr plaudern. Sie wollte ihr ein neues Haarfärbemittel empfehlen, eines, das vielleicht etwas besser gegen diese schrecklichen dunklen Ansätze half. Außerdem würde sie anmerken, wie sehr sie es hasste, von den Fernsehkameras gefilmt zu werden, da man ja bekanntermaßen im Fernsehen immer fünf Kilo schwerer aussah.

»Möchte die Staatsanwaltschaft ein Eröffnungsplädoyer halten?«, fragte Richter Silverman.

Bei den vielen Fernsehkameras, dachte Nikki, *könnten keine zehn Pferde sie davon abhalten.*

Crawford erhob sich und wirkte in ihrem maßgeschneiderten schwarzen Nadelstreifenanzug schlanker als sonst. »Ja, Euer Ehren«, erwiderte sie und stolzierte dann zur Geschworenenbank hinüber.

Die ersten fünf Minuten ihrer Rede handelten von amerikanischer Staatsbürgerkunde. Sie erklärte, worum es bei diesem Prozess ging, wer die involvierten Parteien waren, warum sie hier waren. Mindestens dreimal bedankte sie sich bei der Jury, als hätten die Leute eine andere Wahl gehabt. Dann begann sie erst richtig, den Geschworenen Honig um den Mund zu schmieren.

Sie sagte ihnen, dass sie das wichtigste Element im amerikanischen Rechtssystem seien. Sie erzählte ihnen, dass sie über alle notwendigen Werkzeuge verfügten, um diesen Fall zu entscheiden: ihren gesunden Menschenverstand und ihren ausgeprägten Gerechtigkeitssinn. Sie teilte ihnen mit, dass sie mit Freude die Entscheidung über den Ausgang dieser Klage, der »Klage des Volkes«, wie sie es nannte, in ihre fähigen Hände legen würde.

Nikki bemerkte, wie einige der Geschworenen nun ein wenig aufrechter zu sitzen schienen. Am liebsten hätte sie gewürgt.

Nachdem sie die Geschworenen angemessen lange für die gute Arbeit, die sie leisten würden, gelobt hatte, kam die Königskobra zur Sache. Sie vertrete hier das Interesse des Volkes, erinnerte sie die Anwesenden, und ihr einziges Anliegen sei, dabei zu helfen, dass dem Recht Genüge getan wurde. Und in diesem Fall trug sie eine besonders große Verantwortung, nicht nur das Volk allgemein, sondern insbesondere eine kleine Person zu vertreten. Ein kleines Kind, das seinen zweiten Geburtstag nie erleben würde. Einen furchtbar kleinen Jungen namens Joshua Hammond, der das ganze Leben noch vor sich gehabt hatte, aber sinnlos sterben musste, nur weil seine Eltern sich weigerten, ihm medizinische Hilfe zu verschaffen.

Sie hielt einen Moment inne, schluckte schwer und zwang sich dann weiterzusprechen. Ganz vorne auf der Innenseite ihres Notizblocks, erzählte sie der Jury flüsternd, hatte sie ein Bild des unschuldigen kleinen Joshie eingeklebt. Es erinnerte sie daran, worum es bei diesem Fall ging. Und immer, wenn sie auf das Bild sah, musste sie sich fragen, was für Eltern zulassen konnten, dass solch ein unschuldiges kleines Wesen sinnlos starb.

Tatsächlich, sagte die Königskobra nun mit lauter Stimme, während sie sich umdrehte und mit dem Finger auf Thomas und Theresa Hammond zeigte, hatten diese Eltern tatenlos dabei zugesehen, wie ihr Baby fünf Tage lang qualvolle Schmerzen erdulden musste. Sie schüttelte den Kopf, als könne sie ein solches Verhalten einfach nicht nachvollziehen. Fünf Tage musste er mit einem entzündeten und schließlich geplatzten Blinddarm ausharren, bevor sie ihn überhaupt ins Krankenhaus brachten. Fünf Tage lang hatte er sich bei über neununddreißig Grad Fieber vor Schmerzen gewunden, ehe seine Eltern daran dachten, ihm helfen zu lassen.

Es gab Gesetze, die unschuldige Kinder wie Joshua vor ihren gleichgültigen oder verblendeten Eltern beschützten. Natürlich würden die Hammonds behaupten, dass ihre Religion es ihnen verbot, ein Krankenhaus aufzusuchen, aber das war vor dem Gesetz keine Entschuldigung.

»Religiöse Überzeugungen sind keine Rechtfertigung für Mord«, sagte Crawford. »Also lassen Sie uns das Kind beim Namen nennen.«

Nachdem sie genug mit dem Finger auf die Angeklagten gezeigt, geschrien und mit Beschuldigungen um sich geworfen hatte, schien die Königskobra sich langsam zu beruhigen. Sie begann, die Beweislage zu erläutern. Die folgenden dreißig Minuten sprach sie über Blinddarmentzündungen, wie leicht diese normalerweise zu behandeln waren und wie sehr der gute Dr. Armistead sich bemüht hatte, dieses Kind in letzter Sekunde noch zu retten. Doch all seine Anstrengungen waren umsonst gewesen; der kleine Junge war durch den viel zu späten Behandlungsbeginn, den seine Eltern zu verantworten hatten, zum Tode verurteilt. Die Jury würde später noch die Aussage des kleinen John Paul zu hören bekommen, der verzweifelt versuchte, seine Eltern zu verteidigen, aber zugeben musste, dass seine Mom und sein Dad ganze fünf Tage gewartet hatten, bis sie medizinische Hilfe in Anspruch nahmen.

Die Königskobra versprach den Geschworenen auch private Gedanken von Theresa Hammond selbst, und zwar in Form eines Gebetstagebuchs, das sich mit einigen dieser fünf kritischen Tage befasste. Außerdem würde später noch der Pastor der Hammonds aussagen. Sowohl das Tagebuch als auch der Pastor würden bestätigen, dass Thomas und Theresa Hammond sich weigerten, ihren Sohn behandeln zu lassen, obwohl sie gewusst hatten, dass er im Sterben lag.

Am Ende ihrer Ansprache wurde die Königskobra religiös. Der kleine Joshie saß nun wahrscheinlich gerade im Himmel dort oben, meinte sie, sah auf dieses Verfahren herab und fragte sich, ob ihm Gerechtigkeit widerfahren würde. Ihm war die Gelegenheit versagt worden, all die Dinge zu tun, die andere für so selbstverständlich hielten; er war der Chance beraubt worden, von dem großen Potenzial zu erfahren, das Gott ihm in seine kleine Brust gelegt hatte. Jetzt blieb nur noch eine Frage, meinte die Königskobra: Würde ihm nun auch noch Gerechtigkeit verwehrt werden? Diese Entscheidung, sagte sie, lag ganz in der Hand der Geschworenen.

Und während sich dieser Gedanke in den Köpfen der Jury festsetzte, nahm die Königskobra wieder Platz. Ihr Eröffnungsplädoyer hatte ganze fünfundvierzig Minuten gedauert.

Nikki war schlecht. Die Königskobra auf einmal so religiös zu sehen, war fast mehr, als sie ertragen konnte.

* * *

Nun lag es an Charles, diesem beeindruckenden Auftritt etwas entgegenzusetzen. Keine leichte Aufgabe. Die Geschworenen rutschten bereits unruhig auf ihren Plätzen herum und warfen Thomas und Theresa Hammond giftige Blicke zu. Charles sprach ein stilles Stoßgebet, dann erhob er sich und knöpfte sein Jackett zu.

»Sie ist gut«, wandte er sich an die Geschworenen, und verzichtete dabei auf den üblichen Austausch von Nettigkeiten und irgendwelche einleitenden Worte. »Sie ist *wirklich* gut.«

Er lächelte die Geschworenen an, steckte dann eine Hand in die Tasche und nahm eine entspannte Haltung ein. Mit der anderen stützte er sich am Geländer der Geschworenenbank ab. Er senkte die Stimme.

»Das ist der Grund, warum Sie vom Richter gebeten wurden, sich erst eine Meinung zu bilden, nachdem Sie beide Seiten gehört haben. Und das ist auch der Grund, warum er Sie daran erinnert hat, dass Eröffnungsplädoyers keine Beweiskraft haben. Ihre Rede war gut. Und sie würde auch eine fundierte Klage abgeben. Das einzige Problem ist, dass nichts davon der Wahrheit entspricht.«

Dann begann Charles langsam und ruhig seine Argumente vorzutragen. Thomas und Theresa Hammond waren liebevolle, wenn auch strenggläubige Eltern. Sie hatten länger gezögert, als die meisten anderen es tun würden, um ihren Sohn ins Krankenhaus zu bringen, aber das machte sie noch nicht zu Mördern. Schließlich hätten sie gegen die Grundsätze ihres Glaubens verstoßen, indem sie Joshie überhaupt ins Krankenhaus brachten. Das war keine leichte Entscheidung. Als sie schließlich doch mit ihm in der Notaufnahme vorstellig wurden – am dritten Tag des Fiebers wohlgemerkt, nicht am fünften –, hatte Joshie noch gute Aussichten auf Heilung gehabt. Doch die Fehler, die von Dr. Armistead begangen worden waren, und dessen Weigerung, einzugestehen, dass sein junger Patient in einem anderen Krankenhaus besser versorgt worden wäre, hatten dem kleinen Joshie das Leben gekostet.

»Ist es denn so abwegig, für ein Wunder zu beten und ein paar Tage darauf zu warten, dass es eintritt, bevor man sein Kind ins Krankenhaus bringt?«, fragte Charles. »Und wenn Joshies Zustand bei der Einlieferung tatsächlich so kritisch war, wie kommt es dann, dass er sechsundzwanzig Minuten – sechsundzwanzig lange und schmerzhafte Minuten – warten musste, bis er überhaupt untersucht wurde? Und warum hat man ihn, nachdem beschlossen wurde, Zeit darauf zu verwenden – neunzig Minuten um genau zu sein –, ihn mithilfe einer Infusion aufzupäppeln und auf die OP vorzubereiten, währenddessen nicht in das Kinderkrankenhaus in Norfolk überführt?«

Charles versprach der Jury, dass sie die Antwort auf diese Fragen während des Kreuzverhörs von Dr. Armistead erfahren würden. Er versprach ihnen außerdem, dass die Antwort sie schockieren würde.

Er hatte erst fünfzehn Minuten geredet, doch er bemerkte, wie bereits jetzt die Blicke einiger Geschworener glasig wurden. Ein Geschworener in der hintersten Reihe gähnte. Es war schwer, sie zu fesseln, wenn er doch absichtlich versuchte, die ganze Sache so zurückhaltend wie möglich anzugehen – er wollte nicht, dass ihre Entscheidung von ihren Emotionen gelenkt wurde.

Er ging zum Tisch der Verteidigung hinüber und stellte sich hinter seine Mandanten, Thomas und Theresa Hammond.

Charles wollte es nicht riskieren, sie aussagen zu lassen, also versuchte er es mit einem Kompromiss. Er legte seine Hände auf ihre Schultern und blickte dann zur Jury auf. So wie es nur ein Lehrer vermochte, wartete er, bis jeder der Geschworenen ihn ansah; dann sprach er so leise weiter, dass er kaum zu verstehen war.

»Begründete Zweifel erfordern nicht den Nachweis von perfekten Erziehungsmethoden. Begründete Zweifel erfordern nicht, dass diese zwei sich genauso verhalten, wie Sie es getan hätten. Bevor dieses Verfahren abgeschlossen ist, werden Sie noch viel darüber zu hören bekommen, was das Gesetz fordert. Doch die Frage, die wir in diesem Fall behandeln, ist eigentlich ganz einfach und unkompliziert. Sind Thomas und Theresa liebevolle Eltern, die einfach einen Fehler begangen haben, oder sind sie wirklich kaltblütige Mörder, die durch ihre Untätigkeit absichtlich den Tod ihres jüngsten Sohnes provozierten?«

»Mrs Crawford meint, die Gerechtigkeit würde fordern, dass sie noch mehr leiden ... und lange Haftstrafen auferlegt bekommen. Ich sage, sie haben bereits genug gelitten. Sie haben ihren jüngsten Sohn verloren. Welchen größeren Preis sollten sie noch zahlen können?«

Charles drückte sanft ihre Schultern. Es war eine kleine Geste, die den Geschworenen jedoch nicht entging. Auch den steten Strom von Tränen, der Theresa Hammonds Gesicht herunterrann, konnten sie nicht übersehen.

57

Die Königskobra nutzte die träge Phase direkt nach der Mittagspause, um Reverend Beckham als ihren ersten Zeugen aufzurufen. Der Mann mit dem perfekt frisierten Haar und dem völlig faltenfreien Anzug erinnerte Charles eher an einen Bestatter als einen Geistlichen. Er hatte einen gleichbleibend mürrischen Gesichtsausdruck, und Charles konnte sich bildhaft vorstellen, wie der Gottesdienst am Sonntagmorgen bei ihm ablief – eine fünfundvierzigminütige Hetzrede gegen die Verderbtheit der Welt und die Sündhaftigkeit des Fleisches. Der Reverend ließ sich vereidigen, wobei er die Worte »so wahr mir Gott helfe« besonders betonte, und nahm dann im Zeugenstand Platz. Entschlossen, die ganze Wahrheit ans Licht zu bringen, schob er das Kinn vor.

Wie schon bei der Voranhörung ließ die Königskobra ihn mit seinem scheinbaren Lob den Fall seiner treuen Schäfchen sabotieren. Beckham sprach von dem bemerkenswert festen Glauben der Hammonds und wie sie gewartet hatten, bis Joshuas Gesundheitszustand jenseits aller Hoffnung war, um den Jungen erst dann ins Krankenhaus zu bringen. Mit lauter und selbstsicherer Stimme sagte er aus, dass er während Joshuas Krankheit jeden Tag mit den Hammonds gesprochen habe, allerdings könne er sich nicht mehr recht entsinnen, wie viele Tage das gewesen sein mochten.

Ein paar Tage bevor Joshua ins Krankenhaus gebracht wurde, hatte der Reverend sogar den Wohnwagen der Hammonds aufgesucht, um für Joshuas Genesung zu beten und ihn mit Öl zu salben. Er erinnerte sich, dass Theresa während dieses Besuches meinte, Joshua würde im Sterben liegen und dass sie besser sofort einen Arzt aufsuchen sollten.

Doch nach einigen Stunden des Tränenvergießens und der Gewissensprüfung, versprachen Thomas und Theresa, durchzuhalten und ihr ganzes Vertrauen auf Gott und nicht auf Menschen zu setzen. Ihnen beiden war bewusst geworden, erklärte der Reverend, dass es vielleicht ihr mangelnder Glaube war, der Gott davon abhielt, ihren Sohn zu heilen.

Nach zwanzig Minuten hatte Charles genug von dem Reverend gehört, doch die Königskobra ließ ihn eine ganze halbe Stunde im Zeugenstand aussagen. Endlich hatte sie das Ende ihrer Liste erreicht und legte eine kurze dramatische Pause ein, um dem Reverend ihre letzten beiden Fragen zu stellen.

»Haben Sie irgendeinen Zweifel, dass Thomas und Theresa Hammond am Abend Ihres Besuchs sich nicht im Klaren darüber waren, dass Joshuas Leben am seidenen Faden hing?«

»Ich bin absolut sicher, dass sie sich dessen bewusst waren.«

»Und trotzdem stand ihr Entschluss fest, Joshua nicht ins Krankenhaus zu bringen?«

»Das ist korrekt. Sie hatten sich entschlossen, sich ganz auf Jahwe-Rapha – den Gott, der heilt – zu verlassen.«

»Vielen Dank«, sagte die Königskobra mit versteinerter Miene, wandte sich abrupt ab und kehrte an ihren Platz zurück. »Ich habe keine weiteren Fragen. Vielleicht möchte Ihnen Mr Arnold nun seinerseits noch ein paar stellen.«

»So ist es«, sagte Charles, der sich schnell erhob und auf den Zeugenstand zuging.

»Wie kamen Ihrer Meinung nach Thomas und Theresa Hammond auf die Idee, ihren Sohn nicht ins Krankenhaus zu bringen? Wer oder was hat ihnen diesen Gedanken vermittelt?«

»Die Bibel und die Lehren der Kirche«, erwiderte der Reverend stolz.

»Und würden Sie sagen, dass die Hammonds starker Kritik ausgesetzt waren, weil sie Joshua überhaupt ins Krankenhaus brachten?«

»Es gab einige Kritik, aber nicht sonderlich viel.«

»Genug, dass Sie sich berufen fühlten, diese in Ihrer Predigt bei Joshuas Beerdigung zu erwähnen?«

»Ja.«

»Also haben diese Leute, entgegen dem, was Sie ihnen predigten und ihnen an jenem Abend des gemeinsamen Gebets gesagt haben, trotz der großen Kritik, mit der sie seitens der Gemeinde zu rechnen hatten, den Mut aufgebracht, gegen den Strom zu schwimmen und Joshua ins Krankenhaus zu bringen. Ist das richtig?«

Widerwillig nickte der Reverend mit dem Kopf.

»Der Gerichtsschreiber ist nicht in der Lage, ein Kopfnicken zu dokumentieren. Bitte formulieren Sie Ihre Antwort mündlich.«

Der Mann warf Charles einen so finsteren Blick zu, als sei dieser Anwalt vor ihm der Teufel selbst. »Ja.«

»Manchmal, wenn Mitglieder Ihrer Gemeinde gegen Ihre Lehren verstoßen, haben sie mit Sanktionen seitens Ihrer Kirche zu rechnen. Dazu gehört auch der Ausschluss aus der Gemeinde. Ist das richtig?«

»Bei schweren Vergehen ist es das, was die Bibel vorschreibt, und daran halten wir uns auch.«

Der Reverend spannte den Kiefer an, während er jedes Wort hervorstieß. Er schien es nicht gewohnt zu sein, auf diese Weise befragt zu werden.

»Die Hammonds haben kirchliche Sanktionen und die Verbannung aus ihrer Gemeinde riskiert, als sie Joshua zum Arzt brachten, richtig?«

»Ja.«

»Und trotzdem haben sie es getan.«

»Ich denke, dass wir alle wissen, dass sie es trotzdem getan haben, Mr Arnold.«

Charles lächelte. Der Reverend wurde langsam streitlustig.

»Eine andere Familie Ihrer Gemeinde, die Prestons, wurde vor etwa achtzehn Monaten bestraft und musste sich vor der gesamten Kirchengemeinde entschuldigen, war es nicht so?« Charles stellte sich auf seinen bevorzugten Platz zwischen der Königskobra und dem Zeugen, verschränkte die Arme und wartete auf eine Antwort.

Der Zeuge wurde nun offensichtlich wütend. Die Königskobra erhob sich.

»Was hat das mit diesem Fall zu tun?«, fragte der Reverend.

»Genau das wollte ich auch gerade fragen. Einspruch, Euer Ehren«, sagte Crawford.

Richter Silverman blickte zu Charles hinüber.

»Weil es zeigt, unter welchem seelischen Druck meine Mandanten standen, sich an die Lehren des Reverend zu halten. Und wie bemerkenswert es ist, dass sie überhaupt ins Krankenhaus gegangen sind.«

»Ich lasse die Frage zu«, entschied Silverman.

»Wie lautete die Frage doch gleich?«, erkundigte sich der Reverend.
»Wurde die Familie Preston durch die Gemeinde bestraft?«
»Ja.«
»Und wurde sie gezwungen, sich vor der gesamten Gemeinde zu entschuldigen, um nicht von der Kirchengemeinde ausgeschlossen zu werden?«
»Ja.«
»Warum wurden sie bestraft? Welche schreckliche Sünde veranlasste die Kirche, so hart gegen sie vorzugehen?«
Der Reverend zögerte keinen Moment mit seiner Antwort. »Sie wurden bestraft, weil sie das Zehntgebot der Bibel missachtet hatten.«
»Das Zehntgebot. Das bedeutet, man muss zehn Prozent seines Einkommens der Kirche geben. Ist das richtig?«
»Ja.«
»Und woher wissen Sie, ob jemand wirklich zehn Prozent seines Einkommens abgibt oder nicht?«
Dieses Mal zögerte der Reverend kurz, damit die Königskobra Gelegenheit hatte, Einspruch zu erheben. Als sie jedoch stumm blieb, setzte er zu einer Antwort an, obwohl seine Stimme nun etwas leiser geworden war. »Unsere Gemeindemitglieder müssen uns ihre Steuerbescheide vorlegen ... damit wir wissen, wie viel sie abgeben.«
Nun legte Charles eine Pause ein, um diese Worte bei den Geschworenen sacken zu lassen. »Und wie viel von diesen Abgaben landet auf Ihrem Gehalt?«
»*Einspruch.*« Die Königskobra war empört aufgesprungen. »Das ist absolut irrelevant.«
»Mehr als hunderttausend Dollar?«, fragte Charles hartnäckig weiter.
»*Einspruch!*«
»Mrs Crawford, das Gericht hat Sie schon beim ersten Mal gehört. Und jetzt setzen Sie sich«, antwortete Richter Silverman.
Die Königskobra warf dem Richter einen vernichtenden Blick zu und ließ sich dann wieder auf ihren Stuhl fallen.
»Mr Arnold, inwiefern ist das für dieses Verfahren von Interesse?«
»Ich dachte einfach«, erwiderte Charles, »wenn der Reverend sich schon die Steuerbescheide seiner Gemeindemitglieder ansieht, macht es ihm nichts aus, den Leuten im Gegenzug zu erzählen, was er so verdient.«

Aus dem Augenwinkel beobachtete Charles, wie sich die Geschworenen leicht vorlehnten. Sie fragten sich wahrscheinlich gerade, ob dieser Geistliche tatsächlich über ein sechsstelliges Einkommen verfügte.

»Einspruch stattgegeben«, sagte der Richter.

Charles gab vor, enttäuscht zu sein, doch er wusste, dass die Aussage angekommen war.

»Sie wissen nicht mehr genau, wie lange Joshua krank war, oder?«

»Nicht genau.«

»Sie sind auch nicht sicher, wie viel Zeit zwischen Ihrem Gebet im Wohnwagen der Hammonds und dem Tag, an dem Joshua ins Krankenhaus gebracht wurde, vergangen ist, nicht wahr?«

»Wie ich bereits sagte – nicht genau.«

»Hätte es schon am nächsten Tag gewesen sein können?«

»Das bezweifle ich.«

»Aber es wäre möglich?«

»Vielleicht.«

»Wenn also die Staatsanwaltschaft beweisen will, dass Joshua fünf und nicht erst drei Tage lang krank war, bevor er ins Krankenhaus gebracht wurde, wären Sie nicht in der Lage, diese Behauptung zu unterstützen, richtig?«

Reverend Beckham lehnte sich auf seinem Stuhl vor, seufzte kaum hörbar, zog die buschigen Augenbrauen zusammen und blickte Charles aus zusammengekniffenen Augen an. »Wie ich bereits dreimal gesagt habe, kann ich nur wiederholen, dass es nicht in meiner Macht steht zu sagen, ob sie ihn am nächsten Tag ins Krankenhaus gebracht oder noch fünf Tage gewartet haben. Was ich weiß, ist, dass Joshua bei meinem Besuch tatsächlich sehr krank war.«

»Und haben Sie dann den Hammonds geraten, Joshua ins Krankenhaus zu bringen?«

»Nein, natürlich nicht.«

Charles ging an seinen Platz zurück und wollte sich gerade setzen, als er ganz im Stil von Inspektor Columbo so tat, als würde ihm noch etwas einfallen, die Hand ans Kinn legte und sich noch mal an den Zeugen wandte.

»Ach, da fällt mir noch eine Frage ein«, sagte Charles. Er wartete ein paar Sekunden, um sicherzugehen, dass er die volle Aufmerksamkeit der Geschworenen hatte. »Fühlen Sie sich in irgendeiner Weise verantwortlich für den Tod des kleinen Joshua?«

Diese Frage ließ die Königskobra wie eine Rakete hochschnellen. »Das ist doch lächerlich«, knurrte sie.

»Darf ich das als Einspruch werten?«, fragte Silverman.

»Ja.«

»Einspruch stattgegeben«, sagte der Richter.

Charles Arnold zuckte mit den Schultern und setzte sich, während die unbeantwortete Frage in den Ohren der zwölf Geschworenen nachhallte.

»Die Staatsanwaltschaft ruft Dr. Sean Armistead auf«, verkündete Crawford.

Charles drehte sich um und sah den Arzt den Gang herunterkommen, während seine kleinen grauen Augen schon jetzt in alle Richtungen schnellten.

»Er sieht nervös aus«, flüsterte Nikki Charles zu.

»Ja«, meinte Charles, dessen eigene Handflächen schweißnass waren. »Das kann ich mir gut vorstellen.«

58

Armistead war leger, aber für den Anlass angemessen gekleidet – in einem blauen Blazer, kakifarbenen Hosen und einem weißen Hemd mit roter Krawatte. Er saß kerzengerade auf seinem Platz, aber die dunklen Ränder unter seinen Augen verrieten, wie schwer die jüngsten Ereignisse auf ihm lasteten.

Auf irgendeine Weise wirkte er um einiges älter als noch vor zwei Wochen bei der Voranhörung. Außerdem sprach er mit der grimmigen Entschlossenheit eines Mannes, den die Pflicht dazu rief, eine unangenehme Aufgabe zu erledigen. Jeglichen Augenkontakt mit Charles meidend, konzentrierte er seinen Blick auf die Königskobra.

Zuerst gingen sie seine Referenzen durch. Medizinstudium, Facharztbezeichnungen, jahrelange Erfahrung als Notarzt – alles sehr beeindruckend. Armisteads Antworten waren präzise und sachlich. Das lichter werdende blonde Haar, die Drahtgestellbrille und der ausgeprägte Kiefer verliehen dem Zeugen eine glaubwürdige Ausstrahlung, und die Geschworenen schienen ihn zu mögen.

Nachdem sie seinen Lebenslauf abgehandelt hatten, stellte die Königskobra Dr. Armistead als Augenzeugen vor, was ihn dazu berechtigte, auch reine Meinungsaussagen zu machen.

»Irgendwelche Einwände, Mr Arnold?«, wollte Richter Silverman wissen.

»Keine, Euer Ehren.«

Als Nächstes ließ die Königskobra ihren Zeugen einen ausführlichen medizinischen Vortrag über den Blinddarm halten. Nach neuestem Stand der Wissenschaft war der Blinddarm ein nutzloses Organ, das aus dem Ende des Dünndarms ragte. Eine Infizierung und Entzündung konnte jedoch ernsthafte medizinische Probleme verursachen, die eine umgehende Behandlung erforderten.

Ein entzündeter Blinddarm war extrem schmerzhaft, aber nicht lebensbedrohlich, wenn er sofort behandelt wurde. Dem kleinen Joshie hatte sein entzündeter Blinddarm in den ersten paar Tagen sicherlich unerträgliche Schmerzen bereitet, wie tausend Messer, die ihm in den Bauch stachen. Wurde ein entzündeter Blinddarm nicht behandelt, bestand die Gefahr, dass er platzte, was sich wiederum zu einer kritischen und lebensbedrohlichen Situation entwickeln konnte. Durch einen geplatzten Blinddarm drang der Darminhalt direkt in die Bauchhöhle vor und konnte so den gesamten Patienten vergiften. Das Immunsystem war mit der bakteriellen Infektion schnell überfordert, was früher oder später zu einer Bauchfellentzündung und einer Sepsis führte.

Genau das war Joshua Hammond passiert. Tatsächlich, erklärte Armistead, war sein Blinddarm so lange unbehandelt geblieben, dass der kleine Junge sich bereits im fortgeschrittenen Stadium eines septischen Schocks befand, als er in der Notaufnahme vorstellig wurde. Die Sepsis hatte bereits das Blutkreislaufsystem und das zentrale Nervensystem infiziert. Eine Notoperation stand außer Frage, da er sie in seinem Zustand nicht überlebt hätte. Armistead musste Joshua erst mithilfe von Infusionen stabilisieren und zu Kräften kommen lassen, bevor der Arzt den Blinddarm entfernen und den Bauchraum von dem fäkalen Material säubern konnte.

Laut Armistead war es ein Wettlauf gegen die Zeit, den er einfach nicht gewinnen konnte. Trotz bester Bemühungen und der Konsultation von fast jedem Facharzt des Tidewater General hatte Joshua keine Chance. Die offizielle Todesursache lautete multiples Organversagen, ausgelöst durch septischen Schock.

Während er über Joshuas Tod sprach, blickten Dr. Armisteads graue Augen bekümmert drein, und seine Stimme wurde leiser. Er gestand, dass er nur wenig Patienten im Lauf seiner Karriere verloren hatte. Das war etwas, an das man sich nie gewöhnte. Und es war besonders herzzerreißend zu wissen, dass dieser Tod hätte verhindert werden können, wenn die Eltern des Kindes sich nur dazu durchgerungen hätten, sich schon in den ersten Tagen der Erkrankung an einen Arzt zu wenden. Stattdessen warteten sie fünf Tage lang tatenlos ab, während Joshua von seinem eigenen Blinddarm zu Tode gefoltert wurde.

Die Königskobra, die genau das richtige Maß an rechtschaffener Empörung zum Ausdruck brachte, stolzierte im Gerichtssaal auf und ab. Als Armistead die Zeitspanne von fünf Tagen erwähnte, warf sie ihm einen verblüfften Blick zu und fragte ihn, woher er überhaupt wissen konnte, dass die Hammonds so lange gezögert hatten.

Eine interessante Frage, meinte der Zeuge, und eine von entscheidender Bedeutung. Als die Krankenschwester in der Notaufnahme Theresa Hammond zum ersten Mal fragte, wie lange ihr Sohn schon krank sei, gab diese an, dass es drei Tage gewesen wären. Das war eine wichtige Aussage, auf die sich Armistead bei seiner Behandlung von Joshua stützte. Später, so Armistead, hatte Theresa Hammond zugegeben, dass es eigentlich eher fünf oder sechs Tage gewesen waren.

Charles blickte zu Theresa hinüber. Ihre Augen waren tränenfeucht, und ihre Unterlippe zitterte. *Sie sieht schuldig aus*, ging Charles durch den Kopf. Und er wusste, dass die Geschworenen dasselbe dachten.

»Was taten Sie, als Sie hörten, dass Theresa über die Dauer der Erkrankung ihres Sohnes gelogen hatte?«, fragte die Königskobra.

»Ich war schockiert«, sagte Armistead. »Und dann habe ich Sie angerufen.«

»Und haben Sie später noch weitere Informationen erhalten, die Ihre Einschätzung über die Länge von Joshuas Krankheitsverlauf und über seinen Zustand bei der Einlieferung im Krankenhaus untermauerten?«

»Ja, das habe ich. Sie haben mir später eine Aufzeichnung des Interviews mit Joshuas älterem Bruder gezeigt, John Paul Hammond.«

Die Königskobra bat das Gericht um Erlaubnis, den Geschworenen eine

Sequenz dieses Videos mit Tiger vorspielen zu dürfen. Charles erhob Einspruch, woraufhin der Richter beide Anwälte zu einer vertraulichen Konferenz nach vorne rief.

»Das ist Hörensagen«, flüsterte Charles.

»Dr. Armistead ist ein sachverständiger Zeuge«, schoss die Königskobra zurück. »Er ist berechtigt, sich aufgrund von Hörensagen eine Meinung zu bilden. Ich will den Geschworenen einfach einige der sachgemäßen Aussagen präsentieren, auf die er sich stützt.«

Silverman ließ die Anwälte eine Weile leise weiterdiskutieren und legte dann seine Hand über das Mikrofon, das vor ihm auf der Richterbank stand. »Ich stimme mit Ms Crawford überein und werde die Geschworenen entsprechend anweisen.«

Charles schnürte sich der Hals zu, denn nun würde er Tiger vor Gericht aussagen lassen müssen. *Als hätte er nicht schon genug durchgemacht.*

Als die Anwälte an ihre Plätze zurückgekehrt waren, erklärte der Richter den Geschworenen, dass sie nun Ausschnitte der Befragung John Paul Hammonds zu sehen bekommen würden. »Ich bitte Sie zu beachten, dass seine Aussage keine Beweiskraft hat«, sagte der Richter belehrend, »sondern nur als Demonstration der Grundlage dient, auf der Dr. Armisteads Meinung beruht. Haben Sie das verstanden?«

Wie nicht anders zu erwarten, logen die Geschworenen, als sie robotergleich mit den Köpfen nickten.

»Sie dürfen fortfahren«, sagte Silverman, und Crawford schaltete das Video an.

Die Kamera war auf Tiger gerichtet. Aus dem Hintergrund fragte die süßholzraspelnde Stimme der Königskobra ihn gerade, ob seine Eltern drei oder vier Tage gewartet hätten, um Joshua ins Krankenhaus zu bringen.

»Ich glaube, es waren fünf Tage«, sagte Tiger.

Die Königskobra schaltete das Video aus und schaute wieder zu Dr. Armistead. »Was ging Ihnen durch den Kopf, als Sie diese Aufnahme zum ersten Mal sahen?«, fragte sie.

Dr. Armistead zog ein Stofftaschentuch hervor und polierte damit seine Brille. Er schüttelte den Kopf, blickte auf seine Hände und dann wieder hoch zu Crawford.

»Es bestätigte nur, was ich bereits von Mrs Hammond erfahren hatte«, sagte Armistead schließlich, »auch wenn es mir immer noch schwerfällt zu glauben, dass eine Mutter ihren Sohn erst fünf oder sechs Tage lang dieses schmerzhafte Leiden erdulden lässt und dann auch noch die Schwestern und Ärzte über die Dauer seiner Krankheit belügt, nur um besser dazustehen.«

»*Erheb Einspruch!*«, flüsterte Nikki Charles zu. »Woher soll er wissen, *warum* sie gelogen hat, vorausgesetzt sie hat überhaupt gelogen?«

»Wenn ich jetzt Einspruch erhebe«, flüsterte Charles zurück, »kann ich genauso gut eine Leuchttafel über dieser Frage anbringen, damit sie sich den Geschworenen endgültig in die Köpfe brennt.«

»Das wirst du nicht müssen«, sagte Nikki. »Die schreiben schon alle fleißig mit.«

»Ihr Zeuge«, verkündete die Königskobra.

59

»Wie oft haben Sie schon gezahlt, um Schadensersatzforderungen wegen eines Behandlungsfehlers aus der Welt zu schaffen?«, wollte Charles wissen, während er sich erhob.

»Einspruch wegen fehlender Relevanz.«

»Inwiefern ist das für diesen Fall relevant, Mr Arnold?«, fragte Silverman.

»Ich habe vor zu beweisen, dass Joshua mit der richtigen Behandlung heute noch am Leben sein könnte. Insofern sind die medizinischen Fähigkeiten und das Urteilsvermögen dieses Arztes sehr wohl von Interesse.«

»Ich lasse die Frage zu«, meinte Silverman.

»Wie oft also?«, fragt Charles erneut nach. Er beobachtete, wie Armistead der Königskobra kurz einen Blick zuwarf. Er konnte spüren, wie sich die Räder in Armisteads Kopf drehten, doch Charles kannte die Antwort bereits.

»Zweimal.«

»Sind Sie sich sicher, dass es nur zweimal war?«, fragte Charles mit hochgezogenen Augenbrauen.

Er sah, wie die Farbe aus dem Gesicht des Arztes wich.

»Natürlich bin ich mir sicher«, erwiderte Armistead. »So etwas vergisst man nicht. Und bei all den klagewütigen Anwälten heutzutage kann ich froh sein, dass es nur zweimal war.«

Charles hörte ein unterdrücktes Lachen aus der Geschworenenbank. *Schon in Ordnung; soll der Doktor ruhig etwas Spaß haben.*

»Ich sage Ihnen etwas«, meinte Charles. »Auf die Frage kommen wir später noch einmal zu sprechen, in Ordnung?«

»Wie Sie wollen.«

Charles trat hinter dem Tisch der Verteidigung hervor und hielt eine Kopie von Joshuas Krankenakte hoch. »Als Joshua Hammond zum ersten Mal in der Notaufnahme vorstellig wurde, war sein Zustand Ihrer Aussage nach lebensbedrohlich und verlangte nach einer sofortigen Einleitung medizinischer Maßnahmen.«

»So ist es.«

»Bei einem geplatzten Blinddarm kann jeder Tag, um den die Behandlung verzögert wird, ausschlaggebend sein, ist es nicht so?«

»Absolut.«

»Eigentlich zählt sogar jede Stunde, nicht wahr?«

»Natürlich.«

»Auch jede Minute, oder nicht, Herr Doktor?«

»Jede Verzögerung macht es schlimmer, besonders wenn eine Mutter sechs Tage wartet, bis sie ihr Kind zu uns bringt.«

Jetzt sind es schon sechs Tage, dachte sich Charles. Er reichte dem Arzt die Krankenakte.

»Ist dies die vollständige und genaue Kopie der Krankenakte des Tidewater General Hospital über die medizinische Versorgung von Joshua Hammond?«

Armistead blätterte die Seiten durch. »Scheint so.«

»Ich möchte diese Akte gerne als Beweisstück eins der Verteidigung vorstellen«, sagte Charles.

Da die Königskobra keinen Einspruch einlegte, wurde die dicke Mappe vom Gerichtsschreiber markiert und wieder an Charles zurückgereicht.

»Dann erzählen Sie mir jetzt bitte«, fuhr Charles fort, »wie viel Zeit verging von der Minute an, als Joshua Hammond die Notaufnahme betrat, bis zu dem Zeitpunkt, als der erste Arzt sich mit ihm befasste.«

Armistead runzelte die Stirn und sah in die Akte. »Sechsundzwanzig

Minuten. Aber ich möchte daran erinnern, dass er in der Zwischenzeit von einer Arzthelferin untersucht wurde.«

»Ist eine Arzthelferin befugt, Medikamente zu verschreiben?«

»Nein.«

»Kann eine Arzthelferin Diagnosen stellen?«

»Nicht offiziell, nein.«

»Darf eine Arzthelferin eine Operation anordnen?«

»Nein.«

Charles hielt inne. Er war sich sicher, dass die Geschworenen verstanden hatten, worauf er hinauswollte. »Also sagen Sie es mir noch einmal, Herr Doktor. Wie viel Zeit verstrich, bevor Joshua einem richtigen Arzt vorgestellt wurde?«

»Sechsundzwanzig Minuten«, sagte Armistead voller Verachtung.

»Und wie lange dauerte es, bis er tatsächlich operiert wurde?«

»Etwa neunzig Minuten«, erwiderte der Arzt und fuhr nach einer kurzen Pause fort, »aber diese Zeit wurde genutzt, um ihn zu stabilisieren und auf die Operation vorzubereiten.«

»Mit anderen Worten: Sie haben ihn intravenös mit Nährstoffen versorgt, richtig?«

»Im Prinzip ja. Wir haben seine Werte überwacht, ihn mit Nährstoffen versorgt und künstlich ernährt.«

»All das hätte auch in einem Krankenwagen gemacht werden können, oder?«

Die Königskobra merkte anscheinend, worauf diese Fragen hinausliefen, und erhob sich. »Einspruch, Euer Ehren. Das ist rein hypothetisches Gerede über das, was man hätte machen können. Ich denke, Mr Arnold sollte sich lieber an die Fakten halten.«

»Geben Sie mir nur eine Minute«, sagte Charles. »Ich denke, dass die Relevanz dieser Fragen gleich deutlich wird.«

»In Ordnung«, sagte Silverman, »aber kommen Sie zum Punkt.«

»Wie lange dauert es, einen Patienten per Krankentransport an das Kinderkrankenhaus von Norfolk zu überstellen?«

»Etwa dreißig Minuten.«

»Und würden Sie nicht zustimmen, dass das Kinderkrankenhaus von Norfolk über hervorragend ausgebildete Fachärzte im Bereich der Pädiatrie wie auch über eine hochspezialisierte Kinderintensivstation verfügt?«

Charles beobachtete, wie Armisteads Blick hin und her schnellte. Er hoffte, Armistead würde versuchen, den guten Ruf des Kinderkrankenhauses infrage zu stellen. Für diesen Fall hatte Nikki zwei Experten zur Hand, die mit ihren Aussagen die Kompetenz der Klinik untermauern würden.

Armistead wählte seine Worte mit Bedacht. »Die meisten Leute glauben, dass das Kinderkrankenhaus von Norfolk eine bessere medizinische Versorgung zu bieten hat als weniger spezialisierte Krankenhäuser wie das Tidewater General. Aber, Mr Arnold, mir war leider nicht der Luxus gewährt, mich zurückzulehnen und mir meine Entscheidung in Ruhe durch den Kopf gehen zu lassen. Ich musste nach bestem medizinischem Urteilsvermögen eine sofortige Entscheidung treffen, und mein Urteilsvermögen sagte mir, dass Joshua einen Krankentransport nicht überleben würde.«

»Aber den Aufenthalt im Tidewater General hat er auch nicht überlebt, oder?«

»*Einspruch!*«, rief die Königskobra dazwischen. »Das ist reine Provokation.«

»Ich ziehe die Frage zurück«, sagte Charles mit einem Schulterzucken. »Ich denke, das liegt sowieso auf der Hand.«

Charles kehrte an den Tisch der Verteidigung zurück und suchte ein paar weitere Schriftstücke zusammen. Diese Unterbrechung half den Geschworenen, sich wieder zu konzentrieren.

»Eine der Klagen, die Sie außergerichtlich beilegen konnten, befasste sich mit dem Fall eines anderen Kleinkindes, das aufgrund eines Blutleidens starb, ist das richtig?« Charles begann vor der Geschworenenbank auf und ab zu laufen.

»Ja. Als das Mädchen zu uns kam, wies es Symptome für eine Mittelohrentzündung auf und wurde nach Anweisung entsprechender Folgebehandlung wieder entlassen.«

»Bei ihrem ersten Besuch wurden keine Bluttests veranlasst und auch keine Überweisung an einen Hämatologen am Kinderkrankenhaus von Norfolk veranlasst, außerdem wurde es versäumt, das Kind sofort an das Kinderkrankenhaus zu überstellen, als es vier Tage später mit einem akuten septischen Schock vorstellig wurde, korrekt?« Charles hatte die Punkte an seinen Fingern abgezählt. Er beobachtete, wie sich Dr. Armisteads Gesichtsausdruck verhärtete.

»Ein weiteres Beispiel dafür, wie Anwälte sich anmaßen, ärztliche Entscheidungen infrage zu stellen«, erwiderte er. »Es war billiger, sich auf den Vergleich einzulassen, als den Fall zu verteidigen.«

»Missfällt Ihnen der Gedanke, ein Kind an einen Facharzt des Kinderkrankenhauses von Norfolk weiterzuempfehlen? Hegen Sie irgendeinen Groll gegen dieses medizinische Institut?«

Armistead sah zur Königskobra hinüber, wahrscheinlich weil er sich wunderte, dass sie keinen Einspruch einlegte. »Nein«, sagte er dann. »Das ist lächerlich.«

»Entschuldigen Sie bitte«, sagte Charles. »Ich ging davon aus, dass es sich dabei um jenes Kinderkrankenhaus handelt, das Sie abgewiesen hat – damit meine ich, Ihre Bewerbung zur Facharzt-Ausbildung einfach abgelehnt hat. Wie ich hörte, sogar zweimal.«

Armistead ließ das Krankenblatt fallen, das auf dem Geländer vor ihm landete. »Was soll das? Stehe ich hier etwa vor Gericht?«

»Nein«, erwiderte Charles schnell, bevor die Königskobra aufspringen konnte, »aber vielleicht sollten Sie das.«

»Einspruch! Ich beantrage, dass Mr Arnolds letzter Kommentar aus dem Protokoll gestrichen wird!« Das Gesicht der Königskobra war dunkelrot angelaufen.

Silverman ließ seinen Hammer auf die Richterbank herabsausen. »Ruhe!« Er starrte Charles unter seinen struppigen grauen Brauen an. »Mr Arnold, ich werde diese Art von spöttischen Bemerkungen seitens der Verteidigung nicht dulden.« Dann wandte er sich an die Geschworenen. »Bitte lassen Sie Mr Arnolds letzten Kommentar außer Acht. Er hat keine Beweiskraft und ist für diesen Fall nicht sachdienlich.«

»Danke, Euer Ehren«, sagte Crawford und kehrte an ihren Platz zurück.

Armistead starrte Charles grimmig an. Er lehnte sich in seinem Stuhl zurück, kreuzte die Arme vor der Brust und machte ein finsteres Gesicht. Charles gab vor, es nicht zu bemerken, und blätterte in seinen Unterlagen, um die Stille weiter hinauszuzögern, bis Armistead es nicht mehr aushielt.

»Diese Klagen wegen Behandlungsfehlern haben nichts mit diesem Fall zu tun und liegen beide über zwei Jahre zurück«, erklärte Armistead beharrlich. »Ich kann nicht glauben, dass Sie mich überhaupt darauf ansprechen.«

Charles sah von seinen Unterlagen auf und lächelte. »Tut mir leid«, sagte er. »Habe ich Sie gefragt, wie alt diese Fälle sind?«

»Einspruch. Er bedrängt den Zeugen.«

»Wie wäre es, wenn wir einfach mit der Vernehmung des Zeugen weitermachen«, schlug der Richter vor.

»Sie haben immer noch nicht meine Frage beantwortet«, sagte Charles hartnäckig. »Wurden Sie nun zweimal vom Kinderkrankenhaus in Norfolk für die Ausbildung zum Facharzt abgelehnt oder nicht?«

Ganze fünf Sekunden starrte Armistead Charles mit angespanntem Kiefer und schwer atmend einfach nur an. Eine unangenehme Stille hatte sich über den Gerichtssaal gelegt, und einige Geschworenen rutschten nervös auf ihren Plätzen herum.

»Ja, so ist es.«

Charles lief getragenen Schrittes durch den Gerichtsraum und lehnte sich gegen den Handlauf vor der Geschworenenbank. Mit wachsamem Blick verfolgte Armistead seine Bewegungen. Normalerweise wandte Charles den Geschworenen niemals den Rücken zu, doch bei diesen Fragen war es wichtig, dass die Geschworenen den Ausdruck in Armisteads Augen mitbekamen.

»Gehen Sie bitte das Krankenblatt durch und zeigen Sie mir die Stelle, die besagt, dass Theresa Hammond sechs und nicht drei Tage gewartet hat, bis sie medizinische Hilfe für ihren Sohn in Anspruch nahm.«

Armistead warf noch nicht einmal einen Blick auf das Papier. »Das steht hier nicht drin. Wie ich bereits ausgesagt habe, hat Ihre Mandantin uns zuerst angelogen und behauptet, es seien nur drei Tage gewesen. Später gab sie mir persönlich gegenüber dann zu, dass es tatsächlich fünf oder sechs Tage gewesen waren. Weil Joshua zu diesem Zeitpunkt bereits tot war, gab es keinen Grund, diese Informationen der Krankenakte hinzuzufügen.«

»Also steht Ihr Wort gegen das von Mrs Hammond? Es gibt keinen schriftlichen Nachweis für Ihre Behauptung?«

»Behaupten Sie etwa, ich würde lügen?«, fragte Armistead.

»Ich behaupte es nicht nur«, erklärte Charles, »ich werde es gleich beweisen.«

»Einspruch.«

»Stattgegeben.«

»Was«, fragte Charles barsch, »ist die Virginia Insurance Reciprocal Company?«

Er sah Armistead schwer schlucken. Der Adamsapfel des Arztes hüpfte auf und ab. Charles wusste, dass dieses Anzeichen von Nervosität auch den Geschworenen nicht entgangen war. Lange Zeit blieb es still.

»Ich glaube, dass es sich dabei um eine Versicherungsgesellschaft handelt, die sich auf Berufshaftpflichtversicherungen für Ärzte spezialisiert hat.«

»Sie glauben?«, wiederholte Charles. »Sie *glauben?*«

Charles ging den ganzen Weg zu seinem Tisch zurück und nahm zwei Papiere entgegen, die Nikki ihm reichte. Es handelte sich dabei eigentlich nur um alte Unterrichtsfolien für die Uni, doch Charles tat so, als würden die Seiten große Geheimnisse bergen. Den Blick auf die Dokumente gerichtet, gab er vor, genau zu lesen, während er bedächtig seine nächste Frage formulierte.

»Bitte bedenken Sie bei der Beantwortung der nächsten, äußerst wichtigen Frage, dass wir notfalls Einsicht in Ihre Bankunterlagen und alle Dokumente in Ihrem Arbeitszimmer bekommen können. Stimmt es nicht, Dr. Armistead, dass Sie gerade erst vor zwei Wochen der Virginia Insurance Reciprocal die Summe von vierhunderttausend Dollar überwiesen haben? In der Zeile für den Verwendungszweck gaben Sie die außergerichtliche Einigung einer Klage wegen Behandlungsfehler an.«

Armistead starrte die Königskobra an, während sein Adamsapfel weiter auf und ab hüpfte. Charles glaubte nicht daran, dass das Geld tatsächlich für die Beilegung einer Klage wegen eines Behandlungsfehlers gezahlt worden war, doch er wusste, dass Armistead sich sehr viel Mühe gegeben hatte, damit es so aussah. Jetzt musste Armistead an seiner Lüge festhalten, die vor dem Gericht ans Licht der Öffentlichkeit geraten war.

»Es handelte sich dabei um eine vertrauliche Einigung«, sagte Armistead langsam.

»Wie lautet der Name des Klägers?«

»Ich bin nicht befugt, das preiszugeben«, erwiderte Armistead. »Das ist auch der Grund, warum ich die Klage vorher nicht erwähnt habe.«

»Das ist ja interessant«, meinte Charles. »Ich dachte, dass Sie alle Klagen auf Behandlungsfehler vertraulich beilegen.«

Charles sah zur Königskobra hinüber, die dermaßen geschäftig mitzuschreiben schien, dass sie nicht in der Lage war, Armistead oder die Geschworenen anzusehen. Sie schüttelte den Kopf und schnalzte abfällig mit der Zunge, als wolle sie den Geschworenen signalisieren, dass auch sie zum ersten Mal von dieser Geschichte hörte.

»Wären Sie wohl so freundlich, Ihre Aussage von vorhin neu zu formulieren und den Geschworenen mitzuteilen, wie viele Klagen wegen Behandlungsfehlern Sie tatsächlich außergerichtlich beigelegt haben?«, fragte Charles.

»Drei«, erwiderte Armistead.

»Inklusive oder exklusive des Kunstfehlers, den Sie an Joshua Hammond begangen haben?«

Das konnte die Königskobra nicht ignorieren. »Einspruch!«, bellte sie, während all die aufgestaute Frustration in einem Wort aus ihr herausbrach.

»Ich ziehe die Frage zurück«, sagte Charles. »Ich denke, mit diesem Zeugen bin ich fertig.«

Charles setzte sich, und Nikki tätschelte ihm anerkennend das Bein.

»Nicht schlecht für einen Straßenprediger«, meinte sie.

60

Nach der Pause beschloss die Königskobra, den Tag mit der einzigen Aussage ausklingen zu lassen, die Charles Arnold nicht ins Kreuzverhör nehmen konnte.

»Beide Parteien haben festgelegt, dass dieses Gebetstagebuch von Theresa Hammond echt und vor Gericht verwertbar ist«, verkündete die Königskobra. »Daher möchte ich es als Beweisstück vorstellen und zwei Auszüge daraus vortragen, die für dieses Verfahren von höchstem Interesse sind.«

»Irgendwelche Einwände?«, fragte Silverman mit Blick auf Charles.

»Nein, Euer Ehren«, erwiderte Charles, der versuchte, Desinteresse vorzutäuschen.

»In Ordnung«, sagte die Königskobra und trat direkt an die Geschworenenbank heran. »Dieses Tagebuch wurde nicht tagtäglich geführt. Doch es gibt zwei Einträge, die in den Zeitrahmen fallen, als Joshua krank war. Das erste Datum ist der 1. Juni, also zwei Tage, bevor Joshua starb.«

Tiefe Stille legte sich über die Geschworenenbank, während die Jury gebannt die Gedanken und Gebete einer Mutter erwartete, die ihrem Baby beim Sterben zugesehen hatte. Die Königskobra musste sich der Stimmung bewusst geworden sein, und so ließ sie sich Zeit, bis sie die richtige Seite fand.

»Hier ist der Eintrag: ›Ich habe Joshua noch nie so krank erlebt. Herr, warum bestrafst Du ihn? Ich habe gebetet, Thomas hat gebetet, und Tiger und Stinky haben Dir die unschuldigen Gebete der Kinder dargeboten. Warum lässt Du ihn nicht genesen, Herr? Warum steigt das Fieber einfach immer weiter, warum werden seine Schmerzen immer schlimmer? Was kann er nur getan haben, um das zu verdienen? Was habe ich getan? Herr, ich halte das nicht viel länger aus. Bitte heile ihn und lass ihn nicht sterben. Ich werde ihn für immer in Deinen Dienst stellen.‹«

Crawford sah in die verdutzten Gesichter der Geschworenen. Dieser Eintrag schien der Sache der Staatsanwaltschaft nicht gerade dienlich zu sein. Hier wurde Theresa in einem sympathischen Licht dargestellt – als leidende Mutter. Aber die Königskobra war noch nicht fertig.

»Der nächste Tag, der 2. Juni, ist der Tag, bevor Joshua ins Krankenhaus gebracht wurde. Der Eintrag lautet wie folgt: ›Josh hat die ganze Nacht förmlich geglüht und war heute Morgen so krank, dass er geradezu leblos wirkte. Herr, ich fürchte, wenn ich ihm nicht sofort Hilfe besorge, wird er sterben. Aber ich habe stundenlang gebetet, allein, aber auch mit Thomas und Reverend Beckham. Ich vertraue auf Dich, Herr, und nur auf Dich, was Joshuas Heilung betrifft. Heute hast Du mir die Stärke geschenkt, diese Sache bis zum Ende durchzustehen, egal, wie dieses Ende aussehen mag.‹«

Als die Königskobra zu Ende gelesen hatte, blickte Thomas Hammond mit stoischer Miene und auf dem Tisch gefalteten Händen stur geradeaus, so wie Nikki es ihm geraten hatte. Neben ihm starrte Theresa Crawford fassungslos an, während ihr stille Tränen über das Gesicht liefen.

Die Königskobra schlug das Tagebuch zu und räusperte sich. »Diese Worte wurden um 10.00 Uhr morgens am fünften Tag von Joshuas Erkrankung niedergeschrieben. Mehr als sechsunddreißig Stunden lang hatte Mrs Hammond sich geweigert, medizinische Hilfe für ihr todkrankes Kind ...«

»Einspruch, Euer Ehren«, ging Charles dazwischen. »Ich habe zugestimmt, dass sie aus dem Tagebuch vorlesen darf, aber nicht, dass wir eine weitere Rede über uns ergehen lassen müssen.«

»Stattgegeben«, sagte Silverman.

Die Königskobra sah jedem Geschworenen direkt in die Augen, dann schob sie das kostbare Tagebuch unter ihren Arm und kehrte an ihren Platz zurück. »Ich möchte dies als unser nächstes Beweisstück vorstellen«, sagte sie.

»Kein Einwand«, erwiderte Charles und versuchte, so unbekümmert wie möglich zu klingen. Doch ihm war nicht entgangen, dass einige der Mütter auf der Geschworenenbank Theresa Hammond voller Verachtung anstarrten.

61

Nachdem der erste Tag der Zeugenaussagen überstanden war, hockten Charles, Nikki, Thomas und Theresa erneut in dem winzigen fensterlosen Besprechungsraum zusammen, den sie schon bei der Voranhörung genutzt hatten. Der Deputy Sheriff hatte Thomas eine halbe Stunde länger gegeben, bevor er sich wieder zu den anderen Häftlingen gesellen musste. Charles fiel auf, dass Theresa in den letzten fünf Minuten kein einziges Wort geäußert hatte. Ihre hohlen Augen starrten ausdruckslos geradeaus und verrieten einen Schmerz, der vielleicht nie wieder vergehen würde. Nikki war damit beschäftigt, die Motivationsrede für ihr Team zu halten und Charles über den grünen Klee zu loben, was ihm äußerst unangenehm war.

Thomas schien Nikki nur mit einem Ohr zuzuhören und nutzte die erste größere Pause in ihrem Wortschwall, um eine Frage an Charles zu richten.

»Sagen Sie es mir geradeheraus, reden Sie nicht um den heißen Brei herum: Wie haben wir uns heute geschlagen?«

»Wir hatten heute einen wirklich guten Tag«, fuhr Nikki fort, während sie im Raum auf und ab lief. »Das Eröffnungsplädoyer war perfekt und das Kreuzverhör mit Armistead ein echter Volltreffer. Besser hätte es gar nicht laufen können.«

»Sehen Sie das auch so?«, fragte Thomas nun direkt an Charles gerichtet.

»Wir hatten einen guten Tag«, antwortete Charles mit Bedacht. »Armistead hat einen doppelzüngigen Eindruck hinterlassen ...« – Thomas blickte

Charles verständnislos an – »er wirkte wie jemand, der nicht die ganze Wahrheit erzählt. Aber um sich auf unsere Seite zu schlagen, muss die Jury davon überzeugt sein, dass Joshua überlebt hätte, wäre er ins Kinderkrankenhaus von Norfolk überstellt worden. Was das angeht, stehen unsere Beweise auf sehr wackligen Beinen.«

Thomas nickte und ließ das Gesagte einfach auf sich wirken. Er schien dankbar für Charles' unverblümte Einschätzung zu sein.

Nikki machte nun ein ernstes Gesicht und setzte sich neben Charles an den Tisch, gegenüber von Thomas. »Dieses Gebetstagebuch hat uns wirklich geschadet«, erklärte Nikki düster. »Die Aussage des Reverends war nicht so schlimm, die hat keiner Seite wirklich weitergeholfen. Aber mit diesem Tagebuch ist den Geschworenen jetzt ausreichend bewiesen worden, dass Theresa wusste, wie lebensbedrohlich Joshuas Zustand wirklich war. Allerdings lässt sich nicht richtig nachweisen, dass das Gleiche auch für Sie gilt.«

»Das ist doch verrückt!«, rief Thomas, der zum ersten Mal seit Prozessauftakt eine sichtbare Reaktion zeigte. »Ich war es, der Theresa davon abgehalten hat, zum Arzt zu gehen. Sie wollte schon am ersten Tag hin.«

Thomas legte seine Hand auf Theresas. Sie blinzelte langsam und senkte ihren Blick auf den Tisch, während Thomas Charles anstarrte oder besser gesagt durch ihn hindurch. »Ich muss aussagen. Ich werde nicht zulassen, dass irgendjemand Theresa die Schuld zuschiebt.«

»Niemand schiebt Theresa die Schuld in die Schuhe«, sagte Charles mit Nachdruck. »Und Sie werden auf keinen Fall aussagen. Sie in den Zeugenstand zu rufen und dem Kreuzverhör der Staatsanwaltschaft auszusetzen, wäre glatter Selbstmord.«

Der große Mann gab einen missmutigen Seufzer von sich und rutschte auf seinem Stuhl herum. Der Ausdruck auf seinem Gesicht beunruhigte Charles.

»Hören Sie, Thomas, wenn mir irgendjemand vor ein paar Wochen gesagt hätte, dass der Hauptzeuge der Anklage, eigentlich ihr *einziger* Zeuge, schon am ersten Verhandlungstag vor Gericht eingesteht, dass er ein Lügner ist, hätte ich gesagt: Zu schön, um wahr zu sein ... Aber genau das ist passiert. Wir haben jetzt das Heft in der Hand. Lassen Sie uns nichts Überstürztes tun, sonst sind wir diesen Vorteil ganz schnell wieder los.«

»Ich will nur nicht, dass Theresa den Kopf dafür hinhalten muss«, sagte Thomas. »Wenn das passiert, müssen Sie mich in den Zeugenstand rufen.«

»Sie wird nicht den Kopf hinhalten müssen«, sagte Nikki. »Es werden überhaupt keine Köpfe rollen.«

Thomas wandte sich an Charles. »Versprechen Sie es mir?«

Charles zögerte; bei Geschworenenurteilen konnte man für nichts garantieren. »Sie in den Zeugenstand zu rufen, löst keines unserer Probleme.«

In diesem Moment klopfte der Deputy Sheriff an die Tür. »Einen Moment noch«, rief Charles. Er drehte sich zu Thomas und Theresa um und stieß einen langen Atemzug aus, während er sich über die Stirn rieb. »Morgen werden wir Tiger in den Zeugenstand rufen. Er wird seine Videoaussage widerrufen müssen, Joshua wäre fünf oder sechs Tage lang krank gewesen.«

»Das können wir ihm nicht zumuten«, sagte Theresa verzweifelt. »Es muss einen anderen Weg geben.«

»Ich wünschte, es wäre so«, antwortete Charles ruhig. »Aber den gibt es nicht.«

Wieder klopfte es an der Tür. »Die Zeit ist um«, rief der Deputy.

»Wir kommen ja schon!«, schrie Nikki zurück. »Bleiben Sie mal locker.«

Thomas erhob sich und starrte auf Charles hinab. »Vor der Verhandlung muss ich kurz mit Tiger sprechen«, sagte er. »Können Sie es irgendwie hinbiegen, dass wir uns ein paar Minuten früher hier mit ihm treffen dürfen?«

»Ich werde es versuchen«, sagte Charles nur.

Dann warf Thomas Nikki und Theresa einen nervösen Blick zu, bevor er sich wieder an Charles wandte. »Kann ich mal kurz mit Ihnen allein sprechen?«

Charles sah zu Nikki hinüber. »Schaffst du es, bei der Wache noch ein bisschen Zeit für uns rauszuschlagen?«

Nikki stieß ein wenig Luft aus, als wäre sie empört darüber, dass Charles etwas so Offensichtliches überhaupt infrage stellte. »Er ist ein Mann, oder nicht?«

Ein weiteres Klopfen ertönte, diesmal deutlich lauter als zuvor.

Nachdem sich Thomas und Theresa umarmt hatten, verließen die Frauen den Besprechungsraum. Nikki redete sofort auf den Deputy ein, noch bevor sie die Tür hinter sich zugezogen hatte. Als die Männer allein waren, ließ sich Thomas in seinen Stuhl fallen und starrte auf seine gefalteten Hände.

»Mein Glaube hat ihn umgebracht, oder nicht, Reverend? Oder vielleicht sollte ich besser sagen, mein mangelnder Glaube.«

Charles dachte einen Moment über diese Frage nach – wie schon so oft, seitdem er den Fall übernommen hatte. »Nein«, erwiderte er dann und schüttelte langsam den Kopf. »Ich denke, dass Ihr Glaube mehr als ausreichend war, Thomas.« Charles zögerte, während er sich fragte, ob der große Mann verkraften würde, was er wirklich dachte. »Hier geht es nicht um den Glauben. Es geht um Liebe. Die Bibel lehrt uns, dass uns, wenn alles vorbei ist, nur noch drei Dinge bleiben – Glaube, Hoffnung und Liebe. Aber das Größte ist die Liebe.«

Bei diesen Worten hob sich Thomas' Blick langsam, bis er Charles direkt in die Augen sah. In seinen Augen war unendliche Trauer zu sehen, die seinen schmerzhaften Verlust und seine gnadenlosen Schuldgefühle spiegelten.

Fast hätte das in Charles plötzlich aufsteigende Mitgefühl ihn davon abgehalten, die nächsten Worte zu äußern. Doch er wusste, dass die wichtigsten Wahrheiten oft auch die schmerzhaftesten waren.

»Ich bin in diesen Dingen kein Experte«, sagte Charles leise, »weil ich selbst keine Kinder habe. Aber mir scheint, dass Vatersein mehr mit Liebe als mit Glauben zu tun hat. Lassen Sie sich nächstes Mal besser von Ihrem Herzen leiten.«

Thomas nickte. Bevor er etwas erwidern konnte, klopfte der Deputy an die Tür und trat ein, ohne eine Antwort abzuwarten. Sich lauthals beschwerend, folgte ihm Nikki dicht auf den Fersen.

»Euch tue ich keinen Gefallen mehr«, meinte der Deputy. »Ich reiche euch den kleinen Finger, und ihr nehmt direkt den ganzen Arm.«

* * *

Auf seinem Weg zurück ins Büro hielt Charles bei einer FedEx-Filiale an und zog den Brief an Senator Crafton aus seiner Aktentasche. Er wusste, dass ihm nicht mehr viel Zeit blieb.

Er war emotional so ausgelaugt von dem langen Tag vor Gericht, dass er nicht einmal mehr die Kraft aufbrachte, sich darüber klar zu werden, was er jetzt tun musste. Außerdem hatte er gebetet und in den vergangenen sieben Tagen quasi ununterbrochen darüber nachgedacht. Der Brief war sein ständiger Begleiter geworden. Er musste das jetzt einfach hinter sich bringen.

Immer wieder hatte er sich abends zu einer Entscheidung durchgerungen, nur um dann am nächsten Morgen seine Meinung zu ändern. Niemals zuvor war er so zerrissen gewesen.

Hastig kritzelte er ein paar Zeilen auf den unteren Rand des Briefes: *Dies ist die einzige Kopie, die ich verschickt habe. Über einen Anruf würde ich mich freuen.* Vorsichtshalber schrieb er noch seine Handynummer dazu. Dann adressierte er den Brief, den er als Express-Sendung aufgab, zahlte an der Kasse und versuchte, die Sache abzuhaken.

Charles betete, dass er das Richtige getan hatte.

Niedergeschlagen fuhr er davon. Noch immer wurde er von den Bildern aus seinem Traum heimgesucht – die vielen Gräber, Denitas lautes und hämisches Gelächter, das ihm noch lebhaft in den Ohren hallte. Er musste diese Gedanken verdrängen und sich wieder auf seinen Fall konzentrieren. Es gab so viel zu tun. Das Schicksal der Hammond-Familie und somit auch das von Tiger und Stinky stand auf Messers Schneide. Er musste Denita jetzt erst einmal aus seinen Gedanken verbannen und sich später mit seinen Gefühlen auseinandersetzen – aber wie sollte er das anstellen?

Er griff zu seinem Handy und rief Nikki an. »Wie schnell kannst du in der Kommandozentrale sein?«

»Ich muss noch die Kinder abholen und sie bei Theresa absetzen. Vor acht Uhr schaffe ich es auf keinen Fall.«

»Stell dich auf eine lange Nacht ein. Wir müssen noch die Anweisungen für die Geschworenen formulieren ... und das Schlussplädoyer vorbereiten.«

»Dann lasse ich die Kinder heute einfach bei Theresa schlafen«, sagte Nikki. »Dann muss ich nicht ständig auf die Uhr gucken und kann so lange bleiben wie nötig. Eine Nacht wird schon nichts ausmachen.«

Charles hielt es für keine gute Idee, die Kinder bei ihrer Mutter zu lassen, doch er wollte nichts sagen, was die zerbrechliche Beziehung, die er zu seiner sprunghaften Partnerin aufgebaut hatte, gefährden könnte. »Bis acht Uhr dann.«

»Bis acht, schöner Mann.«

Sie legte auf und Charles grinste. Er liebte es, wenn sie ihn so nannte.

✳ ✳ ✳

Um Punkt 20.00 Uhr klingelte das Telefon im Büro der stellvertretenden Staatsanwältin. Sie war bereits im Fitnessstudio gewesen und hatte ihren Ärger mithilfe von Brandon abtrainiert. Armisteads Auftritt vor Gericht heute war die reinste Katastrophe gewesen, und das würde sie ihm niemals verzeihen.

Sie ließ es dreimal klingeln. Immerhin war sie schwer beschäftigt. Kurz dachte sie sogar darüber nach, einfach nicht dranzugehen. Der Anrufer konnte schließlich auch eine Nachricht hinterlassen.

Doch ihre Neugier siegte. »Hallo.«

»Mrs Crawford?«

»Ja.«

»Hier spricht Frank Morris, ich bin Deputy Sheriff am Gefängnis von Virginia Beach. Entschuldigen Sie bitte die späte Störung.«

»Ich habe gerade ziemlich viel zu tun. Was ist los?«

»Sie sind doch die Staatsanwältin, die diesen Fall gegen die Eltern verhandelt, die ihr Kind haben sterben lassen, oder?«

»Ja.« Auf einmal hatte er ihre volle Aufmerksamkeit.

»Dann habe ich hier jemanden, mit dem Sie sprechen sollten, und das am besten sofort.«

»Ich höre.«

»Sein Name ist Buster Jackson, er ist der Zellengenosse von Thomas Hammond, dem Vater dieses toten Jungen. Jackson behauptet, dass er Informationen hat, die Ihnen weiterhelfen könnten. Er will einen Deal. Er möchte mit Ihnen reden, ohne dass sein Anwalt dabei ist.«

»Interessant«, sagte die Königskobra. »Buster Jackson. Ich glaube, den kenne ich. Können Sie ihn direkt zu mir bringen ... ohne dass Hammond etwas davon mitbekommt?«

»Aber sicher«, meinte der Deputy. »In zwanzig Minuten sind wir bei Ihnen.«

62

Am Donnerstagmorgen war Nikki damit beschäftigt, den Teppich in dem kleinen fensterlosen Besprechungsraum abzunutzen. Thomas, Theresa und Tiger beobachteten sie bei ihrem Auf-und-ab-Marsch. Sie alle warteten auf Charles.

Nikki warf einen Blick auf ihre Uhr. In zehn Minuten fing die Verhandlung an.

»Wie lang noch?«, fragte Thomas.

»Ich bin nicht sicher«, sagte Nikki. »Diese Sitzungen im Richterzimmer dauern manchmal bis direkt vor Prozessbeginn. Als ich gegangen bin, war Charles noch dabei, seinen Antrag zu formulieren.«

»Was für einen Antrag?«, fragte Thomas.

»Damit der Königskobra nicht gestattet wird, Tiger darüber zu befragen, was für Eltern Sie sind.«

»Warum nicht?« Thomas sah verdutzt aus.

»Weil sie andeuten wird, Sie würden Ihre Kinder misshandeln, und das hat nichts mit der Frage zu tun, ob Sie Joshua rechtzeitig ins Krankenhaus gebracht haben. Sie will einfach nur Tigers Aussage gegenüber der Kinderpsychologin nutzen, um den Verdacht von Kindesmisshandlung zu säen und die Geschworenen weiter gegen Sie aufzubringen.«

»Hab ich etwas falsch gemacht?«, fragte Tiger.

»Nein, mein Süßer«, beruhigte ihn Theresa. Sie streckte die Hand aus und fuhr ihm durchs Haar.

»Komm her, Kumpel«, sagte Thomas. Tiger huschte auf die andere Seite des Tisches und kletterte in den Schoß seines Daddys.

»Schau mich an«, forderte Thomas ihn auf. Tiger reckte das Kinn nach oben und sah seinem Vater direkt in die Augen. »Und jetzt möchte ich, dass du mir ganz genau zuhörst. In Ordnung, Tiger?«

Tiger nickte: »Ja, Sir.«

»Daddy hat in seinem Leben viele Sachen falsch gemacht, Tiger, und das tut mir furchtbar leid.« Tiger wollte Einspruch erheben und seinen Daddy gegen diese Selbstanklage verteidigen, doch Thomas legte seinen Finger auf die Lippen des kleinen Jungen. »Psst, hör einfach nur zu.«

Nikki blieb stehen. Hier ging gerade etwas ganz Besonderes vor sich, das sie nicht verpassen wollte.

»Ich hatte im Gefängnis eine Menge Zeit nachzudenken, Tiger. Und ich habe viel gebetet und in meiner Bibel gelesen.« Thomas schluckte schwer, seine Augen wurden auf einmal feucht. »Mir ist klar geworden, dass ich extrem streng mit dir und Stinky war, viel zu streng. Es gab zu viel Prügel und zu wenig Liebe ...« Thomas versagte die Stimme, doch er schluckte wieder und fuhr fort.

»Wenn ich hier jemals wieder rauskomme, wird sich einiges bei uns ändern. Ich werde mich ändern. Wir werden Hilfe von anderen Leuten brauchen, Leuten, die mich zu einem besseren Dad machen können. Aber ich will, dass du eins weißt, Tiger. Egal, was heute passiert, ich bin stolz auf dich und ...« – Thomas blickte zu Boden, während er den Satz beendete, weil er nicht in der Lage war, Tiger dabei anzusehen – »ich liebe dich, mein Sohn, egal, was kommt.«

Instinktiv schlang Tiger seine Arme um den Hals seines Vaters. Thomas erwiderte die Umarmung und zerquetschte ihn fast dabei. »Sag heute im Zeugenstand einfach nur die Wahrheit«, flüsterte Thomas. »Mach dir keinen Kopf, was ich denke oder was irgendjemand sonst denken wird. Sag einfach die Wahrheit, und alles wird gut.«

Thomas stiegen nun die Tränen in die Augen.

Nikki hatte, während sie schweigend zuschaute, ihre Hände zusammengepresst und die Finger sanft an die Lippen gelegt. Zum ersten Mal im gesamten Verlauf dieses Martyriums sah sie Thomas weinen.

✷ ✷ ✷

Nach der motivierenden Rede seines Dads ging Tiger mit mehr Zuversicht denn je in Runde drei von *Tiger vs. die fiese Dame*. Schließlich war er nun ein ausgebildeter Karate-Experte, der mit großen Schritten auf seinen gelben Gürtel hinarbeitete. Sein Auftrag war denkbar einfach: Er musste einfach nur die Wahrheit sagen. Natürlich war das Verhalten seines Vaters ein wenig seltsam gewesen, aber darüber würde er sich im Moment nicht den Kopf zerbrechen. Ihm stand eine sehr wichtige Aufgabe bevor. Er war nun der Mann im Haus, und heute würde er vor allen Leuten seinen Wert unter Beweis stellen.

Er hatte den kleinen Besprechungsraum verlassen und saß nun auf der harten Holzbank im Flur vor dem Gerichtssaal, ließ seine Füße in den Cowboystiefeln über den Rand des Sitzes baumeln und wartete darauf, aufgerufen zu werden. Er hasste es, die Clip-Krawatte tragen zu müssen, aber Miss Nikki hatte ihm versichert, dass selbst Cowboys sich herausputzen mussten, wenn sie vor Gericht erschienen.

Ganz früh an diesem Morgen war er alle möglichen Fragen und Antworten mit Miss Nikki durchgegangen und schien seine Sache gut gemacht zu haben. Er war bereit, seinen Beitrag zu leisten bei dem Versuch, seinen Vater aus dem Gefängnis zu bekommen. Als kleiner, aber feiner Wahrheitsverkünder würde er dieser Jury schon erzählen, was wirklich los war.

Er war bereit, loszulegen.

Auf einmal öffneten sich die großen Türen zum Gerichtssaal, und ein uniformierter Mann mit Waffe rief seinen Namen.

»John Paul Hammond.«

Mit einem fragenden Blick deutete Tiger auf die eigene Brust, als wolle er sagen: »Meinen Sie mich?«

»Bist du John Paul?«, fragte der riesige Mann ihn.

»Ä-hä«, erwiderte Tiger.

»Dann komm rein.« Der große Mann hielt die Tür auf und wies den Gang hinunter.

Tiger warf einen Blick in den Raum und blieb wie angewurzelt stehen. Ihm kam es vor, als hätten sich tausend Menschen dort drinnen versammelt, die nun alle die Köpfe drehten, um ihn anzustarren. Der Mittelgang wirkte so lang wie ein Fußballfeld, und am anderen Ende thronte hoch oben der Richter und sah mit strenger Miene zu ihm herab.

Tiger befahl seinen Beinen, sich in Bewegung zu setzen und endlich den Gang hinunterzugehen. Doch anscheinend kam sein Befehl nicht bei ihnen an. Stattdessen stand er also einfach nur mit weit offenem Mund da und wartete, bis Miss Nikki vom Kopfende des Saales den Gang zu ihm heruntergelaufen kam und ihn an der Hand zu seinem Platz führte.

Er musste die rechte Hand erheben und schwören, die Wahrheit zu sagen. Das hatte er sowieso vorgehabt. Dann kletterte er auf den Stuhl im Zeugenstand und beobachtete schweigend und starr vor Angst, wie Mr Charles das Mikrofon senkte, damit es sich auf Augenhöhe mit ihm befand.

Mr Charles entfernte sich ein paar Schritte und lächelte ihn an. »Guten Morgen, John Paul.«

»Ja, Sir«, erwiderte Tiger. Irgendwie kam seine Stimme nur als kleines Quietschen hervor. Selbst in seinen eigenen Ohren klang sie fremd.

»Würdest du den Damen und Herren Geschworenen bitte erzählen, wie du heißt und wie alt du bist?«

»Ähm ... sicher.« Tiger sah auf seine zitternden Hände herab und entschloss sich, sie besser unter seine Oberschenkel zu stecken. »John Paul Hammond. Fünfeinhalb.«

»Hast du auch einen Spitznamen, Kumpel?«

»Jep ... ich meine, ja, Sir.«

»Und wie lautet der?«

»Tiger.«

»Bist du der Sohn von Thomas und Theresa Hammond?«

»Ja, Sir, das bin ich.«

Tiger war diese Fragen und Antworten bereits viele Male mit Miss Nikki durchgegangen. Er fing an, sich ein wenig zu entspannen, und sah sich um.

»Und hast du mit deiner Mom, deinem Dad und Joshua zusammengelebt, als der kleine Joshie krank wurde?«

»Und mit Stinky«, stellte Tiger richtig.

»Und mit Stinky«, wiederholte Charles.

»Ja, das habe ich.«

»Haben deine Mom und dein Dad Joshie denn irgendwann ins Krankenhaus gebracht?«

»Ja, Sir.«

»Die folgende Frage ist sehr wichtig, Tiger. Erinnerst du dich, wie viele Tage Joshie krank war, bevor deine Mom und dein Dad ihn ins Krankenhaus gebracht haben?«

Tiger wusste die Antwort: zwei Tage. Er hatte sie an diesem Morgen gut einstudiert, außerdem war es zufällig auch die Wahrheit. Doch Tiger entschloss sich, seine Antwort ein wenig dramatischer zu gestalten – schließlich liefen hier Fernsehkameras mit. Also zog er seine Stirn kraus und blickte angestrengt zur Decke, als würde er tief in sich gehen müssen, um die Antwort zu finden. Nach ein paar Sekunden, als er sich sicher war, dass er die volle Aufmerksamkeit seines Publikums hatte, legte er los.

»Ich bin ziemlich sicher, dass er nur zwei Tage krank war. Am dritten Tag haben wir ihn ins Trantenhaus gebracht.«

»Und das weißt du auch ganz genau, Tiger?«

»Ähm ... ja, Sir.«

Tiger kam es so vor, als hätte Mr Charles gerade ganz viel Luft ausgepustet, als ob er nach langer Zeit wieder aus dem Wasser aufgetaucht wäre.

»Also, Tiger, hat diese Dame, die dort drüben am Tisch sitzt ...« – Mr

Charles zeigte jetzt auf die fiese Dame – »hat sie dir ein paar Fragen zu Joshie gestellt, die mit der Videokamera aufgezeichnet worden sind?«

Tiger verengte die Augen und warf der fiesen Dame einen bösen Blick zu. Ihm gefiel nicht, was er jetzt tun musste, und das war alles nur ihre Schuld.

»Ja, Sir.«

»Und hast du auch immer die Wahrheit gesagt, als du ihre Fragen beantwortet hast?«

Tiger zuckte mit den Schultern. »Nicht wirklich«, sagte er. Zufällig sah er gerade an Charles vorbei zu seinem Dad, der ihm einen strengen Blick zuwarf, als er diese Antwort hörte. »Ich meine ... nein, das habe ich nicht.«

Sein Dad nickte zufrieden.

»Inwiefern hast du nicht die Wahrheit gesagt?«, fragte Mr Charles.

»Ich hab ihr erzählt ...« – dabei nickte Tiger mit dem Kopf in Richtung der fiesen Dame – »dass Joshie fünf Tage lang krank war.«

»Und stimmt das?«, wollte Mr Charles wissen.

Wie oft muss ich das eigentlich noch sagen?, fragte sich Tiger. *Und auf wessen Seite bist du überhaupt?* »Nein«, antwortete er leise.

»Warum hast du es ihr dann erzählt?«

Bei dieser Frage sah Tiger der fiesen Dame direkt ins Gesicht, so wie Miss Nikki es ihm gesagt hatte. »Weil, bevor sie die Kamera angeschaltet hat, meinte sie, mein Daddy würde vielleicht aus dem Gefängnis rauskommen, wenn die Leute wüssten, dass er lange genug gewartet hat, Joshie ins Trantenhaus zu bringen. Die Dame ...« – Tiger hatte kurz mit dem Gedanken gespielt, sie die fiese Dame zu nennen, nur um seinen Standpunkt zu verdeutlichen, entschied sich dann aber dagegen – »hat mir die Geschichte von Abe-ham und Isaak erzählt, und was für ein toller Mann Abe-ham war, weil er drei Tage auf dem Berg gewartet hat und bereit war, seinen Sohn zu töten, bevor Gott die Ziege geschickt hat. Also dachte ich einfach, wenn Abe-ham drei Tage gewartet hat, waren es bei meinem Dad bestimmt fünf.«

»Aber hat dein Vater wirklich fünf Tage gewartet, bevor er Josh ins Krankenhaus brachte?«

»Nein, Sir. Das habe ich mir nur ausgedacht.«

»Danke, Tiger, das war's auch schon. Bitte beantworte jetzt alle Fragen, die Ms Crawford dir stellen möchte.«

»Okay«, sagte Tiger, mit so viel Begeisterung in der Stimme, wie er zustande brachte. Die fiese Dame sah nicht glücklich aus.

63

Nikki konnte ein Lächeln nicht unterdrücken, als sie ihren süßen kleinen Schützling im Zeugenstand sitzen sah. In dem riesigen Gerichtssaal und neben der Richterbank, die sich über den Geschworenen erhob, wirkte er geradezu winzig. Tiger hatte im Vergleich zu den Antworten, die sie geprobt hatten, ein wenig dick aufgetragen, aber das war zu erwarten gewesen. Alles in allem hatte sich der kleine Racker ans Drehbuch gehalten und seine Aufgabe wirklich hervorragend gemeistert.

Jetzt kamen sie zum kniffligen Teil.

Die Königskobra marschierte nach vorne und stellte sich genau zwischen Nikki und dem Zeugenstand auf. Jetzt konnte Nikki Tiger nicht mehr sehen, wenn er sprach, ihr Blickkontakt wurde durch die wenig ansehnliche Rückseite der Königskobra blockiert. Nikki wünschte sich insgeheim, ein paar Fernsehkameras würden die Staatsanwältin aus diesem Blickwinkel einfangen. Sie rutschte ein wenig nach rechts, konnte aber immer noch keine Sichtverbindung zu Tiger herstellen.

»Also hast du damals gelogen, um deinem Daddy zu helfen?«

»Ja, Ma'am, ich denke schon.«

»Auch wenn du wusstest, dass das falsch war?«

»Ja, Ma'am.«

»Aber heute Morgen hast du dich zufällig daran erinnert, dass Joshie drei Tage lang krank war anstatt fünf, und jetzt willst du alle glauben machen, dass das die Wahrheit ist?« Die Königskobra sprach leise, doch sie schleuderte dem kleinen Kerl ihre Worte wie Dolche entgegen. Nikki beneidete Crawford nicht um dieses Kreuzverhör. Sie musste Zweifel an Tigers Aussage säen, ohne den Eindruck zu erwecken, sie würde ihn schikanieren.

»Ähm ... j-j-ja, Ma'am.«

»War es deine Idee, heute herzukommen und deine Geschichte zu ändern, oder hat jemand anderes ...« – die Königskobra drehte sich nun um und zeigte auf Charles und Nikki – »wie zum Beispiel Mr Charles Arnold oder Miss Nikki Moreno dich dazu angestiftet?«

Als die Königskobra die Position wechselte, konnte Nikki die Angst in Tigers Augen sehen, während er über diese Frage nachdachte. Er starrte Nikki an, wobei seine Augen immer größer wurden, als würde er einerseits nicht wagen, sie zu verraten, andererseits aber an sein Versprechen denken, die Wahrheit zu sagen.

»Ja«, sagte er schließlich, »das war Miss Nikkis Idee.«

»Geben Sie bitte zu Protokoll«, sagte die Königskobra mit Nachdruck, »dass der Zeuge auf Nikki Moreno zeigt, die für die Verteidigung arbeitet und vom Gericht für den Verlauf dieses Verfahrens zur Sonderanwältin der Hammond-Kinder ernannt wurde.«

Die Königskobra wandte sich wieder Tiger zu und trat ein paar Schritte näher an ihn heran. Wieder stand sie genau in Nikkis Sichtfeld. Nikki hielt es nicht länger aus und rutschte auf einen freien Platz ganz am Ende ihres Tisches.

»Und haben du und Miss Nikki Fragen und Antworten geübt, die du heute vielleicht gestellt bekommen würdest?«

Tiger nickte.

Nikki spürte, dass ihr Puls immer schneller wurde und ihr das Blut in den Kopf schoss. Die Königskobra führte diesen armen Jungen Schritt für Schritt wie ein Lamm zur Schlachtbank. Nikki warf einen Blick zu Charles hinüber. *Tu was!*

»Bitte geben Sie zu Protokoll, dass der Zeuge mit dem Kopf genickt und die Frage somit bejaht hat«, sagte die Königskobra zum Gerichtsschreiber. Dann drehte sie sich wieder zu Tiger um und senkte die Stimme. »Und hat sie dir auch dabei geholfen, zu entscheiden, was du sagen sollst?«

Noch mehr Kopfnicken von Tiger. »Ja, Ma'am.«

»Das habe ich mir gedacht«, sagte die Königskobra, die Tiger nun tatsächlich anlächelte. Dann ging sie ein paar Schritte zurück zu ihrem Tisch und nahm ein Blatt Papier zur Hand.

✶ ✶ ✶

Das war die Gelegenheit, auf die Tiger gewartet hatte. Er spürte, dass die Dinge nicht wirklich gut für ihn liefen. Das verriet ihm der Ausdruck auf dem Gesicht seines Vaters und auch der von Miss Nikki. Diese fiese Dame war ein schlimmerer Tyrann als Klops-Joey.

Doch Tiger verfügte über eine Geheimwaffe.

Neulich abends hatte er Miss Nikki aufmerksam dabei zugesehen, wie sie das Power-Rangers-Tattoo auf seinem Oberarm anbrachte. Einfach nur das kleine Stück Papier anfeuchten und auf die Haut drücken – keine große Sache. Glücklicherweise gab es noch andere Tattoos auf demselben Streifen Papier. Miss Nikki hatte die zwar in den großen Mülleimer geworfen, doch Tiger war es gelungen, sie wieder herauszufischen und heimlich aufzubewahren.

Und so, während die fiese Dame gerade an ihren Tisch zurückging, knöpfte Tiger schnell die Manschette seines abgewetzten weißen Hemdes auf und begann den Ärmel hochzukrempeln. Er meinte sich zu erinnern, dass er es auf seinem rechten Unterarm angebracht hatte ... Jep, da war es auch schon, ein wenig verzogen, sodass die Farben ineinanderliefen.

Er spannte seinen kleinen Arm an, stellte den Ellenbogen auf das Geländer vor ihm und stützte das Kinn auf seiner Faust ab. Die Pose war nicht unbedingt natürlich, aber dafür wirkungsvoll. Wenn die fiese Dame sich nun umdrehte, würde sie überrascht sein ... und sich wahrscheinlich auch ein wenig fürchten. Das geschah ihr recht.

Dann müsste sie seinem neuesten Power-Rangers-Tattoo ins Auge blicken.

※ ※ ※

»Oh, du liebe Güte«, hörte Nikki Theresa Hammond flüstern. Nikki spürte, dass Thomas Hammond, der sich zweifellos gerade an Nikkis Tattoo auf der Schulter erinnerte, sie mit seinem Blick durchbohrte.

»Wo hat er das her?«, fragte sich Theresa laut. Thomas nickte mit dem Kopf in Nikkis Richtung.

Die Königskobra wandte sich dem Richter zu, noch war sie nicht auf das breite Strahlen ihres kleinen Zeugen aufmerksam geworden. »Als nächstes Beweismittel der Staatsanwaltschaft möchte ich nun die richterliche Anordnung bezüglich der Sorgerechtsregelung für die Hammond-Kinder vorstellen, die ihnen jeglichen unbeaufsichtigten Verkehr mit ihren Eltern verbietet.«

Nikki konnte ein paar der Geschworenen angesichts dieser Wortwahl leise lachen hören. Auch Silverman hatte den Mund unauffällig mit der Hand bedeckt, hinter der sich wahrscheinlich ein Grinsen versteckte.

»Ich möchte ihre Aufmerksamkeit besonders auf Paragraf drei lenken, in dem dieser Sorgerechtsentzug unter anderem mit dem möglichen Einfluss, den ein solcher Kontakt auf die Aussage der Kinder haben könnte, begründet wird.«

Endlich merkte auch die Königskobra, dass ihr als Einziger im Gerichtssaal etwas zu entgehen schien. Sie blickte zu Tiger, lachte unwillkürlich auf und schüttelte den Kopf.

Der ganze Gerichtssaal brach in schallendes Gelächter aus. Tiger sah verdutzt aus der Wäsche.

»Das ist wirklich schön«, meinte die Königskobra.

»Danke.«

Dann senkte sie die Stimme, als Zeichen, dass der Spaß jetzt vorbei war. »Also, bist du jetzt bereit, deinen Ärmel wieder herunterzukrempeln und noch ein paar Fragen zu beantworten?«

Tiger warf seinem Vater einen verwirrten Blick zu und runzelte dann besorgt seine kleine Stirn. Nikki wagte nicht, sich den Ausdruck auf Thomas' Gesicht anzusehen, doch sie wusste, dass er eine Menge Ärger für Tiger versprach. »Tsuldigung«, sagte Tiger schnell. »Ist nur ein Tattoo.«

»Ich weiß«, erwiderte die Königskobra, »aber jetzt wollen wir wieder ein paar Fragen klären.«

Tiger rollte schnell seinen Ärmel runter, und Nikki warf einen prüfenden Blick auf die Geschworenen. Die meisten von ihnen lächelten.

Die Königskobra versteifte sich. »Also, John Paul, hattest du seit der Videoaufzeichnung deiner Aussage bis zu deiner heutigen Aussage vor Gericht Kontakt zu deinen Eltern, ohne dass Miss Moreno anwesend war?«

Tiger sah sie völlig verwirrt an und zuckte nur mit den Schultern.

»Okay, lass mich die Frage anders formulieren.« Die Königskobra schritt nun zur Geschworenenbank hinüber. »Wann war außer heute das letzte Mal, dass du deine Mom gesehen hast?«

»Gestern Abend«, sagte Tiger eifrig.

»Um wie viel Uhr war das?«

»Die ganze Nacht. Stinky und ich haben bei ihr übernachtet.«

»Stinky ist der Spitzname deiner Schwester, richtig?«

»Ups«, sagte Tiger und lächelte peinlich berührt. »Eigentlich heißt sie Hannah.«

»Ist Ms Moreno auch die ganze Nacht mit dir und Hannah dort geblieben?«

»Nein, Ma'am, sie hat uns nur hingefahren.«

Aus dem Augenwinkel sah Nikki, wie Silverman ihr einen empörten Blick zuwarf. Sie entschloss sich, die Augen nur auf den Zeugen zu richten.

»Also entgegen dieser richterlichen Verfügung hat Ms Moreno euch gestern Abend alleine bei eurer Mutter übernachten lassen. Und am nächsten Tag – also heute – kommst du her und änderst deine Aussage?«

»Einspruch«, ging Charles dazwischen, der sich erhoben hatte. »Spekulation.«

»Ich glaube schon«, sagte Tiger.

Charles setzte sich wieder.

»Abgesehen davon, dass Ms Moreno dir gesagt hat, was du im Zeugenstand aussagen sollst, und davon, dass sie eine richterliche Verfügung missachtet hat, indem sie dich bei deiner Mutter übernachten ließ: Hat sie jemals schlecht über die Polizei oder mich geredet?«, wollte die Königskobra wissen.

Das brachte Charles wieder auf die Füße. »Einspruch, Ms Moreno steht hier nicht vor Gericht.«

»Nachweis von Befangenheit, Euer Ehren«, erklärte Crawford. »Und von Zeugenbeeinflussung.«

»Das ist doch lächerlich«, schoss Nikki zurück, die nun ebenfalls aufgesprungen war.

»*Setzen Sie sich*«, herrschte Silverman sie an. Er warf Nikki einen eisigen Blick zu, während sie sich wieder auf ihren Stuhl sinken ließ. Dann wandte er sich Charles zu. »Ihr Einspruch ist abgewiesen, Mr Arnold. Die Frage nach der Befangenheit des Zeugen ist meiner Meinung nach durchaus berechtigt.«

Alle Augen wandten sich Tiger zu, der wie das sprichwörtliche Reh im Scheinwerferlicht aussah.

»Erinnerst du dich noch an die Frage?«, wollte die Königskobra wissen.

Tiger schüttelte energisch den Kopf von rechts nach links.

»Hat Miss Moreno sich jemals abfällig über die Polizeibeamten oder mich geäußert?«

»Ja, Ma'am«, ertönte ein kaum hörbares Flüstern. Tiger sah betreten zu Boden und schob seine Hände unter die Oberschenkel.

»Was hat sie denn gesagt?«, fragte die Königskobra interessiert. »Und wann hat sie es gesagt?«

Tiger zögerte eine gefühlte Ewigkeit, womöglich zermarterte er sich das Hirn nach einem Schlupfloch, mit dem sich sein Versprechen, die Wahrheit zu sagen, umgehen ließ. Anscheinend erfolglos. »Sie hat Sie eine Hexe genannt«, sagte Tiger entschlossen. Ein paar der Geschworenen lachten spöttisch hinter vorgehaltener Hand.

»Eine *Hexe* also«, stellte die Königskobra mit Nachdruck fest. »Na sieh mal einer an. Und wann war das?«

»Nun«, sagte Tiger, schürzte die Lippen und runzelte die Stirn, während er darüber nachdachte, »letztens haben wir Geheimagent gespielt und mussten deswegen das Haus von diesem Arzt am helllichten Tag ausspionieren ...« – Nikki rutschte tiefer in ihren Sitz und wünschte, sie wäre unsichtbar – »und dann sind auf einmal Sie aufgetaucht! Und Miss Nikki sagte ›sie ist eine Hexe‹, und dann haben wir gesehen, wie Sie ins Haus gegangen sind ...«

»Danach habe ich dich nicht gefragt«, unterbrach ihn die Königskobra schroff. »Die Frage lautete, wie sie mich genannt hat und wann das war.« Auf einmal war das Gesicht der Königskobra puterrot. »Euer Ehren, ich beantrage, dass seine letzten Bemerkungen aus dem Protokoll gestrichen werden.«

Und wieder war Charles aufgesprungen. »Euer Ehren«, rief er, »der Zeuge hat das Recht, seine Aussage zu Ende zu führen.«

Tigers Blick schnellte zwischen Charles und der Königskobra hin und her und richtete sich dann auf Nikki. Dann plötzlich, in dem kurzen Moment, in dem der gesamte Gerichtssaal gespannt darauf wartete, wie Silverman entscheiden würde, zog Tiger seine Hand unter seinem Bein hervor und streckte sie hoch in die Luft, wie das klügste Kind der Klasse, das immer in der ersten Reihe sitzt und alles weiß.

»Mein Junge, du darfst die Hand runternehmen«, erklärte Silverman freundlich. Tiger sah verwirrt aus, folgte aber der Anweisung des Richters. »Allerdings werde ich seine Antwort nicht aus dem Protokoll streichen lassen. Ms Crawford, Sie haben die Frage gestellt. Nur weil Sie die Antwort nicht mögen, heißt das nicht, dass sie irrelevant wäre.«

Die Königskobra verschränkte die Arme vor der Brust und starrte Silverman finster an.

»Danke, Euer Ehren«, sagte Charles.

Die folgenden Sekunden brachte die Königskobra damit zu, mit viel Getue zu ihrem Platz zurückzugehen und ihre Aufzeichnungen durchzusehen. Tiger verfolgte jeden ihrer Schritte. Schließlich sah sie zum Richter auf, sagte schlicht: »Keine weiteren Fragen« und setzte sich.

Sofort sprang Charles auf. »Ein schneller Gegenbeweis, Euer Ehren?«

»Fassen Sie sich kurz«, sagte Silverman.

Charles knöpfte sein Jackett zu und trat an den Zeugenstand heran. »Mir ist nicht entgangen, dass du eben die Hand gehoben hast, als du Ms Crawfords Frage beantworten wolltest. Gibt es noch etwas, das du uns mitteilen möchtest?«

Tigers Augen leuchteten auf. »Ja, Sir. Sie hat mich doch gefragt, wann das war, und das ist mir eben eingefallen, als sie sich gerade unterhalten hat mit ...« Er deutete auf Silverman.

»Dem Richter«, sagte Charles.

Tiger, dankbar für die Chance, den Sachverhalt klären zu dürfen, spuckte die Worte so schnell aus, wie es seine kleine Zunge fertigbrachte. »Ja, Sir, mit dem Richter. Aber ich erinnere mich daran, dass das genau einen Tag später war, nachdem mein Vater das letzte Mal vor Gericht musste. Weil ich nämlich an dem Tag, als mein Vater im Gericht war, eine kleine Auseinandersetzung mit Joey im Hort hatte, aber das war nicht meine Schuld, und jetzt sind wir gute Freunde. Aber deswegen war ich mit Miss Nikki unterwegs und nicht im Hort, und sie hat die fiese Dame eine Hexe genannt, und dann habe ich gesagt: ›Sie ist wirklich eine Hexe‹, und dann meinte Miss Nikki, wie seltsam es wäre, dass die fiese – ähm, die Dame dort drüben, anstatt sich mit ihm im Büro zu treffen, mitten am Tag, und nur einen Tag, nachdem sich alle im Gericht gesehen hatten, zum Haus von dem Arzt kam. Und Miss Nikki meinte, da müsste wohl etwas Seltsames zwischen den beiden laufen, weil es keinen Grund für ihren Besuch gab, außer ...«

»*Einspruch, Euer Ehren*«, schrie die Königskobra. »Das ist nichts als reines Hörensagen.«

»Stattgegeben«, sagte Silverman. »Mr Arnold, vielleicht sollten Sie mit Ihren Fragen besser eine andere Richtung einschlagen.«

»Tut mir leid, dass ich sie eine Hexe genannt habe«, sagte Tiger aufrichtig und schaute mit großen Hundeaugen zum Richter hoch. Dann senkte er schnell wieder den Blick auf seinen Schoß.

Nikki wäre am liebsten zu ihm nach vorne gerannt und hätte ihn umarmt. Dann bemerkte sie, dass ein dünnes freundliches Schmunzeln Silvermans Lippen umspielte, und das wohlwollende Lächeln, das sich nun auf den Gesichtern nahezu aller Geschworenen ausgebreitet hatte.

»Das ist schon in Ordnung«, sagte Silverman. »Wir alle hier sind schon wesentlich schlimmer beschimpft worden.«

Dann musste auch Tiger grinsen und präsentierte das strahlende Lächeln eines Jungen, der gerade erst seine bleibenden Frontzähne bekommen hat, in die er aber noch reinwachsen muss.

»Keine weiteren Fragen«, sagte Charles, ebenfalls lächelnd.

»Das ist mein Junge«, flüsterte Thomas leise.

64

»Die Verteidigung hat keine weiteren Fragen«, sagte Charles stolz. Tiger war auf seinen Platz im Zuschauerraum zurückgekehrt und zeigte ein paar neugierigen Reportern sein Tattoo. Stinky, die den Morgen im Hort verbrachte, würde während der Mittagspause ins Gericht kommen. Charles wusste, wie wichtig es war, dass beide Kinder bei den Abschlussplädoyers anwesend waren.

»Irgendwelche Gegenzeugen?«, fragte Silverman Crawford mit hochgezogener Braue.

Sie stand auf und sah Charles an. »Die Staatsanwaltschaft ruft Buster Jackson auf. Er befindet sich momentan in Haft, also wird es einige Minuten in Anspruch nehmen, ihn herbringen zu lassen.«

Charles überkam das ungute Gefühl, dass der Fall gerade eine katastrophale Wendung nahm – das gleiche Gefühl hatte er auch gehabt, als er herausfand, dass einer der Polizisten, die Buster verhaftet hatten, schwarz war. Buster Jackson! Was immer Buster aussagen wollte, es war bestimmt nichts Gutes. Charles dachte kurz darüber nach, Buster als Zeugen ausschließen zu lassen, da er nicht auf der Zeugenliste der Königskobra aufgeführt war. Aber er wusste, dass die Richter den Anwälten im Allgemeinen gestatteten, einen Gegenzeugen aufzurufen, der nicht auf der Liste stand, besonders wenn dessen Aussage bei Prozessbeginn nicht einholbar oder noch nicht absehbar war.

»Was *soll* das?«, flüsterte Charles Nikki zu. Sie gab die Frage an Thomas weiter, der auch keine Ahnung zu haben schien.

* * *

Charles' Augen bohrten sich in Buster, als dieser in den Zeugenstand trat – trotzdem brachte er den großen Mann nicht dazu, Blickkontakt mit ihm aufzunehmen. Das konnte nur fürchterlich werden. Sein eigener Mandant trat als Zeuge der gegnerischen Partei auf und vermied es, ihm in die Augen zu sehen.

Die Königskobra hatte Buster herausgeputzt, aber er sah immer noch wie ein Verbrecher aus. Das Jackett konnte seine gewaltige Brust- und Rückenmuskulatur nicht verbergen. Das Hemd schien an seinem Hals – oder was er an Hals hatte – einer wahren Zerreißprobe ausgesetzt zu sein und schloss sich nur mit Mühe. Die gewaltige Stirn, die seine dunklen Augen überschattete, der Borstenhaarschnitt, der struppige lange Ziegenbart und das gelegentliche Funkeln seines Goldzahns verliehen Buster das Aussehen eines Berufsboxers. Er trug die Kleidung eines Predigers auf dem Körper eines Schlägers.

Die Königskobra ging mit ihm die einleitenden Fragen durch. Wie jeder gute Anwalt entschloss sie sich, Busters schmutzige Wäsche direkt zu waschen, damit man ihm später im Kreuzverhör keinen Strick daraus drehen konnte.

So war Buster gezwungen, seine beiden früheren Verurteilungen wegen Drogendelikten zu gestehen sowie das noch ausstehende Verfahren wegen Kokainbesitzes mit Handelsabsicht.

»Hat die Staatsanwaltschaft Ihnen irgendetwas im Austausch für Ihre heutige Aussage versprochen?«, fragte die Königskobra.

Charles verspannte sich und hielt die Luft an. Er hatte bereits beschlossen, Busters Fall abzugeben, sobald die Königskobra mit ihrer Befragung durch war. Buster musste einen Deal mit der Staatsanwaltschaft abgeschlossen haben. Und gleich würde er hier vor Gericht in aller Öffentlichkeit von einem Immunitätsabkommen erfahren, bei dem sein eigener Mandant einen seiner anderen Mandanten ans Messer lieferte. *Wenn das nicht grotesk war.*

»Ja, dafür, dass ich Paps verrate *und* heute Morgen einen Deal eingegangen bin«, stellte Buster richtig.

»Bitte lassen Sie mich die Frage neu formulieren«, sagte die Königskobra. »Hat die Staatsanwaltschaft Ihnen irgendeine Gegenleistung für Ihre Aussage in diesem Fall zugesagt und dafür, dass Sie sich in dem laufenden Verfahren wegen Drogenbesitzes mit Handelsabsicht schuldig bekennen?«

»Ja«, erwiderte Buster schroff. »Freilassung aufgrund abgesessener Zeit. Was für mich kein doller Deal ist, weil ich und mein Anwalt schon einen Antrag auf Nichtzulassung der Beweismittel am Laufen hatten wegen dem ethnischen Profiling, das eure Jungs da draußen auf der Straße betreiben, außerdem ...«

»Wer ist Ihr Anwalt?«, unterbrach ihn die Königskobra.

Buster kniff die Augen zusammen und starrte Crawford ob dieser rüden Unterbrechung vorwurfsvoll an. »Darf ich vielleicht erst einmal zu Ende reden?« Es folgte eine kurze Stille, die verdeutlichte, wie feindselig sich Anwältin und Zeuge gegenüberstanden. »Außerdem taucht dieses Schuldgeständnis in meinem Vorstrafenregister auf, und ich bekomm drei Jahre Bewährung. Wenn die mich noch mal hochnehmen, bin ich geliefert.«

»Sind Sie jetzt fertig?«, fragte die Königskobra.

Buster schürzte trotzig die Lippen und nickte.

»Dann sagen Sie uns jetzt bitte, wer Ihr Rechtsbeistand in dem Fall wegen Drogenbesitzes mit Handelsabsicht ist.«

Charles schoss von seinem Platz hoch. In seinen Jura-Seminaren erklärte er den Studenten stets, dass die stärkste Waffe eines Anwalts vor Gericht seine Glaubwürdigkeit sei. War die erst verloren, verlor man alles. Und Buster Jackson stand kurz davor, Charles als die Art Anwalt darzustellen, die jeden Fall annehmen und alles behaupten würde, nur um die Schuldigen freikommen zu lassen.

»Einspruch, Euer Ehren«, sagte Charles. »Dürfen wir vortreten?«

Doch bevor Silverman antworten konnte, streckte Buster seinen muskulösen Arm aus und zeigte mit einem dicken Finger direkt auf Charles. »Der Mann da«, sagte er.

Charles fühlte sich, als wäre er gerade angeschossen worden. Er ließ sich in seinen Stuhl fallen.

»Der Zeuge wird mit seiner Antwort *warten*, bis ich über den Einspruch entschieden habe«, schimpfte Silverman. »Ist das klar?«

»Ja, klar«, erwiderte Buster mürrisch. Doch der Schaden war bereits angerichtet. Und was es noch schlimmer machte: Charles wusste jetzt, dass die Jury denken würde, er habe versucht, ihr diese Information mit seinem Einspruch vorzuenthalten.

»Sind Sie zurzeit im Gefängnis von Virginia Beach inhaftiert?«, fragte die Königskobra.

»Ja.«

»Und wer ist Ihr Zellengenosse?«

»Dieser Mann.« Buster streckte den Finger aus. »Thomas Hammond ... Paps.«

»Hat Mr Hammond gestern Abend mit Ihnen über dieses Verfahren gesprochen?«

»Ja.«

»Bitte teilen Sie den Damen und Herren Geschworenen mit, was er gesagt hat, so genau Ihre Erinnerung es zulässt.«

»Also, gestern Abend in der Zelle macht Paps die ganze Zeit 'n echt langes Gesicht ... und ich geh ihm auf den Senkel, dass er sich mal 'n bisschen locker machen soll. Funktioniert aber nicht. Also frag ich ihn: ›Paps, was'n los mit dir? Ich hab gehört, dein Anwalt hat heute vor Gericht 'n paar Arschtritte ausgeteilt, aber du siehst aus, als wär die Nummer für dich gelaufen.‹« Während er sprach, drehte sich Buster, der bisher die Königskobra angeschaut hatte, nun zu den Geschworenen um.

»Und soweit ich mich erinnern kann, sagt Paps dann so zu mir: ›Heute war ein guter Tag vor Gericht, aber ich will unbedingt auch aussagen, und mein Anwalt meint, das ginge nicht.‹ Paps sagt: ›Wenn ich nicht aussage, wird sich die Jury fragen warum. Und wenn ich aussage, kommt alles raus. Wie kann mich eine Jury laufen lassen, wenn sie hört, dass ich davon gewusst hab, dass mein Junge sterben wird, aber den Kleinen trotzdem nicht ins Krankenhaus gebracht hab? Was sonst soll eine Jury mit einem machen, der verlangt hat - ich mein geradezu befohlen hat -, dass seine Frau das Kind ganze drei Tage lang nicht ins Krankenhaus bringen darf - obwohl er die ganze Zeit wusste, dass der Junge im Sterben liegt?‹«

Die Königskobra wartete einen Moment ab, um das Gesagte wirken zu lassen. Dann ging sie ein paar Schritte zur Seite und stellte eine weitere

Frage, die offensichtlich nur darauf abzielte, den Zeugen dieselbe vernichtende Information wiederholen zu lassen.

»Das hat Thomas Hammond Ihrer Erinnerung nach gesagt? Er habe gewusst, wie lebensbedrohlich Joshuas Zustand war, sich aber dennoch drei Tage lang geweigert, ihn ins Krankenhaus zu bringen?«

»Das hat er gesagt. Er redete so, wie wenn's seine Schuld war, seine Entscheidung und die von keinem anderen.« Buster drehte die Handflächen nach oben. »Das ist alles, was ich weiß.«

»Und was haben Sie zu ihm gesagt, nachdem er Ihnen diese Dinge anvertraut hatte?«, wollte die Königskobra wissen.

»Ich hab ihm einfach gesagt: ›Ein Mann muss tun, was ein Mann tun muss.‹«

»Und was soll das heißen?«

»Soll heißen, dass er entweder aussagen oder sein Glück mit dem fünften Zusatzartikel versuchen muss.«

»Und was haben Sie dann gemacht?«

»Bei Ihnen angerufen.«

»Keine weiteren Fragen. Bitte beantworten Sie nun Mr Arnolds Fragen.« Damit nahm die Königskobra wieder Platz und legte ihren Fall auf Buster Jacksons breiten Schultern ab.

Charles ging sofort in die Offensive. »Erstens, Euer Ehren, möchte ich klarstellen, dass ich hiermit offiziell als Rechtsbeistand aus dem Fall *United States vs. Buster Jackson* zurücktrete. Es wäre unethisch, weiterhin einen Mandanten zu vertreten, den ich gleich als Lügner enttarnen werde.«

»Einspruch, Euer Ehren«, rief die Königskobra. »Mir ist gleichgültig, ob Mr Arnold sich aus Mr Jacksons Fall zurückzieht, besonders, weil dieser so gut wie entschieden ist. Aber dieser überflüssige Kommentar war abfällig, unprofessionell und absolut unangebracht ...«

»*Unprofessionell?*«, stieß Charles wütend hervor. »Sie nennen *mich* unprofessionell?«

»Anwälte«, schnappte Silverman, dessen Gesicht nun rot angelaufen war. »Mr Arnold, Sie behalten Ihre persönlichen Kommentare für sich. Und Sie, Ms Crawford, hören auf, ihn zu reizen.«

»Ja, Euer Ehren«, sagte Charles.

»Ja, Euer Ehren«, wiederholte die Königskobra.

»Ihrem Antrag ist stattgegeben«, erklärte Silverman.

Charles wandte sich sofort dem Zeugen zu. »Dann lassen Sie uns mal über Ihr Vorstrafenregister sprechen«, sagte er. »1999. Besitz von Marihuana mit Handelsabsicht. Richtig?«

»So isses, Rev.«

»Nennen Sie mich nicht Rev«, befahl Charles.

»Hey«, erwiderte Buster mit einem hämischen Grinsen, »sie sind doch derjenige, der uns im Gefängnis immer was vorpredigt.«

»2001. Kokainbesitz mit Handelsabsicht und illegaler Waffenbesitz, richtig?«, fuhr Charles fort.

»Ja.«

»2004. Wieder Kokainbesitz mit Handelsabsicht. Das habe ich doch richtig mitbekommen, oder?«

»Die Klage hab ich schon mit der Tante von der Staatsanwaltschaft geregelt.«

»Und das sind nur die Verurteilungen für die schweren Straftaten, oder nicht?«

»Wenn Sie es so sagen.«

»Die kleineren Vergehen sind da noch gar nicht dabei, nicht wahr?«

»Wahrscheinlich nicht.«

»Ganz zu schweigen von den Straftaten, die Sie als Jugendlicher begangen haben, richtig? Ich meine, Sie sind erst dreiundzwanzig, also haben Sie für dieses Vorstrafenregister gerade mal fünf Jahre Zeit gehabt.«

»Hab nie behauptet, ich wär perfekt.«

»So viel steht fest«, schnaubte Charles verächtlich. Er ging ein paar Schritte auf seinen kräftigen Zeugen zu und bemerkte die Schweißperlen, die sich auf der Stirn des großen Mannes gebildet hatten. Charles spürte sein eigenes Hemd am Rücken kleben und sein Herz, das wie wild in seiner Brust pochte.

Er würde jetzt diesen Bär von einem Mann provozieren müssen, der noch heute aus dem Gefängnis entlassen wurde. Ihm blieb keine Zeit, sich über die Ironie der Situation bewusst zu werden: denselben Mann zu reizen, vor dem Charles in jener ersten Nacht im Gefängnis von Virginia Beach gezittert hatte. Doch welche andere Option blieb ihm noch?

»Sie sind sich bewusst, dass in Virginia die *Beim-dritten-Mal-raus*-Regel gilt, nicht wahr?«

Buster nickte.

»Wenn Sie ein drittes Mal verurteilt würden, hätte das eine sehr lange Haftstrafe zur Folge, oder nicht?«

»Das ist richtig, Rev. Aber ich hatte nicht vor, lange im Knast zu bleiben, weil Sie mich ja wegen dieser ethnischen Profiling-Sache raushauen wollten, wissen Sie noch?«

Charles spürte, wie seine Gesichtszüge sich verhärteten. Er versuchte, seinen Ärger unter Kontrolle zu bringen, um sich einen kühlen Kopf bewahren zu können.

»Der Richter hat in der Sache aber noch nicht entschieden, oder etwa doch, Mr Jackson?«

»Stimmt.«

»Und Sie haben wegen dieser Sache genug schlaflose Nächte gehabt, dass Sie bereit waren, alles zu tun, um sich freizukaufen, nicht wahr?«

»Nö, nicht wirklich.«

»Nun, Mr Jackson, war das der erste Deal, den Sie mit der Staatsanwaltschaft eingehen wollten, seitdem Sie in Untersuchungshaft sitzen?«

Diese Frage ließ Buster erstarren. Er starrte Charles aus schmalen Augen an, gab aber keine Antwort.

»Ich habe den ganzen Tag Zeit, wenn's sein muss«, spottete Charles.

»Nein«, gab Buster widerwillig zu.

»Tatsächlich haben Sie versucht, einen anderen Mann, der wegen Mordes angeklagt war, im Austausch für Ihre Freiheit zu verraten, war es nicht so?«

»Ich hab der Frau da ...« – Buster zeigte auf die Königskobra – »erzählt, was dieser Typ namens A-Town gesagt hat. Aber ohne Deal.«

»Sie haben aber versucht, einen Deal rauszuschlagen ...« – Charles' Stimme hatte einen messerscharfen Unterton angenommen – »oder nicht, Mr Jackson? Sie versuchten, einen Deal rauszuschlagen, und Ms Crawford hat Nein gesagt.«

»Vielleicht war es so.«

»Und als dieser Kerl, den Sie A-Town nennen, rausbekam, dass Sie ihn verpfiffen hatten, hat er doch versucht, Sie umzubringen, nicht wahr?«

Charles hielt kurz inne. Doch er bekam keine Antwort, Buster starrte nur stur geradeaus. »Nicht wahr?«, bohrte Charles nach.

»Vielleicht«, grollte Buster.

Charles lief vor Buster auf und ab und blieb dann direkt vor den Geschworenen stehen. »Dann sagen Sie mir bitte, Mr Jackson, wer Ihnen das Leben gerettet hat, als A-Town Sie während des Hofgangs angriff und versucht hat, Sie mit einem Messer abzustechen. Warum erzählen Sie nicht den Damen und Herren Geschworenen, wer sein Leben riskierte, um Sie davor zu bewahren, von A-Town erstochen zu werden?«

Busters Augen wanderten von Charles zu den Geschworenen und wieder zurück zu Charles.

»Nun?«, fragte Charles erneut.

»Paps«, antwortete Buster leise.

»Wer?«

»Paps.« Buster sah Charles nun direkt in die Augen, und diesmal ertönte die Antwort lauter, trotziger.

»Und danach wurden Sie und ›Paps‹ Zellengenossen, richtig?«

»So isses.«

»Und jetzt wollen Sie die Damen und Herren Geschworenen glauben machen, mein Mandant, der wusste, dass Sie bereits einen anderen Häftling verpfiffen hatten, der Ihnen noch dazu das Leben rettete, wäre gestern Abend einfach so auf Sie zugekommen und hätte Ihnen sein Herz ausgeschüttet – Ihnen, dem knastbekannten Singvogel?«

»So war's auch«, fauchte Buster.

»Und so danken Sie es ihm, dass er Ihnen das Leben gerettet hat? Indem Sie hier heute auftreten und uns etwas über irgendwelche angeblichen Geständnisse vorlügen, die er gestern Abend abgelegt haben soll?«

»Ich lüge nicht, Rev. Das ist die Wahrheit, und die Wahrheit wird euch frei machen.«

Charles schüttelte den Kopf. »Nein, Mr Jackson. Ich fürchte, dass es nicht die Wahrheit ist, die Ihnen zur Freiheit verhilft, sondern eine überehrgeizige Staatsanwältin, die bereit ist, einen dreifach verurteilten Drogendealer laufen zu lassen, damit sie einen Vater von zwei Kindern für schuldig erklären ...«

»Einspruch«, schrie die Königskobra. »Ich erhebe *nachdrücklich* Einspruch.«

»... und ihre eigene Karriere vorantreiben kann.«

Richter Silverman schlug mehrmals mit dem Hammer auf seinen Tisch und rief die Anwälte zur Ordnung. Vor den Geschworenen erteilte er dem schweigend vor sich hin brodelnden Charles eine Standpauke, die sich gewaschen hatte. Nachdem er damit fertig war, fragte er Charles, ob er noch weitere Fragen an den Zeugen hätte.

»Nur noch eine«, erwiderte Charles. Er starrte den Zeugen zornig an. »Sie sprachen doch von drei Tagen, nicht wahr? Sie sagten, Paps habe erzählt, er hätte drei Tage gewartet, nicht fünf, richtig?«

»Drei Tage«, bestätigte Buster.

Charles nickte und ging zurück an seinen Platz.

»Noch andere Fragen an den Zeugen?«, wollte Silverman wissen.

»An den Kerl?«, fragte Charles. »Warum sollte ich mich mit dem noch länger aufhalten?«

»In diesem Fall«, wandte sich Silverman an Buster Jackson, »dürfen Sie den Zeugenstand jetzt verlassen.«

65

»Abschlussplädoyers«, erklärte Charles seinen Studenten immer, »das bedeutet, Eulen nach Athen tragen, denn eigentlich ist alles gesagt. Glauben Sie ja nicht, irgendein Geschworener ließe sich während des Abschlussplädoyers noch ›bekehren‹. Die meisten Geschworenen haben sich zu dem Zeitpunkt bereits längst entschieden. Ihre Aufgabe ist es«, erklärte Charles dann, »den Bekehrten die richtige Munition in die Hand zu geben, um bei den anderen während des Beratungsprozesses Überzeugungsarbeit zu leisten. Ihr Job ist es, den Bekehrten einen Grund zu geben, sich voll für Ihren Mandanten ins Zeug zu legen, sobald die Jury sich hinter verschlossenen Türen zurückgezogen hat. Ihr Auftrag lautet, jedem Geschworenen, den Sie auf Ihrer Seite wähnen, fest in die Augen zu blicken und ihm zu vermitteln, dass er *Ihr* Mitstreiter ist. Ihre Aufgabe ist es, Eulen nach Athen zu tragen.«

✳ ✳ ✳

Rebecca Crawford hielt ihr Abschlussplädoyer direkt nach der Mittagspause. Sie stand hinter dem hölzernen Podium, das sie während der Pause direkt vor die Geschworenenbank geschoben hatte. Vor ihr lagen ihre Aufzeichnungen, doch eigentlich brauchte sie die gar nicht. Auf dem Podium hatte sie ein kleines abgenutztes Foto von Joshua Hammond aufgestellt. *Das hier ist für dich.*

»Die wichtigsten Fakten in diesem Fall sind unbestritten«, begann sie ihre Rede. »Der kleine Joshua Hammond erkrankte an einer akuten Blinddarmentzündung, die, rechtzeitig behandelt, völlig harmlos verlaufen wäre, ohne Behandlung allerdings lebensbedrohlich war. Mehrere Tage lang – einige sagen, es wären drei gewesen, andere meinen, es waren eher fünf oder sechs – weigerten sich seine Eltern, ihm medizinische Hilfe zu besorgen. Tagelang sahen beide Eltern zu, wie Joshua unerträgliche Schmerzen erdulden musste, während sie die ganze Zeit wussten, dass er sterben könnte.« Keine Frage, Crawford machte das sehr gut.

»Als sich seine Eltern endlich dazu entschlossen, ihn ins Krankenhaus zu bringen, nachdem er tagelang Fieber und Schmerzen hatte erdulden müssen, war sein Blinddarm bereits geplatzt und sein Körper dermaßen vergiftet, dass der kleine Junge einen septischen Schock erlitten hatte. Sein Leben hing nur noch am seidenen Faden. Sein Herz-Kreislauf-System war so angegriffen, dass er weder sofort in ein anderes Krankenhaus verlegt noch notoperiert werden konnte. Und trotz aller Bemühungen – der heroischen Bemühungen – seitens Dr. Armisteads und der anderen Ärzte vor Ort verstarb der kleine Joshua noch am selben Abend. Das, meine Damen und Herren, sind die Tatsachen in diesem Fall. Und diese sind unbestritten.«

Die Königskobra ging den ersten Teil ihres Abschlussplädoyers sanft an und zog die Geschworenen mit ihrer überzeugenden Präsentation und ihren faszinierenden Lippen in den Bann. Mittlerweile war sie hinter dem Podium hervorgetreten und stolzierte nun vor ihnen auf und ab, wobei ihr Blick zu Boden ging, nur um immer wieder Augenkontakt zu den einzelnen Geschworenen aufzunehmen. So still wie die Jury dasaß, war klar, dass Crawford ihre volle Aufmerksamkeit genoss.

»Nun hat die Verteidigung in den vergangenen Tagen bei ihrem Versuch, diese Fakten zu verschleiern und zu verdrehen, keinen magischen Trick gescheut. Ablenkungsmanöver, Irreführung, Hokuspokus und schwups, alle Anschuldigungen verschwinden im Zauberhut. Wenn es hier nicht um ein so ernstes Thema ginge, würde es fast Spaß machen, dabei zuzusehen. Aber, meine Damen und Herren, *Fakten sind nun mal schwer kleinzukrie-*

gen, und alle Zaubertricks dieser Welt können daran nichts ändern. Die Verteidigung hat versucht, Dr. Armisteads Aussage in zwei Hälften zu zersägen. Ein guter und anständiger Mann, der in diesem Fall völlig unvoreingenommen war, wurde hier unablässig angegriffen, weil er sich im Lauf seiner Karriere zwei Klagen wegen Behandlungsfehlern eingehandelt hat. Die Verteidigung schaffte es sogar, ein paar Schundroman-Elemente in die Verhandlung einzubringen mit ihrem ›Liebe Güte, wir haben die Staatsanwältin am helllichten Tag in seinem Haus erwischt‹ - als wäre das in irgendeiner Weise eine kriminelle Handlung. Ist ihr jemals in den Sinn gekommen, dass er vielleicht einfach nur am Tag zuvor ein paar medizinische Unterlagen im Gericht hatte liegen lassen, oder dass er eventuell auch in einem anderen Fall als Sachverständiger aussagen könnte ...«

»Einspruch, Euer Ehren«, rief Charles. »Sie versucht hier Hinweise anzubringen, die nicht nachgewiesen wurden.«

Silverman riss den Kopf hoch, als hätte Charles ihn gerade geweckt. Er wandte sich mit dem für die Königskobra bekannten Spruch an die Geschworenen. »Was Sie in den Abschlussplädoyers von den Anwälten zu hören bekommen, hat keine Beweiskraft. Sie allein entscheiden, wie Sie die vorgelegten Beweise bewerten wollen, und sollten sich bei der Frage, was über den jeweiligen Vorfall gesagt wurde oder nicht, auf Ihr eigenes Gedächtnis stützen.« Daraufhin blickte er zu Crawford. »Und Sie halten sich bei den Fakten bitte an die Aussagen, die wir im Zeugenstand gehört haben, Frau Staatsanwältin.«

»Ja, Euer Ehren«, erwiderte die Königskobra zuckersüß.

Damit wandte sie sich wieder den Geschworenen zu. »Als Buster Jackson in den Zeugenstand trat, ging die Zaubershow der Verteidigung weiter. Sie versuchte, Mr Jacksons Aussage einfach verschwinden zu lassen, weil er vorbestraft ist und versucht hat, einen Deal mit uns einzugehen. Nun, da habe ich Neuigkeiten für die Verteidigung: Die Staatsanwaltschaft kann sich in einem Fall wie diesem ihre Zeugen leider nicht aussuchen, und Pfadfinder sucht man vergeblich unter den Leuten, die ihre Haftstrafen im Gefängnis absitzen müssen. Es sollte Sie nicht verwundern, meine Damen und Herren, dass Thomas Hammond sich gestern Abend dafür entschied, über die wichtigste Sache in seinem Leben zu reden, sein schuldgeplagtes Gewissen gegenüber einem Mann zu erleichtern, mit dem er die vergangenen Wochen zusammengelebt hat. Es sollte Sie außerdem nicht erstaunen, dass der Mann, dem er sich anvertraute, sein Zellengenosse, zufällig zwei Verurteilungen wegen Straftaten auf dem Kerbholz hatte und eine noch aussteht.« Crawford hatte erneut die volle Aufmerksamkeit der Geschworenen.

»Habe ich Jackson einen Deal angeboten? Ja. Hat mir das gefallen? Nein. Warum habe ich es dann getan? Weil, wie Buster Jackson im Zeugenstand bereits erwähnt hat, es keinesfalls sicher war, dass er verurteilt werden würde. Der gleiche Hokuspokus, mit dem Sie sich in diesem Prozess auseinandersetzen mussten, kam auch in Buster Jacksons Verfahren durch Mr Arnold zur Anwendung. In diesem Fall plädierte er auf ethnisches Profiling, und das Gericht zieht nun schon seit einigen Wochen in Erwägung, den Fall komplett abzuweisen. Ich entschied mich, dass es besser war, wenn Buster Jackson sich schuldig bekannte und gleichzeitig die Wahrheit in diesem Fall ans Licht brachte, als beide Männer ungeschoren davonkommen zu lassen, denn wir alle wissen, dass sie die Straftaten, wegen derer sie angeklagt sind, auch wirklich begangen haben.

Dann nimmt die Verteidigung John Paul Hammonds Aussage, legt sie unter ein Taschentuch, und - voilà! - verwandelt sie sich vor unser aller Augen in etwas komplett anderes. In seiner völlig unbeeinflussten Videoaussage erklärt der Junge, dass seine Mutter und sein Vater fünf Tage lang dabei zusahen, wie Joshua litt - ganze fünf Tage -, bevor sie ihn überhaupt einem Arzt vorstellten. Dann verbringt er unbeaufsichtigt Zeit mit seiner Mutter - was ganz klar gegen die Anweisungen des Gerichts verstößt, wie ich hinzufügen möchte -, und auf einmal sind es nur noch drei Tage. Hat er vorher gelogen oder jetzt? Und macht das überhaupt einen Unterschied?

Dann gibt es da noch dieses Gebetstagebuch. Es scheint, als glaube die Verteidigung, wenn sie es nur lange genug ignoriert, würde es sich in Luft auflösen. Aber, meine Damen und Herren Geschworenen, das wird nicht passieren. Auf diesen Seiten hat Theresa Hammond mit ihren eigenen Worten festgehalten, dass ihr Sohn im Sterben lag und sie die bewusste Entscheidung traf, ihm jegliche medizinische Hilfe zu verwehren, obwohl sie wusste, dass sein Leben auf dem Spiel stand.«

Die Königskobra blieb auf einmal stehen und kehrte hinter ihr Podium zurück, wo sie ein paar Unterlagen sortierte, einen kurzen Blick auf das Foto warf und schließlich direkt in die Gesichter der Geschworenen sah.

»Am Ende dieser Vorstellung, nachdem alle Ooohs und Aaahs verhallt sind, bleiben nur noch die Tatsachen. Und die sind nicht kleinzukriegen. Ein kleines Kind ist tot. Sein Tod hätte verhindert werden können. Seine Eltern, die wussten, dass es im Sterben lag, entschieden sich, ihm keine medizinische Hilfe zukommen zu lassen. In unserer Gesellschaft bezeichnen wir ein solches Verhalten als fahrlässige Tötung. Dieser Schlussfolgerung könnte selbst Houdini nicht entkommen. Die Fakten lassen sich nicht ignorieren. Und sie verlangen nach einem Urteil, das ›Schuldig im Sinne der Anklage‹ lautet.«

Die Königskobra verstummte für einen kurzen Moment, während sie mit pathetisch geschürzten Lippen ein letztes Mal ihren Verfechtern unter den Geschworenen fest in die Augen blickte.

»Ich danke Ihnen«, sagte sie dann und kehrte an ihren Platz zurück.

66

Es war ein wirklich überzeugendes Abschlussplädoyer gewesen, das musste Charles eingestehen. Er konnte es fast in der Luft spüren, als er sich erhob, um sich an die Geschworenen zu wenden, und das Schicksal der Hammond-Familie in seinen Händen lag.

Sein Mund war trocken, das Herz schlug ihm bis zum Hals. Er hätte nie gedacht, dass er so nervös sein würde, doch der Druck hatte sich langsam und unbemerkt aufgebaut, hervorgerufen durch die Blicke der Jury, des Richters und der Fernsehkamera. Das war sein Moment. Sein ganzes Leben lang hatte er sich darauf vorbereitet. Die Straßenpredigten, die Uni-Vorträge, die endlosen Analysen und genauen Untersuchungen von anderen Prozessen – das alles lief auf das hier hinaus. Zwölf Fremde, die Charles herausforderten, sie zu überzeugen.

Während er auf die Geschworenenbank zuging, sah er sich schnell im Gerichtssaal um und blieb wie angewurzelt stehen. Dort, in der vorletzten Reihe, saß – mit hocherhobenem Kinn, das Haar in schöne ebenholzfarbene Zöpfe geflochten – Denita. Sie schenkte ihm ein dünnes Lächeln, fast unmerklich und für jeden, der sie beobachtete, so gut wie nicht sichtbar. Aber die vielen gemeinsam verbrachten Jahre ließen keine Fehlinterpretation ihrer Körpersprache zu. Es war ein stolzer Blick, eine unterschwellige

Unterstützung: *Ich bin für dich da.* Charles nickte verstohlen und schritt mit beflügeltem Geist auf die Geschworenen zu.

Er setzte etwas von dem angestauten Adrenalin ein, um das Podium wegzuschieben, damit er frei und ohne irgendwelche Hindernisse vor der Jury auf und ab laufen konnte. Ohne jegliche Aufzeichnungen in der Hand trat er an die Geschworenenbank heran. Seine Rede sollte von Herzen kommen. Nikki hatte darauf bestanden, dass dies die einzig richtige Vorgehensweise war.

Er lächelte und zog den Ärmel seines Jacketts ein Stück hoch. »Ich habe nichts im Ärmel versteckt«, sagte er. Niemand erwiderte sein Lächeln. Er zog den Ärmel wieder runter.

Wie oft habe ich meine Studenten ermahnt, dass Humor nichts in einem Abschlussplädoyer verloren hat?

»Entgegen der Meinung der Staatsanwältin bin ich kein Magier«, gestand er. »Aber ich habe in meiner Kindheit schon einige Zaubershows gesehen und bin immer mit derselben Frage nach Hause gegangen: ›Wie hat er das bloß gemacht?‹ Und genau diese Frage stelle ich mir genau in diesem Moment auch: Wie hat sie es geschafft ...« – Charles drehte sich um und zeigte auf die ausdruckslose Miene der Königskobra – »eine Klage, die in jedem einzelnen Punkt hinkt, gerade eben so gut dastehen zu lassen? Wie hat sie das gemacht?«

Er lief nun auf und ab, während er langsam warm wurde. »Wie hat sie es geschafft, dass die Freilassung eines Drogendealers – wenn er gegen liebevolle Eltern aussagt – wie die Erfüllung ihrer staatsbürgerlichen Pflicht aussieht? Wie ist ihr das gelungen? Und wie, frage ich mich, hat sie einen Arzt, der vor Gericht eine Lüge nach der anderen ausgesprochen hat, der seinen Stolz und seinen Ruf über das Wohl seines Patienten stellte, in einen Dr. Brinkmann verwandelt? Wie hat sie das nur hinbekommen?« Charles schüttelte den Kopf und lächelte.

»Und schließlich, meine Damen und Herren, wie ist es möglich, dass sie, ohne mit der Wimper zu zucken, behauptet, Thomas und Theresa Hammond hätten volle fünf Tage gewartet, Joshua ins Krankenhaus zu bringen, wenn der unschuldige kleine Tiger und selbst ihr korrupter Drogendealer aussagen, dass es nur drei waren? Wie um alles in der Welt gelingt ihr *das*?«

Dieses Mal schien in den Augen von einem oder zwei Geschworenen die Andeutung eines Grinsens aufzuleuchten. »Ich habe schon gesehen, wie

Kaninchen aus Hüten gezogen und ganze Elefanten weggezaubert wurden. Aber nie zuvor habe ich etwas so Verblüffendes wie die Verhandlungstaktik der Staatsanwaltschaft in den letzten Tagen gesehen. Und nun, da ich ihr Abschlussplädoyer gehört habe, frage ich mich, ob wir hier überhaupt denselben Fall verhandeln.

Wo war die Staatsanwältin, als Dr. Armistead zugab, dass er über die Anzahl der Klagen gelogen hatte, die gegen ihn aufgrund von Behandlungsfehlern angestrengt wurden? Haben wir nicht mit eigenen Ohren gehört, wie er gestand, eine außergerichtliche Einigung in einem ganz ähnlichen Fall erwirkt zu haben, bei dem er es ebenfalls versäumt hatte, ein Kind, das sich in kritischem Zustand befand, an das Kinderkrankenhaus in Norfolk zu überstellen? Auch in jenem Fall lehnte er es ab, den Patienten abzugeben, wie er es auch bei Joshua tat. Traf er diese Entscheidung, weil er Joshua sofort operieren musste? Die Krankenakte sagt etwas anderes aus. Dr. Armistead brauchte geschlagene sechsundzwanzig Minuten, bis er sich den Jungen überhaupt zum ersten Mal ansah, und dann weitere neunzig Minuten, in denen nach seiner Anordnung belebende Maßnahmen zur Anwendung kamen, bevor der Patient in den OP gerollt wurde. In dieser Zeit hätte Joshua problemlos ganze drei Mal zum Kinderkrankenhaus in Norfolk und wieder zurück transportiert werden können.

Was das zur Sache tut, fragen Sie sich jetzt? Diese Tatsache ist relevant, weil die Staatsanwaltschaft zweifelsfrei beweisen muss, dass Joshuas Tod durch die Handlungen der *Eltern* verursacht wurde. Sollte allerdings ein Behandlungsfehler seitens Dr. Armistead dafür verantwortlich sein, müssen Sie Thomas und Theresa Hammond für nicht schuldig erklären.

Und warum macht es einen Unterschied, ob Thomas und Theresa Hammond nach drei oder nach fünf Tagen medizinische Hilfe in Anspruch nahmen? Weil die Staatsanwältin weiß, dass vernünftige Eltern oft ein paar Tage warten, bevor sie mit ihren Kindern ins Krankenhaus gehen. Mag ja sein, dass wir mit unserem so kostbaren erstgeborenen Baby beim ersten Anzeichen von Fieber und Husten sofort in die Notaufnahme rennen. Aber, meine Damen und Herren, beim dritten Kind warten die meisten von uns ehrlich gestanden ein paar Tage ab, vor allem wenn unser Pastor uns ständig eintrichtert, wir sollten es generell *niemals* ins Krankenhaus bringen. Und das macht uns noch lange nicht zu Mördern.«

Charles blieb auf einmal stehen. An den Blicken der Geschworenen erkannte er, dass er zum Schluss kommen musste. Er hatte noch so viel zu sagen. Er musste noch Busters Aussage auseinandernehmen, Tigers Mut loben und Schritt für Schritt aufweisen, wo Armistead versagt hatte. Doch die Jury hatte genug gehört, war mittlerweile offensichtlich nur noch darauf bedacht, sich endlich zur Beratung zurückziehen zu können, und sah dementsprechend gelangweilt aus.

Zeit, die Details außen vor zu lassen und zur Motivationsrede überzugehen.

Charles ging im Geist die vielen berühmten Sätze und Geschichten der großen Strafverteidiger durch, auf der Suche nach der richtigen Anekdote, die seinen Fall passend zusammenfassen würde. Während er das tat, blickte er sich im Gerichtssaal um, und wieder blieb sein Blick an Denitas aufmunterndem Ausdruck hängen. Während er in ihre Augen sah, schoss ihm ein Gedanke durch den Kopf: *»Meine ganze Zukunft liegt in deinen Händen«,* hatte sie gesagt. *»Wenn du willst, kannst du mich zerstören. Es liegt ganz an dir.«* Die Erinnerungen an ihre Worte ließen ihn an eine Geschichte denken, die er auf dem Gerichtssender in einem Abschlussplädoyer des großen Gerry Spence gehört hatte. Sie schien treffend zum Ausdruck zu bringen, was er sagen wollte.

»Meine Damen und Herren Geschworenen, dieser Fall erinnert mich an eine Geschichte, die ich vor einigen Jahren über einen weisen alten Mann hörte, der im Wald lebte. Und dieser weise alte Mann liebte alle Lebewesen: die Tiere, die Vögel, die Insekten und die Schlangen. Aber am allermeisten liebte er Familien. Er liebte es, wie Väter sich mit ihren Kindern balgten und wie diese von ihren Müttern umarmt wurden.«

Charles drehte sich um und sah zu seinem Tisch hinüber, an dem Thomas und Theresa saßen. Hinter ihnen in der ersten Reihe hockten Tiger und Stinky kerzengerade auf ihren Plätzen und verfolgten gebannt jedes seiner Worte. Die Geschworenen folgten Charles' Blick und sahen in die Gesichter der Leute, über die sie gleich richten würden.

»Eines Tages, meine Freunde«, fuhr Charles fort, der sich wieder der Jury zugewandt hatte, »kam ein junger Besserwisser in den Wald und sagte sich: ›Diesem alten Mann werde ich es zeigen. Wollen wir doch mal sehen, ob er wirklich so weise ist.‹ Also fing der junge Mann einen kleinen Vogel und hielt ihn in seinen hohlen Händen gefangen, wo der kleine Vogel nun vor Angst zitternd ausharrte.«

Charles stand nun selbst mit zusammengelegten hohlen Händen vor der Jury und blickte von Gesicht zu Gesicht auf der Suche nach seinen Mitstreitern.

»Dann ging der besserwisserische junge Mann mit dem Vogel in seinen Händen zum weisen alten Mann und sagte: ›Alter Mann, alter Mann, wenn du so weise bist, dann sag mir doch, ob dieser Vogel in meinen Händen tot oder lebendig ist.‹ Sollte der alte Mann sagen: ›Er ist tot‹, würde der junge Mann die Hände öffnen, und der Vogel flöge davon.«

Charles öffnete die Hände und lächelte. Dann schloss er sie wieder.

»Sollte der alte Mann aber sagen: ›Er lebt‹, dann würde der junge Besserwisser seine Hände zusammenpressen ...« – wieder demonstrierte Charles die Bewegung mit seinen eigenen Händen – »und den toten Vogel vor seine Füße fallen lassen. Der junge Mann hielt sich für brillant; er war sich sicher, dass er auf keinen Fall verlieren konnte.«

Damit schritt Charles zu seinen Mandanten hinüber und ließ im Gerichtssaal eine angespannte Stille entstehen. Er stellte sich hinter Thomas und Theresa, legte jedem von ihnen eine Hand auf die Schulter, in der gleichen Pose, die er schon bei seinem Eröffnungsplädoyer eingenommen hatte, und wandte sich wieder der Jury zu.

»Doch der alte Mann schüttelte bloß traurig den Kopf und sagte: ›Oh, mein Sohn, mein Sohn ... der Vogel ist weder lebendig noch tot. Denn das Leben dieses Vogels liegt in deinen Händen.‹«

Charles schwieg einen Moment und setzte dann erneut an: »Meine Damen und Herren Geschworenen, das Leben dieser Familie, die Zukunft dieser Kinder, die Freiheit dieser Eltern, das alles liegt in Ihren Händen. Sie haben genug gelitten. Geben Sie ihnen ihre Zukunft zurück. Lassen Sie sie fliegen. Entscheiden Sie sich für das Leben.«

Er sah zu zwei Geschworenen, die direkt nebeneinander in der zweiten Reihe saßen. Von den beiden war während des gesamten Verfahrens eine gute Schwingung ausgegangen, und so hatte er sie als Mitstreiter seiner Sache eingestuft. Einer von ihnen nickte langsam mit dem Kopf, die andere blinzelte die Tränen aus ihren Augen.

Charles wartete lange genug, bis die Stille im Raum zu explodieren drohte, dann nahm er neben seinen Mandanten Platz. Wieder ließ er ein paar Sekunden vergehen, bis er sich unauffällig umdrehte und Denita am anderen Ende des Raums kurz dankend zunickte. Er wollte, dass sie wusste, wie viel ihm ihre Anwesenheit bedeutete – und dass sie die über zweistündige Fahrt auf sich genommen hatte, nur um sein Abschlussplädoyer zu hören. Er wollte den Ausdruck auf ihrem Gesicht sehen, während sie über die Bedeutung dieser abschließenden Parabel nachdachte: der Geschichte des jungen Besserwissers und des kleinen Vogels. Er wollte noch einmal ihr Gesicht sehen und Kraft daraus schöpfen, die er in diesem Anblick zu finden schien.

Doch als er sich umdrehte und sein Blick auf der Suche nach ihr über die Reihe wanderte, in der sie noch vor wenigen Minuten gesessen hatte, war sie nicht mehr da! Verschwunden. Er fragte sich, ob sie überhaupt wirklich da gewesen war. Halluzinierte er jetzt schon? Ließ der Druck dieses Falls ihn schon Gespenster sehen?

Nein! Sie war hier gewesen. Er hatte sie mit eigenen Augen gesehen, die Magie ihrer Anwesenheit gespürt, so wie sie sich damals vor vielen Jahren angefühlt hatte.

Schnell ließ er seinen Blick durch den gesamten Gerichtssaal schweifen, konnte von Denita aber keine Spur entdecken. Er schüttelte den Kopf, drehte sich wieder zum Richter herum und versuchte, die Gedanken an sie zu verdrängen.

67

Warten.

Es trieb Charles in den Wahnsinn.

Drei Stunden lang hatten sich die Geschworenen am Donnerstagnachmittag beraten, während Charles und Nikki sich Sorgen machten. Thomas betete still vor sich hin, Theresa lenkte sich im Spiel mit ihren Kindern ab. Am Donnerstagabend um sechs Uhr verkündete die Jury dann, dass sie nicht einmal ansatzweise zu einer Übereinkunft gekommen war, was das Urteil betraf. Am Freitagmorgen wollten sie sich wieder zusammensetzen und weiter darüber diskutieren, gaben sie bekannt. Nachdem Richter Silverman sie eindringlich davor gewarnt hatte, sich Nachrichtenberichte zu der Verhandlung anzusehen oder mit anderen Personen über den Fall zu sprechen, entließ er sie für den Abend und versprach, dass eine erholsame

Nachtruhe den Entscheidungsprozess am nächsten Tag mit Sicherheit erleichtern würde.

Für Charles gab es keinen Schlaf, nur das nächtliche Fernsehprogramm, jeden seiner Schachzüge vor Gericht nochmals bedenken und hinterfragen und Schafe zählen. Freitagmorgen ging die Zitterpartie weiter. Am Freitagnachmittag kursierten bereits die ersten Gerüchte, warum die Geschworenen für ihre Entscheidung so lange brauchten.

Nikkis Meinung nach konnte das nur an der hervorragenden Verteidigung liegen. Wie sollte jemand behaupten können, es gäbe keine begründeten Zweifel, wenn die Jury ganze zwei Tage brauchte, um zu einem Urteil zu kommen? Charles war pessimistischer eingestellt und sorgte sich, dass die Jury zu einer Kompromisslösung kommen oder zu keinem Mehrheitsurteil gelangen würde.

»Aber wenn ich die Chance bekäme, würde ich alles wieder genauso machen«, sagte er, hauptsächlich zu sich selbst und mittlerweile zum zehnten Mal, seitdem sich die Geschworenen zur Beratung zurückgezogen hatten.

»Es hätte nicht besser laufen können«, bestärkte Nikki ihn.

Und je länger sie warteten, desto öfter riefen sie sich ins Gedächtnis, dass sie wirklich unschlagbare Argumente vorgebracht hatten. Auf keinen Fall konnten die Geschworenen ihre Mandanten für schuldig erklären. *Oder doch?*

Um 16.00 Uhr am Freitagnachmittag waren die Kämpfer für das Recht zu dem Schluss gekommen, dass die Jury vor dem Wochenende wahrscheinlich zu keinem Urteil mehr gelangen würde. Das geltende Bundesrecht verlangte, dass ein Geschworenenurteil einstimmig schuldig oder nicht schuldig lauten musste; ansonsten wurde die Jury als »nicht zu einer Mehrheitsentscheidung fähig« erklärt und der Fall zu einem späteren Zeitpunkt neu verhandelt. Das wollte niemand.

Die Anwälte und Gerichtsbeamte hörten gedämpftes Geschrei aus dem Besprechungsraum der Jury dringen, doch es war unmöglich zu verstehen, was genau gesagt wurde. Verzweiflung machte sich in beiden Lagern breit, als die Aussicht auf eine einstimmige Entscheidung in immer weitere Ferne rückte.

Um 16.17 Uhr klingelten die Geschworenen zum dritten Mal an diesem Tag nach dem Gerichtsdiener. Beim ersten Mal hatten sie eine Frage an den

Richter. Beim zweiten Klingeln wurde um eine Mittagspause gebeten. Dieses Mal reichten sie dem Gerichtsdiener einen Zettel.

»Die Geschworenen haben entschieden«, verkündete der Gerichtsdiener im Gerichtssaal. Dann verschwand er durch die Hintertür, um Richter Silverman zu holen.

* * *

Charles lehnte sich zu seinen Mandanten hinüber und erinnerte sie daran, dass es Brauch war, sich für die Urteilsverkündung zu erheben. Während Silverman das Formular der Jury genau in Augenschein nahm, um sicherzugehen, dass alle Angaben ordnungsgemäß erfolgt waren, taten es die anderen Charles gleich und standen auf. Thomas stand rechts neben Charles, links von ihm reihten sich Theresa und Nikki auf. Als Charles bemerkte, wie der große Mann seine Hand ergriff, blickte er nach links und sah, dass auch die Frauen sich an den Händen hielten. Über seine Schulter konnte er Tiger und Stinky in der ersten Reihe sehen, die ebenfalls aufgestanden waren und sich mit weißen Knöcheln fest an die Hand des anderen klammerten. Auf einmal war er unglaublich stolz darauf, diese Leute ... gute Leute ... unschuldige Leute verteidigt zu haben.

»Sind die Geschworenen zu einem Urteil gekommen?«, erkundigte sich Richter Silverman.

»Das sind wir«, erklärte die Sprecherin der Geschworenen, die sich erhoben hatte. Es war eine der Mütter. Kein gutes Zeichen.

»Wie haben Sie entschieden?«, fragte Silverman.

»Im Fall *United States vs. Theresa Hammond* erklären wir die Angeklagte hinsichtlich des Vorwurfs der fahrlässigen Tötung ...« - die Sprecherin hielt inne und sah Theresa an, was ein unmissverständliches Zeichen war - »für nicht schuldig.«

»Lobet den Herrn«, flüsterte Charles erleichtert.

»Na bitte!«, rief Nikki.

Theresa Hammond begann leise zu schluchzen. »Jawoll!«, quietschte eine kleine Stimme hinter Charles.

Silverman schlug mit seinem Hammer auf den Tisch. »Ruhe im Gericht!«

Alle Augen richteten sich wieder auf die Sprecherin der Geschworenen.

»Im Fall *United States vs. Thomas Hammond* befinden wir den Angeklagten hinsichtlich des Vorwurfs der fahrlässigen Tötung ...« – dieses Mal sah sie nicht auf und las einfach direkt weiter – »für *schuldig* im Sinne der Anklage.«

Bei diesen Worten blieb Charles die Luft weg. Seine Knie wurden weich. Plötzlich bewegte er sich wie durch einen Nebel, alles um ihn herum erschien ihm traumgleich oder besser gesagt wie in einem Albtraum.

»Nein!«, schrie Theresa und schlug die Hände vors Gesicht. »Herr, bitte nein!«

Nikki war sprachlos aufgestanden.

Thomas starrte völlig emotionslos geradeaus, während die Bedeutung dieser Worte langsam zu ihm durchdrang. Dann drehte er sich zu Theresa um, zog ihr Gesicht an seine Brust, drückte sie fest an sich und starrte über ihren Kopf hinweg ins Leere. Tiger und Stinky kamen nach vorne gelaufen und schlangen die Arme um die Hüfte ihres Vaters.

»Tut mir leid«, sagte Charles in das ausdruckslose Gesicht des großen Mannes.

»Bitte nehmen Sie wieder Platz«, wies der Richter sie an und ließ erneut seinen Hammer niedersausen.

Langsam löste sich Thomas aus der Umklammerung seiner Familie und sank in seinen Stuhl zurück. Charles spürte überhaupt nichts ... als würde er im luftleeren Raum schweben, als wäre er gar nicht wirklich hier. Er war einfach ... fassungslos. Seiner Meinung nach war er auf das Schlimmste vorbereitet gewesen, aber das hier?! *Was hatte sich die Jury dabei nur gedacht?*

Nachdem er sich bei den Geschworenen bedankt hatte, entließ Richter Silverman die Jury. Schweigend traten sie aus der Geschworenenbank, wobei keiner von ihnen auch nur ein einziges Mal in Richtung der schluchzenden Theresa und des stoischen Thomas blickte.

»Der Angeklagte wird zurückgebracht werden in das Gefängnis von Virginia Beach City«, erklärte Silverman. »Die Urteilsverkündung findet Montagmorgen um 10.00 Uhr statt.«

»Erheben Sie sich«, sagte der Gerichtsdiener. »Das ehrenwerte Gericht vertagt sich bis 10.00 Uhr Montagmorgen.«

Charles stand auf, erstaunt darüber, dass seine Beine auf wundersame Weise noch gehorchten, und lehnte sich zu dem großen Mann hinüber. Doch die Worte blieben ihm in diesen wenigen kostbaren Sekunden im

Hals stecken. Dann waren auch schon die Deputys zur Stelle und legten Thomas Handschellen an. Entsetzt und hilflos sah Charles zu, wie Tiger einen Satz nach vorne machte, sich an den Deputys vorbeidrängelte und sich mit ausgestreckten Armen um die Hüfte seines Vaters klammerte.

»*Du darfst nicht gehen!*«, schrie Tiger verzweifelt. »Ich lass nicht zu, dass sie dich wegbringen.«

Tiger krallte sich mit aller Kraft an seinem Vater fest und schlang die kleinen Beine um dessen gewaltige linke Wade. Aber den Deputys war er nicht gewachsen. Sie lösten seine knochigen Finger und dürren Beinchen, und in all dem Chaos sagte Thomas nur immer wieder: »Alles wird gut, Kumpel. Alles wird gut.« Die weinende Theresa griff nach Tiger und zog ihn zu sich heran in dem Versuch, ihren Sohn unter den eigenen Tränen zu trösten. Stinky stellte sich zu ihnen und sah durch die Tränen in ihren großen blauen Augen ihrem Vater hinterher, der nun von den Deputys aus dem Gerichtssaal geführt wurde.

»Wir legen Berufung ein«, flüsterte Nikki der Familie eindringlich zu. »Wir werden ein neues Verfahren anstrengen und ihn freibekommen.« Doch ihre tröstenden Worte gingen in der Trauerwoge unter, die von Theresa und den Kindern ausging.

Charles stand einfach nur daneben und sah zu, wie sich die tragische Szene vor ihm abspielte, als habe er damit nichts zu tun. Noch nie in seinem ganzen Leben hatte er sich so hilflos, so vollkommen nutzlos gefühlt. Die schrecklichen Bilder brannten sich in ihm ein. Thomas, der mit hängenden Schultern abgeführt wurde. Eine untröstliche Theresa. Der mutige Tiger mit seinem verzweifelten Versuch, sich gegen das Unabwendbare zu stemmen. Und die unschuldige kleine Stinky. Das reine Vögelchen, zerdrückt in den Händen des jungen Besserwissers aus dem Wald. Ihre Unschuld und ihr Vertrauen in das System zerstört durch den Ehrgeiz der Königskobra.

Jemand klopfte ihm auf die Schulter.

»Sie haben in diesem Fall sehr gute Arbeit geleistet«, sagte die Königskobra und streckte ihre Hand aus.

»Ist das etwa Ihr Verständnis von Gerechtigkeit?«, verlangte Charles zu wissen.

Die Königskobra zog ihre Hand wieder zurück. »Nein, das ist keine Gerechtigkeit«, sagte sie voller Verachtung. »Wenn es gerecht zugegangen wäre, hätte ich sie beide drangekriegt.«

Damit machte sie auf dem Absatz kehrt und verschwand den Mittelgang des Gerichtssaals hinunter, während sie auf ihrem Weg die Fragen der Reporter beantwortete.

Charles drehte sich um und ergriff Nikki an beiden Armen. »In einer Stunde treffen wir uns in der Kommandozentrale«, sagte er.

»Ich bin da«, erwiderte sie.

In ihren Augen loderte das Feuer.

68

Charles saß mit dem Rücken zur Tür, als sie hereinkam. Er hatte sich gerade in einige Rechtsfälle vertieft, die ihm vielleicht eine Grundlage boten, um ein neues Verfahren anstrengen zu können. Etwas – egal was –, das Silverman falsch gemacht hatte. Eine schlechte Beweismittelentscheidung, eine fehlerhafte Anweisung an die Geschworenen, ein Einspruch, über den hätte anders entschieden werden müssen. Je tiefer er grub, umso entmutigter wurde er. Sehr zum Nachteil von Thomas Hammond hatte Silverman bisher kaum Fehler gemacht.

Im Raum herrschte Chaos, aber Nikki würde das nicht stören, da war sich Charles sicher. Überall auf dem Boden lagen Papiere verstreut, als wären sie einfach in die Luft geworfen worden, um dann wo auch immer zu landen.

Charles hatte sein Jackett ausgezogen, das Hemd mit Monogramm am Hals aufgeknöpft und die Krawatte gelockert, sodass der Knoten jetzt auf seiner Brust hing.

Sie war bereits eine Viertelstunde zu spät, also verzichtete er darauf, sich umzudrehen, als er hörte, wie sie die Tür zur Kommandozentrale hinter sich zuzog. Er hob den Kopf und rieb sich die Augen. »Warum mussten wir ausgerechnet an Silverman geraten?«, fragte er und drehte sich zu ihr um. »Es gibt nicht viel, aufgrund dessen wir Berufung einlegen könnten, es sei denn ...«

Er blinzelte ... und stand dann langsam auf, ohne sie aus den Augen zu lassen. Sie stand einfach nur da und starrte zurück.

»Denita?«

»Tut mir leid«, sagte sie und kam zögernd auf ihn zu. »Ich habe von dem Urteil gehört ... versucht, dich auf deinem Handy zu erreichen ...«

Charles warf einen Blick durch den unordentlichen Raum. »Das hab ich wohl im Auto vergessen. Wie hast du mich hier gefunden?«

»Der Pförtner hat's mir verraten«, erklärte sie verlegen. Die Sanftheit in ihrer Stimme überraschte Charles. Das passte so gar nicht zu ihr. Sie zappelte ein wenig herum, während sie vor ihm stand, und hantierte mit dem Umschlag in ihren Händen.

Sie trug Jeans, eine weiße Bluse und Sandalen, ganz leger. Ihre Haare waren aus dem Gesicht gekämmt und mit einigen Spangen hochgesteckt. Wie oft hatte er schon diese Haare zurückgestrichen, bevor er Denita küsste? Wie seltsam sich das Verlangen doch anfühlte, in diesem Moment die Hand auszustrecken, ihr Haar zu berühren und sie an sich zu ziehen. *Ich muss emotional wirklich völlig durch den Wind sein.* In ihrer Beziehung war einiges schiefgelaufen, und trotzdem hatte sie noch diese Macht über ihn – die Fähigkeit, ihn in einer Minute auf die Palme zu bringen und in der nächsten zu verzaubern.

»Alles in Ordnung?«, fragte sie ihn.

»Ich weiß es nicht.« Charles zuckte mit den Schultern, selbst erstaunt über die Offenheit seiner Antwort.

»Ich war bei deinem Abschlussplädoyer im Gerichtssaal«, sagte sie, noch immer nervös von einem Bein aufs andere tretend.

»Ich hab dich gesehen.«

»Du warst wirklich gut. Ich war mir so sicher, du hättest die Geschworenen überzeugt.«

Charles seufzte. »Ich auch.«

Sie atmete einmal tief durch, machte einen kleinen Schritt auf ihn zu und sah Charles tief in die Augen. »Vielen Dank dafür«, sagte sie und blickte auf den FedEx-Umschlag in ihren Händen. »Und das ist wirklich der einzige, den du verschickt hast?«

Charles sah ihn sich an und nickte. »Ich hab es einfach nicht übers Herz gebracht, ihn an den Senator zu schicken, also habe ich ihn an dich adressiert. Dachte eigentlich, du hättest ihn schon längst zerschreddert.«

Er sah auf, und ihre Blicke trafen sich. »Du wirst eine gute Richterin abgeben, Denita.«

Zum ersten Mal seit ewigen Zeiten sah er dieses kurze natürliche Lächeln, in das er sich vor so vielen Jahren verliebt hatte. »Ich habe versucht, dir das klarzumachen«, sagte sie. »Was hat deine Meinung geändert?«

Charles ließ sich mit seiner Antwort ein paar Sekunden Zeit. Er wusste es selbst nicht so genau. »Die Blumen auf dem Grab unseres Babys«, erwiderte er schließlich mit plötzlich rauer Stimme. Er musste schlucken und spürte, wie sich seine Kehle angesichts der aufwallenden Gefühle zusammenschnürte. »Blumen, die nicht ich dort abgelegt hatte.«

Ohne zu zögern, ging sie auf ihn zu und umarmte ihn. »Es tut mir leid«, flüsterte sie. »So viele Dinge tun mir leid.«

Ohne wirklich groß darüber nachzudenken, erwiderte er die Umarmung. Es fühlte sich einfach so natürlich an. Ihr Geruch, ihr Shampoo und der vertraute Duft ihres Parfüms riefen so viele Erinnerungen wach. Die vier Jahre der Trennung begannen für Charles dahinzuschmelzen. Hatte sie sich tatsächlich so sehr verändert? Langsam löste sie sich aus der Umarmung, doch sie hielten sich noch immer an den Händen, ihre linke ruhte in seiner rechten. In der anderen Hand hielt sie noch immer den Umschlag.

Und dann spürte er ihn.

Einen Ring! Ein Diamantring! Er starrte auf ihn hinunter. Kein Ehering, aber definitiv ein Verlobungsring.

Zum zweiten Mal an diesem Tag fühlte er sich, als habe ihm jemand einen unerwarteten Schlag in die Magengrube versetzt. Seine Hoffnung auf Versöhnung, die so unwahrscheinlich und doch vor ein paar Sekunden noch so überwältigend gewesen war, zerbrach nun in tausend Scherben. Sofort schirmten sich seine Emotionen ab – ein ungewollter Schutzmechanismus –, sodass er matt und leer und für den Moment völlig gefühllos vor ihr stand. Ohne mit der Wimper zu zucken, nahm er den Schlag hin. Durch die Hand anderer hatte er heute bereits genug einstecken müssen. Nun setzte seine Exfrau dem Ganzen die Krone auf.

Sie musste seine Gedanken erraten haben – es schien, als habe sie immer gewusst, was in seinem Kopf vor sich ging – und zog ihre Hand zurück. Sie blickte nun selbst auf den Ring und dann wieder zu ihm hoch.

»Meinen Glückwunsch«, brachte er zustande.

»Du würdest ihn mögen«, sagte Denita errötend. »Er erinnert mich sehr an dich während unserer ersten Jahre.«

Er wusste, dass sie es als Kompliment gemeint hatte, doch dieser Satz traf ihn trotzdem mitten ins Herz. Die Botschaft war klar. Hätte er sich nicht verändert, wäre er nicht konvertiert, hätte er sie niemals verloren. Ein unüberwindbares Gefühl von Traurigkeit drang durch seinen Schutzwall zu ihm hindurch. Nun war es wirklich ein für alle Mal aus zwischen ihnen. Die schreckliche Endgültigkeit dieser Erkenntnis war für ihn körperlich spürbar. Keine Hoffnung, jemals wieder zueinanderzufinden; keine Aussicht, dass Denita Christus als ihren Erlöser anerkennen und ihr Ehegelübde mit Charles erneuern würde. Er war genauso am Boden zerstört wie in jener Nacht, als sie ihm von dem anderen Mann erzählt hatte und ihm mitteilte, sie wolle sich scheiden lassen.

Was hatte ich denn erwartet? Dass dieser Brief – meine Entscheidung, unser Geheimnis zu wahren – alles wieder in Ordnung bringen würde? Uns wieder zusammenführen würde? Warum komme ich von dieser Frau einfach nicht los? Warum bedeutet sie mir immer noch so viel?

Er atmete tief durch. Auf einmal schien ihm die Luft im Raum schwer und abgestanden zu sein. Er musste jetzt allein sein, um das alles zu verarbeiten.

Genau in diesem Moment platzte Nikki in den Raum, die noch nie ein gutes Gespür für Timing gehabt hatte. »Entschuldige die Verspätung«, rief sie und blieb dann abrupt stehen, als sie Denita sah.

Nikki hatte sich umgezogen und trug nun tief sitzende Baumwollshorts mit umgekrempeltem Hosenbund und ein abgeschnittenes Baumwollshirt, das ihren Bauch samt Nabelpiercing entblößte. In der rechten Hand hielt sie ein Paar Sandalen, die sie sofort auf den Boden schmiss. In der linken trug sie die letzten zwei verbleibenden Flaschen eines Corona-Sixpacks.

Charles fing sich wieder und stellte die beiden Frauen einander vor, wobei er beobachten konnte, wie Nikkis Blick sich verfinsterte, als sie sich die Hände reichten. »Danke, dass Sie sich zu uns gesellen«, murmelte Nikki.

»Ich war gerade im Begriff zu gehen«, erwiderte Denita. Auf einmal war sie wieder ganz förmlich. »Ich wollte nur kurz vorbeischauen, um ein paar Dinge mit Charles zu besprechen.«

Obwohl Charles höflich protestierte, beharrte Denita darauf, dass sie nun wieder gehen musste. Er begleitete sie auf den Flur hinaus, wo sie stehen blieben und sich lange Zeit nur stumm ansahen. Denita neigte den Kopf zur Kommandozentrale. »Wirkt gar nicht, als wäre sie dein Typ.«

»Ist sie auch nicht«, erwiderte er, obwohl er sich da nicht so sicher war. Im Moment war er sich über überhaupt nichts im Klaren.

»Du bist ein toller Mann, Charles«, sagte Denita zärtlich. Dann griff sie nach seinem Arm, lehnte sich vor und küsste ihn auf die Wange. »Es tut mir leid, dass es mit uns nicht funktioniert hat.«

Bevor er etwas erwidern konnte, bevor er zugeben konnte, wie sehr auch er diese Tatsache bereute, ließ sie seinen Arm los und wandte sich ab. Und dann, wie schon so viele Male zuvor, sah Charles ihr hinterher, als sie davonging; starrte auf ihren Rücken, während sein Herz von dem altbekannten Schmerz verpasster Chancen zusammengepresst wurde.

Er stand eine Weile nur da und spulte in seinem Kopf die Erinnerungen an die gemeinsame Zeit ab, wie ein selbstgedrehtes Video, das auf Schnellvorlauf gestellt war. Sofort wurde er von einer emotionalen Flut überwältigt, als würden alle Gefühle, die er Denita jemals gegenüber empfunden hatte, in diesem Moment auf einmal über ihn hereinstürzen. Danach fühlte er sich völlig verausgabt. Er wollte jetzt nur noch allein sein, einfach irgendwo zur Ruhe kommen und sich mit der Situation auseinandersetzen. Ein weiteres Mal über sie hinwegkommen ... irgendwie diese Gefühle loswerden, die er schon zu lange in sich aufgestaut hatte.

Auf einmal musste er an den Traum denken, den er vor ein paar Tagen gehabt hatte: Die arrogante Denita hoch auf ihrem Richterthron blickte über einen Friedhof voller Kindergräber und lachte ihn aus. Ihm ging durch den Sinn, wie sehr sich die echte Denita von der im Traum unterschied. Gott hatte sie auf irgendeine Weise demütiger gemacht. Jetzt schämte er sich ein wenig, dass er überhaupt daran gedacht hatte, Senator Crafton diesen Brief zu schicken und diesem dummen Traum so viel Bedeutung beizumessen. Denn war das nicht auch derselbe Traum, demzufolge er Nikki heiraten würde?

Ja, klar.

Nikki. Seine Braut in spe. Die sternhagelvoll auf ihn in der Kommandozentrale wartete und sich juristische Strategien zurechtlegte, die niemals funktionieren würden. Auf einmal hatte er nicht mehr die Kraft, dort hineinzugehen und sich auch noch *damit* auseinanderzusetzen.

Doch er wusste, dass er es zumindest versuchen musste. Das war er Thomas schuldig.

Er legte den Kopf in die Hände, lehnte sich an die Wand und begann zu beten.

* * *

Nikki lag ausgestreckt auf dem Boden, als Charles sich genug gesammelt hatte, um in die Kommandozentrale zurückzukehren. Gerade war sie damit beschäftigt, irgendein Dokument zu lesen und dabei ihr Corona zu trinken.
»Willst du auch eins?«, fragte sie, und streckte Charles ihre Flasche entgegen.
»Was?«
»Willst du ein Bier?«
Charles sah sie an und zog die Augenbrauen zusammen. »Du kannst hier kein Bier trinken. Das hier ist eine *christliche* Jurafakultät.«
»Okay«, sagte sie und nahm einen großen Schluck. »Bist du sicher, dass du keins willst?«
»Ja.«
»Selbst schuld.«
Charles gesellte sich zu ihr auf den Boden, und eine Weile saßen sie nur schweigend da, während Nikki ihr Bier trank und Charles vor sich hinstarrte. Er hoffte, Nikki würde ihm eine Frage über Denita stellen. Das könnte er dann als Aufforderung betrachten, ihr von ihrer Beziehung zu erzählen. Doch das tat sie nicht, und so versuchte er, die Gedanken an Denita zu verdrängen, indem er sich auf ihren Fall konzentrierte. Beide Themen bereiteten ihm Bauchschmerzen.
»Es lag an Buster«, sagte er schließlich. »Sie müssen Buster geglaubt haben.«
Nikki rülpste. »Jep. Ich kann nicht fassen, dass sie ihm die Nummer tatsächlich abgekauft haben. Der Typ ist so ein Schwachkopf.«
»Aber ein freier Schwachkopf«, widersprach Charles. Auf einmal schien Busters Aussage und dieser ganze Fall so weit weg zu liegen, so unbedeutend zu sein.
»Aber ein freier Schwachkopf«, wiederholte Nikki. Aus irgendeinem Grund schien sie sich über den Gedanken köstlich zu amüsieren und kicherte drauflos. Dann blickte sie zu Charles, der offensichtlich nicht verstand, was daran so witzig sein sollte. »Entschuldigung«, sagte sie betreten.

Sie nahm noch einen Schluck aus ihrer Flasche und sprach im Tonfall einer Person mit etwas schwerer Zunge weiter. »Also, Charles, du großer Magier, wie willst du es *diesmal* schaffen, ein neues Verfahren aus dem Hut zu zaubern?« Ihre Stimme ging in der Mitte des Satzes eine Oktave höher, um ihrer Frage Nachdruck zu verleihen.

Er seufzte. Das war zwar nicht die Frage, auf die er gehofft hatte, aber er versuchte sich dennoch auf den Fall zu konzentrieren. »Ich hab in den neunzig Minuten, seitdem ich hier bin, nichts anderes gemacht, als Fälle zu studieren«, sagte Charles. Nikki schien den leisen Tadel wegen ihrer Verspätung nicht wahrzunehmen. »Uns bleiben im Prinzip nur zwei Argumente, auf die wir einen Berufungsantrag stützen könnten, und beide sind weit hergeholt.«

Charles beobachtete Nikki, die das Etikett von ihrer Flasche abzog.

»Erstens will ich vorbringen, dass Richter Silverman Reverend Beckham nicht als Zeuge hätte zulassen dürfen, da dessen Aussage gegen das Beichtgeheimnis verstieß. Zweitens werde ich anbringen, dass keine vernünftige Jury nur Thomas und nicht auch Theresa für schuldig erklären konnte. Ich meine, sie haben absolut übereinstimmend gehandelt. Es gab keinen Nachweis, dass sich sein Verhalten von ihrem unterschied ...«

»Außer Busters Aussage«, fiel ihm Nikki ins Wort.

»Ja, außer Busters Aussage«, stimmte Charles zu.

Wieder legte sich Stille über den Raum, während die beiden über das Ausmaß von Buster Jacksons Verrat nachdachten.

»Eine Unterhaltung unter Knastbrüdern«, murmelte Charles. »Ich habe ihm nie richtig vertraut, aber damit hätte ich nicht gerechnet. Er verdankt Thomas sein Leben.«

»Und jetzt auch seine Freiheit«, fügte Nikki hinzu.

Charles nickte. »Heute Morgen, was mittlerweile eine Ewigkeit her zu sein scheint, waren wir klar im Vorteil. Armistead ist gestern im Zeugenstand auseinandergefallen, und dann hat Tiger die Königskobra zum Mittagessen verspeist. Ich war so überzeugt davon, dass wir auf jeden Fall gewinnen würden. Und nach den Auszügen aus Theresas Tagebuch am ersten Tag dachte ich, wenn einer verurteilt werden würde, dann sie und nicht er. Ich hätte mir in meinem Abschlussplädoyer mehr Zeit nehmen sollen, Busters Glaubwürdigkeit infrage zu stellen. Ich hätte nie gedacht, dass ihm die Geschworenen glauben würden ...«

»Halt mal«, sagte Nikki. »Noch mal zurück. Was hast du da eben gesagt?«

»Dass ich bei meinem Abschlussplädoyer mehr auf Busters Aussage hätte eingehen sollen. Ich dachte einfach nur ...«

»Nein, das davor.«

»Ähm, dass ich davon ausgegangen war, wenn jemand verurteilt werden würde, dann Theresa, nicht Thomas?«

»*Stopp!*«, sagte Nikki. »*Das ist es!*« Sie stellte ihre fast leere Flasche auf dem Boden ab und versuchte aufzustehen, stolperte aber und fiel auf Hände und Knie. Schnell krabbelte sie ein paar Schritte auf Charles zu und verharrte dort. Auf allen vieren starrte sie ihn mit ihren vor Aufregung funkelnden Augen an.

»Siehst du das nicht?«, rief sie. »Wir wurden reingelegt.«

»Nikki, am besten bringen wir dich jetzt einfach nach Hause und reden dann morgen weiter.«

Sie krabbelte noch näher auf ihn zu, stützte sich auf ihre Knie auf und sah zu Charles hoch, dessen Gesicht sie mit beiden Händen umschloss. »Schau mich an«, bettelte sie, »und hör mir zu. Wir ... sind ... reingelegt ... worden.«

»Und?«, sagte Charles.

»Und ich gedenke, etwas dagegen zu tun«, erklärte Nikki. Dann ließ sie Charles Gesicht wieder los und erhob sich schnell, mit einem kleinen Ausfallschritt, um das Gleichgewicht nicht zu verlieren. »Sobald ich von der Toilette zurück bin.«

69

Vierundzwanzig Stunden später saß Nikki im Befragungsraum des Stadtgefängnisses von Virginia Beach Thomas Hammond gegenüber. Ihre rasenden Kopfschmerzen waren ein wenig abgeklungen. Den ganzen Tag hatte sie mit der vergeblichen Suche nach Buster Jackson zugebracht. Ihr war heiß, sie war müde und nicht in Stimmung für Thomas' Missmut. Seit fünfzehn Minuten saß sie nun schon hier, und in dieser Zeit hatte er kaum ein Wort gesprochen.

»Wo ist Buster Jackson?«, fragte sie ihn nun schon zum dritten Mal.

Thomas zuckte mit den Schultern.

»Hören Sie«, sagte Nikki entnervt, »ich versuche doch nur, Ihnen zu helfen. Aber das kann ich nicht, wenn Sie mich nicht lassen.«

»Sie haben alles getan, was Sie konnten«, erklärte Thomas. »Es ist vorbei.«

»Es ist eben nicht vorbei«, sagte Nikki und schlug mit der flachen Hand auf den Tisch. »Warum sind Sie nur so fest entschlossen, sich zum Märtyrer zu machen?«

Thomas schwieg. Nikki starrte ihn an und wartete über eine Minute, bis er antwortete.

»Wo ist Charles?«, wollte Thomas wissen.

»Er arbeitet gerade einen Antrag und Schriftsatz aus, um ein neues Verfahren anzustrengen und *Sie* aus dem Knast zu holen. Er geht die Beweismittel für die Anhörung zur Strafzumessung durch, damit *Ihre* Haftstrafe so gering wie möglich ausfällt. Ich habe heute ganz Tidewater nach Buster Jackson abgesucht, um *Sie* freizubekommen, und Sie scheinen der Einzige zu sein, dem es egal ist, wie lange Sie weggesperrt werden.«

»Das ist nicht wahr«, protestierte Thomas.

»Dann sagen Sie mir, wo ich Buster Jackson finde!«, schrie Nikki.

»Das kann ich nicht«, erwiderte Thomas.

»Ich bitte Sie!« Nikki stand auf und lehnte sich drohend über den Tisch. »Was stimmt denn bloß nicht mit Ihnen?«

Wieder zuckte Thomas nur mit den Schultern.

»Wissen Sie, was ich glaube?«, fragte sie ihn. Er zeigte keine sichtbare Reaktion. »In Ordnung, ich sage Ihnen, was ich glaube. Und Sie können derweil einfach nur wie ein erbärmlicher selbst ernannter Märtyrer dahocken und sich in Ihrem Selbstmitleid suhlen. Ich glaube, dass Folgendes passiert ist: Sie haben Buster zu dieser Aussage angestiftet. Sie haben gehört, dass wir am ersten Abend nach der Verhandlung im Besprechungsraum darüber geredet haben, wie gut alles gelaufen ist – bis auf die Aufnahme von Theresas Gebetstagebuch als Beweismittel, für das wir keine passende Antwort liefern konnten. Sie wollten damals aussagen. Sie meinten, dass es nicht richtig wäre, wenn Theresa den Kopf hinhalten müsse. Ich versuchte Ihnen klarzumachen, dass überhaupt keine Köpfe rollen würden, aber Sie haben mir nicht geglaubt. Sie konnten sich in dieser Hinsicht nicht sicher sein.«

Nikki beobachtete Thomas' Gesicht, während sie sprach. Es glich einer ausdruckslosen Maske.

»Dann sind Sie an jenem Abend in Ihre Zelle zurückgekehrt und haben mit Buster gesprochen. Sie haben Ihn gebeten, den Informanten für Sie zu spielen, um Theresa aus der Schusslinie zu holen und dafür zu sorgen, dass die Geschworenen Sie und nicht Theresa für schuldig erklären. War es nicht so?«

Thomas starrte einfach stur geradeaus, als hätte er kein Wort gehört.

»Mir kam es am nächsten Tag seltsam vor, dass Sie nach einem solch erfolgreichen Tag vor Gericht so emotional oder besser gesagt: so wehmütig auf Tiger reagierten. Es war das erste und einzige Mal, dass ich Sie habe weinen sehen, als wüssten Sie, dass Ihnen etwas Schlimmes bevorstand. Und als Buster aussagte, war er mit seiner Formulierung äußerst vorsichtig. Ich habe heute Morgen als Erstes meine Aufzeichnungen überprüft und dann den Gerichtsschreiber angerufen – der mir die Aussage übers Telefon vorlas.«

Nikki zog ein Stück Papier aus ihrer Jeanstasche und las die handschriftliche Notiz darauf vor: »Laut Buster haben Sie Folgendes zu ihm gesagt: ›Wenn ich nicht aussage, wird sich die Jury fragen, warum. Wenn ich aussage, kommt alles raus. Wie kann mich eine Jury laufen lassen, wenn sie hört, dass ich davon gewusst hab, dass mein Junge sterben wird, aber den Kleinen trotzdem nicht ins Krankenhaus gebracht hab? Was sonst sollte eine Jury mit einem machen, der verlangt hat – ich meine geradezu befohlen hat –, dass seine Frau das Kind ganze drei Tage lang nicht ins Krankenhaus bringen darf – obwohl er die ganze Zeit wusste, dass der Junge im Sterben liegt?‹«

Nikki faltete das Papier wieder zusammen und stopfte es sich in die Hosentasche. »In der Aussage wimmelt es nur so von ›wenn‹ und ›wenn nicht‹, Thomas. Und wissen Sie, was ich glaube?«

Sie lehnte sich über den Tisch vor und sah Thomas direkt in die Augen. »Ich denke, Sie haben dieses Geständnis nur gemacht, um Theresa zu schützen«, flüsterte sie. »Ich finde, das war unglaublich ehrenwert, aber auch sehr, sehr dumm von Ihnen. Ohne Busters Aussage hätten wir Sie beide freibekommen. Aber wenn Sie mir jetzt wenigstens verraten, wo sich Buster aufhält, können wir ihn zumindest am Montagmorgen vorladen und versuchen, ein neues Verfahren für Sie anzustrengen. Und, Thomas, eines kann ich Ihnen versichern: An Theresas Freispruch wird das nichts ändern. Daran gibt's jetzt nichts mehr zu rütteln.«

»Ich kann nicht«, sagte Thomas schlicht. »Ich habe ihm mein Wort gegeben.«

Nikki seufzte und lehnte sich in ihren Stuhl zurück. »Thomas, Thomas ... so ehrenhaft und doch so fehlgeleitet.«

Sie stand auf, um zu gehen, entschloss sich dann aber, einen letzten Versuch zu starten. »Wenn Sie mir schon nicht verraten wollen, wo er ist, dann lassen Sie ihn zumindest wissen, dass ich mich mit ihm treffen will. Morgen Abend. Am McDonald's auf dem Battlefield Boulevard in Chesapeake. Gegenüber vom Krankenhaus. 21.00 Uhr.«

Thomas blieb stumm, doch Nikki meinte, die leise Andeutung eines Kopfnickens gesehen zu haben.

»Danke«, sagte sie, als hätte er versichert, dass Buster auch auftauchen würde. Dann rief sie schnell nach der Wache, bevor Thomas noch weiter darüber nachdenken und es sich anders überlegen konnte.

70

Am Sonntagabend verschwammen die Worte auf Charles' Bildschirm langsam. Das ganze Wochenende hatte er sich in seinem Büro verschanzt, um einen Fall nach dem anderen durchzugehen. Dabei war er so verzweifelt, dass er sogar Denita anrief, um zu fragen, ob ihr nicht irgendwelche guten Gründe für einen Berufungsantrag einfielen. Bis zum Nachmittag mailte sie ihm eine Liste mit ihren Rechercheergebnissen, aus der hervorging, dass sie in der gleichen Sackgasse gelandet war wie er.

Allmählich wurde die Zeit knapp, und er kam einfach nicht voran. Er griff nach seinem Basketball, stand auf und streckte sich. Dann warf er ein paar Körbe und zog Bilanz.

Selbst wenn Nikki wegen der Sache mit Thomas und Buster recht hatte, und davon ging er aus, würde das nichts ändern. Aus verfahrensrechtlicher Sicht hatte er im Zeugenstand die Wahrheit gesagt und einfach nur wiederholt, was Thomas am Abend zuvor in der Zelle ausgeplaudert hatte. Und auch an Thomas' Aussage ließ sich nicht rütteln, da sie als hypothetische

Feststellung formuliert war. »Wenn die Jury jenes erführe, würde sie dieses oder jenes tun.« Es war frustrierend, dass Thomas versucht hatte, auf eigene Faust für Gerechtigkeit zu sorgen, denn sein Manipulationsversuch bot noch lange keine Grundlage für ein neues Verfahren.

Charles konnte sich bildhaft vorstellen, was passieren würde, wenn er versuchte, Richter Silverman aufgrund von Busters Aussage zur Eröffnung eines neuen Verfahrens zu überreden. »Wissen Sie, Herr Richter, dieses angebliche Geständnis, das mein Mandant im Gefängnis abgelegt hat, war eigentlich gar keins. Er hat sich das alles nur ausgedacht, damit die Jury bei ihrem Urteil einen Kompromiss finden und ihn verurteilen würde und seine Frau für unschuldig erklärt.« Er konnte Silvermans Antwort förmlich hören: »Na, das ist ja mal ganz was Neues, Mr Arnold – zu behaupten, ein Geständnis wäre gar keins gewesen. Die Geschichte habe ich erst von den letzten fünf Angeklagten zu hören bekommen.« Nein, Nikkis Theorie mochte zwar stimmen, aber das brachte sie auch nicht weiter.

Er las sich noch einmal Denitas lange E-Mail durch und die Fälle, die sie ihm geschickt hatte. Auch wenn er ihre Bemühungen zu schätzen wusste, war sie mit ihren Nachforschungen auch nicht erfolgreicher gewesen als er. Der vielversprechendste Ansatz war immer noch die Diskrepanz zwischen dem Urteil für Theresa und dem gegen Thomas. Doch in Wirklichkeit war auch dieses Argument ziemlich fadenscheinig. Es war gang und gäbe, dass Geschworene unterschiedliche Urteile gegenüber Mitangeklagten aussprachen. Das allein machte das Urteil noch lange nicht anfechtbar, besonders in diesem Fall, da Busters Aussage die Grundlage dafür bot, den einen Angeklagten schuldig-, den anderen aber freizusprechen. Und auch mit dem Vorwurf, das Beichtgeheimnis sei verletzt worden, würden sie nicht durchkommen. Silverman hatte richtig entschieden, dass dieses Privileg freiwillig aufgegeben worden war, zumindest entsprechend der Fälle, die Charles und Denita recherchiert hatten.

Charles machte einen weiteren Wurf. Der Ball prallte am Ring ab und hüpfte aus dem Korb. Sie befanden sich jetzt an einem Punkt, gestand er sich ein, wo er nur noch dafür sorgen konnte, dass Thomas mit der Mindeststrafe davonkam. Silverman stand bei der Bestimmung des Strafmaßes viel Spielraum zur Verfügung: zwölf bis dreißig Jahre. Es gab genug mildernde Umstände, die Charles am Montag vorbringen konnte. Silverman schien ein vernünftiger Mann zu sein. Wenn Charles es schaffte, dass nur die

Mindeststrafe verhängt wurde und Thomas sich im Gefängnis vorbildlich verhielt, konnte er in fünf Jahren wieder draußen sein. Keine perfekte Lösung, aber das Beste, was er unter den gegebenen Umständen zu erwarten hatte.

Ein weiterer Wurf gegen den Ring, auch dieser ging daneben. Zeit, einen Appell an das Mitleid des Richters zu formulieren. Sollte Silverman die harte Tour fahren und an Thomas ein Exempel statuieren, würden die Kinder ohne Vater aufwachsen. Charles setzte sich erneut vor seinen Computer, rieb sich die Augen und begab sich wieder auf die Suche nach dem für seine Verteidigung perfekten Fall.

*** * ***

Um 21.15 Uhr wurde Nikki langsam unruhig. Zum ersten Mal in ihrem Leben war sie pünktlich gewesen, sogar fünf Minuten zu früh. Nun saß sie bereits seit zwanzig Minuten in derselben Essnische des McDonald's und beobachtete jedes Auto, das auf den Parkplatz fuhr, während sie Ausschau nach Buster Jackson hielt. Sie hatte bereits zwei Cola Light intus und war einmal schnell auf die Toilette verschwunden. Mittlerweile hatte sie die Hoffnung aufgegeben.

Sie entschloss sich, bis 21.30 Uhr zu warten, keine Minute länger. Die von ihr geplante Aktion ließ sich auch ohne Buster Jackson durchführen, wurde dann aber umso schwieriger. Doch eines war sicher: Wenn sie länger als 21.30 Uhr wartete, würde sie ihre Chance verpassen.

Sie trug schwarze Stonewashed-Jeans und ein schwarzes T-Shirt. Ihr langes schwarzes Haar hatte sie zu einem Pferdeschwanz zusammengebunden und unter einer Nike-Baseballkappe versteckt, die ebenfalls schwarz war. In der rechten Vordertasche ihrer Hose steckten schwarze Latexhandschuhe. In die andere hatte sie einen Kugelschreiber und ein paar ihrer Visitenkarten geschoben, falls sie sich schnell etwas notieren musste. In ihrer linken Gesäßtasche steckte eine Taschenlampe in Stiftformat und in der rechten ein kleines Springmesser. Sie trug weder Make-up noch Schmuck.

Nikki hatte genügend Agentenfilme gesehen, um genau zu wissen, wie sie vorgehen musste.

Allerdings hoffte sie auf Unterstützung durch einen Nebendarsteller.

Weitere fünfzehn Minuten verstrichen, in denen sie jedes Auto, jeden Mini-Van und jeden Geländewagen beäugte, der auf den Parkplatz fuhr, in der Hoffnung, aus einem von ihnen würde Buster Jackson steigen. Auf der Straße herrschte so gut wie kein Verkehr, und niemand, der sich dort aufhielt, ähnelte Buster auch nur im Geringsten. Um 21.30 Uhr überredete sie sich selbst, noch fünf Minuten zu warten, dann zehn. Mittlerweile war es dunkel geworden, genauer gesagt war es seit einer Dreiviertelstunde dunkel, und ihr lief die Zeit davon. Sie würde die Sache also allein durchziehen müssen.

Langsam ging sie zu ihrem Sebring, während sie den Hals reckte, um die Straße runter- und hochsehen zu können, in der Gewissheit, dass Buster auf den Parkplatz fahren würde, sobald sie weg war. Aber sie konnte nicht länger warten. Armistead arbeitete heute von 15.00 bis 23.00 Uhr und würde spätestens um 23.30 Uhr zu Hause sein. Schon jetzt blieb ihr weniger Zeit, als ihr lieb war.

Mit einem Seufzer verfluchte sie Buster leise und stieg in ihren Wagen. Dann drückte sie das Gaspedal durch, warf einen letzten Blick auf den McDonald's in ihrem Rückspiegel und raste Woodard's Mill entgegen.

71

Nikki ließ den Sebring etwa vierhundert Meter vor Armisteads Haus stehen. Sie parkte in einer Seitenstraße, die ein paar Straßenzüge entfernt lag, und lief dann durch die Hintergärten, um zur richtigen Straße zu gelangen. Strammen Schrittes ging sie auf die Einfahrt zu und rannte dann zum Haus hoch, nachdem sie sich vergewissert hatte, dass kein Auto vorbeifuhr. In der Auffahrt stand kein Wagen, und im Inneren des Hauses brannte nur wenig Licht. Armistead hatte die Lampe draußen über dem Eingangsbereich angelassen und eine weitere im hinteren Wohnzimmer.

Sie stieg schnell die Treppen zur Vordertür hoch, blickte über ihre Schulter und klingelte. Mit angehaltenem Atem wartete sie ab. Nichts passierte. Sie wusste selbst nicht, was sie gesagt hätte, wenn Armistead zur Tür gekommen wäre. »Oh, ich komme von den Eagle Cleaners und wollte mal eben bei Ihnen die Bäder schrubben. Dürfte ich mir vielleicht Ihre Zahnbürste ausleihen?« Glücklicherweise musste sie sich darüber jetzt keine Sorgen mehr machen. Sie zog den Schlüssel aus der Tasche und öffnete die Tür.

Hastig schlüpfte sie ins Innere des Hauses, zog die Tür hinter sich zu und gab den Sicherheitscode in die Tastatur der Alarmanlage ein. Es würde Armisteads zwanghafter Art ähnlich sehen, den Code jede Woche zu ändern. Sie wartete ein paar Sekunden. Nichts zu hören. Vielleicht ging gerade ein stiller Alarm los, der sofort an die Polizei weitergeleitet wurde, doch das Risiko musste sie jetzt eingehen.

Jetzt war es offiziell. Sie war unter die Einbrecher gegangen. Keine Ausrede, keine Rechtfertigung. Sie betätigte den Lichtknopf auf ihrer Uhr: Es war 21.59 Uhr. Ihr blieb noch eine Stunde – sie musste sich beeilen.

Sie fing im Arbeitszimmer an. Sie hatte sich noch ein paar Gedanken zu dem Passwort gemacht und versuchte es mit dem Namen seines College und der Uni, an der er Medizin studiert hatte. Ohne Erfolg. Auf der Rückseite einer ihrer Visitenkarten hatte sie sich alle möglichen Kombinationen seines Geburtsdatums notiert. Auch das brachte sie nicht weiter. Seine Sozialversicherungsnummer. Nichts. Der Mädchenname seiner Mutter. Falsch. Sie versuchte es mit dem Standardwitz: 1 2 3 4 5. Auch ein Fehlschlag. Fünfzehn Minuten lang probierte sie jede logische Passwortkombination, die ihr einfiel. Vergebens.

Mithilfe ihrer kleinen Taschenlampe ging sie erneut die Finanzunterlagen durch. Sie hatte viel darüber nachgedacht. Das ungewöhnliche Treffen zwischen der Königskobra und Armistead, Armisteads Falschaussage im Hammond-Fall und die Überweisung von vierhunderttausend Dollar an ein unbekanntes Konto kurz nach Erica Armisteads Tod ließen nur einen Schluss zu: Armistead und die Königskobra hatten eine Affäre. Erica musste ihnen auf die Schliche gekommen sein und Sean mit der Scheidung gedroht haben, wodurch sein Anteil an ihrem Treuhandfonds gefährdet war. Also hatte Sean wohl einen Auftragskiller angeheuert, um seine Frau loszuwerden und sein Leben mit der Königskobra als sehr reicher Mann genießen zu können. Die Königskobra musste ihm gesagt haben, an wen er sich für einen solchen Job zu wenden hatte.

Aber Nikki brauchte Beweise. Hektisch blätterte sie durch Armisteads Unterlagen auf der Suche nach etwas, das ihr beim ersten Mal entgangen war. Seine Handyrechnung sah vielversprechend aus. Armistead hatte offenbar einen Tarif gewählt, bei dem die Freiminuten begrenzt waren, und so war auf der Rechnung jede einzelne Nummer aufgelistet, die er angerufen hatte, ebenso die Dauer des jeweiligen Gesprächs. Das letzte Mal hatte sie nur die Nummern der Ferngespräche notiert; doch jetzt wollte sie sich auf die Ortsgespräche konzentrieren. Eine Nummer schien Sean Armistead besonders oft angerufen zu haben. Nikki würde jede Wette eingehen, dass es sich dabei um die Handynummer der Königskobra handelte. Sobald sie wieder draußen an ihrem Auto war, würde sie die Nummer über ihr eigenes Handy wählen. Sie faltete die Telefonrechnungen der letzten drei Monate zusammen und stopfte sie sich in die Hosentasche.

Mittlerweile war es 22.28 Uhr. Nikkis Herz schien mit jeder Minute, die verstrich, immer schneller zu schlagen. Sie war illegal in Armisteads Haus eingedrungen und hatte nun auch noch einen Bagatelldiebstahl begangen, indem sie die Rechnungen an sich nahm.

Nach weiteren zwanzig Minuten musste sie feststellen, dass die Finanzunterlagen keine neuen Erkenntnisse hergaben. Zeit, andere Verstecke aufzuspüren. Das Wohnzimmer am hinteren Ende des Hauses würde sie auslassen, da es zu gut beleuchtet war. Auch wenn man nur von Armisteads Garten hinter dem Haus Einblick in den Raum hatte, war Nikki nicht bereit, dieses Risiko einzugehen. So leise wie möglich stieg sie die Vordertreppe hoch und steuerte direkt auf das Hauptschlafzimmer zu.

Nur mithilfe des dünnen Lichtstrahls ihrer Taschenlampe durchsuchte sie die Socken- und Unterwäscheschubladen, überprüfte den Schlitz zwischen den Matratzen sowie jede Ecke und jeden Winkel der Kommode. Sie schob eine Schublade zu, wobei aus Versehen etwas von der Kommode herunterfiel. Als sie sich bückte, um es aufzuheben, drang ein anderes Geräusch an ihr Ohr. *Waren das etwa Reifen auf Asphalt?* Sie schaltete die Taschenlampe aus und ging zum Fenster, das über die Auffahrt blickte. Langsam drehte sie den Stab, mit dem sich die Lamellenfenster öffnen ließen.

Stocksteif stand sie da und wartete mit angehaltenem Atem ab. Kein Auto. Keine weiteren Geräusche. 22.58 Uhr. *Beruhig dich, Mädel; du machst dich nur selbst verrückt.* Sie betrat die riesige begehbare Ankleide – ein großer Raum voller Schuhe, Kleidung und Kartons. Während sie sich umschaute, stellte sie fest, dass nichts in diesem Zimmer Sean gehörte. Sie mussten wohl getrennte Schlafzimmer gehabt haben. Wohin man auch sah, überall stapelten sich Ericas Sachen. Nikki war ein wenig erstaunt darüber, dass der so zwanghaft penible Sean noch nicht alles ausgeräumt hatte, aber andererseits war Erica auch erst seit ein paar Wochen tot. Sie wusste, dass hinterbliebene Eheleute oft Monate brauchten, um die persönlichen Gegenstände ihrer verstorbenen Ehepartner wegzuräumen. Und in diesem Fall würde es Sean mit Sicherheit nicht behagen, in dem Zimmer zu schlafen, das einst Ericas Reich gewesen war. Nikki wäre nicht überrascht, wenn sie in ein paar Monaten das Haus unter den Immobilienanzeigen wiederfinden würde.

Während sie sich weiter in dem Raum umsah, fielen ihr ein Dutzend Handtaschen ins Auge, von denen einige mit lauter Krimskrams vollgestopft waren. Sofort griff sie sich die Taschen und begann, deren Inhalt zu überprüfen.

Eine war aus einfachem, beigefarbenem Baumwollstoff gefertigt und prall gefüllt mit Haarbürsten, Papieren, Fotos, Hygieneartikeln und einem Portemonnaie. In dem Portemonnaie befanden sich zahllose Kreditkarten, Quittungen und andere Wertsachen. Nikki klemmte sich die Taschenlampe in einem schrägen Winkel unters Kinn und begann, alle Zettel durchzusehen. »*Volltreffer!*«, flüsterte sie aufgeregt. Sie war auf ein kleines Stück Papier gestoßen, auf dem der Name und die Adresse von Rebecca Crawford geschrieben standen. Die Handschrift sah aus wie die einer Frau. Mithilfe eines Handschriftexperten könnte dies der Beweis sein, dass Erica von der Affäre gewusst hatte.

Nikki schob den Zettel tief in ihre Tasche und stellte die Handtaschen zurück an ihren Platz. Sie wollte unten im Erdgeschoss noch ein paar andere Stellen überprüfen und auch die Handschuhfächer der Autos, die in der Garage standen. Ein erneuter Blick auf die Uhr verriet ihr, dass es bereits 23.10 Uhr war. Jetzt wurde die Zeit wirklich knapp. Ihr blieben nur noch wenige Minuten.

Wieder hörte sie ein Geräusch. *Entspann dich!* Sie atmete tief durch. Die Stille schien in ihren Schläfen zu pulsieren, gegen ihr Hirn zu pochen.

Vorsichtig und leise trat sie aus dem begehbaren Kleiderschrank zurück ins Schlafzimmer. Sie sah sich um, konnte aber nichts entdecken, was für ihre Ermittlungen hilfreich gewesen wäre. Gerade wollte sie das Zimmer verlassen, als ein weiteres Geräusch zu hören war. Diesmal gab es kein Vertun, denn ihm folgte sofort ein aufblitzendes Licht, das durch die Blenden des Fensters in den zweiten Stock fiel. Da war ein Auto in der Auffahrt! Instinktiv sprang Nikki vom Fenster zurück, presste sich mit dem Rücken an die Wand und tastete sich zentimeterweise wieder zum Fenster vor, um hinauszusehen.

Vorsichtig linste sie durch die Lamellen der Klappläden. Das Auto hielt an, und der Fahrer stellte den Motor ab. Nikki wartete auf den Signalton, der erfolgte, wenn man die Verriegelung auf dem Schlüssel betätigte – aber er kam nicht. Sie starrte in die Nacht hinaus und stöhnte erschrocken auf. Die schattenhafte Gestalt von Sean Armistead, der noch immer seinen weißen Kittel trug, stieg gerade die Treppe zur Eingangstür hinauf.

Nikkis Puls raste so laut in ihren Ohren, dass sie keinen klaren Gedanken fassen konnte. Wieder sah sie auf ihre Uhr. *Wie konnte das sein?* Er war viel früher zu Hause, als sie erwartet hatte! Und jetzt saß sie hier im großen Schlafzimmer fest!

Um zu vermeiden, dass er sie durchs Fenster sah, ging Nikki auf ihre Hände und Knie herunter und krabbelte durch den Raum auf das Telefon zu, das auf dem Nachttisch stand. Vorsichtig nahm sie es von der Station, als sie hörte, wie Armistead seinen Schlüssel ins Schloss der Eingangstür schob. Es klang, als würde er erst abschließen und dann wieder aufschließen. Er betrat die Eingangshalle, schaltete das Licht an und machte ein paar Schritte – wahrscheinlich ging er auf die Tastatur der Alarmanlage zu. Das grüne Licht würde ihm verraten, dass der Alarm bereits abgeschaltet worden war, dessen war sie sich bewusst.

Sie war aufgeflogen. Jetzt war es nur noch eine Frage der Zeit, bis er sie fand.

»Was zum ...? Hey! Ist hier jemand?«, rief Armistead. Seine Worte hallten durch das Haus.

Nikki versuchte, sich einen Fluchtplan zurechtzulegen. Sie würde warten, bis Armistead die Vordertreppe hochkam, was ihr den Bruchteil einer Sekunde verschaffte, um die hintere Treppe zum Wohnzimmer hinunterzulaufen. Allerdings war das Zimmer hell erleuchtet und die Tür zum Garten mit Sicherheit von innen verriegelt. Bis sie es geschafft hatte, sie zu öffnen, wäre Armistead schon längst unten im Flur, von wo aus er einen ungehinderten Blick auf sie werfen konnte.

Sie hörte, wie Armistead eine Schranktür im Eingangsbereich öffnete und irgendwo eine Zahlenkombination eingab. Ein paar weitere Geräusche folgten, die nicht zuzuordnen waren, und dann das unverkennbare Doppel-Klicken des Entsicherns und Ladens.

Armistead war bewaffnet.

Nikki ging leise auf die Schlafzimmertür zu, bereit für ihren verzweifelten Sprint. Armistead ging jetzt zurück in die Küche, wodurch er ihr den Fluchtweg abschnitt. Er betätigte ein paar weitere Lichtschalter, was ihre Situation nur noch weiter verschlimmerte, und griff dann zum Telefon. Nikki hörte ihn fluchen. Dann tat er das, was Nikki am meisten gefürchtet hatte. Er kam die *Hintertreppe* hoch - sie konnte bereits seinen Schatten sehen -, die Waffe in der Hand in alle Richtungen schwingend und in alle Ecken zielend. Wie festgefroren blieb sie direkt vor der Tür im Schlafzimmer stehen, nur knapp zwei Meter vom oberen Ende der Treppe entfernt.

Ihr Herz pochte mittlerweile so wild, dass sie befürchtete, es würde explodieren. Ihr blieb die Luft weg. Ganz leise und auf Zehenspitzen zwang sie sich, weiter ins Zimmer zurückzuweichen. Sie steuerte auf den begehbaren Kleiderschrank zu in der Hoffnung, sie könnte - *was?* Auf einmal wurde ihr klar, dass sie absolut keinen Ausweg wusste. Sie saß in der Falle.

Nikki schob sich in die Ankleide. Das Licht im Schlafzimmer ging an. Armistead kam ins Zimmer. Sie machte ein, zwei Schritte nach hinten und versuchte, sich hinter den Kleidern zu verstecken.

Wie lange würde Armistead brauchen, bis ihm auffiel, dass das Telefon neben der Station lag, und er die Polizei alarmieren würde? Wie viel Zeit blieb ihr noch, bis er den Schrank durchsuchte und sie aus »Notwehr« erschoss?

Denk nach!

Auf einmal wurde es komplett dunkel im Schlafzimmer. Aus irgendeinem Grund hatte Armistead das Licht ausgeschaltet! Dann hörte sie ihn fluchen - es ließ ihr das Blut in den Adern gefrieren.

So viel zu ihrer Theorie. Armistead war genauso überrascht wie sie. Was nur eins bedeuten konnte.

Sie waren nicht allein. Es war noch jemand im Haus!

72

Nikki schob sich rücklings in eine Ecke des begehbaren Kleiderschranks und stolperte über ein paar Schuhe. Das leise Rumpeln klang in ihren Ohren wie eine Explosion. Sie hielt kurz inne in der Erwartung, Armistead würde jeden Moment durch die offene Schranktür stürzen. Doch nichts passierte.

Dann hörte sie das Geräusch von zerberstendem Glas, das von der Auffahrt zu kommen schien. Sie spitzte die Ohren, aber nun war wieder alles ruhig.

Sie griff in ihre hintere Hosentasche, zog das kleine Springmesser hervor und hätte sich beim Ausfahren der Klinge beinahe die Hand aufgeschlitzt. Langsam arbeitete sie sich zur Schranktür vor. Es war stockfinster, und so tastete sie sich an den Kleidern entlang, bis sie den Türrahmen spürte. Im Haus war es ebenso still wie dunkel. Aus dem Schlafzimmer drang kein Laut zu ihr.

Nikki sammelte genug Mut zusammen, um sich, dicht an die Wand gepresst, ins Schlafzimmer vorzuwagen. Sie warf einen Blick durch die offene Tür. Aus dem Flur und dem Erdgeschoss drang kein Licht nach oben – das ganze Haus lag im Dunkeln. Sie sah sich im Zimmer um, konnte aber nichts als die unbeweglichen Schatten unbekannter Gegenstände entdecken. Entweder hatte Armistead jede einzelne Lampe im Haus ausgeschaltet, oder jemand hatte sich am Sicherungskasten zu schaffen gemacht.

Was konnte das bedeuten? Vielleicht versteckte sich Armistead gerade hier in diesem Zimmer und beobachtete sie. Oder vielleicht stand er vor der Schlafzimmertür und wartete geduldig ab, bis sie herauskam, um ihr dann eine Kugel zu verpassen. Doch dann hörte sie das Geräusch von Schritten, das unten aus der Eingangshalle zu kommen schien. Das war ihre Chance! Jetzt musste sie durch die Tür preschen, scharf links abbiegen, sich die Hintertreppe hinunterstürzen und im Wohnzimmer durch die Tür zum Garten verschwinden.

Nikki sprach ein kleines Gebet in die Dunkelheit und versprach Gott, sich komplett zu ändern, wenn er ihr aus diesem Schlamassel half; sie würde ... nun, sie würde sich später noch etwas wirklich Bedeutendes einfallen lassen, das sie im Gegenzug tun könnte. Dann sprang sie durch die Tür und bog sofort links ab.

Er packte sie von hinten. Mit einer riesigen Hand griff er ihr ins Gesicht, wobei sich seine Finger in ihren Kiefer gruben und seine Handfläche ihren Mund zudrückte. Den anderen Arm schlug er um ihren Brustkorb und fixierte ihre Arme an ihren Seiten, sodass sie sich nicht mehr rühren konnte. Diese Kraft! Sie trat und zappelte, doch er hielt sie in einem eisernen Griff umklammert. Ihr Springmesser fiel zu Boden.

Schnell zerrte er sie ins Schlafzimmer zurück, sein heißer, fauliger Atem feucht in ihrem Nacken. Ihr Schrei verwandelte sich dank seiner Hand in ein erbärmliches gedämpftes Stöhnen. Sie wand sich mit aller Kraft, doch er riss sie nur noch enger an sich heran. Sie versuchte, ihn zu beißen, schaffte es aber nicht. Der Mann drückte sie immer fester an sich, bis sie kaum noch Luft bekam.

Sie zitterte.

»*Keinen Mucks!*«, flüsterte er mit rauer tiefer Stimme. Ihre Augen weiteten sich vor Angst. Er schleppte sie in Richtung des begehbaren Kleiderschranks, jeder Widerstand war zwecklos.

Sie war starr vor Angst, und ihr war übel. Er drückte sie so fest, dass sie kurz vor der Ohnmacht stand. Aber etwas stimmte nicht. Sie war so verängstigt gewesen, dass es ihr erst nicht aufgefallen war. Die rauen, kräftigen Hände, der tiefe Bass seiner Stimme, der starke Körpergeruch, der statt des Dufts von Eau de Toilette in ihre Nase drang ...

»Ich bin hier, um zu helfen«, flüsterte Buster Jackson. »Und wenn du jetzt aufhörst rumzuzappeln und die Klappe hältst, lass ich dich los.«

Nikki nickte und spürte, wie sich sein Griff löste. Sie drehte sich um und sah ihrem verschwitzten Angreifer ins Gesicht. Trotz ihrer angestrengten Atmung konnte sie Schritte hören – diesmal kamen sie aus dem Flur im ersten Stock.

»Ich bin dir vom McDonald's hierher gefolgt«, flüsterte Buster. »Als ich mitgekriegt hab, wie Armistead auf seine Hütte zusteuert, war klar, dass du 'n echtes Problem hast. Da hab ich mir den Sicherungskasten vorgenommen ...« – Buster zeigte sein breites Goldzahn-Grinsen – »hab ihn einfach aus der Wand gerissen. Und das Handy vom Doc, das im Auto lag, hab ich aufm Weg ins Haus auch direkt mitgehen lassen.« Buster griff in die Vordertasche seiner Baggy-Jeans und zog das Telefon heraus. »Musste ein Fenster einschlagen, um dranzukommen.«

Obwohl der Schreck bei Nikki noch immer tief saß, brachte sie ein kurzes gequältes Lächeln zustande. »Der Wagen war gar nicht abgeschlossen, Buster. Sonst wäre der Alarm losgegangen.«

Dem verdutzten Ausdruck auf seinem Gesicht nach zu urteilen, war Buster auf diese Information nicht vorbereitet gewesen. »Das wusste ich«, flüsterte er wenig überzeugend.

Nikki hörte ein weiteres Geräusch aus dem Flur und nickte in Richtung des begehbaren Kleiderschranks. Sie schlüpften im gleichen Moment durch die Tür, als der Strahl einer Taschenlampe ins Schlafzimmer fiel.

Buster schob sich dicht an Nikki heran und flüsterte ihr direkt ins Ohr. »Wenn ich gleich loslege ... haust du ab. Schau nicht zurück.«

Nikki schüttelte den Kopf und wandte sich zu ihm um, damit sie ihm in die Augen sehen konnte. »Ich bleibe bei dir.«

Buster packte mit seiner riesigen Pranke Nikkis Kiefer und drückte so fest zu, dass der Schmerz wie ein Messer durch sie hindurchfuhr. »Nein.«

Nikki nickte hastig, bis Buster sie losließ. Der Kerl machte ihr Angst. Der Ausdruck in seinen Augen und wie schnell er sich zu Gewalt hinreißen ließ.

»Versprich mir, dass du ihm nichts antust«, flüsterte Nikki.

Buster blieb stumm.

»Versprich es mir«, verlangte sie hartnäckig.

Er starrte sie bloß aus zusammengekniffenen Augen und mit angespanntem Kiefer an.

Trotzig verschränkte sie die Arme vor der Brust. »Dann bleibe ich hier.«

Buster grunzte frustriert. Sie sah, wie seine Augen unter den schweren Lidern einen harten, kalten Ausdruck annahmen, den Blick eines Henkers.

»Versprich es mir«, beharrte sie.

Sie sah den Lichtstrahl von Armisteads Taschenlampe durch das Schlafzimmer huschen, in wenigen Sekunden würde er im Schrank nachsehen. *Was kümmert es mich, ob Buster diesen Armistead in die Mangel nimmt? Der Mann hätte eine Abreibung auf jeden Fall verdient.* Doch etwas tief in ihrem Inneren wusste, was recht war, und so baute sie sich mit schulterbreit auseinandergestellten Füßen vor Buster auf. *Ich bewege mich hier nicht weg*, signalisierte Nikki, in typisch sturer Maultier-Manier.

Der Lichtstrahl kam näher.

»Versprich es mir.«

Buster griff Nikki an den Oberarmen, hob sie hoch und stellte sie wie eine Schaufensterpuppe hinter sich ab. »Ich verspreche es«, schnaubte er.

»Hier.« Nikki schob ihm eine ihrer Visitenkarten in die Hintertasche seiner Jeans. »Ruf mich an.«

In diesem Moment hörte sie, wie Armistead die Nummerntasten seines Telefons betätigte.

»Er ruft die Polizei!«, flüsterte sie Buster aufgeregt zu.

Schnell trat Buster an die Tür des Schranks und schmiss Armisteads Handy quer durch den Raum. Als das Licht der Taschenlampe in diese Richtung schwang, sprang Buster aus dem Schrank und hielt direkt auf Armistead zu. Nikki folgte ihm dicht auf den Fersen.

Buster senkte den Kopf und rammte Armistead seine Schulter in den Rücken, der daraufhin den Nachttisch umriss und in die Wand krachte, wo er zwischen Buster und der Rigipsplatte liegen blieb und die Taschenlampe zu Boden fallen ließ. Einen Moment lang blieb Nikki wie angewurzelt in der Dunkelheit des Zimmers stehen.

»Lauf!«, bellte Buster.

Sie wollte bleiben und das hier mit zu Ende bringen, doch sie wusste, sie würde eine Menge Ärger am Hals haben, sobald die Polizei eintraf. Warum sollten sie sich beide schnappen lassen? Sie würde Buster für immer zu Dank verpflichtet sein und dafür sorgen, dass er einen fairen Prozess bekam. In diesem Bruchteil einer Sekunde, in dem sie ihre Entscheidung traf, siegte ihr Selbsterhaltungsdrang. Das war ihre Chance! Ihre einzige Chance!

Sie rannte aus dem Zimmer, die Hintertreppe hinunter und auf die Tür zum Garten zu. Als sie das Wohnzimmer durchquerte, drangen Gepolter und gedämpftes Fluchen aus dem großen Schlafzimmer zu ihr durch, gefolgt von einem abscheulichen Gurgelgeräusch. Sie entriegelte die Hintertür – und zögerte dann einen Moment. Sollte sie zurückgehen, um sicherzustellen, dass Buster nichts Drastisches tat? Oder war es dafür bereits zu spät? Brauchte Buster vielleicht Hilfe?

Die Waffe! Sie hatte keine Schüsse gehört. Falls Armistead sich freigekämpft und es zu seiner Waffe geschafft hätte, wären bestimmt Schüsse gefallen. Solange keine Waffe im Spiel war, hatte Buster definitiv die Oberhand. Aber sie beunruhigte, dass sie niemanden etwas sagen hörte.

»Alles in Ordnung?«, rief sie.

»Verschwinde hier!«, brüllte der große Mann zurück.

Nikki riss die Hintertür auf und sprintete über die Terrasse, die den Pool umgab. Sie flog durch das Tor und rannte quer durch Armisteads Garten und durch die Gärten der angrenzenden Häuser. Sie war vollkommen erschöpft, doch erst als sie ihr Auto erreicht hatte, blieb sie stehen. Sie versuchte zu Atem zu kommen, was ihr aber nicht gelang, und so schloss sie mit einem Blick nach rechts und links ihren Wagen auf und ließ sich in den Fahrersitz fallen.

Nikki war schon fast an ihrer Wohnung angekommen, als sich ihre Atmung endlich normalisierte. Ihr Herz klopfte noch immer so wild, als würde es gleich in ihrer Brust explodieren. Von der Fahrt nach Hause bekam sie so gut wie nichts mit. Alles, woran sie denken konnte, waren Buster und Armistead, die Wut, die sie in Busters Augen, und die Waffe, die sie in Armisteads Hand gesehen hatte. Sie ging in ihre Wohnung, duschte heiß und ausgiebig, mit ihrem Handy in Reichweite, während sie sich die ganze Zeit fragte, ob sie nicht doch besser die Polizei verständigen sollte. Schließlich brachte sie sich dazu, sich auf ihr Bett zu legen, doch an Schlaf war nicht zu denken.

Viermal griff sie nach ihrem Handy, um den Notruf der Polizei zu wählen. Jedes Mal versagten ihre zitternden Finger. Zweimal versuchte sie, Charles anzurufen, aber auch das brachte sie nicht über sich. Nachdem sie das Telefon endgültig weggelegt hatte, streckte sie sich auf dem Bett aus und wurde von einer Woge der Erschöpfung ergriffen. Ihre Gliedmaßen fühlten sich tonnenschwer an, und ihr aufgewühltes Herz kam langsam zur Ruhe. Als sie es endlich schaffte einzuschlafen, war ihr Schlaf tief und fest. Doch mit ihm stellten sich Albträume ein, die ohne Unterlass durch ihren Kopf jagten, bis sie mehr als drei Stunden später vom Klingeln ihres Handys unterbrochen wurden.

73

Buster Jackson hatte auf der Interstate 64 Richtung Westen schon fast Williamsburg erreicht, als er die Autobahn verließ, um ein Münztelefon zu finden. Er war gut durchgekommen, hatte aber darauf geachtet, immer knapp unter den angegebenen Geschwindigkeitsbegrenzungen zu bleiben. Er durfte es nicht riskieren, angehalten zu werden. Ein schwarzer Mann in einem schicken Wagen mit zerschlagener Fensterscheibe, der auf jemand anderen zugelassen war – das schrie geradezu danach, durchsucht zu werden. Buster war mit dem Konzept des ethnischen Profiling vertraut.

Er fand eine Abfahrt, an deren Ende sich eine Tankstelle befand. Seine Gedanken kreisten um das Chaos, das die Ereignisse des heutigen Abends in seinem Kopf hinterlassen hatten. Sein Blitzangriff auf Armistead, wie er den Arzt hochgerissen und gegen die Wand geknallt hatte. Buster hatte ihm seinen Ellenbogen gegen die Kehle gedrückt und ihn so an der Wand festgepinnt.

Abrupt riss er das Lenkrad nach rechts und fuhr auf den Parkplatz, in Gedanken noch bei Armisteads hervortretenden Augen, dem Gurgeln, das seiner lügnerischen Kehle entwichen war, und seinem gedämpften Flehen. Was für eine Ironie des Schicksals, dass der Mann, der Thomas vor Gericht gegenüber keinerlei Mitleid gezeigt hatte, nun selbst um Gnade winseln musste. Am lebhaftesten erinnerte sich Buster jedoch daran, wie Armisteads Körper erschlafft war.

Er sprang aus dem Wagen und eilte zu dem Münztelefon, das an der Außenwand der Tankstelle angebracht war, ohne sein Auto auch nur für einen Moment aus den Augen zu lassen. Aus seiner Hosentasche zog er Nikkis Visitenkarte heraus und rief sie per R-Gespräch an.

Beim ersten Klingeln ging sie dran.

»Hallo.«

»Sie haben ein R-Gespräch von Buster Jackson. Sind Sie bereit, die Kosten zu übernehmen?«

»Ja ... sicher.«

»Nikki Moreno?«

»Buster!« Auf einmal klang ihre Stimme frisch und hellwach. »Wo bist du? Was ist passiert?«

»Kann ich nicht sagen.« Mit einem Rundumblick versicherte er sich, dass ihn niemand belauschte. »Aber der Doc ist bereit zu singen. Komm morgen mit 'ner Vorladung zu seinem Haus. Wenn er nicht direkt aufmacht, geh einfach rein. Darin biste ja gut.« Buster lachte leise. »Sag Paps, sein Homie hat sich für ihn stark gemacht.«

Buster wartete keine Antwort ab. Er hörte noch, wie Nikki seinen Namen in den Hörer rief, legte aber einfach auf.

Nervös sah er sich zum dritten Mal um, seit er auf den Parkplatz gefahren war. Er hatte Durst, wollte aber nicht in die Tankstelle gehen und riskieren, dass der Mann an der Kasse ihn später identifizieren konnte.

Also ging er zu seinem Auto zurück und beobachtete, wie ein Mini-Van in die Parklücke neben den Lexus fuhr. Er sah einen Vater aus dem Fahrersitz stolpern, eine Mutter, die sich die Augen rieb, und ein paar schlafende Kinder auf dem Rücksitz.

Wie ihnen wohl zumute wäre, wenn sie wüssten, dass sie gerade neben einem Wagen geparkt hatten, in dessen Kofferraum ein Toter lag?

74

Als die Sonne am Montagmorgen aufging, war Nikki immer noch wach. Sie vermisste es, die kleinen Racker aus dem Bett zu schmeißen, vermisste Stinkys liebenswerten Charakter und selbst die morgendlichen Kämpfe mit Tiger.

Schnell zog sie sich an – ein kurzer Minirock und eine weiße Bluse fürs Gericht, die Haare mit einer einfachen Spange zurückgesteckt – und eilte zur Kanzlei Carson & Associates. Dort tippte sie rasch eine Zeugenvorladung ab, dankbar dafür, dass die Richter den Anwälten mittlerweile gestatteten, diesen Schritt selbst zu übernehmen, so lange sie eine Kopie beim Urkundenbeamten des Gerichts einreichten. Sie unterschrieb mit Charles' Namen. Die Vorladung forderte Armistead auf, zur Urteilsverkündung um 10.00 Uhr vor Gericht zu erscheinen oder eine Strafe wegen Missachtung des Gerichts zu riskieren.

Als sie den Ortsteil Woodard's Mill erreichte, war es fast 8.00 Uhr. Ihre Hände auf dem Lenkrad wurden ganz feucht, als sie die möglichen Szenarien im Kopf durchging. Sie hoffte auf das Beste – dass Buster Armistead irgendwie dazu gebracht hatte, die Wahrheit zu gestehen, wie auch immer sie lauten mochte. Doch sie war auch auf das Schlimmste vorbereitet – Armistead tot im Schlafzimmer vorzufinden. Aber wenn das der Fall war, warum sollte Buster sie dann anrufen und ihr mitteilen, sie solle Armistead vorladen? Vielleicht versuchte Buster sie zu schützen, indem er ihr einen legitimen Grund verschaffte, zum Haus zurückzukehren und ihre Fingerabdrücke zu hinterlassen. So würde die Polizei keine tausend Fragen stellen, wenn Armistead wirklich tot war und sie überall Nikkis Abdrücke fanden.

Nein, so findig war Buster dann doch nicht.

Sie fuhr die lange baumgesäumte Auffahrt hoch und parkte direkt vor der Dreifachgarage. Ihr fiel auf, dass Armisteads Wagen verschwunden war. Hier hatte sie vor wenigen Stunden die längste Nacht ihres Lebens überstanden. Bei Tageslicht sah alles so anders aus. So ... friedlich.

Als sie auf die Eingangstür zuging, war ihr mulmig zumute. Es war still, geradezu unheimlich still. Sie stieg die Treppen hinauf und klingelte, genau wie in der vergangenen Nacht. Doch die Klingel funktionierte nicht. Dann fiel ihr ein, was Buster ihr über den Sicherungskasten erzählt hatte. Laut klopfte sie an die Tür.

Nach ein paar Minuten war klar, dass niemand öffnen würde. Die Stille ließ ihre Hoffnung schwinden, Armistead würde noch auftauchen, um seine Aussage zu machen. Sie atmete einmal tief durch, zog den Schlüssel aus der Tasche und wollte ihn gerade ins Schloss schieben. Nur um sicherzugehen, probierte sie vorher den Türgriff. Er drehte sich, und die Tür schwang auf.

Kein gutes Zeichen. Wenn Buster Armistead tatsächlich umgebracht hatte und wollte, dass Nikki ein Alibi für ihre Fingerabdrücke im Haus hatte, dann hätte er die Tür offen gelassen, damit sie eintreten konnte, ohne später erklären zu müssen, wie sie an den Schlüssel gekommen war. Langsam fügte sich das Bild zu einem Szenario zusammen, das Nikki ganz und gar nicht gefiel.

»Jemand zu Hause?«, rief sie aus der marmorverkleideten Eingangshalle. »Ich bin hier, um Ihnen eine Vorladung zuzustellen.«

Keine Antwort.

Sie wollte die gleichen Wege wie am Abend zuvor abgehen und ganz bewusst alles noch mal anfassen, das sie auch in der letzten Nacht berührt hatte. So hätte sie eine glaubhafte Erklärung für ihre Fingerabdrücke, die überall im Haus verstreut waren. Mit dem Arbeitszimmer fing sie an. Alles wirkte noch genau so, wie sie es zurückgelassen hatte, außer ...

»O mein Gott«, murmelte sie und schlug die Hand vor den Mund. Sie starrte auf Armisteads Schreibtisch, auf den abgelegten Stapel Papiere, und sah, dass die oberste Seite aus einer handschriftlichen Notiz bestand, die »an die zuständigen Instanzen« adressiert war.

Sie begann zu lesen und stöhnte auf. Ihre Hände zitterten. »Du hast es versprochen«, rief sie. Auf Buster Jackson fluchend, überflog sie schnell die erste Seite. »Du hast es versprochen«, sagte sie wieder. »Du hast es versprochen!«

Erschöpft ließ sie sich in einen Stuhl sinken. Der Brief hatte ihr das letzte bisschen Energie geraubt. Sie zog ihr Handy aus der Tasche.

»Charles Arnold.«

»Er ist tot«, sagte Nikki. »Armistead ist tot.«

75

Um 10.00 Uhr, während Richter Silverman mit seinen einleitenden Bemerkungen zum Ende kam, sprach Charles ein stummes Gebet. Er hatte zusammen mit Thomas am Tisch der Verteidigung Platz genommen, Theresa und die Kinder saßen direkt hinter ihnen in der ersten Reihe des Zuschauerraums. Nikki war noch nicht eingetroffen.

Die Ereignisse hatten sich derart überschlagen, waren dermaßen außer Kontrolle geraten, dass Charles kaum Gelegenheit blieb, einen durchdachten Plan auszuarbeiten. Er würde sich ganz auf seinen Instinkt verlassen müssen. Seinen Spieler-Instinkt. Später konnte er dann die Dinge ins Reine bringen.

Obwohl eigentlich die Staatsanwaltschaft an der Reihe gewesen wäre, ihre Argumente für die Festsetzung des Strafmaßes vorzutragen, erhob sich Charles von seinem Platz.

Silverman warf ihm einen fragenden Blick zu. »Mr Arnold?«

»Euer Ehren, ich will dieses Verfahren nicht unnötig in die Länge ziehen. Aber seit dem Wochenende liegen uns neue Erkenntnisse vor, die alles verändern. Aufgrund dieser neuen Beweismittel ...« – er hielt kurz inne und blickte die Königskobra an – »die eindeutig auf ein Fehlverhalten seitens der Staatsanwaltschaft hinweisen, beantragen wir die Neuverhandlung dieses Falls.«

Als Charles zu sprechen begonnen hatte, herrschte im Gerichtssaal noch das übliche Anfangsgemurmel. Doch plötzlich war es im Raum ganz still geworden, da der Vorwurf, die Staatsanwältin habe sich unehrenhaft verhalten, alle Anwesenden hellhörig werden ließ.

Die Königskobra zeigte sich besonders aufmerksam und war, wie nicht anders zu erwarten, aufgesprungen. »Kennen die Verzweiflungstaten der Verteidigung denn keine Grenzen?«, fragte sie. »Das ist doch lächerlich.«

Silverman bedachte Charles mit einem strengen Blick. »Das sind sehr ernste Anschuldigungen, Mr Arnold, die das Gericht nicht auf die leichte Schulter nimmt.«

»Und ich bringe sie auch nicht leichtfertig vor, Euer Ehren. Wir brauchen höchstens eine halbe Stunde, aber die Gerechtigkeit verlangt, dass das Gericht von diesen Beweisen erfährt.«

»*Welche* Beweise?«, verlangte die Königskobra zu wissen. Silverman brachte sie mit einem vernichtenden Blick zum Schweigen.

»Ich gebe Ihnen eine halbe Stunde«, sagte Silverman. »Nicht länger. Und wenn Sie uns dann keine stichhaltigen Beweise vorlegen, Mr Arnold, riskieren Sie ein Ordnungsgeld wegen Missachtung des Gerichts. Das hier ist nicht der richtige Schauplatz, um der Staatsanwältin eins auszuwischen.«

»Ja, Euer Ehren. Danke, Euer Ehren.«

Charles entspannte sich etwas und stieß einen langen Atemzug aus in der Gewissheit, dass es jetzt kein Zurück mehr gab.

»Nun?«, fragte Silverman.

»Die Verteidigung ruft Lieutenant Gary Mitchell auf.«

Mitchell, der afroamerikanische Polizeibeamte, der im Fall des ethnischen Profiling gegen Buster Jackson ausgesagt hatte, erhob sich langsam von seinem Platz ganz hinten im Gerichtssaal und trat zum Zeugenstand vor. Er sah noch genauso aus wie vor ein paar Wochen – leicht gebeugt, ein Mann, dem man jedes einzelne seiner fünfundfünfzig Lebensjahre ansah. Sein schlaffes Gesicht war von Falten überzogen, die sich in den Mund- und Augenwinkeln besonders ausgeprägt zeigten. Charles hatte ihn vor fast zwei Stunden angerufen, weil er spürte, dass Mitchell ein Mann mit Ehre war, ein Polizeibeamter, dem er vertrauen konnte.

»Bitte geben Sie Ihren Namen zu Protokoll«, begann Charles seine Befragung.

»Lieutenant Gary Mitchell, Beamter der Virginia-Beach-Polizei.«

Am besten komm ich direkt zum Punkt, dachte sich Charles. »Haben

Sie vor Kurzem irgendwelche Meldungen über den möglichen Selbstmord von Dr. Sean Armistead erhalten?«

Am Tisch der Anklage ertönte ein entsetztes Keuchen, und im ganzen Saal brach allgemeine Unruhe aus. Silverman lehnte sich vor.

»Ja«, erwiderte Mitchell schlicht.

»Wer hat den Vorfall gemeldet, und wann war das?«, fragte Charles.

»Um etwa 8.15 Uhr heute Morgen. Sie haben den Vorfall gemeldet.«

Die Königskobra schnaubte verächtlich. Die Zuschauer stießen sich gegenseitig an und begannen zu tuscheln. Silverman schlug mit seinem Hammer auf den Tisch und rief den Gerichtssaal zur Ordnung.

»Welche Gegebenheiten wurden Ihnen gemeldet, die Sie veranlassten, den möglichen Selbstmord zu untersuchen?«

»Einspruch«, sagte Crawford. »Das ist unterstes Niveau.«

»Das gilt als Einspruch?«, fragte Silverman. »Unterstes Niveau?«

»Es ist außerdem ein klarer Fall von Hörensagen«, ätzte die Königskobra. »Die Verteidigung kann nicht einfach einen Polizeibeamten in den Zeugenstand rufen, um wiedergeben zu lassen, was die Verteidigung am Telefon gesagt hat.«

»Da stimme ich zu«, sagte Silverman.

»Ich formuliere meine Frage anders«, sagte Charles, der hinter seinem Tisch hervortrat und nun auf das Kopfende des Gerichtssaals zuschritt. »Ist Ihnen bekannt, ob jemand einen Abschiedsbrief von Dr. Armistead gefunden hat?«

»Ja. Ihre Assistentin, Ms Nikki Moreno, wollte Mr Armistead heute Morgen anscheinend eine Vorladung zustellen ...«

»Einspruch«, rief die Königskobra offensichtlich verärgert. »Jetzt sind wir wieder beim Hörensagen angekommen.«

»Stattgegeben«, entschied Silverman.

»Wurde bei Ihnen ein Abschiedsbrief *abgegeben*?«, fragte Charles.

»Ja.«

»Von wem?«

»Nikki Moreno.«

Charles schaute zu Crawford und grinste selbstgefällig. *So viel zu den Einsprüchen wegen Hörensagens.*

»Hat dieser Brief Sie dazu veranlasst, nach einer Leiche zu suchen?«

»Ja, das hat er.«

»Wo?«

»Nun«, sagte Mitchell, und rutschte auf seinem Stuhl herum. »Ich persönlich habe nicht nach der Leiche gesucht. Aber der Brief gab uns einen Anhaltspunkt für unsere Suche, und so haben wir die State Police verständigt, die das übernahm.«

»Und wo genau war das?«, fragte Charles.

»Eine Stelle am Blue Ridge Parkway. Derselbe Ort, an dem kurz zuvor Dr. Armisteads Frau Selbstmord begangen hatte. Meines Wissens nach handelt es sich dabei um den Schauplatz ihrer Verlobung.«

Im Gerichtssaal erhob sich ein Stimmengewirr, während Reporter und Zuschauer diese Aussage verdauten.

»Wurde der Leichnam gefunden?«

Mitchell nickte, erst langsam, dann schneller. »Um 9.18 Uhr heute Morgen wurde der Leichnam auf dem Fahrersitz von Dr. Armisteads Fahrzeug am Grund eines steilen Felsvorsprungs gefunden. Der Wagen fing Feuer, also müssen wir uns bei der Identifizierung der Leiche auf die zahnärztlichen Unterlagen stützen.«

Der Königskobra war alle Farbe aus dem Gesicht gewichen. Silverman sah Mitchell eindringlich an und sog jedes Wort in sich auf.

»Das war dieselbe Stelle, an der auch Dr. Armisteads Frau starb?«

»Ja, Sir. So ist es.«

Charles gab den Anwesenden die Gelegenheit, das Gesagte zu verarbeiten; dann drehte er sich um und ging zu seinem Tisch zurück. Er griff sich drei dicke Stapel Papiere. Einen davon – die Originale – reichte er den Geschworenen. Den zweiten legte er der Königskobra auf den Tisch. Den dritten behielt er selbst.

»Würden Sie dem Gericht bitte erklären, was es mit diesen Unterlagen auf sich hat?«

»Das sind die Seiten, die Dr. Armistead hinterließ. Es handelt sich dabei mehr oder weniger um einen Abschiedsbrief, dem eine Vielzahl von Beweismitteln anhängen.«

Aus dem Augenwinkel beobachtete Charles das Verhalten der Königskobra. Hektisch blätterte sie durch das Dokument, wobei sie versuchte, möglichst unbeeindruckt zu wirken.

»War auf der ersten Seite eine Überschrift zu lesen?«, fragte Charles.

»Nun«, erwiderte Mitchell, »Sie war ›an die zuständigen Instanzen‹ adressiert, aber die eigentliche Überschrift lautete ›Sterbeaussage von Dr. Sean Armistead‹.«

»Und sind Sie persönlich zu Dr. Armisteads Haus gefahren und haben die Handschrift auf dieser Nachricht mit anderen Schriftproben von Dr. Armistead verglichen?«

»Das habe ich.«

»Zu welchem Ergebnis sind Sie dabei gekommen?«

Die Königskobra stand auf, um Einspruch zu erheben, besann sich dann aber offenbar eines Besseren und setzte sich wieder. Nach ständiger Rechtsprechung durften auch Laien ihre Meinung über die Zuordnung von Handschriften äußern.

»Es war auf jeden Fall seine.«

Charles legte seine Kopie der Unterlagen auf seinem Tisch ab und trat an die Geschworenenbank heran, wo er die Originale wieder an sich nahm. Mit Bedacht schritt er auf die Richterbank zu und legte Silverman die Originale vor. »Mit Erlaubnis des Gerichts«, sagte er, »möchte ich diesen Satz Dokumente als Sterbeaussage von Dr. Armistead in die Beweismittel aufnehmen lassen. Dann würde ich gerne einige Auszüge daraus vorlesen.«

Die Königskobra wollte erneut Einspruch erheben, doch Silverman schnitt ihr das Wort ab, bevor sie auch nur ansatzweise den Mund öffnen konnte. »Sie kennen die Rechtslage, Frau Anwältin. Das Beweismittel wird zugelassen.«

Charles kehrte zu seinem Platz zurück und begann langsam aus den Unterlagen vorzulesen.

»Ich, Sean Armistead, erkläre dieses Dokument zu meiner Sterbeaussage und mache es damit zulässig im Verfahren der *United States vs. Thomas Hammond*. Ich habe unterstützendes Beweismaterial beigefügt, das alle Behauptungen, die ich im Folgenden aufstelle, untermauern wird, und hoffe aufrichtig, dass diese als Beweismittel in dem Verfahren zugelassen werden.

Als Erstes möchte ich mich bei Thomas und Theresa Hammond, den Hammond-Kindern wie auch bei meiner eigenen Frau, Erica Armistead, dafür entschuldigen, dass ich ihrer aller Leben durch mein selbstsüchtiges Verhalten auf so schreckliche Weise zerstört habe. Ich bete dafür, dass die Hammonds es über sich bringen, mir zu verzeihen, und dass mein Schöpfer mir verzeiht, was ich meiner eigenen Frau angetan habe.

Zweitens möchte ich deutlich klarstellen, dass es sich bei meiner Aussage im Hammond-Fall um nichts anderes als Meineid handelt ...«

Im Gerichtssaal brach die Hölle los, und Silverman musste seinen Hammer zum Einsatz bringen, um für Ruhe zu sorgen. Unbeirrt las Charles weiter.

»Ich habe gelogen, als ich behauptete, Theresa Hammond wäre nach dem Tod ihres Sohnes zu mir gekommen und hätte gestanden, dass er fünf oder sechs Tage lang krank gewesen war. Das ist nie passiert. Soweit ich weiß, war er nur drei Tage krank.

Auch der Grund, warum ich Joshua nicht ins Kinderkrankenhaus von Norfolk überwiesen habe, war gelogen. Es verhielt sich genau so, wie Mr Arnold während seines Kreuzverhörs vermutet hat. Ich habe ihn nicht überwiesen, weil ich nicht wollte, dass die Ärzte dort meine Behandlungsmethode kritisieren. Meine Weigerung, ihn zu überführen, könnte der Grund sein, warum er jetzt tot ist.

Ich log, weil ich von der Staatsanwältin Rebecca Crawford erpresst wurde ...«

Alle Anwesenden schnappten schockiert nach Luft. Mindestens einer Person, die hinter dem Tisch der Staatsanwaltschaft saß und von dieser Offenbarung völlig überwältigt war, platzten die Worte »Das glaub ich einfach nicht« heraus.

»Es schmerzt mich, das zuzugeben, doch nachdem meine Frau an Parkinson erkrankte, begann ich eine Affäre mit Ms Crawford. Als Erica davon erfuhr, stellte sie Ms Crawford zur Rede und verfiel daraufhin in eine schwere Depression, die letztlich dazu führte, dass sie sich am selben Ort, an dem wir uns am Blue Ridge Parkway verlobten, das Leben nahm. Als ich davon erfuhr, rief ich sofort Ms Crawford an und bat sie, zu mir nach Hause zu kommen. Sie behauptete, die Polizei wisse, dass ich eine Affäre habe, allerdings nicht mit wem. Sie überredete mich dazu, die Polizei anzulügen und ihnen zu erzählen, ich hätte ein Verhältnis mit einer Arbeitskollegin.

Nachdem ich diese Lüge offiziell zu Protokoll gegeben hatte, begann die Beziehung zwischen Ms Crawford und mir zu bröckeln. Immer mehr wurde mir bewusst, dass sie mich nur benutzte, um sich zu schützen. Als ich sie zur Rede stellte, drohte sie mir damit, meine Lüge aufzudecken und mich wegen Mordes anzuklagen, wenn ich unser Geheimnis nicht wahren und ihren neuen Forderungen nicht nachkommen würde. Sie versicherte mir, dass jede Jury der Welt mich sofort für schuldig erklären würde, wenn sie herausfand, dass meine Frau unter mysteriösen Umständen ums Leben gekommen war und ich auch noch die Polizei wegen meiner Affäre angelogen hatte. Im Gegenzug für ihr Ablenkungsmanöver bei den Ermittlungen verlangte Ms Crawford, dass ich vierhunderttausend Dollar zu ihrer Wahlkampfkampagne beisteuern sollte. Sie wollte im Spätsommer ihre Kandidatur für das Amt des Generalstaatsanwalts bekannt geben. Außerdem verlangte sie von mir, einen Meineid zu leisten, um die Verurteilung von Thomas und Theresa Hammond zu bewirken und somit Ms Crawfords Chancen zu steigern, gewählt zu werden.

Ich ließ ihr das Geld für die Wahlkampfkampagne über eine Scheinfirma namens Virginia Insurance Reciprocal zukommen. Früher, als Erica noch lebte, hatte ich bereits mehrere freiwillige Zahlungen zugunsten von Ms Crawford an die gleiche Firma angewiesen. Ich habe die Bankunterlagen dieser Firma beigelegt. Wenn Sie das Konto überprüfen, werden Sie feststellen, dass es Ms Crawford gehört.

Um zu beweisen, dass ich eine Affäre mit Ms Crawford hatte, habe ich den Reiseplan einer angeblichen Geschäftsreise auf die Bahamas angefügt, bei dem es sich tatsächlich um einen einwöchigen Urlaub mit Ms Crawford handelte. Die beigelegte Rechnung für das Flugticket wird meine Reiseroute bescheinigen. Die Fluggesellschaft wird bestätigen, dass Ms Crawford mit an Bord war. Sollten weitere Beweise für unsere Affäre nötig sein, befragen Sie bitte die Kellner des Beach Grill, unseres bevorzugten Treffpunkts. Ich habe immer bar bezahlt, also existieren keine Kreditkartenabrechnungen, aber die Kellner werden sich an uns erinnern. Wir sind mehrmals die Woche dort hingegangen und haben immer großzügiges Trinkgeld hinterlassen.

Ich hoffe, diese Aussage reicht aus, um den Schaden zu beheben, den ich im Hammond-Fall angerichtet habe. Ich weiß: Was ich Erica angetan habe, ist nicht wiedergutzumachen. Es gibt keine Entschuldigung für mein Verhalten, und ich versuche auch keine zu finden. Auch wenn mir bewusst ist, dass es die Situation für die Geschädigten in keiner Weise verbessert, werde ich, nachdem ich diese Aussage unterschrieben habe, ebenfalls meine letzte Reise zum Blue Ridge Parkway antreten. Erica hatte etwas Besseres verdient als mich, und meine schrecklichen Taten werde ich mir niemals verzeihen können.«

Charles hörte auf zu lesen und warf einen Blick durch den Gerichtssaal. Als Erstes sah er zu seinem Mandanten, dem großen Thomas Hammond, der mit geschlossenen Augen und gefalteten Händen am Tisch der Verteidigung saß, als würde er beten. Die Menschen im Zuschauerraum blickten so schockiert drein, als wären sie gerade selbst Zeugen des Selbstmordes geworden. Die Königskobra war die Einzige im ganzen Raum, die sich überhaupt bewegte, indem sie mit ihrem Stift auf ihrer Kopie der Sterbeaussage herumkratzte und Textpassagen markierte.

»Und dann hat er am Ende unterschrieben«, sagte Charles.

Silverman strich sich übers Kinn und blickte durch den Gerichtssaal, wobei er selbst ein wenig benommen wirkte. In all den Jahren auf der Richterbank war ihm ohne Frage noch nie eine Situation untergekommen, die ihn auf das hier vorbereitet hätte. Endlich merkte er, dass Lieutenant Mitchell noch immer im Zeugenstand saß. »Kann der Zeuge entlassen werden?«, fragte Silverman.

»Ja«, erwiderte Charles.

»Kein Einwand«, murmelte die Königskobra.

»Gibt es noch andere Zeugen, die Sie aufrufen möchten?« Nach einer solch schockierenden Offenbarung schien der Richter Halt in den gewohnten Verfahrensregeln zu finden, die im Gerichtssaal noch immer angewendet wurden.

»Nur einen«, erklärte Charles. »Rebecca Crawford.«

76

Im Kopf der Königskobra überschlugen sich die Gedanken. Nur dank reiner Willensstärke und jahrelangem beruflichem Training gelang es ihr, ihre Gefühle unter Kontrolle zu halten, während ihre Welt um sie herum in Schutt und Asche zerfiel. Ein guter Anwalt war immer auch ein Stück weit Schauspieler, der seine wahren Gefühle niemals öffentlich zeigte, sondern nur das, was seine Rolle erforderte. Und ihre Rolle erforderte jetzt Würde ... und Empörung.

»Das ist unerhört«, zischte sie. »Armistead kann in seiner Sterbeaussage behaupten, was er will, weil er nicht den Mut hat, selbst hier aufzutauchen, sich einem Kreuzverhör zu stellen und seine Lügenmärchen im Zeugenstand zu verteidigen. Und als wäre das Ganze nicht schon schlimm genug, will die Verteidigung mich jetzt noch als Zeugin aufrufen?« Sie schnaubte. »So weit kommt's noch.«

»Weigern Sie sich, in den Zeugenstand zu treten?«, fragte Silverman. »Ich möchte Sie nicht zu einer Aussage zwingen, aber wenn Sie nicht aussagen ... werde ich diesen Beweis für bare Münze nehmen müssen.«

Die Königskobra marschierte in die Mitte des Gerichtssaals, direkt vor die Richterbank, und hob ihren rechten Arm. »Nehmen Sie mir den Eid ab«, forderte sie, »damit ich mich um Mr Arnolds Lügengeschichten kümmern kann.«

Innerhalb von Sekunden hatte sie sich auf dem Zeugenstand eingerichtet und starrte ihren Gegner an.

»Guten Morgen«, lächelte Charles sie an.

»Guten Morgen«, fauchte die Königskobra zurück. *Blödmann.*

»Kommen wir direkt zum Punkt«, begann Charles. »Diese vierhunderttausend Dollar von Dr. Armistead, unter dem Deckmantel der Virginia Insurance Reciprocal – kann es sein, dass dieses Geld auf Ihrem Konto oder einem von Ihnen geführten Konto gelandet ist?«

Sie hasste seinen selbstgefälligen Blick und die herablassende Art seiner Frage. Dennoch zwang sie sich, ihre Wut vorerst zu unterdrücken. Sie musste jetzt einen kühlen Kopf bewahren und auf Zack sein. Das Gericht konnte die entsprechenden Finanzdokumente anfordern. Es abzustreiten wäre zwecklos.

»Ja.«

Charles wartete. Sein Gesicht verriet, dass er darauf wartete, dass sie noch etwas sagte, eine weitere Erklärung abgab.

»Das ist alles? Ja?«, fragte er ungläubig.

»Ja, das Geld ging auf mein Konto und wird letztendlich meiner Wahlkampfkampagne zugeteilt werden.« Sie versuchte, empört zu klingen. »Wir haben versucht, es geheim zu halten, weil ich meine Absicht, als Generalstaatsanwältin zu kandidieren, noch nicht öffentlich gemacht hatte. Was ich bis heute nicht getan habe ... also bis *jetzt*.«

Charles lächelte nur und verschränkte die Arme. Am liebsten hätte sie ihn erwürgt, seine arrogante Haltung aus ihm herausgequetscht.

»Ist das alles?«, fragte er. »Ihre ganze Erklärung? Die Ehefrau ist gestorben, und ihr Mann hat einzig und allein im Kopf: ›Hey, meine Frau ist tot, ich glaube, ich spende ein paar hunderttausend Dollar für die Kampagne einer Frau, die ihre Kandidatur noch nicht einmal öffentlich angekündigt hat‹?«

»Als Dr. Armisteads Frau Selbstmord beging«, ätzte die Königskobra, »ging er in sich und stellte seine Prioritäten neu auf. Er entschied sich dafür, einen Teil des Vermögens, das er und Erica angesammelt hatten, für gute Zwecke zu spenden.«

Charles hatte immer noch diesen fragenden Ausdruck im Gesicht und zog nun auch noch ungläubig die Augenbrauen zusammen. Die Königskobra entschied sich, noch einen draufzusetzen.

»Wenn man einen kleinen Patienten während der eigenen Schicht verliert«, fuhr sie fort, »nur weil seine Eltern ihn nicht ins Krankenhaus gebracht haben, wird einem klar, wie wichtig es ist, dass die Staatsanwaltschaft von jemandem vertreten wird, der sich für die Einhaltung unserer Gesetze stark macht.«

»Wie wahr«, pflichtete Charles ihr bei. »Wie wahr.« Er ging ein paar Schritte, ohne den Blick von ihr abzuwenden.

»Hatten Sie eine Affäre mit ihm?«, fragte er.

»Auf keinen Fall.«

»Hat er Sie jemals auf Ihrem Handy angerufen?«

»Natürlich, er war Zeuge in diesem Fall.«

»Hat er Sie oft angerufen?«

Die Königskobra zuckte mit den Achseln. *Was weiß er? Welche Beweise hat er?* »Oft genug, um für seine Aussage vorbereitet zu sein.«

»Haben Sie Ihr Handy dabei?«, fragte Charles.

Crawford sah Silverman an. Der Richter erwiderte einfach nur ihren Blick.

»Nun?«, bohrte Charles nach.

»In meiner Tasche, aber es ist ausgeschaltet. Immerhin sind wir im Gericht«, antwortete die Königskobra abfällig.

»Haben Sie eine Mailbox, die anspringt, wenn Ihr Handy ausgestellt ist?«

»Natürlich.«

Charles blätterte durch die Unterlagen, die Armistead hinterlassen hatte. Dann griff er drei Blätter von unten, holte sein Handy aus seiner Tasche heraus und schaltete es an. »Darf ich, Euer Ehren?«

Silverman nickte.

Während Charles sein Spielchen spielte, fiel der Königskobra auf, dass sich die Hintertür des Gerichtssaals öffnete. Etwas ungeschickt trat Nikki ein und schob einen Wagen mit Fernseher und Videorekorder den Gang hinunter. *Was kommt denn jetzt?*, fragte sich Crawford. *Bluffen die nur?* Sie wog ab, wie wahrscheinlich es war, dass Charles Arnold über irgendwelche Videobeweise verfügte. *Aber wovon überhaupt?*

»Könnten Sie diese Dokumente für das Protokoll identifizieren?«, bat Charles sie und hielt sie ihr mit seiner linken Hand hin, während er in der rechten sein Handy hielt.

»Die sehen wie Handyrechnungen aus«, antwortete die Königskobra.

»Scheint so, als hätte Dr. Armistead einen Vertrag mit einer begrenzten Anzahl an Freiminuten pro Monat gehabt. Sehen Sie das auch so?«

Die Königskobra schnappte sich die Dokumente und sah sie mit möglichst verächtlichem Blick durch. »Wenn Sie das sagen.«

»Aber in einem speziellen Monat, im Februar dieses Jahres, hat er seine Freiminuten überschritten. Können Sie das sehen?«

»Ja.«

»Und könnten Sie uns von der Übersicht der Anrufe sagen, welche Nummer am häufigsten auftaucht?« Charles hielt sein eigenes Handy hoch und machte sich bereit, eine Nummer zu wählen.

»Überspringen wir das Theater«, schnappte die Königskobra. »Es ist meine Nummer, und das wissen Sie genau. Ihre niedliche kleine Vorstellung können Sie sich sparen.«

»Würde es Ihnen etwas ausmachen, dem Gericht zu erklären, warum Dr. Armistead Sie so häufig im Februar dieses Jahres angerufen hat, Monate bevor der kleine Joshua gestorben ist?«

Crawford zögerte eine Sekunde, doch ihr war klar, dass sie sich schnell etwas einfallen lassen musste. Unschuldige Zeugen, die die Wahrheit sagten, zögerten nicht mit ihrer Antwort. Doch im Moment ging ihr alles zu schnell, eine Frage nach der nächsten prasselte auf sie ein. Das Gute war, dass Armistead nicht mehr in den Zeugenstand gerufen werden konnte, um ihre Aussage zu widerlegen. »Ich habe ihn wegen einiger medizinischer Fragen in anderen Fällen konsultiert.«

»Deswegen hat er Sie am 14. Februar abends um 23.30 Uhr angerufen?

Und am 16. Februar um halb eins nachts? Und am 20. Februar um kurz vor Mitternacht?«

Die Königskobra spürte, wie ihr Gesicht heiß wurde. Eine Lüge führte zur nächsten. Dieser aufgeblasene Rechtsanwalt amüsierte sich auf ihre Kosten. Sie würde alles dafür geben, ihm Kontra geben und zurückschlagen zu können. Stattdessen benötigte sie jedes bisschen Selbstkontrolle, das ihr noch blieb, um ihre Gefühle unter Kontrolle zu halten.

»Anders als Anwälte in Privatkanzleien haben Staatsanwälte keine geregelten Arbeitszeiten. Armistead hat den ganzen Tag im Krankenhaus gearbeitet und mir bei manchen Gerichtsfällen mit komplexen medizinischen Fragen geholfen. Ich habe ihm gesagt, er könne mich jederzeit anrufen.«

Charles verschränkte seine Arme und grinste. Wieder wartete er, als wäre sie mit ihrer Antwort noch nicht am Ende.

»Mr Arnold«, forderte Richter Silverman ihn auf, »sonst noch was?«

»Es tut mir leid, Euer Ehren. Ich wollte nur sichergehen, dass sie mit ihrer Antwort fertig war.« Dann sah er zu Nikki herüber, die ihm zunickte.

»Haben Sie sich jemals mit Dr. Amistead im Beach Grill Restaurant getroffen?«

»Ein- oder zweimal aus geschäftlichen Gründen, aber anders als Armistead behauptet, ohne romantische Absichten.«

»Wussten Sie«, fragte Charles bewusst langsam, »dass es im Beach Grill Sicherheitskameras gibt, die in Intervallen die Gäste aufnehmen?«

Er blufft nur; es muss einfach so sein. Angestrengt versuchte sie sich die Gegebenheiten im Beach Grill ins Gedächtnis zu rufen. *Waren über der Theke Kameras angebracht?* Daran konnte sie sich nicht erinnern. Sie musste auf Risiko gehen. Was hatte sie schon zu verlieren?

»Davon weiß ich nichts. Um ehrlich zu sein, ich bezweifle es.«

Crawford sah, wie Nikki sich umdrehte und einem jungen Mann in der ersten Reihe etwas zuflüsterte. Irgendwo hatte die Königskobra den Mann schon mal gesehen. Doch wo? *War er ein Kellner? Barkeeper?* Es wollte ihr einfach nicht einfallen. Sie war immer zu beschäftigt, um diese Art von Menschen wahrzunehmen.

Inzwischen schob Charles den Videorekorder in die Mitte des Gerichtssaals. »Können Sie so sehen, Euer Ehren?«, fragte er.

Silverman nickte.

Daraufhin wandte Charles sich wieder der Zeugin zu. »Haben Sie jemals mit Dr. Armistead im Beach Grill Händchen gehalten?«

Natürlich, dachte sie. Es hatte so viel Spaß gemacht, ihre Affäre zur Schau zu stellen, das Schicksal herauszufordern. Jetzt könnte sie sich für ihr dummes Verhalten ohrfeigen. Arnold bluffte wahrscheinlich nur. Wenn nicht, machte sie sich des Meineids schuldig. Was das Video zweifelsohne beweisen würde.

Mit verschränkten Armen wartete Charles ab. Die Königskobra sah ihm tief in die Augen. Ihre Karriere verdankte sie der Gabe, Menschen anzusehen, ob sie logen. Doch ihm war nichts anzusehen, nichts, das sie interpretieren konnte. Das Risiko, wegen Meineids belangt zu werden, war immens. Und für was? Nur damit Thomas Hammond ein paar Jahre im Gefängnis verbrachte.

Sie blickte zu Silverman auf. »Ich möchte von meinem Recht Gebrauch machen, diese Frage nicht zu beantworten.«

»Haben Sie ein paar Bier mit ihm getrunken?«, fragte Charles.

»Ich verweigere die Aussage.«

»Haben Sie ihn geküsst?«, fragte Charles.

Die Königskobra schnaubte. »Ich verweigere die Aussage.«

»Haben Sie mit ihm abgesprochen, dass er in diesem Fall falsch aussagt?«

»Das Spiel ist vorbei, Mr Arnold. Ich werde Ihre irreführenden, beleidigenden Fragen nicht länger beantworten. Ich ... verweigere ... die ... Aussage.« Die Königskobra spuckte die Worte förmlich aus, um ihrer Entrüstung Ausdruck zu verleihen.

»Und hatten Sie geplant, Erica Armistead umzubringen, wenn sie nicht Selbstmord begangen hätte?«

Diese Frage nicht zu beantworten, machte sie wütend, das Blut kochte in ihren Adern. Es war ihr bewusst, wie ihr Schweigen auf die Geschworenen wirken musste. Aber es war zu spät, um gut dazustehen. Jetzt ging es nur noch ums nackte Überleben. Wie oft schon hatte sie Zeugen mit ihren Fragen gereizt und ihnen damit schlussendlich ein Geständnis entlockt. »Fällt es Ihnen schwer, das zu verstehen, Mr Arnold? Ich verweigere die Aussage.«

»Nein, Ms Crawford«, entgegnete Charles. »Ich glaube, ich verstehe sehr gut.« Dann drehte er sich zum Richter um. »Keine weiteren Fragen.«

Charles rollte den Videorekorder an die Seite des Gerichtssaals und ging zu seinem Platz zurück. Die wütende Königskobra wartete kurz schweigend ab, dann stand sie auf, trat aus dem Zeugenstand und ging auf ihren eigenen Platz zu.

»Ms *Crawford*.« Richter Silvermans Stimme klang scharf. Als sie sich zu ihm umdrehte, blickte sie direkt in sein zorniges Gesicht.

Schon seit vielen Jahren verhandelte sie Fälle vor ihm, doch so wütend hatte sie ihn noch nie erlebt. Mit zitternder Hand zeigte er auf sie. »Ich arbeite schon sehr lange für dieses Gericht«, sagte er, »und dachte, ich hätte schon alles gesehen. Aber noch nie – noch *nie* in meinem Leben – habe ich eine dermaßen unverfrorene Missachtung des Gesetzes und so ein absolut unethisches und ... *abscheuliches* Verhalten miterlebt.« Silverman richtete sich in seinem Stuhl auf und lehnte sich vor, als wäre er bereit, über seine Bank zu klettern und Crawford mit seinen eigenen Händen zu würgen.

»Sie, Ma'am, sind von diesem Gericht mit der Vollstreckung unserer Gesetze betraut worden. Aber angesichts Ihres offensichtlichen Fehlverhaltens in diesem Fall werde ich nun diese Rolle übernehmen. Hiermit erlasse ich aus eigenem Antrieb einen Haftbefehl wegen Strafvereitelung.« Es war Silverman deutlich anzusehen, dass er sehr an sich halten musste.

»Deputys«, rief er, »nehmen Sie Ms Crawford in Untersuchungshaft in einer eigenen Zelle, getrennt von den anderen Häftlingen. Die Anklageverlesung ist für heute 14.00 Uhr angesetzt. Das sollte Ms Crawford genügend Zeit geben, einen guten Anwalt zu finden.«

Zwei Wachmänner kamen auf die Königskobra zu und versuchten, sie jeweils an einem Arm zu packen, doch sie schüttelte sie ab, reckte das Kinn und schritt aus freien Stücken auf den Ausgang zu, wobei sie rechts und links von dem Sicherheitspersonal eskortiert wurde. Ohne Charles auch nur eines Blickes zu würdigen, ging sie an seiner Anwaltsbank vorbei.

»Ich hoffe, Sie nehmen mir das nicht übel!«, flüsterte er, gerade laut genug, damit sie ihn verstand. »Oder irre ich mich da etwa?«

77

Tiger traute seinen Augen nicht.

»Bringen die sie jetzt ins Gefängnis?«, fragte er seine Mama. Eigentlich wollte er flüstern, aber vor Aufregung sprudelten die Worte ziemlich laut aus ihm heraus.

»Psst«, ermahnte ihn Theresa. »Sieht so aus.«

»Cool!« Auch das kam lauter heraus als geplant. Er spürte, wie sich die Augen der Zuschauer im Gerichtssaal auf ihn richteten. »Tschuldigung«, flüsterte er, auch wenn es ihm in Wahrheit überhaupt nicht leidtat.

Es war ein seltsamer, doch wundervoller Tag gewesen. Auch wenn er nicht alles verstanden hatte, spürte er, dass etwas Gutes passiert war. Außerdem war er auf eine ganz neue Strategie gestoßen, wie es sich vermeiden ließ, Ärger zu bekommen. Das war ihm am Ende der Zeugenaussage der fiesen Dame aufgegangen.

»Was bedeutet das?«, fragte er seine Mutter, als die fiese Dame die Aussage verweigerte.

»In Amerika«, erklärte Theresa, »muss man keine Fragen beantworten, die einen belasten und in Schwierigkeit bringen könnten. Das nennt man ›die Aussage verweigern‹.«

Wow!, dachte Tiger bei sich. *Warum hatte ihm das keiner früher erzählt? »Aussage verbeigern«* – das musste er sich unbedingt merken! Der angehende kleine Verfassungsrechtler hatte so ein Gefühl, dass er diese Regel demnächst noch öfter anwenden würde.

Doch zuerst gab es da noch eine andere Sache zu klären.

Obwohl ihm das ganze Wochenende alle immer wieder gesagt hatten, er solle einfach dafür beten, dass die Gefängnisstrafe seines Vaters möglichst kurz ausfiel, hatte er heimlich gegen diese Anweisung verstoßen. Jeden Abend und jeden Morgen hatte er stattdessen gebetet, dass sein Daddy komplett aus dem Gefängnis entlassen und einfach nach Hause kommen würde. Es war aufregend mitanzusehen, dass die fiese Dame ins Gefängnis abgeführt wurde, aber trotzdem war es nicht das Gleiche. Noch immer betete er dafür, dass man seinen Dad freiließ, selbst als die Wachen die fiese Dame aus dem Gerichtssaal geleiteten.

»Der Angeklagte möge sich erheben«, ordnete der Richter an. Sein Vater stand auf. Charles stand neben ihm.

»Dr. Armisteads Aussage hat das Gericht davon überzeugt, dass Ihre Verurteilung auf einer Falschaussage beruhte«, sagte der Richter. »Der Tod von Dr. Armistead hat gleichzeitig deutlich gemacht, dass die Klage der Staatsanwaltschaft in einer neuen Verhandlung nicht standhalten könnte. Dementsprechend, Mr Hammond, werde ich aufgrund des Fehlverhaltens der Anklage das Urteil der Geschworenen aufheben. Sie sind ein freier Mann, Mr Hammond. Es steht Ihnen frei, diesen Gerichtssaal zu verlassen. Das Verfahren ist hiermit eingestellt«, gab Richter Silverman bekannt und schlug ein letztes Mal mit seinem Hammer auf sein Pult.

Tigers Daddy drehte sich zu Mr Charles und umarmte ihn ungestüm. Seine Mommy sprang auf und umarmte seinen Daddy.

»Was bedeutet das? Was bedeutet das?«, rief Tiger und sprang auf und ab.

In dem Moment kam Miss Nikki herüber, schnappte sich ihn mit einem Arm und warf den anderen um Stinky. Fröhlich drehte sie ihn im Kreis. »Das bedeutet, dass dein Daddy nach Hause kommt!«

Tiger warf sich um Nikkis Hals und umarmte sie, so fest er konnte. Dann sprang er auf den Boden und fiel seinem Vater in die Arme. Mit tränenüberströmten Wangen hielt sein Daddy ihn so fest, als wollte er ihn niemals wieder loslassen.

In die Arme seines Daddys gekuschelt, strahlte Tiger sein breites Grinsen, sah über die Schulter seines Vaters und erblickte einen gemein aussehenden Wachmann, der seinen Daddy viele Male zuvor ins Gefängnis abgeführt hatte.

»Lass uns hier abhauen, Dad«, sagte Tiger plötzlich besorgt.

»Gute Idee«, antwortete sein Vater mit tränenerfüllten Augen und einem Lächeln auf den Lippen. »Gehen wir nach Hause.«

* * *

Nikki hielt Charles am Arm fest, drehte ihn zu sich und küsste ihn auf die Wange. »Gut gemacht, schöner Mann«, sprudelte es aus ihr heraus.

»Danke, Nikki. Ohne dich hätte ich das nie geschafft.«

»Ich weiß.«

Charles umarmte sie instinktiv, dann wurde ihm bewusst, was er tat, und er ließ sie wieder los. Für eine Sekunde verharrten sie und lächelten.

»Übrigens ...«, fragte Charles mit gesenkter Stimme, »was war denn *wirklich* auf diesem Video?«

»Das willst du lieber nicht wissen«, antwortete Nikki.

»Das hatte ich befürchtet«, sagte Charles. Dann umarmte er sie erneut.

78

Vierundzwanzig Stunden später saß Nikki in Charles' Büro und suchte nach den richtigen Worten. Sie hatte vor seinem Verfassungsrecht-Seminar gewartet und war ihm dann die Treppen hinauf gefolgt. Es konnte nicht länger warten, sie musste unbedingt mit ihm sprechen. Heute war Dienstag, und sie hatte seit Sonntagnacht kaum geschlafen. Am liebsten hätte sie Charles aus der Sache herausgelassen, aber sie wusste nicht, an wen sie sich sonst hätte wenden können. Ihr schlechtes Gewissen brachte sie um. Ein guter Anwalt war das Einzige, was ihr nun noch helfen konnte.

Armistead musste sterben, weil sie in sein Haus eingebrochen war. Über den genauen Sachverhalt war sie sich nicht im Klaren, aber gewiss würde das Gesetz in Virginia sie behandeln, als habe sie Armistead mit eigenen Händen getötet. *Auf der anderen Seite: Wer sollte es herausbekommen?* Nur sie und Buster wussten davon. Und nun Charles.

Nikki starrte auf ihre Hände. Charles war in den letzten Tagen ungewöhnlich zurückhaltend gewesen. Unter seinen Augen zeichneten sich dunkle Ringe ab, passend zu denen, die Nikki diesen Morgen an sich selbst im Spiegel entdeckt hatte. Etwas nagte auch an ihm.

Er ließ sich ein Stück weiter in seinen Stuhl fallen, streckte seine langen Beine aus und legte ein Bein auf das andere. Dann nahm er seinen Nerf-Basketball vom Tisch und warf ihn Nikki zu. »Hier«, sagte er, »damit lässt es sich leichter denken.«

Nikki zielte auf den Korb und verfehlte ihn um Längen. »Kein gutes Zeichen«, klang sie enttäuscht.

»Was liegt dir auf dem Herzen, meine Liebe?« Er richtete sich wieder auf und lehnte sich vor. »Was auch immer es ist, ich bin auf deiner Seite.«

Es war so hart. Würde er sie verurteilen? Oder ihr vergeben wie bei der Geschichte der Frau, die beim Ehebruch erwischt wurde? Nikki dachte an den Abend an der Strandpromenade, die Straßenpredigt, die Straßenmalkreide und wie Charles sie um Verzeihung gebeten hatte.

Nun war sie an der Reihe. »Ich weiß, was Armistead zugestoßen ist«, sagte sie leise. Bevor sie weitersprach, atmete sie tief durch.

»Ich auch«, kam Charles ihr zuvor, bevor sie weitersprechen konnte.

»Was?«

Seufzend griff Charles in seine Schreibtischschublade. Er zog ein Dokument hervor und reichte es Nikki. »Das ist heute per Post gekommen.«

Nikki nahm es in die Hand und begann zu lesen.

»Es ist ein Testament«, erklärte Charles. »Das Testament von Dr. Sean Armistead.«

»Er hat es per Post verschickt, bevor er gestorben ist?«

»Ja«, antwortete Charles. »Die Briefmarke wurde am Montag in Chesapeake gestempelt. Was bedeutet, dass es entweder Sonntagabend eingeworfen oder am Montag von jemand anderem verschickt wurde oder ...«

Charles stand auf und schüttelte den Kopf. Er schnappte sich seinen Basketball und warf auf den Korb. Ein Treffer. »Das Geheimnis liegt im Durchziehen«, sagte er.

»Oder was?«, fragte Nikki und lehnte sich vor.

»Oder Armistead hat es selbst Montag in den Briefkasten geworfen.«

Nikki schüttelte den Kopf, um ihre Gedanken zu sortieren. *Armistead war seit Sonntagnacht tot – oder nicht?*

Während er erneut auf den Korb zielte, sprach Charles weiter. »Dieser Letzte Wille ist eine ziemlich interessante Lektüre. Ich werde als Testamentsvollstrecker genannt und dazu angehalten, das Erbe so vertraulich wie möglich zu behandeln.« Dieses Mal traf Charles nicht. Nikki schnappte den Ball vom Boden auf und warf ihn zu ihm zurück.

»Daher erzähle ich dir diese Dinge unter dem Deckmantel der Verschwiegenheit, okay? Ich habe mit mir gehadert, ob ich überhaupt etwas erzählen soll, aber dieses Dokument ...« – mit gequältem Gesichtsausdruck zögerte Charles einen Moment – »fühlt sich an, als würde mich jemand erwürgen. Ich muss mit jemandem darüber sprechen.«

Nikki nickte. Sie hätte alles versprochen, um herauszufinden, was in dem Testament stand. Um ehrlich zu sein, hätte sie es selbst aus ihm herausgewürgt, wenn er sich geweigert hätte, es ihr zu erzählen.

»Armistead hinterlässt Tiger und Stinky jeweils fünfzigtausend Dollar für ihr College-Studium. fünfundzwanzigtausend Dollar gehen an Thomas Hammond als Entschädigung für seine Zeit im Gefängnis. Fünfhunderttausend Dollar – eine halbe Million – spendet er dafür, eine kirchliche Seelsorge für Drogendealer in New York City auf die Beine zu stellen, die Teil des Baptist Ministry Center in Manhattans Lower East sein wird. Er betont ausdrücklich, dass ich derjenige sein soll, der für die Einstellung und Entlassung sämtlicher Mitarbeiter im Rahmen des neuen Programms verantwortlich ist. Den Rest seines Vermögens – und der ist immer noch beträchtlich – spendet er der Parkinson-Forschung.« Charles unterbrach seine Basketballwürfe, um Nikki anzusehen.

Sie zog die Brauen zusammen, diese Fülle an Informationen bereitete ihr plötzlich Kopfschmerzen. »Die Parkinson-Forschung – das verstehe ich, weil seine Frau an der Krankheit zugrunde gegangen ist. Aber der kirchliche Dienst für Drogendealer? Das will mir nicht in den Kopf.«

»Vielleicht hilft dir das zu verstehen«, erklärte Charles, holte zwei weitere Dokumente aus derselben Schublade und reichte sie Nikki. »Armistead hat mir nicht nur dieses handgeschriebene Testament geschickt, sondern auch ein Begleitschreiben und diesen unwiderruflichen Sicherheitsübereignungsvertrag. Der Brief weist mich an, sofern ich es nicht schaffe, seinen Tod nachzuweisen, sein Geld genauso im Rahmen seines unwiderruflichen Sicherheitsübereignungsvertrages aufzuteilen, wie es im Testament festgelegt ist.«

Der Druck in Nikkis Kopf und Nacken nahm zu. Charles breitete Teil für Teil dieses Puzzles vor ihr aus, doch sie verstand die Zusammenhänge nicht und konnte daher auch nicht das große Gesamtbild vorne auf der Puzzleverpackung erkennen. Normalerweise war sie immer stolz darauf, die Erste zu sein, die dunkle Machenschaften aufdeckte, aber dieses Mal ...

»Buster Jackson hat mir einmal erzählt, dass er eine Art kirchliche Organisation für Drogenopfer ins Leben rufen wollte, wenn er aus dem Gefängnis entlassen würde«, fuhr Charles fort und warf wieder ein paar Körbe. »›Ihnen helfen, clean zu werden, Arbeit zu finden und ihre Seelen zu retten‹, so hatte Buster es ausgedrückt. Da ist noch etwas: Der Name für das Seelsorge-Projekt in New York City soll laut Testament *Lazarus-Stiftung* sein. Verstehst du? *Die Lazarus-Stiftung.*«

»Ich verstehe nicht«, entgegnete Nikki. Ein Testament, eine unwiderrufliche lebenslängliche Treuhandverwaltung, eine Anspielung auf die Bibel.

Was sollte das alles? Und jetzt brachte Charles Buster in Zusammenhang mit Armisteads Tod. Wusste er mehr, als er hier preisgab?

»Buster und ich sind einmal aneinandergeraten, als wir ausgiebig über die biblische Lazarus-Geschichte diskutiert haben«, erklärte Charles. »Lazarus ist der Mann, den Christus von den Toten hat auferstehen lassen. Buster wollte es erst nicht glauben, aber dann habe ich ihn, denke ich, überzeugt.«

»Okay.« Nikki hatte Schwierigkeiten, ihm zu folgen.

»Und so fügt sich alles zusammen«, fuhr Charles fort, hörte auf, einen Korb nach dem anderen zu werfen, und lehnte sich über seinen Tisch. »Armistead hinterlässt ein Dokument, das er als Sterbeaussage betitelt und Thomas Hammonds Unschuld vor Gericht beweist. Zufälligerweise habe ich Buster eines Abends im Gefängnis-Bibelkurs erzählt, was es mit einer Sterbeaussage auf sich hat. Daraufhin hinterlässt Armistead ein Testament beziehungsweise eine unwiderrufliche Treuhandvereinbarung, die sogar anwendbar ist, wenn Armistead noch leben sollte. Er hinterlässt eine große Menge Geld für eine Drogenseelsorge in New York City und überträgt mir die Befugnis, die nötigen Angestellten einzustellen – Leute wie Buster. Und zu guter Letzt soll das Projekt auch noch *Lazarus-Stiftung* heißen, was ein klares Zeichen für mich ist, dass Armistead, den wir für tot hielten, immer noch am Leben ist.«

Nikki fiel die Kinnlade herunter. Plötzlich ergab alles einen Sinn. Das Gesamtbild zeigte sich klar und deutlich. Sie war überwältigt und freudig erregt zugleich. Buster hatte Wort gehalten. Und sie war aus dem Schneider!

»Jetzt verstehe ich!«, rief sie. »Die Briefmarke mit dem Stempel vom Montag ... alles ergibt Sinn.« Charles zuckte mit den Schultern und warf erneut daneben. Beflügelt durch diese Theorie, wanderten ihre Gedanken auf einmal zu Charles. »Aber wenn die Königskobra hinter Gittern sitzt und Armistead noch lebt, warum machst du dann ein Gesicht, als hättest du deinen besten Freund verloren?«

»Erstens«, antwortete Charles und ließ sich zurück in seinen Stuhl plumpsen, »habe ich meinen Mandanten nur freibekommen, indem ich unwissentlich Teil eines Betruges vor Gericht geworden bin. Auch wenn technisch gesehen alle Einzelheiten der Sterbeaussage wahr sind, ist allein die Bezeichnung des Dokuments zutiefst irreführend.«

»Aber dafür kannst du doch nichts«, erhob Nikki Widerspruch. »Woher solltest du wissen ...«

»Da irrst du dich«, warf Charles mit ernster Stimme ein. »Auf eine gewisse Art ist es meine Schuld. Buster hat im Gefängnis zu Jesus gefunden und brauchte jemanden, der einen Jünger aus ihm macht und ihm hilft, ein Christ zu werden. Ich meine, ein Mann, der geistlich auch nur ein wenig gefestigt wäre, hätte nicht das Gefühl gehabt, er müsse das System überlisten, um sein Ziel zu erreichen. Stattdessen hätte er Gott vertraut. Doch ich war Buster gegenüber so misstrauisch und so beschäftigt damit, auf der Straße zu missionieren, dass ich die Chance verpasst habe, den einen Bekehrten an die Hand zu nehmen, den Gott mir direkt vor die Füße gestellt hat. Im Grunde genommen habe ich Gottes Auftrag vergessen, Menschen zu Jüngern zu machen und nicht bloß zu Bekehrten.« Mit gesenktem Blick sackte er in seinem Stuhl zusammen. »Ich habe versagt, nicht Buster.«

Auch wenn sie es nie verstehen würde, berührte sein Geständnis Nikki auf eine Art, wie keine Predigt, keine Diskussion und kein emotionaler Appell für das Christentum es jemals vermocht hätte. Es fiel ihr schwer, diesem Ausmaß von Verwundbarkeit zu widerstehen. Dieser Mann war zutiefst authentisch: er legte mehr Wert auf Integrität und zwischenmenschliche Beziehungen als auf den Ausgang eines prestigeträchtigen Falls. Natürlich wollte er auch gewinnen, aber auf richtigem Weg und ehrlich.

Gleichzeitig schien es jedoch so, als würde Charles zu hart mit sich selbst ins Gericht gehen. Buster war ein freier Mann, kein Roboter, den Charles programmieren konnte. »Mag sein, dass du nicht perfekt bist, Charles, die meisten deiner Fehler habe ich dir ja schon aufzeigt ...« – das zauberte ein leichtes Lächeln auf seine Lippen –, »aber dazu gehört sicher nicht ein Mangel an geistlicher Glaubwürdigkeit. Ich habe noch nie jemanden getroffen, der so sehr darauf aus ist, seine Mitmenschen zu Jüngern Jesu zu machen.« Sie warf ihm den Ball zu, und Charles lehnte sich in seinem Stuhl zurück, um ihn gegen die Wand zu werfen.

»Danke«, sagte er, doch Nikki hörte heraus, dass ihre Worte ihm nicht den gewünschten Trost spenden konnten. Einige Würfe später fügte er hinzu: »Das ist meine Theorie, Nikki. Was war deine?«

»Ähm, nichts, was auch nur annähernd so ausgeklügelt wäre.« Sie zuckte mit den Achseln. Mit erröteten Wangen lächelte sie nervös und versuchte, dabei lässig zu wirken. »Ich dachte nämlich wirklich, Armistead wäre tot.« Als sie diese Worte aussprach, schoss ihr ein Gedanke durch den Kopf. Plötzlich wurde ihr klar, warum Charles so bestürzt darüber war, was Buster getan haben könnte.

»Wenn Armistead noch am Leben ist, wessen Leiche wurde dann in dem Auto gefunden?«, fragte Nikki.

Charles hörte auf, mit dem Ball zu werfen, und erstarrte komplett. Sie konnte den besorgten Blick auf seinem Gesicht erkennen, als würde er sich schon seit einiger Zeit mit derselben Frage herumschlagen, ohne eine Antwort darauf zu finden. Ganz so, als hätte er gerade ein schwieriges Puzzle zusammengesetzt, nur um dann festzustellen, dass immer noch Teile fehlten.

»Sag du es mir«, antwortete er. »Sag du es mir.«

79

Sie waren stundenlang gefahren, bis sie schließlich einen Vorort von New York City erreicht hatten. Buster hatte den Wagen, mit dem sie fuhren, direkt nach seiner Entlassung aus dem Gefängnis gekauft – ein altes Modell der Marke Oldsmobile, das über hunderttausend Meilen auf dem Buckel hatte. Der Verkäufer war ein früherer »Geschäftsfreund« von ihm gewesen, bei dem er auch später bezahlen konnte. Aber für ein Auto mit getönten Scheiben und elektrischen Fensterhebern reichte seine Kreditwürdigkeit dann doch nicht aus.

Buster saß am Steuer, aus dem Radio schallte Hip-Hop-Musik.

»Meinst du, der Reverend hat unser Paket schon bekommen?«, fragte Buster mit lauter Stimme, damit man ihn trotz des Radios verstand.

»Entweder heute oder morgen.«

»Korrekt.«

Wortlos fuhr Buster weiter, jammte dabei zur Musik und ließ sich das Chaos der Ereignisse der letzten Tage durch den Kopf gehen. Seine Entlassung war nicht einmal eine Woche her, und er hatte bereits genügend Straftaten begangen, um seine Bewährung für immer aufzuheben. Zuerst war er Sonntagabend in Armisteads Haus eingedrungen und auf den Doktor losgegangen. In derselben Nacht noch hatten Armistead und er die Leiche ausgebuddelt – was wahrscheinlich auch wieder ein schweres Vergehen irgendeiner Art darstellte. Dann war Buster in die Zahnarztpraxis eingebrochen und hatte die zahnärztlichen Unterlagen vertauscht, zweifelsohne eine weitere Gesetzesübertretung, mit der er sich strafbar machte. So viel zum Thema »Ich werde die nächste Mutter Teresa«.

Er dachte über die Fahrt zum Blue Ridge Parkway nach. Er hatte Armistead die alte Klapperkiste fahren lassen, während er in Armisteads Lexus mit der im Kofferraum versteckten Leiche dicht hinter ihm blieb. Als sie am Lookout Peak ankamen, verfrachteten sie die Leiche auf den Fahrersitz, schoben Armisteads Auto über die Klippe und kletterten dann hinunter zu der Stelle, wo das Auto gelandet war. Sie begossen es mit Benzin und entfachten ein großes Feuer.

Die Leiche verbrannte bis zur Unkenntlichkeit. Anschließend fuhren sie zurück zu einem Hotel in Suffolk, in dem sie beide den Montag vor dem Fernseher verbrachten, um die Gerichtsverhandlung in den lokalen Nachrichten zu verfolgen. Dienstag, also heute, startete dann ihr Nonstop-Trip nach New York.

Ihr Plan ging perfekt auf. Thomas und er waren frei, die stellvertretende Staatsanwältin hingegen nicht. Ach, wie schön konnte das Leben sein.

»Kann ich dich etwas fragen?« Sean Armistead griff zum Radio und drehte es leiser.

Buster warf ihm einen bösen Blick zu, den Armistead nicht zu bemerken schien. *Warum müssen diese weißen Jungs immer die Musik leiser drehen, wenn sie sich unterhalten?*

»Warum hast du mich Sonntagabend verschont?«, fragte Armistead.

Buster dachte einen Moment nach – gar nicht so einfach ohne Musik. Seine Augen waren auf die Straße geheftet. Vor seinem inneren Auge ließ er die Geschehnisse jenes Abends Revue passieren. »Ich hab in deine Augen gesehen, Doc, kurz bevor du zur Stoffpuppe geworden bist, und ich hab deine Angst gesehen. Deine Augen haben um Vergebung gebettelt, genauso wie meine, als ich am Rand der Straße gekniet hab und Christus mein Leben anvertraut hab. Ich hatte keine Gnade verdient, genauso wenig wie die Diebe am Kreuz sie verdient hatten, aber das hat Christus nicht abgehalten. Da wurde mir klar, wenn Christus Erbarmen mit mir hat, sollte ich besser auch Erbarmen mit dir haben. Christen begegnen Hass nicht mit

Hass.« Er legte eine Pause ein und ließ sein Goldzahn-Grinsen aufblitzen. »Schätze, Gott hat meinen Unterarm von deinem Hals genommen.«
Langes Schweigen. »Geht das klar bei dir?«, fragte Buster.
»Ja, Buster«, antwortete Armistead. »Vollkommen.«
Das will ich dir auch geraten haben, dachte Buster. Erbarmen zu zeigen, fiel ihm alles andere als leicht. Dennoch gab er sich große Mühe, dem Drang zu widerstehen, die Arbeit zu vollenden, die er Sonntagabend begonnen hatte. *Christen begegnen Hass nicht mit Hass*, ermahnte er sich immer wieder selbst.

»Was willste tun, wenn wir in der Stadt sind, Doc – jetzt, da du ein toter Mann bist und so?«

»Ich werde wohl versuchen, eine neue Identität anzunehmen und noch mal von vorne anzufangen. Vielleicht schaffe ich es ja noch, an etwas Geld von einem der Virginia-Insurance-Reciprocal-Konten ranzukommen. Und dann ...« – Armistead hielt inne und sah aus dem Fenster – »will ich eine Weile allein sein und über ein paar Dinge nachdenken.«

»Korrekt«, bestätigte Buster und drehte dabei das Radio laut genug, dass die Autos auf der anderen Spur neben ihnen auch noch etwas von der Musik hatten. Die ganze Innenausstattung vibrierte.

Armistead griff erneut zum Radio und drehte es leiser. Einen Moment spielte Buster mit dem Gedanken, ihm die Hand zu brechen. »Eine Sache noch«, fuhr er fort.

»Hoffe, es ist wichtig, Doc. Das ist mein Lied, was da läuft.«

»Die ganze Fahrt über versuche ich schon den Mut aufzubringen, dich das zu fragen.« Unruhig rutschte er in seinem Sitz herum und spuckte es dann aus: »Wer war das, den wir in dem Auto verbrannt haben?«

Bevor Buster antwortete, dachte er an A-Town und lächelte. Gott war so cool. Wenn A-Town nicht vor Buster geprahlt hätte, wo er sein Mordopfer vergraben hatte, und Crawford ihn nicht aufs Kreuz gelegt hätte, als er versucht hatte, den Standort der Leiche aufzudecken, wenn das Opfer nicht in etwa dieselbe Größe wie Armistead gehabt hätte, und wenn A-Town Buster nicht verraten hätte, wo er die zahnärztlichen Unterlagen versteckt hatte, sodass Buster sie nun austauschen konnte – all das hatte perfekt zusammengespielt. So etwas brachte nur Gott zustande.

»Sagen wir einfach«, erwiderte Buster zurückhaltend, »dass es ungemein nützlich ist, wenn man weiß, wo Leichen begraben sind.«

Dann lachte Buster laut auf – ein herzhaft tiefes Goldzahn-Lachen. Und obwohl er den Witz wahrscheinlich gar nicht verstand, lachte Dr. Sean Armistead mit.

80

Alles ist genau so, dachte Thomas, *wie ich es in Erinnerung habe. Dennoch wird es niemals so sein wie früher.* Er sackte auf der Couch im Wohnzimmer in sich zusammen und starrte Theresa an, die im Fernsehsessel saß. Ihr Wohnwagen fühlte sich gleichzeitig gemütlich und deprimierend an. Jeder Quadratzentimeter erinnerte sie an Joshie.

Vier Tage waren seit dem wundersamen Freispruch vergangen. Thomas und Theresa hatten gerade den Kampf ums zu Bett gehen gewonnen. Bis zum Schluss wild tobend, hatte Tiger schließlich seinen Kopf auf dem Kissen abgelegt und mit seinem Gezappel aufgehört. Obwohl er auf einer Einzelmatratze schlief, hatte Stinky darauf bestanden, sich zu Tiger zu legen – so wie sie es die letzten vier Nächte getan hatte. Irgendwann würde Stinky wieder in ihrem eigenen Zimmer schlafen müssen, aber diesen Kampf wollten Thomas und Theresa noch nicht ausfechten.

Noch bevor die Kinder endlich wieder nach Hause kamen, hatte Theresa klugerweise alle notwendigen Vorkehrungen getroffen, damit die Familie ihr Leben, so gut es ging, weiterführen konnte. Das Zimmer, das Tiger zuvor mit Joshie geteilt hatte, war nun sein eigenes. Sämtliche Klamotten von Joshie hatte sie sorgfältig weggepackt. Im Nu hatte Tiger im Zimmer ein Riesenchaos veranstaltet.

»Warum guckst du mich so an?«, fragte Theresa, während sie ihren Blick vom Fernseher löste und zu ihm hinüberschaute.

»Hab ich gar nicht«, log er. Er konnte seine Augen nicht von ihr lassen. Sie hatte so viel wegen ihm durchmachen müssen. Ob sie ihm das jemals verzeihen würde?

»Doch, hast du wohl.«

»Ich schwöre.« Thomas nahm seine Hand hoch, als wollte er einen Eid ablegen. Dann stand er langsam auf, ging zum Fernsehsessel hinüber und streckte vorsichtig seine Hand aus, um ihre Schultern zu massieren.

»Es tut mir leid«, flüsterte er. »Alles tut mir leid.«

Theresa legte ihre Hand auf seine. »Ich gebe dir nicht die Schuld«, sagte sie mit einer dermaßen sanften Stimme, dass Thomas ihre Worte fast nicht hören konnte. »Aber ich glaube nicht, dass ich jemals aufhören kann, mir selbst die Schuld zu geben.«

Ihre unverblümt ehrliche Antwort ließ Thomas erstarren. Sein Herz schmerzte bei dem Gedanken, dass Theresa seine Schuld auf sich nahm. Welche Wahl hatte sie gehabt, als Joshie krank geworden war? Wie sehr wünschte er sich, er könnte die Zeit bis zu dem ersten Tag seiner Krankheit zurückdrehen. Sofort würde er ärztliche Hilfe in Anspruch nehmen, Joshie das Leben retten und Theresa so ihr Lächeln zurückgeben.

Thomas liebte diese Frau nach all den Jahren immer noch genauso wie an dem Tag, an dem sie geheiratet hatten. Vielleicht sogar mehr noch nach allem, was sie zusammen durchgemacht hatten. Zusammen würden sie alles durchstehen. Dennoch fehlten ihm die tröstenden Worte, die sie in diesem Moment von ihm hören musste. Reden zu halten, war noch nie seine Stärke gewesen.

»Daddy«, quengelte Tiger aus seinem Zimmer. »Daddy!«

Thomas stöhnte auf. »Dieses Kind hat das schlechteste Timing, das ich je gesehen habe.«

»Sollen wir ihn eintauschen?«, fragte Theresa.

Thomas antwortete nicht. Er war bereits auf dem Weg in das kleine Kinderzimmer.

»Legst du dich zu mir«, fragte Tiger, »und erzählst mir die Geschichte von Abe-ham?«

»Psst«, sagte Thomas leise und legte einen Finger auf seine Lippen. »Deine Schwester schläft doch.«

Stinkys große blauen Augen sprangen auf. »Stimmt gar nicht«, rief sie fröhlich. »Bitte, Daddy! Bitte, bitte, bitte!«

»Okay, okay«, gab Thomas sich geschlagen und legte sich neben das Bett auf den Boden. Er tat so, als würde er den beiden einen Riesengefallen tun. In Wahrheit gab es nichts auf der Welt, was er in diesem Moment lieber getan hätte. Während der nächsten zehn Minuten erzählte er die Geschichte von Abraham und Isaak, von dem Glauben eines irdischen und der Fürsorge eines himmlischen Vaters. Doch dann, als er zu dem spannendsten Teil der Geschichte kam, passierte etwas Seltsames. Genau an der Stelle, an der Abraham das Messer hob, um seinen Sohn zu töten, und Gott Abrahams Hand zurückhielt und einen Schafsbock als Opfer anstelle von Isaak auftauchen ließ, wurden Thomas' Worte immer leiser und langsamer und langsamer. Irgendwann sprach er so undeutlich, dass man nichts mehr verstand. Mitten im Satz hörte er auf einmal auf zu sprechen und begann zu schnarchen.

* * *

Kichernd stupste Stinky Tiger mit ihrem Ellbogen an. Das brachte Tiger natürlich ebenfalls zum Prusten, und es dauerte nicht lange, dann kringelten sich die beiden Kinder vor Lachen.

Als sie fertig waren, stützte sich Tiger auf seine Ellbogen und sah auf seinen Dad hinunter. »Sollen wir ihn wecken?«, fragte er.

»Nein«, antwortete Stinky, »lass ihn schlafen. Er hatte einen langen Tag.«

»Ich auch«, meinte Tiger und ließ den Kopf aufs Kissen fallen. Seine ausgestreckte Hand wanderte hinunter auf die Brust seines Vaters und blieb dort liegen. Dann schloss Tiger die Augen und dachte an etwas Schönes.

81

Denita saß am Schreibtisch in ihrem Arbeitszimmer und bezahlte Rechnungen. Mit einem Auge behielt sie die Uhr im Blick, mit der anderen ihr Handy. Es war Freitagabend. Heute sollte der große Tag sein, an dem sich Senator Crafton und ein paar andere wichtige Leute mit dem Präsidenten trafen, um ihre Vereinbarung dingfest zu machen. Mindestens fünfmal hatte Denita am Tag zuvor mit Catherine Godfrey telefoniert, um auch wirklich sicherzugehen, dass alle nötigen Vorbereitungen getroffen waren. Catherine hatte versprochen, sie am heutigen Tag noch vor 17.00 Uhr zurückzurufen.

Mittlerweile war es drei Stunden später.

Denita dachte darüber nach, Godfrey noch einmal anzurufen und erneut eine Nachricht zu hinterlassen. Aber was sollte das bringen? Stattdessen starrte sie auf ihr Telefon und fluchte leise vor sich hin. Was konnte da bloß schiefgegangen sein? Was um alles in der Welt dauerte nur so lange?

Ihr Geheimnis kam ihr in den Kopf – die RU-486. Darüber würde sie jetzt nicht nachdenken. Das war Geschichte. Und da Charles geschworen hatte, kein Wort darüber zu verlieren, war es eine Geschichte, die niemals stattgefunden hatte.

Das Telefon klingelte und ließ Denita aufschrecken. Sie ging sofort dran und vergaß dabei, dass sie sich eigentlich vorgenommen hatte, es absichtlich ein paarmal klingeln zu lassen, damit sie nicht so verzweifelt wirkte.

»Gratuliere«, erklang die Stimme von Catherine Godfrey. »Die Abmachung ist bei allen gut angekommen ... Euer Ehren.«

»*Euer Ehren.*« Die Worte klangen wie Musik in ihren Ohren. Wie sehr hatte sie sich das verdient. *Euer Ehren.* Die Erfüllung ihrer lebenslangen Ambitionen.

»Gott sei Dank«, seufzte Denita erleichtert. Sie konnte hören, wie am anderen Ende der Leitung gefeiert wurde. »Warum hat das so lange gedauert?«, fragte sie.

Catherine sog sich ein paar schwache Entschuldigungen aus den Fingern, erklärte daraufhin den weiteren Ablauf und versicherte Denita, der Rest bestünde aus reinen Formalitäten.

»Okay«, antwortete Denita, auch wenn es ihr immer noch schwerfiel, das Ganze zu glauben. »Sind Sie sicher, dass der Senator es nie herausbekommen wird?«

Ungeduldig atmete Catherine laut aus. »Er vertraut mir, Denita. Wie oft haben wir das jetzt schon durchgekaut? Die Angelegenheit RU-486 ist begraben. Die Einzigen, die davon wissen, sind Sie und ich ...« – sie zögerte, wobei Denita die Andeutung nicht entging – »und Charles.«

»Dann ist es vorbei«, versprach Denita. »Ich kenne Charles. Auch wenn er nicht fehlerfrei ist, steht er zu seinem Wort.«

»Gut«, sagte Catherine. »Weil ich immer noch vorhabe, im Herbst an die Georgetown Law School zu gehen.«

Denita wusste, dass dies ein subtiler Hinweis auf ihre Abmachung war. Die Stille am anderen Ende bedeutete, dass Catherine auf eine Art von Bestätigung wartete.

»Georgetown Law School«, wiederholte Denita. »Ich wette, die Absolventen dort sind ausgezeichnete Justizangestellte.«

»Definitiv«, antwortete Catherine schnell. »Aber ich habe gehört, dass es sehr schwer sein muss, so einen Job zu bekommen.«

Denita kicherte, weil es ihr an dieser Stelle angemessen vorkam. Dann fügte Catherine fast wie einen nachträglichen Einfall hinzu: »Was glauben Sie, warum er sich am Ende doch anders entschieden hat?«

Mit einem Lächeln auf den Lippen blickte Denita auf den Stapel Rechnungen vor sich. Sie blätterte durch die oberste Schicht und zog die Monatsrechnung einer Dienstleistung heraus, die sie kurz zuvor gekündigt hatte.

Ein Blumenladen namens The Westside Florist Shop. Der Blumendienst und die eingepflanzten Rosen hatte sie in den letzten drei Monaten eine ganze Stange Geld gekostet, aber dafür musste sie nicht persönlich hinfahren. Und jetzt brauchte sie sich darüber keine Gedanken mehr zu machen. In vielerlei Hinsicht war es die beste Investition gewesen, die sie jemals getätigt hatte.

»Es lag an den Blumen.« Denitas Grinsen wurde breiter. »Auf jeden Fall haben die Blumen ihn überzeugt.«

* * *

Die Oakley-Sonnenbrille war wahrscheinlich zu viel des Guten, entschied Charles. Seine geliebte grüne Mülltonne im Schlepptau war er ungefähr zwei Häuserblocks von seiner »Kanzel« entfernt, der Ecke Atlantic Avenue und Virginia Beach Boulevard. Bald würde er wieder in seinem Element sein und vor den Touristen seine Reden schwingen. Dabei wollte er möglichst nicht als Anwalt erkannt werden. Der Medienansturm nach seiner Gerichtsverhandlung am Montag hatte ihn zu einer kleinen Berühmtheit werden lassen, da sein Gesicht auf sämtlichen Sendern im Lokalfernsehen zu sehen gewesen war. Daher hatte er sich entschieden, zur Sicherheit die Sonnenbrille aufzusetzen, damit er unerkannt predigen konnte. So würde er dank seiner Argumente siegen oder untergehen und nicht wegen seiner Bekanntheit.

Auf seinem Weg war ihm bereits bewusst geworden, dass er anscheinend doch nicht so bekannt war, wie er dachte. Touristen und Ortsansässige gingen wie immer an ihm vorbei und ignorierten ihn entweder oder sahen ihn an, als hätte er nicht alle Tassen im Schrank. Von daher hätte er die

Oakley-Brille auch gut weglassen können, wenn die Sonne nicht so tief gestanden hätte. Allerdings sah er um einiges cooler damit aus.

Was den Tourismus anging, herrschte Hochsaison, und die Hip-Hop-Band gab alles. Um sie herum hatte sich eine große, staunende Zuschauermenge versammelt, die fasziniert ihren Wirbelwind aus Drehungen, Sprüngen und aggressiven Texten verfolgte. Trotz der Anstrengung ob seiner Last zeigte Charles sein strahlend weißes Lächeln.

Es war ein gutes Gefühl, wieder am richtigen Platz zu sein.

Wie lange war er schon nicht mehr hier gewesen – zwei Wochen? Eine ihm bekannte Energie machte sich bemerkbar. Das Adrenalin, das durch seinen Körper schoss, wenn er auf die Straße ging, um Seelen zu retten. Und das nächste Mal, wenn Gott ihm einen Bekehrten vor die Füße stellte, würde er alles dafür tun, um diese Person auch zu einem seiner Anhänger zu machen. Dieses Versprechen gab er sich selbst. Dennoch – nach all dem, was in den letzten Wochen passiert war, spürte er immer noch dieses quälende Gefühl in seiner Magengegend, das ihn daran erinnerte, wie einsam er sich fühlte.

Mit der Tatsache, dass es endgültig vorbei war zwischen ihm und Denita, hatte er sich abgefunden. Seit vier Jahren waren sie nun schon geschieden. Jetzt trug sie einen neuen Verlobungsring. Ihre Beziehung ließ sich nicht mehr zurückdrehen. Zumindest waren sie dieses Mal im Guten auseinandergegangen, all die Jahre zuvor war dies mit Denita nicht möglich gewesen.

Er würde noch oft an sie denken müssen. Und jeden Abend für sie beten. Aber dieses Kapitel in seinem Leben war abgeschlossen.

Außerdem versuchte er, sich damit abzufinden, dass er und die schillernde Nikki Moreno nur Freunde bleiben würden. Doch das fiel ihm um einiges schwerer. Er musste sogar mehr an sie denken als an Denita. Er war schon so oft hier draußen auf der Straße gewesen und hatte miterlebt, wie Menschen sich für immer veränderten, doch die einzige nachklingende Erinnerung in seinem Kopf war der ganz besondere Abend vor zwei Wochen – der zauberhafte Abend mit Nikki Moreno. Er würde niemals die Straßenkreide vergessen, oder wie sie sich ihm geöffnet hatte, indem sie ihm ihre Vergangenheit anvertraute, und auch nicht ihren Spaziergang am Strand. Selbst jetzt, als er die Stelle erreichte, an der er sich bei ihr entschuldigt hatte, konnte er sie bildhaft vor sich sehen. Ihre unvergesslichen braunen Augen, die schöne olivfarbene Haut, das fröhliche Lachen und ihre verführerische, energiegeladene Stimme.

»Darf ich mich Ihnen anschließen, schöner Mann?«

Charles wirbelte herum, ließ beinahe die Tonne fallen, irgendwie in der Erwartung, niemanden hinter sich zu sehen.

Doch vor ihm stand tatsächlich Nikki! Sie war noch schöner, als er sie in Erinnerung hatte. Sein Versuch, cool zu wirken, scheiterte kläglich ... auf seinem Gesicht breitete sich ein strahlendes Lächeln aus.

»Nikki!«, freute er sich.

Sie breitete die Arme in einer »Nikki,-die-Einzigartige«-Geste aus und schenkte ihm ihr neckisches Lächeln. »Kannst du Gesellschaft gebrauchen?«

Ohne darüber nachzudenken, machte Charles einen Schritt auf sie zu und drückte sie fest an sich. Dann fing er sich wieder und ging einen Schritt zurück. »Und ob!«, antwortete er. »Einen Zwischenrufer kann man immer gebrauchen.«

»Vielleicht findest du ja noch einen anderen«, lachte Nikki. »Aber heute Abend will ich einfach nur zuhören.«

Überwältigt und erfreut hielt Charles einen Augenblick inne. Dann nickte er, als hätte er die ganze Zeit schon damit gerechnet. »Dann komm«, sagte er, »lass uns in die Kirche gehen.«

Er drehte sich um und schob die Mülltonne weiter, dieses Mal mit Nikki an seiner Seite.

»Worüber wirst du heute predigen, mein Hübscher?«

Mein Hübscher. Er liebte es, wenn sie ihn so nannte. »Ich glaube, ich werde einfach eine kleine Geschichte von zwei Dieben an einem Kreuz erzählen.« Er blickte zu Nikki herüber, seine Augen hinter der Sonnenbrille versteckt. Sosehr er auch versuchte, sich seine Freude nicht anmerken zu lassen – innerlich war er vor Aufregung wie elektrisiert. *Das könnte ihre Nacht werden. Sie zu seinem Jünger zu machen, wäre ihm alles andere als unangenehm.*

»Ich glaube, es wird dir gefallen«, sagte er.

* * *

Mit einem Messer kam Buster auf ihn zu, der Goldzahn funkelte. Als Buster sein Messer zum Stoß ansetzte, verfiel er in ein abscheuliches Lachen. Aus dem Goldzahn-Grinsen wurde das meuchlerische Lächeln der Bezirksstaatsanwältin. »Beantworten Sie die Frage!«, schrie Crawford. »Beantworten Sie die Frage!«

Mit aufgerissenen Augen richtete Thomas sich kerzengerade im Raum auf und sah sich um. Er war nicht in seiner Gefängniszelle, sondern in Tigers Zimmer. Thomas saß neben Tigers Bett. Das Licht war noch an, obwohl die Kinder schon tief und fest schliefen. *Wie lange hatte er geschlafen? Eine Stunde? Zwei?*

Er stand auf, um aus dem Zimmer zu gehen, beugte sich aber vorher hinunter, um den Kindern noch einen Kuss zu geben. Stinky hatte den Arm um Tigers Hals gelegt. Tigers Arm hing aus dem Bett, an der Stelle, wo Thomas gelegen hatte. Er küsste beide auf die Wange. Engelchen waren sie. Zumindest wenn sie schliefen.

Schläfrig taumelte er ins Wohnzimmer und dachte erneut an Charles' Worte, die er ihm am ersten Tag seiner Verhandlung mit auf den Weg gegeben hatte. Glaube, Hoffnung und am wichtigsten ... Liebe. Theresa war noch wach und lag eingerollt mit einem Buch in der Hand auf einer Seite des Sofas. Als er sich neben sie setzte, lehnte sie sich an seine Brust.

»Wie lange hab ich geschlafen?«, gähnte er.

»Ein paar Stunden.«

Er legte den Kopf auf die Seite und sah seine Frau an. »Warum bist du noch wach?«

»Ich habe gehofft, dass du wieder aus dem Zimmer kommst.« Theresa zögerte, sie suchte nach den richtigen Worten. »Ich muss dir was sagen.«

»Okay«, sagte Thomas. Er zog sie näher an sich heran, weil er merkte, dass sie sich schwer damit tat.

»Ich wollte es dir während des ganzen Trubels nicht erzählen«, setzte Theresa leise an. »Ich hätte nicht gewusst, was ich gemacht hätte, wenn du nicht aus dem Gefängnis gekommen wärst ...« Mitten im Satz hörte sie auf zu sprechen und kämpfte mit den Tränen. Thomas hielt sie einfach nur fest und wartete geduldig, bis sich ihr Gefühlsausbruch gelegt hatte.

Er spürte, wie sie tief durchatmete. Dann sagte sie: »Thomas, ich bin schwanger.«

Thomas drückte sie fester an sich heran und küsste sie auf den Kopf.
»Wie lange schon?«, fragte er.
»Seit zwei Monaten.«
»Gelobt sei Gott«, freute er sich. Dann hielt er inne. »Dann bringen wir dich am besten zu einem Arzt, damit er dich untersucht, ob alles okay ist.«
»Danke«, flüsterte sie.
Er sah auf die wundervolle Frau in seinen Armen herunter.
Man konnte sehen, dass der Tod von Joshie ihnen beiden tiefe Wunden zugefügt hatte. *Zeit,* dachte Thomas, *und das Versprechen eines neuen Kindes werden helfen, die Wunden zu heilen.* Der heutige Tag war besonders anstrengend gewesen, Theresa sah müde aus. Ihre schwarzen Haare hingen ungewaschen und strähnig herab. Ihre Augen waren rot und verquollen, teils von ihrer Trauer um Joshie, teils vor Freude über das Baby in ihr. Die Tränen fingen an zu fließen. Auf ihrer Haut zeichneten sich rote Flecken ab, weil sie sich vor Aufregung wieder am Hals gekratzt hatte.

Für einen Fremden sieht sie vielleicht nicht so bezaubernd aus. Aber sie trug *sein* Kind in ihrem Bauch und war die beste Mutter und Ehefrau der Welt. Die anderen konnten denken oder in ihr sehen, was sie wollten. Er kannte die Wahrheit und konnte mehr als nur ihr Äußeres sehen. Für ihn war sie das hübscheste Geschöpf, das Gott je erschaffen hat. Daran gab es keine Zweifel.

In seinen Augen war sie einfach wunderschön.